U0668962

湘军点将：世界视野与湖湘气派

——文学湘军的话语交锋

聂茂 ◎ 著

中南大学出版社
www.csupress.com.cn
·长沙·

总序：中国经验与文学湘军的赓续和发展

雷 达

一

习近平指出，推动文艺繁荣发展，最根本的是要创作生产出无愧于我们这个伟大民族、伟大时代的优秀作品。文艺是铸造灵魂的工程，好的文艺作品就应该像蓝天上的阳光、春季里的清风一样，能够启迪思想、温润心灵、陶冶人的情操，能够扫除颓废萎靡之风。文学创作与文学批评彰显出来的真善美和向上向善的力量，能引导人们增强道德判断力和荣誉感。向往和追求讲道德、尊道德、守道德的生活，实现中华民族伟大复兴的中国梦，文学创作和文学批评有着不可替代的作用和价值。

毋庸讳言，文学既有中心地带，又有边缘集群，即文学具有地域性，这是一个基本事实。一个国家文学的繁荣与发展是由一个个地域性文学的繁荣与发展支撑起来的。而地域性文学的发展，既与整个国家的政治、经济、文化的发展息息相关，又与一个地域的民族气质、审美情趣、生活习俗密不可分。《文心雕龙》称北方的《诗经》"辞约而旨丰"，南方的《楚辞》"耀艳而深华"时，就明确提及地域与文学的关联性。丹纳在《英国文学史》引言中，把地理环境与种族、时代并列作为决定文学的三大因素。地域性对 20 世纪以来的中国文学的影响非常深刻，如京派作家和海派作家等地域性作家群对中国现代文学的贡献是显而易见的。

世界与中国、中国与湖南原本就是互为彼此、互为关联的命运共同体。如何认识包括文学湘军在内的中国文学在世界文学大家庭的位置，某种程度上决定了今天我们对中国历史、现实和未来的理解；而我们对地域性作家群的认知，也取决于我们对中国文学乃至世界文学的合理想象。

湖南是一个拥有悠久文化传统和深厚历史根基的文学大省，湖湘文化成为许多湖南作家创作的精神资源和价值追求。湖南作家自觉地把"感时忧国"和"敢为人先"作为人生的要义，把"经世致用"和"文以载道"作为写作的基本原则，有着普遍的政治情结、现实关切和使命意识。沈从文、丁玲、周立波等一大批作家为五四运动以来的新文学谱写了浓墨重彩的一章。中华人民共和国成立后，经过近40年的积淀，至20世纪80年代，形成了老中青三代蔚为壮观的湖南作家群。改革开放最初的12年，湖南作家在全国性文学大奖中获奖的有30多人次。首届茅盾文学奖，莫应丰和古华双双获奖。全国优秀短篇小说评选中，周立波、韩少功、蔡测海、彭见明、何立伟等人的作品榜上有名，1979年至1985年，连续7届共9部作品获得殊荣，成为全国唯一的"七连冠"省份。与此同时，孙健忠、水运宪、谭谈等4人的作品获全国优秀中篇小说奖，湖南作家因此获得了"文学湘军"的美誉，这标志着湖南文学进入了黄金时代。

二

然而，20世纪80年代末及整个90年代，湖南文学进入一个沉静期。与此同时，文学陕军以及北京、上海等文学中心地带的作家佳作频出，风光无限。人们不禁要问：为什么在中华人民共和国成立之初，湖南作家创作的长、中、短篇小说接连斩获全国性大奖，崛起的文学湘军为中国文坛瞩目？为什么文学湘军的历史题材、民族题材和官场小说创作一直处于全国领先水平？为什么从20世纪80年代末到90年代的10多年时间里，除少数民族文学获大奖外，湖南作家的作品竟无一篇获全国性大奖？文学湘军究竟怎么了？

对上述问题的把梳、厘清与回答，正是中南大学教授、博士生导师聂茂先生的"中国经验与文学湘军发展研究"书系创作的时代背景和书写初衷。老实说，我跟聂茂以前不熟，但晏杰雄是我的博士生弟子，与聂茂是关系亲密的同事，他俩共同努力，为文学湘军在全国发声做了不少工作。杰雄多次跟我说起聂茂的文学创作和学术成就。有一天，我收到一本聂茂赠送的《名作家博客100》一书，感觉作者眼光很独特，视角很新颖，是一部有较高学术价值的开创性的著作。接着我了解到聂茂本人从20世纪80年代开始进行文学创作，在《人民文学》《诗刊》等发表过不少作品，《散文选刊》《小说月报》和《读者》也转载过其不少作品，《文艺报》和《理论与创作》等报刊还发表过有关他作品的评论文章，他还获得过包括湖南省青年文学奖在内的一些大奖，算得上名副其实的文学湘军中的重要成员。1999年3月聂茂出国留学，2003年8月取得博士学位，2004 年 7 月被中南大学以海外高层次人才引进，当年即由助教直接破格晋升为教授、学科带头人。这套书系就是 10 多年来聂茂在教学之余集中思考的智慧结晶，非常有雄心，非常有勇气，也非常不容易。

　　某种意义上说，包括聂茂在内的文学湘军的这些经验、生活、故事就是中国经验、中国生活、中国故事的缩影。20 世纪 80 年代初期文学湘军的辉煌是中国新时代文学辉煌的一部分。而 20 世纪 80 年代末到 90 年代以来，湖南文学经历了 10 余年的沉静期，它是市场经济条件下文学失去轰动效应和作家日益边缘化的真实写照。喧哗与骚动之后，包括文学湘军在内的中国文学开始呈现平稳的态势，走向成熟，彰显从容与自信。这个时期全国涌现出一大批传播中国核心价值和文学理想的精品力作，唐浩明的《曾国藩》、阎真的《沧浪之水》、彭见明的《玩古》以及残雪、王跃文、何顿等人的小说融思想性、艺术性于一体，充分展示了中华文化和美学精神，为文学湘军赢得了新的声誉和尊重。而 21 世纪以来的 10 余年（截至 2016 年底），文学湘军又有 15 位作家的 16 部作品获得全国性文学大奖，其中，田耳的《一个人张灯结彩》、欧阳友权的《数字化语境中的文艺学》、王跃文的《漫水》先后斩获鲁迅文学奖，阎真和何顿分别凭借《活着之上》和《黄埔四期》成为备受社会关注的第一届和第二届路遥文学奖得主。

　　文学评论工作者应深入研究这些有筋骨、有血肉、有温度的作品，弘扬主旋律，传递正能量。聂茂抓住时机，顺势而为，聚焦"中国经验与文学湘军发展研究"这个宏大课题，对包括文学湘军在内的中国作家在历史进程中书写和记录中国人民伟大实践的优秀作品给予充分阐释和及时评判，积极为传承与赓续中华文化基因、实现中华民族伟大复兴的中国梦提供应有的学理支撑。本书系紧紧围绕"中国经验与文学湘军"这个主题，透视其丰富多样、特色各异的创作形态，将个体研究与群体融合、思想资源与现实际遇、文本剖析与路径追溯、精神辨析与文化解读、审美阐发与理性反思结合起来，探讨新时期以来中国作家为什么创作和以怎样的方式表达，形成了自己的文学热点；面对不断涌现的现实生活和文学理想，文学湘军又有着怎样丰富的内涵、复杂的创作心理和个体的审美追求，以及对国家未来、民族前途有着怎样的价值预判。这样多维度、多层面的深入研究，强化了问题意识、前沿意识、批判意识和整合意识，使得本书系既具学理深度、学术高度，又具现实针对性和实践指导意义。对于聂茂这样的创作动因和学术成就，我感到很欣慰，并为之鼓掌。

三

所谓经验，通常是指过去发生的事情。其隐含的意义在于：人在过去的所为在现在形成的与现在相关的"历史记忆"。经验既是国家的、集体的，也是民族的、个人的，是一种可供选择、自然积累的回顾、省思、体味与总结。所谓中国故事，当然是指发生在中国历史和中国社会上的一切事情，中国故事不只是中国作家的个人经验，它的读者也不仅仅局限在中国，而是面向全世界、面向全人类的。从这个意义上，文学湘军的写作不仅仅是局限在地域性上，也不仅仅是对湖湘文化精神资源的汲取，而是以更加宏阔的视野，去发现中国元素、中国气质、中国精神和中国智慧。换言之，文学湘军将以什么样的思想情怀和艺术立场为我们这个时代、为有着命运共同体的人、为整个世界提供精彩的生活样本、文化镜像和价值观念？对这些问题的考察和思考，正是聂茂学术聚焦和研究重心之所在。

可以说，"中国经验与文学湘军发展研究"书系是聂茂从事中国现当代文学特别是对新时代文学和文学湘军研究10余年的集中奉献；倘若算上他文学创作的前期积淀，则是其近30年置身文学现场，观察、感受、参与和见证中国人民的伟大实践、中国作家书写中国经验的总体思考和学术结晶。

该书系共由7部专著组成，分别是：《人民文学：道路选择与价值承载》《家国情怀：个人言说与集体记忆》《民族作家：文化认同与生命寻根》《湘军点将：世界视野与湖湘气派》《政治叙事：灵魂拷问与精神重建》《70后写作：意境阔阔与韵味悠长》以及《诗性解蔽：此岸烛照与彼岸原乡》。这7部专著以国内外最新学术成果为基础，全方位、多角度、立体式地对世界视野下中国新时期文学的精神资源、叙事模式与创作风格，中华优秀文化的赓续与传承、家国情怀、人民文学与文学湘军的深刻关联，70后作家的创作特点，以及改革开放以来文学湘军的文化记忆、生命寻根、文本特征、审美态势及创作成就、困境与突围等，进行了全面客观、深入细致的总结、阐释、评论和分析，回答了伴随着经济崛起的中国作家应当以怎样的文化自觉和文化自信来书写中国故事，彰显中国立场、中国道路和中国价值等重大命题，该书系对重塑科学、健康、锋利的文学批评精神具有很强的针对性、学术性、理论性和前瞻性，对中国新时期文学，特别是湖南文学的繁荣和发展具有重要的理论价值与现实意义。

据悉，本书系自2006年开始启动，各部专著既相互独立，又相互关联，既相互支撑，又相互印证。作者立足于世界视野下中国经验的思想结构与内在逻辑，深入探讨了中国作家无论是个人言说还是集体记忆所共同拥有的家国情怀，重点阐释了人民文学对中国作家道路选择与价值承载的重要意义，对民族作家心路历程所彰显出来的文化认同与生命寻根给予了积极的肯定，并从制度层面和诗性追求上对政治叙事中的灵魂拷问与精神重建做出了全面细致的学理分析。中华美学和中华优秀文化的赓续和发展，有助于增强中国人民的文化自信、政治自信和道路自信，这样的研究充分体现了问题意识与创新精神，为新的历史时期重塑国家形象、凝聚人心和提高民族自信心提供了理论支持。中国文学和中国精神之于世界意味着什么？可以说，历史上没有任何一个时代像今天的中国这样丰富而深邃，对中国经验与文学湘军的文化源头、内部机制、审美特征等全方位、多角度的深入分析，是文学评论工作者在借鉴、吸纳人类丰富经验的同时，更多地关注中国立场、中国智慧、中国价值的客观需要，因而本书系具有丰富的文学理论价值和重大的学术原创价值。

近年来，伴随着中国经济崛起和世界对中国的关注，有关中国经验的文学评论文章或专著不少，有关文学湘军的评论文章或专著亦有一批，但将中国经验与文学湘军关联起来并做全方位的考察和研究的则并不多见。同时，学界关于文化自信和世界视野下中国文学的发展现状、机遇与挑战等方面的学术成果虽有一批，但是，由于依据理论的偏颇和研究方法、解释框架、价值导向等方面的缺陷，这些成果存在明显不足：一是多以现代西方理论和方法作为阐释立场，而非依据中国理论的内在资源确定和解读包括文学湘军在内的中国文学的发展变化，对中国文学所呈现出来的鲜明的中国特色和中国作家对人民文学追求的价值导向等研究发掘得不够；二是多遵循现代学科知识逻辑，而非针对中国传统社会与现代学术的浑融性提出的整合性解释框架，因而在对澄明中国文学对社会、文化、政治问题等层面的思考与实践上缺乏自信，对文化建设与中华文化传承的重要性也认识不够；三是多坚持"检讨中国"的刻板模式与审美知识的自主性立场，贬斥国家主义和功利主义的政治美学理念，不能发现中国制度优势所蕴含的合理性和普遍性价值，对中国文学在全球化语境下所形成的中国模式、中国智慧和中国道路的诠释缺乏全局性眼光，对包括文学湘军在内的中国当代文学发展也缺乏前瞻性和针对性的指导意义。而"中国经验与文学湘军发展研究"书系力图弥补这些缺憾，聂茂十年磨一剑，他不仅对湖南作家的研究做出了创新性和开拓性的贡献，而且对全国其他省份的文学研究亦有积极的启迪意义。

四

繁荣文艺创作，离不开文艺批评的健康发展。聂茂作为一名作家型教授，对"中国经验与文学湘军发展研究"有着先天的优势和个性特色，其开阔的国际视野，深厚的理论基础，丰富的创作经验，为整个书系的质量提供了保障。

"中国经验与文学湘军发展研究"书系的可贵之处在于，它站在全球化语境下，以中国经验和中华诗学的艺术立场，对传统文化视域下中国当代作家与作品，特别是对湖湘文化视域下文学湘军的研究做一次总结，使之成为该领域研究的代表性著作，为日后学术同行的相关研究提供重要的学术资源。纵观整个书系，我认为作者主要从以下五个方面做出了积极探索和不懈努力。

第一，夯实了世界视野下中国当代文学研究的学理基础，提升了中国精神和中国优秀文化在世界图景中的重大价值与时代意义。作者以中国经验与文学湘军为切入点，把中国智慧、中国道路、中国模式置于世界文学视野下，对改革开放以来文学湘军的巨大成就、内部构成、创作特点、叙事路径、审美趣味，以及中华传统优秀文化与湖湘文化之间的赓续、传承与发展的动态过程进行整体把握和深刻阐释，深入分析中国作家如何在世界图景中认识自己，将中国精神、文化建设与中华文化传承等一系列关乎民族盛衰、国家兴亡的重大课题呈现在世人面前。

第二，探究了中国作家的家国情怀和对人民文学执着追求的心灵冲动。该书系立足全球化语境下中国文学的宏大背景和湖湘文化丰厚的理论场域，研究新时代以来中国作家为什么心怀家国情怀，对人民文学的创作诉求产生强烈的心灵冲动，并探寻包括文学湘军五少将在内的 70 后作家的集体崛起的社会深层原因。

第三，重新认识和发掘了中国制度优势与中华诗性对中国作家创作资源所提供的深厚底蕴与精神投射的启迪意义。该书系针对中国当代文学，特别是文学湘军的创作与研究、评价中存在的问题和困惑，以中国制度优势和湖湘文化为切入口，聚焦"诗性追求"及其时代认知这一具有共同性、源头性和枢纽性的考察角度，对中国文学在新的历史条件下如何塑造自己、中国作家如何为丰富人类的精神生活做出贡献进行深入思考，全面厘清文学湘军的政治地缘、创作特色与形成路径，审视当前小说创作为何出现丰富、复杂乃至矛盾对立的现实尴尬。

第四，探寻民族作家的心路历程，增强民族团结和民族文学的影响力。湖南是全国少数民族大省，沈从文等作家在现当代文学史上留下了厚重的一页，改革开放以来中国巨大的社会变革创造了丰富的中国经验，也带给中国民族文学取之不竭的创作资源。中国作家坚持自己的个性和品格，充分展示中华民族的精神命脉和命运共同体。作者以江华瑶族作家群为例，用"解剖麻雀"的方式，找出了他们的文化传承及其与汉文化的共生共融的关系，深入分析了他们作品的审美特征、身份认同和民族寓言等，着力思考面对强势文化的挤压，他们的文明何以保存，他们的文化何以弘扬，他们的文学何以生存。每个民族都有自己的梦想，"中国梦"当然也包含江华瑶族的作家群"作家梦"。通过从文学、民俗学、叙事学和传播学等视角对江华瑶族作家群及其作品的集中考察，可以获得探寻全国少数民族作家心路历程的钥匙，为民族文学的繁荣和发展提供实证意义。

第五，彰显了中国当代文学为实现"中国梦"的重要意义。该书系运用历史的、人民的、艺术的、美学的观点评判和鉴赏作品，聚焦人民文学的丰富性和家国情怀的书写启示以及 70 后作家写作的新的艺术特质，揭示了优秀作家应选择怎样的叙事路径，才能充分彰显传统文化价值和功能内涵，才能彰显文学创作和文学批评为先进文化建设和民族伟大复兴的"中国梦"服务的终极意义。

总之，本书系以马克思主义为指导，站在全球化视野下，立足中华传统文化特别是湖湘文化对文学湘军的影响这一价值目标，综合运用社会学、文化学、文艺学和传播学等多种方法，全面概括中国新时期以来文学湘军的总体特征和创作规律，探索应该怎样认识和表现颇具中国特色的地域文化及时代意义，为文化自信背景下如何讲好中国故事、如何建立健康有序的文学批评提供了新的研究视角，是当代中国文学特别是文学湘军研究的新收获。

（作者系我国著名文学评论家、中国小说学会会长、兰州大学博士生导师）

目　录

绪论　世界视野下文学湘军的思想锋芒与精神气质

　　20世纪以来，随着全球经济一体化进程的加快，世界各国文化在碰撞中融合，在分歧中互补。与此同时，文学批评的视野拓宽，各国文学不再是孤立封闭的系统或流程，中国当代文学同样如此。伴随着中国经济的崛起，这种"开放与交流"成为必然，而生当其时的文学变局为中国现当代文学研究提供了新的聚焦的主题——世界视野下的中国文学。本书的研究并不是为赶时髦而简单地将之比附，而是全面、客观地与世界同类文学作品联系起来考察，才不至于失察，即对具体作家作品价值要么评价过高，要么评价过低。文学评论工作者应该秉持这种自信，进而将这种自信化为一种文化自觉，唯其如此，中国当代文学特别是新时期文学的创作实绩才能从容、真实地呈现在世界文学的大家庭中。

　　某种意义上，文学湘军的思想锋芒和精神气质是世界视野的中国化体现。德国汉学家顾彬在《20世纪中国文学史》中对20世纪中国文学进行了阐释和批评。与歌德提出的概念不同，顾彬提出的"世界文学"引起了更为广泛的反响，王家新教授对其理念做了这样的总结："他的视野已远远超出了一般西方人的视野，而体现了一种中西视野的融合（这也即是阐释学意义上的'视野融合'）。无论如何，他心目中的'世界文学'不是以西方为中心的，更不是由'资本主义的扩张'决定的。"①顾彬提出的"世界文学"，对于全面地、深刻地思考中国文学不仅有着视野上的宏阔性和思辨性，而更有着内蕴上的独特价值。首届中国文学博鳌论坛就是围绕"世界视野中的中国文学与中国精神"的主题进行了讨论，铁凝提出"中国文学和中国精神之于世界究竟意味着什么，这关系到中国

---

①　王家新."对中国的执迷"与"世界文学"的视野——试析顾彬对20世纪中国文学对阐释和批评[J].
中国人民大学学报，2009（5）：3.

文学在新的历史条件下如何塑造自己，也关系到世界如何看待中国文学。"世界视野不再是单纯地向西方文学学习，不再是以欧美文学为中心的单向度心态，不再是以西方文学的标准来衡量中国文学，当然也不是故步自封的以中国文学为中心的研究理念，它是以一种更为开放的、新颖的文学创作和批评视野，是站在整个时代的高度上来观照社会和时代，以及人性普遍存在的矛盾，是中国文学以一种文化自信的态度（不再是被动和弱者的姿态）对自我的检视和评估。只有置身于文学全球化的语境中，与世界文学紧密连接在一起，以中国经验和丰富的生活内涵去创作、去挖掘中国文学的价值，才能更加清醒地认识自身的问题和局限性。

湖湘大地自古文运昌盛，敢为人先，湖湘风流渊源流长，文墨骚客人才辈出，文学湘军在中国当代文学、特别是 20 世纪 80 年代的文学中写下了精彩的一页，留下了不朽的篇章。进入 90 年代，尤其是 21 世纪以来，文学湘军创作成果同样丰硕，涌现出一大批优秀作家与作品，如写历史文化的唐浩明、写官场小说的王跃文、写知识分子的阎真、写战争与历史的何顿以及写乡村问题的何立伟和姜贻斌，等等，他们扎根于湘楚大地，笔耕于文化传承与历史责任问题、对战争的认知问题、知识分子在经济时代下的核心矛盾等，这些主题均是具有世界意义的现代性问题。在这样的世界视野中，文学湘军的文化传承与历史担当不再是孤立在某一个时代、某一个群体的书写，如唐浩明的《曾国藩传》《杨度》《张之洞》等将晚清历史置于特定的社会文化中，让历史人物真实地再现于风云变幻的时代大潮中；而何顿的《来生再见》《黄埔四期》等抗日题材的作品，作家对战争的认知不再局限于中国大地而是将它视为整个世界战争史的组成部分，还有阎真的《沧浪之水》《活着之上》等作品对知识分子独立人格和精神坚守也不仅仅是湖湘知识分子问题而是该群体在这个时代深刻的精神矛盾，作品中呈现的问题与困境是湖南的，也是中国的，更是世界的，这些问题存在于当下世界体系和中国社会系统中，湖南作家对整个人类灵魂和世界命运共同体超时空、跨国界的深度关怀，充分体现出文学湘军的文化自觉和创作视野的世界性。

文学湘军的世界视野首先表现为敢于直逼社会、时代和人性问题的最深处。敢为人先、经世致用、忧国忧民的湖湘文化精神对文学湘军的创作有着重要的影响，而 21 世纪的文学湘军在此基础上进行超越，从"政治—文学"的文学创作观中剥离，从"经国之大业，不朽之盛事"的抒情中跳出，从理想主义的诉说中挣开，更多地关注社会转型和市场经济渗透下的社会现象与人性变化。如湖南作家的官场小说少有"权为民所用、利为民所谋"的宏大主流意识，而是通过日常生活常态——饭桌上、牌桌上、情场上，让官员回归日常和世俗，直击官员在当下时代中人性最真实最隐秘的一面；对于知识分子的书写，不再是远离士大夫和以启蒙为己任的形象，而是将他们置于复杂的社会背景和市场经济的竞争中，不再是悲壮性的反抗或消极性的逃离，而是拥抱生活，与现实达成妥协，作家的倾向也不是一味地批判，而是包容和理解……如此触目惊心、直接尖锐地揭开人性在当今时代的坚强与软弱，是文学湘军对人民文学创作自觉的追求与发展。

其次，文学湘军的世界视野建立在绵长不竭的精神气质上，即真诚的人文精神、勇敢的担当意识和知识分子的忧患使命意识。"公众的趣味不是原始资料，趣味就是趣味……好的趣味并不是根，而是审美文化的果实。"①中国文学在经历中华人民共和国成立后的政治化和工具化，"文化大革命"中文学的脸谱化，很长时间中文学工作者的文学自觉性远低于他们的国家和民族的道德责任感，到 21 世纪，文学湘军坚守着真诚的"审美文化"追求，他们既不像张承志、张炜等对人文精神进行激进讨论，但也拒绝"玩的就是心跳"和"躲避崇高"的虚无态度，而是始终以强烈的人文担当精神和忧患意识面对新时代、新环境下的社会思潮和时代语境，执着而坚定。如彭学明长篇叙事散文《娘》表现出来的真诚的歌哭和灵魂的忏悔，"在这个物欲横流的时代，当我们都丢失了娘和娘的精神世界，彭学明是代表整个中国和世界在发问在寻找……找回了文学里的温暖、感动和力量，更找回了文学里的艺术、生命、生活、思想和精神。"②罗成琰对学术批评的追求，余艳对红色文化的书写，都是极具时代性的宏大命题，而肖仁福对民间立场的坚守和对仕途救赎的问题等，更体现出如卡夫卡"虫子"与"自我意识"的丧失。在时代、市场和文学主流意识及个人独创性复杂的关系中，文学湘军始终保持清醒的精神气质，以湖湘文化为依凭，把中国经验和生活内涵融为一体，真诚地展示了中国文学应有的锋芒、视野和道路选择。

基于以上思考，本书力图站在世界视野下，准确把握湖湘文化、湖南作家的文学特点、价值和意义，对文学湘军的创作方法和价值追求进行深入剖析和理解、对其独创性作出更合理的评价，对其表现的人类和文学的基本问题作出符合实际的分析和宏阔而深入的研究，去探索文学湘军创作主题、创作风格、创作诉求和作品的审美趣味，以及思想境界等所表现出来的具有时代共性的特征，从更开阔的视野对湖南文学的问题和困境进行阐述和理解。

---

① 豪塞尔. 艺术史的哲学[M]. 北京：中国社会科学出版社，1992：230.

② 彭学明. 娘[M]. 长沙：湖南文艺出版社，2012：155.

在全球化语境和大国崛起的背景下，秉承中国传统，立足中国经验，讲好中国故事，向世界展示一个真实、立体、全面的中国，是伟大时代赋予包括文学湘军在内的中国作家的宏大命题和崇高使命，这是中国作家和中国评论家的共同责任。因为，中国经验、中国故事及其文化软实力浓缩了13亿多中国人民的汗水、心血和文化选择，是勤劳勇敢、积极进取的中国人民在纷繁多变的国内国际形势下用中国智慧开辟出来的中国道路、创造出来的中国模式。中国经验和中国故事不仅仅是中国的，也不仅仅是第三世界人民所独有的，它本身内生的强大文化功能及其呈现出来的中国人日常生活的价值系统更具有人类的普遍性意义，因而也是带有典型"CHINA"血型的全球化经验和全球化故事的重要组成部分。

当前，文学湘军同全国各地作家一道，既赓续本国文化的优秀基因，又充分汲取他国文化的生命精华，高举理想主义和现实主义的旗帜，积极地为自己的土地和人民写作，自信地与广大读者分享对中国历史与现实的理解，分享中国文化的魅力和中国智慧的荣光，自觉地参与中华民族精神家园的维护和建构，努力展示中国人民对人类命运共同体的希冀和梦想。

换言之，包括文学湘军在内的中国作家站在世界文学的视野下，用极其丰沛的艺术手段，精心刻画处于全球化震荡中的中国文化传统的当代命运，充分揭示当代中国人的生存痛苦、生活困境及生命焦虑等复杂情怀。作为发展中国家极其典型的故事原型，中国故事已经烙上了自己的时代名片、文化印记和独特经验，正从人类共同体的生命脐带和最为古老、最为原态的根源处流溢而出，这样的中国故事正日益洋溢着巨大能量，以及无处不在的诱惑力和生命力，它不仅赢得了中国人民的喜爱、阅读和传播，而且越来越赢得世界人民的关注、共鸣和礼赞，这不仅是文学湘军对于中国文学的贡献，更是中国文学对于世界文学的贡献。

第一章　对话唐浩明：文化的守望与历史的担当

点将词：致敬唐浩明

唐浩明是一个具有文化骑士精神的作家，作为一名由出版古籍为主的出版社的资深编辑跨界成为卓有成效的历史小说作家，他的身上有一种"湖南蛮人"的文化担当，敢于承担历史的责任。面对丰厚的历史和浩瀚的时间，他以极致精细的工匠精神和考古学家的严谨，数十年如一日，辛劳地耕耘其中，发现，打磨，萃取，并自得其乐。在新时期文学的历史大潮中，他秉持难能可贵的文化自警和个性觉醒，以雄心勃勃的小说艺术形式将历史和历史人物从堆满尘垢的故纸堆中推到大众面前。与其说他是在创作小说，毋宁说他是在修复历史、复兴文化。

如果说，《曾国藩》还让人们狭隘地以为他是作为一个湖南人在为曾国藩"平反昭雪"的话，那么，之后的《张之洞》则让人们看到他的思想的宏大与精神的高贵。当然，也有人说他写的是历史学意义的官场小说，但是《杨度》的横空出世异常鲜明地告诉我们，历史的反省和文化传承才是作者写作的根本所在。即便是小说《曾国藩》，只要我们细细品读之后也会发现，他书写的绝非仅仅是官场，而是家与国、族与民，以及文人与文化。曾国藩、张之洞和杨度是他聚焦和书写的主体，也是他的思想媒介和精神坐标。

侵略、战争、"文革"、天灾、人祸，整个20世纪前四分之三几乎就是中国社会的变革史和政治生活的动荡史，更是中国传统文化的灾难史和苦难史。刀锋割断了古老的文化脐带，文化母体破碎一地，后人则选择盲视或遗忘。而唐浩明则以学者的良知和作家的勇气，用小说创作的个性化语言，复活和再创造了湮没于历史灰尘中的"灰色"人物，更复活了这些人物所信奉与践行的作为中国几千年历史文化核心的士人精神。他让我们走进这些历史人物的生命和生活，呼吸历史的空气，触摸文明的肌理，感受思想的激荡。他试图寻找民族失落的精神家园，拾起湖湘文化的碎片，勾连我们生生不息的中华血脉。他的作品洋溢着思想之美，高蹈着精神情怀，包容着天人合一的价值伦理，揭示出日常生活和现实历史的种种奇迹。他的创作在几十年间持续不断地影响着读者，也影响了大批的作家和学者，他的先知先觉正慢慢形成共识。

从艺术审美上，他重塑了历史和文化，也重塑了历史小说。小说从来没有像在他那里一样温文尔雅、器宇不凡和波澜壮阔，历史也从来没有像在他那里一样栩栩如生、惟妙惟肖和熠熠生辉。他的努力和诉求正成为主流文学不可忽视和不可或缺的正义力量。在追求湖湘文化的灵魂时，他发现了传统道德与文明之间的价值冲突并将这种冲突真实地呈现在当代人面前，其作品的震撼力、思想性、普遍意义和语言的丰富机智都达到了令人惊叹的高度。他重新定义了历史小说，赋予了历史小说新的场域、纹理、血脉、精神、气质和生命，而从他的作品的传播度和影响力来讲，他对传统价值的回归和民族文化的自觉等方面的贡献都超出一般学者书写和小说创作的价值。

第一节　文化的传承与历史的责任

聂茂："故纸堆中三十年，拉近古人与今人。"这是人们对您辛勤耕耘的由衷赞美。人生有多少三十年？要在故纸堆中忍受寂寞孤苦，抖落历史的尘埃，还原一个人的真容，谈何容易！但生命的意义与人生的价值也许正在于孤独中守望着一束烛光，潜入历史深处，与心仪的过往者"对话"，并与之成为穿越时空的知己。而这样的例子，在漫长的文学史中其实是有不少的，比如布罗茨基对于俄罗斯白银时代的诸君。1919 年，茨维塔耶娃写下了"一百年以后，亲爱的，您是否还能认出我，在旧世纪的群星中，总也不肯坠落的那一颗，那时候，您是否还能分辨出我的光泽，然后呼唤我越过银河系，飞临您的星座"。当布罗茨基站在诺贝尔文学奖的领奖台上深情地追溯俄罗斯的诸君时，那些过往者应该会感到欣慰。这是血脉的传承、文化的传承、历史的传承，也是写作者责任的传承。

曾文正公并非纯粹的文学家，他的声望和影响更多来自他的政治生命和军事才能。但是，在我看来，您之于曾文正公与布罗茨基之于俄罗斯的诸君来说本质应该是一样的。与其说您"碰到"曾国藩是您的幸运，不如说曾国藩"遇见"您是他的幸运。通过您持续不断地开掘、整理和"发现"，您用如椽之笔塑造了一个活灵活现的不同于教科书里记录的曾国藩，从历史遮蔽处中还原了一个有血有肉、有着深刻自身矛盾斗争的多重性格的人物形象：为母亲千里奔丧，痛哭流涕，守护灵前，让人动容，这是"大孝"的曾国藩；国家危难，毅然奔赴前线，在困难重重之下，将脑袋拴在裤腰带上，组织湘军，迎难而进，这是"大忠"的曾国藩；对康福乐善好施，仗义相助，对荆七伯乐识马，知人善用，这是"礼智信"的曾国藩；在"长矛"手下倍感羞辱，"宁死不屈"也要保留气节，这是"侠义"的曾国藩；治军严谨，按时作息，讲究规则，时刻反省，这是"自警"的曾国藩……可以说，您笔下的曾国藩是中国传统文化中的集大成者。

与此同时，我们也可以从您的文本中获得另一种意义的解读：守丧期间，曾国藩用"孝"的借口与皇帝"讨价还价"，他用"忠"的盾牌保全自己；当被"长矛"捕获觉得失了面子时，演苦肉戏想去"撞柱"却没真撞，用自己的生命底线去试探对方的仁慈底线，从而见出其"虚伪"和"狡诈"的一面；知人善用的背后却有很高超的御人之术，湘军崛起之路上，他彰显的大智慧实际上也是权术的胜利，湘军崛起的过程既有时代大潮的客观背景，也有他为蹬青云、名垂青史之内在欲望的主观努力；剿灭太平天国之后，他解散湘军体现出淡泊名利、不作非分之想的同时，也是因为担心自己权倾朝野遭人嫉恨，怕一不小心落得个兔死狗烹而进行的自警与自保……总之，一千个读者可能会有一千个曾国藩。

我感兴趣的是，布罗茨基年轻的时候就开始跟随阿赫玛托娃和茨维塔耶娃等，他见证过那一代人的生命历程与苦难际遇，聆听过他们的声音，触摸过他们的精神，所以有了后来的故事。但是，您和曾国藩素未谋面，仅仅因为整理他的资料、阅读他的文字，感觉到这个人被严重误读了，从而产生了强烈的心灵冲动，要为曾国藩讨个公道，或者还历史以真相，这就是你创作的原动力吗？您心中的曾国藩是怎样的一个人？您书写曾国藩的基调或者说价值判断是什么？

唐浩明：1984 年，我所在的工作单位岳麓书社让我做新编《曾国藩全集》一书的责任编辑。曾氏去世后不久，以李瀚章、曾国荃、曾纪泽等人为主，编辑刻印了一套名曰《曾文正公全集》的书，这是近代的一部名著。高官大吏死后，其亲属门生为之刻印文集，几乎是封建时代的通例，但绝大多数只是存留在如同曾氏所说的"子孙后代观览"的层面上，不可能走进社会，更不能流传后世。其原因是它们的公共价值有限，而曾氏全集之所以成为名著，恰是它公共价值大的原故。

20 世纪 80 年代初，湖南出版部门之所以重新出版曾氏全集，除开上述这点原因外，还因为当年曾氏老家的原始档案目前还较为完好地保存着。粗粗地检索后，发现其中有很大一部分，当年的刻印本没有收录。于是，在当时抢救历史文献的大背景下，新编一套尽可能完整的曾氏全集，便被文化界视为是应做的一件事情。我有幸被出版社选中来具体负责此事。

这套书由出版社领头组织专家队伍、联系曾氏文字的藏家、制定编辑体例，等等，所以实际上我成了这套书的主编，身上的担子十分重大。为了很好地履行这个职责，我做了大量超出一般责编的事情：自己动手，整理曾氏家书、全部读完一遍光绪年间的刻本、阅读与曾氏相关的大批历史文献、搜集披阅清末民初的稗官野史、走访曾氏后裔及湘军后人，挖掘那个时代的民间流传等。以后，我又动笔写了一批关于曾氏的研究论文，如《曾国藩对人才的重视与知人善用》《曾国藩的学术思想及其成因》《曾国藩的美学思想》《曾国藩非汉奸卖国贼辨》《曾国藩的生平与事功》，等等，这些论文都先后发表在海内外的各种学术刊物上。

在此基础上，我对曾氏这个人有了自己的看法：他既非圣贤、三立完人，也决不是恶魔、汉奸、卖国贼。他60年的人生道路非常鲜明地呈现出一个这样的形象：一生以中国主流文化的价值观念作为自己的追求，努力在事功建立过程中完善自我人格，并用日渐完善的人格力量去推动事功境界的高层次化。从这个角度来看，曾氏是中国传统文化践行于人生的近代标本。

我对曾氏认识的这个基调，在小说《曾国藩》动笔之初时已有了较为清醒的概念，但我的认识有一个较为漫长的过程，在这个过程中，我对曾氏的认识慢慢地清晰、丰富、深入。这个过程之长，应该说从20世纪80年代直到今天。因此可以说，小说中的主人公，还并没有体现出我今天的认识。我这些年来，常常认为应当摒除一切俗务，静下心来，对《曾国藩》这部书做一些郑重的修订。

促使我写《曾国藩》的动力来自三个方面：一是对曾国藩和他生活的时代，有属于自己的意见要发表。二是以小说的形式来写，可以借助对人物心灵和情感世界的探索，将人物写生动写活；还可以借助许多文学元素来打动读者，让人喜欢读，从而走向更为广阔的社会空间，而不仅仅只在文学圈子里传阅。三是我从小就有做作家的理想，我要借此圆我的作家梦。

至于时代的隔阂，倒不是主要的问题，这个障碍是可以消除的，因为作家得有"思接千载，视通万里"的能力。罗贯中不是三国时代的人，他可以写好《三国演义》；姚雪垠不是明末人，他可以写好《李自成》。这便是明证。

聂茂：您曾经说过，您与曾国藩的相遇经历过三个阶段：第一阶段是阅读，因为您是新编《曾国藩全集》的责任编辑，这部全集有1500万字，30卷。第二阶段是研究。第三阶段是写作。从1986年到1992年，在长达六年的时间里，您"白天编全集，晚上写小说，工作时间做曾氏文字的责任编辑，业余时间做曾氏文学形象的创造者。就这样，120万字的《曾国藩》写了出来"。

我大致计算了一下：整整六年间，您平均每天差不多要编辑7000字、创作600字，日复一日的用脑，这种令人难以置信的工作强度是一般人难以承受得了的。尤其难以承受的是，您在创作的时候还有许多不确定因素，例如，如何评价曾国藩的问题等。据说毛泽东和蒋介石都很佩服曾国藩。毛泽东曾说："愚于近人，独服曾文正。"而蒋介石更是以曾国藩自命，用以说明自己的正统，而把共产党及其领导的红军视为太平军一流。也正因为此，为了反对蒋介石，从延安时期开始，有人写了《汉奸刽子手曾国藩的一生》之类的文章，全盘否定曾国藩。中华人民共和国成立后，崇洪（秀全）贬曾（国藩）的状况一直未变。

20世纪80年代后，尽管学界有人主张实事求是，重评曾国藩和太平天国，但一直未为主流话语所接受。换句话说，在20世纪80年代的特殊语境中，曾国藩还是一个比较负面的历史人物，聚焦这样的一个人物，对他进行"拨乱反正"，是有较大风险的。您称自己的写作是"戴着镣铐在跳舞"，既要服从"镣铐"式的条条框框，又要争取"跳舞"式的书写自由，这样的创作状况带来的心灵上的折磨和精神上"疲惫"比体力和智力上的付出所带来的无形压力更大，更遑论创作的激情和愉悦了。特别是您有着清醒的意识，认为那些公认的非常规范的、正统的、纯粹的历史小说是没有人去读的，因此，您必须突破，从表现手法到人物评价都要有自己的独到之处。您敬畏历史，希望自己的创作站在文化和人文的立场上，给历史人物以温情，恢复历史的本来面目。您十分推崇姚雪垠先生，坦承《李自成》对自己的创作有着深刻的影响，认为这些历史小说大师十分尊重历史的本真状态，既有史家的品德与胆识，又有艺术家的眼光与良知。可是，姚雪垠先生写好《李自成》第二卷两年后也没法出版，后来还是请毛主席出面批示才得以出版。

幸运的是，《曾国藩》这部皇皇巨著分为三册，以《血祭》《野焚》《黑雨》为名，于1990年、1991年、1992年相继推出。您以自己的学识和勇气，承担了历史可怕的责任，第一个以正面文学形象表现了复杂多变的曾国藩，使冷清蒙尘的曾国藩一下子成了家喻户晓的历史人物。有学者甚至认为《曾国藩》很可能与《三国演义》一样，成为千百年间广大中国人了解有关历史和人物的重要读本。

我想问的是，您难道不担心重塑这样的一位历史人物，会给自己的个人生活带来一些麻烦，或者辛辛苦苦写出来的作品不能如期出版吗？《曾国藩》在出版问题上有没有遇到某种磨难或者碰到什么麻烦？如果有，主要是些什么问题，以及如何解决的？如果没有，您觉得是什么原因，让这样一个原本有着巨大争议的历史人物能以小说的方式顺利出版？您为什么会把自己的心血之作交给湖南文艺出版社而不是自己工作的岳麓书社或别的出版社来出版呢？

唐浩明：您对在 20 世纪 80 年代写《曾国藩》所作的来自两个方面（即对曾氏本人的主流看法，以及历史小说写作本身的"戴着镣铐跳舞"）的心灵折磨与精神疲惫的判断，令我温暖。时光的流逝仅仅只有 30 年，当时的记忆，自然是深刻而不会忘记的。我跟您说一件事，1985 年，我整理编辑的《曾国藩全集》的第一部分《家书》两卷出版，刚上市不久，《湖南日报》便在重要版面上登出一篇署名大文章，标题为《为谁树碑立传》（大概是这个题目，记不很准确了）。这是一篇标准的"文革"文章：居高临下的气势，貌似堂堂正正的大道理，饱含着阶级感情，充满着火药味，语气格外尖刻。文章指责岳麓书社为什么要给一个反革命头子树碑立传，许多革命老前辈都有家书，你们为什么不出？"文革"才过去不到 10 年，这样的文章令人心惊肉跳。最令人害怕的是，它或许有背景，有来头！我当天夜晚，便到了主管出版的一位省委宣传部领导家里询问此事。那位领导说："这多半是个人意见，不可能有什么背景与来头。出版曾国藩的全集，是经过国务院古籍规划整理小组批准的，不要动摇。"过几天，这个领导的分析得到证实，而且《湖南日报》也没有再刊登类似的文章。我的心才慢慢平静下来。不久，美国纽约《北美日报》发表了一篇题为《还历史以本来面目》的社论，专门祝贺中国出版《曾国藩全集》，称赞此事好比中国发射了一枚新的导弹或卫星。这事让湖南出版界很兴奋，也让参与整理的学者专家们受到鼓舞。接下来，我写的《曾国藩对人才的重视与知人善用》一文，被（中组部）举办的第三梯队培训班选作课外重点参阅论文。此事给我增添了力量。我写小说《曾国藩》的最初想法的萌生，应该说与这些因素有较大的关系。

作为尝试，我先写了一个 5 万字的中篇，题目叫作《曾国藩出山》，托人交给湖南文艺出版社办的《芙蓉》杂志，希望在那里发表。那时《芙蓉》的编辑部主任是朱树诚先生。这是一位对文学有极大热情、对文学出版事业极具责任心的编辑。他看后立即约见我，肯定了这个中篇，但暂不发表，希望我写长篇，今后就由湖南文艺出版社来出版。这给我很大的鼓励，也给了我写长篇小说的信心。从那时起，我开始了长达六年的白天编辑曾氏文集，夜晚写曾氏小说的孤独寂寞的文字生涯。后来，为了让精力能更加集中，我辞掉了副总编辑的职务。虽然，我知道这是在雷区里行走，我也知道这部书的出版会很难，但我一直在做着，从来没有想过要放弃。这原因，一是我明白自己在做一件较大的事情，做这种事只能抱曾氏"莫问收获，但问耕耘"的心态；其二便是您所说的文学创作过程中的激情与愉悦。即便是在一种不顺畅的环境里写作，但这种心情还是常常伴随我。它带给我的欣慰与喜悦，足以弥补孤独冷清，也足以让我不去多想日后可能会出现的麻烦甚或是不测。

出版果然是艰难的。湖南文艺出版社几度将选题呈报上去，但都得不到同意的答复。这时候，我托父亲联系在台湾出版。台湾黎明文化公司立即明确表态同意。我于是请人用繁体字誊抄了一份书稿，托回大陆探亲的台胞带到台湾去。1989年下半年，陈满之同志担任出版局局长，我决定当面向他汇报这件事。记得是一个晚上，我捧着高高的一叠书籍，并带上我的书稿，一口气对陈局长讲了两个多小时。陈局长中途未插一句话，最后他做了明确的表态：湖南人写湖南人，这样的书，应该在湖南的出版社出版；只要政治上不是反动的，内容上不是黄色的，我看出版应无大问题。听了这话，我松了一口气。

陈局长要求局党组每位成员都看书稿，并表明态度。书稿终于进入出版流程中。

1990年8月，台湾黎明文化公司推出《曾国藩》的上卷。同年11月，湖南文艺出版社也出版了《曾国藩》的第一部《血祭》。

第二节　激荡的思潮与断裂的传统

聂茂： 让我们把时间再退回到20世纪八九十年代。历史解冻，大地回春，改革开放的中国让国人重新放眼世界，重新审视自我，伴随着政治风潮的起起伏伏，各种文艺思潮兴起，思想启蒙浪潮席卷文化领域，特别是在文学领域。"伤痕文学""寻根文学""先锋文学"等，你方唱罢我登场，好不热闹，这种激荡的文学思潮一直延续到并影响了整个90年代的文学，形成了中国当代文学独特的精神品质。

今天，回首那个时代，当时的许多作家都不约而同地将目光投射到人的主体性上来，文学创作开始关注人的存在和生存本身，人的自由与个性解放，对文化的反思和探索成为一些作家的审美诉求。尽管每个创作者的经历不一样，所走的道路也许不同，关注的主体对象也不一律，但是，其中很大一部分作品都把目光锁定在"历史"，这里的"历史"是广义的"历史"，即过往的一切。纵观中国文学和世界文学，大部分的作品都是通过作者的真实体验和感受，或者是对过往历史进行追溯和重构。作品中的人物名称可能是杜撰，地点可能是杜撰，故事可能也有杜撰，但是，其整体结构、逻辑性、合理性必然会符合历史背景决定的事实，这样的文本才能"成立"和"合法"，才能具有梁启超所说的"诗歌的正义"，它要求创作者如您所说的"对笔下那段历史时空的方方面面都要有实实在在的了解。"《百年孤独》《喧哗与骚动》是这样的，《尤利西斯》《追忆逝水年华》是这样的，《红高粱》《废都》《芙蓉镇》也是这样的。它们都是作者基于所处时代的现代性而对历史进行的发掘与再造。

显然，《曾国藩》也在上述经典之列。无论从思想性，还是从创作风格和写作手法上，您所进行的文学，都具有文化先锋（更多的是思想或精神上而不仅仅是艺术手法上）的意味，是现代性的史诗书写。您以一种独特的身份和视角参与到那一场轰轰烈烈的文化复兴和思想解放的浪潮中，与新时期文学的创作主体一起，引领了20世纪90年代的历史小说创作潮流。

值得一提的是，不少作家的创作生涯都经历过先短篇小说、中篇小说再到长篇小说的发展变化，只有当中、短篇小说写得好、写出影响力，掌握足够的写作经验和技巧之后，才开始尝试长篇小说的创作。那么，您在创作《曾国藩》之前，是否进行过中、短篇小说的写作或发表过一些文学作品？除了前面提到的姚雪垠老先生对您的创作有过直接的影响之外，古今中外的文学大家，您还喜欢哪一些，您的创作受到过他们的影响吗？《曾国藩》的成功问世，对您的个人生活和创作生涯有着怎样的影响？

唐浩明：您提到的20世纪80年代那场文化复兴与思想解放思潮，对于我来说，可谓影响至深关联极大。

1979年秋天，我有幸再次进入大学校园，这次是在华中师范学院中文系读古典文学研究生。在桂子山待了三年，正好以当时的"骄子"身份，亲身参与了这场对中国后来的文化界和思想界影响深远的思潮。

我清楚地记得，在"拨乱反正"思想的启迪下，我们几个同学常常对过往中国文学史研究的方式方法，做一些激烈的反思与批判，表示要重新撰写中国文学史，认为这是新一代学者义不容辞的责任。年轻人的激情，80年代学子的慷慨，至今仍历历在目。我后来曾反复想过，我之所以选择如此视角来看待曾氏和晚清，或许正是"拨乱反正"在我身上结下的果实：我无能力也无客观环境去撰写一部新的两千年文学史，我只能去重新审视一个人、一段几十年的历史！

我没有写过短篇小说。在我40岁动笔写《曾国藩》时，我已是一个在工科大学待过五年、全程参加过 10 年"文革"、有过 10 多年工作经历，又曾专攻过三年文学史的中年人。我对自己的长篇小说创作充满信心。

我最近为东方出版社重印我的历史小说写过一篇短短的序言，这个序言谈到前人对我的影响。序言全文如下——

20 世纪 80 年代初，我因整理出版近代历史文献，而走进被李鸿章称之为"三千年一大变局"的那个时代。跟"大变局"相处久了，对活跃其中的那些风云人物，以及那个时代本身，我都有许多话要说。我寻思着用何种文体来表达。

对于中国的历史书，我特别喜欢《史记》。司马迁将他的"究天人之际，通古今之变，成一家之言"的宏大抱负，了无痕迹地植于一个个栩栩如生的人物身上、一幕幕如同身历其境的场面之中，让读者时时感受到他那颗悲天悯人之心。司马迁不仅是一个伟大的史学家，也是一个伟大的文学家。在古今中外的文学作品中，我从小便喜欢读《三国演义》。这部书唤起我对历史的喜爱，对文字的痴迷，教给我许多的人生知识。这些受益，伴随着我的终生。

于是，在三十年前，我决定向司马迁、罗贯中学习，用小说的形式来表达我的思考。就这样有了历史长篇《曾国藩》《杨度》《张之洞》。这三部小说自问世以来，便受到读者的广泛欢迎。此事说明许多人在对历史的表述上持与我相同的理念。我为此而欣慰。借东方出版社重印的机会，我乐意与我的读者一道分享这种感受。

是为简序。

聂茂：十年"文革"在文化领域制造了两个断裂：一个是中国与世界的断裂，一个是现代与传统的断裂。前者关乎中国与世界的对接，断裂了，影响中国走向世界的进程；后者关乎中国文化的传承，断裂了，影响中国自身的传统血脉和精神气质，这两者对中国社会的发展都十分重要。

新时期以来，中国文学一直在呼唤和寻找通往现代化的道路，现代性也成为文学最重要的价值追求之一，创作主体通过世界性和现代性的语境方向来探寻和审视本民族生生不息的优秀基因。从曾国藩到杨度，再到张之洞，您一直致力于从现代性的角度连接起文化母体的脐带，宣扬传统文化之美。

首先，在内容上您写的是历史故事和历史人物，您用的方式是类似传统的"章回体"模式——至少目录的编排形式是这样的，您的语言也带有深厚的古文风韵，文白相杂，据说是为了与所写时代的语境相吻合。

其次，在思想上，您毫不掩饰对曾国藩的喜爱与敬仰，认为这是中国近代最后一个集传统文化于一身的典型人物，无论从哪个角度来看他，都有值得后人学习和借鉴之处。您特别推崇曾国藩的自律，即克己，也就是修身。曾国藩对自己的一言一行、一举一动十分在意，他立下日课，严守主敬、静坐、早起、读书不二、读史、写日记、记茶余偶谈、日作诗文数首、谨言、保身、早起临摹字帖、夜不出门等"自律十二条"，他还作《立志箴》《居敬箴》《主敬箴》《谨言箴》《有恒箴》各一首，高悬于书房内，这种严于律己的品质委实值得今人学习。当下社会灯红酒绿，人心浮躁，物质越丰富，精神越贫瘠，权力越大，诱惑越多。很少有人能做到孔子所言的"吾日三省吾身"，更不用说曾国藩的自醒、自警和自律意识了。这种状况其实就是一种短视，是文化断裂所造成的一种价值错乱。

作为曾国藩的"发现者"（至少是"发掘者"）和历史人物的塑造者，近朱者赤，您身体力行，有意无意成了曾氏的"转世者"，即您写曾国藩，也争做当代的"曾国藩"。您儒雅，内敛，从容，大气。生活中，您是十分节俭的人，您坚持用传统修身，以诗书养性，具有很高的品格和情操。那么，在您看来，个体的努力能否焊接优秀文化的断裂？传统文化的复兴意义何在？传统文化又如何才能做到复兴？

唐浩明：关于人类文化，我始终有个这样的想法，即人类总有一天，会有一个共同的文化，也就是全民族的文化最终将熔于一炉。各个民族都将自己民族的优秀部分贡献出来，所有的"优秀"融合在一起，形成一个共同的不分东西、不分民族的人类文化。

近代以降，中国传统文化遭受到从古以来未曾有过的冲击与伤害，对它的根本性的动摇，主要的还不是来自外部，而是来自它的嫡传子孙。到了"文革十年"，它的命运更惨，几乎遭遇到毁灭性的打击。

这种自我摧残所带来的后果终于惊醒了中华民族。一场呼吁中华民族文化复兴的思潮，从民间到高层，从学术到政治，渐次展开，已成定势，它其实是必然的。

中国的知识精英历来有铁肩担道义的传统，在这场中华文化复兴的运动中，毫无选择地要承担起这个责任；至于个人的努力，其效果会有多大，那是次要的。传统文化的复兴，当然是复兴其中的优秀部分，而不是全盘复古。中华民族将自己的优秀文化尽力弘扬并努力践行，把中华民族打造成一个全世界顶尖级的优秀民族，为世界做榜样，向逐渐融合的人类共同文化提供最好的元素。这就是中华文化复兴的现代意义之所在。

第三节 士人的求索与农民的特质

聂茂：今天的中国，是求新求变的中国，社会转型期，中国的发展之路需要所有中国人来思考与参与，这其中知识分子尤其担负着重要的责任和使命。同时，全球化语境下，世界的竞争和发展越来越表现为文明的冲突与世界秩序的重建，文化的责任比以前任何时候都更加重要。我们可以看到，您对此有着深刻的意识，在写作过程中十分重视探索与表现知识分子、文化精英在变革之中的挣扎、追求与作为，在彷徨与迷茫之中试图指出未来发展之路的精神脉络。

您自己说："我曾经在十五六年的时间里沉浸在历史时空中，既是在创作历史小说，更是在了解研究中国传统知识分子，希望能走进他们的心灵。"又说："晚清的士人与他们的先辈相比，经历了更多的冲突与苦难，也有着更多的迷茫与探求，一批具有现代意识的士人即将从他们中间诞生。从整体来说，他们肩负着承前启后的时代责任。我认为写好他们的命运，对于今天的知识分子，应有一定的昭示意义。"

我想，这是您的作品对当今社会最大的贡献。曾国藩是一位家国责任高度担当的儒圣，严格恪守传统文化的真义，说到底就是"修身齐家治国平天下"；杨度则是一位名士，世间曾国藩不常有，杨度却有很多。可以说，杨度是中国知识分子在社会变革进程中的一个代表，真诚、纯洁、勇敢，才华横溢，敢于求新，了解世间疾苦，立志求变，一生坎坷，命运不济，为了国家和民族、也为了自己的前途，他做了一些后人认为是蠢事但在当时被他认为是"正义"之大事，杨度的悲剧，可以视为中国近代艰难崛起之路的一个缩影。张之洞则是介于曾国藩与杨度之间的名臣，有才气，有勇气，有霸气，更有能力，他所言的"中体西学"，您在今天也是十分赞同的，对上，他是国家的栋梁，要向天子和国家尽忠；对下，他是一方"诸侯"，他要向地方社会和百姓负责。您曾多次指出，您写的不仅是名臣，更是士人。

应该说，曾国藩、张之洞和杨度几乎囊括了传统概念上知识分子精英的精神谱系，形成了知识分子的完整形象，勾勒了中国知识分子的统一世界。请问：聚焦曾国藩、杨度、张之洞这三个人物的书写对象和排列顺序，是您宏大创作计划从一开始就业已形成的整体打算，还是您在创作曾国藩获得空前成功后而乘势而为的无意安排？如果是创作之初就有的宏大计划，意义何在？您能保证自己的计划能够如期完成吗？如果是顺势而为，那为什么偏偏选择了杨度和张之洞这两个人物而不是晚清其他的湖湘名流？此外，张之洞的强国之梦对当今社会的文化复兴和中国梦有什么特殊的意义吗？

唐浩明：我一开始只想写好曾国藩。《曾国藩》受到大家喜欢后，我才想到要写第二部历史长篇。为什么要写杨度？除开杨度这个人物极富文学性外，他的老师王闿运也是令我很感兴趣的人。他在《曾国藩》中也是一个分量不轻的人。他的特立独行也很具文学性。写张之洞，原因是我要借张来重新审视洋务运动，要为洋务运动正名，要对长期来洋务运动的不公正待遇发表自己的一些见解。

作为一个担负着承先启后责任的国家大员，张之洞在文化领域里提出的"中体西用"理念，以及在政治领域里提出的"力行新政、不背旧章"的改良方式，都应当引起我们的重视，要对这笔历史遗产做深入的研究，化为今天治国理政的智慧。

聂茂：您书写历史小说的另一个重要意义，我可以表述为对传统人文理想的重构或再造，以及中国人精神特质的诠释。您的历史小说，用宏大的笔触和巨细的雕琢，通过对主要人物的描写和刻画，勾勒出一幅中国传统社会的浮世绘。曾国藩、张之洞和杨度串联起的是从皇帝、太后、大臣，到地方官吏、百姓、士兵等在内的传统中国架构和几千年不变的农耕文化所制造的中国人特质。

这里体现的不仅仅是传统文化的精髓，也挖出了封建文化的劣根性，比如上层统治阶级的昏庸无能，故步自封，利欲熏心；比如人治思想的种种弊端，官本位思想对社会的影响，等等。我喜欢书中涉及的关于中国人的思维模式的书写，比如，太平天国攻打长沙之时，守城将领居然搬出城隍庙的菩萨，以及洪秀全言必称天父庇佑等，这是农耕社会遗传下来的愚昧和未开化；比如封建体制内的农民运动，天平天国并没有摆脱皇权这个核心，这是他们集体的历史局限性，起义胜利后，他们成了另一个"皇权集团"。这一点，您在小说中有过充分的阐释，如"忽然，一道严厉冷酷的命令传过来：'全体原地跪下，不得走动，低头看地，不准仰视，违者斩首！'十万百姓颤颤抖抖地遵命跪下来，两眼直勾勾地看着膝前的那块小黑土。年长体弱的后悔不该来，但已迟了，来了就不能走，'违者斩首'。"这是皇权意识对普通百姓强暴的典型。

我尤其欣赏您对湘军或者湘勇精神世界的描写，曾国藩是精明的，他深刻地抓住了中国农民的精神特质："钱"和"活命"，湘勇愿意卖命打仗正是因为有钱发，这些钱比他们种地要得来得快、来得多，这样他们的妻儿老小就可以更好地活着，为此，他们真的可以连命都不要，这极其深刻地描绘出中国农民的精神性格。联想到改革开放后中国社会的农民工运动，无数的农民背井离乡，一年甚至几年都见不到家人一面，他们无怨无悔，因为，这比他们在地里劳作可以赚到更多的钱，家人的生活也就可以更好一点。

可以说，您成功地雕刻了各个阶层中国人的精神群像，以及中国社会的性格肌理，我甚至认为，与高扬和承续优秀传统文化的创作诉求相比，这样的精神群像更是您认真书写的价值所在。不知您是否赞同这样的的想法？换句话说，您在创作这些历史小说的时候，您是否已经有过这一方面的深邃思考，即努力把个人的书写从历史小说的创作带入更深层次的剖析和更广阔的视域中，从而实现历史意义的现场生成，大大拓展小说本身的文本空间和社会学价值？

唐浩明：长篇小说理应有很大的包容量与承载度。我想借助曾国藩、杨度、张之洞这三个主人公，写出自鸦片战争到孙中山逝世长达80余年的近代中国社会的嬗变。要写中国社会，当然得有方方面面人物的参与，民间草根人物自然少不了。《曾国藩》中的王闿运、陈敷、张文祥，《杨度》中的静竹、叔姬、八指头陀，《张之洞》中的桑治平、吴秋衣、佩玉，等等，都是我用心安排的这方面的人物。但说实在话，这些人物，我都写得不够丰盈、不够细腻。

第四节 艺术的张力与文化的局限

聂茂：熟读历史文献，充分占有资料，认真把握历史的来龙去脉，甚至人物的思想，微笑的细节，通过对文献资料的引用、加工、打磨，再佐以您擅长的艺术手法和叙事传统，布置故事的架构、脉络和发展，从而再现历史的真实和小说繁复的世界，这是您为长篇历史小说创作提供的一种有效的方法，这种方法既有高度的严谨性和严肃性，又有很强的艺术性和可读性。

比如有些故事背景是对史料的简要整理，如"长沙激战，城隍菩萨守南门"的开始第一段，整体介绍了太平天国运动的来龙去脉；有些是对历史文献的合理引用，特别是一些公文和告示；更多的则是将史料事件和时代背景融入故事中，进行合理地加工，结合人物基本性格，通过语言、行为和思想等细节性和具体化的创作，历史人物及其相关事件就跃然纸上。例如，您对曾国藩在岳阳楼上的心情进行了细致的描写："散馆进京的二十九岁翰林曾国藩，反复吟诵着'先天下之忧而忧，后天下之乐而乐'的警句，豪情满怀，壮志凌云：此生定要以范文正公为榜样，干一番轰轰烈烈、名垂青史的大事业！而眼下的岳阳楼油漆剥落、檐角生草，暗淡无光，人客稀少，全没有昔日那种繁华兴旺的景象。"短短的一段文字，刻画出主人公的内心痛苦：热血犹在，物是人非，英雄报国，无路无门，这种苍凉和悲壮令人震撼。

又如将湖南人吃辣椒的习惯用在曾国藩的身上："小家伙出去后不久，便端来两碗饭，又从口袋里掏出十几只青辣椒，说：'老先生，饭我弄来两碗，菜却实在找不到。听说湖南人爱吃辣椒，我特地从菜园子里摘了这些，给你们下饭。'曾国藩看着这些连把都未去掉的青辣椒，哭笑不得。"通过幽默的方式，体现了湖南人的特质，而生活化的语言也让曾国藩更加真实。

再如对洪秀全称王之后的描写："自进入天王宫后，东王、北王又相继送来十二名美女，全是江南娇娃。天王大喜，都封为王娘。自此天天锦衣玉食，夜夜洞房花烛，耳中笙歌如天上仙乐，眼前姬舞似杨柳曳枝。天王对这种生活已十分满足了，他脚步再也不迈出天王宫一步，怕刺客暗杀；昔日铁马金戈的岁月，已成为十分遥远的记忆了。"这样的描写，是暗喻，更是彰显，让人看到太平天国运动必然失败的可悲命运。

但是，恕我直言，您的作品也有一些叙事并不是那么顺畅或者说技巧有些机械呆板或处理过于简单的地方。特别是小说中常常出现人物对话的长篇独白，冲淡了故事阅读快感，降低了作品的品质和纯度。比方，康禄对康福说他要刺杀曾国藩的事情，写了一千多字，这种对话在作品中还有不少。对话的内容显然是对一些历史资料的合理加工和再创造，换句话说，您是在用独白的方式来消化历史资料，但过分依赖这些独白，篇幅的冗长必然会损害故事的整体感，造成了叙事上的脱节和前后文的割裂。因为您的创作毕竟不是纪实文学，而是小说，或者说历史小说。您曾经说过：历史小说的细节虚构，与一般题材小说的细节虚构，本质上是一样的，都基于作者的创造力、想象力和艺术表现力，那么，您如何评价自己作品的创造力、想象力和艺术表现力的？据说您当初在创作《曾国藩》的时候，已经阅读了一千多万字的资料文献，这样扎实的基本功一般人难以做到，它让您的创作左右逢源、底气十足，但另一方面，是否也恰恰因为太多的资料文献反而局限了您创造力、想象力或艺术表现力的发挥？作为常销书，您的书一印再印，每次重印前，您是否有过修订这些作品的冲动或打算？

唐浩明：我完全同意您的批评。在文学性与艺术性这些方面，我也自觉能力有限。我常常会在一些灵性饱满的文字面前，有自叹不如的感觉。过两年，我将会最大限度地将自己封闭起来，集中精力对我的三部小说做一次修订。这三部书自出版以后，就再也没有修订过，现在此事已成了我的一块心病。我是一定要做这桩事的。我会重视您所提出的所有的批评，尽力做一些弥补。不过当今是一个忙碌浅浮的时代，读者可能并不会太关注你的修改，估计此事的实际效果可能不大。当然，我不会去考虑这个。修订，从大的方面来说，是对文学负责；从小的方面来说，是求得自己的心安。

聂茂：虽然曾国藩、张之洞和杨度本身都有各自的不足，但是，他们在整体上都体现出湖湘文化的精髓，形成了湖湘文化近现代人物的脊梁，实现了湖湘文化的复兴和传承。写作的过程中，您通过曾国藩、杨度和张之洞这三根主线，用故事串起有名或者无名的近现代湖南人的集体群像，包括左宗棠等名臣，齐白石等文化大师，还有更多的像康福、唐鉴等名气较小或者历史上根本没有留名的人物，塑造了一幅"惟楚有才，文人雅士，名流清仕，卓尔不群，于斯为盛"的宏伟画卷。由于历史的特殊原因，湖湘文化曾有一段时间是相当沉寂的，而随着您的小说的广为传播，湖湘文化再次获得社会的广泛关注，并形成热潮，可以说湖湘文化的再领风骚，您功不可没。请问，您在创作之初，就有弘扬、激活和重建湖湘文化的宏大目的吗？

与上述问题相关连的还在于，阅读您的小说，我有一个不成熟的看法：基于小说故事的发展，很多人物或者情节的设置，似乎不是十分必要，加上之后也没有形成应有的逻辑性和贯穿性，使叙事显得突兀、臃肿，一定程度上影响了叙事的整体性和流畅性。比如，《曾国藩》第一章第四节"康家围棋子的不凡来历"，我觉得完全没有必要把康家在前朝的故事搬到小说中来，因为，如果要突出"围棋子"的不同凡响，像一个命运隐喻的话，那么，这"围棋子"的意象就应该贯穿于故事中，成为一种神秘的象征。但实际上，您用考古般的努力发现的只是康家的身世显赫，这个细节没有从文化上形成张力，反而使叙事显得拖沓、生硬。也许，您想把众多湖湘名士的"光荣史"一一道尽，即便是一枚有点沧桑的"围棋子"也不放过，从而塑造出"湖湘风流、遍地英雄"的景象。与此相对应，非湖湘人士，往往充当了"陪衬角色"，比如太平天国，比如李鸿章，比如慈禧等，阅读之后，给人的感觉就是：您要为传统正名，为湖湘文化正名！难道我的这些不成熟的看法会是您的创作初衷吗？因为，任何一种创作，如果存在诠释理念嫌疑（或所谓主题先生）的话，那么，这种创作就容易在艺术品质上大打折扣或落下败笔，您甘愿冒这种风险吗？更何况，湖湘文化也有许多不尽如人意的地方。龚曙光就认为，湖湘文化是一个反技术文化，是一个乱世文化，不是一个治世文化。他一针见血地指出，湖湘文化教人不讲规矩，而是破坏规矩；湖湘文化教人不去遵从技术，而是怎么用政治去替代技术。您是如何看待这种文化的局限的？

唐浩明：实事求是地说，我在创作这三部历史长篇的时候，脑子里并无弘扬、激活湖湘文化这样的宏大目标，甚至也没有意识强烈地去为湖南唱赞歌。张之洞就不是湖南人。他一生的活动，他的事功，也与湖南并无多大关联。我只是在审视这一段历史，感兴趣的只是在这段历史中有突出表现的人物。近代湖南人群体性的异军突起，使得他们的表现特别突出，才引起我的注意；而不是反过来，我要去写湖南人，才会去特别关注他们。

湖湘文化有很大的缺陷，这是不争的事实。我本人决没有偏爱与袒护之心。在近代，湖南人能有如此卓尔不群的表现，也自然有它的长处所在。这大概也是不容否定的事实。

第五节　作品的真实与阅读的悖离

聂茂：前面讲过，您创作曾国藩、张之洞和杨度，其实就是塑造湖湘文化的集体群像，这种群像也就是中国近现代无数历史人物的镜像。您对小说主人公的塑造竭尽全力，浓墨重彩，还原了历史的真实，甚至在情感上尽可能"保护"人物的高大完整，不去苛求历史人物的种种缺陷。您曾在很多场合说过，曾国藩是传统文化的最后一个圣人，您很少去批评他，即便有人批评，您也会自觉进行辩护。比如，曾国藩回家奔丧，在母亲棺材前，有这样的描写："今天，儿子特意回来看母亲了，母亲却已不能睁开双眼，看一看做了大官的儿子。老天爷啊！你怎么这么狠心，竟不能让老母再延长三四个月的寿命?！一刹那间，曾国藩似乎觉得位列卿贰的尊贵、京城九室的繁华，都如尘土灰烟一般，一钱不值，人生天地间，唯有这骨肉之间的至亲至爱，才真正永远值得珍惜。"显然，您直接参与进去，似乎您也在哭，由此可以看出您对曾国藩的情感。但是，您对其他人物，比如太平天国的主要人物、李鸿章等就失去了这种情感色彩，因而，我觉得您对历史人物的书写有着价值预判或者情感投射的不对等性。换句话说，您带着对书中人物强烈的感情色彩来写作，是有失偏颇，甚至会伤害到作品的生命。不妨以洪秀全为例，在阅读过程中，我逐渐感觉到，您笔触的锋芒似乎对准了洪秀全，要对历史上的洪秀全发难。首先，您在能力上、领导才能上否定了洪秀全，如"杨秀清和洪秀全不同。他的心灵深处，从来就没有天父天兄的位置。他不相信真的有什么天父天兄，也不相信洪秀全是天父天兄的次子、自己是天父的四子这一类无稽之谈。他参加拜上帝会，信仰天父上帝，只不过是利用他们而已。……他也知道，诸王中，除冯云山以外，萧朝贵、韦昌辉、石达开也和自己差不多，都明白神道设教的作用。不过，他也从不点破。杨秀清表面上显得比天王的信仰还要虔诚，以至于天父对他的宠爱，似乎超过了天王。他几次装扮成天父下凡的附身，居然使天王完全相信。想到这里，他不禁冷笑起来。"又比如，"洪秀全心里不大高兴，慢慢地说：'北征已经决定由林凤祥、李开芳带一万人马，阵营已不弱了。当年我们在金田起义时，才不过几千人。有天父天兄的庇佑，不用我亲自出马也会胜利的。'"您甚至对杨秀清等人都有一定的"赞颂情怀"，赞颂他们的反思能力和顾全大局的能力，而洪秀全则是一个盲从于上帝说的迷信的庸才。其次，您在人格上也否定了洪秀全，书中特地写到洪秀全科举上的失败所带来的愤怒："一提起考试，天王就有一股冲天怨气，有时这种怒气发作起来，他恨不得杀尽天下考官。偶尔夜半静思，他想起自己为何扯旗造反，走上与大清王朝做对这条路，说到底就是因为考场上屡屡受挫的缘故吧！"又说："倘若那时府试、乡试、会试节节顺利，可能就没有今天的天王了。即使做了万民之主的天王，洪秀全一旦想起那些伤心失意的往事，心里仍然会浮起一种因为被人瞧不起而产生的悲哀。"还有："'今日成功了，六人共坐江山的誓言可以不必兑现，但开科取士，则非实行不可！'天王在心里狠狠地说。"从这些描述中给人的强烈感觉就是：太平天国运动的发生仅仅是因为洪秀全没有在那个"传统体制"内平步青云，于是，为了一己私利而报复他所在的那个社会的"闹剧"或者"悲剧"。这样一个昏庸无能的农民运动的领导者与饱读诗书、满腹经纶的曾国藩对阵，其失败的结局几乎是命中注定的。

我认为，洪秀全作为一场农民起义的最高领导者，拜上帝教的发起者，杨秀清等人的"绝对核心"，他肯定有其独特才能和人格魅力的，否则，他也降服不了野心勃勃的杨秀清等一干强人。同时，洪秀全对上帝的理解绝非仅仅是"迷信"，他发动农民运动的初衷也绝非仅仅是对科考的不满，其深层原因无须我们来讨论。诚然，太平天国后期内部是有斗争，洪秀全还杀掉了杨秀清，因此，您通过洪秀全第一人称的心理描写，将太平天国设定为一个在传统体制内没能发达的"愤青"对传统体制进行报复的一场行动，这样的观点，作为个人的一种认识，无可厚非。但是，您把他放到对整个历史事件的解读当中，这样做是否妥当？书中的这类描写，将您的倾向进一步表达为：您不仅完全否定洪秀全，更完全否定太平天国运动。而站在历史的角度看，太平天国有其时代的局限性，洪秀全也有其自身的局限性，甚至其才能也并不高、能力也并不强，性格上有种种缺陷，等等，但太平天国失败的根源毕竟不在于"上帝"的有无，洪秀全的悲剧也毕竟不是一个"愤青"所能概括得了的吧？小说中，洪秀全是曾国藩的对立面，您要树立曾国藩的高大形象，其实也无须"矮化"甚至是"丑化"洪秀全。相反，如果洪秀全越是老奸巨滑，越是精于算计、难以对付，岂不越能衬托出曾国藩的足智多谋、越能映衬出他的勇于担当和舍我其谁吗？我的这些观点也许不对，我很想听听您对历史真实的看法，以及作为小说创作，应该如何把握好客观真实和历史的真实相统一的问题？

唐浩明：从整体来说，曾国藩是遵循着中国的传统文化的。他办湘军，一方面是勤王，一方面也是卫道，即保卫以周公孔孟学说为核心的中国人伦道德、社会秩序的文化道统。洪秀全则是反其道而行之。

我是从这样一个角度来看待曾与洪的。小说中的曾与洪，自然在这个视域中。只是说，我对洪还写得不够。

聂茂：有评论家指出：您书写了一个真实的曾国藩，他是传统文化下的一个圣人，又是封建思想下的杀人恶徒。但是，我的阅读感受是：曾国藩的一切都具有"合法性"，而太平天国运动完全失去正义性。我一直在思考为什么会有这样的阅读感受。恕我直言，您似乎缺失了当代的视角，或者说现代性的视角。诚然，您的书写具有相对的客观性，但切入角度似乎还不够现代，当下的书写应该以现代来解读传统，在方法上可能没必要一定追求现代性，但在历史观上应该具有现代性视野。如果仅仅以"传统体制"的目光来解读历史，就有可能会伤害到对历史人物的价值判断和作品应有的现代性。

比如，曾国藩对着太平天国的告示"……衣食者，上帝之衣食，非胡虏之衣食也；子女民人者，上帝之子女民人，非胡虏之子女民人也……"大骂"胡说八道"；对着"予兴义兵，上为上帝报瞒天之仇，下为中国解下首之苦，务期肃清胡虏，同享太平之乐"，也大骂"这些天诛地灭的贼长矛！"再比如，"罗大纲拍着桌子喝道：'你的老娘死了，你哭得悲痛。你知不知道，天下多少人的父母妻儿，死在你们这班贪官污吏之手?！''本部堂为官十余年，未曾害死过别人的父母妻儿'，曾国藩分辩。""'曾妖头，'罗大纲继续他的审问，'不管你本人害未害人，我来问你，全国每年成千上万的人死于饥饿灾荒，不由你们这班人负责，老百姓找谁去！'曾国藩不敢再称'本部堂'，也便不再分辩了。他心里自我安慰：不回话是对的，一个堂堂二品大员，岂能跟造反逆贼对答！"从这些描写可以看出，您是以曾国藩的视角进行写作的，这正是传统体制的视角，是官本位的思维，是权术和手段的正统表达，甚至曾国藩后来纵容曾国荃杀降、屠城在这种传统体制内也有其合理性。相反，在这种传统体制内，太平天国运动完全丧失了其"合法性"。如果以同一种现代性视角来对待太平天国的书写，就应该对其有一个客观的来龙去脉的描述，即便没有客观的描述，也不应该让太平天国的"合法性"/"正义性"淹没在传统体制的思维中，这种单向度的传播容易造成读者的误读。而以曾国藩的视角进行书写原本无可厚非，但是，我感觉您由于太过偏爱曾国藩而没有警惕到对该人物保持应有的"冷"的距离，抽离出个人情感，使之更加客观真实。比如"他（曾国藩）和南五舅谈年景，知道荷叶塘种田人这些年来日子过得艰难，田里出产不多……南五舅还偷偷告诉国藩，荷叶塘还有人希望长矛成事，好改朝换代，新天子大赦天下，过几天好日子。这些都使国藩大为吃惊。"这里虽然是南五舅"说"的内容，却是您以第三人称的视角出发称呼"太平天国"为"长矛"，出现您和曾国藩的价值判断重叠，导致现代与传统的冲突，容易引导读者产生认识上的误读，以及价值判断的偏离。请问：我的这种解读是否合理？历史小说的现代性应该怎样体现？作家的历史观会多大程度上影响历史的客观真实？

唐浩明：这个问题，恕我暂不回答，因为对此论题，我思考不深。

第六节　历史的境遇与文学的尴尬

聂茂：在当代文学作品中，《李自成》是对您的创作启迪最大的一部书，这种启迪首先表现在作者对历史小说写作的严肃态度和自我担当的社会责任。其次表现在小说的语言上。您说您读《李自成》，感觉一切都顺理成章，真实可信，明知有不少虚构，但觉察不出来，您"在没有任何障碍的状态中，被不知不觉地引入作者所创造的文学世界"。为了达到这种效果，您认为"历史小说的语言应该文白相杂、雅俗兼备，才较为得体。写上层，写士人，宜用较为文雅的语言，这符合作品中人物的身份，也可以营造出很好的历史氛围"。显然，您的晚清三部曲就是用这种文白相杂的语言写的，也的确"营造了很好的历史氛围"。

但另一方面，这种历史氛围由于小说中的人物在不同场合出现、人物与人物之间称呼的转变或作者对人物称谓的变化而使得小说产生一种突然而来的陌生感或阅读上的不适感，使原本"不知不觉地引入作者所创造的文学世界"的情感立刻游离出来，甚至产生某种程度上的"惊悚"或不真实感。与安娜·卡列尼娜、保尔·柯察金等外国作品中出现的主人公不同，由于生活习惯和文化差异的原因，外国作品中的主人公一般都直呼其名，比如，安娜、保尔，读者对此不会产生任何的陌生感或不适感。但是，中国传统文化对先辈/长辈(特别是大人物)的称谓很少直呼其名，中国作家在其作品的叙事中也很少对所塑造的主人公直呼其名。除非故事中的人物相互之间十分熟悉，是朋友或者家人等才会舍去姓氏，直呼其名。也就是说，这种称谓既有前提条件，又有情感归属。不同的场合，不同的称谓，不仅见出人物之间的性格特点，也彰显作者对人物的好恶倾向。您的小说，大部分的时候都用的是人物全名，是客观的、冷静的，但是，也有一些地方只称呼名，而不带姓氏，比如"国荃"、"国葆"、"国蕙"，甚至还有"达开"，更甚至还有"秀全"的出现，等等，这究竟代表了您怎样的情感表达？每一处称谓的不同是否有其特殊用意还是任意为之？这种带有倾向性的情感投射是否暗示了您自觉地参与了对历史的追溯？抑或这只是您在行文时的一种习惯，甚至是说没有在意前后文的统一而形成的某种疏忽？因为我在阅读的过程中，每每读到这样的地方就会感觉到有些突兀，仿佛您和他们是朋友，这是不是您为了营造历史小说的逼真氛围而刻意留下的叙事印痕呢？

唐浩明：您的提醒非常重要，我在修订中将会给予充分重视。

聂茂：关于《曾国藩》的畅销，您坦承要归功于中国官场文化的实用性。曾国藩作为中国官场中一个较为"完美"的成功者，具有很强的示范性。不少人买这本书，是试图从中学到一些如何做官的技巧。但饶有意味的是，您在很多次采访中强调，您要写的是士，而非官；对于有评论家把您的创作归于官场文学，您也颇不以为然。于是，我们可以看到，在您的创作意图和读者感受(包括评论家的判断)之间出现了错位。为什么会有这种错位？文学最重要的功能，可能未必是赞扬，而更应该是批判；可能未必是让读者学习到了什么，而更应该是引起了读者什么样的思考。我在阅读当中，深深体会到，对于历史人物和传统文化，您要赞扬什么，必有所指；但对于你要批判的东西，我却感觉有些模糊。这可能与您创作时的政治气候或时代背景有关。深层次的问题，可能还在于不少国人对于士和官的概念混淆。传统中，我们讲的是士官文化，这是科举制度和儒家文化留下的"产物"："学而优则仕"。这里的"仕"与"士"不是同一：士未必是官，但官一定是士，且士一定想为官才可为士，即"出人头地""升官发财""蒙宠皇恩"。在您的小说中，我们可以看到浓重的"安身立命""平步青云"的思维，例如："当年郭子仪缰绳那天，他的祖父也是梦见了一条大蟒蛇金门，日后郭子仪果然成了大富大贵的将帅。今夜蟒蛇精进了我们曾家的门，伢崽子又恰好此时生下。我们曾氏门第或许从此儿身上要发达了。你们一定要好生抚养他。"又比如："到了外婆家，母亲将这段险情一说，大家都说母亲讲得有道理，并恭贺她今后一定会得到皇上的丰言告"，等等，小说中还有许多言必称"天下"的地方。传统知识分子的"安身立命"是值得人们学习的，但是，传统的"天下观"则是值得商榷的。知识分子意味着什么？在托尔斯泰看来，知识分子意味着自由、独立、人格的完整，这是知识分子最大的精神属性。所以，很多西方知识分子认为，知识分子的精神应该与政治保持一定的距离，即便是从事政治哲学研究，如卢梭、伏尔泰等人，也不会直接参与政治，甚至马克思也没有直接参与政治。在文学领域同样如此，一旦参与政治，知识分子的自由精神必然受到政治属性的约束。那么，透过《曾国藩》等作品，您认为中国知识分子的精神属性是什么？"官"的精神属性又是什么？当代知识分子阅读您的小说，大多都是在学习——学习官场文化的勾心斗角，而非思考——思考传统文化的糟粕与精华，更遑论批判——批判中国的"官本位"文化对人性的扼杀。当读者们津津乐道于曾国藩的"狡诈"与"狠毒"而漠视于曾国藩的"隐忍"与"自律"时，这种"尴尬"难道不悖于您的创作初衷吗？您虽然无法控制读者"有选择性"汲取作品的"养分"，但作为一个有良知的作家，您是否可以对这样的读者给予一种警示，至少是某种忠告呢？

唐浩明：《曾国藩》出版不久，全国各地便流传两句话：做官要读《曾国藩》，经商要读《胡雪岩》。我也多次在公开场合里说过，许多人可能认为曾氏是一个很会做官的人，读《曾国藩》是想从中获取做官的技巧。不可否认，曾氏是一个会做官的人，他也有许多做官的技巧，但最终，这不是曾氏能在历史上有一席之地的关键。这一点，我相信即便是身处官场中的读者也会清楚的。这些年，我在给社会精英们讲曾国藩时，一再讲的题目是"曾国藩与中国传统文化"。讲中国传统文化中的五个亮点，即修身自律、百折不挠、功成身退、与时俱进、求阙惜福在曾氏身上的体现。一方面是想将大家对曾氏的关注从政治引向文化，从而更为本质地认识曾氏这个人；另一方面也想借曾氏这个活生生的人，来形象地认识中国传统文化，从而更好地弘扬中华传统文化的精髓。令我欣慰的是，这个讲题广受听众欢迎。他们也十分认同我对曾氏的分析：修身自律带来的健全人格，才是曾氏人生事业成功的关键。这个讲题也受到高层的重视。《光明日报》刊登了这篇文章，很快，《红旗内参》便全文转载。

另外，我还告诉您一件事：2017年4月5日，中纪委官方网站向全国党员干部推荐56本书，其中便有我的长篇历史小说《曾国藩》。

第二章　对话王跃文：生活的特质与政治的消解

点将词：致敬王跃文

很多年前，王跃文是一个不合时宜的官场中人，很多年后，王跃文成了一个不合时宜的小说作家，而现在，他是一个合情合理、有抱负有追求的作家官员或官员作家。不论现实如何残酷或者跌宕，王跃文始终没有低头，始终微笑从容，迎难而上，激流勇进，坚持自我的精神体验，让灵魂与自然、社会和人的内心进行对话。所有这一切都证明，他过往的经历有多匪夷所思，发生在中国南方的故事与卡夫卡、加缪等人笔下的文学场域有着惊人的一致性，这也成全了王跃文作为优秀作家的沧海桑田。

在他那里，小说艺术来源于现实生活并远远高于现实生活的文学定律一而再地得到验证。从真实出发，他以明察秋毫的敏锐眼光、热切并敢于直逼残酷生活的表达路径呈现了政治文明背后的社会痼疾，同时他用质朴而略带伤感的文字直击了中国官场生态的种种怪相，并借助官场这个平台，以古典的火焰点亮了我们这个时代中个体生命的悲剧性体验。他毫不掩饰其卓越的才华、丰盈的想象与高超的艺术，他将自己的才华、想象、智慧与对生命的感悟尽可能融入到作品中。他的笔触老道锋利，叙事浑厚润圆，坚守政治化的诗性叙事，直面荒诞而真实的官场，塑造了一大批形态各异、心事重重或悲或喜的官场中人，无论是横空出世的《国画》还是先抑后扬的《大清相国》，其着眼点都是官场幽暗中的火花与人性深处的痛感，他将明末清初以来的官场小说推向一个崭新的高度。他的作品彰显了正义的力量，承载了对历史的叩问、对人物命运的同情与关怀，以及对社会问题的敏锐观察与深刻反思，特别是那充满自由气息和探求真理精神的勇气使他的作品对我们的时代发生了深远影响。他剥离了文学教科书上对官场小说认知的局限性和俯视态度，自觉成为一个文化上的拷问者与质疑人，成为一个有良知、有温度、有情怀的作家。"官本位"作为中国几千年以来的文化之核、人性之阀，"官场"作为中国生活、中国社会和中国文化的避无可避又无处不在的中心场域，他大可自欺欺人或像其他人一样对生活中发生的一切视而不见，但是他很清楚，讲好中国故事，表达中国经验，中国官场就是最好的切入口。但他不仅书写官场，他也写下了为数不少关于乡村苦难、温馨与记忆的作品，比如《桂爷》或像《边城》一样令人向往的《漫水》，唯美、动人而光亮。从这个意义上讲，他的创作既是关乎历史、又是介入生活的醒世寓言。他作品中一再张扬的道德价值和对优秀传统文化的赓续，以及对宏伟时代广阔的透视和塑造人物的细腻技巧，大大提升了文学湘军在中国文坛的能见度。他一如既往地对文学的专注，旺盛的精力伴随着高产的作品，以及一往无前的个性，令人想起巴尔扎克一类的文学大师，而这样的断言最终将由时间来做出公正的裁决。

第一节　官场小说的精神之累

聂茂： 我曾经在《文艺报》的一篇文章中对湖南作家群体的创作现状进行了一个简单的疏理，其中在讲到您的时候是这样写的："短短几年里，王跃文就向全国读者捧出了《国画》《梅次故事》《西州月》和《官场春秋》等精品力作，他的作品注重官场生态环境，写的大都是八小时之外的日常生活流，司空见惯，却又鞭辟入理，把政治文化的本质和生活中的繁华苍凉、精神之累和世事百态描绘得淋漓尽致，颇具惊世、警世和醒世意义。"您认同我的这个评价吗？不少评论家把您的小说纳入到所谓的"官场小说"来解读，您颇不以为然，您更认同自己的小说是一种"政治文化小说"。那么，在您看来，"官场小说"与"政治文化小说"在创作表现和审美态势上有一些什么样的不同？

王跃文： 我大体认同您的评价。我之所以不认同我的小说是"官场小说"，是因为如果仅以一个作家采用了什么题材，就把他的小说称为什么小说，这是一种很粗陋偷懒的提法。我更认同我的小说是一种政治文化小说。所谓政治文化，我觉得是指一个民族对政治的一种共同心态，是这个民族在政治方面一种共同的主观取向，它具体包括了对政治的价值观、对政治的态度和感情。它是历史的、延续的，所以也是现实的。当然，到底如何给作家的创作进行概括的分类，也是你们评论家的事，作家们大多对此不太关注。不过说到所谓"官场小说"，更多的是媒体用语，对此进行学理层面研究的不算太多。

但是中国，由于特定体制和文化传统的原因，人们习惯于把政治等同于权力，把政治领域等同于官场。简单置换一下，官场就是权力领域，而权力在一定的条件下就能实现对利益的兑换。人们追逐利益，必然追逐官场。所以，政治文化小说热门的背后，实际上是人们对权力意志和权力的崇拜。这种心理在中国有着古老而深厚的基础，甚至可以说是我们这个民族对权力的一种集体无意识。这一点从中国由来已久的"清官理想"，对"青天大老爷"的企盼就可见一斑。

传统意义上的官场小说更多的只是一种谴责小说、暴露小说、黑幕小说，它的一个鲜明的特征是针对性、影射性很强。比如晚清李伯元的《官场现形记》，曾朴的《孽海花》。这类小说主要为了满足人们对官场内幕的窥视欲，揭露官场黑暗，发泄对官场腐败的不满，当然，它也具有一定的现实批判意义。我个人认为，影射小说的品质不高。

政治文化小说却并不着重于暴露，或者揭示黑幕，更重要的是它书写官场这一特定领域人生的一种特殊的生存方式与生存处境，它从官场这一角度来表现人的共同处境和命运，是对深植于中国传统文化的民族心理中权力焦虑的一种切实而生动的表达，它比所谓"官场小说"切入更深，拓展更广。

聂茂：事实上，关于"官场小说"与"政治文化小说"的不同，我想您的中篇小说《秋风庭院》很能说明问题。这篇小说的开头写的是地委书记陶凡在自家小院里很惬意地打着太极拳，并对"村野农舍"式的小院进行过细致的描绘；紧接着就讲了地委秘书长张兆林、行政科龙科长以及陶凡本人对于"村野农舍"不同态度。而小说的结尾是退休后的陶凡"终日为这里的环境烦躁。又没有别的地方可去。年老了，本来就有一种漂泊感。这里既不是陶凡的家乡，也不是夫人的家乡。两人偶尔有些乡愁，但几十年工作在外，家乡已没有一寸土可以接纳他们，同家乡的人也已隔膜。思乡起来，那情绪都很抽象，很缥缈。唉，英雄一世，到头来连一块满意的安身之地都找不到了！"这里就有一种深刻的文化认同，是乡愁式的，但又不是传统意义上的乡愁，它拓展了乡愁的精神内蕴和情感指涉。不知我的这种阐释对不对？另外，据说王蒙讲您的《秋风庭院》有黄昏之叹、但又不令人满足。那么，您认为，王蒙所说的"不满足"主要是指哪些方面？

王跃文：《秋风庭院》写的就是所谓"官场人生"，或者说处于官场中人的特殊生存方式与生存处境。陶凡是深受儒家传统文化熏陶的知识分子。他的人生理想模式当然是达则兼济天下，穷则独善其身。可是，一旦他从权力位置上退下，他才蓦然发现，自己早已失去了独善其身的能力和条件。这不仅仅是因为外在条件的缺乏，更由于漫长的官场生涯，不知不觉间将他作为正常人的"人性"慢慢侵蚀，慢慢掏空，剩下的只有"官性"。一旦他作为"官"的身份不复存在，他已是具"空心人"了。即使有一方故土可以让陶凡游子回乡，他也不可能有那种归隐后的宁静和满足。这是我们中国当代许多官员退下来后都面临的问题。我们或许会问，为什么中国封建时代许多官员致仕之后，却能够安然归隐田园，重新拾回被官宦生涯中断的田园生涯呢？我想这还是社会形态变化使然。工业社会最大的特征是活生生扯断了以前农业社会中人与自然，与传统的血肉联系。而乡愁，在中国传统知识分子心目中，并不仅仅是故乡这一意义，更是人性内在的一种田园回归，自然回归。而现在，人们已经无家可归，也找不到归家之路了。这种"官性"对"人性"的暗中掏空与置换，现代社会对人们故乡之路的剥夺，是我的小说里最悲凉的东西，也是官场人生里最可悲悯的东西。实际上，我的这种悲悯不仅施于像陶凡这样的所谓的"好官"身上，更施于投身于官场生涯的每个人。应该说，我的小说是一曲官场的"人性悲歌"，这也是我自认为相对于其他官场题材小说，我的小说的独特之处。孟繁华先生对我的小说有过这样的评价："王跃文的小说不同，在世俗欲望日渐膨胀并在官场过之不及的现实生活中，在权力争夺与情欲宣泄高潮迭起的丑恶出演中，在卑微沮丧踌躇满志惴惴不安小心谨慎颐指气使的官场众生相中，作家不是一个冷眼旁观或兴致盎然的看客，也不是一个投其所好献媚市场的无聊写手。在王跃文的官场小说写作中，既有对官场权力斗争的无情揭示与批判，也有对人性异化的深切悲悯与同情；调侃中深怀忧患，议论处多有悲凉。"我觉得，"悲凉"这两个字可能更接近我作品的底色。至于说王蒙先生的评价，那是我的某部小说获奖时他的点评，语意有些含糊，我看了也不得要领。也许先生有宏旨在，只是我没有弄懂而已。

第二节 日常生活的寓言化与醒世意义

聂茂：我对您作品中的价值取向给予"惊世、警世和醒世意义"的评定，很大程度上指的是您把日常生活寓言化了。我们知道，寓言不仅具有夸张、戏谑和讽刺的阅读快感，而且带有强烈的隐喻和启示意义，它既可以是对传统意义的界定或反抗，也可以是对当下生活状况的扶正或疏引，甚至能够对神的暗示进行合理的生发与解构。许多时候，寓言化的东西是一种变形艺术，它通过对世事百态的精细描绘，借物寓理、暗藏机关，具有很强的战斗性、警示性、劝导性和超脱性，引人共鸣或深思，让读者产生看破"繁华苍凉"的心灵震撼，从而达到一种释放"精神之累"的情感满足。也就是说，在您的创作生态环境中，当下生活的"真"与文本中表现出来的"真"有了很大的距离，而从生活的"真"到文本的"真"之间还有一个"真"，那就是您的创作生态之"真"，这是一个虚拟的"真"。您作品中的人物和场景乃至细节就游离在这两者之中，您将虚拟之"真"寓言化既是艺术创作的审美要求，更是为了实现文本之"真"的价值取向的必然结果。我不知道您是否赞同我的这种解读？或者说，您所注重的"官场生态环境"之内蕴究竟是什么，您的创作实践很好地体现了自己的艺术追求吗？

王跃文： 我不认为我的小说具有很强的战斗性、警示性、劝导性和超脱性。坦率地说，我写小说，根本不想去警示谁、劝导谁，和谁战斗。我的着眼点还是人性，我只是睁着我的眼睛在看，看这些生活在官场的人，古往今来，他们并没有根本性的变化，我看见的是人性在权力磁场中的变异和缺失；往更深处说，是人的本质的异化。当然，我也力图写出这种异化的根源。

传统意义上的寓言是以虚构故事来说明某个道理或总结某种现象。这些现象和道理往往具有普遍意义。现在人们对寓言化小说的理解比较混乱。我认为称得上寓言小说的作品至少应该具备以下三点：一是它的叙述框架应该带有浓厚的非现实色彩，无论它的细节叙述得怎样逼真现实；二是它的叙事方式应该是扭曲的、夸张的、反讽的、黑色幽默的；三是它在整体上有强烈的象征性，言在此而意在彼。

当然，如果按照本雅明的寓言理论，寓言恰恰是对象征的反叛。象征属于古典主义范畴，而寓言则是现代性的标志。寓言不仅是一种表达方式，更是一种思维方式，一种社会文化符号。在寓言的语境中，世界是碎片化的，是废墟，世界的意义仅仅是忧郁。

我不太认同中国有真正意义上的寓言化写作。本雅明对寓言的阐释是在西方资本主义社会现代化进程行将末路时才出现的。寓言是现代主义社会的文化标记。我们国家的社会发展现状，好像还不具备产生寓言化写作的土壤。正像我曾说我们的作家、艺术家，现在还没有说自己是后现代和后后现代的资格。但中国现在已有现代化的因素，甚至是后现代的因素。这一点我是承认的。

西方确实产生了许多寓言化写作的大师，比如卡夫卡、卡尔维诺。我很喜欢卡尔维诺的小说，尤其是《我们的祖先》三部曲中《树上的子爵》这一部。

我的小说是否是寓言化写作？从宽泛的意义上来说可以说是的。我的小说，表面是对现实官场领域的逼真书写，深层却是表达官场人生对人的本质异化和掏空，也是言在此而意在彼吧。这也是本雅明所说的形象与意义的断裂。

谈到生活之"真"与文本之"真"，这是个一直争论不休的问题。正好我刚看完 2006 年诺贝尔文学奖获得者，土耳其作家奥尔罕·帕慕克的小说《我的名字叫红》。小说的主要事件是两桩凶杀案，真正的主题却是怎样才能使时间停止流逝。什么才是艺术之真？古老的波斯细密画以放弃对自然的真实描画来追求真实，停住时间。细密画家们运用工笔年复一年日复一日地描画，直至眼盲才能再现最高境界的真实。真正的真实只有在彻底放弃对现实中真实的狂热追求后才能得到。由于文字本身的特质，任何一个作家想要以照相似的准确去再现现实都是徒劳的。无论你信奉的是什么理念，哪怕就是自然主义的左拉，你呈现在文本中的也可能只是想象之"真"。所以我认为，我们所说的文本之真，或者说艺术之真，并不仅仅看它与现实生活的相似度，而是看它是否完成了对生活无限可能性的一种呈现，是否揭示出了生活本质的真实。

第三节　艺术的本质与对话的共振

聂茂： 西方理论家认为，日常生活的寓言化是一种生活态度。因为不论怎样，寓言首先是一种表达方式，与语言、书写是相同的。其次，在寓言中形象与意义并非如在象征中那样，融合为一个统一体，并在瞬间中闪现出神的灵光；相反，它与意义是断裂的。最后，寓言作为表达方式不是自足的，也并非是超功利的。因此，创作上要表现出这种寓言化需要一种"恒久"的功夫，原因在于，作家的知识、经验、生活和写作技巧的积累不是一朝一夕能够完成，而在完成创作积累的过程中，社会文化、道德政治和经济结构及其运作方式共同构成等宏大总体，即卢卡契所标明的那个整体结构处在千变万化之中。而您的作品一旦完成就已经定格。从这个意义上说，在创作之前，您虚拟的生态之"真"早已寓言化，只有这样，才能实现您的文本之"真"。读者在阅读您的作品时，无论是否身处官场，都深深感觉到您所描绘的人物、环境和细节活灵活现，生动可感。大家认为您的作品写得很"真实"，其实是一种寓言化之后的"真实"，是一种比生活的真实更真实，或者说是一种超真实。那么，是否可以说，您不仅再现了日常生活的原生态，而且将日常生活的诸种可能寓言化，变成了一种艺术的真实，使读者既置身于您作品的精神氛围，分享您塑造的人物的悲悲喜喜，又超脱于您作品的临界状态，参与您的作品的再创作，从而实现作家、文本和读者在不同时空的、真实的"寓言式的共振"？

王跃文：日常生活的寓言化其实是一种哲学观，一种思维方式，诚如您所说，也是一种生活态度。本雅明在分析巴罗克时期德国悲剧时曾这样说："而在寓言中，观察者所面对的是历史垂死之际的面容，是僵死的原始的大地景象。关于历史的一切，从一开始就不合时宜的、悲哀的、不成功的一切，都在那面容上——或在骷髅头上表现出来。"以寓言的观点来看历史，看现实，得到的景象只是碎片化的、忧郁的、废墟的。在我的小说语境里，官场生涯的一切看上去都是那么理性，那么必要，有时甚至是崇高和高尚，然而不知不觉中，您意识到，一切都变成了废墟，无论是身内还是身外。这种官场生涯对人性的暗中置换与掏空既是中国这一特定政治文化背景下的历史，也是现代的，未来的。在这一点上，我觉得我的小说是具有一种普遍的历史感，普遍的人性指向的。因此，应该说它就具有了一种普遍意义。也许正是这一点，才有您所说的"寓言式的共振"吧。

还有一点，艺术的特性就在于它能够使日常生活被再度"经验"。这种再度"经验"其实就实现了作者、文本和读者三者间的对话。文学的阅读，必须有情感的投入。文学作品的阅读欣赏，其本质就是"对话"：精神的对话，心灵的交流和撞击。读者要把自己摆进去，"烧"进去，不能"隔岸观火"，与作者和文本产生感情的共振和心灵的默契。

您提到的卢卡契，他对现实主义总体反映进行解释的核心应该是"典型形象"。这与现代派是不同的。现代派写作把人物，或曰"这一个"描绘成一个独一无二的孤立的主体。而卢卡契认为，现实主义小说中的典型人物是对一般社会条件和特殊个性作为总体观照的产物。文学中的典型形象不是单纯统计学上的平均数，它是历史的总体运动及一系列独特单个的特征汇集而成的特殊性格或情节。简单地说，它就是所谓的"典型环境中的典型人物"。可是我觉得，在巴尔扎克笔下的典型人物，在卡夫卡笔下同样也是典型人物。高老头与格里高尔具有同样的典型性。坦率地说，我还不敢认为我的小说中已经出现了这种意义上的典型形象。这只能是我的一个追求目标吧。

第四节 "所有的历史都是当代史"

聂茂：在长篇小说《国画》之后，您写出了一批质量不俗的中短篇小说，题材不局限在政治文化小说当中。最引人注目的是您与人合作创作了电视连续剧《龙票》，并出版了同名小说。听说眼下正在创作一部长篇历史小说。您的这种转向是为了拓宽您的创作视域还是有更深层次的考量？

王跃文： 我不敢说《龙票》是部很好的小说，它是当前"电视工业"的产物，所受制约太多。这部小说尽管发行不错，其实读者朋友是冲我的名字来的。我不希望自己的写作总是受这种东西左右。

我正在创作一部长篇历史小说《大清相国》。创作长篇历史小说的起因很简单，是因为一个偶然的机缘。我只是随缘而已。当然这也对我的理解力、想象力提出了尖锐的挑战。我要感谢这样的机缘。我以前写现代官场，《大清相国》则是从历史的角度写官场。但诚如一句熟语所言，"所有的历史都是当代史"。我觉得，历史小说的写作应不只在于还原历史，而更在于为当下提供借鉴，同样充满着对社会现实的关注。写作历史题材小说，既要具备充分的当代意识，又要有丰富充足的历史知识，掌握与小说内容相关的历史材料，在小说与史料的对比中挖掘出作品的意图与旨趣。实际上，是赋予历史文化以新的资源价值。我不太赞同有些史学家太过挑剔地看待历史小说，非得对历史小说做一对一的考证。如果这样，历史小说就没有必要存在，大家直接去读史书好了。事实上，我们都把《三国演义》看作历史小说，却没有谁会把它同《三国志》对照着看。

说到底，《大清相国》还是写的官场中的"人"。我力求写出人物在那个具体的历史境遇中艰难的人格、道德和行为的选择，反映出历史人物的真实心态和情感，写出人性在历史境况中的复杂性、丰富性。我相信，这部作品也会对现代人生和社会产生借鉴和启示作用。

聂茂： 媒体是把双刃剑，它可以使人一夜成名，也可以让人声名狼藉。打从《国画》之后，据说市面上署有您名字（有的还附了照片）的冒名之作多达二百余部。一个书商说，您的名字值一百万元。一些小说集可能只选了您一个中篇或短篇小说，也理直气壮地在书名上署上您的大名。一方面，这会使您的知名度更大；但另一方面，假冒伪劣之作也直接损害了您的声名。您是如何看待这个现实问题的？

王跃文： 媒体可以制造热点，培育出各种各样的消费欲望和阅读欲望。这种消费欲望和阅读欲望可以直接转化为利润。无论是署我名字的冒名之作还是盗版书，应该说都是利益驱使。当然，利润在今天肯定是一个好字眼。如果某种文学、某种文化能够创造利益的话，那是非常好的。"利"字必然使人趋之若鹜。普洱茶这几年的流行就是个很鲜明的例子。但是，利益绝对不能成为衡量文学价值的唯一标准。有时，利益恰好是扼杀真正意义上文学的凶手。一个真正的作家，绝不能忘记他肩负的文学使命。

　　客观地来说，媒体对我的宣传，很多都是真诚的，善意的。我从内心来讲非常感谢。我曾经对盗版书和冒名书非常愤慨，最典型的一次是2004年，华龄出版社以王跃文之名出版的长篇小说《国风》。我向法庭提出上诉，华龄出版社等四方被告败诉。华龄出版社因负侵害作家权益的连带责任而赔偿10万元。可是，这些盗版书和冒名之作客观上好像加快了我的知名度的传播，但那些粗制滥造的冒名之作却又在不明真相的读者那里损害着我的名声。网上经常有读者留言，说又看了王跃文的一本新书，非常糟糕。

　　有书商说我的名字值多少钱，实在是抬举我了。我不愿意别人拿钱衡量我的名字，无论是一百万还是一千万。但是在有些不法书商那里，我的名字的确是值钱的。

第五节　现实的荒诞与创作的历险

　　聂茂：我曾经看了您的一个短篇小说《桂爷》（2006年第2期《芙蓉》），印象很深，似乎更加验证了自己的一些想法。作品中，桂爷是一个当了几十年的村长，新村长大发接任后一直想把他弄成吃五保者，可是吃五保有指标，村里只有老五保户四喜死了，桂爷才能顶上。这样就产生了戏谑和扭曲。桂爷原本不想吃五保但想着吃五保能减轻大发一家的负担，而且自己又符合政策，便认为吃五保也可以。可四喜总是不死，还经常气桂爷。后来，大发没办法只好造假，用一个红本本，说桂爷吃上五保了。但当他去时，发现桂爷已悬梁自尽了。小说戛然而止，但让人意味深长，回味无穷。我感兴趣的不是这篇小说的夸张和讽刺，而是它的寓言特质：这样一篇小说居然也有县长下乡去送温暖、上电视这些现代元素。它偏偏符合生活的真实。因此，我认为，您把日常生活寓言化不仅是创作表现的一种手段，更是为政治文化得以诗性消解找到了一种精神表达的出口。难道您不这样认为吗？

　　王跃文：这部短篇小说的寓言特质确实很鲜明。我试图用低调冷峻而又略带微讽的笔触，叙写出当下农村日常生活景况中某些荒诞和黑色幽默。桂爷曾经是一个精神上的强者，他的精神支柱的底线是"不求人""不拖累人"。但是，置身于生存的沉重压力之下，置身于当下农村种种令人啼笑皆非的现实环境中，最终他只能为了他的精神尊严，放弃自己的生命。桂爷的遭遇看起来是极不合理无比荒谬的，然而这又是当下农村中的一种真实处境。但是，这个小说的故事框架并不是完全虚构的，几乎是某个时期农村现实的再现。现实的荒诞无处不在。

聂茂：《国画》不仅是您的代表作，也是您创作上达到的一个高峰。社会上有许多流传，说《国画》的发表虽然使您成名，却使您丢掉了工作，直接改变了您的生活，等等。您似乎也很少对此公开做出说明。对于目前的生活状态，我看您似乎也很满意。但不管怎样，《国画》的写作可以看成是一种创作历险，您是值得的。这"值得"二字仅仅于您而言。因为有人不敢写，有人敢写但写不好。那么，您在创作这部小说的时候，有没有想到它会产生如此巨大的影响？您认为它的成功主要是因为作品艺术的张力还是作品的主题是大众关注的"官场热点"？

王跃文：创作《国画》在别人看来需要多大勇气，您甚至用"历险"二字来描述。但是，我自己写作这本书，就连所谓创作动机都谈不上。我浸染官场太久，耳闻目睹，亲见亲历，感觉时常有种巨大的悲悯和哀伤在胸口激荡。如果我是个画家，我也许会在画布上挥洒很多惊世骇俗的色彩；如果我是位歌者，我也许会一路行吟长歌当哭；可是我是个作家，就写小说。我没有想过什么使命、责任，最多只是出于作家的本能。我也没想过自己的小说会如何走红，更不会为了走红而刻意加进畅销元素。当然，客观上《国画》走红了，《国画》也使我有了更大的名气。经常有人问我，写作《国画》让我的生活发生变故，我有何感受。我可以坦诚地告诉朋友们，我自己可谓波澜不惊。很简单，失去的并不是我需要的，甚至是我想竭力摆脱的。

第六节　文学场域的"异彩命运"

聂茂：卢新华《伤痕》的出版历经磨难，据作者自己说，《伤痕》的"手抄稿"最先贴在复旦大学的墙报上，引起很大反响。然后，他寄给《上海文学》，在编辑部引起很大争议，但还是被退了回来。他最后试着投给了《文汇报》。那里的编辑也拿不定，结果送到上海市委宣传部，主管副部长带到家里，他的女儿看了后十分感动，在饭桌上一直辩护，副部长最终同意了。可想而知，如果没有这位副部长女儿的力争，《伤痕》能否出版就是个未知数了。幸运的是，《伤痕》毕竟还是出版了，并且适逢其时。这篇小说要是晚二三年恐怕连出版都成问题，更不用说成为所谓的经典作品——阿城就坦言《伤痕》就像中学生的作文。

这种情状与杨沫《青春之歌》的命运很相似。学者张闳指出，小说《青春之歌》1958 年 1 月由人民文学出版社的出版恰逢其时，否则换上其他时间根本出版不了，更不用说畅销甚至于成为所谓经典了。我想问的是，您的《国画》毕竟涉及"官场"的一些敏感问题，不知道它的出版有没有什么波折？同时，您怎么想起要用"国画"命名，它有没有什么特殊指涉？

王跃文：幸运的是《国画》出版本身没有任何故事，先是编辑约稿，然后如约完稿，顺利出版。所有故事都是《国画》出版之后的事情。据说一种没有见诸文字的"官方"评论是《国画》没有全面地反映生活。我不知道哪部文学宝典要求文学必须全面地反映生活。

正如您举的几个例子，过去几十年文学出版史，常有时间早书能顺利地出版了，稍晚些时间就出版不了这种情况，我对此感到悲哀。照理说，历史不断进步，社会不断开放，出版禁忌应越来越少。

聂茂：作品的发表有时真有戏剧性。它需要时机的。有时先发表反而吃亏。"政治预言家"奥威尔，他的《一九八四》比他同类作品而艺术性又强得多的《我们》要负盛名得多。这是一种特殊现象，我将它可称之为文学场域的"异彩命运"。实际上，在《一九八四》写成之前，俄国作家曾亚亭（Yevgeny Zam-yatin）已经写出了不朽名作《我们》。从故事情节和写作技巧来看，《一九八四》受《我们》的影响较大，而文学成就却不及后者。然而，《一九八四》远比《我们》的影响大。因此，我想问的是，《国画》的发表是否顺应时势，或者说它的出现适逢其时？您是否想过，如果这部作品早几年或晚几年发表能否产生相似的效果？

王跃文：我没有想过这个问题，因为我觉得这个问题没有意义。正像人们常说的，历史不能假设。您提到的这两部小说，我只看过《一九八四》，没有看过《我们》，不便做具体评价。但是，有一点也许是肯定的，即小说出版是否应时，反映出的正是历史的某种不确定性和复杂性。同样一个德国人，他在普鲁士王国时代骂几句腓特烈二世的脏话也许并不会获罪，但是德国人两百年之后骂希特勒是要掉脑袋的。

聂茂：您在《国画》开篇不久即写道："向市长从走廊里走过，背后总是跟着三两个蹑手蹑脚的人。这些人都是办公厅的同事，都是熟人。可他们只要一跟在市长背后，就一个个陌生着脸，眼睛一律望着向市长的后脑勺。"小说还有这样的表述："官场上的很多事情，大家都知道很无聊，但都心照不宣，仍是认认真真的样子。似乎上下级之间就靠这种心照不宣维护着一种太平气象。"整部小说，类似的情节很多，都十分精彩。看得出，您对生活的观察很细心。听说您经常深入到"群众"中去，听人家讲故事，并及时记录下来。您真是这样积累原始素材的吗？能够透露一下您的写作习惯？您是怎么处理"超验的写作与现实的提升"之间的关系的？

王跃文：我很不赞同简单地提深入生活，尤其是所谓体验生活的说法大可推敲。"深入"也好，"体验"也好，作家都只是生活的"外来者"。我没有所谓"深入"群众的经历，更不是记下生活中的小故事。写小说，故事不是问题，重要的是写作要有灵魂。生活中精彩的故事太多了，报纸上每天都可以看到形形色色的离奇故事。生活本身的复杂远远超过作家的想象力，作家指望靠故事获得成功是非常可笑的。您列举的那些我小说中的所谓"精彩情节"，都是生活中我经常看到的好玩的故事，却不是简单的故事，反映的恰恰是现实的官场人生本质。您所说的"超验的写作与现实的提升"，就是这么无声无息间完成的，并不需要某种刻意。作家要自觉地全身心地浸润在生活之中，而不是简单地深入或体验。

第七节 意义的溢出面积超出了作家的想象

聂茂：一个有趣的现象是：作家的写作初衷和读者的阅读理解常常发生背离，产生多种解读或误读方式，这些解读或误读大多超出了作家最初设定的意义范围，意义的溢出远超作家的想象，甚至完全背道而驰，作家无法左右这些理解方式。于作品而言，作家犹如孕育它的母亲，一经诞生，就无法框定其生命轨迹。正如鲁迅先生所说："从一部《红楼梦》中，道德家看到了淫，阴谋家看到了派系党争，政治家看到了阶级压迫。"显然，《国画》也没有摆脱这种"阅读歧途"，它已经被毫无争议地归入到"官场小说"的范畴，尽管你本人不断地发出"抗议"之声。不仅如此，很多读者还把该小说作为官场的镜子，试图从中窥见官场的堂奥，找到行走官场的钥匙，或者以此为谱，按图索骥，实现自己的阅读意义与人生价值。客观上说，作品一旦从作家的手中脱稿，印装成书送到读者面前，就失去了对作品意义的控制。读者会结合自己的知识、经历和需求产生符合自我想象的现象，这也是可以理解的。所谓"官场指南"虽然并非你的写作初衷，但《国画》的场景是官场，人物大多是官员，为了表现人物丰富的内心世界，您就必须用充足的细节和悬念来作为小说前进的动力，用大量生动的官员生活去构建小说的精神大厦。如此一来，有的读者沉醉于丝丝入扣的细节，有的读者进入人物的内心世界，体味官场的大是大非，感悟官员们的酸甜苦辣，结果就出现了猎奇性阅读、工具性阅读和审美性阅读并存的文学景观。抑或说，读者的接受审美层面已经溢出了您对作品意义的最初设定，不少读者把《国画》视为中国官场的镜子，以此判定官场生态，或者作为官场指南。您怎么看待这种现象？

王跃文：说句不算极端的话，我创作《国画》时任何所谓意义都没有预设。我是个注重感性并迷信感性的人，不愿意把什么都想清楚才进行创作。我甚至认为把什么问题都想清楚，小说立意、故事走向、人物意义等都想得非常明了，会对我的写作产生负面影响。我注重细节、故事、人物的自然呈现，而非事先的主观安排。我在整个创作过程中，完全进入忘我之境，我会附体于每个小说人物，与他们共悲喜同忧乐。这时候，与其说我是个作家，不如说更像演员。我在创作故事、创作人物的同时，与小说中的人物在故事里一起走了一回。我比小说里任何一个人物的体验更丰富，因为我不局限于某一个人物，我在他们所有人物间跳来跳去，自然而然地进行角色互换。我这么解释自己的创作体验，是想说明我不在乎读者如何去发现小说的意义，换言之就是我尊重读者任何层面、任何视角的意义发现。

聂茂：一个作家的艺术立场或叙述姿态很重要。萧红就看重自己的叙述姿态。她曾经将鲁迅和自己的叙述姿态做过一个对比，她说鲁迅是"从高处去悲悯他的人物"，而她自己则是"我的人物比我高"。现在想来，鲁迅就像作品中的上帝，悲悯地看着人物的喜与悲、苦与乐、生与死。他们的命运都是命定的，祥林嫂一出场就是悲剧，彻头彻尾的底层人物，被封建礼教抽空了生命的润色，抽干了精神世界仅有的水分，在黑暗中一步一步走向无底的深渊。鲁迅就是让她一悲到底，就是要撕掉她所有的人格外衣，赤裸裸地展示在读者面前，让你感到触目惊心和十分难堪。这样，读者的关注点其实不是祥林嫂本身，而是封建礼教的冷漠和愚昧人性的残忍，所以祥林嫂仅仅是一个符号，读者也就很难对作品产生代入感。萧红不同，她按照"我的人物比我高"的理念用儿童的视角书写乡民的惰性生存。她把自己的姿态放得很低，既不悲悯，也不批判，仅仅是以平视，甚至是仰视的眼光看待作品中的人物。她不觉得人物可怜，她站在人物的立场上设身处地，以他们的道德判断和价值标准去思考，这样，人物一下子就有了温度和亮色，无论是愚昧和惰性、善良和忠厚，所以读者就很容易产生代入感，与人物产生共鸣。我发现，您有时也把自己的姿态放得很低，在《国画》大段的几乎内心独白般的叙述中，您多次用玉琴这个人物的限制性视角。"她怕吵醒朱怀镜，轻轻去洗漱间洗脸刷牙，然后来客厅打扫卫生。可当她猛一抬头，忍不住失声叫了起来。原来，昨天玉琴买的那个漂亮的花篮完全枯萎了，好些花朵已经凋谢。"紧跟着便是用玉琴的视角进行叙述："我平日买的花篮，伺候得好，能放半个来月。这回只一个晚上就这样了。我想这只怕不是个好兆头。"一方面，玉琴和朱怀镜有着超越平常的情人关系，她在感受情人的甜蜜；另一方面，她又在冥冥之中感受有一种无形的力量给自己暗示。这是心理脆弱的表现，也是一种触景生情的自哀。玉琴有善良的一面，否则她会把一切当成天经地义，而非惊弓之鸟。女人的敏感、善良、多情一下子就出来了，这样的叙述很震撼，更加贴近人性的真实。但是，有的时候，你似乎也得意于以俯视的眼光看待人物。比方，张天奇和皮市长的圆滑、虚伪，更像是小丑的众生相。我想知道，您的这种视角转换是有意为之，还是自然完成？如果是有意为之，您是按照怎样的逻辑调整自己的视角和姿态呢？

王跃文：我曾用八个字反省自己的写作姿态：凌空观照，贴地写作。所谓凌空观照，指的是作家要有宏阔的视野，要有高远的意义层面的思考，要有对人间万象的精微体察；所谓贴地写作，就是从日常细节、平凡生活入手讲述故事、塑造人物，而不是过于刻意地追求波澜壮阔或离奇曲折。我还用"大事小说"四字概括自己的创作心得，所谓"大事"，指的是文学创作必须有意义上的追求，这种意义必须大到有资格让文学去进行表达；而所谓"小说"，就是从细小处说开去，再大的"大事"都要通过细小的、具体的、精微的故事或情节展现出来。《国画》就是"凌空观照，贴地写作"的小说，也是"大事小说"的小说。这部小说写的都是八小时之外的鸡零狗碎，却是最能体现真实人性的和最能呈现生活本质的日常生活。您发现我在小说里的那种观照视角时仰时俯的写作姿态的变化，完全是我无意识的却又自然而然的，不显得突兀和生硬。《国画》这部小说有股若有似无的内在气韵自始至终统摄着，这股气韵或许就是作者对整个小说场域的悲悯和同情。

聂茂：作家对小说中人物的姿态无非是俯视、仰视和平视，如果说鲁迅是"从高处去悲悯他的人物"，萧红是"我的人物比我高"，按照我的理解，你和作品中的人物保持平等状态，既不悲悯，也不仰视，您让人物按照自己的方式站起来，走近您，又远离您。从这个意义上说，我们能理解《国画》中为什么有那么多的性描写，为什么朱怀镜在几个女人间穿梭，您"管不住"他啊，这是人物属性使然，是小说的生态环境使然，小说中的人物只要是在这个环境里，他们就是这样平凡而真实地生活的。这里边包含您对小说人物独特的思考，且大多合理地寄寓在人物逻辑的纹理中了。我最初看到的《国画》版本，是1998年《当代》杂志在第1期、第2期精选推出这部作品的时候，有一个"编者按"，他认为《国画》中的很多人物不是公仆，而是官仆。读这部小说，如果只看到公仆或官仆在官场中的个人体验，沉湎于人物在女人间的温柔香梦，只看到房事细节、官场险恶和艺术器物，那实在是太肤浅了。我想，在微妙的官场和可感的情场背后，在不伤及文学性和艺术性的表达的同时，还彰显了你对于人性的反思，以及人与环境互相影响、互相生成的关系。这是你以平视的方式看待小说人物所产生的艺术效果，你认同吗？

王跃文：我赞成你的理解。但我不会这么理性地思考形象背后的深意，只是自己写作的时候会有感同身受的痛。我写朱怀镜同梅玉琴春风春雨之后，独自驱车走在深夜的街上，望着流金溢彩的霓虹灯，他会忍不住泪流满面。写作这些场面，我这个作家是同人物一起流泪的。我理解朱怀镜的孤独、郁愤和痛苦。朱怀镜是读书人，他脑子里有关于人生意义的完整标准，但现实同他的价值观念是冲突的，而他认为自己必须遵守现实生活的逻辑。这让他痛苦。这不是朱怀镜一个人的痛苦。

第八节　思想深度、人性锐度和哲学维度

聂茂：我在阅读《国画》的过程中感受到了充溢其中的形而上气息：人物在抉择的痛苦中挣扎。朱怀镜在一定程度上是存在主义的人物定格，他一方面伪造四毛的伤病，敲诈龙兴酒店；一方面自我反省、良心谴责，感慨"这世界找不到一个哭泣的地方"。存在主义本身难道就是一个错误？面对火车站民众糟糕的生存状况，他愤慨忧虑、痛心疾首，但在进入官场之后又斗志昂扬、无所不用，这既是人性的驳杂，又是人物在特定环境中的本能性反应，不如此，他就不是朱怀镜，《国画》就失去了思想深度、人性锐度和哲学维度，从而失去了读者的黏度。当然我的这种解读可能不是你写作的出发点，也不会出现在你的写作笔记或创作谈一类的文字中，但是它的确存在。尽管《国画》有着较为明显的

哲学意蕴，但你更多的时候不是使用全知叙述而是使用限知叙述，你把作者权限的尺度拿捏得恰到好处，而不是盲目地成为人物活动的主宰。否则，朱怀镜就是王跃文，或者说由王跃文孕育出来的、带着王跃文基因的衍生物，但它不是，所以你很少在作品中加入议论。我感觉朱怀镜与其说是你创造出来的，不如说是艺术的真实存在，在特定情境和背景下，你把它呈现了出来。你在创作《国画》的过程中，有一种前置的哲学观在支配吗？或者作品只是借助所谓"官场"这个平台来阐释你的哲学观？

王跃文：人人都有哲学，而非哲学家才有哲学。我理解的所谓哲学，即人对世界的认识，或人对世界的态度。我前面谈自己写作中会像附体一样在小说人物间跳来跳去，并不是自己随意地把小说人物当木偶来玩耍，而是我会情不自禁地体验到人物灵魂中去。作家应该具备这种能力。我理解朱怀镜在各种情境下的状态，并不是说他必须是这种状态，或者说他这种知识背景的人只能有这种状态。人生是有选择余地的，但朱怀镜做了逆选择。朱怀镜是当代知识分子的悲剧，他太认同游戏规则了，尽管他认为这不是好的游戏规则。朱怀镜是那种对现实的糟糕认识得越透彻，就堕落得越彻底，也堕落得越清醒，堕落得越痛苦的知识分子。他这种知识分子不会从堕落的痛苦中咀嚼出悔恨，反而会从堕落的痛苦中体会到义士般的快意。

聂茂：官场其实有多个维度，有其自身的生态，但在规则与潜规则的关系中，《国画》更加重视潜规则；在官员仕途升迁的诸多要素中，更注重对上级领导的迎合，这似乎已经表明了作品的态度，潜规则和察言观色才是关键性要素。毫无疑问，这是官场的一种扭曲或病态，一旦品行德操和工作业绩不再是衡量官员位置的坐标，价值导向就出了问题，行为就会扭曲。朱怀镜的心理、言行和取向都基于潜规则的支配，潜规则成为价值导向。而且朱怀镜对细节有本能性的敏锐观察力，这使朱怀镜在官场上左右逢源，如鱼得水。他洞悉了官场的运行逻辑和背后的支配法则，乘势而上，顺势而为，终成正果。所以很多读者都把潜规则作为阅读的关键词。但问题的关键在于显规则与潜规则的边界。潜规则已经成为无所不包的黑匣子，只要是无法看到的、无法解释、无法认同的，一概归入潜规则的范畴，或者说，只要是实际起作用却无法言明的内容都归入潜规则的范畴，边界混淆了，很多事情也就好解释了，读者也就心安了，作家也就解脱了。我的这种分析有道理吗？您如何看待传统中国文化、特别是所谓的潜规则对朱怀镜等人的影响？

王跃文：现实太强大，个人很渺小。在如此强大的现实面前，非杰出人格者都会被淹没在滚滚红尘中。有人说朱怀镜这个人物，到了《国画》续编《梅次故事》中走形变样了，事实上这是批评作家塑造的形象前后对不上号。我不同意这种观察。朱怀镜会变化，年龄的增长、阅历的丰富、身份的改变，等等，都会让朱怀镜的性格发生变化。哪怕在《国画》里面，朱怀镜在不同情境下，其言其行也是有变化的。现实中有潜规则，古时候有陋规，这都是自古至今操纵人的实际规则，这些规则比堂而皇之的规则更能支配人。中国自古就是正统文化同亚文化两张皮。吴思先生提出潜规则概念之前好多年，我曾在文章和媒体采访中提到官场亚文化的概念，即那种从未被正式阐释、无法堂而皇之，但却是生活中实际操纵官场人言行的现实逻辑和实用法则。这是中国文化的可悲可哀之处。如果法制得不到彻底彰显，官场亚文化将永远大行其道。

第九节　作品的普世价值

聂茂：《国画》出版引发的洛阳纸贵以及随后的遭禁所产生的神秘力量，在当时算得上一个文化事件。我的一位刘姓弟子特别喜欢这部作品，他告诉我他第一次读《国画》时的情景，那时他还是一名大学生。那本书是借的，已经在同学间借来借去，书都翻烂了。考虑到大家急切地想看，每个同学都不好意思看得时间太长，也就一天多时间，就赶快换到下一个同学手中。刘姓弟子感觉实在不过瘾，就想自己买一本，但是当他跑到书店，发现已经买不到了。记得当时是2000年，作为一个书虫，看到喜欢的书没得到，始终觉得是一个遗憾。他不死心便又去了孔夫子旧书网，赶快去找，好歹淘到一本，但没有出版社的原版，只有白纸打印的，用硬纸包裹，作为封皮，左侧用线手工穿起来，十分粗糙。书页也很大，他来不及多想，就买了一本。这是他的第一次网购，花了50多块钱，当时读的是河南师范大学中文系，每个月的生活补贴也就是80来块钱。可见我的这个弟子是真心喜欢这部书的。后来从各种渠道了解到这本书出版的一些遭遇，想来真是颇有"中国特色"。说是考虑到该书的"敏感"和"尖锐"，人民文学出版社推出《国画》的销售策略是悄悄投放市场，按编辑们自己的话说是"悄悄地进村，打枪的不要。"但读者的眼睛是雪亮的，《国画》上市两个月就5次加印，总印数很快突破了10万册。遭禁十余年来《国画》一直未能再版，但2010年《国画》重出江湖，并且来了个"双响炮"：先是百花洲文艺出版社2010年4月推出了《国画》修订版及王跃文其他作品；同年9月份，华文出版社又推出了《国画》及《梅次故事》的精装本。华文社《国画》的再版本，是新增了2万字的内容，还附录了您的一份感言，大致情况是这样的吗？能否谈谈这本书的命运遭际，这些波折在您创作之初会有某些预感吗？

王跃文：我是1997年开始创作《国画》的，我当时的工作同主人公朱怀镜的工作相似。我写作的时候成天沉浸在同《国画》相似的氛围里，不需要刻意虚构和想象。我自己当时耳闻目睹，以及不同情境下所思所感同朱怀镜也差不多。我诚实地尊重自己的内心去写作，完全没有想到过畅销之类，也不顾及读者的阅读体验，更没有想到出版之后会有那么多的故事。这部小说陷入某种尴尬之后，我在工作环境中也尴尬起来。有天，一位外单位的人碰到我，问：听说您最近写了本小说，影响很大啊，我还没有来得及看。"他这么说的时候，我闻到了他身上的酒气。他站着同我聊天，结果把《国画》里的精彩情节全讲了。原来，当时读《国画》是有些敏感的，这位先生本能地出于自我保护意识首先就声明没有读这本书。但他喝了酒脑子不太清醒，马上又忘记自己说过的话了。我对这部小说出版后的遭遇没有任何预感，但这部小说出版后发生的故事让我对现实有更深的反思。明摆着的是非，在有些人那里变得没有是非，或者以是为非，以非为是。

聂茂：我发现您的作品中许多细节都具有象征性意义，这种象征性意义不是您赋予作品的寓言性价值，而是洞察力和人物阶序的分水岭。官场中人是升是降，能走多远，处于哪个段位，就看您对细节的把握程度。"朱怀镜平日很注意观察一些领导同志的细微之处，觉得蛮有意思。"①作品一开始就用细节把读者带到这种象征性的局势中。朱怀镜与画家朋友李明溪约好看球，一见面就是习惯性的握手，被自命方外之人的李明溪一顿臭骂，指其官气十足，俗不可耐。握手的力度和时间都很讲究，它表明了你的身份、地位、层级、权力、关系，里边的内容气象万千，一个普通的礼节性动作都寓含深意，读者的视野期待立刻对作品行注目礼。张天奇是朱怀镜原来所属乌县的县委书记，精心研究上级官员的喜好和需要，甚至具体到他们的穿衣穿鞋码数，以此接近领导，活脱脱一副现代版的"官场现形记"啊，这些伎俩即使放在那个时代也没有一点"违和感"，说明中国"官位""权位""站位"的思想根深蒂固，政治文明的道路依然任重道远，您的作品展示了转变历程中的时代画卷。

我对《国画》的历史维度和价值判断是基于理性的思考。上述问题每个时

---

① 王跃文. 国画[M]. 北京：人民文学出版社，1999：342

代、每个国家都会有。朱怀镜和张天奇不是转型期中国官场的个案，而是官场伦理和内在人性的复合体，古今中外都有，只不过您选择把当下官场作为背景。见风使舵、阿谀奉承、媚上欺下、明哲保身、落井下石的情况什么时代没有？哪个国家没有？所以它不仅仅是一种现象，而是人性在不同条件下的外显。加缪说："每个人身上都有鼠疫，因为世界上没有一个人是对鼠疫免疫的。"权力的收发一旦溢出了所能承受的边界，人身上的"鼠疫"就会迅速传染，并在传染者和被传染者的体内发酵，这是每个国家和民族在任何时代都需要注意的，我想这正是《国画》的普世性价值所在。但我不满足的是，您对作品人物的态度较为暧昧，批判的意味不足、人性的发掘不够，导致作品的这种普世性价值大打折扣，您是如何看待这个问题的？

　　王跃文：记得当年读米兰·昆德拉的《玩笑》，我惊出一声冷汗。这部小说，只要把其中的人名替换成中国人的名字，把地名替换成中国地名，完全就是描写中国文革的小说。可见，相同政治文化的影响下，不管这个国家处在地球的哪个角落，社会呈现出的状况都大同小异。我出版《国画》十几年之后，为了创作同清代有关的小说，阅读了大量史料和杂书，发现中国古今官场共通之处太多了。比如，清代官场流行给上司送朝靴，必须送名店名师制作的朝靴。这同现在送礼要送名牌皮鞋是一回事。陈廷敬在奏折里建议朝廷应要求"吏不以曲事上官为心，而后能加意于民"，这从反面说明当时官场风气就是下级把心事放在对上级的巴结逢迎上，并不把老百姓的冷暖放在心头。当前官场的某些不正常情况，原来自古便是如此。中外古今的对比，说明某些腐朽的、不良的文化影响之下，社会病症不会因时代或地域的不同而能幸免。

第十节　权力的隐喻与圆通人物的塑造

　　聂茂：米兰·昆德拉在《小说的艺术》中说："小说家一旦扮演公众人物的角色，就使他的作品处于危险的境地，因为它可能被视为他的行为、他的宣言、他采取的立场的附庸。"艺术真实和生活真实的关系是文学的一个永恒话题。与之对应的是，读者经常把作品中艺术真实和作家本人联系起来，拿作品和生活对照，进行角色替代，把自己嵌进了作品里，想象成作品中的人物，所谓"知人论世"依然有很强的"群众基础"。《国画》寓含了您对中国公务员群体的理解，也有你在创作过程中的艺术性想象。在我看来，这些想象是您对写作材料的虚构、推理、演绎和升华。也许因为这种原因，读者认为《国画》是对官场生态的艺术重现。也正因为此，我认为你的推理、演绎和升华不是艺术技巧在写作实践中的展示，而是一种创作本能。并不是每个作家都喜欢"塑造"这个词，有的作家认为自己在塑造人物，而有的作家则认为他只是在做忠实的记录，就好比你一开始设计了朱怀镜的命运和遭际，但是随着创作的深入，你发现你根本就无法左右他的行为和思维，小说人物自己站了起来，脱离了你的控制，每个人物都有滋有味地活在《国画》的世界里，或长袖善舞，或长歌当哭，而作为作家，你在前期设计中给他们的规定动作多一些，还是在写作的高峰体验中即兴创造多一些？甚至你压根儿就没有什么前期设计，而是边走边唱、边写边像？

王跃文：不同作家有不同的创作习惯。我不喜欢把小说的故事、细节、人物活动等都想好了再去写。我会让故事自然发展，让人物在故事里自由行走。他们都是活的，不是作家任意操控的玩偶。我也不会去想象某个人物的典型意义、象征意义或代言者形象等。我还是那句老话，把平实甚至平淡的故事讲得读者愿意看，把随处可见的身边人物塑造得可信。

聂茂：在《国画》里，大灾过后，皮市长到乌县视察。在一段被乌水河冲垮的长堤，皮市长发现一位白发苍苍的老太太在挑着一担土，颤巍巍的。皮市长很感动，上前问道："老人家，你好啊！你这么大年纪了，也来参加修复堤防？"老太太却只是不停点头鞠躬，连声说："人民政府好，各位领导好！"此后，皮市长逢人就讲这位老太太觉悟高，人民群众真是好。殊不知，这个老太太是县里有名的夏疯子。只要多说几句话，皮市长就会明白眼前的这个老太太是个什么样的人。为此，张天奇胆颤心惊，生怕露了马脚。这是一种多么大的讽刺啊，一群小丑，一出闹剧，所有人都在郑重其事地做事，但本质上却是龌龊的。你的讽刺鞭辟入里，辛辣有力，但不露声色，比直接鞭挞和批判更有分量，这才是文学的力量。从精神气质上说，这种讽刺神似于俄国作家，而且我发现，你在聊天中也常常提及俄国作家，你的作品受俄国文学的影响大吗？

王跃文：这个故事是真实发生的。《国画》一共 50 多万字，写到的所有故事都是虚构的，只有这个小故事我几乎是照搬了生活。中国人哪怕有满腹牢骚，只要递一个话筒到他嘴边，他说的话都是可以上新闻联播的。我写疯老太太的故事，讽刺的就是我们国民的这个毛病。为什么会这样？半个多世纪的社会政治环境造成的。我热爱俄罗斯文学，谈不上是否深受其影响。一个作家最后成什么样子，大概是各种文学源泉共同滋养的结果吧。

聂茂：《国画》本身就是个隐喻，其中且坐亭更是一个城市的隐喻。去的人不是梦见被蛇咬，就是噩梦不断。只有极少有阳气的人，能够压住且坐亭的邪气。这样的人当然就会大福大贵。朱怀镜去了。只有他没有做梦。玉琴做梦，曾俚做梦，李明溪做梦，都是蛇。朱怀镜没有什么朋友，仅有的朋友只有李明溪，可这个人疯掉失踪了。装裱者卜老先生死了。曾俚远走他乡。玉琴进了班房。妻子香妹要与他离婚。到头来，朱怀镜除了得到一顶沉重的乌纱帽，他究竟得到了什么？亲情不在，爱情不再，友情稀缺。这样的人生，难道会是幸福的人生吗？权力是社会动力系统的重要组成部分，无谓红黑，无谓褒贬，它是一个中性的存在。除了权力，朱怀镜最后一无所有，从这个意义上说，权力和爱情、亲情、友情似乎水火不容，是这样吗？

王跃文：不能做这么简单推论，但权力对人性的腐蚀性是不可低估的。很多官场中人除了对权力的迷恋和崇拜，没任何理想和追求。有的人为了权力，可以牺牲爱情、亲情、友情，以及自己的尊严，甚至愿意拿性命做赌注。不是说但凡政治人物就没有情感或不需要情感，但确实有些官场中人把权力看得高于一切。有了权力，他什么都有了；但事实上，很多权力之下的"福利附加"都是梦幻泡影，最终会因权力的失去而烟消云散。

聂茂：阅读您的作品，有时感觉就像您搬了一块生活，放到了作品中，真实感很强。当然怎么搬，搬什么，裁剪的形状和背后的价值观才决定了作家的高度。问题是你有勇气说出真相，我以为这种作品其实是有生命力的。任何文学作品的背景和内容都会随着时间的消逝而成为过去式，但作品的真实性和真挚感却会永远打动读者。这也是路遥至今仍然拥有大批读者的根本原因。不同的是，您写的是当下的官场，表现真实，说出真相，不但需要艺术眼光，还需要勇气，您在写作过程中是否有过畏惧？

王跃文：关于这一点，我曾经说过我会怕，会有畏惧。但是在艺术面前，我面对真实的生活，会诚实地说出真相。我在小说里面，更不会粉饰现实。《苍黄》里面有个人物，受到有些读者朋友的质疑。他就是里面的差配干部刘星明，也就是外号说的刘差配。这个人在人大会宣布选票时突然疯了，并没有当选而以为自己当选了副县长。人会不会就这么发疯，得请精神病大夫去解释。我在生活中见到过一个人，同刘差配一样的身份，他没有受到任何刺激，有天清早醒来突然就觉得自己是县领导了。这个人一天到晚腋下夹着一个公文包，碰到干部就吩咐几句工作。都是县里的熟人，谁也不好点破。这是真人真事。我在小说里处理这个形象，写他从精神病医院治愈出院，对同时关在里面的上访者舒泽光和刘大亮的事守口如瓶。他回家不久再度发疯，就开始上访，扬言要披露精神病医院的真相。我虚构这个故事是有事实依据的，媒体报道过某地送上访者去精神病医院的事，逼迫上访者书面保证再不上访，才放他们出来。头脑清醒的人说假话，头脑不清醒的人说真话，这种情况并不少见。或者可以反过来讲，说假话的人被看作头脑清醒，说真话的人被看作脑子有毛病。如此说来，刘差配这个人物，并非艺术夸张。

从精神气质上讲，我承认自己是个怀疑主义者，我对生活的根本态度是质疑的。同时，生活本身也教育了我，与其相信，不如怀疑。听过太多的谎言，我不会太轻信。我通过小说思考生活，重在观察和思考的过程。生活的希望总是有的，但在我小说的内在环境里我看到更多的是失望。这份失望不是我凭空虚构的，而是生活本身给的。如果说我小说表现了生活某些方面的阴暗，它也是真实生活的冰山一角。

聂茂：我曾在我的学生当中做过调查问卷，读过您作品的同学大多都有重读的经历。你的作品传奇性不强，多是耐人寻味的细节，却很少离奇古怪和异人异事，经得起再三阅读。情节推进就是靠人物性格和内在逻辑，就是常态的人物和常态的情节，而不是一惊一乍地故弄玄虚。小说的英文单词是 novel，它的另一个意思是新颖，这也是很多人对小说的理解，但您却大多表现常态，您怎么理解小说的常态化书写？

王跃文：我的小说一向没有极端的形象，他们就像身边随处可见的各类人物。《苍黄》里一意孤行的县委书记刘星明、为所欲为的民营企业老板贺飞龙、周旋于各种关系如鱼得水的公安局长周应龙，他们都是生活中真实存在的。但我不喜欢写什么惊天大案，虽然我们经常看到轰动性新闻的报道。我也不喜欢写大开大合的大事件，看上去波澜壮阔、风起云涌。这些都是很表面的。生活多是常态的，常态才接近生活的本质。

聂茂：古今中外文学经典中涉及"性"的范例很多，中国的《废都》《金瓶梅》和英国的《查泰莱夫人的情人》皆是如此。当然，更多的文学经典是涉"性"，仅仅是尺度的问题。孔子说，"人，食色性也"，文学也同样如此。离开了"食色"，文学就成了飘零的枯叶，失去了生机和活力。《国画》中"性"占有一定的比重，张天奇给领导送上附有春宫图的壮阳酒，朱怀镜玩女人，养情人，与龙兴大酒店的副总经理梅玉琴认识几天就开始上床，而且在《国画》中，每隔几页就会有性事，主要是朱怀镜与玉琴的性事，当然也有朱怀镜与香妹等人的性事等，针对这种高频次的性描写，有读者认为这是为了迎合读者的窥私欲，降低了小说的艺术性，如果不写似乎更纯粹，不写也丝毫不影响书中人物的命运遭际，您怎么看待这种声音？您意在让读者感受到其中的诗意，肉体欲望，还是人生风流？实际上，撇开关于性描写频次的讨论，仅就性描写的艺术性而言，《国画》还是很有特色的。它并不是赤裸裸的肉体袒露和性事展播，比如小说第一次性描写，"女人目光渐渐迷离，像烟波浩渺的海面。每次，他都醉心品尝女人那种无以言表的情绪变化。女人的目光迷离了，他知道这是美妙乐章的序曲，轻柔而悠远。迷离的目光越来越朦胧，越来越混沌，慢慢变成了浓浓的雾霭，低低地漂浮在海面。女人的眼睛轻轻地合上了。女人的胸脯开始起伏，起伏。最激越的乐章奏起了。海面掀起了风暴。他只是被风暴卷起的浪头，在海面上疯狂地奔腾，涌过去，涌过去，没有了方向，也没有了时间，似乎这滔滔白浪要翻滚到天荒地老。天要塌了，海要漏了。飓风卷着浪头轰隆隆冲向海滩，重重地摔下来。女人柔柔地躺着，像一滩松软的海滩。"我拿着书把这段话念出来，但是没有感到一丝的猥亵，反而感觉到其中蕴含的天人合一。朱怀镜和玉琴如果仅仅剩下男女暧昧和一笔带过的性描写，作品对人性的开掘就肤浅了。能谈谈您对性描写的艺术性的理解吗？

王跃文：性描写是塑造人物的需要，不是为了猎奇或制造可读性。朱怀镜对玉琴固然有真爱，但也有男人追求欲望的成分，更有他这种特定身份的男人借以证明自己价值的成分。玉琴对朱怀镜的感情是热烈而真挚的，她的这种情感因朱怀镜的不纯粹而带有更多悲剧色彩。我在小说里对诸多人物都抱有极大的同情，对朱怀镜和玉琴同样都是同情的，他们都是身陷在泥潭里的可怜人。

聂茂：著名导演伍迪·艾伦发表过一些关于性与爱的调侃，如《赛末点》中的经典桥段，成了不婚者自我标榜的金句："我认为任何一段恋爱的基础，不是妥协，不是成熟，也不是完美什么的。它实际上是基于运气，你知道，这才是关键。人们只是不愿意承认这一点，因为这就意味着失去控制。"他指出："对我来说，爱是很深刻的，而性只有几英寸而已。"他甚至说："我和我的老婆唯一一次同时获得高潮是在法官签署离婚文件时。"这类调侃虽然戏谑或嘲讽，却也发人深思。伍迪·艾伦让故事中的女人当成是一种媒介——一个新世界的使者。这就是为什么她们总是主动出现在主人公身边，而不是由主人公去接近或爱上她们的原因。性是人生活的组成部分，而且是重要的组成部分。刻意地去表现性，把性作为表达的重点，肯定是低俗。但如果性是人物性格和情节进展必备要素，毫无意外就成为了小说逻辑的基本组成部分，就不是多余的补丁。甚至在某种程度上说，权力和色欲经常是孪生兄弟，离开了色欲的权斗一定伴随着政治上的更大野心、假道德外衣下的肮脏灵魂，或者性无能，否则只是被人为隐藏罢了。所以在一定程度上，《国画》是对这种人格类型和官场动力机制的还原。村上春树说，"我认为性是一种……灵魂上的承诺。美好的性可以治疗你的伤口，可以激活你的想象力，是一条通往更高层次、更美好之处的通道。"如果这可以成为标准的话，您认为性描写就是为了性本身，是推动作品前进的力量，还是因为性本身就是一种权力隐喻，通过它，可以把作品"通往更高层次、更美好之处的通道"？

王跃文：我前面谈到，朱怀镜通过同玉琴的性爱，寻求到某种特殊身份的自我认可。当然，这往往是当事人自己在理性上拒绝承认的。我写朱怀镜同梅玉琴的性爱故事或情感故事，也许是刻意营造一种欲望氛围。不管现实生活今后会往何处走，但欲望横流曾经是某个时期中国的现实，值得反省和沉思。我在《国画》中的欲望氛围的营造是忠实于生活的。人的欲望是永远的，所以这种塑造也许有永恒意义。

聂茂：《国画》对朱怀镜的塑造是多维度、多侧面的，即为福斯特所说的圆形人物，亦正亦邪，亦黑亦白；一边讲排场，一边心疼浪费的饭菜；一边和情人云雨，一边对妻子充满愧疚；一边在官场钻营，一边和艺术家朋友打成一片，自谓"清流"，真是讽味十足。这种矛盾性的人格决定了他经常处于分裂状态之中，也让很多读者在对他惺惺相惜地赞赏的同时又愤其道德沦丧，善于伪装，可怜可叹亦可恨。专业读者认为朱怀镜是一个"君子扮相的纵欲男人"；而普通读者则推己度人，更多地持赞赏的态度，由衷地认同朱怀镜对官场、对女人、对艺术的理解。您怎么看待这种阅读认知上的分野？

王跃文：我赞同你用圆形人物这个概念概括朱怀镜，但这只说明他有多面，并不是划定了圆心和弧面的封闭曲线。我的写作是自由的、率真的，没有所谓的抽象理念和中心，学者怎么阐释，读者怎么理解，我就管不了了。纵使这样，我也只是抓住了生活之树下的几片落叶，可能与人性的真实、生活的真实、哲学的真实都相去甚远。在此过程中，如果我对事物和现象的认识暂时溢出了部分读者可以承受的边界，我认为它会随着时间的流逝逐渐抹平，未来将有更多人认同王跃文，也会有更多人觉出我的短视和肤浅，更加客观地评价我的局限性。

第十一节　历史小说的当代意识

聂茂：在电影、电视剧、戏剧、小说等各种艺术门类中，清史题材一直都是热点，读者似乎对最后一个离开中国历史的大清王朝印象最为深刻。电影《末代皇帝》，电视剧《康熙王朝》《雍正王朝》《铁齿铜牙纪晓岚》等皆是如此，在电视剧热播同时推出的文学剧本无不畅销，而且一些作品接二连三推出续集。《大清相国》的出现与这个背景基本契合。在选择这个题材时，是不是也考虑到了市场因素和商业价值的影响？

王跃文：我创作《大清相国》自然有着商业目的，但这不是我的商业目的。主人公陈廷敬故居皇城相府是山西晋城一个 5A 级旅游景点，他们出于商业宣传的目的约请我写这个题材的电视剧。剧本写好之后，因某些政策原因一时没有拍摄。这是《大清相国》创作的由来。

聂茂：《大清相国》虽然写的是历史人物，但仍然聚焦官场，只不过是历史上的官场。您说"根据我个人的了解，中国官场上一些最基本的规律性东西是千古一律，所以我在写古代的时候，联系到当下觉得其实差不多。"[1]所以《大清相国》在维持历史感的同时，又有着鲜明的当代意识。这个似乎很难，有些作家的历史小说成了文献的堆积；而有的历史小说则变成了荒唐的穿越剧。您是怎样平衡历史感和当代性的？

王跃文：我创作《大清相国》依据的是史料，但惊奇的是史料常常同现实故事撞车。比如，张鹏翮做河督时，为了治理黄河不顾百姓反对而强行平坟，连康熙皇帝都看不下去了，责骂他一个读书人干了掘人坟墓不敬鬼神的事，闻之心胆俱寒！这些史料自然让我们联想到几年前某些地方的平坟事件。再比如，陈廷敬发现救灾过程太过迟缓，先由地方申报，再到朝廷反复核实，最后到救

---

① 　王小迈. "官性"是如何抹杀人性的[J]. 黄金书屋，2007(7).

济银粮下放，以及税赋的减免需一年时间，极不利于民生，便提出更加符合实际情况的报灾救灾程序。民政部救济救灾司一位前官员撰文说，陈廷敬提出的救灾办法至今国家仍在采用。可见，历史同现实很多时候是相通的。如果读者在小说里读到了某些对现实的讽喻意味，那绝对不是我故意为之。

聂茂：有评论说，您的小说《大清相国》，可以"用一个人物形象，来解释等、稳、忍、狠、隐这五字官经的。"在《大清相国》里，相国陈廷敬如履薄冰数十年，在君王如虎、同僚似狼的官场中，慢慢悟透官场秘诀。您用欣赏的视角审视陈廷敬，甚至把他塑造成一个近乎完美的人，但我们发现，很多时候，官场已经成为人性的坟墓，所以读者的感觉无非是揭黑幕、透秘诀，唯独人性在沦落。您怎么理解这种评论？

王跃文：记得鲁迅先生曾在《论睁了眼看》一文中说："中国的文人，对于人生，至少是对于社会现象，向来就多没有正视的勇气。"又说："中国人向来因为不敢正视人生，只好瞒和骗，由此也生出瞒和骗的文艺来。"还说："中国的文人也一样，万事闭眼睛，聊以自欺，而且欺人，那方法是：瞒和骗。"先生的这些话，今天似乎并不过时。文学的价值不是掩饰，不是让人们从镜子中感受阳光的温暖，而是正视社会的各种现状。我们可以自省一下自己的勇气到底有多少。当代官场小说之所以拥有广大的读者群，您能说是"官场指南"的缘故？很多读者并不是公务员，人家要这个"指南"干什么？我想还是它多少反映了现实官场中某些真实，人们想知道真相，想知道历史上发生过什么？官场小说的渲染和夸张成分有多少自不必说，但如果认真阅读了《大清相国》，你难道感受不到知识分子的历史担当？感受不到主人公的为民情怀？感受不到文本中的浓浓诗意？有些官场小说备受诟病，说它过多地渲染了生活的阴暗面。坦率地说，我认为现在的官场小说离真正的生活真相还有很远的距离。我们通过官场透视我们民族的文化心理和国民劣根性，深入剖析官场中人性的异化和缺失，文学还有相当远的距离无法抵达。真实的阴暗面不仅远远超过我们的见识，而且远远超过我们的想象力，更远远超过作家表达的勇气。正视现实中的恶，睁着眼睛看清楚，本身就需要巨大的勇气，因为看的结果会直接影响我们对生活的信仰和信念。正视了，又能把它客观艺术地形之于笔端，对于一个作家来说，就更是一种勇气和挑战。由于人性本身的弱点，我们事实上是没有勇气彻底面对生活的真实的。人性之恶释放在生活的任何空间，我们往往有意无意间视而不见、充耳不闻，自觉地闭目塞听，屏蔽掉很多恶的东西。我们有很多的顾虑，为尊者讳、为亲者讳、为自己讳、为现实环境讳、为教化影响讳，等等。不光是人们的胆量和价值观等遇到挑战，而且生存本能也需要我们如此。人们需要有乐观精神，多看光明和温暖，不然我们的生活就是人间地狱，我们会丧失生活的勇气。

聂茂：所以是否书写光明和病态并不是问题的关键，最重要的是，文学的精神底色必须是人性的，要基于真善美的初衷，还要有悲悯的情怀。如果书写的光明是虚假的，可能更让人恶心，只能是掩盖罪恶的帮凶和假恶丑的化身。

王跃文：是的，陀思妥耶夫斯基写罪恶与病态，写人类心灵的痛苦、灵魂的挣扎，可以说写到了极致，鲁迅先生称他为"残酷的天才"。但是，陀思妥耶夫斯基作品里最深沉的力量，给人以强烈震撼的恰恰是一种向善的力量，是人类不论在怎样悲惨情境下对灵魂救赎的努力和渴望，是他们朝向真理的艰难跋涉，决不是他对杀人过程自然主义的描写。从《白痴》到《卡拉玛佐夫兄弟》，陀思妥耶夫斯基写杀人犯，写妓女，写贫穷、疾病、淫欲，但他所有的作品无不贯穿着一个主题，那就是对人类处境的审视和反省，对人类灵魂获得救赎道路的叩问与追寻。文学当然首先必须真实，因为真是善的起码前提；但仅有现象的真实还不够。文学除了描写和展示，还必须有一种向善的力量，这种善其实就是一种价值判断。有些作家宣称自己无意也无法在自己的作品中做出价值判断，甚至认为给文学做价值判断是老土，是过时，真正的文学不屑于判断。其实，任何一个作家都无法回避他在作品中隐藏着的价值观，无论他隐藏得多么深，多么巧妙。作家也必须对自己作品中的价值判断负责。孔子听《韶》乐，称其"尽美矣，又尽善矣"，又听《武》乐，却说"尽美矣，未尽善矣"，这就是他的价值判断。《韶》乐歌颂的大舜以文德治天下，符合孔子的道德理想，而武王以武力夺取天下，孔子觉得美则美矣，却不值得推崇。

第十二节　小说的限度与难度

聂茂：《大清相国》有宽广的历史文化含量，令人想起《红楼梦》的繁杂而精密。《红楼梦》中的食谱、药方、建筑、服饰都极为细致，而您书中繁复的典章制度、机构设置、官员配备、饮食起居、官称、人与人之间的交往习惯、办事程序等内容极大地扩充了小说的文化含量，也使小说更贴近历史的本色，具有厚重的历史感。比如科考前考官游街习俗的描写，不仅为我们展示了清代科举取士的风貌，更成为小说情节发展的物质基础。清朝机构的办事程序也颇耐人寻味，山西乡试出现了闹府学、辱圣人的舞弊贿赂案，清廷派遣的钦差大臣须与当地巡抚共同审讯，这种办事程序为卫向书救陈廷敬于水深火热提供了情境保证和物质基础。人物生活在那样的情境中，历史长河滔滔而过，不可能完全复原之前的样貌，但是可以尽量地贴近历史的真实，唯有此，情节逻辑和人物性格才有更为坚实的依托。物质外壳和人物生活互相影响，人物的哲学真实性才是有依据的。您在写这些内容时，是否考虑到了文化含量的扩充，而没有"炫技"的成分，只是因小说情节发展必然的需要？

王跃文：历史小说必须从细节上尽可能还原历史，不然就不真实了。我为了创作这部小说读了大量杂书，为的就是回到三百多年前。比如紫禁城地面上的砖俗称金砖，这些金砖都被皇帝身边的近侍太监逐块敲过，知道哪块铺得空哪块铺得实，这就成了太监们渔利的小窍门。大臣们奏事前给太监打发些银子，太监就把你领到铺得空的金砖前面，你奏事完了磕起头来嘣嘣响，皇帝听着高兴；你要是没有给太监打发银子，他就故意把你领到磕不响的金砖前面去。这不是我杜撰的，而是知道这些历史夹缝里的小故事的内行人在书里写到的。书中的官职官制、官场礼仪、社会风俗，等等，都是我依据史料真实描写的。写历史小说必须如此，而非炫技。

聂茂：在中国，文史不分家，历史和文学有时就是孪生兄弟，但是历史小说的写作有其自身的限度和难度。关于历史和文学如何平衡的问题，按照福科的说法，"我们今天所说的历史包括'历史本体'和'历史认识'两部分，前者属于文献知识，后者属于意义知识。只有将文献知识上升为意义知识，历史小说才能在史实还原的基础上表现出一种重释历史的价值判断的意义指向。这也是现实主义的本质规定之所在，是历史小说创作的一个根本要旨和难点"①。这种上升需要合理适度的想象和叙事安排。《大清相国》与《曾国藩》《雍正王朝》《康熙王朝》等历史小说不同的一点是，"它有意避开康熙王朝的大事记，如铲除鳌拜、平定三藩、收复台湾等，而是选取鲜为人知的小事串联全篇，对陈廷敬力挫贪官污吏、管理户部钱法、因亲戚贪赃受牵连等史实予以浓墨重彩的叙

---

① 吴秀明. 当代历史小说的明清叙事. 见: 吴义勤. 中国新时期小说研究资料(上)[C]. 济南: 山东文艺出版社, 2006. 429

述，详尽地讲述了他为官一生的三起三落"①。这些事件有的来自史料，有的纯粹出于您的想象。是想象把历史小说的艺术张力发挥到了极致，使其成为个性化、文学化的历史产物。所以您在尊重历史史实的基础上浓墨重彩地再现了陈廷敬这一形象。但是从本质上说，历史小说的想象力不是为了虚构，而是为了表现真实。艺术的真实有时更加贴近事实本身。您尽量让自己在作品中消失，让人物贴着性格走，性格贴着历史走。在翻阅大量历史文献的过程中，您发现了一个被忽视和被误读的陈廷敬，所以才要矫正和重现。这似乎是一个矛盾，对于陈廷敬这个人物形象，您更倾向于重塑，还是还原？

王跃文：我塑造陈廷敬的基本原则是尊重史实，大胆虚构。听上去这似乎矛盾，其实并不矛盾。康熙皇帝评价陈廷敬："卿为耆旧，可称全人"，"恪慎清勤，始终一节。"这是史料记载，可看作对陈廷敬的历史定评。我在小说里以几乎完人的形象刻画这位三百多年前的先贤，依据的正是这种评价。这个形象背负着深刻的文化记忆，一种应该为万世效法的优秀文化记忆。中国历史悠久，文化深厚，有精华也有糟粕，包括写历史小说在内的"国故发掘"工作需要做的就是传承优秀文化。

聂茂：《大清相国》的语言文白相间，雅俗共赏。文白语言的选择完全根据行文的需要。只要是翻译成白话就会失真、失实的内容，基本沿用了传统的说法。人物对话也多遵循古人说话方式，注重场合，讲究辈分等礼仪对人物身份的影响。叙述语言则是较为浅显的书面语，多以四字为句，通俗和文雅巧妙转换，读来轻松又有意味。按我的理解，这也是历史文化内涵的一个重要组成部分，对吗？

王跃文：我在这部小说里比较注意通过行文传递历史感，但这种语体风格的选择不是刻意的。我也许有种天生的语言意识，我写历史、写现实、写乡村、写都市，语体风格都是不同的，写作起来完全是自然流露。

聂茂：《大清相国》中陈廷敬为官为民的思想几乎贯穿全书，他是除了卫向书外唯一百姓认可的好官。他的历史观非常鲜明：对傅山反清复明的想法并不认同；傅山本意劝他参加反清复明运动，他反劝傅山放弃；山东百姓自愿捐粮

---

① 吴义勤，方奕. 官场的"政治"——评王跃文长篇小说《大清相国》[J]. 理论与创作. 2007(6)：75

案，他却力排众议，大胆上奏，质疑山东百姓自愿捐粮的真实性，并且自愿担当调查处理的重任。途中几经波折，最终查出实情，减轻了百姓负担，也遭到同僚的陷害排挤。一心为民，勇于直谏，这与其说是他年少时轻狂气盛的延续，不如说是人性之光的闪耀。

如果放在那个历史背景下衡量，陈廷敬这个人物形象可谓完美，人品胆识、为官之道俱佳，处处闪耀的独特魅力，甚至有些神化意味。他无论在什么情况下都是清醒的，原因在于，他能够基于历史动向做出准确判断，敢于对错误的阴暗的腐朽的东西说不，而且说得十分艺术，令人信服。陈廷敬的"完人"形象从一开篇就已经奠定。正如吴义勤所评论的："才学上，他天资聪颖，勤奋好学。科场上可谓一帆风顺。从童子试、乡试、会试到殿试，他卓越的才华无不显露。人品上，他善良宽厚，乐于助人。主动搭载一起赶考的张汧，帮助家境贫寒的李瑾支付房费。胆识上，他有勇有谋，机智沉稳。他铤而走险，冒死参加会试，面对皇上的质问面无惧色，据理力争。谋略上，则存在一个渐变的过程。"①年轻气盛时盲目追随府学闹事，不谙世事被释放拒不悔罪，看破官场、自暴自弃、不思进取，到傅山造访未被劝降，反而劝说傅山归清，再到因庄亲王儿子被杀而累三年甘于沉默庶常馆，之后为幼帝讲王莽篡汉导致未被重用几十年，陈廷敬的稳重和隐忍是岁月磨炼出来的内功。

在权斗的旋涡中，运筹帷幄和坚韧性情使陈廷敬终成大器，索额图、明珠、高士奇、徐乾学等高官互相告状，陈廷敬作为幕后推手，掌控整个局面，笑到最后的"聋"老汉用智慧和人品，终于如愿安享余年。所以说官场为他提供了锻炼和成长的舞台和机会，"五字诀"——等、忍、稳、狠、隐，俨然成为其人生为官生存的哲学，亦是人生哲学。所以陈廷敬的人生是"五字诀"的生动阐释，这是不是一种人性的异化？

王跃文：官场中人的成功，有成于道者，有成于术者。陈廷敬的所谓"五字诀"乍看近乎术，实则是为道。这五个字是他在不同人生阶段及不同境遇下的行事方法和行事态度，属于他的政治智慧。真实情况是陈廷敬最后经耳疾乞归，但归田之后又被康熙皇帝召还襄理朝政。康熙皇帝是很宠信陈廷敬的，但为官十年的陈廷敬却真的想退隐了。他有诗说"得遇隆恩原是害"，表达的就是归去不得的痛苦。

---

① 吴义勤，方奕. 官场的"政治"——评王跃文长篇小说《大清相国》[J]. 理论与创作. 2007(6)：76

聂茂：我们同时也看到，现代人已经很难理解古代知识分子的情怀，那些谏臣为了挽狂澜于既倒，或者为民请命，甘愿死谏，或者因谏而死的事很多，这种人格有其真实性。一个有情怀、有担当、有韧性的知识分子，一生为民，也是一种诗意的人生。诗意的人生并非只有放浪形骸和诗酒风流。从这个意义上说，《大清相国》中也寓含了浓浓的诗意，可以这样理解吗？

王跃文：同意您的理解。说到诗意，我自然想到了诗。陈廷敬当时文名颇重，成为当时士林推崇的文坛领袖。康熙皇帝对他的诗也很赏识，说他的诗"清雅醇厚，非积字累句之初学者可成也。"陈廷敬还是书法家、音乐家，可谓通五经而贯六艺。

第十三节　轻率的叙事与文学的高峰

聂茂：您现在事务性工作很多，但您依然没有放下创作，而且不断地挑战自己。比方，您一反官场小说的读者期待，写下了"边城"式的《漫水》，斩获了鲁迅文学奖；同时又聚焦中年人情感危机，推出了长篇小说《爱历元年》，并再次轰动文坛，似乎要冲向一个文学的高峰。但老实讲，如果我说《爱历元年》是一部有些失真的轻率之作，您一定会不高兴，无论您多么大度。但从文本上，我的确发现不少问题。总的感觉，《爱历元年》前半部分比后半部分写得扎实，机敏，细腻。后半部分相对粗糙，有大面积的性事描写，几乎每隔几页就会来一次性事活动，不少性事活动并不是故事前进的推动力量，甚至不是生活中必不可少的内容。在《国画》和《苍黄》中，性事的描写也十分突出。前面说过，我并不反对性事描写，如果这种描写确能揭示人性或有助于故事的推进的话。我反对为性事而性事的描写，哪怕这种描写在艺术表现上有多少高超、委婉与唯美。具体到《爱历元年》上来，感觉这部小说的性事描写太多，有泛滥之势，以至有评论家尖锐指出，这样大面积的性事描写难道您不担心让文本滑向"三俗"的危险吗？

王跃文：您这是道学家的担心。我认为，作家不是神，写出的作品不可能像预设好的模型一样，有着圆润的边角处理效果，而且各部分之间的功能边界清楚，分厘可见。作家在写作过程中经常处于高峰体验状态，人物有时会跳出来自己说话，或者站起来和我辩论，脱离了作家的控制。《爱历元年》中的性事描写其实并不多，都是故事发展和人物刻画的需要。这部小说出版快两年了，我没有收到同性事有关的批评。网络是最控制不住的信息渠道，我真没有在网友评论里看到这方面的吐槽。

聂茂：我认为《爱历元年》有些失真或轻率，是基于对文本的细读。它主要体现在以下七个方面：一、所谓"光头事件"：孙离在课堂上的慷慨陈词写得有点过了，让人觉得有掉书袋的感觉。比方讲到东汉的大臣梁翼和他的老婆孙寿，讲到了堕马髻，以及它在当时为什么流行起来。接着讲了唐朝的发型，用的文字是："高冠博带，羽扇纶巾。"还讲李白"丰颐直鼻，美髯若仙，一身飘逸的宫锦袍。"这样的文字太书面语了，学生们能听懂这些过于书生气甚至有点文绉绉的描绘吗？二、有关这次"光头事件"没有任何来龙去脉，显得太突兀。因为这个事件很重，它不仅是小说叙事的开始，更是孙离"爱历元年"的开始。因为正是由于此次事件，让喜子有机会关注到了孙离，也为日后孙离追求喜子打下了好的情感基础。三、喜子考研有些怪异。与校长吵架。突然收到录取通知书，这些是不大合乎情理的。考研至少要面试、要调档案等，都必须经得校长同意。否则，就读不了研究生。即便是公费研究生也是如此。四、细节偏离生活逻辑。孙离把喜子从上海买给孙亦赤的鞋，送给邻居宋小花。而她与她的弟弟老虎伤害孙离如此深，会不会送，送了后会是什么反应等均应有所考虑。宋会道歉吗？而喜子也因为宋小花说了一句对不起就相信了孙离是无辜的吗？五、养子孙亦赤的故事有些失真。书中从一开始就不停地强化他与喜子的不和，他不认喜子，果真如此，那些养父养母们岂不都要跳楼了？我觉得这里的暗示太强烈，反而显得有些刻意，令人难以信服。如果要暗示，也许以长相不同、惹得周围人纷纷议论、从而促使孙离与喜子互相猜疑更加让人信服，也更能将矛盾推上高潮。事实上，后来在看到亲生儿子时，喜子认为他长得跟孙离一个模子似的。这原本就有问题啊。而且生男生女都是一窝一窝的，那几天医院里只生了两个男孩，剩下的全是女孩，似乎为以后找人提供了方便。这也是郭老汉找上门来的原因。书中有这样的描写："孙离一听奇了，两个孩子，一个叫孙亦赤，一个叫郭立凡，起名的思路都是一样的。赤就是朱，凡同平像孪生兄弟。"问题是，两个命名者，一方是作家、教授式的知识分子，一方是乡下的平头老百姓，这差别之大，怎么可能在命名的思路上是一样的呢？强化这种巧合，反而加重了对事件真实性的质疑。周先锋给孙离夫妇和孩子做了亲子鉴定，可他打电话给孙离却是说："如果确认当时医院没有别的男婴，患者就是你和喜子的亲生孩子。"怎么会是这样呢？即便是医院里有别的男婴，既然是做亲子鉴定，也能做出来啊。否则，还要这样的鉴定干什么？六、对画家高宇的描写用心良苦，有些用力过头，超出了小说应有的尺度。小说中高宇出了一本散文集叫《恍惚》，而生活中您的画家朋友苏高宇就真是这个样子。这也是大胆得很。二十五节写的就是高宇的事，附录是为高宇散文集《恍惚》作的序，小说中只是借情人李樵的《新日早报》发表而已。但这一节，跟整个小说有游离之感，有为宣传高宇而"加塞"的嫌疑。不管高宇在画界多么有名，但在文学界，毕竟还是一个无名作者。虽然您可以说，生活中的画家叫苏高宇。小说中只有一个高宇啊。但明眼人还是知道，这其实就是一回事。如果画家是孙离或者喜子或者小说任何一个人的精神导师或精神父亲尚可以理解，但在《爱历元年》中，高宇既不是某某的引导者，也不是他人的精神父亲，他至多就是孙离的朋友，一个在绘画上给孙离可以做些指点的人。而这种指导并没有在孙离的成长中起到一个花了如此多的笔墨刻画的人物所应该起到的作用。因此，这个人物，只能是一个文本的累赘。七、江陀子这个人物有些荒诞不经。我并不反对小说对荒诞的表现，而是这种荒诞的表现带给读者的是什么。换言之，作家要用这种荒诞来表现什么？因为您在小说后面提到这个人物时，喜子怀疑他就是孙离与宋小英"荒唐"下来的孩子，所以心里很不高兴，但是第三天，当派出所和拆迁办的人要来孙离家进行调查时，喜子却来了一个180度的大转弯，说江陀子的事情，你一定要管！为什么会出现这种反常呢？喜子的怀疑是怎么消去的？诸如此类的细节，感觉经不起推敲，我想听听您的反驳。

王跃文：我要感谢您把小说读得这么仔细，提出了这么多可以"打官司"的问题。但是，我得辩白，我写下每个字都是负责任的，都是合情合理的。一一讨论有些麻烦，说两点吧。第一点，你说孙离处理"光头事件"有些掉书袋。我不同意。"光头事件"发生后，过了整整一个白天，孙离有充足的时间准备材料说服学生。如果说到掉书袋的话，孙离必须掉书袋才能镇住学生，而且只有掉书袋才符合自视甚高的孙离的性格。当他发现喜子站在窗外的时候，他掉书袋的激情更是澎湃。第二，为什么喜子突然让孙离救江陀子？并不突然啊！喜子对孙离的某种怀疑多年都是将信将疑，并不是真正的怀疑，不然他们的夫妻关系不可能持续。喜子看到派出所的人那么不讲法律草菅人命，又看到江陀子这个苦孩子那么懂事，联想到自己出走的孩子，出于义愤而又动了母爱之心实是自然而然的事。

聂茂：对于一个作家而言，能够获得各项文学大奖的青睐应该是对写作成就的肯定，无论是瑞典的诺贝尔文学奖，还是中国的茅盾文学奖和鲁迅文学奖。你的作品在专业领域和普通读者中都有很强的影响力，目前您获得的奖项和荣誉是否能够反映你的创作实绩？

王跃文：这问题我应该问您啊，分析问题是你们评论家的长项。我只是一个作家，按照自己的艺术方式为读者提供精神产品，至于说评奖单位给不给发奖，是作品达不到标准，还是主题契合度不够？原因很多，无须我置喙。托尔斯泰、博尔赫斯等世界级文豪，没有获过诺贝尔文学奖，您能否定他们的伟大吗？韩少功、残雪等一大批湘籍作家也没有获过茅盾文学奖，您能否定他们对中国新时期文学的贡献吗？一个作品的影响力跟获奖没有必然的联系，一个作家的创作实绩跟获奖也没有必然的联系，毕竟，获奖是小概率事件，不获奖是绝大多数作品的命运。我敢说，包括我在内，每一个优秀作家的写作都不是奔着获奖去的。

聂茂：公务员在今天依然是一个令人羡慕的身份，十几年前更甚。您先后在县市省三级政府工作过，其间酸甜苦辣，您都经历了。后来到省作协工作，从一定程度上说，您脱离了行政化色彩很重的官场，可以全身心地投入到文学创作当中去。您的这种经历具备了创作优秀作品的全部条件，多少有点因祸得福的味道。尽管人们常说命运掌握在自己手里，但人的命运经常受到自己无法掌控的因素的影响，我们不知道风往哪个方向吹，也不知道会把您生命的种子吹往何处，可能在飞行的过程中，风突然就停止了，你被摔了下来，或者在行走的过程中你被迫转向，但是转向之后发现竟然柳暗花明了。我觉得上天还是非常眷顾您的，在关上窗户的同时，又打开了另一扇门，把您引向了完全文学化的世界。您可以在这片天地里自由驰骋，倾听自己的声音，触摸自己的心跳，感受灵魂与文字交融的温润。如果不是在迫不得已的情况下，您也难得离开公务员队伍，可能也不会全身心地投入到创作当中去，也就不会有现在这些广为流传的文学作品，或者说，公务员队伍里少了王跃文远比文学界少了王跃文要平静很多，您相信命运吗？您是如何看待命运与生活的关系，以及个人经历对你创作的影响的？作为湖南省作家协会的掌门人，您对眼下的湖南文学有什么期待？

王跃文：命运很神秘，作为无神论者我是说不清楚的。但是，如果有来生，如果自己可以选择来生，我仍然愿意当作家。我感谢命运，感谢生活。我对自己的命运很满意。凡经历过的，都是必须经历的。人的宿命即是如此。来的都该来，去的都该去。

第三章　对话阎真：现实的格斗与理想的悬浮

点将词：致敬阎真

语言是人类文明的智慧结晶，它如此飘忽不定，却又如此透彻，如火如烛，可以穿透人的思想、精神和感知，把相识的与不相识的联系起来、人、物、环境、声音、情感、气息、无所不包。

阎真是一个掌握语言的文化巨人，一个纯粹而略带忧郁的学者，一个有着创作信仰和文化使命的作家。作为一个典型的知识分子，他以超常的语言驾驭能力和高度的自觉意识，义无反顾地闯入文学之地。一路走来，他经历了沧桑与伤感，也收获着诗意与甜蜜。《曾在天涯》让文学书写和理想破灭后的生存抉择异常艰难地呈现出来，个体生命价值同天然拥有的精神价值恰到好处地联系在一起。《因为女人》的成功或失败都代表着一种诗意的张扬，而文本的诗意并非来自无病呻吟的抒情，也不是作家毫无节制的自恋，而是当代女性真实的生存困境。阎真不想逃避，更不想粉饰，他更愿意揭示，对真相的揭示，对价值观的揭示，对爱情疼痛的揭示无不充斥其间。

而为他赢得盛名的《沧浪之水》和《活着之上》，他的文学轴心依旧聚焦于知识分子的生存与发展。他的身上存在着深刻的现实与理想的矛盾对立，他的作品一再书写着现实主义题材，但却毫无顾虑地借用传统文学的书写套路或叙事特征，沉稳儒雅的言语，大巧若拙的风格，精雕细琢的作派，饱满人文的情怀，娓娓道来的陈述，无不彰显他创作上的大气与自信。面对现实的重重枷锁与市场经济的精神逼宫，他始终保持灵魂的独立性和纯洁性，并以超强的主体自觉，清醒地拷问自我，实现自救和他救。他常常以"我"这种非全能的视角切入叙事的剖面，而不像许多作家所忌讳的那样将自己隐藏在厚厚的文本后面，保持着所谓的"客观""中立"或"零度叙述"。有时他甚至显得婆婆妈妈，一个心理活动或一个场景可以延续很长时间，这反映他的内心纠缠和对书写对象的理解与包容，也增加了他所擅长的精神独白和灵魂拷问的沉重分量，尽管这种风格可能会在某种程度上影响他的叙事，损害作品的光滑度。他的创作都有时代特色和主题意识，更有一个精神符号或文化信仰贯穿整个文本，无论是屈原还是曹雪芹，这鲜明地表达出他的精神姿态和艺术立场，也就是他的一份属于知识分子的良知与责任，属于每个拥有独立人格的主体社会人的良知与责任。

不少读者想当然地把他归入官场小说作家群中，这显然是误读了他。他的作品无一例外地洋溢着诗意，这种诗意只要慢慢品读就能充分地感受出来，一段对话或一个细节的处理，在有距离的观照中都能发现涌动其间的被遗失的诗意。阎真作为作家符号的社会能见度高了，但他仍然还是最初的那个人，依然单纯、善良、执着，他把一个知识分子的独特思考和精神焦虑，释放在他营造的天地之间，他的文字带着咳嗽，反复琢磨，充满强烈的书写自觉。

从他一脉相承的创作主旨中可以看出，他是具有宏大野心的作家。实际上，他的努力配得上他的野心。他始终在关注人的生存和命运的问题，以及精神困境的出路和更高阶序的活着之上的问题，这也是所有人类的最高问题。他用"一个"清楚地讲述出"一个集体"的精神困境，又用"一个"淋漓尽致地刻画出"一个集体"的国人精神特质。"一个"穷尽"所有"，这是属于作品的最高境界的一种，这也是作家日思夜想的最高成就之一。无论是高力伟还是柳依依，抑或是池大为还是聂致远，他们的身上都浓缩了所有人、特别是知识分子的人格范式、性格特点和精神困境，这些生动的人物形象令人信服地踏入中国当代文学的人物长廊，所有这一切，无不昭示着阎真文学命途上的美好未来。

第一节 个人与时空的宏大命题

聂茂：从 1979 年发表的第一个短篇小说《菊妹子》一直到 1996 年出版长篇处女作《曾在天涯》，此间 17 年，没有见您发表过什么作品，是没有写还是写了没有机会发表？如果是前者，是什么原因让您停下手中的笔呢？如果是后者，是什么原因让您写了作品得不到发表呢？尤其重要的是，当沉寂如此长的一段时间后，您的创作冲动仍然十分强烈，不仅找到了写作的感觉，而且厚积薄发，以新锐的表达方式，一下子捧出了沉甸甸的长篇小说，可谓一鸣惊人。您能谈谈自己的生活经历和《曾在天涯》的创作背景吗？

阎真: 我一辈子只发表过一个短篇,那就是 1979 年写的《菊妹子》。当时我在株洲拖拉机厂当铣工,一边做工,一边准备考大学。我准备考理科,已经准备了一年多。因为一个非常偶然的机会,我在《湘江文艺》上看到了"建国三十周年湖南省青年文学竞赛"的征文启事,心里有一点触动,就写了三千多字的《菊妹子》去应征,评上了三等奖。这次获奖给了我一种信心,临时决定改报文科,当时离高考只有几个月,历史、地理两门从没上过一节课,完全靠从头开始自学,第二年考上了北京大学。这次获奖对我来说具有人生选择的重大意义,让我走上了适合个性发展的人生轨道。我如果学理科,肯定只能是一个平庸的工程师。1984 年北京大学毕业时,我的毕业论文是一个中篇小说,名为《佳佳啊,佳佳》,1985 年在《春风》大型文学期刊上发表了。北大毕业后一直在高校教书,以学术研究为主要目标。1993 年,我的创作冲动重新苏醒,开始写《曾在天涯》这个长篇。生命的内在冲动总是在指引着我的方向,这完全是一种感性的带有盲目性的力量,却指引着我做出正确的人生方向的选择。什么叫作命运? 这就是命运。其间有十多年没有发表文学作品,但一直待在文学之中。《曾在天涯》算是半纪实小说,写了 1988 年到 1992 年近四年时间我在加拿大的生存感受,那是我生命中精神上最苦闷的几年,像掉在一口深井之中。一个以中国文化为心灵生命的人,脱离了自己的文化母体,简直无法生存。生存不是吃好穿好就够了。最后我放弃绿卡回国了,当时很多人说我犯了大错误,今天看来,与当年转考文科一样,这也是我生命中最正确的选择。

聂茂: 据说《曾在天涯》写了三年,《沧浪之水》写了五年。由于不熟悉电脑,您常常是在稿纸上写作。写完初稿后,修改一遍,再重新抄一遍投寄给出版社。电脑写作不仅可以解除繁重的抄写工作,而且便于修改和阅读,速度也会大大加快,您为什么不学习使用呢? 不少作家写完一部作品后,常常为出版而烦恼,作品从一个出版社转到另一家出版社,有时要经历大半年甚至更长的"盲目旅行"仍然没有结果,您的作品、特别是《曾在天涯》的出版有没有类似的波折? 该小说后来在香港获得出版,并改名《白雪红尘》,有什么特别的含义吗?

阎真: 我至今不会用电脑,用电脑找不到写作的感觉。我已发表的两个长篇都是先写了草稿,然后又一次边抄边改出来的,发表 40 万字,实际上写了 80 万字,现在想起来都心灵疲惫,感到后怕,总算是过去的事情了。现在刚刚完成的这部长篇也没用电脑,不过是一次成稿,从动笔到完成是三年时间,前面还考虑了两年多。心灵的那个累啊，像一场跑不到头的马拉松。总算过去了。当年《曾在天涯》投到人民文学出版社，几天之内就有了回音，可直到两年之后才出版。这部小说有一个精神命题，这就是个人与时空的关系。《曾在天涯》这个题目就是对时间和空间的描述。这个命题过于形而上，没有引起广泛共鸣。也许我是一个有学术背景的作家，我写小说的第一步就要考虑精神命题问题。如果命题太肤浅，或者没有创意，我就要思考再思考，考虑得比较成熟了再动笔。毕竟小说不是写一个故事。故事报纸电视上天天有，但时间的穿透力不强。一个作家应该追求时间的穿透力。《白雪红尘》是为了适应海外市场而改名的，写的是加拿大发生的故事，那里很冷；写的又是人世纷扰，爱恨情仇。这样，"白雪"和"红尘"都有了落实。毕竟《曾在天涯》太玄了一点，我自己喜欢，但对开拓市场有不利。

第二节　价值重塑与现实洞察力

聂茂：我记得你曾经在一篇文章中说过：中国现代文学的基本格局，从内容表达到形式选择，都是在西方文学的影响下形成的。但西方文学对中国文学的影响，并不是一种简单的横向移植。中国作家有着一种先在的心理结构，这种先在结构既表现在价值观念方面，又表现在审美情趣方面。特别是，中国的作家由于其实用理性精神，其内心情结促使他对中国的现实高度关注，并在自己的创作中使这种情结性关注或者说价值敏感强烈地表现出来。由于这种先在结构的存在，他们对西方文学的接受就必然有一个价值上的重塑过程和审美表达上的改写过程。价值重塑是为了与中国的现实有效对接，而审美改写则是为了使作品更符合中国人的阅读心理定式。这种重塑和改写在中西文化交融过程中是一个具有普遍意义的现象，在文学上表现得尤为明显。那么，作为一位在全国颇有声望的作家，同时又是大学教授，您自己的创作有没有受到哪些西方作家的影响？另外，对于西方作家，您在接受上有没有一种所谓"本土化"或"价值重塑"的过程？您喜欢哪一些外国作家，他们对您有过什么影响吗？

阎真：我几年前曾在《北京大学学报》上发表的一篇论文中表达过这样的想法。我读中国的小说更有感觉，比如《红楼梦》，人物几百，我基本上知道谁是谁，他们之间有什么样的关系，《三国》《水浒》也是一样。如果是西方小说，这么多人物一般人很难弄清谁是谁，谁与谁是什么关系。小说如此，诗歌就更不用说了，读翻译诗基本上读不出感觉，体会不到它好在哪里，不如戴望舒和舒婷来得亲切，更不用说唐诗宋词。外国小说我读了很多，长篇有上百部吧，真正很有感觉的都不多，总觉得隔了一层。西方作家的影响肯定是有的，但并不那么强烈，所以也很难说受谁的影响最大。我喜欢看的有屠格涅夫的《贵族之家》、茨威格的《一个女人一生的二十四小时》等，这都是看了多遍的。更有名的巴尔扎克、罗曼·罗兰反而没有那种看进去了的感觉。所谓看进去，就是被打动，以至震撼。正因为没有特别大的影响，因此也很难说"本土化"和"价值重塑"。

聂茂：您在小说中常以一种类似黑色幽默的笔调叙述苦涩的历史往事与辛酸的现实人生，读者在您的小说中感受到现实的无奈和人物的自嘲，你用冷酷而精细的叙述，将生活的真实以触目惊心的戏谑方式进行呈示。诚如您曾经说过的那样，对当代中国知识分子予以嘲讽是容易的，但对复杂的历史情境做出透彻解析，却有相当难度。因为，较之传统的社会生活，当下知识分子的历史处境有了根本性改变，他们遭到严峻的挑战，动摇了固有的生存根基。如果不对新的历史处境做出说明，却只是展开道德上的批判，那不但是苍白的，而且是逃避。总的来说，我赞同您的这种态度，但同时充满着一种忧郁。原因是，如果作为社会精英的知识分子丧失了起码的"担当"责任，甚至自甘堕落，既没有"居庙堂之高则忧其民，处江湖之远则忧其君"的忧患意识，又没有陶潜式的"不为五斗米折腰"的铮铮骨气，却一味地为自己的不当行为和锱铢必较进行辩护，这是值得警惕的。这种情状跟"文革"结束后，不少人把责任统统推给"四人帮"和当时严酷的处境，却忘了自己有意无意成了历史的"帮凶"相类似。基于这种认识，如果您在小说中既融入了自觉的历史责任感和敏锐的现实洞察力，又于沉稳冷静的叙述背后蕴含着严肃的揭露与深刻的讽刺，使这种从正直知识分子立场出发的理性追求成为一种自觉和执着，那么，您的小说是否会产生更大的震撼力量呢？

阎真：你这种感叹是从《沧浪之水》来的吧。小说主人公池大为是我理解和同情的人物，但我并不想把他树立成一个楷模。我写《沧浪之水》的初始动机是想写成一部批判性小说，后来放弃了这种立场。我觉得不能用屈原、陶渊明的精神标高去要求一个平凡的当代知识分子，原因很简单，如果我自己都达不到那种人格高度精神高度，我又怎么可能用那么高的标准去要求笔下的人物，以至广大的中国知识分子呢？对于当代中国知识分子普遍的世俗化，第一我是非常理解，每个人都有着在市场背景下的自我生存，第二我也非常忧虑，如果连知识分子都只经营自己的一亩三分地，为了这一亩三分地的收成放弃原则，投机取巧，把个人的小聪明发挥到极致，那还指望谁会像屈原一样，为坚守原则不惜付出生命？我把这种理解和忧虑都写进了小说。至于你说的"理性追求""自觉和执着"，有很多小说都写了，特别是那些"反腐小说"，我对那些小说并没有特别的崇拜。我的小说的主人公是一个普通知识分子，而不是屈原式的人物，也不是当代英雄，正因如此，才更具有普遍意义。作为一个小说作者，我第一是要面对真实，这是第一原则，第二才是理想。不能为了理想而改变真实，改变现实的普遍状态。至于理想，小说的结尾写池大为仰望星空，可算是一个向往理想的隐喻吧。

第三节　知识分子的心路历程与"精神逼宫"

聂茂： 我认为，《沧浪之水》的成功之处不仅体现在书中所描绘的当代知识分子的心路历程，具有时代的普遍意义，更为重要的是，作为创作者的您没有游离于社会之外，做一个边缘人或旁观者，而是置身于权力场域之内，做一个体验者、叙述者和见证者。它恰恰反映了转型时期市场经济力量的强大，因为没有人能够生活在超越"市场魔咒"的真空中，作家本身已经成为"市民生活内在力量"的一部分。但这种力量的可怕在于，它像一个无底黑洞，既消蚀人性的光芒，又遮掩人性的丑陋。在茫然若失的转型过程和一次又一次的精神逼宫中，个体的情感变得麻木，内心变得自私，理想变得庸俗，受叙者被生活推得像螺旋一样转动，失去了自己的定力和辨别力，结果便是，在社会的大染缸里，变得世故和精明，认同曾经憎恨过的集体意志和官场游戏，并自觉维护自己的既得利益。小说中有这么一个细节，池大为当了卫生厅厅长之后，"哪怕是打个电话吧，也得把层次体现出来，这些形式我不得不讲。"这就是官场，是生活。池大为和"池厅长"是同一个人，却是不同的身份符号，有着不同的精神向度。当池大为感觉这样的面具人生是十分累人的时候，作为"池厅长"的"我"却游刃有余。池大为的人格分裂和思想转变就是这种"精神逼宫"的时代缩影。您认同我的这种解读吗？

阎真： 对知识分子来说，市场经济是一个严峻的精神挑战，甚至是一种解构性的力量。市场经济是一种经济体制，同时又是一种价值体系，一种世界观。市场的力量无处不在，这不是任何人凭着一种精神力量可以对抗的。这就是马克思所说的存在决定意识。这种力量所具有的解构性，以利益冲动的合法性，解构着一切形而上的价值，包括中国知识分子的传统精神，如天下情怀，即承担精神，又如人格标高，即君子之风。市场的出发点是利润最大化，而"君子"的出发点是"义"，即孔子所言"君子喻于义"，两者水火不相融。在市场面前以一个纯粹的"君子"面目出现，就与生活产生了极大的距离，完全不能发生有效联系。一个不能与现实发生有效联系的人，他怎么生存，怎么处世？这就是你所说的精神逼宫吧？一个人能够凭着纯粹的精神动力去抗拒市场的力量吗？更深一步说，这种抗拒有意义吗？所以，我的小说提出了这样一个命题，即我们今天的人文理想，不能再以传统的精神资源作为主导，传统资源不再具有这种支撑的力量，池大为的精神历程就说明了这个问题，他不是一个坚守者吗？结果是坚守不下去。我的想法是，今天的人文理想一定要能够与市场经济相对接，不然将毫无操作性，毫无说服力，是纸上谈兵，再美好也没有意义。所以我对余秋雨向传统寻求精神资源的思路是有保留的。这个问题，也是我的小说想表达的一个最重要的问题。至于市场背景下的人文理想应该具有的形态，我无法回答，也没能力回答。我提出问题，却不能解决问题。解决问题是整个民族整个时代的实践。我觉得，这个问题不但对中国知识分子，对整个社会已经都非常严重，这就是你所说的"麻木、自私、庸俗、世故"，等等，因此建构人文理想的历史要求也提上了当代的思想议程。

聂茂：您曾在一次采访中，讲述过《沧浪之水》的创作冲动，说是几年前一个失眠的夜晚，您随手拿起了一本《李白传》，想让这个一千多年前的灵魂陪伴自己度过寂寥长夜。当您读到最后一页时，天已经亮了。不知什么时候您已流下了泪，凉凉的一滴，停在腮边。您由此生出感叹："为什么这样一位千古奇才，人生境界却如此惨痛？放大了看，几千年来，从屈原、陶渊明到苏东坡、曹雪芹，都无一例外地被厄运笼罩着——卑微孤寂困窘，流放排挤杀害。如果说，对于知识分子而言，内心的真诚与人格的坚挺是最重要的，那么，为什么这种真诚与坚挺，为他们带来的却是命运的凄凉？"因此，小说一开始，您就为自己的这番感叹做出了注释。比方，明明很讨厌丁小槐，可年终评优时，池大为还是提了他的名。池大为这种无所谓式的"老好人"作风，能做多久、能走多远？这种人既不能坚持自己的原则，又没有爱憎分明的情怀，恰恰是当代知识分子最大的悲剧。小说后面有一个情节更具代表性：龚正开在一次会上说，"清官意识实际上是为少数人服务的，让老百姓沉浸在一种幻想当中，因此是绝对权力的道德护身符。"当小蔡用告密的方式把这个信息告诉当了厅长的池大为时，他立即利用权力，将敢于说真话的龚正开调到中医学会去。池大为的理由是："既然他说了不要抱任何幻想的话，那就让事情应验了他自己的话吧。说心里话我并没有低看了他，但正因为如此，我得给他一个警示，也给别人一个警示。芝兰当路，不得不锄。作为池大为我愿意跟他交个朋友，作为池厅长我得让他摔一跤，不是我想要他难堪，而是我不得不让他难堪，我只能如此。我甚至希望他能理解我的难处，池厅长不是池大为，我是一个角色，只能如此。"就这样，池大为由一个"精神逼宫"的受虐者变成了"精神逼宫"的施虐者，而龚正开由于"内心的真诚和人格的坚挺"导致了"命运的凄凉"，这难道不是莫大的讽刺吗？我对此感到不理解的是，您对池大为似乎理解多于批判，缺乏对知识分子良知的应有的拷问，为什么会这样呢，这岂不有悖您的创作初衷吗？

阎真：我们回顾中国文化史，又有几个文化名人不是一生凄凉？因为社会不能容忍独立人格的存在，而没有独立人格，就不可能有高峰性的文化创造。所以说，命运凄凉是文化创造的必然代价。这是一种延续了几千年的结构性现象，池大为由一个"受虐者"到一个"施虐者"，也是一种结构性的现象。机制比道德更有力量，更能够规定一个事物的状态。这也是我的小说想表达的另一个思想命题。池大为到了那个份上，他不得不那样做，否则他自己就无法生存。你说的"莫大的讽刺"，其实不是针对他个人的。我对池大为没有进行太多的批判，因为我理解他非如此不可的理由，这是"角色"所规定的行为方式，与个人道德其实并无太多关系。我的初衷不是对事物进行道德化的思考，因此没有过多地"拷问"主人公。我的出发点是生活真实，而不是某种绝对理念。池大为有对自己的"拷问"，如小说最后一节，但这种"拷问"并不能改变他的行为方式，因为这不是一个个人道德和人格的问题。任何人在某个位置上，如果别人要挑战，他的本能都只能是坚决反击，其实他别无选择。谁会主动去容忍一个挑战者呢？所以说这不是个人道德问题。

第四节　细节的真实与人物塑造的中间路线

聂茂：据说《沧浪之水》这部小说百分之九十以上的内容是真实的，而且越是震撼人心的，越是真的。您对写作是充满敬畏的、严肃的。无论是坐出租车，还是在朋友家聊天、打牌，只要听到一个有意思的故事，你回去后立即把它记录下来。《沧浪之水》光收集素材的笔记就写了几百页，您还专门去省卫生厅和相关部门去"深入生活"。即便开始写了，还不敢轻易下笔，如履薄冰，写得很慢。起初是用第三人称写的，写完五万多字后，感觉不行，认为没有用第一人称写这样真实、感人，于是推倒重来。您这种对自己负责对读者负责的创作态度令人感动。不过，我有一个惴惴不安的感觉，那就是，小说的前半部分比后半部分更扎实、更厚重、更令人信服。比方，小说开始不久有这么一个细节：池大为在办公楼碰见马厅长，愣在那里，不知上去招呼好呢，还是不上去好。马厅长走上台阶，打招呼说："是小池吧!"池大为一下子非常激动，没想到这么多年他还能一眼认出来。池大为说："马厅长早。"明知道下面该说谢谢关心的话，可就是说不出口。马厅长说："房子安排好了没有?"池大为一听，感到了一个很自然的表示感谢的机会，可嘴上却说："分好了。"马厅长往楼上走，一边说："我对你还有点印象，一看到你的名字，就从舒院长那里挖过来了。"池大为又感到了一次机会，自己应该对这种器重表示一种姿态，可话含在口里就是说不出来，只是机械地点头说："谢谢马厅长。"自己都觉得这几个字太不够劲了，没有力量，等于没说，问个路也得说声谢谢呢……这样的描写非常真实和亲切。但转变身份后，池大为就变得不那么可爱甚至有点可疑起来。我不知道是因为您没有这样的生活经历还是别的什么缘故，反正觉得"池厅长"不如池大为真实可信。您认同我的这种感觉吗，为什么?

阎真：我写小说都有一个比较长的酝酿过程，至少两年吧。在长期的酝酿之中，才能逐渐明白自己真正想表达的是什么。这也是一个自我了解的过程。为写《沧浪之水》作的笔记是几百条，而不是几百页。我写作的确非常小心，为了一个开头可能要想很多天，甚至几个月，因为开头决定精神方向，也决定情绪基调。你提到的这个细节，也许有我自己的自我形象在里面，我也像池大为一样，比较拘谨，也可说是迂腐吧。你说转变身份后的池大为变了，不那么可爱甚至可疑。不那么可爱可以理解，因为他现在不是一个弱者，而是一个强势人物了，读者对强势人物很难产生同情心。何况他又不是一个英雄形象。至于"可疑"，是不是认为他不像前面那样"真实可信"? 这种"可疑"是指这个形象太明朗呢，还是太阴暗? 在"池厅长"身上，这两方面的因素都存在，这也是这个人物的多面性复杂性吧。我认为自己还是写出了这种复杂性。"池厅长"不贪污不腐败，做了一些好事，同时又合法地谋私利，对挑战者予以惩处。有的读者说我写"池厅长"太理想化了，这是普通读者的想法。也有人认为没有写出光明，这是主旋律的看法。我走的是中间路线，毕竟我写的不是反腐小说，我不想采用那种黑白分明非此即彼的善恶二分法表现人物，那是很幼稚的，也是很概念化的。现实是好与坏那么单纯的概念可以表述的吗? 我逃脱了这种概念化，因此，"池厅长"的复杂基本上还是写出来了。

第五节 悬浮一族的哲学标签

聂茂：看得出，您对小说的结尾感到十分满意，您甚至对某报记者说："就凭这个结尾，我想也能得奖。"的确，小说的结尾才真正称得上对良知的拷问，而且这种拷问是这样深刻而充满锋芒："在世纪末的人生之旅中，我们不知不觉就进入了这样的境地，这简直就是历史的安排，而个人不过是被生存的本能推着走罢了。这是宿命，宿命，无须讨论，无可选择，也无法改变。我们在不知不觉之中失去了精神的根基，成为了悬浮一族……时代给了我们足够的智慧看清事情的真相，我们因而也不再向自己虚构神圣预设终极，不再去追求那种不可能的可能性。我们是胜利的失败者，又是失败的胜利者，是儒雅的俗人，又是庸俗的雅人。我们以前辈的方式说话，但本质上却没有力量超出生存者的境界。对世界我们什么都不是，对自己就是一切，我们被这种残酷的真实击败了，从内部被击败了。我们没有力量面对那些严峻的话题，关于身份，关于灵魂，于是怯懦而虚伪地设想那些问题并不存在，生存才是唯一的真实……当一己之瞬间成为天下之永恒，我们就与乐观主义作了最后的诀别，毕竟，人只能在自身之外而不可能以自己为目标建构崇高，建构形而上的意义世界。悲剧在时间的巨掌中已经注定，我们还没来得及细想就进入了铺就的轨道。对我们而言，这个事实只能接受，而无须讨论也无法抗拒。"说真的，读到这段文字，我的心情很矛盾，一方面，我对您的才情感到敬佩和妒嫉，另一方面，又为您过于挥霍才情感到惋惜。因为，小说中类似的提炼和升华还有很多，我并不看好这种表达方式。说到底，这种明显的带有作者哲学理念的书写不仅收缩了文本应有的精神空间，而且给整部小说打上一个可疑的标记。正如法国小说大家加缪指出的："小说从来都是形象的哲学"，但是，"只要哲学漫出了人物和动作，只要哲学成了作品的一个标签，情节便丧失了真实性，小说的生命也就终结了"。换句话说，过分的理性色彩和哲学化，挤兑了读者的思维空间，作家成了教父，读者成了迷途的羔羊。您一定不同意我这样的观点，我想听听您的看法，好吗？

阎真：你提的这个问题是一个艺术处理的技巧问题。我在大学教"小说艺术"这门课程很多年，非常明白艺术含蓄的重要性，小说过于理性，总是一种艺术的缺陷。对这个问题我也很矛盾。毕竟我的小说不是写给专门的批评家看的，主要读者还是普通知识分子，他们的艺术想象和敏悟能力都不如批评家那么高，把有些思考说到位，对他们来说也许是必要的。一般读者，很难要求他去再创造，留下的空间对他来说就是一个空白了。在这种矛盾中，我还是选择了向普通读者倾斜，我对他们的理性概括力或者说艺术再创造力不是很有信心，含蓄会减少思想冲击力度。这样处理之后，在艺术上是有遗憾的。我曾对小说的责编说，能不能给我一次机会，在重版时让我删掉几千字。责编说算了，就把这当作小说的一个特点吧。从艺术上来说，这样处理可能有过于饱和的弊病，但从读者认同来说，还是有比较好的效果。对这个问题我自己也很苦恼，苦恼之后还是决定照顾一般读者的阅读要求。

聂茂：您在小说中总是关注社会环境和命运遭际对于人的性格形成的影响，而且，特别强调生存本身的重要。这是否跟您人生的际遇有关？比方，您在加拿大留学时，给别人洗过碗，当过厨师，或者做过装饰工，这当然是生活所迫。您据此认为：当食不果腹时，中国知识分子的清高，抵不上一顿早餐。果真如此吗？您的作品力图写出知识分子日常生活中那种宿命性的同化力量，它以合情合理不动声色的强制性，逼迫每一个人就范，使他们失去身份，变成一个个仅仅活着的个体。您不仅理解笔下的每一个人物，理解他们各自的生存理由，虽然这种理解是那样沉重。但是，按照丹尼尔·贝尔的观点：人的欲望分为需求（needs）和欲求（wants）两种。前者是为了保证生存和繁衍而产生的生理性要求，是有限度的；后者是为了满足虚荣心和优越感而产生的心理需要，是无止境的。显然，文学创作是欲求而不是需求，它是一种"替代性满足"。您是否觉得丹尼尔·贝尔的观点与您创作上的精神走向形成背离？

阎真：是不是我的小说过多地强调了"需求"对人的决定性影响？池大为的转变也许是从"需求"开始的，但这种"需求"似乎同时又是"欲求"。想要住好一点的房子，想妻子有一份好一些的工作，想让儿子上一个好一些的幼儿园，这到底是"需求"还是"欲求"呢？如果他连这些问题都无法解决，他的虚荣心优越感又从何谈起？我看不出"需求"和"欲求"之间的截然分野，在理论上似乎是两回事，生活实践中却是一回事。如果"需求"只是吃饱穿暖，有一张床，那生存不是太简单了吗？池大为还有什么必要改变命运？我描写生存对人的决定性影响，实际上同时包括了"需求"和"欲求"。丹尼尔·贝尔的理论我不太了解，但他划分欲望的方式我还是有保留的，太绝对了。退一步说，即使承认了他划分的合理性，我也写了池大为的"欲求"是很强大的精神动力。比如他以清高来维护自尊，但现实的情况是，他"越想要自尊就越没有自尊"，他非得有了相当的职位才会有相应的自尊。一个机关的小人物，又从哪里去谈虚荣心和优越感？权力带来的东西，既是物质的（需求）又是精神的（欲求），所以小说中说，"权就是钱"。池大为对物质和精神的东西都很向往，这是他改变人生的双重动力，他从来不是一个纯粹的物质主义者，他非常强调"欲求"，比如优越感。为了满足这些欲求，他必须放弃更高层次的"欲求"，比如精神的高洁。所以我的描写与丹尼尔·贝尔的表述没有矛盾。真正的问题在于，当代知识分子的世俗化并不是只有"需求"而无"欲求"，而是他们的这些"求"都是面向自我的，没有信仰，没有超越自我的形而上的目标。我写出了这种状态，应该说是真实的，虽然是一种令人痛心的真实。

第六节　精神气质与肉体结构的双重震撼

聂茂：我从您的小说中读出了彻骨的寒意和人生的绝望。您自己也认为，在探索人生价值和生命意义的过程中，有一种悲观绝望的情绪深深地感染您，以至于对自己写作的意义也感到怀疑，感到一种目的性被摧毁后的巨大空缺，意义和依据都落空了。因为您清醒地意识到，当今社会，世俗的诱惑太多，人性的善良和道德感已经不足以让人活得足够尊严。我大致认同您的看法。记得丹纳在《艺术哲学》一书中曾经说过：人的特征是分很多层次的，浮在表面的如"时行的名称和领带"等，这些东西三四年就消失了；最难改的是"民族的某些本能和才具"，"要改变这个层次的特征，有时得靠异族的侵入，彻底的征服，种族的杂交，至少也得改变地理环境，迁移他乡"，总之，是要将老的"精神气质与肉体结构"全部毁灭。韩少功在《文学的根》中对此进行过深刻的阐述，这也是他创作《爸爸爸》和《女女女》等小说的精神原点。那么，您是否觉得中国知识分子要改变目前的萎靡现状必须来一次"精神气质与肉体结构"的全部毁灭，重生才有希望？

阎真：我对中国人特别是中国知识分子的精神现状是比较悲观的，没有信仰，只要有机会，什么事情都敢做，道德的心理障碍在很大程度上已经丧失。而这种丧失已经成了常规，得到了广泛的认同，也可以说是不言而喻。在没有内在原则的情况下，很多都成了窥视机会的人，也就是我小说中所说的"操作者"。对于这种状态，整个社会已经默认，潜规则渗到每一个角落，谁不遵循，谁就被边缘化。这就是所谓的知识分子群体性的世俗化吧。这种状态已经形成格局，要改变非常困难。这不是只说别人，也包括我自己。这种状态已经成了一种相当稳定的文化，不是几年就可以改变的时尚。谁抵抗得了呢？池大为能够抵抗吗？抵抗者不但要被边缘化，在一般人心目中也不见得形象高大，而会被看成不识时务的迂腐的人，显示出抵抗的牺牲毫无意义，这就是我小说中描述的，"像沉入大海黑暗深处的一艘船"。我还没有看见这种状态得以改变的历史性契机。难道真的要如丹纳所说的"被异族征服"，"种族杂交"，"改变地理环境"，才能改变这种状态？也许，希望还在于市场本身。如果从市场内部生长出来的诚信原则能够渗透到社会每个角落，事情也可能会有转机。这个过程将极其漫长。

聂茂：熟悉您的人都说，在书中您把人情世故写得深刻生动，洞若观火，可是生活中您又是一个单纯、不谙世故甚至是有点迂腐的人。有一回您跟我说，在小说中把人间的勾心斗角和繁华苍凉已经写尽了，生活中还是那样，活着还有什么意思？换句话说，写作于您而言，既是精神逼宫，更是良知拷问。您写得很累、很沉重，您原本是一个自由散漫、我行我素的人，可小说中的人物一个个小心翼翼，生怕说错了一句话，走错了一步路。您不希望成为小说中的某一个人，哪怕这个人就是"池厅长"，不是不能为，而是不屑为。不仅如此，您更希望在生活中将小说创作所带给您的心累和精神之累释放殆尽。正如屈原在《渔父》中发出的感叹那样："沧浪之水清兮，可以濯吾缨；沧浪之水浊兮，可以濯吾足。"您把它作为这部小说的冠名来由，您真正做到了进退自如的洒脱吗？您借用这个典故的真正所指是什么？

阎真：很多了解我的人都觉得我的小说与我本人有相当远的距离，包括我的夫人。连她都说，如果不是看着我写出来的，不相信我能写出这样的小说。北京的编辑见了我本人之后，觉得非常意外。我的小说写了人的心机，我能够写出来，至少我还是理解生活中的心机的。但在现实生活中，我是一个没有心机的简单的人。我的想法很简单，我不额外地去索求什么，我为什么要有心机？还不如简单的好。也许，更根本的原因，是人的天性，我是这样一个人，要违背自己的天性生活，那会很累，何苦呢？无欲则刚，这个话我不敢说，没达到那种境界。我只敢说，自己不会为了某种欲求太扭曲自己的自然本性。至于小说的冠名，是人生在"清"与"浊"之间选择的一个隐喻吧。我的思维方式是中庸，我自己也在清浊之间徘徊。

第七节　"望星空"：诗性的隐喻

聂茂：您在《沧浪之水》的《序篇》中写到了中国与沙特国家足球队的那场足球赛，最后中国队以三比二反败为胜，最后同学们痛哭流涕、上街游行，您这样写道："比赛一结束，大家都激动得要发疯。宿舍外有人在呐喊，大家一窝蜂就涌下去了。有人在黑暗中站在凳子上演讲，又有人把扫帚点燃了举起来当作火把。这时，楼上吹起了小号，无数的人跟着小号唱了起来：'起来，不愿做奴隶的人们，把我们的血肉，筑成我们新的长城……'火光照着人们的脸，人人的脸上都闪着泪花，接着同学们手挽着手，八个人一排，自发地组成了游行队伍。我忽然想起了文天祥，还有谭嗣同，那一瞬间我入骨入髓地理解了他们。前面有人喊起了'团结起来，振兴中华'的口号，这口号马上就变成了那一夜的主题，响彻校园上空。那一天是三月二十日，北京几乎所有的大学都举行了校园游行。'三·二零之夜'使我好几天都处于亢奋的状态，我觉得自己的灵魂受到了圣洁的洗礼，也极大地激发了我的责任意识。我坚定了信念，它像日出东方一样无可怀疑，无可移易。"20世纪80年代的确是一个激越的年代，一场足球赛都同爱国结合了起来，唱国歌，喊口号，这在今天是无法想象的。20世纪九十年到21世纪初期，中国足球处于最繁荣时期的春天，几万人的心跳在同一个时间里随着一个足球颤动，观众的激情在彼此感染中膨胀，那只是一种工作和日常生活压力的宣泄，可以随意喊叫，可以手舞足蹈，放飞心情，无拘无束；而不是同"责任""爱国"等宏观大词联系起来。我还记得2001年中国队历史性地第一次冲进世界杯的时候，我们当时是在一个电影院看的，比赛结束后，很多人上街游行，到处点放鞭炮，也喊口号，但不是"团结起来，振兴中华"，我们喊的是"米卢神奇，中国牛逼"……总之是各叫各的、乱七八糟，没有统一的口号。对我们来说，足球比赛只是一个情绪的宣泄通道和快乐的聚集之源，仅此而已；我们在乎由于社会环境经济环境和思想意识的巨大变化，这一切都已经随风飘去，成为一道消逝的历史风景。您是否认同20世纪80年代这个特殊的历史时期给池大为烙上了深刻的理想主义气质？

阎真：这个事情是我的亲身经历，当时我在北京读书，那种场景的确和小说中描写的一样。20多年过去了，至今回想起来还很亢奋。至于你所提到的80年代和90年代的差别，把这两个口号放在一起对照确实有点意味，毕竟现在市场经济的影响渗透到了生活中的每一个角落，大学也一样，它对人的影响是全方位的。不过我认为，现在或者以后也许还会有这样的事情发生，只不过需要一个契机，具体什么样的契机，还不好说。我认为大学生还是有激情和理想的。

聂茂：还是在这一段里，您还写到了正在游行的池大为想起了文天祥、谭嗣同等人，也就是说，80年代的集体理想主义浪潮和从父亲那里所受到的传统知识分子熏染，混合在一起，使池大为身上有一种浓重的理想主义气质，所以他时常"仰望星空"，这种"星空意识"并没有随着在卫生厅的宦海沉浮而完全逝去，相反，后来当上厅长的池大为清除了马垂章留下的很多弊政。当上了厅长，就意味着池大为就"从必然王国走向了自然王国"，他可以按照自己的方式和思路去处理问题，没有什么事情是必须这样或者必须那样。所以他的很多想法可以从理想转变成现实。池大为在从一个普通办事员攀登到厅长宝座的过程中，最大的转变是姿态的变换，在情节设计上，您让池大为最后当上了厅长，还施行了一系列的革新。我能不能这样认为，单纯的理想主义是脆弱的，池永昶乐善好施、治病救人，却被陷害致死，池大为正直善良，却在卫生厅遭到排挤；所以，理想必须与现实有所妥协，以退为进，就像老子《插秧诗》（据我所查资料，这首诗是一个布袋和尚所作，一说唐朝，一说南北朝，并非老子所作）所说的那样，"手把青秧插满田，低头便是水中天。身心清净方为道，退步原来是向前"。所以从这个意义上讲，池大为并没有沉沦，也就不能说明知识分子"异化""陷落"，等等。不知道您是否赞同我的这种"以退为进"的说法？

阎真：你可以这样理解，这是你的一种解读方式，不能简单用对或者错去评判。你关于知识分子没有沉沦的说法，我是赞同的，因为，池大为是一个矛盾的复合体。

聂茂：在小说的最后是池大为回到父亲的坟前，把《中国历代文化名人素描》烧了。对这个结尾，很多读者做出了属于自己的解读，当然，不同的读者由于生活经历、文化水平、阅读积淀和阅读动机的不同会有不同的理解，我认为这个很正常，毕竟提供了多种解读可能性，反而提升了作品的审美层次。

专业研究领域的研究者比如湖南师范大学的谭桂林教授认为，"池大为在春风得意之时想到了自己的父亲，于是到父亲的坟上祭奠，与父亲的灵魂做了一场为自己辩解的对话，他在赞赏自己父亲的同时又希望父亲理解他代表的另一种真实"①。而有的读者认为："众所周知此时的池厅长，正处在春风得意时，正处在服用权力春药的兴头上。他哪能突然来个一百八十度的大转弯，又对自己来个灵魂的拷问呢？如果池大为此时受到了挫折，比如有人来调查他使他进入了困境中；或者受到某些事情的影响使自己的人生观产生了突发的转变，那也是有可能的，比如马厅长终于落马了（这种灵魂的拷问，在一个权力得不到有效监督和制约的官员身上是微乎其微的）。那样的话，根据作者前面所描写的池大为的性格和故事来论，池大为这种受到灵魂的拷问是必然的。但作者在那些困境都还没有来临之前，就拉出池大为来搞灵魂的拷问，是很没有道理的。"②当然相关的解读和理解还有很多，我想知道，作为作家本人，您是如何理解这个细节的？

阎真：这位网友的观点明显把问题简单化了，我不认为这是个一百八十度的大转弯，怎么是陡然转向呢？至于这个细节，它是小说的结尾，并非宣告着他决心与过去的自己告别，也不是引向阳光灿烂。这是一个省略号，不是一个句号。就是说，这时候的池大为还处在彷徨中，现实社会和市场经济在一定程度上否认了池永昶那种单纯人格存在的合理性，但是也没有完全认同现行社会中的所有运行规则，小说的结尾就是在池大为的这种彷徨思考中结束的。

聂茂：在我做的调查问卷当中，有相当一部分读者认为，在池大为当上厅长之后，人物不可信，小说也不精彩了。在问到"你认为池大为当上厅长后的部分为什么突然不精彩了"时，有46.5%的读者认为是为了"满足中国传统的大团圆结局"，另有33.1%的读者认为"和全书不搭调，堕落的灵魂做起好事太生硬"。有的人认为，您对鲁迅有一定的研究，是不是像鲁迅那样，是凭空抹上的一点亮色？

阎真：我不认为池大为当上厅长后是一个转向，在写作的时候也没有想到什么"凭空抹上的一点亮色"。说是池大为的灵魂已经堕落有失偏颇了，他是个矛盾体，他身上是有传统情怀和理想气质的，当上厅长了，条件许可了，这种一度被压制或者不能外显的因素是会显露出来的。为什么就不可信了呢，是不是把一些官员想得太黑暗了一些呢？我有一些当官的朋友，他们工作也是很努

---

① 谭桂林. 知识者精神的守望与自救. 文学评论, 2003(2).
② 《沧浪之水不仓浪》,〈a href＝http：//www. qidian. com〉, 2010 年 1 月 8 日查询.

力的。你想，中国经济这么高速地持续发展，如果都是一些那样的官员在管理着这个国家，可能吗？

聂茂："望星空"是小说中的一个重要人物造型，它凝聚了您的审美寄托和诗性追求。我曾经做过一个调查问卷，有的是直接的卷面调查，有些用电子邮件的形式发给我以前的同学和朋友，让他们也发给他们的朋友，共发了 500 份左右，其中 175 个没有读过这部小说，有效问卷是 325 份。里边有一个问题就是，怎么理解作品中反复出现的"望星空"？超过半数读者的回答是没有注意到，对此您怎么看？

阎真：会有这么多人读过？不会有这么大的比例吧。如果真有这么大的比例也许和你的朋友圈子有关，你是中文系毕业的，而且大多以前或者现在在大学里边，有时间读书。"望星空"共出现了三次吧（笔者注：其实不止），我还真不知道会出现这种情况，原因是什么我还没有想过。不过，小说结束的那一次应该会有许多读者看到了吧。

聂茂：《沧浪之水》已经出版了几十版，说明小说在时间上是经得起检验的，是受读者欢迎的，但到目前为止，小说却只有平装本出版，按常规，一本书受到读者和市场认可起码应该有一个精装的版本。出现这种现象，究竟是您这方面的原因还是出版社的原因呢？您是不是有反抗社会消费思潮的考虑？

阎真：七八十版。每年都在加印，是所谓的畅销书吧。我也没有刻意去设计什么版本，这是出版社的事情，我没有去处理过这个问题，我想的是怎样写好下一部小说。不过，也不是没有精装本，人民文学出版社的《新中国 60 年长篇小说典藏》，选入的有《沧浪之水》，那是一个精装本，蓝色封面的，比较贵，定价好像 38 块吧。

聂茂：您把小说的题目定为《沧浪之水》，而不是像《乔厂长上任记》那样，类似于《故事会》《知音》等休闲、传奇杂志的一个故事题目，或者是像常见官场文学中的"××大院""××书记"，干脆直接命名为"卫生厅厅长"，抑或"省卫生厅"，这样可以吸引读者的眼球。我认为《沧浪之水》具有像《复活》一样的"形而上"意味，您认为呢？

阎真：那样就太没有味道了，也不能够涵盖我要表达的思想。如果像你说的那样改，是吸引了一部分读者的眼球，却丢失了另外一部分具有文学欣赏力的读者。我还是比较注意形而上的东西。

聂茂：英国小说家戴维·洛奇说："书名对作者比对于读者总是更为重要。每一位作家都知道，读者对于一部据说很欣赏的作品的名字也常常会忘记或误记。"①就是说，作品的题目经常是作家本人的寓意寄托或思想所指，它把焦点对准直接要涉及的问题。但同时，洛奇又指出，"小说从来就同时具有商品和艺术品这双重属性，商业上的考虑会影响书名。出版商为了某种生意经，常会劝说作者放弃自己的选择"②。洛奇的话可谓是经验之谈，这样的例子在外国和中国都很普遍，毕淑敏的《拯救乳房》开始叫《癌症小组》，只是在出版前才应出版商的要求改成了《拯救乳房》。洛奇的《你还能走多远》被出版商建议改为《灵与肉》。这样的例子还有很多。您把题目定为《沧浪之水》后，出版社或者编辑有没有为了图书发行量的考虑而提出过修改意见？

阎真：我绝对不会用那样的题目，这和我的写作信仰背道而驰。这个题目我想了几年。小说写完以后，我想了十几个题目，稿子都给出版社了，但是编辑不满意，说需要改；我自己也不满意。这样就有一年多，我为这个题目也很费心。后来突然就想到了"沧浪之水"。屈原《渔夫》中的这首诗，我开始就写在书中了，书稿没有动，就差一个合适的题目。想到"沧浪之水"之后，我自己觉得很到位，编辑也很满意。所以不存在为了发行量做修改的事情。

聂茂：在小说的最后一个部分，也就是池大为当上卫生厅厅长之后，小说中的人物数量突然增加，不知道您意识到没有。前边四百页中出现的人物加到一块，反而没有后一百多页多，这是一个很反常的现象。一般来说，小说的前半部分，是情节的起始和展开，而且还要有铺垫，大部分的人物都会登场。按照情节单元去划分，前四百页的故事单元与后一部分一百多页基本相当。情节单元的密度和人物出场的数量增加使得小说的叙述节奏突然加快，您是否能解释一下这种反差？

---

① 戴维·洛奇. 小说的艺术见：艾略特. 小说的艺术. 北京：社会科学文献出版社，1999. 8
② 戴维·洛奇. 小说的艺术见：艾略特. 小说的艺术. 北京：社会科学文献出版社，1999. 7

阎真：这和他当上厅长有关系。位置变化了，圈子也就随之变化。之前的大部分时间里，他都是一个办事员，当上副处长、处长，交往的圈子和认识的人肯定非常有限，所以前边的大部分时间里小说中出现的人较少。当上副处长、处长后，才有机会参加"老乡会"，认识了梅书记的秘书和省委组织部的钟处长，当然这只是一个例子。当上厅长之后，圈子大了，打交道的人自然就多了。应该是符合逻辑而后顺理成章的，我没有感到前后之间有什么不协调。

至于你说，情节要逐渐展开，要铺垫，的确是这样的。在这方面做得最好的是《红楼梦》，《红楼梦》堪称中外文学史上最顶端的经典，它经常在这里扔一个砖头，那里扔一块砖头，后来都分别砸在不同的情节上，构成一个紧密的网状组织。

第八节　"一切信仰都带着呻吟"

聂茂：您曾说《红楼梦》对您文学创作思维的形成产生过巨大的影响。依照我的理解，您首先是一个作家，然后是一个学者。你对《红楼梦》更多采取的是一种借鉴的态度，是从小说技巧本身进行的研究，研究是为了领悟，然后借鉴，您认同我的这个观点吗？另外，《红楼梦》究竟在哪些方面对您的写作产生了影响？

阎真：主要是《红楼梦》的叙事艺术。我认为，它的叙事在所有的文学作品当中是最完美的，它是我的艺术导师。

聂茂：当有人问钱钟书"您作为作家……"，钱钟书马上纠正说，"我是一个学者"。似乎写作只是他的业余爱好，虽然钱钟书在小说写作上的成就远远超过了许多的职业小说家。但是《围城》的学究气息仍然浓厚，这在某种程度上破坏了小说的生动性和可读性，尽管幽默是他的一个耀眼标签。您的《沧浪之水》中大量抛出给读者形成极大影响力的议论，被指为"过度化的议论"。我们先把这种说法是否合理放下不论，您也是集学者和作家身份于一身，那么您在小说中形成的这种风格与您的双重身份之间有必然性的因果联系吗？

阎真：那个过度化的议论是一个叫李建军的批评家说的吧，他说的有一定的道理，也许再少一些会更好。不过也说不好。这种风格的形成肯定和中文系教授这个身份是有关系的，大学教学形成的思维方式毕竟更理性、更逻辑化一些。

　　我的社会身份当然是一个教授，说学者可能还有差距，但是，从内心上来讲，我觉得自己在两个身份之间首先是作家，因为我在这方面倾注的情感要更多一些。我的人生目标和价值定位也主要体现在小说写作上；写出更好的作品，成为更有成就的作家一直是我的追求。

　　聂茂：是啊，托尔斯泰和陀思妥耶夫斯基的作品中都有很多的议论。托尔斯泰的小说有时在情节流动过程中经常停下来，不厌其烦地进行大段大段的议论和静止的心理描写。陀思妥耶夫斯基的小说更是经常进行议论，讨论的范围从宗教到哲学无所不包。也没有人说这些是过度化的议论。

　　阎真：我最近在看托尔斯泰的《复活》，那里面的议论真是太多了，有三分之一的篇幅吧，这还成了他的一种特色，并没有影响他成为大家。陀思妥耶夫斯基的作品还没有细读。

　　聂茂：在我的理解中，"信仰"构成了您这部《沧浪之水》的关键词，无论是您的写作心境还是小说中的主人公池大为。

　　阎真：我的确是带着信仰去写作这本小说的，如同刚才所说的，在我的内心深处，我首先把自己认定为一个作家，然后才是教授。教授是我的职业，作家则寄托着我的信仰，我不知道以我的才情在文学史上是否会有属于自己的位置，或者留下一个什么样的位置；但是我走过的地方都会有清晰的脚印，因为我不是在别人的老路上重复，不是在别人已经踩实的道路上跑步前进，所以我的行程步履艰辛，较为漫长，写作的周期也很长。至于池大为也不是没有信仰，也不是完全堕落，这个很复杂，不是一两句话能够说得清的，如同北岛所说的那样，"一切欢笑都带着泪水，一切信仰都带着呻吟"。

第九节　屈原是一种人格范式

　　聂茂：我们注意到，您对中国古代知识分子有一种特殊的情怀，《沧浪之水》的精神标签就是屈原，从某种意义上来说我们是不是可以认为您所坚持的知识分子的良知就在屈原那里？在您眼中屈原是什么样的人？

阎真：屈原以一个伟大诗人之名流芳千古，他是"楚辞"这一诗体的代表人物，开创了中国诗歌从集体歌吟到个人创造的新时代。但屈原的意义不仅于此，他是一种精神源流的开创者，是中国文化史上的一种人格范式。在我看来，屈原作为人格范式的意义，更高于他作为一个诗人的意义。到今天人们仍以赛龙舟的方式来纪念屈原，绝不仅仅是后人对一个诗人的景仰。屈原少年得志，他进入政治舞台的核心时才20多岁。那时楚怀王任六国纵长，联合诸侯以抗强秦。屈原得到重用，这已是一个文人政治理想的极致。但好景不长，屈原奉怀王之命草拟宪令，遭上官大夫靳尚嫉妒，向怀王进言说："每次宪令出来屈原都将功劳归于自己。"靳尚显然不是等闲人物，他准确把握了中国官场文化的脉搏，知道怀王最忌讳的是什么。于是屈原被疏远了，被放逐了。政治上的失意对屈原的个人命运来说是毁灭性打击，但对他作为一个文化创造者来说却是不可或缺的生命体验。由于一个小人的谗言，中国文化获得了一次登峰造极的意外机遇。悲剧常常暗含着向反面转化的意义，屈原见疏、司马迁受腐刑、苏东坡被放逐、曹雪芹家遭抄检都是最典型的例子。苦难不但是创造的必要体验，而且能够最大限度地激活生命的创造潜能。在这个意义上，我们又不能不对那些迫害者心怀某种感激，因为我们实在不能设想，在我们的精神视域中可以没有那些被迫害者的伟大创造。

聂茂：诚如你所说，屈原的人格范式其实就是你所坚持的知识分子应该拥有的精神品格，而追溯中国的文化，我们可以看到很多与屈原相似的例子，比如范仲淹，比如柳宗元，比如李白，中国的知识分子似乎都在为官与做文章之间徘徊，而往往都是郁郁不得志而成就了最终的千古文章，也就是你所说的苦难造就也格外彰显了他们的精神。这里的苦难应是你体验的心灵疼痛。而当下我们则很难看清楚苦难，甚至不清楚何谓苦难，以及如何在苦难面前坚守我们的精神？

阎真：可以这么理解。苦难不只是现实的苦难，更是精神的苦难。当现实的污浊不以自己的意志为转移，选择的界线是如此分明，放弃心灵的高洁，则可得富贵荣达，坚守这种高洁，则将终身穷愁潦倒。古往今来，无数人都经历过这种选择，对一个生动的生命来说，它绝不像后人想像得那么轻松。对于屈原们，只有潜入他们的内心，才能对他们心灵的痛楚和坚守的高洁稍有理解。在屈原看来，心灵的原则高于眼前的富贵，因此坚守这种原则体验到的愉悦高于富贵的愉悦。这种体验是常人难以理解的。这就是屈原，这才是屈原。"亦余心之所善兮，虽九死其犹未悔。"无数人知道这些名句，但能将其转化为情感化的体验而付诸生命实践者却寥寥无几。一种精神的高贵不是通过理性就可以传承的。也许更深刻的痛苦还不在于因坚守而承受的苦难，而在于这种坚守又有谁能够理解？如果连理解的期待都不敢抱有，不难想象，这种坚持需要多么巨大的精神能量！没有人格坚守和信仰的人实际上是不容易在现实和精神的双重压迫下还能选择清醒的。

聂茂："沧浪之水"来源于《渔父》，而屈原是《沧浪之水》的精神内核，那么，《渔父》对你意味着什么，对屈原又意味着什么？

阎真：《渔父》为楚人思念屈原而作，极富生存哲学意味，表现了古人对生存的透辟思考。渔父的哲学是："世人皆浊，群人皆醉，何不随波逐流？"为什么要那样深思高洁，使自己遭到放逐？屈原答道："我怎能以自己清白的身子，去蒙受外物污染？我宁可跳入江中，葬身鱼腹，也不能让自己的皎皎清白，蒙上世俗尘埃。"终于无法沟通，渔父微笑着，敲击船舷高歌而去："沧浪之水清兮，可以濯吾缨，沧浪之水浊兮，可以濯吾足。"渔父无疑是个隐者，对世道的浑浊和自身的无可奈何，有着深切的认识，因而世之清浊，皆能为我所用。但屈原有自己的生存之道，他不愿放弃心灵的原则趋附时宜。于是，最后的道路已经展开，最后的时刻已经到来，他仰望苍天，一声长叹，从容投水。这就是屈原，这才是屈原。人的现世性没有绝对意义，人格原则心灵真诚高于富贵高于生命，这是屈原对后世的核心意义，对中国文化史的意义，哪怕心灵高洁于世无补，也值得以生命为代价去坚守。这种坚守的意义仅在于自我心灵的需要，这就是价值的全部。

聂茂：将屈原作为信仰，看成灵魂尺度——这个要求对芸芸众生来讲可能有点高。就目前来讲，如果从实际生活出发，通过屈原你想向大众说点什么？

阎真：屈原为我们树立了一种人格的榜样，也许我们学不了他，但不可以忘了他。当我们今天在欲望的推动下，想放弃心灵原则去做一个小人之时，不可不想一想屈原，那一双眼睛在虚无之中凝视着你。

聂茂：如果说，池大为在现实面前还是选择了妥协，那么，聂致远则是选择了坚守，即便坚守是一份沉重的苦难，但是，他始终没有放弃自我的精神救赎和灵魂的拷问，在血淋淋的功名利禄面前聂致远抱定自己的人格，无时无刻不经受着精神的灼烧，这个过程就像戴着脚铐跳舞，又像是飞蛾扑火、以卵击石。某种意义上来说聂致远就是精神殉道者，看似毫无意义的牺牲精神，意义何在？

阎真： 牺牲精神是伟大的，但牺牲者总还是希望自己的牺牲得到世人的理解和见证，这是人之常情，无损于牺牲者的伟大。但我们可能设想一种无须人们见证和理解的牺牲，一种既不为现世功利也不为流芳千古的牺牲吗？这样的人有，你信不信？他就是曹雪芹。曹雪芹的生平至今仍是一个谜，这个谜恐怕不大可能有解开的希望了。为什么会这样？这本身也富于谜的意味。

聂茂： 之前您在相关的访问中都有提到《红楼梦》对你创作的巨大影响，同时，您也将曹雪芹与屈原等人视为共同的偶像，曹、屈二人在你的心里占有同样的地位。如果说《沧浪之水》是在致敬屈原，那么，《活着之上》就是致敬曹雪芹了。您对曹雪芹的解读似乎独树一帜——前所未有的牺牲精神？似乎曹雪芹不是为了生前的利禄，也不是为了死后的功名，那么，曹雪芹到底是为了什么呢？

阎真： 我个人认为，古今中外文学作品，还没有一部能够超越《红楼梦》，至少在我的艺术视野中是如此。《红楼梦》不但像梁启超形容的那样"只立千古"，在我看来，也"俯瞰万方"。曹雪芹，这位永远的艺术导师，令人无限倾倒的精神前辈，他浩渺无涯的风华襟抱，他深不可测的学识才情，他的无限情怀，无限感叹，无限寄予，都使人们对其人其事有着无限的向往。可是我们对他的生平几乎一无所知。如果一无所知，曹雪芹这个名字就只是一个符号，一种编码，这位先师就没有享有历史的充分认可。人们不但不了解他怎么度过一生，不知道他生卒的确切年份，甚至《红楼梦》的作者到底是谁，还存在争论。这怎么可能？这样一位令人敬仰的大家，而且，距今只有两百多年！

聂茂： 您的意思是曹雪芹不应该在这么短的时间里完全消失掉，很显然这不是因为大家忘了他，而是他自己有意为之？他没想过要后世记住他？

阎真： 有这个意思。后人只是朦胧地知道，曹雪芹少年时代曾经历了一段锦衣玉食的生活，晚年贫病交加，"举家食粥"，终于在 40 多岁时"泪尽而逝"。

像他这样一位千年一遇的人物，生前竟如此渺小、凄清、贫窘，不能不令人为他抱屈，令人对天道的公平怀有极深的怀疑。这样一位才华卓越的人物，生前应得到社会的礼遇照应，死后应得到后人的了解追怀。可惜，这只是善良的愿望。作者真是受到了天大的委屈。我们从贾宝玉身上看到了作者的身影，我们不能相信这样的人物是凭空塑造出来的。还有林黛玉呢？还有薛宝钗史湘云呢？这样美好而极有才情的女子也曾在人间存在，她们是谁？还有晴雯紫娟鸳鸯平儿呢？人间真是永恒地有着太多的遗憾，太多的怅惘，使太多美好而生动的生命都默默随流水去了。对这样一部生命凝聚之作，我们无法了解作者，只能凭作品去揣想他的心理能量和生命能量。这样一个曾经存在的生命，在某个历史瞬间某个寂寞的角落过着贫病凄苦的日子，干着一件极艰难伟大却不能设想现世回报的事情，他胸中有着吞吐千年汇聚万端之慨。

聂茂：是不是可以这样理解：曹雪芹写《红楼梦》并非为了得到什么，而因写作是他自己的精神需求，他的精神信仰里有一种力量驱使他去创作和雕刻他的生活和时代，这是一种内驱力，而他本人并非为了什么。

阎真：让我们深入曹雪芹的内心追问一声：付出一生的牺牲，写这一部"字字是血"的生命之作的心灵动力是什么？是富贵荣达吗？视富贵若浮云，多少人将这话挂在嘴边掩饰内心的渴望，或在无奈中聊以自慰，而他却用生命真正去实践。是眼下的生活吗？写这么一本书实在不能使他从潦倒中解脱。何况以他的才情，做一个豪门清客，何处不留？又何至于衣食不给举家食粥？或者为了名声？名声是一种社会承认，这对任何文人来说都是基本的心灵动力。对一个文人来说，淡泊声名比淡泊富贵更难得多。但在曹雪芹的时代，小说不是文学正途，为一般人所不屑。更何况雍乾时代，文字狱遍布全国，文人动辄得咎，诛连九族，《红楼梦》这样一部怨世骂时之作，又何敢传世以求名？但至少是为了身后的名声吧？这几乎是对作者心灵动力的最后解释了。但如果是这样，为什么他的生平事迹全然埋没呢？我觉得，一生行迹的埋没，是曹雪芹生前做出的经过了充分考虑的安排。

聂茂：类似曹雪芹，我们可以看看西方的卡夫卡，他也是一生创作，但是，他生前藉藉无名，死时，他要求好友将他的作品全部毁掉，大有一副生不带来，死不带去的感觉。也就是说，从某种意义上讲，作家的创作其实都是在对自己的精神和灵魂负责，至于生前身后事，有些作家早已经置之度外！

阎真：可以这么理解，似乎又有另外的介绍。东西方的文化视角差异下，解读不同。比如曹雪芹，这位只立千古的奇才，他竭尽平生心血以至于生命来写这部著作，那巨大的心灵动力何在？我们怎么去靠近这种生命的坚守，理解他的选择？曹雪芹是超凡的人，人们不能用凡俗的精神境界和价值标准去揣想他。他写《红楼梦》，只是为了一吐胸中之郁结，并希望后人理解这份情怀。这就够了。至于自己，他希望完全隐退。大精神，大境界，然后有大文章。将现世的名利欲求置之度外了，这是极难得的；身后的名声也置之度外，这对于一个具有巨大心理能量的人来说简直是匪夷所思。即使如此，仍愿主动地承受那样的精神重负！文学天才和道德圣者如此偶然而奇妙地结合在一个人身上！由此看来，认为曹雪芹受了天大的委屈，也是用一双俗眼去看他，这完全不合他的心意。"高山仰止，景行行止，虽不能至，心向往之。"曹雪芹最有资格接受这种景仰，虽然他本人对此毫不在意。

第十节　文学是我的信仰

聂茂：任何一位作家的文学生涯都有一个起点，您的起点在哪里？

阎真：还是在 40 年前的"文革"时期，我小学毕业前后，学习没人管，闲下来就到处胡闹。有时候也找些书来看，记得那时候看了《水浒传》《三国演义》《贵族之家》，等等。鲁迅的小说也翻看过，根本看不懂。有一次在同学家偶然看到一套《红楼梦》，拿起来看着好玩，看着看着就被吸引了、感动了。看完以后忍不住长吁短叹，这是文学给我的最初触动。40 年后回想起来，是有一种宿命的力量在支配着人生选择的。高中毕业留城待业那几年，没有出路。听说谁被招到国营工厂去了，就羡慕不已，觉得那是最高的人生理想。后来进了技工学校，两年后的 1978 年在株洲拖拉机厂当了铣工。当时我已经 20 多岁，而按文件规定我要技校毕业两年以后才能考大学，还只能考对口专业。我家给我写了一封信，劝我别考大学，安心本职工作算了。接到那封信我大哭一场，抹干泪还是下决心两年以后再考，考理科，按政策也只能考理科。每天下了班同事都在玩闹，我背了书包去厂图书馆。上班时每加工一个零件有三分钟自动走机时间，我就躲在工具箱里偷偷看几行书，背一个英语单词。1979 年 8 月的某一天，我偶然翻看一本《湘江文艺》，上面登了一则"建国 30 周年全省青年文学竞赛"启事。当时也不知道是什么力量在起作用，我心中转悠了一下，写了一个三千字的短篇《菊妹子》投过去，竟然得了一个三等奖。得奖使我有了信心，马上决定报考文科。中学从来就没上过一堂历史和地理课，我在没有任何老师的情况下从头学起，几个月之后居然考上了北京大学中文系。填表时我还隐瞒了自己读过技校，怕不让报文科。

聂茂： 文科和理科，这是所有中国学生几乎都要面对的问题，很多的阴错阳差使人们习惯于将其归结为命中注定，但是，宿命论从你口中说出来有点让人诧异，这是否从另一个维度上说明你自己始终有一种文学自觉，文学就是你的最爱？

阎真： 文学对于我是一个潜移默化的过程，后来就深入骨髓变成自觉，乃至信仰了。庆幸的是自己当时选择了适合自己的正确的人生方向，一个人适合干哪一行是命定的，干别的肯定干不好；后怕的是如果没有偶然看到那条启事，没有心中一转悠，没有得奖，没有冒风险转考文科，那就很有可能跟文学绝缘了。这一系列的偶然环节对我来说都是重大事件，是命运的召唤，在30年后的今天，我对命运的暗示和召唤深深感恩，对参加当年评奖的老师深深感恩。也许当年投票的老师已经忘记了这么一件事，但我的感恩之心是语言难以形容的。我在北京大学的毕业论文是一个中篇小说，指导老师把它推荐到杂志上发表了。毕业后在高校教书，由于职业的需要，此后9年我没有写小说，似乎这一辈子与创作绝缘了。宿命又一次发出了神秘的生命信号，以神秘的力量引导我回到创作上来。1996年我发表了《曾在天涯》，5年后发表了《沧浪之水》，又6年后发表了《因为女人》，又6年我发表了《活着之上》。这3部长篇让我感到，我是为了写小说而来到这个世界上的，这是命定。一个人能做什么，就只能做什么，决不能强求，这是命定。我很庆幸自己当年没有去学理科，那不是我的命运。几年前我和同事赵炎秋教授去上海出差，他在火车上买了一个九连环来玩，玩了半个多小时就把解九连环的程序搞清楚了。我要他教我怎么解，他仔细教了我，我解不开，再教一遍，还是解不开。一个九连环都解不开的人，怎么能搞科学研究？

聂茂： 九连环这种小玩意我也玩不好，就像你说的，术业有专攻，似乎你走的不是那种天才喷薄式的文学之路，你很少"下笔如有神"，总要经过深入的思考和详细的记录，你的文学更像是长时间的慢炖熬制而成的成果，适合细嚼慢咽仔细品味，从这个意义上来说你是一个经典的传统作家，更像一个思想者。

阎真：我认同。在文学观念上，我是一个艺术本位论者，中国几千年的文学史就是按艺术本位的标准来选择的。在我看来，文学创作首先是艺术，然后才是思想表达。没有艺术根基的思想表达，不论这种思想多么新锐、强烈，在艺术的意义上都是苍白的。写《沧浪之水》我作了两千条笔记，写《因为女人》我作了近3000条笔记，《活着之上》也是一千多条笔记。我这么认真，是因为我是在生命信仰的层次来写作的，这种信仰，除了对生活的真诚和思考，还有作为一个艺术本位论者在叙事中的认真和执着。我的文学信念是：用毕生的才情和心血去寻找和创造那些属于自己的句子。

聂茂：创作本身就是一个难熬的过程，而您的写作尤其疼痛，因为你书写的都是精神疼痛，应该很疼，那么，是什么支撑了您这份信念或者说信仰？

阎真：对我来说，在一个自己不存在的世界上，还有人读我的书，是一个比当亿万富翁，当一个显赫的大人物更大的生命诱惑。现在生活条件已经非常好，25年前吃一只鸡是一年的盼望，现在天天过年；25年前住一套带厨厕的房子是一个伟大的梦想，15年前我搬进一套三室一厅的房子高兴得在地上爬，现在有了更好的住房。改革开放带来的生活改善，已经远远超过小时候的想象。在这个基础上，生活再提高一些，意义也很有限，没有必要无限攀比，使自己坠入一个精神的牢笼。我人生追求的方向或者说信仰，就是写出更好的小说。有时候我问自己，这种信仰有什么依据？在你不存在的世界里，你已经化为一缕青烟，有没有人读你的书有什么区别？作为一个唯物论者，我也不能回答这个问题。这让我想到，信仰在终极的意义上是情感选择，是盲目的，因人而异的，因此也是不能够无限追问的。当然，你可以把这看作是一种"身后名"的解读，但是，我的理想和信仰是曹雪芹，我不在乎后人会不会记得我，只希望我的作品在身后还有人愿意去看，这就够了。作家可以死，但是，作品活着就是我的终极信仰。

第十一节　新媒体时代的文学喧哗

聂茂：我在大学开过一门选修课叫"中国现代文学八讲"，就在这个课堂上我做过一个问卷调查，其中涉及他们通过什么方式阅读你的作品，半数的学生竟然是移动端手机阅读，这个结果还是让我稍感意外。在我的意识里，文学阅读还是以纸质的方式舒服些，闻着墨香，翻着书页，感受手指与纸张摩挲时的快慰。但是今天，我们不得不承认的是，电子阅读的方式越来越多，尤其是移动互联网上的手机阅读，让文学变得越发喧哗。阅读真的是随时随地了，地铁上、被窝里、行走中、候车室里无处不在，白天和晚上随时可读，内容分享只在刹那，自此，由文本、读者和作家构建的系统，更多地被读者与读者之间的交互所取代。而你的作品全都是手写，于是我们看到了这样的景象：一端是纸张和笔墨，另一端是屏幕和电子版式，这是一幅具有隐喻意义的图景啊。你如何看待新媒体时代的这种现象，您是否会觉得这样的图景令您不适、怪异或产生某种隔阂？

阎真：作为作者，我当然希望读者用读书而不是读手机的方式，来读我的小说。根据我的阅读经验，读手机看故事情节行，但在审美的意义上读文学作品，效果可能不太好。越是好的作品，经典性的作品，越需要细细品味。这种阅读境界，在手机上电脑上很难达到。手机阅读，不论读什么，主要是获取信息，阅读的层次上不去。我很难想象一个人在手机上读黑格尔、唐诗、鲁迅、能够真正读出韵味。这也是为什么，网络上的作品，总是各领风骚三五天，很难有长久的生命力。读者就没有投入嘛！至于我的作品，我并没有感到网络带来了很大的冲击。比如《沧浪之水》，从出版到今天，16年了，已经出版了81版，每年4到5版，每版1万册，很稳定，几乎没有起伏。

聂茂：阅读是读者情感和作品的共振，我感觉最重要的还是内容，纸质的《红楼梦》和手机电子版的《红楼梦》仅仅在阅读体验上有所差异，而且不同读者群体对纸质和电子版的认同感也有巨大的差异。我们熟悉的纸质阅读只是介质发展中的一种形式。从毛笔书写的线装书，到机器印刷的装订书，从手抄本到印刷本都是介质的重大变化。人们也一度曾经留恋线装的质感和书写的情怀。所以，我想这种变化是必然的。艺术的魅力不会随着介质的变化而有所减弱，经典永驻，艺术长存。高尔基在儿时读法国作家福楼拜的小说，就生出一种奇特的感觉，觉得作品里面可能存有某种魔法。少年的高尔基不解其中的缘由，他打开书页，对着太阳光细看，试图找出隐藏在里面的秘密。当然书籍的纸张、油墨和文字符号，都不是文学文本，而是文本的物质载体。章太炎先生曾给文学下过一个定义："文学者，以有文字著于竹帛，故谓之文；论其法式，谓之文学。"我想章太炎先生的定义是大文学的概念，因为说线装书比印刷体更有质感，本身就包含了文化的范畴。中国古代文学文本的载体曾先后经历了"竹""帛""纸"的阶段，现在又有了电子文本。据我所知，绝大部分作家都用键盘写作，有的曾经用笔，现在是以键盘代笔，有的一开始就是用键盘写作。像你这样还用笔的很少，只是每个人的习惯不同罢了。不管什么载体，都还只是承载文学文本的物质外壳，不是文本本身。手机阅读中的大观园和线装书中的大观园是同一个世界，感受不同，只可能缘于不同的读者。海德格尔在《林中路》中说，贝多芬四重奏的乐谱放在出版社的仓库里，和地窖里的土豆没有两样。作家面临的残酷事实是，大家都面临着相同和相似的生活，如同厨师做饭，相同的食材、烹饪工艺和厨师理念不同，就会做出不一样的美食。这是我从读者角度对作品接受状况进行的分析，我特别想知道的是，假设您改用键盘写作，改笔为键，改纸为屏，会影响您的写作思维吗？您的思考是不是因此而受到极大的影响？以后会有这种转变吗？

阎真：也许我的阅读经验有局限性，只能代表我自己。年轻一代有他们自己习惯的方式，应该得到尊重。我写长一点的文章，肯定要手写，短文现在也用手机了。现在就是在手机上回答您的问题。因为手机上打字比较习惯了，就不那么慢。如果在电脑上，打字就像捉虫，半天一个字，思维不连贯。我这一辈子，还会不会写小说？我自己今天也不知道。如果写，那肯定还是写长篇，也肯定还是手写。

第十二节　叙述的孤独与爱的围城

聂茂：您长期在高校执教，是一个既有理论修养又有写作实践的作家。法国作家科克托说：小说之难，在于叙述之难。文学的感觉真是难以言表，有时候你只有找到那个特定的表达才能准确地展示自己，从而让写作顺利地进行下去。我记得您在中南大学的一个讲座上曾经讲述过这种经历，我还是那次讲座的主持人，所以至今还记得。您说有一次在校园里行走，不经意间听见一对大学生情侣聊天，女生说："我要抱死你。"你回去后就把这句话记到自己的写作笔记上。就一个"我要抱死你。"小情侣间的那种甜言蜜意立马跃然纸上，所以有时候努力做功课却找不到感觉，反而在无意间找到了自己想要的叙述方式。因为这不仅是具体的表达，更是开启了一种叙述方式。据我所知，这是你长期以来养成的习惯，为写作积累素材，有些想法和表达就在刹那间，所以喜欢做笔记，每一部小说都有好多手写的笔记，因为那种特定的表达是在特定的时间和空间里感知到的，不记下来，可能就丢失了。对你来说，写作就是你的全部情感体验。但是我感觉这似乎是一个矛盾：一方面你穷其全部的才华和精力寻找最具文学性和陌生化的表达方式，另一方面读者似乎并无意于体会其中的个中三味。那些曾经让您兴奋甚至癫狂的美好叙述，到了读者那里，似乎如泥牛入海，毫无音讯，他们根本就没有感受到您的艰辛，也不愿意去细心品味。请问，您是否感受到过叙述的孤独？

阎真：写作肯定是一个非常艰难的工作，难在哪里？难在创造性。从大的方面说，你要找到一个多少有一点创意的话题，重复别人的话题意义有限。鲁迅写了阿Q的精神胜利法，别人也还能写，意义就非常有限了。从小的方面说，自己写出来的句子，总还要有一个自我风格。完全公共化的叙述，怎么能证明你是一个作家？我们生活在公共空间之中，每天经历的事，说的话，绝大部分是没有特色的。这些没有特色的东西虽然也是生活的真实，但写进小说，是不会有艺术的力量的。在这个意义上，文学不是要忠于生活，而是要反抗生活，背叛生活，即反抗生活的公共性，背叛生活的平庸性。有时候自己用最大的心血写出来的东西，却没有人注意到，确实有某种失落感。这不能怨读者，要怨只能怨自己的水平还没有达到那种极强的冲击力度。

聂茂：《因为女人》包含了你对市场经济条件下的爱情关系、女性知识分子的生存现实和婚姻困惑等诸多方面的思考。你说多年前听一个打工妹讲，自己结婚后，对于丈夫在外面风流也不管，让他去胡搞，你当时感觉很吃惊。近两年，你听到几个女研究生也这么说。因为你关注的是知识女性的现实困扰。传统意义上的打工妹也在你的关注之列。重要的是，你质问：把爱情当作一个精神包袱彻底放下，是一种历史性的理性选择吗？诚然，现代女性知识分子要面对市场经济社会环境的挑战，无法回避，这种挑战与市场经济的盛行和消费主义的渗透有很大的关系。市场经济使人的欲望满足延伸到了无所不及的维度，而消费主义又给膨胀的欲望找到了宣泄的出口。在这样的大环境下，女性特别是知识女性的情感遭遇到了严峻挑战，这是生存的真相，无论你是否正视，它就在那里。知识女性按照自己的爱情信仰构建理想的婚姻生活，但是这种模式在欲望的炙烤下节节败退，甚至一地鸡毛，一塌糊涂。消费主义让欲望在现实实践中变得更好量化、更具可操作性，这就是真相。直面真相是非常残酷的，可是不直面，真相仍然是真相，残酷仍然是残酷。我要说的是，女性知识分子的基本属性是女性，她们的资源优势随着年龄的增长而迅速衰减，男女的年龄生理黄金期并不平衡，随着时间的推移，女性青春不再，容颜已老。爱情的平衡器被打破，男人有了寻花问柳的心理基础和出轨的情感理由，加之消费主义的背景催化，爱情与亲情就割裂了。

这是《因为女人》带给我的思考，市场经济和消费主义的确已经极大地影响了现代社会的婚姻观，也影响着女性知识分子爱情之塔的构建。我想问的是：难道传统道德、婚姻伦理和家庭关系在市场经济和消费主义面前就这么不堪一击吗？

阎真：《因为女人》这部小说，我想表达现代女性在时代氛围中所面临的情感挑战。这种挑战是非常严峻的。有些人特别是女性看了小说，觉得很难接受。为什么把女性的情感写得那么被动？对于这种质问，我的回答只能是：这就是当代的生活现实。现实不是我写出来的，而是生活本身。我写作的目的，是希望当代女性在生活的挑战面前多一点思考，多一点理性。市场经济带来了新的生活方式，新的道德观念，对传统生活方式和道德观念的挑战是严峻的。你承认不承认，现实都在那里。我希望女性能够生活得更加智慧一些。中国有句古语，以柔克刚。我希望她们不要成为一个女权主义者。那样的话，你对面就没有人了，你向谁去张扬女权？

聂茂：您在接受一次采访中说，从《因为女人》第四版起，您刻意对小说的叙事艺术进行了调整，"用毕生的心血才情去寻找创造那些属于自己的句子"，并把此当成自己的艺术理想。您认为自己是在生命信仰的层次进行写作的，您的创作诉求是："在一个自己消失的世界上，仍然有人读自己的书，是一个比成为亿万富翁，成为权倾一时的大人物更大的生命诱惑。"这种理想，其实就跟人们对于爱情的寻找是一样的，作家之于写作，众生之于爱情，似乎回到了同一个命题上。这样，您的写作和追求之间似乎形成了悖论：一方面揭示完美爱情的残酷真相，另一方面追求几乎完美的文学叙述，苦苦追求叙述艺术性，希望读者在阅读过程中减少些许沉重，欣赏文学的叙述之美。《因为女人》的爱情观色调比较灰暗，跟您在写作中不断地寻找那些属于您个化性的句子所带来的沉重有关吗，您是一个写作上的完美主义者和爱情上的悲观主义者吗？

阎真：《因为女人》这部小说的艺术叙事，我自己还是比较满意的。如果有读者愿意细读，他会有很多艺术的体验。在艺术上我是追求完美的，一部小说写出来，手稿请人打印了，然后修改，再打印，再修改，大概反复十遍。每次几百页，有几斤重，最后一部小说的修改稿有几十斤。因为改了很多次，最后的定稿跟原始的手稿已经大不相同。《因为女人》追求个性化的语句表达，这是追求叙事的艺术性。至于小说比较低沉的情绪基调，主要还是由小说的思想表达决定的。

聂茂：作家常常是社会问题的发现者和揭示者，而不是解决者，不能提供答案和解药。《因为女人》提出了现代社会女性知识分子的爱情婚姻问题，不是为男性辩护，也不是为女性辩护，只是揭示这样一种事实。作家不是居委会调解中心，作家的使命也不是为公众提供心灵鸡汤。优秀的知识女性不结婚也是一种自己的人生选择。您建议女性宽容，但是女性的回答是："我凭什么宽容你，你为什么不能宽容我。"您说："我只是一个摄影师，把生活中零散的画面集合到一起罢了。"您的希望是女性要宽容，只有宽容，才能赢得男人的尊重，只有宽容，才能将就一段名存实亡的婚姻。而且，您还用很多伟大人物如歌德、萨特、毕加索和李白、白居易乃至孙中山、郭沫若等人来为男性的放纵和"不收敛"做辩护，您声称自己是跟女性站在一起的。可在我看来，您是完全站在男性的视角下进行创作的，并拥有男性先天的优越感以及消费时代男人的各种优先权。您对女权主义的对立与反抗不以为然，甚至竭力反对。认为这种对立或反抗既达不到社会的和谐，也得不到男人的理解，从而造成家庭的不和谐和夫妻之间的伤害。但是，如果每个人都这么做，那么，许多知识女性只有去死掉，也不需要奋斗。放眼一看，那些大龄女青年，许多是非常优秀的知识女性，她们即便不结婚，也不愿凑合着与人过。这就是一种反抗，一种自觉，一种对自我身体的尊重和对内心需要的尊重，一种对男权的无声抗辩。所以，我认同一些评论家的评判：您其实是一个彻头彻尾的男权主义者。您认同这种观点吗？

阎真：我是不是有男权主义，我自己并不知道。至少理论上不是。我内心没有半点男权思想。但是我也从生活中看到，时代发展带来的情感挑战，对于女性来说更加严峻一些。这是不是生活的真实？我的小说就是来表达这样一种真实。如果一定要说男权或者女权，我应该更接近女权主义一点。这种表达还是不准确，因为我对女权主义是非常反感的。这种反感，首先是情感的。我有个朋友说，女人是月亮，为什么一定要去做太阳？这种表达有男权主义意味，理论上是不对的。谁规定了你们是太阳？但从情感上来说，或者从生活经验上来说，这个表达也有它合理的一面，我们不能否定性别差异的客观存在。承认这种差别，然后以生活的智慧面对，这才是对的吧！我看到生活中许多强势的女性，她们的情感命运都不太好。现在回到小说。小说的主人公柳依依就是女性，我是从她的角度展开叙事的，难道我对她不是充满了理解和同情吗？我写的是生活的真实，这个真实就是当代女性所面临的情感挑战。除非我不写，或者在写作中回避真实，不然我不知道要怎么样才能完全避开男权主义的批评。也许，我是一个女性，这个问题就不存在了。

聂茂：《因为女人》在修订版的 294 页到 296 页中，讲到柳依依给秦一星打电话"自取其辱"，然后又不断地盼望秦一星主动打电话来，却一再失望，然后把无名怒火发到丈夫宋旭升身上，不断地找刺和指责丈夫。当宋旭升入睡后，柳依依久久不能入睡，想起先后经历的男人，夏伟凯、秦一星，想起他们身上的气味，觉得自己与宋旭升"心灵不到位，身体也就不能到位"。柳依依感到悲哀，认为与宋旭升组成家庭是"合伙经营，合不了就散，也只能散"，但又担心这唯一的一次婚姻如果真的散了，就会输得很惨。"爱情贬值了，也就是说，女人贬值了。爱渐行渐远，也就是说，幸福渐行渐远了。至少，对女人来说是这样的吧。"这是柳依依的思想轨迹。我想也是部分知识分子女性在此类境遇下的共同心声吧。您强调女性在生理上的不同，但是随着接受过高等教育人群的不断扩大，以及知识女性选择面的增多，你觉得《因为女人》中男女的情感关系是否会发生重置呢？爱的围城难道真的是女人的囚笼吗？

阎真：女性面临的情感挑战不是从没有受教育来的，因此接受更多的教育并不能解决这种挑战带来的问题。我们在生活中不是看到，有情感困扰的女性，大多数接受了很好教育吗？在我看来，受教育程度低一点，对生活没有太多想法，爱情婚姻反而比较安顺。当然教育程度高有个好处，就是生活能够靠自己，而不靠别人。这能够解决生活问题，但不能解决情感问题。当然，人都是矛盾的。如果我儿子找对象，我会对他说，不要找那么强势的。如果是女儿呢，我会说，一定要能够自立，把生活的主动权掌握在自己手中。这本身就是一种悖论。

聂茂：八年前，我带的一个研究生从中南大学毕业，到家乡的一个高校教书。他是一个有天分、有想法、有能力，而且很勤奋的学生，我一直相信他在学术上会有所建树。前段时间，他给我打电话，聊到了当下的状况，其中有个事情非常耐人寻味：他们学校特别重视考勤。学校领导是地方政府派过去的，不太了解高校的运行规律，要求老师每天考勤，像行政人员一样，坐在办公室，用管理机关的办法管理学校。教师专业荒废，学术自然无从谈起。好不容易等到上级领导到校座谈，老师们就谈及了考勤的废存问题。领导就诘问老师，"不合理，你们走人就行了，谁也没拦着你。"他给我讲完这个，我突然就想起了你的《活着之上》。经济的牢笼死死地困着这些曾经满腹理想的知识分子。纵有再大的不合理，他们也没有解决的办法。想走，谈何容易，家庭、老婆、孩子一大堆的问题就摆在那里，牵一发而动全身啊。自己动一下，全都得动，但是钱呢，经不住这么折腾啊。更重要的是，学校的种种不合理扼杀了知识分子的创造性，抹去了取得学术成果的可能性，你能往哪儿走？向上的路径被堵死了，但他就堂而皇之地诘问你。学校的行政化弊端太深，管理者本身就是行政部门派来的，根本不理会教学与科研的特殊性。所以当这个学生向我倾诉时，我更深刻地理解了《活着之上》的时代语境。现实甚至比文学更悲苦、更荒谬，更让人感到向上无门的苦痛。这个学生甚至用微信发给我了一句话："等死，还年轻；向上，没路了。"多么的触目惊心！这样的生存境遇有如你在《活着之上》中所说："现实的力量是如此强大，像昆德拉笔下的生命，重得让你无法承受。"体制在稳定社会发展脉络的同时，也以不可撼动的力量宣示着自己的存在。《活着之上》提及了知识分子的职称、论文、关系等诸多问题，评价体系和生活重负使他们迷惘，但最终聂致远战胜了潜规则，评上了教授，当上了职称评委，成为别人命运的裁决者。而他是有良知的人，所以这也是作品的一抹亮色、一丝诗意。这是不是一种象征，象征着年轻的、有良知的知识分子的崛起？意味着一种新的可能性？

阎真： 学校的管理者是行政部门派来的，因此根本就不了解教育，这种情况在现实中比较少。就算是行政部门派来的，说话这么不近人情，真的也不会太多。行政部门的人也是聪明人啊。说实话，这样的领导我还没有碰到过。所以说，那个学生真的很不走运。但学校行政化的问题，肯定是比较严重的。在高校，行政部门的领导，一般都是教授，中学基本也是这样，领导基本都是从老师上来的。行政部门掌握了所有的资源，分配到谁手中去，领导是有一定的选择权的。我也当了一个最基层的小职务，为了学院的事，经常要去学校行政部门，基本上是要求人。掌握资源和争取资源，这种关系决定了求与被求的关系。这是行政化的基础吧。怎么改革？把资源平均分到每个教师？每个教师全评上教授？那也不行吧。能够想到的办法之一，是不论中学大学，教授（教师）委员会在重大问题上都有决定的权力。可以说生活中每个人都觉得自己没有受到应有的重视，没有得到应有的回报。西方除了终身教授，其他老师聘用合同一年一签，压力还大得多。《活着之上》写了高校教师的种种压力，和高校的种种弊病。有人说我写得太文雅、太克制，但我还是按自己的想法写的，没有写那些不具有普遍意义的极端事件。至于向上有没有路，我始终认为，路总是存在的，但要靠你自己奋力开拓。很多年前，我在西安搞签名售书，一个研究所的年轻人也提出了类似的问题，说是得罪领导了，科研经费没有，一事无成，很苦闷，问我怎么办？我说，如果是封建社会，你就没有办法了。但现在是市场经济，你如果有拼命的精神，还怕找不到自己的空间？当然，这不容易。生活中觉得委屈的人是大多数，连我都有委屈感。我的小说都出有80版了，能做到这样的人也不多吧？学校怎么没有把我当回事？这些话我不会说，比我委屈大的人多了去了。

第十三节 "政治正确"与"第九角色"

聂茂：有评论认为，《活着之上》揭露了高校的腐败与黑暗。显然，您不同意这种说法，我也无法赞同。您不同意是因为您让聂致远最终成功了，让作品变得有光明、有希望、有力量，合乎主流意识的"政治正确"。而我的不赞同，恰恰是想说，您回避了高校的腐败与黑暗，您只是轻轻触及了高校中的潜规则和所谓的腐败与黑暗，您的笔触远远没有达到您自己在现实生活中所经历的种种痛苦与艰难，不是您没有能力写得更深刻，也不是您没有能力直面社会的黑暗。而是感觉在写作时，您心中矗立一个福科所说的"圆形监控"，您严格地按照自己预先的雄心和设想精细地操作着。说得更直白一点，您似乎在朝着茅盾文学奖冲刺，而努力奋斗规约着自己的行为。因而您变得小心翼翼，尽可能做到"政治正确"，您甚至直言自己的这部作品是完全符合习总书记所倡导的"有道德、有筋骨、有温度"的作品。虽然您的四部长篇小说都有自己的写作预想和理念设计，但《活着之上》过于明显，无疑削弱了这部作品理应达到的思想高度和艺术纯度。您如何看待这个问题？

阎真：实话实说，我在写作中根本就没有想过"政治正确"这个问题，完全是按照自己对生活的认识和理解来写的。我自己就是个普通人，缺点多得很，怎么有权利要求别人那么高？我的每一部写作，从来没有因为评奖或者按市场的考虑而调整自己的写作姿态。有人说我下笔不狠，我自己没有这种感觉，我是按照自己想写的方式去写的。我不是黑幕的揭露者，这并不是因为我回避什么，而是我也的确没有看到那么多黑幕。我看到而又有普遍意义的，我都写了。当然高校还有一些更极端的事例，比如某大学几个副校长贪污，某大学几个教授骚扰女生，等等。这些我都没有写，因为我觉得写了没有多大的普遍意义，也没有多少文化意义。我觉得自己的处理方式更加具有思想和艺术的品格。

聂茂：《活着之上》的关键词是现实，但是在作品中，除了聂致远面临的职称、论文等问题外，更多的是世俗。聂致远和赵平平的关系就是买房、买尿布、买车、评职称，几乎看不到任何的情感交流。有读者说，看完小说之后，作为重要人物，他们看不出来赵平平长什么样，有什么衣服，穿什么鞋子。除了作品赋予了她聂致远妻子这个角色之外，单独看这个人物，根本不知道她的性别，所以她是扁平的。在聂致远的心里，赵平平就是一个"世俗小人"，但是他的每一次"进步"都在这个"世俗小人"的监督和支持下完成，他的成功和尊严也从博士、教授这些头衔中获得。聂致远评副教授需要7000块钱，赵平平不但毫无怨言，而且无条件支持。也就是说，人物形象被压平了，性格维度被简化了。

按我的理解，作品淡化人物的目的是凸出世俗和现实的力量，人物只是一个符号，聂致远、赵平平、蒙天舒皆是如此，他们分别代表着情怀坚守、弄奸耍滑、凡夫俗子。所以不是人物没有立体感，而是作品中有一个BOSS级的角色存在，那就是体制和现实。一如《雷雨》中的雷雨，被称为作品中的第九个角色。曹禺本人说："我常纳闷何以我每次写戏总将主要人物漏掉。《雷雨》里原有第九个角色，而且是最重要的，我没有写进去，那就是称为'雷雨'的好汉。他几乎总是在场，他手下操纵其余八个傀儡。而我总不能明显地添上这个人，于是导演们也仿佛忘掉他。"[1]雷雨在所有的场次中无处不在，只要有矛盾，有冲突，有纠结，有乱伦，雷雨就会出现。它没有出场，没有与其他人物的直接接触，却成为最具宿命感和宗教意味的仲裁者。对于《活着之上》来说，车子房子是世俗，论文是世俗，职称也是一种世俗，都是为名利而争。所以《活着之上》的"第九角色"其实就是现实和世俗。如果硬要挑出这部作品的"第九角色"，那可能就是作者，是你在严格控制着这些人物的性格发展。聂致远、蒙天舒、赵平平等人都在你掌控的这个角色捉弄下疲于奔命。其实，在人物面对名利的诱惑，或者厄运的摧残不能自主时，"第九角色"已经抽象地存在于小说的背后，摆布着所有人的命运。无论是如鱼得水的蒙天舒，还是处处碰壁的聂致远，都无法摆脱它的捉弄。小说中的所有角色可以分为支配他人的人和被他人

---

[1]　曹禺：曹禺论创作[M]．上海：上海文艺出版社，1986.

支配的人，"第九角色"是个例外。它似乎是一个具有精细设计能力的神秘存在。聂致远总在感慨"这世界真的太不公平了"。而蒙天舒则觉得，这世界就是专门为他这样聪明的人准备的。这就是"第九角色"的力量，它让那些有情怀的人总是郁闷，而弄奸耍滑者顺风顺水，印证了老子"人之道损不足以奉有余"的观点。"第九角色"由此也将小说主题推向了神秘之境。我知道这种分析有些牵强，但又忍不住一股脑倒了出来。我很想听听你的辩驳。

阎真： 世俗在我心中并不是一个特别的贬义词。我们每个人都意识到了自己的一生是唯一的一生，最后的一生，所以一定要珍惜，一定要好好生活。因此想住更好的房，开更好的车，找更合心的女孩，评上更高级别的职称，等等。这都是人之常情，我们自己是如此，也应该理解别人。真正的问题在于，我们去追求这一切的时候，是不是还有一种人格的制约？这种制约至少还使你保持了做人的底线。生活中无底线的人是很多的。他们也不是真的没有底线，而是说，因突破底线而被追究的事，他们是不会做的。蒙天舒就是这样一个人，有勇气突破一切可能的底线，去争取利益最大化，但不可能的底线，为了自保，决不触碰。这样的人，在生活中得到了最大的利益，别人还不能够说他有什么不对，这也可以被称为生活中的能人、高手。他们有人格的底线吗？没有。有是非的底线吗？没有。也许，说底线，这个要求太低了，知识分子人格境界思想境界怎么能这么低呢？但就这个水平，在现实生活中已经不容易了。当然还有境界更高的人，比如小说中一再说到的曹雪芹、屈原、陶渊明，等等。毕竟他们是圣人，一般人不能用那么高的精神标高去要求。像聂致远一样，心中存有这样的标高，自己的境界不至于跌倒在污泥之中，就已经很难了。聂致远是凡俗的知识分子，所以他会有那么多的纠结。

第十四节　批评的越位与作家的缺失

聂茂： 最近，我看了一篇文章，是有文坛"愤青"之称的清华大学教授旷新年写的，标题为《由〈活着之上〉看中国当代作家的缺失》，全文共13000多字，刊登在2016年第2期《首都师范大学学报》上。说实在的，这篇作品写得并不怎样，既不像贬弊杂文，又不像学术论文，表面上看洋洋洒洒，引经据典，中西贯通，实则逻辑混乱，内容空泛。比方，前面两节写了2600多字还没有进入主题；第四节共有4200多字，也写得十分恍惚，几乎游离于文章的中心，把余华、乔伊斯、博尔赫斯等人罗列到一起进行比较，压根儿没有涉及对《活着之上》的有针对性的分析。与此同时，虽然前四章中一有机会就会尖锐地批判你，但是在第五节批评阎连科等人时，却又认为他们的创作方向需要向你看齐："应该像阎真的《活着之上》和钱钟书的《围城》所做的那样客观地描写自己所熟悉的生活和环境"。特别是文章中还出现了国家能源局煤炭司副司长正处级官员魏鹏远家藏 2 亿元现金这样的新闻材料，使整个文章显得极不协调，显示了论者批评的越位与学理的缺失。我不知道您看过这篇文章没有？我稍微总结了一下，该文对您的批判主要有以下四个方面：

一是小说的类型上。旷新年认为《活着之上》属于 20 世纪 90 年代以来流行的官场小说的套路，与"现实"贴得太紧，实际上扭曲了现实。这样的小说属于晚清"谴责小说"的类型，具有明显的"溢恶"倾向，缺乏真正的批判性，没有达到批判现实主义的高度。

二是小说构思上。旷新年认为，您虽把曹雪芹确定为人生的标杆和镜鉴，但对曹雪芹的理解上却显示了您在中国古典文学和传统思想文化修养上的缺陷。由于您与曹雪芹的生活和精神世界很隔膜，也由于您对中国传统思想文化的理解过于肤浅和狭窄，因此无法真正领会和欣赏曹雪芹的生存之美和人格之美。也正是因为这种局限性，屏蔽了您的生活经验和思想视野，使得你的"批判"只能沦为生活泥沼中的挣扎，并且愈陷愈深。具体表现在：小说由"红迷"赵教授寻访曹雪芹的故居起笔，但赵教授很快感叹："一个人，他写了这么一部伟大著作，为什么就不愿留下一份简历？"旷新年认为这样的意想缺乏诗意，而且大煞风景。同时因为你将曹雪芹描绘为圣人，这是对曹雪芹的根本误解。在旷新年看来：曹雪芹的生命意义和境界是由释道获得和开展的，他追求自然、自由和理想的人生，而不是你理解的追求的"成圣"。

三是创作方法上。旷新年认为你的表现手法主要是对比。小说中曹雪芹与现代人形成对比、聂致远和他的同学蒙天舒形成对比、政学通吃的吴教授与纯粹的学者冯教授形成对比。这种对比的描写使小说丧失了理想精神与内在的张力。旷新年特别提到一个所谓细节上的失真：聂致远到省社科院求职，院长拒绝他，理由是成果太突出，认为你这样是"把一个官场的老油条描写成老农民那样老实笨拙"，痛快是痛快，但却失掉了基本的真实性，丧失了艺术生命。此外，小说中的议论不仅破坏了艺术的法则，而且往往彰显了你的思想局限和逻辑混乱。

四是对小说的总体评价。旷新年认为，这部作品不应该获路遥文学奖。原因是，它不是真正的批判现实主义作品，你没有克制自己的感情，流于"伤时骂世"的夸张，近于漫画，损害了小说的价值。

文章最后，旷新年在猛烈抨击贾平凹、阎连科等作家"粗鄙恶俗，投机取巧，哗众取宠，追求市场效应和轰动效应"的同时，倒是十分"大度"地肯定了您"保持了可贵的文学态度"。对您而言，真不知是喜还是忧？我想请您就旷新年的批评，谈谈自己的真实想法，好吗？

阎真：旷教授的文章，我早就看到了，是朋友发到我邮箱的。自己写的小说，有赞扬有批评，都很正常。可在最近，竟然有三个朋友，新疆的、山东的和长沙的，把这篇文章用微信发给我，这让我感到了微信力量的强大，也产生了做一点回应的想法。我没有写成文章，就借你的提问说几句。

第一，旷教授用鲁迅批评晚清"谴责小说"的话来批评《活着之上》，"杂集话柄"、"辞气浮露，毫无藏锋"、"过甚其辞，以合时人嗜好"，因而缺乏真正的批判性。这种批评让我觉得有些委屈。

小说的故事是发散性的，但有一条精神线索，就是主人公聂致远内心价值彷徨。他所经历的都是小事，但小事反映的是这个时代知识分子的普遍心态。小说精神表达很集中，"杂集话柄"不知从何说起？

"辞气浮露，毫无藏锋"。小说的精神表达也许不够内敛。我给学生讲"小说艺术"课的时候，也谈到艺术含蓄的重要性。我写这部小说也意识到这个问题。但小说的主人公是个人文博士，他真实的思考方式就是理性的、逻辑的。如果我刻意回避主人公这种思维特点，首先就不真实，其次也矫情。主人公的精神状态就是如此，心路历程就是如此，这是千千万万当今知识分子的真实精神现实，包括我自己。我就是在写生活，生活真实状态就是如此。难道我们可以说，现实本身是"浮露"的吗？至于小说是否可以直接写出一些理性的语言，旷教授在文章中大段引用了《巨人传》中的话，不也有着理性的直接性吗？不过，旷教授这个意见，还是值得我进行深入的艺术思考。

至于"过甚其辞，以合时人嗜好"，我可以说，小说为了表达价值取向，多少都会有点"过甚其辞"，包括鲁迅小说对"国民性"的批判。我写小说，从来出于自己对生活的感受，从来不会有半点"合时人嗜好"的想法。所以我小说中的故事都很平淡，没有一点猎奇或揭露黑幕的冲动，让电视剧编剧摇头叹气，然后放弃。

第二，旷教授认为，小说"显示了作者在中国古典文学和传统思想文化修养上的缺陷"，举出的例子是，小说中的赵教授感叹曹雪芹"为什么就不愿留下一份简历？"认为这"语言太过伧俗"、"大煞风景"。为了写这部小说，我专门去西山脚下门头村，据说是曹雪芹当年生活写作的地方，去了三次，也看过七八本有关曹雪芹家世的书，包括《红楼梦》的版本研究。赵教授有真人的影子，确实姓赵，确实是学理工科的，确实在美国高校当教授，确实为考证曹雪芹身世投入了数十年心血，也确实写了一本"曹学"的书。"曹学"之所以能够成为一门学问，而别的作者的书都不行，就因为《红楼梦》与曹雪芹的家世背景有关，胡适、俞平伯、周汝昌等"曹学"大家，以及想了解清楚《红楼梦》作者背景的所有人，都有这样一种遗憾，即作者没有留下一份"简历"，让后人苦苦寻求而不可得。这是一种最正常不过的感叹，跟"伧俗"和"大煞风景"毫无关系。至于古人的精神境界，当然有不俗之人，如旷教授所指王子猷雪夜访友人戴逵，临门折身而返。这种极端例子，可一而不可再，可再就是矫情，而非"风流俊逸"。曹雪芹固然是追求"自然写意，风流倜傥"的人生，但实际生活也是寸寸血泪，几乎在贫病之中死去，真有那么"风流俊逸"吗？至于旷教授说，"作者与曹雪芹的生活和精神境界是完全隔膜的"，我很难承认。曹雪芹境界高格，难以企及，但也不是那么神秘深刻到难以理解。我引用小说结尾的一段话，看看我是不是"完全隔膜"："牺牲精神是伟大的，但牺牲者希望得到世人的理解和见证，这是人之常情，无损于牺牲者的伟大。可曹雪芹他做出了既不为现世功利，也不为流芳千古的牺牲，无人见证，也无需见证。也许，认为他受了天大的委屈，那是我用一双俗眼去看他，完全不合他的心意。高山仰止，曹雪芹最有资格接受这种敬仰，虽然他自己对此毫不在意。"（书中第309页）这种理解，难道比旷教授"风流潇洒、飘逸脱俗"，"丰神俊朗、风流俊逸"，"自然写意、风流倜傥"的理解低俗很多吗？

《活着之上》这个题目，就表明了我的价值表达。这个题目有点"浮露"，千思万虑，翻了上千首唐诗宋词，几百首现代派诗歌，想找一个类似"沧浪之水"有含蓄性的题目，没有找到。在一个"活着"成为普遍价值观的年代，来谈"活着之上"，基本价值取向是明确的。再抄摘小说一段话，给自己一个证明："生存是绝对命令，良知也是绝对命令，这两个绝对碰撞在一起，就必须回答，哪个绝对更加绝对。"

第三，旷教授说，小说失败的一个重要表现是细节描写上的失真。例如，聂致远到省社科院求职，院长拒绝他的理由是他成果太突出。旷教授认为，"这类官员圆滑世故、见风使舵、巧言令色和虚伪巧诈，作者把一个官场老油条描写成农民那样老实笨拙，把坏人写得太低能，丧失了真正的艺术生命"。小说中这个人不是院长，是省社科院历史研究所所长，也就是几个人、十来个人的领导。这个细节只有四五百字，根本没有展开，"坏人""圆滑世故""虚伪巧诈"等极端否定的词汇，真不知旷教授从哪里得出的结论。我写小说尽量贴近生活，经历的、看到的，至少听到的事，才敢下笔，想象出来的细节很少。这个细节，就是我自己经历过的。不同的是，不是对方领导直接说的，而是领导授意手下的人说的。就是这样说的，千真万确。回到小说，你想所里就那么几个人，不愿有人进来在评职称等方面压自己一头，这也是人之常情。这也不是所长本人的意思，所长有什么不能直接说？何况是对一个小人物。不久前，我所在的单位，外面有人来求职，科研成果突出，但本单位有五六个副教授等着评职称，单位也好直接跟这个求职者说明情况，别人在此工作已经十几年，你一来就把评职称名额占了，单位会起大风波。这就是我亲身经历、亲手操作的事。这跟"虚伪巧诈""圆滑世故""巧言令色"真的没有关系，是不得不考虑的客观情势，没有办法。想当然把所有领导"虚伪巧诈"地概念化，才会认为这样的细节是不真实的。

其实，旷教授的文章对我的小说还是有一些肯定，对我本人也有一些肯定。这些有限的肯定由以尖锐批评为风格的旷教授说出，已经是非常难得。因此，我的这些回答并不代表我有什么怨气，而只是有一些委屈。这些委屈本想写一篇文章表达，想想那还是心胸太狭隘了，就借聂茂教授的访谈，稍微表达一下。

第四章　对话肖仁福：民间的立场与仕途的救赎

点将词：致敬肖仁福

肖仁福算得上一位亚文化和亚寓言文学大师，游走于雅俗之间，进行的是原汁原味原生态的官场书写。他不怕俗，也入俗，甚至喜俗，他的作品算得上是现代版一幅活生生的"官场现形记"。虽有着市井小说的习气，但他更像一个睿智的街头说书人，趾高气扬，居高临下，气场极大。他的笔下，官场人物都是畸形的失去了主体意识只剩躯壳的人。既然不能阳春白雪，干脆就做下里巴人。

他以读者为父母、以读者的需求为第一需求，以社会关切和市场的需求为最大需求，当然也有自己的艺术考量和创作理想。实际上，庞大的市场和热心的读者似乎验证了他作品的可读性和思想性，但透过表象可以发现，过于重视市场和大众喜好而刻画人物擅权的游戏，往往会伤害到作品本身的艺术纯度和精神生命。

他从一开始就谋划着真实复杂的官场生态，官、吏、僚，生活、权力、情感、隐私，诸如此类，莫不进入他的视野，他在讲述游戏规则、权力场，也在探讨转型期中国社会不同人的不同人生境况。从《官运》到《仕途》，动辄几十万上百万字，官场中形形色色的场景，洋洋洒洒的表达，林林总总的法则，他事无巨细，悉数呈现。与其说他是一个躲在故纸堆中的一名写家，不如说他更像一个精明的建筑师，他在建造一座官场的大厦，每块砖的尺寸，水泥的硬度，钢筋的型号，他都有自己的考量有自己的期待。作为一个高明设计师，他在设计一架官场的巨大机器，齿轮的大小，螺丝的型号，螺帽的尺寸，他都仔细计量。

简单来说，他在进行一项无比繁复浩大而又格外静谧的劳心费神的工程，很显然，他做到了，并建造了属于他的官场规则和庞然大物，但是大厦毕竟只是大厦，机器毕竟只是机器，过分强调工艺和技术，这个庞然大物足够冷酷、有力、伟岸，能够震慑人心，引人入胜，但大厦毕竟是钢筋水泥做成的，没有丰茂的植物，机器就是冷冰冰的；没有深邃的思想，大厦也就说不上生机勃勃，这也集中体现了主体意识缺失的双刃剑效应。我们看到了官的种种算计与丑态，也看到官场的种种丑陋与无情，但官这具皮囊之下和官场这个平台之下的"人"被吞噬了。这是官场小说和作家的不幸，也是广大读者和社会的不幸。

肖仁福的创作昭示着，如果文学没有警示，没有反思，没有批判，只是自然主义的照录生活，其结果就是作为文化符号的"官"可能立了起来，而作为有血肉有思想的"人"却消失了。这里的消失不是指人的矮化或异化，而是人的消亡与遁迹，更进一步，是人性的消亡与遁迹。文学创作一旦失去了这个精神根基，文本品质就会大打折扣，文学前途也就失去了通往更高阶序的路径。

幸运的是，肖仁福走出了官场小说通俗化、故事化、揭秘化、类型化的程式怪圈，他找到了属于自己的文学大道，那是一条既有崎岖也有坦途、既有低洼也有高峰的文学新天地。

第一节　无法回归的故土与文学的乡村经验

聂茂：首先从您的简历说起：您是 20 世纪 60 年代初出生在湖南城步县的一个小山村。那是一个山清水秀，民风古朴且神巫文化盛行的地方。您在家乡度过了童年和少年时光。恢复高考后的第二年，您考入邵阳师专中文科，毕业后分配在家乡的一所中学任教。真正对您的创作产生深远影响的，是自 1985 年考入吉首大学中文系教师本科进修班后的那两年。在沈从文的家乡读书又喜爱文学是一件再正常不过的事情了。您与一伙文学朋友诗友创办一份《边城》文学杂志，并出任主编。也就在这个时期，您开始在《民族文学》《湖南文学》《百花园》等刊物发表小说和散文。1987 年毕业后，您先后在城步县教委、县志办工作。后又于 1991 年调入邵阳市财政局，任办公室秘书、副主任、主任，一干数年。此间，您陆续在《芙蓉》《长城》《清明》《青年文学》等大型文学刊物上发表了中短篇小说 30 多篇。1994 年，贵州民族出版社推出了您的小说集《箫声曼》，三年后该书荣获中国作家协会和国家民委主办的第五届全国少数民族文学奖。此后，您以中篇小说作为创作重点，先后在《青年文学》《清明》等刊发的《裸体工资》《空转》《一票否决》《官帽》等，被《中篇小说选刊》《小说月报》等权威刊物转载，并被多种畅销选本选入，在广大读者中引起良好反响。所有这些都是 20 世纪的事情。您在许多场合表示，沈从文是您的老师，家乡的河水和故土的温情是您的精神血脉。可是沈从文执着描写的是他对故乡的痴迷和热爱，他的代表作《边城》用诗化语言表达了对一种古老文明消失的美的痛疼。而您的创作虽然也描写了许多故土的风土人情和转型时期底层人物的悲伤和无奈，但真正让您走向全国、并在读者产生重大影响的却是以都市生活、特别是官场生态为主的如《官运》《心腹》《意图》和《位置》等一系列作品。从您的作品中，我看不出沈从文对您的创作产生过什么重大的影响。或者说，您最初写出一批农村题材的作品虽然借鉴了沈从文的某些表现方法，但这些作品却没有让您名利双收。相反，描写官场的那些作品却让您一下子大红大紫起来，正因为此，您也把深情的目光从您那爱恨交加的故乡上抽离出来，不再回归那一片热土。事实上，在这个热闹的世俗社会里，一个作家保持内心的淡定并不容易。

从上面的创作经历中可以看出，您的出道应该算是比较早的。20 世纪 80 年代中期就开始在全国各地发表中短篇小说，还获过国家级大奖，但真正引起文坛和读者瞩目的好像是 2001 年写成 2002 年年初由中国青年出版社出版推出的长篇小说《官运》。这部小说很快奠定了您作为文坛实力派作家的地位。可以说《官运》改变了您的文运，您似乎一夜之间变得大红大紫起来。该书一出版，便引起文坛极大关注，读者竞相购买，年内重印十多次，登上各大中城市畅销书排行榜，并被大量报刊连载，《中华读书报》《新民晚报》《南方都市报》《南方文坛》等数十家强势媒体对该书做了评介。去年三月，湖南文艺出版社重新出版，隆重推出，年内发行已过 6 万多册。您认为这部小说的成功究竟在哪里，读者为什么如此喜欢这样一部小说，您在创作时会预料到这部小说出版后就会刮起这样的热销风暴吗？

肖仁福：《官运》可算我的成名作，自然说来话长。孩子自家的好，自家孩子再痴再傻，也可津津乐道上半天。说起创作《官运》的起因，缘于此前几年的数个中篇小说，如《报告》（又名《局长红人》）、《裸体工资》、《空转》、《一票否决》、《背景》、《进步》等。这几个中篇在《青年文学》等刊物发表后，被《中篇小说选刊》《小说月报》《作品与争鸣》及《领导科学》等无数文学和非文学类刊物转载，另有数十种畅销选本选在头题二题位置推向市场，广为读者熟知，成为世纪之交中国最流行的中篇小说。一时间我走到哪里，都有读者说看过这些中篇小说，且对故事情节和人物津津乐道。读者反映，这些发生在当下生活的事情，竟然也可以写成小说，且有趣好读，过目难忘，实在是件有意思的事，而此前这种写法的小说好像并不多见。还有天南地北的读者给我打电话，说看过我的这些中篇小说后，每每走进书店，就不由自主去找我的名字，希望能看到我更多的作品，特别是长篇小说。中国青年出版社副主编、《青年文学》主编李师东先生见读者喜欢我的中篇，约我写长篇。当时我在邵阳市财政局做办公室主任，事务繁忙，眼睛一睁，累到熄灯，双休日都有杂事缠身，或得安排和参加局里的局务会、局长办公会或党组扩大会什么的，我那些中篇都是趁每年三个黄金周抽空弄的，写长篇又哪来时间？可世上无难事，只怕有心人，有心就有办法。我于是做起办公室的甩手掌柜，有油水没油水的事都让副主任们去负责，有空就躲在小办公室里偷偷写我的长篇，只是一有动静便赶紧点击电脑任务栏里的显示桌面键，不让领导和同行们发现我在干私活。

这么偷偷摸摸写了近一年时间，终于出了二十四五万字的初稿，寄给李师东先生，他不是特别满意，让我改一稿。我也意识到初稿写作断断续续，文气不够连贯，过于粗糙，打算重写一遍。可我不愿意像写初稿样零打碎敲，想集中时间好好弄一弄。可我的工作性质不允许我这么干，我也不可能以写长篇小说的名义找领导请假。到底财政局是负责财政收支的政府综合部门，没有生产长篇小说的任务。恰好市文联几个老主席临近退休，没人肯去充数，组织上要我去做副主席。财政局是个什么地方，文联是个什么地方，谁都明白，可为了这个长篇，别说做副主席，就是平调做普通科长我也认了，想都没想就点了头。市委常委研究人事的会议刚开过，任命还没下，我还顶着个财政局办公室主任帽子，就给局领导打声招呼，买台电脑，躲在家里干起小说来。三个多月时间，重写完成，一直定不了的书名也渐渐在脑袋里清晰起来，这就是《官运》二字。

这时已是 2001 年 11 月初，书稿快件寄达李师东先生处后，他马上安排编辑看稿。开始是位年轻编辑，对这个东西没怎么有把握，不知能否销得出去，稿子很快转到吴方泽先生手上。吴方泽先生出身官宦家庭，熟悉官场，又长我几岁，阅历丰富，特别喜欢《官运》，及时把意见反馈给李师东先生，随即通知我进京，修改书稿。这次主要是处理一些敏感之处，改动不太多，十余天时间，也就是 11 月底完全改好，12 月初发排进厂，2002 年元月八日的北京书市上火速推出。不想反响意外的热烈，当天就收到十多万元购置《官运》的现款，预订数字也非常可观。书市还没散，出版社就安排重印。刚开始读者买书，主要冲着书名《官运》而去的，书到手后，才觉得特别抓人，挺有看头，于是口口相传，慢慢被读者广泛接受，全国各地添货的电话和款子纷纷打往出版社。加上中国电影出版社很快推出我的小说集《局长红人》和《脸色》，几本书一互动，很快成为当年图书市场最热销的小说，纷纷登上各大书店畅销书排行榜。可出版社的动作远没有盗版商迅速，一时《官运》《局长红人》还有《脸色》的盗版书满天飞，大街小巷和车站码头到处可见这几本书不同价位的盗版本，让出版社和我蒙受了巨大损失。

《官运》热销了一年多，各地批销商添货量降下来，但还能销售。可不知怎么的，出版社将仓库里最后一本《官运》发走后，便不再加印。责编吴方泽先生不死心，此后几次跟各地批销商联系征订，批销商们看准《官运》可以长销，纷纷报上要货数，只是出版社仍然没加印。倒是别的出版社惦记着《官运》，打电话跟我联系再版。可版权还在中国青年出版社那里，我没法拿走，只能干瞪眼。有意思的是，这时北京另一家大牌出版社也出了本《官运》，同样是长篇小说，作者是谁，印象不深，反正不是我肖仁福。我有些好奇，去问图书批销商，却没人知道这本《官运》，看来影响并不咋的。有批销商还说读者读了你肖老师的《官运》，谁还会去读其他人的所谓《官运》？有句话说，读报读题，看书看题，其实也不完全是这么回事。内容不怎么样，光有好书名，并不见得就能解决问题。

好在肖氏《官运》的版权眼看已经到期。中国青年出版社还是不愿放弃，跟我商谈续签事宜，条件是另起个书名。不少读者都读过《官运》，我其他几本长篇也在市场上广为流传，读者对我已非常熟悉，我将《官运》改个名字，再往市场上推，不是蒙骗读者吗？我没有同意，宁肯《官运》再版不了，也坚决不做对不起读者的事。只是我至今没弄明白，《官运》是本老书，已被那么多读者接受，又只给出版社赚过票子，并没捅过娄子，干吗要改名呢？也许是人家觉得这个书名俗气吧。可我这人偏偏不忌讳俗气，每天都俗气得又拉屎又屙尿的，一旦不俗气，高雅得拉不出屎屙不出尿，就憋屈得要命。想来想去，这人生在世，还是俗一点舒服。

跟中国青年出版社的续签就这么搁下了。不想湖南文艺出版社不嫌俗，将《官运》的再版权要了过去，2006年上半年推向市场。令湖南文艺出版社和我本人都意想不到的是，这本几年前热过一次的老书再度火起来，大半年时间就一再重印，销售超过6万册，且势头还在继续。在发行两三万册就算畅销书的中国图书市场，已经畅销过的旧书《官运》梅开二度，还有这个销售业绩，不说是奇迹，也是一件喜事。这至少说明《官运》经受住了市场的考验，也经受住了时间的考虑。

今天趁跟您对话的机会，将《官运》的写作和出版说给读者，是觉得这挺好玩的，喜欢《官运》的读者一定觉得有趣。万一我的臭名和屁小说一不小心就永垂了，不朽了，也可给以后的读者提供些谈资。至于《官运》为什么有读者喜欢，我还是少自我表扬为好。自我表扬总有些难为情，何况上面我已自我表扬了半天。我想读者喜欢，总有其喜欢的理由。也许是我这人很笨，不知玩技巧，耍花样，只知老老实实讲故事，认认真真还原本真生活，恰好读者又认可我提供的故事和生活。到底读者的票子装在自己袋子里，眼睛长在自己脸上，他买不买和看不看你的书，得由他自己决定，谁也没法强人所难。

第二节　官场小说的非文学元素

聂茂：说到沈从文，我想起他曾经把写作称为"情绪的操练"，意在提醒自己在作品中少谈政治，最好远离政治。而匈牙利学者里斯本沙德（Richard S. Esbenshade）认为，在第三世界国家，很多作家"起到了记录者、记忆保管人和说真话者的角色"作用。作家成为英雄、成为民族遗产的继承人，而官方史家则被视为思想的侏儒。颇为吊诡的是，一方面，作家与政治有着"剪不乱、理还乱"的千丝万缕的复杂关系；另一方面，身处集体意志宰制下的许多作家总是竭力与政治保持一种（至少是形式上的）"疏离"关系，而走出集体意志阴影的作家虽然在其作品中可以大打"政治牌"，可他们总是喜欢否定自己作品中的政治指涉。例如，有人将1984年诺贝尔文学奖得主塞佛特和昆德拉的作品作比较，说前者的诗篇不涉及政治，原因是他人在捷克，想涉及政治都不敢；而后者由于流亡巴黎，想说什么就写什么，他的作品政治意味较重，但他却不希望被别人当作政治小说家看待。中国作家在这方面表现得更加突出。王晓明曾直言不讳地指出："即使在文学最有'轰动效应'的那些时候，公众真正关注的也并非文学，而是裹在文学外衣里的那些非文学的东西。"所谓"非文学的东西"很大程度上指的就是作品中的政治成分。您写了许多"官场小说"，写作时有意无意地对政治禁忌保持高度警觉，或者说，您的作品中有很多细节原本来自生活本身，但在您的笔下却被描绘成带有明显的寓言特质，这样做的真正用意，当然是为了在诗性的叙事中达到隐逸或消解"政治利比多"。

您似乎很理解读者的审美心理和阅读期待。当《官运》和《局长红人》《脸色》将您的知名度打得很响亮的时候，您又不失时机，2003年又由北岳文艺出版社和长江文艺出版社相继推出另外两部长篇小说《位置》和《心腹》，也获得巨大成功。至此，湖南的"官场小说"已经引起评论界普遍关注，即先有唐浩明的官场历史文化小说，后有王跃文的官场世俗心态小说，接着又有了您的官员政事人情小说，俨然形成了"官场小说三家村"之说。后来又有人将阎真的《沧浪之水》拉入到"官场小说"的行列，借用"战国四公子"的说法，统称"湖南官场小说四公子"。您认同评论家的这种评论吗？您是怎样区分自己跟其他三位作家的创作风格的？

肖仁福："唐王阎"是非常有影响的大牌作家，我望尘莫及，让我忝列于他们之后，自然是抬举我，我能不偷着乐吗？哪天您把我与巴尔扎克、托尔斯泰和曹雪芹相提并论，我不仅不会有意见，还会请您洗湘水足浴，药水绝对正宗，系宫廷秘方制成，除湿祛寒，舒筋活络，醒脑提神，保不准还排毒养颜，滋阴壮阳。

您把我与唐、王、阎三位大家放在一起，也许是我们的作品都跟官场有关。其实我们的风格是完全不同的。唐浩明写的古代官场，阎真写的与官场沾些边的知识分子，这完全是另外一码事。我和王跃文年龄经历相近，写的又是当下官场，想叫读者不将我俩联系在一起，确实困难。不过我俩的风格也相去甚远。我比较认可您的定位，王跃文属于官场世俗心态小说，更多的是八小时之外的生活；我属于官员政事人情小说，没法回避八小时之内官场运作情况。王跃文重在写人，乐于解剖人性。我往往以事写人，人和事总是牵扯在一起，乐于还原生活本真。正因如此，王跃文的语言很有粘性，绵里藏针，我没有那样的功夫，只知道直接说故事，也许更接近明清话本风格。有读者戏称，王跃文文气重，作品语言像秀才口气，我这人粗俗，作品语言属于贫下中农口气。什么藤上结什么瓜，什么阶级说什么话，这是没办法的事。

不过"三家村"也好，"四公子"也罢，都是评论家给作家归类时贴的标签，从方便作家作品研究的角度出发，确也有这个必要。有人还把我和王跃文、张平、周梅森、陆天明说成是"中国官场小说五虎上将"，有些出版社为打开市场，甚至策划起"五虎"丛书来。我没法制止人家这么做。反正这些标签不用组织部门下文，作家也不可能享受相应的政治待遇和经济待遇，估计纪委和有关方面不会出面干预。至于我本人与这些标签并没什么关系，我还是原来的我，始终在按自己的方式吃饭穿衣和读书写作。文坛上有不少作家被贴过标签，什么"几君子""几才子""几棵松""几枪手""几剑客""几驾马车"之类，在本来就不太把当代作家作品当回事的文坛炒得热闹，读者却不甚了了。有些作家没贴标签前还出过一些不错的东西，贴上标签，成为文坛玩偶后，倒没了什么像样的文字，这标签的意义也就值得怀疑了。我一直独往独来，从来就与文坛不搭界，标签也没给我带来过任何好处。我凭自己的兴趣和意愿写作，爱怎么写就怎么写，自由自在，自得其乐。自然从没拜过师，没被人摩过顶，点过卤。

更没靠过山头，入过圈子，只知道走市场。再有法力的大师，再有势力的山头，再大再热闹的圈子，也没法左右市场，市场由读者说了算。读者永远不可能给你戴高帽，给你显赫的地位，给你响亮的奖项，他们能做的只是读你的书，且你的书还得符合他们胃口。

除了作品都与官场有关，我们四个还有个共同点，那就是我们都属于读者培养出来的作家。读者培养作家的办法很简单，就是花些小钱去买你的书，并一个字一个字把你的书读完。这与其他人的培养方式有所不同，其他人培养你，不见得一定买你的书，读你的书。领导评委导演媒体不用说，人家都是忙人，哪有时间去读培养对象的作品？据说如今评论家评论哪位作家，也可以不看你的作品，就可写出有关你及你作品的长篇大论来。不是我狂妄自大，我总觉得还是读者培养出来的作家靠得住。作家存在的唯一理由是有读者存在，决不是其他。也就是说作品首先是给读者读的，读者不读总不是件什么美事。也听一些作家声称，自己的东西就不是给读者看的。我一直搞不懂，写东西不是给读者看，又拿去发表和出版干什么？

您说的我们四个都是湖南人，我还想顺便说说湖南的文学。20 世纪 80 年代，湖南作家得了不少奖，90 年代以后，没怎么得奖了，有人就摇头说湖南文学不景气了。作品能得奖，是件了不起的事，不是谁想得奖就能得的，我对得奖作家一直心存敬仰。问题是不得奖就不景气，好像不太说得过去。《沧浪之水》没得过奖，出版社却加印了 20 多次，至今还在销售。近十余年湖南一连出了这么些颇有分量的长篇小说，还说湖南文学不景气，与事实也不太相符了。后来我发现，其实也就湖南文学界自己这么说，外地人对湖南一点也不敢小瞧，一谈到近年全国文学，言必称湖南，有不少外地读者甚至说非湖南作家小说不读。

也不知是什么原因，有些人就是跟读者过不去，哪个作家的作品有销路就看不惯哪个。估计还是自己的作品无人问津吧。作品无人问津，设法弄个什么奖，获些蜗角虚名，蝇头小利，也无可厚非，可也没必要把这奖那奖看得太神。事实上有些省份得的鲁迅奖茅盾奖的确不少，却并没几人说得出这些得奖作者的名字，至于有几个读者看过他们的作品，更值得怀疑。把这奖那奖看得那么重，底气也太不足了。好像不仅仅是湖南，整个中国作家都有这个心态，似乎当作家就是为了弄奖。最可怜的是每到诺贝尔文学奖颁奖的时候，中国作家总要站出来批评诺奖评委瞎了眼，中国作家里谁谁谁最应该得奖，却不肯关照关照。诺奖的是非我搞不明白，我只知道作家为读者写作，并不是为这奖那奖写作。再吓人的奖都是少数人制造出来的，读者却千千万万，层出不穷，只见树木，不见森林，没有这个必要。郑渊洁有句话：作家能有盗版书，比获诺贝尔文学奖更重要。这句话说得偏激了点，很多人听了肯定不高兴，可多少还是有些道理的。不少作家雄心勃勃，夜里做梦都念着走出中国，走向世界，这值得称道。走向世界不可谓不重要，不过我认为中国作家的当务之急，恐怕还是先走向中国。相声界曾批评郭德刚的相声不高雅，郭德刚戏言，他要和相声界分个工，相声界负责高雅，他负责幽默。请允许我也跟文学界分个工，文学界负责走向世界，我负责走向中国。

聂茂：《官运》围绕临紫市委副书记高志强在临紫的仕途生涯而展开。社会转型期的临紫，像全国各地一样，充满着竞争和躁动，身为官场老手的高志强也难免会遇到这样那样的问题和诱惑。为了升为市委书记，高在想方设法打败竞争对手的同时，也遭受到各种繁复多变的人和事，情与理的强烈冲击。高志强在觥筹交错之间与各色人物推杯换盏，在言内意外之中公事"公"办，在温香软玉面前心旌摇曳……关于这部小说，我们可谈的东西真是太多了。但我首先感兴趣的不是这部小说写了什么，而是小说的开头吸收了我："省委牛副书记的秘书宋晓波将电话打到高志强的屋里时，高志强正在市委后面的双紫公园里，朝着高处的盼紫亭拾级而上。"与传统小说的创作模式不同，您不愿多费笔墨进行所谓的场景和气氛的铺垫式描写，而是直接进入事件的中心。这种方法在您的《心腹》中再次得到体现，小说开篇就是："从系主任老师手上接过那本红壳毕业证书后，杨登科离开了待了两年之久的教室。外面阳光灿烂，草木青青。杨登科不免有几分得意，恍惚觉得自己再也不是那受人鄙视的小工人了，而成了一名堂而皇之的国家干部。"类似的开头在您的其他小说中还有不少，说真的，我喜欢这种直截了当进入故事的叙事风格，相信读者也喜欢这样。我把这种方法叫作"零过程叙事"，它在湖南另外两位作家所写的"反腐小说"中也得到了充分的体现。陶少鸿的《花枝乱颤》开头是："袁真遇到了一场意外。若是知道会发生这样的意外，袁真是断然不会跑到楼顶去的。"浮石的《青瓷》开篇也是："与颜若水的饭局早在两天以前就定好了。下午三点多钟的时候，张仲平还是给他去了个电话。"这种"零过程叙事"在目前文坛上似乎很流行，它是对传统小说的反叛。传统小说喜欢转弯抹角，欲说还休，给人一种吊胃口的感觉。特别是一些诗词的引用和对主人公出场前的铺垫描写以及对一些地方人文传说的热衷，不仅冲淡了读者的阅读兴趣，减缓了叙事的节奏，而且许多时候，那些文字被认为是作家在吊书袋，是文本的累赘。在农耕社会，人们悠哉游哉，习惯了说唱传统，读者对小说的阅读可以慢慢品味和咀嚼，那么在信息爆炸，生活节奏大大加快的今天，小说文本如果慢吞吞，叙事节奏拖泥带水，这样的小说一定难以受到读者青睐。"零过程叙事"受到作家们喜欢的另一个原因还在于，这种方法跟生活原生态十分接近。生活对每个人来说都是直截了当的，它不允许你有一个准备过程。你进入到生活的某一节点，生活于你就是从这里开始的。你结束了某一个故事，可生活并没有结束，它仍然在继续。你可以在下一个节点开始新的生活，这种新的生活于作家而言就是新的故事。也就是说，您的小说表达的仅仅是主人公生活的某一个阶段，即便这个人死了，与他/她相关的故事/生活还在继续进行，读者可以从任何地方读下去，每一个时间节点都是下一个故事的起点。您认同我的分析吗？

肖仁福："零过程叙事"的好处确是显而易见的，至少可将读者尽快带进故事情节里。小说还是离不开故事情节，读者早进入故事情节，能早些调动起阅读快感。也许除了教科书和工具书，读者买书读书，主要是冲着那份精神享受去的，决不愿意花钱买罪受。尤其是厚重的长篇小说，读者的期待肯定不低，作家没必要跟读者过不去。有些读者给我打电话，说每每买到我的新书，先舍不得看，要等到双休日，先推掉一切应酬，关上手机，然后泡壶好茶，掏包好烟，放到触手可及的书桌或床头柜上，再打开书本，从从容容进入阅读。这些电话常让我感动，我更没理由辜负读者期望，也不想用废话浪费读者的宝贵时间，所以每次下笔写小说，总会琢磨个有些意思的好开头，让读者能尽快进入阅读快感之中。这也许是一个负责任的作家不应该忽略的吧。

第三节　卡夫卡"虫子"与"主我意识"的丧失

聂茂：有人认为，关注现实人生，集中反映读者熟悉的生活，是您的作品受欢迎的重要原因。您一直站在民间立场，为读者写作。您把读者当成自己的衣食父母和再生父母，认为自己的文学生命是读者给予的。您的写作理由很简单，一是有话要说、有感要发，二是读者愿意读您的书。事实上，为弱势群体写作，最能体现作家的良知和民间立场。您生活在民间，无法回避最熟悉的生活和弱势群体，或者说无法回避您自己。正如著名作家王跃文在《文友肖仁福》一文中讲到的："读肖仁福的小说，总觉得他骨子里面永远只能是个书生。我说他是书生，意思自是褒扬的。我喜欢有些书生气的人。肖仁福因有股书生气，才写得出他那样的小说。他几乎是将当下官场生活原汁原味地搬了过来，真实得有点残酷。"我觉得王跃文评价您是"书生"，而且只能"是个书生"，更多的是您个人的精神气质，是一种单纯、固执和疏于交际。您不喜欢凑热闹，不喜欢扎圈子，早睡早起，做个"良民"。每天守护着自己的土地，打磨着"三千常用字"。可您的作品是热闹的、繁复的、惊险的以及湿漉漉的、沉甸甸的。都说"文如其人"，您的作品与您的生活相差很大。这一点，跟阎真也很相像。

　　在长篇小说《心腹》里，杨登科为了实现自己登科转干的梦想，极尽钻营之能事，几经波折终于梦想成真，由边缘人至局长司机、局长心腹，再至办公室副主任。正当其春风得意、踌躇满志之际，却因为自己受贿和替局长顶罪而锒铛入狱。出狱后，发现妻子已投进自己顶头上司董志良的怀抱，杨登科幡然悔悟，毅然决定撕破董志良道貌岸然的面皮，检举其贪污受贿的罪行……被顶头上司视为"心腹"的杨登科，他的觉醒不是来自神圣的法律或精神救赎，而是一种原始本能，即顶头上司与妻子的苟且冲破了"道德底线"。按照您自己的解释，杨登科其实是一条可怜的虫子。小说写的也就是这条虫子怎样钻进局长肚子，终于成龙的过程。您在小说的后记中直言道：杨登科"当然只是成了一条小龙，本来是有成大龙的可能的，但最后还是成不了。成小龙在人，成大龙在天，那是没办法的。就是由虫变小龙的过程，这根虫也不知蜕了几层皮，也是异乎寻常的艰难。"您似乎对杨登科充满了人道的同情或怜悯。我记得卡夫卡也写了一条异化的虫子，而且很出名。可在我看来，卡夫卡笔下的推销员格里高尔不过是作家用了"虫子"这种直接的象征，但"虫子"发出的压抑的声音、扭曲的心态和所作所为都是人性化的，给读者一种针刺的锋芒或透心凉的感觉。您作品中的小人物虽然没有用"虫子"来命名，但他们的行为动因、心灵阴暗、情感诉求和表现形态与"虫子"无异。他们比卡夫卡笔下的格里高尔更可悲的是，格氏知道自己的灵与肉的双重扭曲而无力改变，您作品中的人物并没有这种清醒的"主我意识"，丧失这种意识，也就丧失一种批判，丧失一种超越，直到丧失行为底线，他们就会一如既往，甚至变本加厉地在扭曲而拥挤的官场文化上越走越远，成为可怜的牺牲品。这是一种更深更大的悲剧。您是如何看待这个问题的？

　　肖仁福：写作《心腹》时，我并没想起过卡夫卡的《变形记》。《心腹》成稿后，意犹未尽，感觉还有话要说，某些道家和民间的说法也进入我脑袋，这才写了一篇题为《领导肚子里的一根虫》的自序。您从《心腹》里的杨登科，联想到卡夫卡笔下的格里高尔，那个一梦醒来突然变成巨大的甲虫的小职员，这确实让我觉得很有趣。说杨登科是中国式的格里高尔，多少有些道理，两人同样是小人物，同样被生活和现实扭曲得变了形。只是卡夫卡用的是超现实主义写作手法，荒诞奇诡，魔幻怪异，有些《聊斋》的味道。我用的是老老实实的现实主义写作手法，属于真实生活的复制，虽然小说里也有夸张，甚至不乏荒诞意味。也许正因如此，读者对《心腹》的看法往往容易形成两种截然相反的意见，喜欢的认为深刻到位，道尽了机关小人物的卑微心态，杨登科属于不可多得的文学人物形象；不喜欢的认为写得有些过，不就要做领导心腹和转干登科吗？杨登科没必要那么出卖自己的灵魂。读者怎么理解，有读者自己的自由，作家把作品交出去后，就由不得作家本人了。感到庆幸的是，不管意见如何，仍有那么多人喜欢《心腹》，2003 年长江文艺出版社出版时销售业绩就很不错，2006年新华出版社再版时，又再次引起关注，多次重印。

　　不过我不敢在《变形记》与《心腹》之间画等号。《变形记》是世界级大师作品，《心腹》不过是中国级小师作品。好在《心腹》是我真实感情的流露，表达了我最想表达的东西。我曾坦言，我本人就像书里的杨登科，是条不起眼的小虫，在这个世上摸爬摔打几十年，也没成什么气候。最多只能算是条小小的滚地龙，成大龙别去指望，更不用说成飞龙天龙抑或恐龙了。其实芸芸众生里，百分之九十九点九的人注定只能做小虫或小龙，成大龙的永远只是为数不多的几个。不过龙多了，尤其是大龙飞龙天龙恐龙多了，这世上恐怕也就难有安宁了。老话就说天上龙多不治水，地上官多不太平。到处是大龙巨龙，天天风起云涌，雷雨交加，小民们就会遭大罪，受大难。所以我骨子里对小虫或说对我自己，并无半点菲薄，倒是充满同情和自怜。谁也不容易，尤其在弱肉强食的时代，机关小人物，社会边缘人，实在太不好混了。而我们的聚光灯和眼球总是追随着那些风云人物，电视空间、报纸版面，何处没被强势群体占满？偶尔碰上一两个小人物，也是被当作被同情被救助对象，用以陪衬强者的。那么作为一个有些良知的作家，难道不应该为这些弱者，说穿了也就是为自己仗义执言吗？

　　聂茂：您在《位置》后记中有这么一番夫子自道：殊不知机关原是一个生态场，良莠不齐，鱼龙混杂，有的善攀高枝，有的喜钻深洞，有时狐假虎威，有时螳螂捕食却黄雀在后。在这个生态场里，随时都有竞争和挤压，人人都面临着出局的危机，维持着这里的生态平衡同样是残酷的适者生存的自然规律。至于谁是适者，不仅仅看能力，还要看能耐；不仅仅讲工作，还要讲操作；不仅仅懂卖力，还要懂卖乖。另外还得有一个非常重要的本事，就是要有定力，要定得住，稳得了，熬得起。熬够了时间，熬够了资历，一旦熬白了头，熬花了眼，熬成了刀枪不入的金身，届时你的运气来了，门板都挡不住，你不想进步要你进步，你不想高升也要你高升……操纵这个生态场的又不完全是自然界的普遍规律，好像还有一只无形的手在暗中起着作用。正因为此，您在作品中有意无意地渲染一种神秘力量，特别是佛教的力量。比如您在《待遇》中就着力表现"官态民态炎凉世态；仁心隐心佛理禅心"这样的谶语，同时，您大部分作品中的主人公都是从低起点爬到一定位置，结尾时却又回到起点，回到您的创作宗旨："人生原本就是一个圆，回归点就是出发点。"您希望用这种"宗教情怀"来为痛苦不堪的主人公挣脱精神的枷锁，获得心灵的宁静。

2002 年您还出版了一部中篇小说《局长红人》，该书写的主要是局长、主任、科长、县长、书记等权力人物，我觉得您对自己的创作定位越来越清晰，目的性也越来越强，似乎想将多年来在官场里打拼所见过闻过和亲历过的一些有意思有特点的人物"一网打尽"。在这种思想支配下，一个您最为熟悉和喜爱的角色在脑子里珍藏了多年，这个角色就是预算处长。您的《位置》写的就是这个角色在官场生态中的悲悲喜喜。您非常庆幸自己拥有这么一个观照当今社会和现实人生的特殊视角，并认为这是一个多棱镜，可以在里面看到形形色色的机关人事；同时又是一只显微镜，能够透视世道人心深层的隐秘。您的目的是给读者提供一个可信的感知机关世情和社会现实人生的平台。在这个平台上，当代社会形形色色的角色为了自身价值得以实现，或为了权力的最大化，你方歌罢我登场，着实有几分热闹。如果说《官运》让您文运亨通，那么《位置》则使您在文坛的位置更加牢固，似乎可说是您的代表之作。2003 年 5 月，北岳文艺出版社出版推出了这部 45 万字的长篇小说《位置》，立即引起广泛关注，成为年度为数不多的最畅销小说之一，被誉为"中国第一机关小说"。2006 年又由新华出版社再版，再度引起普遍关注，畅销全国。一些评论家特别是读者和出版界都认为，《位置》一书让您进入由王跃文、周梅森、陆天明、张平等人构成的"反腐文学"或"官场文学"创作的一流作家队伍，称赞它是与《国画》和《羊的门》比肩的好读而又有深度的力作。评论家、出版人和读者如此赞誉，您是惴惴不安还是心安理得？为什么？

肖仁福：《国画》和《羊的门》当然是了不起的好作品，就我所涉猎过的近20 多年的长篇小说里，还真没有太多比这两部小说更有意思的作品。请注意我的用词："有意思。"有些小说很技巧，很深刻，甚至很大气，可读起来没什么味道。有些小说很抓人，一口气能读完，可读完也就读完，什么也没给你留下，觉得白浪费了两天时间。这就是没有意思的作品。我说《国画》和《羊的门》有意思，是它们二者兼而得之。《国画》好玩可乐，读着开心，读完后回味无穷。

《羊的门》题材独特，人物鲜活，寓意深远，让人震撼。说实话我读别的长篇小说，包括大学教科书上规定要读的名著，都没有像读这两部长篇时那样惊喜和快乐。如果由我和读者来写文学史，那是一定会把这两部小说写进去的，顺便也捎带上另一部长篇小说《位置》。

这话等于认可了某些评论家、出版人和读者对《位置》的评价。我可能有些狂妄，一些人肯定要不高兴。不过狂妄总是有狂妄的理由的，还要我敢狂妄。《位置》没有《国画》影响大，没有《羊的门》那么受评论界关注，但至少还算部有些意思的小说。它好读好玩，可以给阅读带来快感，有喜剧色彩，又不乏悲剧意味。更重要的是这部小说给中国文学人物画廊提供了一组特殊的特定环境里的特定人物形象，尽管没人指定由我来提供。这当然得益于我个人的特殊的人生和职场经历，这是别的作家不可能有的得天独厚的优势。所以《位置》里的人物，特别是主人公沈天涯，完全不同于其他作家作品里的人物，他所处的财政局预算处长的位置非常特别。那是政府核心部门里的核心角色，说官是官，说吏是吏。到了那个位置上，权就是钱，钱就是权，权和钱交织在一起，注定了人物命运的复杂性。权和钱容易给当事人带来许多好处和乐趣，沈天涯也就乐此不疲，喜不自胜，整个小说的氛围也充满喜剧效果。可权与钱又是两面夹墙，一不小心，人就会夹在中间，进不是，退也不是。沈天涯就这样在权与钱的共同作用下，被挤压得变了形，最后衍生出另一个沈天涯，一个新的特殊物种，小说也因此呈现出悲剧意味。这就是《位置》的繁复性和丰富性，也是我对它还有几分自信的地方，至少里面新鲜而多彩的生活元素，让它不可能太低劣。这也许是许多读过《位置》的读者，总是耿耿于怀，念念不忘，情不自禁还要去寻找我其他小说的道理之所在吧？

我本人看重《位置》，还有另一个原因，就是写作这个小说时，它让我得到太多的乐趣。这是《官运》后的第二部长篇小说。《官运》主要经营故事情节，我的生活积累动用得比较少。到了《位置》，我的着眼点主要放在我熟悉的生活上，写作过程中，那些烂熟于心的人物和事件不请自来，纷纷流入我的笔端，我不假思索，只顾一路写将下去，那么顺其自然，又酣畅淋漓，实在是一次充满喜悦的精神之旅。都说高官不如高薪，高薪不如高寿，高寿不如高兴。作家就是因为不怎么高兴才去写作，把自己写高兴，让读者读得高兴，我觉得这就是写作的最大意义之所在。所以我非常感谢《位置》，它不仅为我赢得非常广泛的读者，替我带来不菲的版税，更让我觉得没白做一回作家。

《位置》之后，我的写作也就没有那么畅快了，我得尽量避免用过的素材和感受，要把小说写得有所不同，至少不能让读者有雷同感。这是一个作家，尤其是我这样的多产作家的为难之处。有些作家终其一生，只能写一两部长篇，有的成名作就是代表作，以后再写便难有起色，实在太正常不过。我没有什么野心，不敢说一部比一部好，但我力求一部与一部有所不同，还得尽量让读者喜欢。我的办法是选择不同角度，寻找新的人物，力求做到写法和风格的多样性。我是带着实验的手段来处理不同小说的，有的厚实，有的宽宏，有的精深，有的纯粹，有的芜杂。好在《位置》之后，另几部长篇仍有众多读者喜欢，销售业绩不差，这也就算对得起自己和读者了。

第四节　小说的丰富性与流行的亚文化

聂茂：您在小说中总是融进一些自己的思考，这些思考不是着眼于生活的表层或者生活的本身，而是跳出了生活的原点，从精神的、哲理的、文化的和人性的维度，去分析生活，烛照生活，洞察生活。您不是让生活复杂的表象遮蔽自己，而是透过这种表象，努力抓住跟表象相关的深层次问题进入追寻或探源，让人读后不仅若有所思，而且恍然大悟；不仅会心一笑，而且意味深长。比方您在长篇力作《位置》开篇不久就有这么一个生动的描写："调整市直属部门班子是组织部的事，廖文化不太关心，但沈天涯给的大中华却很能打动他，他拿在手里把玩了一会儿，又放鼻子底下闻起来，说：'大中华就是大中华，光闻闻就感觉不一般。今天沈处可把我的档次给提高了。'沈天涯说：'给两包大中华就提高了你的档次？'廖文化说：'这方面我可有研究，看领导司机抽的烟就知道他的领导是什么级别。'"通过这样一个细节，读者立即意识到您的创作图意："原来机关也是一个适者生存的生态场，不仅要看能力，还要看能耐；不仅要讲工作，还要讲操作；不仅要懂得卖力，还要懂得卖乖。另外还得有定力，要稳得住熬得起，这才能够谋到一个好位置。"这样的情节，这样的对话，展示的虽是生活的表象或局部，但隐含的却是一语道破天机的官场生态。换句话说，官场"位置"的取得既不能没有本事，没有自己的努力，又不能不拉关系，仅靠个人的努力；既要溜须拍马，又要忍辱负重；既要精于算计，又要学会藏拙。而且这个"位置"总是处于非稳定状态，不断地变更，降与升、祸与福、毁与誉，都在飘忽之中。因此，与其说这部作品描写的是官场中形形色色的人在各自的"位置"中进行的一场带有黑色幽默的化装舞会，毋宁说这些人在虚拟和真实的名利场中对带有"权"和"利"符号的执着追求，当追而不得或得而复失的悲剧一再上演的时候，谁是这场人生闹剧的获益者？谁又是这场人生角逐的胜利者？我不知道。您能就此谈谈自己的看法吗？

肖仁福：这就是我在上个问题里说到的小说的丰富性问题。我觉得小说离不开故事和人物，可叙述故事和塑造人物只是手段，目的还是表达故事和人物背后的东西。故事好编，生活中的奇闻逸事多的是，取之不尽。有头有脸的人物也不难拿捏，作家自己就是人，可以以己度人。有些作家以为官场小说好销，也想弄官场小说，又不熟悉官场，怎么办？只好拿男女关系说事，里面官员没一个不是色鬼，好像除了上床，再没别的事可干。官场也有狗男女和男女关系，这我不否定，可这只是官场的附属品，远不是官场的本质。权力才是官场的本质，官场永远只可能绕着权力这个核心在转。离开这个本质和核心的东西，也就不再称其为官场。而隐在权力背后的则是人性和文化，也就是说文学最要表达的，是紧绕权力所展开的人性表演和文化折射。因此要写官场，先得明白官场中人是怎么获取权力、经营权力和理解权力的，以及为什么会这么去做。据出版部门和刊物发行的行家说，中国如今写作官场小说的作家上百人，可真正熟悉官场又懂得官场，能把官场写好写透写出深度，从而受到读者广泛认可的，也就那么几个。

《位置》里的"位置"实际上就是无形的权力的物化形式。我就是通过这个有形和物化的位置，来展开对无形的权力的叙述和剖析的。我太熟悉这些位置上的人物，深知他们对位置的渴望和依赖，描写起来也就心中有数。当然我并没仅仅满足于此，而觉得位置背后的东西更有意思，乐意进行深度解剖。这得益于我独特的人生历练和独立思考，如果年龄不够，入世太浅，思考得又少，对世故人情和世道人心是不会有独到的认识的。没法想象，一个小说家历练不够，没有自己的独立思考，书又读得少，能写出什么像样的作品。我总是力求找出故事背后的东西，要我为编故事而去编故事，我做不到。我很佩服一些作家，拈笔于手便可开写，一天随便就是上万字，一个月一部长篇。我就接触过这样的作家朋友，一年可写好几部长篇小说，至于这些小说有没有意思，可以不管不顾。我一定要对生活深思熟虑，找到故事真正的价值之后，才敢动笔。我的小说里经常有些不乏哲理的闲笔，能让人若有所思，或会心一笑，或喟然长叹，读者比较喜欢。这些闲笔看似不怎么经意，其实是我对生活深度思考后得出的人生感悟，我把它们写进小说里，一方面可增强阅读快感，另一方面还可加深读者对人物的理解。围棋里有厚势一说，这种写法，是不是也可增加作品的厚势？

聂茂：您在《位置》中收进了不少搞笑的民间短信，比如沈天涯和易水寒就"赃"字弄了一串短信："领导四怕：赃款被盗、伟哥无效、靠山年龄到、街上警笛乱叫。"并就这则短信进行阐释："第一句赃款被盗，代表钱；第二句伟哥无效，代表色；第三句靠山年龄到，代表权。这样岂不是钱色权都齐了？从古至今，我们都离不开钱色权，随便哪个都得过这人生三关，要不国人怎么会有四诗风雅颂，三关钱色权的说法？"在谈到"警笛"的时候，易水寒说："你说警笛代表什么？代表法。我们常说钱大，有钱能使鬼推磨；常说色大，色胆可包天；常说权大，权可倾朝野。可钱再大色再大权再大，能大得过法吗？法网恢恢，疏而不漏啊。你想想，如果这个社会钱色权都比法大，那这个社会还能有救？所以说，法大是最重要的，我们的领导如果听到警笛叫还晓得怕的话，说明这个社会除了钱色权，还有法和正义在。"短信这种东西是一种典型的市民文化，有着草根般的野性生命力。您对这种文化的张扬表明您"站在世俗化的立场上进行写作"并非只是一种理想，而是一种实践。通过这种实践，我们感到生活的真实，也许丑陋，却十分鲜活，甚至有些残酷。的确，人的一生，也许没做过处长局长厅长或县长市长省长，但可能做过班长、工长、股长或园长所长场长柜长，至少在家里做过家长或席长，不管什么长，都是人生的一个角色。是角色就有成功和失败，喜悦和悲伤，得意和失势，这就是人人所遭遇的共同人生。不过，我想说的是，手机短信或与此相关的民间文化，虽然有着草根般的生命力，却终究只是一种亚文化。一方面，我们应该挖掘这种亚文化，以充实民族自身的理性资源；另一方面，要对这种亚文化进行提升，对其中太俗的、不雅的或者应当规避的东西加以清理，而不是原生态甚至是热衷于这种轻浮的传播。如果是这样，将必定有损于文字的纯净和作品的质地，同时有损于作家在读者心目中的形象。这是我比较担心的地方。

　　您在《位置》这部小说的《后记》中曾指出该书的创作动机："机关人的全部本事，是没有位置要争个位置，没有权力要弄出权力来，权力不大要耍出大权来。也就是说位置是前提，有了位置一切就好办了。那么位置是领导给的，首先必须取得领导的青睐，你在领导心目中有了位置，领导自然就会给你位置。有了位置就有了权力，反过来又有了谋求更好更重要位置的可能。这叫做有位才有为，有为才有威，有威才有位，拆开说是有位置才有作为，有作为才有权威，有权威才有地位。因此一旦从位置上下来了，却不仅仅是权柄缺失，连氧气也缺失了，呼吸都将变得困难起来。这只要看看那些实权在握的机关人从位置上下来后的情形就一目了然了，他们一个个脸色苍白，眼斜嘴歪，不是心不平就是气不顺，原来是位置挪走权力旁落后严重缺氧所致。"您这段话把官场游戏规则写得精确生动，入木三分。同时您认为自己在沈天涯身上倾注了太多的理解、同情，甚至怜惜，觉得做一个机关人真是太不容易了，因此您试图在《位置》中写出三味人生："机关味，烟火味，人情味。"我想问的是：第一，您的创作目的达到了吗？第二，如果这个创作目的在创作之前就在脑海里酝酿许久了，那岂不犯了"主题先行"的大忌？第三，在谈到写作习惯时，您告诉我，您写长篇一般要把主要人物的开头和结尾想好，可如果创作的人物活了，您硬要将某个人物按照事先设计的方式去生活、有一个光明或悲惨的结局，岂不有悖人物性格的自然发展，使人物应有的丰富性、生动性和真实性大大打上一个折扣？

肖仁福：位置就是权力，人在机关或说官场，不追求位置义追求什么呢？官场中人追求位置没有罪过，天经地义，无可厚非。事实上，也只有到了一定位置上，你的官场人生才可能实现最大化，伴随位置的上升所带来的种种精神和物质的满足，倒是另外一码事。人往高处走，水往低处流，这是常情常理常态，更是常识。也就是说人进了官场，不谋求位置，不是脑袋进了水，也是先天弱智。位置有大有小，有好有差，做上科长，肯定会盯住处长位置，做到处长，自然要盯住局长位置。哪怕是个打水扫地的工人，也想着早日转干，做上体面的科员，没谁甘心一辈子做工人，尽管工人阶级是领导阶级。有句话说，领导也是人。人是社会关系的总和，什么社会关系就会成就什么人格。官场人格就是力争上游，找个理想的好位置，位置太低太差，到了位置比你高的人面前，你的人格都会打折。一次上面来了一位三十岁的处长，市里照例要汇报工作，有位老科长比较勤快，几次点头哈腰去给那位年轻处长添水。这很正常，上级领导辛辛苦苦下来听你汇报，红包大小是能力问题，周到与否是态度问题，客客气气给人家添水，也是主人应尽的义务。可我却很是过意不去，那位老科长都五十大几快退休了，低眉顺眼添好水后，年龄属于老科长儿子辈的年轻处长感谢都不肯道一声，脸上的肌肉一直僵着，仅用眼角余光瞥了瞥老科长那低着的头发稀疏花白的脑顶，像电视里的皇上一样。老科长也许早习惯了这种不屑，好像什么也没意识到，我却在一旁心酸了老半天。这就是年轻处长和老科长不同的人格。

所以我对沈天涯们汲汲追求想要的位置，非常理解。说准确点，也是理解我自己，自己本来就是过来人嘛。这也是我要演绎的三味小说，在小说人物身上融进复杂的人生况味，再现丰富的机关和官场真实。我想这个目的是基本实现了的，不然读者也不会对我的小说感兴趣。读者读你的小说，其实就是在读他自己，读他对现实人生的理解，你的小说只不过为他提供了一个打开现实人生的契机。当然这还不完全是小说的主题，小说主题多元得多，繁复得多。构思小说时，我会事先预设好人物和故事发展走向，做到心中有数。至于人物和故事是怎样沿着这个走向，抵达终点的，就不是我能把握的了。这也许是我的小说总写不短的原因。生活本来就那么复杂多样，我又总想还原生活的真实和复杂，也就得多费些笔墨。这正好有利于人物性格发展，丰富作品的内涵，而不是您所说的会大打折扣。我这个办法还有一个好处，就是可以把好戏留到后头，读者读完后感觉强烈，余味无穷，下次见了你的小说，忍不住还想看。有些作家的小说为什么越到后面越弱？就是没有想好后面的好戏，龙头起，蛇尾梢。

第五节　叙事的"回漩状态"与机关生态的"厚描述"

聂茂：我认为，您作品中过多的议论延宕了小说的节奏，使原本顺畅的叙事进入到一种"回漩状态"，如果说，这是从叙事学上分析的话；那么，从写作的精神指归上，您的某些议论由于过于直白和浮浅而使整个作品打上一戳轻飘的印记。譬如您在《官运》中竟然发出这样的议论："丛林说，我是个民族主义者，日本鬼子在华犯下滔天罪行，却不肯认账，连首相都要去参拜靖国神社，我最恨的就是日本鬼子，我会去吗？"无论丛林的情感是否真实，这样的描写都不宜出现，特别是不宜出现在自己的顶头上司高志强面前。如果丛林演戏，这样的戏演得很糟，不会赢得他人的好感，说不准还会煽动一种民族情绪。我觉得，作为一个有责任心的作家，他应当始终保护主人公心灵深处的精神刻痕。这不仅于文本主人公而言是需要的，对读者而言，更是如此。也许您不认同我的分析，甚至认为是小题大做。

王跃文在谈到您的小说时指出："别以为好读的小说就没档次，小说如果读不下去，没有两个读者，我看档次再高也白高了。"他认为您的小说的成功之处在于：文本主人公不论事业成功与否，灵魂总免不了受创。灵魂的受创成了特定时空的必然，如同自由落体运动，运行轨迹来自上帝第一脚的恩赐，同灵魂的质量没有关系。这些灵魂在滑行之中的自我救赎纤弱无力，亦如自由落体运动所能凭借的阻力仅仅是稀薄的空气。这些小说，让人读得透不过气来，感觉氧气被抽空了。我比较认同王跃文对您的作品的这种评价。您现在的小说越写越长，原因是，市场验证了一个奇怪的现象：您的小说越长，发行量越大。因此，也许您原本打算写一部中篇，写着写着就成了长篇小说，甚至长达一百万余字的皇皇巨著。实际上，我相信《官运》等一大批作品已经将您的生活积淀掏空了，因而杞氏忧天地想：在图书市场十分疲软的情况下，人们的生活节奏越来越快，空闲时间越来越少，业余生活越来越丰富，读书成了一种奢侈，读小说更是奢侈中的奢侈，读长而又长的大部头则更是奢侈中"骨灰级"之类的极品之事。许多人把作品越写越短，而您努力把作品写长，真是对这个时代的超级"逆袭"啊。

读您的小说，感觉您是一个擅长讲故事的作家，而且您的讲述不带个人情感，讲得不动声色，原汁原味，在一次又一次埋下的伏笔中设计机关和悬念，却又将这种悬念和机关在看似不经意、实则精心安排的一次次事件、一个个场景中抖露出来。例如在长篇小说《待遇》中，冯国富的经历不仅仅是"个人事件"，而且烙上了强烈的时代刻痕和典型化色彩。杨家山刚从地委副书记的位置上退下来，便无人理睬，他手植的桃树也被伐尽，他住院时再也无人看望。而小说中的龚副局长、贾副局长因为有了权力，很快露出了小人得志、不可一世的嘴脸。周英杰在冯国富无权和有权时对他的态度简直是判若两人，令人寒心。您像一个出色的建筑师，恰到好处地运用小说的元素，通过对机关原生态的"厚描述"，让人看到了隐藏在温文尔雅外表下人的奸诈、势利、无耻，在这里，人性的善良与险恶、私与欲、美与丑暴露无遗。作为当下官场集体镜像之缩影，冯国富等人只有离开权力场域，才能真正卸妆，脱掉面具，不再表演，回归自我。哪怕这个"自我"真实得有点丑陋，让人痛疼，毕竟这是"我自己"。这是冯国富们的悲剧，也是官场的宿命和悲哀。当然我感兴趣的不是您精心创作的一个个故事，而是对故事的提炼和生发，对故事开启或者结束以及运行过程中的理性演绎。换句话说，您在坚持叙述的同时颇为自得地增加了诸多议论。虽然这种议论不是无感而发，而是建立在深厚的事实描述的基础之上；虽然这种议论伴随着您的经验和深刻的思索，给人以醍醐灌顶的感觉；虽然这种议论甚至有如夜行人在黑暗中摸索，突然见到亮光，找到出路一般……但是我仍要说，这样的议论还是越少越好！因为这样的议论不仅延宕小说应有的节奏，使原本紧凑的故事情节显而易见地舒缓下来，更为重要的是，过多的议论令人生疑，使指向多种可能和多种体验的意义符号转向了以作者思想为导向的单一的、扁平的线型意蕴，大大阻塞了读者想象的空间，降低了文本的精神深度。不知您是否同意我的说法，或者是否意识到这个局限？

肖仁福：非常同意您的想法，小说里议论太多，确实会对阅读造成一定影响，我也注意到了这一点。不过我不是每部小说都大发议论，大部分小说议论并不怎么多。主要是《待遇》和《意图》两部小说里的议论较多，基本是通过人物心理活动，将议论融入叙述，很少游离人物描写，另发议论。这也是我明知故犯，自作聪明，用湖南话说，想充狠。我觉得靠故事情节吸引读者，是作家的本分，没什么了不起的，有时若弱化故事情节，发发议论，也能让读者读得下去，那才叫高明。自作聪明是要冒些风险的，肯定有读者不喜欢我这么做，议论还是少发慎发为好，尽管也有读者喜欢。我曾在网上看过读者将我的议论大段大段摘录下来，转发给朋友，还有些读者把我书中的议论当作格言，摘上一大本，拿到我办公室来给我看。

至于议论会延宕叙述节奏，舒缓故事情节，也确是事实。当然也可换个角度想想，这议论也许并非一无是处，可能还是有些作用的。我就发现，适当的有意思的议论，不仅不会伤害故事，还会丰富故事，增加作品意味。唐诗登峰造极后，宋人没法超越，以议论入诗，又开出诗的新境界。东坡《题西林壁》差不多句句议论，也不失为千古绝唱。小说夹进议论，到底是好是坏，我觉得是个度的问题。我的小说之所以让您觉得议论过多了，自然是用得太滥，以后再不能这么放肆。事实上，到了我的第六部长篇小说，议论已经非常少了。感谢您的提醒，以后的创作中我一定加倍小心。

聂茂：我在阅读您的作品中常常有一种担心，即品质上的良莠不齐。比如，在《官运》中，您在讲到高志强和丛林的时候，就有这样的文字描写："人家说妻妹妻妹，做姐夫的占了半边屁股。"这样的民间戏言，虽然从总体上无伤大雅，但如果不小心，就会落入流俗、低俗或媚俗。这样含有杂质的东西不录入，不仅无损故事的完整和人物性格的发展，相反，只会让作品更加纯粹。类似的情节在这部小说还有一些，比如，作为临紫市的第三号人物，高志强经常花时间和精力在网上跟别人聊天，而且有些话明显带有暧昧色彩。这有点不合乎生活常规。当然，我不能说这不是真实的生活，更不是说，管党群的市委副书记就不能有网上聊天这样的个人爱好。但是说真的，这样的事完全可以不写，写了就没有那种应有的庄重感。也许您认为从另一个方面增加了作品的情趣，但这种情趣是以牺牲小说的庄重为代价的啊。如果您看二战时期的黑白电影就知道，二战时期德意志士兵形象的庄重和凶狠在整个银幕表露无遗：他们那种锃亮的皮靴、笔挺的装束、闪光的刺刀、刚硬的举手礼和一张张铁青色的脸，令人望而生畏。银幕上人物的一举一动都牵动着观众的心，让人感受到生活的沉重和战争的残酷。事实上，在二战时期，哪怕是德国占领区，也依然有香槟、鲜花、钢琴和嘻闹，可这些在作家或导演的笔下和镜头里大都删去了。这些无关紧要的东西改变不了生活的本质，点缀不了黑白的色泽，与其如此，不如还原生活中最值得表现的部分和最具震撼力的内容。

作为一个以民间立场书写者自居的作家，我觉得您的作品在对官场生态进行精细描绘的同时，总是试图对文本人物的心理活动进行一种合乎理性的深度分析，许多时候，这种分析增加了文字的张力与质感，增加了文本的穿透力和震撼力，让人觉得您就是那个观察显微镜的检验医师，您检验的标本是生活。虽然您拥有这种高明，但是您并不居高临下，相反您对从生活中检查到的种种病变给予同情和怜悯。比如 2006 年出版的长篇小说《意图》，您通过以幼儿园园长卓小梅为代表的弱势群体，与以市委书记魏德正为代表的强势群众之间的矛盾冲突，充分再现了草根阶层的生存状态和艰辛困厄，我和读者一样，从中看出了您作为作家应有的良知和悲悯情怀。我觉得这也是您能深受读者敬重的重要原因之一。您另一部长篇《心腹》，对机关弱势群体也就是机关小人物的心态进行了细致入微的刻画，有时甚至让人心惊。您通过这些刻画，表达了对小人物的深切同情，体现了作家的人性关怀。让我感兴趣的还有《心腹》里这样一段描写："陈局长尽管身为领导，天天听的都是奉承话，但耳根还没麻木到真伪不分的程度，知道杨登科说的并不全是真心话，而是拍他马屁的。但不知怎么的，这话听着就是舒服。'拍马屁'这个词有些难听，可世上却鲜有不喜欢被拍马屁的主。至少人家拍你马屁比骂你娘受用。何况不是谁的马屁都会有人来拍的，杨登科就从没见过谁拍过工人、农民的马屁。"某种意义上说，这是一种"自警意识"，这种意识不仅使文本主人公为了达到某个目的而于一次次自轻自贱甚至自毁中得到心灵上的精神救赎，而且也使作家自身压抑的情感得到解脱或释放。如果说陈局长明明知道杨登科的奉承话出于违心而仍然"愉快"地接受的话，那么我们就能够理解，当某一天杨登科送上的不是奉承话，而是金钱、美色或其他东西的时候，他仍然可以"愉快"地接受。杨登科没有见过谁拍工人、农民的马屁，是因为这些人是社会的最底层，他们既没有话语权，更没有主宰他人命运的能力，他们只能是受制者。这就是民间立场，这种民间立场带着深刻的现实批判的锋芒，其精神救赎的指归是通过一种自嘲或自省来完成的，将作家、读者和文本主人公置于共时的震荡中。作家在用心力和智力推动文本前进的同时获得了一种"出乎其内、超乎其外"的"替代性满足"；而读者在享受阅读消费带来的快感的同时，也体味出社会和官场生态的艰辛无奈。您如何看待我的这种分析，或者说，您所持有的民间立场的书写理在哪里，社会和官场生态的精神救赎又在哪里？

肖仁福：说到作家的民间立场，我觉得不仅跟创作题材有关，更重要的还在于作家对生活的理解。有些作家写农村题材，把农民写得欢天喜地，无视农民对工业化做出的巨大牺牲，无视这种牺牲给农民留下的痛苦，这就不是民间立场。相反我写官场，对官场生态不健康因素进行批判，希望体制慢慢健全起来，政通人和，国富民强，大家衣食无忧，居有定所，就是民间立场。这个理念在《意图》里体现得最充分。这个作品里，我描写了几股力量的抗衡：民与官，小与大，弱与强，贫与富。抗衡的结果是不言而喻的，更是宿命的，我无能为力。我唯一能做的就是通过对这几股力量的叙述，给读者呈现一幅复杂的世态图，供人思考。《心腹》里的杨登科是机关里的弱者，能给予这类人物以关注，本身是一种民间叙述姿态。我曾给自己几部长篇小说做过定位，《官运》写的官，《位置》写的吏，《待遇》写的退（退二线领导），《心腹》写的仆，《意图》写的民，手头正在创作的长篇写的僚。六部长篇就有三部写的是弱者，这应该可以表明我的立场了吧？其实我的多部小说是可以对应着和联系起来阅读的，每部小说都有一个重心，可彼此并不孤立，组合在一起是一个有机整体。

第六节　市场操控的书名与经典写作的悖论

聂茂：在湖南官场小说三个代表性作家中，王跃文是最风风火火的一个人。他在湖南省作家协会有一份稳定的工作，又在一家媒体兼职节目主持人，同时还兼任一家内部刊物的总编，还经常参加一些所谓的"策划"或创意活动，每天忙碌而充实，并不觉得这些兼职或活动会影响到他的创作。您曾经说过："阎真是学者型作家，王跃文是文化型作家，而我是生活型作家。"我当即表示不同看法：无论是学者型还是文化型，说到底都要"生活"。您自称是"生活型作家"，可能指的是跟市民生活打成一片，或者说对市民生活很了解。可是，据我对您的有限了解和您身边的朋友透露，您很少参与一些社会活动，特别是无聊的应酬，更是您力图回避的。您的生活很有规律，不疯不狂，疏于交际，您乐意这样"封闭自己"。您所写的《官运》等一系列作品展示了您在财政局工作时参与官场、见证官场的工作与生活，因而显得真实而生动，后来，您跳出政府的热门单位财政局，去了一个"蒸馏水式"的清贫单位邵阳市文联，从中见证了您对文学的热爱和执着。

您的小说自《官运》、《位置》、《心腹》起，就一直关注普通公务员在"官场"这种大语境中的起起浮浮，悲悲喜喜。到了《待遇》的时候，又增加了某些新鲜的元素。您的视点集中在了一个退居二线的组织部副部长冯国富的身上。主人公算得上是一个高级干部，突然从显位、从权力中心退出来了，他的人生境遇随之改变。周围的人渐渐疏远了他，甚至嘲笑、欺骗他。冯国富的心态也由志得意满走向烦恼、愤懑，这个时候是他最失意的时候，然而也是他走向觉悟的开始。他能够真正地落到地面上来审视权力，审视自己，能更清醒地认识现实回归自我。冯国富心境的转变，又一次让我们看到了权力对人的异化和束缚。您很了解读者的阅读心理和审美习惯，同时又是最懂得市场行情、懂得目标受众以及他们的购买力。因为，当有人问您写官场小说是想给非机关人员业余消遣，还是为机关人员提供一定参考时，您一语道破了天机："我的读者还是机关人员多一些，曾经有人开玩笑地告诉我'你的官场小说在飞机场是卖得最好的'。登机前，那些乘坐飞机的机关人员、商人都喜欢买一本。"显然，乘坐飞机的那些人并不是普通的小市民，更不是农民或城市打工仔，而是有着一定地位、拥有较强购买力的知识分子或官场中坚力量。

我发现，您的一系列小说都有一个有意味的名字，大多是社会流行的核心词，也是官场内外的关键词，或者说是当今社会使用频率最高的焦点词、热点词，比如说《官运》，比如说《心腹》，比如说《位置》，等等。说真的，人在官场，谁不关心"官运"？与此相对应的当然还有财运、色运之类，都是祝福语、流行话，也是十分敏感和纠缠不休的话题。而"心腹""待遇""意图"和"位置"，更是从心理的、精神的层面彰显出作品的质感和厚重，让人一见心动，一读心惊，一想心怵。我知道您从不轻视书的畅销，也从不回避自己是一个畅销书作家，您甚至说您的小说越长越有读者。从您已出版的书名上就能分析得出，您是冲着读者的阅读心理和阅读期待去的。可我和一些朋友已从您的书中读出了一些粗糙，包括一些叙事的反常和情节的失真，并认为过于在乎读者（特别是一味迎合读者）必然要牺牲一些自我追求。

纵观中外文学史，从总体上看，有些作品一发表就会产生巨大的冲击波，但经不起时间的检验，时间稍长，人们便记不得这部作品了；相反，有些作品发表时反映平平或者没有什么反响，但随着时间的增长，它的热度越来越高，最终甚至成为经典。您认为您的《官运》《位置》《意图》和《心腹》等这些以时下流行话语作为小说名字的作品能经得起时间的考验吗？换言之，您难道不担心自己的作品十年二十年或更长的一段时间后，这些流行词和社会热点早已时过境迁，读者是否还有阅读的兴趣？您是否有信心使自己的作品成为经典，或者说在您已出版的作品中，您充分信任某部作品能够经得起时间的考验？

肖仁福：给作品取名是门艺术。取个好书名，无疑有利于作品的流行。我给作品取名的基本想法，一是实在，书名跟作品内容相符，让读者见书名就知书里写的什么，决不搞模糊哲学，叫人不知所云，不得要领；二是通俗，一看明白，不吊书袋，假装深沉，且口语化，听去也好理解，读者跟人说到你的书，不需多费口舌，多加解释；三是贴近现实，如您所说，用社会焦点词或热点词作书名，以引人注目。这些属于一级机密，有作家朋友提着真茅台上门请教，我都没透露过半句。我出版了十多部小说，因不言自明的原因，从没做任何炒作和宣传，连作品讨论会都没开过，却一版再版，一印再印，广为流行，全靠读者口口相传，其中书名通俗易解，吸引眼球，应该也是个重要原因。

　　我从不回避自己是个畅销书作家，相反非常乐意接受这个美誉，有人说我的小说好卖，比说我是了文联副主席，或说我的小情人漂亮性感，更让我激情澎湃。中国境内的大小文联副主席多的是，小情人漂亮性感的作家也不乏其人，可不是谁做上文联副主席，或逮上个漂亮性感的小情人，书就卖得出去的。我不知道作家为什么要回避这个美誉，书能畅销又不是大姑娘跟有妇之夫偷情，人后偷着乐，人前却讳莫如深。恐怕也只有写不出畅销小说的作家，才回避自己是畅销书作家。不回避还不行，出过的书都堆在出版社或自己家里，也说自己的小说如何畅销，没谁相信。我见得可多了，有人为表示客气，说读过某作家的书，某作家顿时感激得鼻涕泡直冒，恨不得给人下跪磕头。到底书好卖，有人肯读，不应该是件坏事，就像厂家不会视产品行销为倒霉事一样。我们当然可以摆出千条万条文学不是普通产品的大道理，可有一条谁也不好否认，那就是写文章总得给人读。不给人读的办法很简单，写完后一把火烧掉，别交出版社出版就是，用不着等出版社把你的书印好后，再要人家锁进仓库，不往书店发货，或书到了书店，再买通营业员，坚决制止读者购买，哪个读者吃了豹子胆，硬要掏钱买你的大著，棍棒打出。

　　也不知从何时开始，畅销作品都变成了劣书的代名词，好像只有那些谁都不理不睬的书才是精品力作。当然也有靠揭丑抹黑和拳头加奶头畅销一时的，这不在今天的讨论范围。我的作品有批判，却从没揭过谁的丑，抹过谁的黑，不靠拳头加奶头打天下。我老老实实写生活，只不过这些生活都是读者耳熟能详甚至亲历亲为过的，读者喜欢怪不得我本人。我用不着耍花枪，使手段，哗众取宠，欺世盗名。读过我小说的读者都知道，我的小说从内容到文字都很干净，就是故事需要写到男女情爱，也比较节制。不可否认，劣书偶尔畅销几天的事情不是没有，可想真正和长久赢得读者，可能性并不大，到底读者不是阿斗。应该说销不出去的作品不见得都是劣书，有些好作品确实因种种原因，一时难于流行，也在所难免；畅销作品也不见都是好书，有些东西完全是恶意炒作才畅销一时。不过我的作品不是炒出来的，是读者的自觉认同和理性选择。我十年前发表的多部中篇，至今还有报刊转载，多家出版社仍在以不同形式继续出版。五部长篇小说，除 2006 年才出版的《意图》，其他四部初版合同快到期时，多家出版社就争着找我拿出版权，现已第二次重新出版上市，再度畅销。前面说过，作品畅销不是少数个别人决定得了的，得千千万万的读者说了算。部分读者没眼光，看花眼才看上我的书，这种情况不好排除，可也不好怪罪所有读者的视力都有毛病。读者一时没眼光，上当受骗买了我的《官运》，也不是没有这个可能，可此后仍然不长记性，又很没眼光地再去找我的《位置》《心腹》《待遇》《意图》和其他的书，一而再，再而三地甘愿上当受骗，这又怎么解释呢？

看来老怪读者，老与读者过不去，一点用处也没有。自然，有读者缘也是可遇而不可求的，重要的是你得通过作品，给读者提供些什么。不能给读者提供什么，又想要读者喜欢你的作品，世上难有这样的美事。作家都会在乎读者，不在乎读者的作家也许有，估计都是口头上不在乎，心里在不在乎还不怎么好说。迎合读者的说法有些难听，其实还是在乎读者的意思。世上难找故意与读者过不去的作家，除非他是天人，在给神仙写作，才打死他也不肯迎合或在乎读者。关键是你迎不迎合得来，在不在乎得有水平。迎合和在乎得有水平，作品有人喜欢，能畅销大江南北长城内外，莫非你还会把出版社开给你的版税扔到马路上去？反正我不会，每次出版社开给我版税，我就屁颠屁颠双手送到老婆手上，讨得她老人家的欢心，做好饭好菜侍候我作家大人。至于下次写了书，出版社要拿我的书稿，我还不见得谁都出手。先得摸摸出版社的底细，看看人家的家底如何，如果他们债务累累，出你的书赚了钱却开不出版税，拿去填了别的窟窿，我是绝对不会把书稿给这样的出版社的。

作家也是人，还是非得吃饭拉屎的俗人。俗人都会见钱眼开。作品好销，给出版社赚了钱，让印刷厂的工人有事可做，自己还有版税进账，实在是再爽不过的事。版税都要扣税的，自己也成为堂堂正正的纳税人，可赎走些几十年只吃税没纳税的原罪。同时还可赢得自由人格，包括人身自由和精神自由。做个作家或文人，最渴望的不就是自由两个字吗？有人为自由故，连生命和爱情都可抛，我写上几本书，就赢得了自由，顺便还留下了自己的狗命，也不用担心爱情的失去，又何乐而不为呢？一自由，也就用不着去坐主席台，做唯我独尊或不骄不躁的样子；用不着搞表扬与自我表扬相结合，有点动静就小题大做，弹冠相庆；用不着去贴有钱人屁股，炮制有偿文学；用不着密切联系出版社，出书时少掏些书号费；用不着评一级作家，不时给二级作家和三级作家谈创作；用不着逢人叫喊已卖身富婆，或头天批完美女作家，第二天又自封美男作家，到处做鸭子状；用不着拿什么大奖小奖，又生怕人家不知道，老暗示自己是获奖作家。我也曾以获奖作家自居，一见非获奖作家，就嘴角往下撇。那是光荣而又难忘的 1997 年，我得了个全国少数民族文学奖，高兴得初闻涕泪满衣裳，拔腿就往北京跑。可拿到奖金，一看才 1000 元小钱，连来回路费都不够，还得倒贴老本，一下子泄了气。从此谁动员我评这奖那奖，我一概婉拒，不予理睬，除非像诺贝尔文学奖一样，事先告知奖金额度，够买来回机票。

感谢您能直言我作品里的不足，前面说过朋友面前不说假，这才是朋友。我常标榜自己是说真话的作家，自然也希望朋友们对我的作品说真话。闻过则喜，我没这个境界，闻过不怒，忍住不老拳相向，还是有这个风度的。我会认真检讨我作品里存在的缺点。作品中出现反常和失真情况，可能是有时夸张得太过的原因。文学讲究精益求精，讲究生活的真实和艺术的真实，这是每一个作家都应该遵循的准则。今后的创作一定力求将作品打磨得更完善些，少些谬误和硬伤。我的小说尤其是字数较多的大部头，有些人物和细节肯定处理得不够细腻，甚至违背常情之处也不好排除。《心腹》里杨登科为讨好主子，不惜自残，就有人认为有些过。《官运》主人公高志强抚棺哭丧一段，也太夸张，好像有些失真。不过也有读者叫好，认为只有这样，才会给人强烈感觉，留下深刻印象。有家发行量非常大的非文学刊物，还将高志强哭丧一段列入 2002 年中国长篇小说十大经典细节之一。也许长篇小说本是遗憾的艺术，不太容易兼顾。结构简单，人物单一，情节单纯，容易弄得很细腻很艺术，却难免小家子气，不够博大。结构复杂，人物众多，情节曲折，又难免粗糙，甚至顾此失彼。这有点像公园和森林的区别。公园可以装饰得很精致，很整齐，每座假山，每段流水，甚至一棵树，一株草，都可精心设计，以园艺师的意志为转移。森林却不一样，乔木参天，灌木纷陈，藤草芜杂，不是山岩生得不够美观，就是溪涧流淌得不够诗意，有的地方还那么阴森恐怖，时有毒蛇猛兽出入。自然，文学需要公园，也应该允许森林的存在。我没有别的办法，只能不断尝试，通过多部小说，既写出公园，也写出森林。有时或许既不是公园，也不是森林，仅仅是一口井，掘得较深，却做不到博大。

至于作品畅销，有读者喜欢，就会牺牲自我追求，我倒从没有这个担心。我一直和读者站在同一个平台上，我所关注的就是读者所关注的，读者能喜欢我的作品，说明我的追求比较到位。我担心的倒是我的笔力变弱后，我和读者共同的社会人生表现得不够，读者会不喜欢我的作品。当然人无千日好，花无百日红，谁也不可能永远走红，让自己的作品永远受人喜欢。李杜诗篇万口传，还有让人觉得不新鲜的时候。若时过境迁，我所反映的社会人生发生变化，没人对我的作品感兴趣，也不是件坏事。那时候，"官运""位置""心腹"

"待遇""意图"这些词汇都成为过去式，"民主""自由""理性""安宁""公平""公正""和谐"这些词汇成为社会热点词乃至事实，这难道不是大好事吗？我写小说，本来就是呼唤这样的时代能早日到来，到时候我的小说没人关注，又算得了什么呢？何况长江后浪推前浪，前浪躺在沙滩上，该躺到沙滩上的时候还留在水里，不一定好受。

也许是基于这个前提，我还从没考虑过自己的作品能否成为经典。有朋友也善意地提示过我，说你小说写得不少了，影响也算广泛，该考虑写部传世之作了。这话的潜台词我还是听得出来的，就是我现有的作品不可能传世。我笑着回答说，我的小说就是传世之作呀。朋友不好吱声了，暗骂我不知天高地厚。我只好解释说，我的小说传不传后世，我不知道，可传当世总是事实吧？传当世难道不叫传世吗？我还再次冒天下之大不韪，套用郭德刚的句式：就让人家去传后世吧，我负责传当世得了。我这是不是有些小人得志？也许人们习惯了大人得志，贵人得志，富人得志，能人得志，猛人得志，吾等小人忽然也得志起来，自然谁也看不顺眼。可并没哪部法律规定，只有大人贵人富人能人猛人可以得志，咱小人只可挨欺遭罪受贱，断然不可得志。反正我是小人我怕谁！这下终于被我瞅准机会，也小人得志一回，看谁又奈何得了我。

第五章　对话何立伟：诗学的情怀与文化的追问

点将词：致敬何立伟

何立伟既有着大多数有成就的湘人的聪明、狡黠、识时与韧性，又有着大多数有成就的湘人不具备的幽默、干脆、乐观与豪迈，他是个诗人小说家，才华横溢，出手惊人。他扬名文坛的《白色鸟》与其说是一篇小说，不如说是一首精致的诗歌。

一直以来，他以玩家的洒脱写小说、绘画、摄影，每一样都做得精彩。他的生活丰富，有着城里雅士的癖好与自持，却也不失农人的自得与素朴。他的文字简练生动，韵味十足，显露出警觉的表情与浪漫的情怀。在消费因子盛行的文学时代，他在湖南文学乃至全国文坛都是一位特立独行的文学大家，他是为数不多、能够不为市场所动而坚持自己的风格和信仰的作家。他推崇诗性的书写，敬畏传统的价值，拥有古典情怀和审美趣味，当文坛大面积模仿西方写作并以此为荣的时候，他能够秉持淡定之心，自信而坚决地从母体文化中汲取养分，将诗歌、散文和小说融会贯通，把文字推上画面，涂上颜色，唯美而不失力量。他用夸张和嘲弄的手法向历史及其谎言发动堂吉诃德式的攻击，并毫不掩饰从中所获得的叙事快感，他用温情的方式揭露历史的暴行，在细节的不经意间和故事的转折处找到了文本符指的深刻象征和写作意义的价值所在。

众声喧哗，市场为王，他用骨子里的文人的清高，坚定捍卫自己的志趣，创作出辨识度极高的作品。他活着，行着，看着，想着，写着，怡然自得地沉浸于个人心目中的艺术天堂。他从底层视角出发，甘做小人物的代言人，以细腻的触觉感知和领悟生活的美与真谛，持续不断地输送出丰沛的悲悯力量和强大的人文情怀。借由这些小人物、小场景、小事情、小细节，他以温暖的笔触，诗意的想象，刻画出一种属于一个集体的情感和一个民族的痛感。他无处不在的创作才能使他的艺术天地随着时间的推移而变得愈加深邃而广阔。

他是文学湘军中最具魏晋风度的文学侠客与文学绅士的"双栖"作家，他常常给人们带来意想不到的惊愕与错位，在陌生化体验与名士风流的奇妙契合中，他的文本连同他文本之外的言行有时亦如文坛中的清流或生活中的暗香在街头巷尾随风飘荡。他的创作有着特朗斯特罗姆式的向上、向真、向善、向美，同时向中心、向大地、向泥土、向人性之幽暗挺进的韧劲，在寓言般闪现现实世界的风云变幻与个人理想的文化切换中，从他胸腔中汩汩流出的人文关怀与诗意境界也就此变得更为清晰和可贵。

第一节　文学创作的理由与内在的灵魂

聂茂：在具体分析您的小说文本之前，我想请您先从宏观上或者说形而上的角度来谈谈您对文学的认识，您的文学创作理由。

如果说，这个问题有点空泛而模糊的话，那么，我愿意复述一个有意味的故事。这个故事是本雅明在对文学文本的寓言式阐释中曾经讲述过的。有人问拉比，为什么犹太人星期五晚上大吃大喝？拉比回答道，从前有一位公主被流放了，远离国民，与当地人语言不通，生活过得苦不堪言。有一天，她收到一封信，信中说，她的未婚夫没有忘记她，并已动身来她这儿了。拉比说，未婚夫是弥赛亚，公主是灵魂，而她被流放的村子是身体，由于当地人听不懂她的话，她为了表达自己的快乐，灵魂就只能为身体设宴。

有人认为，本雅明用这种方式打开了卡夫卡的文学世界及其内在的灵魂。

那么，您是怎么理解本雅明的这个故事的？您的文学世界及其内在的灵魂又是什么？

何立伟：聂茂兄，你的问题问得好。文学创作需要理由。在回答这个问题之前，我也想讲一件没有本雅明那么深奥的事。前几天我在江苏宜兴参加一个笔会，饭桌上大家都谈到一个现象，就是现在的文学刊物真没看头。有位作家甚至说，许多以前很有影响力的刊物赠寄给他，他连信封都懒得拆。意思是说，文学风景，一无可看。这时一位女作家说了一句愤慨的话："真是的，好多东西写得那么垃圾，居然也敢拿出来发表。我真不知道他们有什么理由这么写！"这恰恰也是我想说的话。而且我也这么说过，中国盛产职业文字垃圾制造家。他们制造垃圾，绝不需要理由。包括现在非常畅销的一些小说，在我看来就是狗屎。这些人和这些作品，在文学上根本不及格，却能大行其道。很可悲，也很可笑。我在几篇文章里都说过，真正的好东西是流行不起来的。像我们湖南的韩少功，像北京的史铁生，他们的作品真是有"文学世界"和"内在灵魂"的。他们的作品中所张扬的精神性、审美性以及生命的诗性，直抵人的存在的根柢。但是他们的作品畅销吗？他们被文坛和市场严重低估。黄钟不得鸣而瓦缶大喧嚣。这就是现在的文学现实。

我从来没有号称自己的写作有高尚的理由。我说过，我是一个被自己兴趣的鞭子抽着朝前走的人。因为我喜欢文学，所以我才写作。我在生活中兴趣很广，也尝试过各种实现自我的可能，但是归根结底，我认为文学最能让我自己的灵魂安身立命。写作带来的快乐，是其他的快乐所不能取代和屏蔽的。这就是这么多年来我没有离弃写作的根本原因。

为了生活，我也写过一些应制的东西，为此我心里不大好受。但我还是安慰自己，没什么，福克纳、马尔克斯，他们年轻时都这么干过。要紧的不是你干了什么，而是你清楚你干的是什么。你内心里要分清很多问题。事实上，我对文字非常敬畏。我清楚我自己还有时间，还有能力，还有积累，还有精神的压强，或许我能笑到最后。试试看。

一种隐秘的思想，或许也算作写作的理由。我只打算让自己知道。

聂茂：您是一个出道很早的作家，您用特立独行的行文方式、率真洒脱的生活作风和精益求精的写作态度在中国新时期文学史上树立起一道"别一样的风景"。这风景虽不是红得发紫，却怎么也绕不过。

早在1983年，您的小说处女作《石匠留下的歌》便在《人民文学》上发表了。随后的《小城无故事》和《淘金人》也分别由《人民文学》和《上海文学》推出，并受到了评论家李陀以及汪曾祺和王蒙等人的好评。而《白色鸟》的发表及其获奖更是将您的创作推向一个全新的高度。

我对您的家庭背景和教育状况不大了解，只知道您是一个地地道道的长沙伢子，出身于书香门第，先是做工人，然后在长沙市一家企业的子弟学校教初中语文，1978年从湖南师范学院中文系毕业。您似乎比您的同龄人幸运得多，好像既没有上山下乡的经历，又没有家庭遭受到残酷迫害等"文革综合征"。

作为一个沐浴湘风楚雨的知名作家，您生长在屈子吟咏、太白寄情、子美寓魂的铜黄热土，这里大道兴盛，天下望归。您充分吸纳长沙的地气、麓山的精气和湘江的灵气，锤炼出一种"惟楚有材"的傲气、"敢为人先"的霸气以及"经世致用"豪气。正因为此，您的创作从一开始就显得十分自觉，不盲目，不媚俗，有着清醒的审美体认和强烈的精神诉求，因而，您一出场就站到了一个非常高的高度，而这样的高度对许多文学青年而言，也许要走很长的路，甚至是一辈子的摸索。所以，我很想了解：您是在什么情况下开始作的？或者说，是什么原因催使您走向文学之路的？您能不能梳理一下自己的创作与生活的关系？在您的小说处女作发表之前，您是否经历过所谓的"磨炼期"或试笔阶段？是什么力量激发了您的自信使您敢于把自己的小说处女作投给最具权威的文学期刊《人民文学》？据说这篇小说差点被当时的副主编王朝垠先生当作手纸扔掉了，假如命运真的如此捉弄人，您觉得您仍然会在文学的道路上跋涉下去吗？

何立伟：先厘清几个事实和概念。第一，我的出身不算书香门第。我的父母只是国家干部，与书香关系不大。第二，我没有教过初中，我在一家企业的子弟中学和一所正规中学教的都是高中。第三，我也谈不上"幸运"，"文革"中，我的家庭和我个人的身心所受到的冲击和摧残并不少。何况我生性敏感，我的内心不幸很不缺少。卡夫卡从人生经历上看算不得坎坷，但同样，他经历的都是内心不幸。我以为只有经历内心不幸的人，才能从事文学，才能从血管和潜意识里发出悲声。

另外，你所说的"傲气""霸气"和"豪气"这三气里，可能我有点"傲气"，但是缺少后两气。

如你所说，我从一开始创作就有某种"自觉"。因为我不想随大流，我想与众不同，我想显示我的个性和独特。这种意识至今仍很强烈。

我在青春期特别敏感、忧郁和苦闷的情形下开始写作。我至今最害怕的其实就是失去这三样东西。我外表上给人的印象是乐呵呵的，但我骨子里是个忧伤的人。这忧伤是一个人的内在气质，平时看不见，被生活的日常表演所掩盖。我知道这种气质在生活中不是好东西，但在文学上却是一种难得的蓝调。它不可能不释放出来。一个人气质里有什么，作品里就会有什么。

如果谈到"幸运"，在发表作品这一点上倒真是如此。我几乎没有退稿的经历。我埋头写过一年的诗，被我一位同事发现，拿给他的邻居于沙先生看，结果于沙推荐给流沙河，后者主编的《星星》诗刊给了两个版面推出。所以一出来起点很不低。一年后我改写小说，第一篇是《石匠留下的歌》，自由投给《人民文学》，王朝垠先生如厕时恰好从一叠稿件中抽了它去看，一回到编辑部就给我写回信，说这篇小说既可作小说发，也可作散文发，但作小说发，是一种新的风格。于是小说处女作就发在了当时最高级别的刊物上了。后来王朝垠又约我的稿，这样我又写了《小城无故事》《淘金人》等一批短篇。基本上都发在《人民文学》和《上海文学》上。这都是 1983 年的事。第二年，国庆号的《人民文学》上王蒙先生发了我的《白色鸟》，他非常重视我的小说，并力排众议，推荐这篇小说获了当年度的全国优秀短篇小说奖。

我当时努力学习唐诗，并有语言自觉，试图将小说写出一种情绪和意境来，形成了那一阶段创作的个人特色。我很感谢于沙先生和王朝垠先生，没有他们的慧眼，也许我也要经历"抽屉文学"阶段。

第二节　诗歌的马太效应及其乡愁般的怀念

聂茂：读过您小说的人，都有这样的强烈感受：与其说您是用写诗的方法写小说，不如说您是用小说的形式写诗。换句话说，您本质上仍然是一个诗人。而且听您夫子自道，在小说处女作发表之前，您"涂鸦"过不少诗作，可是，您在世俗的层面上获得成功的却是小说。

不知您是否注意到：尽管梁启超用"欲新一国之民，不可不先新一国之小说"这样的高论把历来被评家认为是"难登大雅之堂"、只能流落于市井酒肆之小说来了个彻底的"拨乱反正"，但饶有意味的是，小说"屈蹲地位"的结束，并未昭示以"载道"为己任的诗歌秩序遭到瓦解或颠覆。一段时期以来，诗歌仍然是主流话语的正统文本。王国维在总结小说戏曲的特质时甚至还用"诗歌的正义"来概括——较之诗歌，小说仍然处于"被命名"或"被描写"之"他者"身份状态。

在我看来，造成这种"吊诡"的原因至少有两个：一是"文以载道"的诗歌精神是历来文人墨客创作的内在动力，曹丕所说的"经国之大业，不朽之盛事"将诗歌提到了前所未有的高度；二是多样性的诗歌审美走势不仅使诗歌具有讽谏、寄怨、遣兴、寓教于乐等外在功能，而且还有自娱自乐、修心养性等内在效用。特别是近、现代以来，较之小说等其他文体的创作者，诗人对国家、民族等"巨型语言"投注更多，政治触角更为敏锐，内心冲动更为执着，广大人民对诗人的期待也更高。许多诗人本身就是政治家、甚至是"帝王将相"。毛泽东自不必说，胡志明和铁托则被杰姆逊称为"诗人的榜样"，连写过《女神》的郭沫若在日本人眼里都更像政治家而非诗人。

因此，我想问的是，您是更希望别人称您是小说家，还是称您为诗人呢？在您看来，小说家和诗人的根本区别在哪里？

何立伟：我没有资格被称为诗人。因为在我眼里，真正的诗人是至高无上的；真正的诗歌也是文学样式里至高无上的。我只是喜欢诗，却不具有真正的诗才。我能写出像诗的分行的句子来，但那不是诗。分行押韵，快板也能做到。但快板是诗吗？什么是诗，什么是非诗，要说是说不清的，但一看就能辨别。我经历过写诗，磨砺了语言能力，敏锐了文学触觉。我就像契诃夫说的，"给我一个烟斗，我就能写出烟斗的故事来"，这个基本功我是练出来了。

我没有诗才，但有诗心。我应当成为诗人，而我的才能却不具备。相反，我只能在小说中完成我的诗。就是说，我要在小说中注入诗意。我要通过写境来写意，我要抒发生活给我的斑斓的情绪。中国的文学样式，最高级别的便是诗，一切其他文学门类都要向诗学习。我在我的第一本小说集的封面勒口上写了几句话，其中一句就是说，希望我的小说"有一点诗腥"。在小说审美意识上，这一点一直都是清晰明确的。

诗歌也有很多种类，我喜欢的是唯美的和内涵强烈情绪的。我不喜欢有明显"载道"倾向的诗，包括其他门类的文学和艺术也是如此。我喜欢一切从心底里流出而非从脑子里挤出来的文学。

所有文学艺术门类里的好作品，我以为都是从潜意识里释放出来的彩虹。

聂茂：一个有趣的事实是，尽管中国新时期文学发端于1976年清明节天安门前声势浩大的群众性诗歌运动，并由此拉开了一个全新时代的到来。但诗歌——这个中国最为古老、最为传统的文学样式，除了在新时期文学的"揭幕式"上有过"登高一呼，应者云集"的风光外，在此后的其他时间里，它犹如一条暗线，总是处于一种被压抑的状态。

即便是1986年前后"朦胧诗"的全盛时期，当时人们谈论最多的也还是与"文化热"或"方法热"交织出现的"寻根文学"和"先锋小说"的作品，要说"朦胧诗"的风光，那也是创作者为了自我安慰而制造出来的。只要看一看当时全国和各省市的文学刊物就可以知道：纯粹性的诗歌刊物不上十家，而以刊登小说为主的综合性文学月刊和大型文学双月刊却在百家以上。更为伤心的是，每种诗歌刊物的发行量都不大，而当时各省文学月刊的发行量都在数十万份以上。这种现象使诗歌产生了严重的"马太效应"。

出现这种怪状的原因是，一方面，出版诗歌的园地严重不足，而诗歌爱好者却是数以万计，作品得不到发表，当然会大大影响写作者和爱好者的热情；另一方面，诗歌的稿酬太低，写一首一百行的长诗发表后得到的稿酬也不过几十元，因此，诗人的囊中羞涩已是普遍事实。最重要的事实还在于，诗人的政治敏感度远远超过了小说家：当"伤痕文学"的作家们还小心翼翼地在政治禁区周围打打"太极拳"的时候，诗人们已经提出了从"诗歌民主"到"政治民主"的一揽子主张，大大触犯了政治禁忌。因犯禁而大触"政治霉头"的诗人远远多于小说家。

正是上述诸种因素使诗歌在中国新时期文学发展史上总是处于边缘状态。同您一样，不少作家都是以诗歌入门，而终以小说成名。例如，王蒙、张贤亮等老一辈作家是先写诗再写小说的。在新时期中青年作家中，贾平凹在《鸡洼窝人家》成名前已与人合作出版了一部诗集，韩少功也是先写诗再小说的，而徐晓鹤、孙甘露、北村等都是靠写诗起家的。可以毫不夸张地说，今天在文坛上叫得较响的那些作家很少有人不是先"涂鸦"了无数"失败"的诗歌，然后才愤而改写小说的。在"新生代"作家中，像韩东、朱文、罗望子、行者等人既是优秀诗人又是优秀小说家的"双栖动物"实属凤毛麟角，然而，这些"先诗歌后小说"的作家一旦小说成名，便不再"主写"诗歌。"菜色脸孔""峨冠博带"和"清瘦隽铄"的诗人形象在红光满面"奔小康"的全民运动中显得极不协调，务实的中国文人不再为"诗歌乌托邦"奉献出自己的赤诚。

另一方面，虽然不少文人对诗歌和诗人日益漠然，但是，真正热爱诗歌的人依然大有人在。比方，您就算得上是其中的一个。即便您不再写诗，但您的小说充满古典诗学的韵味和淡美，您的文本可以当作优美的叙事诗来阅读，除了创作的技巧和表达的风格等理由以外，这是否昭示出您内心深处潜伏着一种对诗歌的乡愁式的怀念呢？

何立伟：是，我一直热烈地喜爱诗歌，至今不改。就是对当下的诗歌创作，我也是"严重关注"。当我看到好的真的诗歌的时候，我的欢喜大于看到同样好的小说。并且我一直在默默地写诗。今年我还在《羊城晚报》上发了一组诗。但大多的诗，我只是把它当作"抽屉诗"。我不发表。我只是体会写诗的乐趣。或者说，我只是把它当作训练语言和诗感以及文学敏锐的日常功课。我相信，像我这样爱诗的作家是并不多的。

真正的诗人都很前卫，他的精神都是响亮的、前瞻的、反叛的和革命的。我今年1月在《十月》杂志上发了一个头条中篇，就是写诗人的。我在小说中说，诗人都是"在低处行走，在高处眺望"。

诗人面临的生存压力，这是显而易见的。诗不逢时，诗人于是也不逢时。所谓"时不利兮骓不逝。骓不逝兮可奈何，虞兮虞兮奈若何"。这个民族不爱诗了，我只能说，非常可怕。一个没有诗心的民族，是可悲的民族。

一个没有诗心的作家，在我看来也不是一个好的作家。因为好的诗歌和好的摇滚一样，它是一种凝聚精神爆发力、反叛立场和灵魂呐喊的容器。一个好作家在精神上在情感上应当有诗的丰沛的雨量。

第三节　用古典诗学保持人性的高扬

聂茂：从学理上说，古典诗学注重形式的和谐完整，强调文字的纪律性与文本的静穆严肃。法国批评家圣伯甫认为，一个真正的古典作家，他扩充了人类的精神，发现了一个很准确的人事上的真理，或者在众见周知的心腔中抓住了一种永恒的情绪。他所用来表达他思想观察或创见的形式，无论是哪一种，其自身总是宏大的、精妙的、有理性的、健康和幽美的，他所用的风格一方面是他自己所独有的，一方面又是人所共用的，即一方面是新颖的，一方面又是熟悉的；一方面是新的，一方面又是古的。这样的作品和任何时代都是同步的。而美学家朱光潜先生认为具有古典诗学的作家或作品是"第一流的……不分古今中外"。当然，这里的"第一流"不单单是指通俗意义上的"好"甚至是"最好"，它还有更多的内蕴，比方说成熟，阳刚，等等。您的作品一直强调一种韵味，讲究精致和完整，切入点小，落着处大，而且对文字的纪律性和文本的静穆严肃有着充分的把握，很少有莫言式的抒情色彩和韩少功式的理念设计，您追求的是真实、自然、淡定，卸下了"文以载道"的面具，还原到创作本身的愉悦。我感觉您的写作虽然咬文嚼字，但内心是从容的、快乐的。您是怎样做到这一点的？您有什么样的写作习惯？您对古典诗学有着怎样的认知？

何立伟：我前面说的很多都与这个话题有关，但我仍想补充一点：对一个中国作家来说，诗歌是一种必需的素养。否则他进入不了古典的审美精神，同时，他也进入不了汉语言的高贵和质朴，他不会率性，也不会用情。他的写作会缺少一种意韵的莹光。他会制造开水和饮料，却不会制造茶和酒。

莫言的泥沙俱下的铺陈其事是莫言的个性，韩少功的理念和逻辑力量是韩少功的个性，我欣赏他们，但我坚持我自己的个性。我散淡得多，喜欢文字的韵味，喜欢生活和生命的质感，喜欢喜剧和悲情中的诗意，喜欢平常事物中包含的美的刹那，喜欢流逝的和被摧毁的人事物事中所呈现的伤逝情怀。我对白云苍狗一类的悲凉事件尤其有怅触。我如果生在孔仲尼的时代，也会对着湘江河说逝者如斯夫。说这样的话并不需要智慧，只需要生命的怅触和叹息。

聂茂：古典诗学的创作特点是利用古代的艺术精神、理想与规范来呈示现实的道德观念，它竭力追求一种完美的崇高感，在表现形式上创造一种完整的典范性，在技巧上强调精确的素描技术和柔缓微妙的明暗色调，追求宏大的构图和庄重的风格与气魄。思想上，厌恶现实，追求理想，试图用艺术的方式创造一个乌托邦式的世界。同样，希望通过审美和文艺来改进人性、争取自由。

歌德对古典诗学有一个历史－文化意义上的界定：纯朴的，异教的，英雄的，现实的，必然，职责。歌德曾经在《格言和感想集》中说过："要想逃避这个世界，没有比艺术更可靠的途径；要想同世界结合，也没有比艺术更可靠的途径。通过对您的作品的阅读，我感觉到您特别善于在自己生活的那个局部现实中，找到倾注激情的对象，紧紧抓住稍纵即逝的美和身边实实在在的物件，呈示真实的思想和鲜活的生命。具体地说，您把唐代诗词中的和谐理想当作自己心中的理想，您笔下的文字、人物、场景和推动文本前进的动力都是围绕着这个中心，有了这个中心，您笔下的人物就能够与自己的命运、国家的命运融合在一起，产生令人倾倒的魅力。您用艺术表现的方式虚构了一个理想世界，可正是这种虚构促使您介入到当下的俗世生活中来，因而您的作品具备了古典诗学的俗世情怀的审美态势。作为一种可靠的途径，这种审美态势使您在生活和创作中游刃有余，左右逢源，既能出入其内，又能超乎其外；既能在体制内找到盟友，又能在体制外找到亲人；既能文以载道，又能经世致用。一般作家很难做到这一点，但是您做到了。您是如何看待古典诗学与现实情怀这个问题的？您的成功（无论是世俗的还是艺术上的）是否跟您的文化背景有关？

何立伟：就像歌德说的，艺术使我逃离现实，同时又使我介入现实。这就是艺术让我着迷的地方。我一位朋友说过一句聪明话："放下笔来谁怕我？拿起笔来我怕谁？"我想，在我写作之时，我是生活的主宰。我控制了生活的流向，使它汩汩地朝着我的梦想，朝着美的方向和有彩虹的地方前行。我要使笔下的生活成为我想要的生活，这就是我的潜意识或者显意识。我希望我笔下哪怕最糟糕的人，也自有他一瞬的人性之美。我感动于人性能在不管多么恶劣的生存险境中发出刹那的光芒。在我的小说美学中，我看重这个。这或许就是你说的"俗世情怀的审美态势"吧。这种审美态势，是有那么一种理想主义的色彩。但一个人如果不怀抱着一种写作的理想，他就会找不到自己的精神出发点。

我在生活中相当随性，由于兴味的广泛，应当说也是一个相当好玩的人。所以我的朋友非常多。这让我在体制内外都能得到人缘。当然，我也因为个性太鲜明，得罪了不少人。不过我想，我得罪的，都是我想得罪的人，是我瞧不起的人。一个人没有谁来爱，也没有谁来恨，则他就太过平庸了，他必定是个面目模糊的人。我活得很鲜明。我喜欢这样。我也骄傲于这样。

我没有经世致用的才能。经世致用这样的词，只能用在那些有现实怀抱的人身上。我只想做一个旧式的文人，写写画画，游冶于生活内外，率性、真实、快乐而有生命的张力和诗性。我骨子里比较老庄。如果说我有什么文化背景，则这背景里不乏苏东坡、张宗子、周作人、丰子恺这样的身影。

我只想在人性沉沦的生活中保持人性的高扬，并以此为乐。

第四节　湖湘文化的精神气质

聂茂：熟悉您的朋友都知道，您的文艺底蕴十分丰厚，您的创作受到烟雨深锁的湖湘文化记忆的激发，文本自觉或不自觉地隐含着湖湘文化自屈原以降的楚辞、神话、诗文纠缠相派生的意涉传统，包括庄子"帝张咸池之乐于洞庭之野"的文化理想、娥皇女英为帝舜殉情、泪洒斑竹的坚贞爱情，以及屈原贾谊的逐臣愁思、怀才不遇的郁悒愤懑寄幽意于山水，等等。所以，在生活上，您是一个大玩家；在创作上，您是一个大写家。您把写作当作游戏的一部分，这种游戏是罗兰·巴特的那种让艺术带给生活快乐的游戏。

因此，即使是十分悲惨的现实世界，您都尽可能让这个世界呈示最美的亮色。早期的《白色鸟》算是这方面的代表。您的文本的精神深度也表现历史，表现苦难，表现对社会的责任和对灵魂深处的追问。换句话说，您的文本也"载道"，但载的不是国家、民族等宏大话语的政治之道，而是有血有肉的世俗生活本身。

比如，您描写外婆做扣肉的样子："下锅之前，且在肉皮上抹上酒和糖，这样的扣肉，肉皮最是入味好吃。扣肉亦要是五花的，一层精，一层肥，样子也是好看。肉煎炸好了，放到蒸钵里，再敷上一层盐干菜，置到箅笼里细火蒸。"这哪里是作家，分明就是一个厨师啊。这就是对世俗生活最为精细的描写。别人回忆"文革"的时候，都喜欢上升到国家和民族"伤痛"的高度，而您在回忆"文革"中时，却是抓住撼人心魄的"饥饿"二字："两边腮帮子紧得痛。""风又河上一刀一刀割过来，我是又冷又饿，仿佛要虚脱。"（《几时饭菜几时人》，载《芙蓉》2006年第4期）

再看您回忆青春年少的消逝，着眼点竟是儿时同伴的表妹，是小女孩长辫上的两只蝴蝶结，她"上楼下楼一跳一跳，俨然是两只白蝴蝶追着她嬉闹，如燕子紧追春天的云"。因为您从来不敢与她说话，内心很怅惘。为了能看到这个小女孩："我只听到楼梯响，就跑出去，仿佛要办一件什么事……她只跟自己疯，不注意到这个世界上有一双黑眼珠，闪动的光芒明亮又异常。"最后是："心底的秘密，多半是叫人愉快的。怕就怕连秘密都皆没有，枉为了一世人生。"(《心底秘密无人知》，载《芙蓉》2006 年第 4 期.)

尤其令人感动的是，您在《父与子》(《芙蓉》2006 年第 3 期)这篇散文中，表现亲情时竟是如此的浓烈："火车穿过黑夜向面包一样新鲜的明天奔去。我失眠了。想起一松手，儿子就要单飞了，像一只鸽子，飞到生活的云朵里去，真是感慨系之。"那天晚上，"我坐到儿子的卧铺上，把他一只手从被子里抽出来，一直那么握着。黑黑的窗外，有孤灯如流星，斜斜划过，落到我心里。或许我是在准备一些细节，供以后的漫长日子，慢慢回想"。

以上的几个小文本，都是您的不经意的泼洒，载的"道"虽小，却是让每个人都能感动的真人、真事、真情、真性，这里的感怀与伤痛又岂能是那些宏大叙事所能实现得了的？很长一段时间，评价一部作品的标准看有没有匡国济民的情怀，如果没有这种情怀，好像就不能显得题旨宏大、品格高远。对此，您不以为然，您高举叛逆的火炬，您深深体会到：现在再讲宏大叙事，再讲什么启蒙，就像上山下乡接受再教育一样，让人感到虚假和轻浮。读者不是缺乏教育，而是被教育压得喘不过气来了。人们需要快乐，需要尽情地享受生活。所以，您给大家带来的更多就是快乐，无论是文字的快乐、文字背后的主题的快乐，还是表现形式的快乐(包括您的漫画)，这种快乐和幽默跟湖湘文化的精神是一脉相承的。您不这么看吗？

何立伟：我不喜欢宏大叙事，也写不来宏大叙事的作品。我只是一个小小的文人，有着对生活并不麻木的感受能力，也有着表达感受的文字经验和欲望。写作是我的减压方式。我有沉郁的时候，也有幽默的时候，当然也有轻浮的时候。我保持了人性的常态。好多年前我自己印过一盒名片(这是罕有的事)，上头写了一句话："我没有朋友说的那么好，也没有老婆说的那么坏。"我想一个正常的人应当表现他的好与坏。我讨厌虚伪的人，讨厌那些总是不让人看到他的缺点的人。张宗子说："人无癖不可与交，以其无深情也，人无疵不可与交，以其无真气也。"所以我愿意做一个有癖有疵的人。我癖日常生活带来的乐趣。换句话说，除了写作，我的快乐，全部来自日常生活本身。我会为吃到一碗蛋炒饭而高兴小半天。所以我又是个容易快乐的人。

我生活的长沙，是个市民文化甚嚣尘上的城市。市民文化也是湖湘文化的一部分，当然，是俗的一部分。但是，俗有什么不好呢？我们都是凡夫俗子。我等不俗，何来雅及对雅的追求和企望？

我以为湖湘文化里，有一种大大咧咧的乐天的精神。听听那些湖南各地的民歌，听听花鼓戏，你会明白这一点。

聂茂： 传统文人对湖湘文化的理解，大多着眼于它的忧患意识，这种忧患意识主要是由屈原、范仲淹和柳宗元等外乡人流放到这"南蛮之地"来所形成的贬谪文化沉淀而成，其核心就是"居庙堂之高则忧其民，处江湖之远则忧其君"，好像不"忧愁"就不足以体现出其担当意识和社会责任感。这是一种政治文化，是湖湘文化的主流。但湖湘文化还有一种潜流，即由楚文化所张扬的对生活快乐的追求和对世俗情欲的享受等。主流湖湘文化催生出一大批安邦治国的政治家和经天纬地的栋梁之才，使"无湘不成军""无湘不兴国"的概念深入人心。但长期处于主流湖湘文化压抑下的潜流湖湘文化，在市场经济条件下的今天，有着巨大的野性生命，正日益散发出迷人的光彩。目前，以湖南卫视"快乐打造中国"为主的电视文化，以田汉大剧院为代表的歌厅文化，以解放西路为中心的酒吧文化，以西湖楼为代表的餐饮文化，和以颐而康为代表的洗脚文化，等等，将个体的生命从身体到精神彻底解放出来，并将湖湘文化的"快乐元素"发挥得淋漓尽致。

因此，作为主流湖湘文化继承者和创造者的文学湘军，怎样在新的历史条件下，对湖湘文化进行精神上的寻根，摆在每一个有抱负的湖南作家面前。作为文学湘军的主力作家之一，您从小就受到这种文化的熏陶，我想，您对湖湘文化的认识和感触更深，理解更透。能不能结合自己的创作，谈谈您对湖湘文化精神气质的深度理解？

何立伟： 湖湘文化也是多元的：忧患是精英意识，快活是草根本能。而一地域的大面积的文化生成，则是最具生命活力的草根本能。没有任何力量大过本能的力量。本能的力量就是生命的活生生的力量。我前面回答过，我所在的城市长沙，是市民文化最甚嚣尘上的城市，市民文化就是草根文化，虽然俗，而且常常俗不可耐，却是具有响亮的生命热力。事实上，远古的"南蛮"精神和民性民情，作为一种文化因子从来就没有中断过有效的遗传，所以湖南人在精英层面的是"忧患"，在草根层面的是"忘忧"。如果把湖南人比喻成一个人，那他就是一个从头脑到身体都有极大能量的人。这就是湖南人为什么鲜明活泼阳气十足的原因。不管是精英还是草根，湖南人从来都不萎顿。

说到创作上，本土的韩少功就是有"忧患意识"的作家（当然也有草根本能），而我的写作，更大程度上则表现出草根本能（当然不排除忧患意识）。我的潜意识、直觉、情绪，都受这种草根本能的激活而具有生命的温度和湿度。我可以判定自己，是一个本能大于思想的人。

绘画、音乐、文学，甚至摄影等一切艺术形式，我以为最能打动我的都是那种具有生命温度和湿度的作品。这就是我的美学趣味，或者说，口味。

第五节　悲剧的力量与留白的韵味

聂茂： 尽管您十分推崇中国古人的生活方式和中国古代的文人作品，特别喜欢唐诗宋词的那种韵味和气质，可是，您又在很早就接触西方作品了。比方，您对罗曼·罗兰的《约翰·克里斯朵夫》十分着迷，并给您当时的学生和文友大力推荐这部十卷本文集。正因为接触得早，您对西式话语的认识也就更加深切。

比方，您认为，中国新时期以来涌进的许多翻译作品，其实是一场文学破坏。您更看重中国文学传统中那种轻理而重情，空灵而有意境，讲感觉而重笔墨意趣以及伤高怀远将生命体验与历史浩叹融为一体的古代诗学的审美境界。您对与传统审美接上气的作家如汪曾祺、阿城和贾平凹等人赞赏有加。但您觉得自己与他们的不同还在于，您更多的是向唐诗学习。您重意境、情绪、感觉、留白以及汉语言的表现力。您把写作当作绘画，以境写意，而又将感觉融入到情景之中，把浓的化为淡，繁的化为简。同时，您还有意识地揣摩那种画面感特别强，意绪深藏在情境之中含而不露的有意境的唐诗，尤其是绝句。您认为这些唐诗，将它们化开来写，就是一种小说创作法。

可是，在我看来，小说的语言毕竟只是打动读者的一个方面，而且这个方面还需要有较深的知识积淀、较好的审美品味和较高欣赏趣味的人才能领会得到。小说最根本的还是要靠其内在的力量，一种故事的悲剧的力量，一种正义的毁灭和邪恶赢得胜利的令人心碎的力量。语言的精美只可以玩味，好比品茶。只有休闲了，有闲情逸致了才能做到。多数情况下，芸芸众生还是需要激励和快乐，希望得到启迪，获得共鸣。读者购买你的书，可能更多的不是看你的语言，而是看你的故事。我想，罗曼·罗兰的小说之所以能够打动您，肯定不是因为语言，而是语言外衣下故事本身的震撼力。

那么，您是怎样理解小说语言和传播效果的内在关系的？您虽然不是畅销书作家，但是，如果您像王跃文一样，能够成为畅销书作家，难道您不愿意吗？

何立伟：我其实一直阅读西方文学作品。就诗歌和散文而言，我更喜欢中国古典的，就小说而言，我更喜欢西方的。中国古典诗歌的意境、散文的韵味，在翻译作品中根本看不到（或许这就是诗歌不能翻译的原因），所以中国古典诗歌和散文的美有一种直接呈现。如果它们被翻译，肯定翻译的过程就是意境和韵味漂白和消失的过程。但小说可以不依赖意境和韵味而存在，因为小说有故事、有人物性格。小说是靠塑造人物和情节作为主要手段和架构的文体，它的魅力在于它的叙事性。在这方面，欧美的小说完成得更好（就像欧美的电影在蒙太奇叙事上比国产电影完成得更好一样）。还有更重要的一点，欧美的小说更符合现代读者对小说阅读的期待。在思想上它更深刻，在人性表现上更具洞察，在艺术形式上更多样而有效。所以我常说，诗歌散文的月亮是中国的圆，小说的月亮是外国的圆。

中国的小说自"五四"以来都是受西方和苏俄文学的影响，甚至，直接就是模仿。这种模仿和学习至今未曾停止（莫言、余华就是例子）。这是好事。但它也有明显不足，就是在学习西方小说的同时完全漠视甚至摒弃本土的文化资源。不过也有另外一些作家，如你提到的汪曾祺、阿城等，他们既受西方小说的影响，但同时也受传统文化和艺术的影响，他们重视传统文学中的意境、韵味等美学趣味，他们的语言自觉完全来自于对汉语言的热爱和捍卫。他们的语言从来没有"翻译腔"。在这一点上，我的审美立场和他们一样。这并不是泥古的立场，而是本土文化的立场。我愿意我的小说更中国，哪怕它并不讨好市场，并不便于翻译。但我无所谓。

我根本就没想过我要当一位市场上很热门的畅销书作家。这是因为，我自知我的写作道路并不通向畅销。在这一点上，我所望不奢。

我没说畅销不好，但我也没说畅销就好。

我的朋友陈村在九九读书网上主持一个频道，他取了个名字叫"小众菜园"，就是说，在上头种菜的人永远是"小众"。我想我的写作也属于小众写作。只有很少的人喜欢我的写作，但我也很满足。够意思了，我对自己这样说，或许说得很阿Q。

聂茂：您认为汪曾祺的《大淖纪事》可以看成是一个文学事件，因为它标志了一种多情的、审美的、诗意的并且非常中国化的文体风格，呈现在当时以模仿西方现代派文学为主要面目的作品洪流中，显出了独特醒目的艺术价值同美学取向。您认为汪老的作品是歌吹下层劳动者人性之美的一支悠远美丽的洞箫。他的语言很白，很淡，但白而有韵，淡而有味，如行云流水，非常中国，非常个性化。当然，这种非常中国，非常个性化可以看成是您的榜样和追求方向。

与此同时，您感觉自己的小说跟废名的作品有惊人的相似之处，这种相似主要体现在"不重故事，只重感觉，重情绪跟氛围的渲染，特别主观，有一种将自己的情绪雾化在字里行间的写法。"您坦言：您特别重视意象，重视画面及画面后面的情绪，一种感觉的释放，一种唐人的诗学里所推崇的意境，是化实为虚的空灵同含蓄，是古典诗学的现实回归。

不仅如此，您在进行文体实验的同时，还进行语言的创新和实验。您沉迷于汉语内在的那种墨趣、弹性、张力以及锤字炼句所带来的意蕴中，坚信这样的文本要比翻译体的文字语言更加富于表现力。您像个语言的梦呓症者，反复咀嚼语言，甚至产生李陀称之为"障碍性阅读"的语言效果来。

对于您的探索和努力，我十分敬佩。然而，我相信您也知道：越是简单的东西，越是容易获得传播。比方说漫画，比方说儿童卡通片，比方说电影动作片。您的作品太中国化了，韵味太足了，如果翻译成西文，就会大伤其味。就像《红楼梦》一样，无论多么高明的翻译家，翻译出来后，我们读来都如白开水一样。

也就是说，过于本土化的作家，很大程度上会限制他的作品在国际上产生应有的影响力。目前，有些在国外图书市场的中国作家，如莫言、余华和苏童等人，无一不是以擅长讲故事为主的作家。而残雪的例子尤其明显。她在国外的影响力(特别是日本)是许多中国作家难望其背的。可是，有人研究发现，残雪文本中常用的词汇也就是三千左右的样子。这就充分说明，越是简单的东西越容易传播，越是韵味十足的文本跨文化传播就会越吃亏，而越是简单的东西，又深含着复杂的内容，那当然就是十分优秀的作品了。

您的作品走出国门的不多。是否可以说，恰恰是您的过于中国化、过于本土化和过于韵味化导致了这样的结果？在信息爆炸和文学日益边缘化的读图时代，您苦苦坚守的"重韵味、留白和意境"的创作之路究竟还能走多远？

何立伟：这个问题我已回答了大半。我要补充的是我没有考虑过我的创作之路究竟能走多远的问题。我现在的写作，更大程度上带有自娱的色彩。它是我的快乐的生存方式，也是我的生命的自我展现。我乐在其中，并且已越来越不怎么在意人家的评说。我想，只要这种乐趣在，我就会写作。如果哪一天这种乐趣不在了，或者这种乐趣被别的乐趣完全取代，我就会放弃写作。但这一天我不知道什么时候会到来。或许，它永远也不会来。

至于说别的作家的作品很容易被翻译，而我的作品不容易被翻译，我可以说，我完全漠视这样的问题。因为这跟我目前的写作本能完全不搭界。

第六节　文化母胎的野性生命力

聂茂：您很怀念20世纪80年代的三个笔会，一个是1983年的杭州笔会，直接催生了"寻根文学"运动。另外两个，一个是1985年《人民文学》的笔会，一个是1987年《钟山》杂志的笔会。在这样的笔会中，常常是文学领袖如王蒙等，亲自主持座谈，而与会者也畅所欲言地谈了创作体会同文学观念，感觉有很多的碰撞与火花，形成了一种比较健康的讨论的氛围，整个笔会，显得很民主，亦很学术，其间涉及的话题，无不与文学观念有关。与那个时代的笔会相比，眼下的文学笔会显得没多大意思。大家到一起来，不是谈文学，谈的最多的是性，是黄色段子，干的是游山玩水或吃喝打牌的勾当，既不高雅，又少情趣，更无文化。

可是，一方面，您很讨厌这样的文学笔会；另一方面，您又并不拒绝甚至积极参加这类活动。不仅如此，您还参与许多诸如文化策划之类的活动。

我觉得，湖湘文化的雅与俗（或主流与潜流）在您身上得到了高度统一：您游戏于出世和入世、边缘与中心之间，您既憎恨某些东西，却又在不违背原则的情况下，参与到憎恨的活动中来，成为某种利益的批判者和分享者，这是不是湖湘文化"经世致用"的负面意义？或者恰恰说，它是湖湘文化生生不息的草根力量之所在？

何立伟：你说的三个笔会中第一个笔会我没有参加，另两个笔会的确给我印象深刻。它们发生在20世纪80年代，那时候，在文学上我有一种盼望与人交流碰撞的冲动。但现在，文学变了，文学的心态也变了，不再有那样的如切如磋的笔会，也不再有那样如切如磋的心情。现在的笔会确如你所言，谈的都是吃喝玩乐，男人谈女人，女人谈男人。我是很讨厌。但很多笔会我之所以还是去参加，是因为这些笔会的所在地是我没去过的地方，我奔着去的目的其实是旅游。你知道，我是一个喜欢游冶的人。我喜欢见识不同地方的不同的人和风景，喜欢陌生的经验。如果条件允许，我还喜欢在不同的地方生活一段。我以为无论是作为一个作家还是一个男人，人生阅历和识见才是他最大的资本。我是为了开阔眼界去参加一些笔会的。在那样的笔会上，我常常逃会，一个人跑到外头去东张西望。

如你所说，我还参加一些文化策划之类的社会活动，除此之外，我还有在外地办刊物的经历，等等，这一切都是为了扩大我的生活半径，增进我的生命体验，实践我的人生可能；同时，另一方面，我还兼得着赚一点外快。这跟经世致用和草根力量似乎也不搭界。一个人的行为，不是事事都可以往文化上靠的。一个人有一个人的活法，这才是重要的。

聂茂： 正如您自己指出的那样，《白色鸟》就题材而言是写"文革"的，但与当时许多写同类题材的不同，它的特色不是"写什么"，而在于"怎么写"，它是采取一种把故事跟沉痛深藏在画面背后的写法，表面宁静、唯美，而实则是一种美的毁灭。

黑格尔老人说，把不该毁灭的毁灭了，就是悲剧。在您笔下的悲剧，不仅仅不该毁灭的毁灭了，而且是把一种很美很美的东西毁灭了。打一个浅显、或许不是很恰当的比喻，我们说一个丑女的死，可能是一个悲剧。一个正当年华的美女的死，也是一个悲剧。如果这个美女又有着一个特别可爱的孩子、特别爱她的先生、特别美满的家庭，那么她的死，更是悲剧中的悲剧。《白色鸟》给我们的感觉就是这样的。

在小说中，长长河滩上，黑白两个小孩，深深浅浅的足印，阳光，野花的芳香，葡萄般的笑音，"童年浪漫如月船，泊在了外婆的臂湾里。臂湾宁静又温暖"。这歌谣，多么温馨而又美好。特别是两只雪白雪白的水鸟，恩恩爱爱，在绿生生的水草边，轻轻梳理那晃眼耀目的羽毛。美丽，安详，而且自由自在。然而，突然响起的锣声和喊声，撕毁了这个童话，留下来的是苦涩、惆怅和忧伤。

这篇小说的象征意味非常浓厚。例如：那片河滩象征一种文化母胎，那股野花芳香象征野性生命力，那片"汪汪的""无涯的"的芦苇林象征美好的事业，那轮"陡然一片辉煌"的夏日的太阳象征心中的希望。最核心的一处便是以"白色鸟"来象征两个少年、象征人的成长、象征未被污染的心。两个少年也正如这对恩爱的白色鸟一样，与那河滩，与那芦苇林、与白色鸟"浑然的简直如一画图了"。但是，现实是残酷无情的，那锣声、那喊声便是现实与成人世界的象征，它们"惊飞了那两只水鸟"，也打破了两个纯洁少年的童年梦幻。

这种阐释虽然有些牵强，您不一定同意，不过，也能够自圆自其说。我感兴趣的不是您运用的这些象征，而是在卢新华的《伤痕》和刘心武的《班主任》大红大紫的时候，您怎么会想到要用这种独特的表现方式来完成您对历史的审视和对民族之伤的抚慰？

何立伟：上世纪80年代初，"伤痕文学"尚未退潮，而一股学习西方现代主义的文学巨浪又声势浩大地掀起，一段时期，文学刊物上发表的尽是些模仿海明威、福克纳以及后来模仿拉美魔幻主义文学的作品，电报式的短句、不断句的意识流……如此等等，我感觉得这个时髦我不能赶。不是说我不喜欢海明威，恰恰相反，我非常喜欢（我甚至去年还重读了他的不少作品），但我不能那么样地去模仿。当时我认真地学习了沈从文，还有他的学生汪曾祺，我觉得我应当写出有中国味的小说来。我读唐诗的时候有一种想法，就是说，我能不能在小说中也写出唐诗那样的意境来，有意、有境、有感觉、有情绪。而且我不喜欢翻译体，我要写出汉语言的魅力来。我要像贾岛似地锤字炼句。我要写出我自己的味道来。所以我从第一篇小说《石匠留下的歌》开始就朝着这个明确的目标出发。我一连写了《小城无故事》《荷灯》《淘金人》《好清好清的杉木河》《白色鸟》《苍狗》《花非花》《一夕三逝》等一二十个中短篇小说，都在那一时期集中发表，表达了我个人在那一时期的与众不同的小说美学追求。

《白色鸟》得了全国优秀短篇小说奖，但我写得最好的不是它，是《小城无故事》和《淘金人》。

《白色鸟》因为得奖的原因，很多人正如你一样谈到了它，它甚至被收入了人教版的中学语言阅读教材。但我写它的时候凭着一种情绪，并没有考虑很多东西。很多东西是评论家总结的。

聂茂：《白色鸟》这篇小说没有具体而完整的故事，情节淡化到了极点。文本只写两个孩子的片言只语、玩什么游戏，时断时续。两个少年生活在一个特定的时代，一个谁都不愿触及的时代。这个背景是从外婆打起包袱到乡下，和打发两个少年去玩，"莫出事，没断黑不要回来"等片言只语，以及"斗争会"的锣声几处传达出来的。这几处加起来也不过几十个字，而且处在两个少年的幸福玩乐之中，不易被觉察，或者说人们宁愿将它们忽视掉。这样处理"十年浩劫"，更加突显了它的悲剧力量。

这篇小说在我看来就是一幅水彩画，主打颜色是白色：7月的太阳是白森森的。长长河滩被照得白灿灿的。主人公一个少年是白皙的。黑色少年的门牙是白色的。溅起小小的一朵洁白水花。鹅卵石是白色的。粼粼闪闪的波痕是白色的。间或划来一叶白帆。外婆的头发是白色的。两只水鸟是雪白雪白的。

与白色相伴的有两种颜色，一种是黑：一个黑色少年、脚趾缝都晒黑了、乌黑眼瞳；一种是红：通红通红的辣椒、如烧红的烙铁一样的太阳，以及脑壳上长了一个红肿如柿子的疖子。

其他的便是杂染的各种颜色，如或红或黄的野花，紫色的马齿苋，绿色的岸，淡青的山，绝色的芦苇林，以及蓝蓝的天空，等等。

如果说，作为主打颜色的白色既是对纯洁少年心灵的象征，又是对"恐怖年代"的强烈暗示的话，那么，黑色借喻了时代基调，而红色带给我们的是辣的、烫的和毒的感觉。这种对"红色"意蕴的彻底颠覆隐含着多大的讽刺力量啊。

记得有人在评价张爱玲的作品时，说她的小说是写在针尖、刀尖和舌尖上的，犀利，爽亮，细碎，嘈切。我觉得，《白色鸟》也有这种艺术效果。您以为呢？

何立伟： 我刚才已经回答了，我写的时候并没有想到象征啊什么什么的。我曾经还看到有人评论说，这篇小说在模仿罗伯特·格里耶的某个短篇。这个评论家真是聪明得过了头。我连我喜欢的海明威都不模仿，我会模仿我并不喜欢的格里耶吗？

张爱玲的小说我读过一些，一句话，不喜欢。她比鲁迅、沈从文，差得太远。她的小说没有痛感，也没有优美。但她开了现在的小资文学的先河。她的文学格局太逼仄，鸡肠小肚。我不知道为什么她会被捧得那么高（事实上，她连胡兰成都比不上），就像我不知道现在有些莫名其妙的小说为什么会被捧得那么高。

第七节　古典主义者的现实情怀

聂茂： 您是一个不甘寂寞的人，也是一个与时俱进的人。当与您同时成名的一大批作家早已偃旗息鼓或另谋他图的时候，您一直坚守在文学的自留地里，并且总是希望在这片属于自己的土壤里种出些与众不同的花花草草来，让您的风景在文学的春天里一靓再靓。2005 年 9 月，由北京十月文艺出版社推出的散文集《大号叫人民》就是其中的缩影。收在这个集子里的文章是您在《北京青年报》上开专栏写就的 56 位市井小民，这些小民就是人民大众，就是你、我、他或者她，就是社会的动力层。这些人真实、生动、自然。他们有勇敢也有怯懦，有平庸也有野心，有痴情也有暴力，有算计也有胸襟。您用近乎实录的原生态的方式，夹杂着地道的方言俚语，于不动声色之中，写出了他们的喜怒哀乐，呈示了灯红酒绿下隐伏在人性深处的一缕温情。

例如，写一位早年的乡土诗人、后来的业余摄影师旷国兴。您是这么写的："他就是这么一个人，时时品尝生活中鳞鳞爪爪的颜色、线条、光影以及氤氲的情绪。"而在《老兵》里，那个十年如一日风风雨雨骑着摩托上山来，坐在他太太骨灰盒前的蒲团上，一坐坐半个钟头或更长时间的老荣民，让人的鼻子酸了又酸……

谈到创作这部作品的动因，您颇为动情地说："人民"其实就是我笔下的这些脸孔，就是具体的你同具体的我，就是我窗前马路上那些匆匆走过的朦胧而又清晰的身影。他们正经历着这个时代赋予他们的全部喜怒哀乐同生命沉浮。我们就是人民。

是的，没有谁否认自己就是人民大众中的一员。那些号称以"底层视角"或者以"民间立场"写作者自居的人不说，即便是曾经的先锋作家如余华、苏童等人，他们所写的也都是人民。问题不在于写谁，问题是如何写。我觉得您这样的作品大大突破了《白色鸟》一类文本所追求的古典、庄重、肃穆和韵味，就文学本身的价值来说，《白色鸟》一类的作品可能更大一些，但《大号叫人民》的受众显然更广泛一些，经济效益也显然更丰厚一些。而且，我觉得，您将这样的一个集子取了这样的一个书名，原本就有些讨好受众和走市场化路子的意思。我并不反对您把知识（文学创作）转化为生产力的做法，我想说的，只是我们讨论的主题，即您是一个古典主义者，有着一份现实情怀。您不仅追问湖湘文化的精神，而且参与创造、丰富并享受这种文化。我不知道分析得有没有道理，很想听听您的看法。

何立伟：《大号叫人民》是我在《北京青年报》上的一个专栏的集结，书名是专栏名，并不是专为集子而起的，只是沿用而已。至于专栏名，当时编辑叫我取一个，我没太多考虑，顺手就取了这个名字。我想这个名字是反讽的，同时也是对"人民"的正统政治内涵的消解。我想我并没有拿这个名字来媚俗取宠吧。

至于经济效益，我又不是畅销书作家，一本书谈得上什么经济效益？老实说，这个专栏，我自己还是写得满意的。读者、编者的评价好像也不错。它真实，虽是当下，但是历史，它是我们的社会档案，是当今世俗生活的浮世绘。而且我在语言表现当代社会生活上还是动了脑子的。方言、文言虚词的夹杂运用等，构成一种叙述上的文气和地域特质。

它根本不是《白色鸟》那样的题材，所以也不会写出《白色鸟》那样的味道。它没有时间上的疏离感。

聂茂：2006 年 10 月，北京十月文艺出版社又推出了您最新的长篇小说《像那八九点钟的太阳》。在这部小说中，主要围绕肉联厂的学徒工李小二和他两个最好的朋友猴子和薛军。这三个年轻人在"文革"期间种种经历，有着青春、性的启蒙和躁动，以及单纯的梦想和灰暗的现实的碰撞。薛军为了逃避一段发生在他和一个有夫之妇之间的感情和肉欲纠葛，参军离开了肉联厂；而聪明有才气的猴子，由于偷看女工洗澡，被新上任的领导抓成了"阶级斗争新形态在肉联厂的典型表现"，被流放劳教；剩下百无聊赖的小二，一个人面对着亘古不变的湘江水，继续着在肉联厂"饮食男女"的原生态日子……您用亲切幽默的长沙方言，白描出一幅"文革"年代饮食男女的原生态浮世绘，把我们带进了历史的现场。有人评价您的这部小说在语言上继续保持自己独到的风格，同时着力在小说的结构上进行了崭新的探索。您围绕一个中心人物和一个中心事件，在一段很短的时间内，小说中蜂拥出了为数众多的人物，情节紧凑，跌宕起伏，充满悬念和变数。

如果说，您以前的《小城无故事》和《白色鸟》等一类小说的阅读愉悦，主要是建立在小说的诗意化的韵律上的话，那么《像那八九点钟的太阳》，更多的则是依靠小说本身的情节性，以及您以新颖的表现方式在小说结构上所造成的既曲折又坦直、既迷离又清晰、既粗糙又细腻的矛盾效果。这种矛盾效果其实是您创作的自觉追求和不自觉的呈示。

之所以这么说，一方面，一直以来，您的创作追求创新，您不希望重复别人，也不希望重复自己。但另一方面，当鱼与熊掌不能兼得的时候，您也许会权衡利弊，取熊掌而舍鱼。说得更加透明一点，如果国家给予您足够的经济条件，或者您本身拥有足够的经济实力，也许，您压根儿就不会创作这样的小说，甚至上面的《大号叫人民》这样的书（我这样说决不是否定这两部书）。您更愿意沿着《白色鸟》的路子，专心专意地走下去，也许能将一条原本很窄的小路开辟出一条风光无限的金色大道来。因此，我想了解的是，首先，您有没有感觉到自身的矛盾？其次，您怎么看待这种创作上的矛盾？

何立伟：我现在根本没有经济上的压力。我现在的写作也不是为了稿费（退回去 10 年，也许这样）。即使如此，我也不会再写《白色鸟》那样的作品。它是阶段性探索的产品。我写作的兴奋点肯定有所转移。我说过，我是随着性子来的人。《大号叫人民》和《像那八九点钟的太阳》，让我返身进入当下和历史，而不是走入象牙塔。这是值得高兴的事。我相信，它们都写出了生活质感。这是我目前特别看重的一点。原因就是，目前我看过许多当下髦得合时的小说，根本写不出生活的质感来。一切显得那么假，那么水，那么人造，居然还有那么多人喝彩。我这样写是有针对性的。

聂茂：您新近有一句名言叫"限制就是魅力。"您解释说，像过去格律诗一样，内在的结构限制得死死的，五绝就是20个字，可是，李白的"床前明月光"给人多少想象啊。说这番话，主要是为手机文学唱赞歌。您认为手机文学就是用有限的空间塑无限的文学。作为一个传统纸媒介作家，您积极参与到网络文学创作，也到网络上贴帖子，开博客，把很多作品的首发交给了网络。您这样做的目的在于：给受众一个信息。好比过去写电视剧，传统作家瞧不起写电视剧的，但是当王朔也参与进来后，就提高了电视剧文本的档次。您预言，网络会越来越变成一种强势媒体。您现在每天都要花几个小时在网上，您不回避新生事物，总是积极参与其中。

应该说，您的心态很好。我认为，一个真正的有责任心的作家，不应该待在象牙之塔内虚构一个缥缈的世界，而应该走出"自己的限制"，积极参与到火热的生活中，做一个观察者、思考者、冲浪者、推动者和见证者。不仅如此，一个优秀作家还应该有超前意识，是理性的预言家。在这方面，您是做得很出色的。作为长沙市文联主席，您不仅肯定手机一类快餐文学，您还大胆吸纳网络写手进入作家协会，充分显示了您的包容性和前瞻意识。

但我想说的是，当您说"限制就是魅力"的时候，您其实是在为《白色鸟》一类作品做出自恋式的肯定；而当您开博客、发帖子、为手机文学叫好的时候，您希望通过这种方式解除传播上的限制。我固执地认为，您在不少纸媒体开设漫画专栏、出版多部漫画书籍，除了经济上的考量外，更多的也是从受众接受的角度，或者说从传播学的角度上进行的一种精神补偿。因为，无论文字怎样生僻拗口，无论文字怎样微言大义，一旦进入您的漫画，文字便只能是配角。受众只要看一眼您的漫画，即便不看文字，也能理解大意。因此，虽然《白色鸟》等一类作品由于过于中国化、唐诗化和韵味化而在跨文化传播中吃了大亏，但是，您用网络文学这一新的艺术样式为自己找回了一大批忠诚的受众，同时，您又用漫画的方式把自己欲说还休的深层意蕴明白无误地表达出来。那么，您是如何看待这种前景的，您预见这条路能够走多远、走向何方？下一步，您又将以怎样的新的姿势出现在广大的受众面前？

何立伟：过奖了，我并没有积极参与网络文学创造。我只是因为《天涯》杂志和海南移动公司搞了个手机短信文学大赛，请我去当评委，所以我在会上说了"限制就是魅力"这句话。我是针对短信文学有严格字数限制的体裁特征来说的，并非为手机文学大唱赞歌。我欢迎一种崭新的文学样式的问世，但我质疑这样式能产生像样的作品。当然，我还是希望它能产生。

关于你说的《白色鸟》一类作品在跨文化传播（什么叫"跨文化传播"？）中吃了大亏的问题，我没理解得明白，它吃了什么"大亏"了？就是说，它没有赚得盆满钵满吗？没有大畅其销吗？没有开机一印就是几十万吗？没有拿几十个国家的几十种语种的版税吗？对不起，这是你帮我考虑的，我自己没有考虑。

还有，画漫画我是随性的。有报刊约我，我就画，没人约，我就不画。这事纯属好玩，我没把它当正经事，有人夸它，有人骂它，我都没怎么在意。我更没考虑它"能够走多远，走向何方"。如果你帮我考虑了，请你告诉我。

"您又将以怎样的新的姿势出现在广大的受众面前"的问题也一样，请你告诉我。

第六章　对话余艳：作家的立场与时代的契合

点将词：致敬余艳

中国文学、特别是中国新时期文学对中国经验进行了多层次、多侧面的审美发掘，其丰富的精神内容与强大的理性资源引起了全球化语境下越来越多的人的关注与聚焦，得到了越来越多的惊喜与意外。

余艳的创作证明了：中国经验总是伴随着中国历史的发展进程，忠实地浓缩着中国人民在中国现代历史的各个阶段都彰显出来的文化特色与宏大主题。与其说，余艳的作品是历史与时代应和的产物，不如说，这是历史与时代相互需求的必然。

作家也是一个普通人，但比普通人更为敏感，也更为脆弱。一个作家如果不以人民的代言人或正义的化身说话，其声音就必然有些微弱或苍白。余艳清醒地意识到，关注文化需求，以对历史负责的严谨态度创作，从人文的角度思考，从主体性人的角度出发，去揭开伟大人物的符号与标签，让伟人回归凡人的角度，拒绝脸谱化与标榜化，回归到文学的人性叙事，这未必不是一种挑战，但她愿意接受、甚至执迷于这种挑战。

在文坛上类似的创作仍旧没有完全摆脱意识形态影响，不少作家还刻意为之，在毫不避讳与政治联姻之嫌的背景下，余艳已经走得很远，远得有些让人欣喜。那些灵思盎然、具有高度创意和深刻洞见的作品，那种驾驭海量原始材料的能力与其敏锐的判断力、严谨的书写方法与赋予历史真实的艺术表现力结合在一起，无论是领袖还是平民，无论是个人还是集体，无论是国家还是民族，都通过她高超的艺术表现而呈现出绚丽多彩的思想光芒和精神特质。

余艳用长篇小说《后院夫人》《与共和国同龄》和报告文学《人民，只有人民》、尤其是最近几年重磅推出的有关共和国领袖的纪实文本《板仓绝唱》和《杨开慧》等一系列作品，充分显示了她孜孜以求的创作特色、时代意义与艺术价值。

质而言之，余艳在创作上关于历史与现实的书写，一直牵系着国家、民族在文化、政治及价值方面的重大问题，在历史解构风潮和世俗主义的高扬与社会历史观、价值观的多元哗变下，包括文学湘军在内的中国作家创作呈现出十分复杂的态势。在当下文学现场发生深刻转型与裂变的时候，人们痛感生存意义和价值的迷失，信仰与精神出现危机，余艳的作品高扬主旋律和宏大话语的书写，有助于人们了解中国当代作家跌宕起伏的心路历程，进而看到中国文学在中国梦等主流文化价值方面所带来的力量，从中感受到文学的陶冶功能、净化功能、凝聚功能和励志功能，文学创作和文学批评的价值也因此得到新的全面的认识。

第一节　"红色记忆"的文学价值

聂茂：余艳，你好！很高兴和你进行这样的一次谈话。最近二三年，你的创作呈井喷状态，特别是《板仓绝唱》和《杨开慧》的推出，影响很大。在我看来，你找准了创作题材上的突破口，即"红色记忆"。共和国的开创和建立是当代中国永不磨灭的红色记忆，这里有取之不竭的创作素材。按照我的好友刘起林教授的说法："红色记忆"及其社会历史和精神文化内涵，本已得到当代中国文学全方位、多层次、多侧面的审美发掘。新世纪以来，"红色记忆"的重叙和"红色经典"的改编，更是在纸面、视觉乃至网络传媒全面展开，并以其审美价值和社会影响，超出文学范围而成为包蕴丰厚的社会文化现象。换言之，"红色记忆"显示了新历史主义文学丰富的资源价值，它与一般意义上的"主旋律"作品不同，首先是题材的重大，其次是人物身份的独特性与敏感性，这两者容易导致作家预定禁忌和自设雷区。你的《板仓绝唱》和《杨开慧》无论是作为报告文学还是纪实文学，总之可归于新历史主义文学的范畴，是新历史主义文学的新收获。这两部作品最引人注目的是文本中融入了大量的杨开慧手稿。这份手稿弥足珍贵，里面凝结了一个女人在纠结和煎熬中深深的爱和深深的痛。据说毛泽东主席曾一直想要找该手稿，却没能找到。这份独特的"原始史料"是当代文学一笔宝贵的财富，你以杨开慧的手稿为切入点，实现了这一资源价值的文学转换，而且做得十分成功。按照西方政治传播理论，政治人物在大众传媒中有一种"可预见性"，它构成了普通受众对其产生情感认同的基础。那么，我想问的是：你在人物塑造和情感把握上如何突破禁忌，避开雷区的？你如何在人物塑造上做到既符合受众的"可预见性"，同时又能有所创新？你是否坚持了历史纪实"大事不虚，小事不拘"的创作原则？

　　余艳：是的，杨开慧手稿是我写这个系列的魂，我几乎把手稿全融入了我的文稿中，类似"我是真的爱他呀""他那生活终归是要我思念的""我为母亲而生之外，是为他而生""我一定要同他去共这一个命运""只要他是好好地，属我不属倒在其次""愿润之革命早日成功"这样的内心写照和"我简直要疯了——人越见枯瘦""我不能忍了，我要跑到他那里去""我总是要带着痛苦度日""我好像已经看到了死神"等内心独白，在我的文稿中随处可见。我想再现一个活生生的杨开慧。

　　不过，传统历史资源的当代转换并不意味着对历史毫无选择地接受，它需要在当代语境中对历史传统重新审视和反思，这种反思是对历史的尊重和负责，绝非取悦观众的戏说和消费资源；需要承担历史文化使命，实现对这一题材的整体性超越。由杨开慧万言手稿作为切入点，触及开慧的内心世界，由此获得精神的升华，实现新闻眼和文学魂的完美结合，这是一种对纪实文学本性的回归。

　　聂茂：众所周知，历史永远是人的历史。伟大的历史人物总是穿越历史，成为大众当下生活的精神偶像。为了塑造好这一偶像，一方面你以旁观者角度冷静客观地记录杨开慧炽热的情感波动和内心感受，不断插入手稿原文和旁白，以增加文本的真实感和可信度；但另一方面又尽可能跳出历史，使创作上产生审美上的"间离"效果。因为，任何作品对于历史的叙事和呈现都不仅是为了还原历史，而是融入作家的世界观、历史观、生命观等精神立场。听说，你多次深入板仓杨开慧纪念馆、故居、陵园等地，多次走访井冈山、韶山等毛泽东战斗和生活的地方，还设身处地地潜心研读关于毛泽东、杨开慧的史料。你查了那么多的资料，走访了那么多的地方，但资料越多越难取舍。因此你一开始写了将近65万字的作品，后来你意识到应该利用杨开慧的手稿作为切入点，并从中提取了近6万字，完成《板仓绝唱》，你这个转变过程是怎么完成的？你如何在历史真实与文学真实之间呈现作家的精神立场？

　　余艳：读了几百万字的杨开慧的相关书籍和资料，走了所有能去的地方。长沙的爱晚亭、清水塘；北京的三眼井、武汉的都府堤；韶山、平江……再去板仓、井冈山……用半年时间跑完这一圈，前后一年写下长篇传记《杨开慧》。作为基石般的"房屋"基础，这部书是必走的第一步。随后，我懵懵懂懂地又写了一部长篇小说《燃情年代》(正在出版中)。算起来，有65万字的沉淀。

但我知道，自己还没挖到"深矿"，怎么办？尽力了只有这收获，是偃旗息鼓，还是继续挖掘？恍恍惚惚之中，像是杨开慧在鼓励我。带着对历史的敬畏、对英雄的敬仰和对文学的担当，我重新整装——出发。

于是，就去故居杨开慧卧室"熬"上一夜，从黄昏到黎明，从孤独到寒冷。选风雨飘摇的油灯下，独自一人像当年开慧无数个独处夜，用真实的感受、刻骨的体验，向开慧的心灵靠近，靠近……再三上井冈山，独自一人找寻当年毛泽东打探杨开慧的见证人；去古樟簇拥的象山庵，看毛泽东在什么情形下跟贺子珍结婚……以及当年国民的婚姻状况、恶劣环境下的残酷现状，都成为我认真考证和思索的课题。

后来，找到"用杨开慧手稿还原毛泽东爱情"的定位，逼出了6万字的《板仓绝唱》……

聂茂： 杨开慧和毛泽东的世纪之恋，历来为人民群众所关心，特别是历史情境下贺子珍的介入，更是为这段爱情增添了一层神秘感和冲突感。爱情故事本就是文学中永恒的主题，也是作家最想写却又最难以写出特色的，何况是呈现一段扑朔迷离的伟人爱情，里面夹杂有家国情怀、民族道义、历史责任，等等。较之一般的文学作品，"红色记忆"题材创作有着长期以来的概念化、公式化、定型化、模式化之痼疾，对领袖人物情感的张扬与叙写更是这类创作的难点与冷点。值得庆幸的是，在饱满的富有历史质感的文化语境中，你的叙事较好地把握住了杨开慧与毛泽东内在的人格特质和精神气场，为我们塑造了栩栩如生而又"陌生化"的艺术形象，实现了伟大人物人格与人性的高度统一，折射出杨开慧的精神力量和毛泽东的个性魅力。请问：在你开始着手创作时，你有想过其中的艰难程度吗？你确信能放开手脚、把握好其中的创作尺度吗？你觉得毛泽东和杨开慧这段爱情值得你如此大书特书吗？

余艳： 那是我第三次去板仓。这天，杨开慧纪念馆彭馆长和开慧镇王书记一人握我一只手、充满期盼地说：

"板仓，每年以20%～30%的游客量递增。人们游览下来，没有不沉重的，几乎都大发感慨。众多的感慨归结起来六个字：'可惜了，值得吗？'是啊，多少记者、学者来了，又走了，却没回答这个问题。可老百姓关心啊，人们心头一个死结，谁要能解开它，我……我们给他，磕头！"

"中国第一爱情，千古绝唱啊！大题材、重选题，要接，你得脱胎换骨；又是全国人民的心结，要解，你要面对文学、面对英烈，更要面对历史，面对全国人民……"

"可惜了，值得吗？"顶着沉甸甸的六个字，我再出发，开始三年的魂系和痴迷。

最终是二十次、三十次去板仓，我记不清了，反正湖南境内的红色景区是跑了个遍；一个人开车上井冈山，茨坪、茅坪、黄洋界、象山庵，一站站走，是真的想走——要打通历史、想狠接地气。要画就画出英雄的骨，要写就写出英雄的魂；我也知道，我不敢不走，一代伟人的青春、热血都洒在这里，不用情留下脚印、不用心深入挖掘，让众人的纠结依然堵心、历史的真相仍旧模糊，起码的担当和责任都没有，良心何安？

今天，书出版了，报刊转载、各处热评，一场接一场的讲座，让人们了解、甚至读懂杨开慧，更理解了毛泽东、杨开慧这对特殊夫妻的奉献和牺牲——我觉得：值了！

第二节　历史担当与文化重构

聂茂：现实生活把历史越拉越长，历史事件把人越推越远。杨开慧之所以活在我们中国人民的生活中，不仅仅因为她是毛泽东的妻子，更在于杨开慧"舍小我为大我"、勇敢地承担了那个时代的"革命信仰"，完成了自我提升、完善等"人格塑造"。作为一位奇女子，杨开慧身上有着伟大人物特有的精神磁场，她的英年早逝，她的外柔内刚，她的情感之殇，无不令之扼腕和叹息。当你坐在杨开慧的故居，走进她的卧室里面，穿过历史的层层迷雾，你是否想过这样的问题：杨开慧本可以保全生命的，为什么要那么坚决地慷慨赴死？她那么爱毛泽东，在明知自己就要牺牲的情况下，为什么不把写满深情、留有爱恋的手稿告诉他人，特别是让毛主席知道她的赤子之心？你是怀着怎样的心情去叙写伟大历史人物的大美爱情的？

余艳：在我打算写杨开慧的时候，我就一直是带着问题和反思来的。

是的，杨开慧原可以不死的，可是，她死了。痴恋、相思、孤苦、躲藏、受刑、枪杀。吃多少苦，还死得那么牵肠、那么壮烈……多少人不理解为什么毛泽东的生活走进了贺子珍。可是，同样是一份真爱，在中国革命最为艰苦的岁月，在毛泽东政治生涯最为艰难的时候，这个时刻为革命准备牺牲的女子与毛泽东出生入死、风雨同舟十年。无论从中国革命还是女人妻子，她都是功勋卓著！也就是说，作为毛泽东的妻子，杨开慧和贺子珍，她们注定都承担了双重角色：既是温柔贤淑的女子，又是坚毅的巾帼英雄！

你想想，腥风血雨、生死无常的年代，喘不过气来的杨开慧带着三个小儿，躲避敌人，保藏自己，牵挂爱人，坚持斗争。她的那些泣血的文字、真实的心声，一半是刻意的隐藏，一半是希望有个地方可以代为存放。就这样，墙洞成了她精神的闺房，墙洞作为消减痛苦的心灵邮箱，为焦虑无奈的女子做了无奈的储藏和有力的分担。夜雨婆娑，一灯如豆，娇小玲珑的身影，孤寂地投在板仓土屋的泥墙上，娟秀的字体流泻在纸上，字字句句道不尽的思念和苦痛，为了丈夫毛泽东的事业，学贯中西的名门之秀，选择了一条忧愁痛苦、险恶丛生的路……

尤其揪心的是，杨开慧身边的战友、朋友、亲人、闺蜜一个个倒下，激起仇恨的同时，也激起革命斗志。尤其，杨开慧对丈夫毛泽东赤诚的爱和对理想的完美追求，让她义无返顾赴死。

至于为何不把藏稿告诉任何人，这么说吧，从杨开慧被关进大牢到她英勇就义，虽然只有短短20天时间，但正是这短短的时间里，在炼狱般的大牢中，杨开慧完成了她心灵中最后一次涅槃。可惜她美妙的心音再也无法变成心灵的文字，再也无法放进那个墙洞。否则，墙洞中的那些手稿，将会出现最美丽的新篇章——只有在来不及写就的篇章里，人们才能看见一个女人撼天动地的爱情心音；只有在来不及写就的篇章里，人们才会看到一位高贵女人真正的高贵！也许正因为如此，杨开慧最后都没有把墙洞里的秘密告诉任何人。她是有机会的，比如一起坐牢的保姆孙嫂、儿子岸英，还有前来探视她的亲人。但是她谁都没有告诉。是不是身陷囹圄的杨开慧已然顿悟，那些手稿上的文字，只不过是她心路上一度迷乱的心灵碎片？连杨开慧自己都不明白，当时写下那些文字，究竟是为了记念一段心路，还是为了咀嚼一段寂寞？

但是，大牢中的杨开慧已经不是手稿上的杨开慧——手稿上的心音不过是秋虫般的呢喃，而大牢中的杨开慧已亮丽于信仰的高山；手稿上的杨开慧不过是一个期期艾艾顾影自怜的家妇，而大牢中的杨开慧才是毛泽东当之无愧的爱人！手稿上、大牢中已经是完全不同的两个自己，杨开慧这才决定，让那段寂寞的文字永远寂寞在墙洞之中，永不示人——因为手稿中缺少了最美丽的章节，在那段未及写就的章节里，有她写给润之哥哥的最动人的恋歌：今生今世，为你而生；今生今世，以你为荣；今生今世，为你而死；今生今世，死也无憾！

面对着历史中的伟人，我告诫自己，无意评说过去的故事，也不敢对历史做什么聪明的解读。因为，在历史面前，根本就没有聪明的活人。而只想，以杨开慧的心灵笔记为指引，并顺此指引再重走一遍那些与之相关的足迹，试图寻找出那些被历史迷雾所遮盖的历史真相。

一直本着"只讲事实、少讲故事"的创作原则，以"狠接地气、勤泡基层"的踏实风格，尽力还原三位伟人绝唱千古的真情大爱。尤其，以杨开慧的手稿还原历史和真实，尽全力去探究这段历史背后的谜底。

聂茂：新历史主义文学是一种对历史文本加以重新阐释和政治解读的"文化诗学"。创作者有意识地拒绝政治权力观念对于历史的肤浅图解，自觉地从历史的废墟中走出，尽可能地凸显民间历史的真实面目，通过文本与历史的整体联系，从文化的视角对历史进行全方位的审视，从而对现代社会意识形态控制下主流文化的"历史仿真"或"超真实历史"给予反思性批判。与此同时，创作者强调文学的符号作用和驯化功能，强调文学和其语境之间的相互塑造和道德力量。阅读你的作品，感觉"聪明，宽容，勇敢，大义"等这些宏大话语放在杨开慧身上十分贴切，特别是杨开慧对毛泽东的那份情感，她把丈夫的伟大事业当作她自己人生理想与生命价值的具体体现，这种颇具中华优秀文化传统美德所彰显的符号意义，不能不令人动容。我感兴趣的是，在当时历史条件下，谁也无法预见中国革命最终的结果是什么，谁也无法预见毛泽东最终能够站在天安门城楼上庄严宣告"中华人民共和国成立了"，那么，作为一个弱女子，杨开慧英勇就义的内在力量究竟源自哪里？你觉得作品中杨开慧的光辉形象带给读者哪些启示和感动？

余艳：可以归结为四个方面吧：第一，无私和奉献对后人的启示。毛泽东、杨开慧的十年婚姻，一家人颠沛流离，吃百家饭，行万里路，四海为家。直到毛泽东上井冈山，杨开慧及三个孩子，寄居在板仓娘家，到后来开慧东躲西藏，毛泽东都没有给妻儿留一处安身之地，他们没有自己真正的家啊。毛泽东啊，为了中国革命和劳苦大众，妻离子散家破人亡，真正成为一个彻底的无产者。

第二，杨开慧融进理想的择偶观。秀外慧中的她，从远见卓识的父亲那里，从自己同样怀揣博大高深的抱负里，慧眼识珠选择毛泽东为终身伴侣。她用短暂的一生，携她心中的大我、民众、民族的奇特尺度与标准，选择伟丈夫毛泽东，证明她非凡的眼力。

第三，杨开慧的人格魅力对今天女性的启迪：对丈夫，生活上照顾好衣食住行，工作上督促他勤政廉洁，仕途上为丈夫把握好方向。既要成为他亲密的爱人，又要成为他的得力助手；既要当好他的服务员，又要当好他的监督员。以敬畏之心对权、以知足之心对利、以淡泊之心对名、以精进之心干事。堪称今日女性之楷模。

第四，杨开慧与人民群众的血肉关系：杨开慧总说"天下穷人是一家，抱成团才能有力量"。有人冬天没有衣穿，她拿自己的衣服送人；有人没有饭吃，从自己所剩不多的米缸中舀。一个我党高级领导人的家属，杨开慧始终把自己的位置定在人民群众中间。妻贤夫之福，妻贪夫之祸。作为领导干部的妻子当以杨开慧为典范，甘当"贤内助"，不做"官太太"。

第三节　民间叙事的审美愉悦

聂茂：你在创作中充分利用副文本、叙述视角转换等表现手法对历史事件进行考古般的聚焦、提炼、鉴别和书写，通过对民族野性生命力的张扬、对信仰的热爱和对理想的追求、对细节的描绘与对场景的渲染，在文学与历史、历史与现实、现实与诗学之间建构一条叙事通道，打开新的历史之门，使作品呈现出一种悲壮美和厚重感，使读者在阅读作品中获得一种精神净化和审美愉悦。记得冰心有一句名言："成功的花，人们只惊羡它现时的明艳，然而，当初它的芽儿浸透了奋斗的泪水，洒遍了牺牲的血雨。"古今中外，一部优秀作品的完成无不是作家披荆斩棘、呕心沥血而作。例如，达尔文的《物种起源》，做了5年的科学考察，花了近28年而成；马克思的《资本论》，多次革命的多次总结，用了近40年而成；司马迁在13年的屈辱痛苦中完成了《史记》，曹雪芹在穷困潦倒中"披阅十载，增删五次"作成《红楼梦》。阎真的《沧浪之水》和《活着之上》都积累了数千条笔记，经历了十年磨一剑的艰难和全身心的投入，最终才获得成功。据说为了写好杨开慧和毛泽东的故事，你也花了3年多时间，再加上前期当记者时"脚走文字"的积累和10多年写作的经验，才取得今天的创作成就。你能具体讲讲写作这两部作品的辛酸苦辣吗？

余艳：不仅是投入，而是完全"掉进去"了，或是脱胎换骨如一次涅槃，新生成了一堆无悔的文字。记得，多少次心痛了、流泪了，只因走访中为杨开慧感动；多少次吃不香、睡不安，纠结着一次次不满意是否颠覆重来。三年来，一切都想放下，只为作品充实；诸事都不管不顾，全为创作让路。没人逼我压我，是自己挖个"坑"心甘情愿掉进去，还不能自拔。"满脑子都是想把这个伟大的女性写好，干文学 20 年，头一次感觉有了责任和担当。作家当到今天，才觉得自己真正像一个作家"。

湖南的"发宝气"类似北方话的"犯傻"。反常、痴迷，不按常规、行为怪异可能就是它最准确的注解。三年来，我几乎都是这样。

第一次犯傻是在杨开慧当年的卧室坐了一夜，为杨开慧无数个彻夜难眠的相思与落泪写就她近万字遗言，去身临其境。

那夜，湿寒的湖南乡下特别冷。天上落着冰渣子，没有窗户的屋，风直往里灌。一盏没有灯罩的煤油灯飘忽如鬼火，脚踏的小烘笼闪着微弱的热。是想还原 83 年前的今天那个特定的环境？其实我知道，即使时间、气候、地点都相同，这屋里相隔 83 年坐的两个不同女人，其外部条件和内心焦虑是天壤之别，不能同日而语。大家闺秀、内秀文人的杨开慧，除了牵挂、忧思，就是把思、忆、怨、痛诸多情绪付诸笔端。也就在我现在坐着的这 7 平方米卧室里，当年的屋外是血雨腥风，屋内是躲避追杀东躲西藏刚安定一会儿的母子。而今，自己最多只有后山硕鼠穿梭带来的惊恐、灯火几次吹灭后的害怕。于是，拒绝屋外要给我做伴的人们，拒绝为我准备的随时困了就能温暖的空调房，甚至将工作人员准备的一大盆烧得红彤彤的炭火搬出，灭了故居所有的灯，在那间靠后山的小屋里，从黄昏坐到天明。

还真打通了，冒灵感了，或是杨开慧直接附体了。那天晚上，满满六页大白纸，密密麻麻写满了灵感……

"二发宝气""三犯傻气"都不重要了。一个人开车上井冈山，茨坪、茅坪、黄洋界、象山庵一站一站走。

2012 年的春节，被全家人说成痴说成傻，我拉着刚修理好的行李箱，不自觉地拐到新华书店拖了满满一箱书回家，家人还以为我拖的年货。我内疚着，第一次让一家老小过了个太简单的春节，而我靠不管不顾翻阅一箱子书，靠啃书度过一个春节长假……其实，真不是作秀，是害怕积累太少、沉淀不够哇。"虚着的心身不充实，空着的脑子怎会有火花？"

曾经以为，作家就活在自己的想象里、编纂中。当这组创作带我走向生活的深处、走向思想的高处、走向艺术可能延伸的广阔处，我才知道，一颗微尘的我不飘了、不荡了。

比如，在写《板仓绝唱》这部长篇报告文学之前，于一页页翻阅史书中，人物脱掉了单一的红色外衣，还原成一个个有血有肉的鲜活躯体；在一点点对照历史中，思绪穿越近百年岁月，细节和故事又与今天的生活对接；人生的起伏、人性的纠结，让我静心去写好一个个细节；生与死的意义、理想与爱情的完美，都在反复思索后成为今天的借鉴……做了20年的文学，过了几十年的生活，默默地、那么干脆彻底掏空、再掏空自己的积累，用曾写散文的磨炼、写小说的人物纠结和做新闻的"脚力"，把所有能称其为能力的东西全体调动，集结出征，只为打一个超越自己的漂亮仗。

聂茂： 对"红色记忆"的书写既不能把历史与现实简单地、表面地连在一起，又不能为了说明某个观点或某种思想而去刻意演绎历史，而是一种内在的文化联系或者说文化自觉。在创作中，作家对历史的理解、感觉和激情，虽然得益于历史事件的启迪，但归根结底是从现实出发，作家不可能游离现实，更不能脱离现实，这种叙述是从现实的社会生活关系中产生出来的，具有历史主义的镜射作用和现实主义的承载价值，但要实现这种价值并非易事。请问：在聚焦"红色记忆"的创作过程中，你遇到的最大困难是什么？您如何解决的？有没有想过放弃？支撑你继续写下去的强大动力是什么？

余艳： 创作中，最大的困难是作品本身，就说毛泽东在井冈山与贺子珍的情感，杨开慧的手稿讲到了，怎么处理才既尊重历史又不损伟人，这也是难点，更是日后读者关注的焦点。查看了大量的史料，依然不敢下结论，就几十次地去板仓、三上井冈山，一个疑点一个疑点地访，一个景点一个景点地走，得出以下四点：

一是：毛、贺首先是政治联姻。像贺敏学的女儿贺小平所讲（据《金陵晚报》文章）："袁文才、王佐为了'锁住'毛泽东，安排贺子珍做毛泽东的秘书，并有意撮合毛贺婚事。"身为政治家的毛泽东为革命成功顺此之意，也在病体缠身、环境恶劣之时接受温情安慰，都在情理之中。

二是：病中照顾，日久生情。在极度寒冷潮湿、缺吃少穿的恶劣生活环境下，毛泽东带着严重的脚伤和肠胃病无医无药，接连几次病倒，一病就三个月卧床不起。组织上派年轻能干的贺子珍照顾。作为工作秘书、生活秘书一肩挑，日久相处哪能不生情？能打善骑、才貌俱佳的女子深爱毛泽东也是事实。

三是：当时我国国民特定的婚姻背景，并不是现在的一夫一妻制。在婚配上，我党最初的领导人，如朱德、陈毅在当时几乎都是"家乡一个护老小，身边一个知冷暖"。在同一个环境，毛泽东身边放一个女人照顾，不算特例、实属正常。

四是：在后有追兵、前有堵截的极端恶劣条件下，交通、通信全部中断，毛泽东、杨开慧事实上是音信全无、天各一方。毛泽东从未放弃过思念和寻找远在家乡的妻儿。

第四节　国家利益与人性的光芒

聂茂：历时三年的文本，由厚到薄，又由薄到厚，汗水与智慧沉淀其中，当数易其稿、尘埃落定之时，你的心情一定是激动不安的，你不知道读者是如何看待自己的"孩子"的。功夫不负有心人，你的努力得到了回报。我认为作品的成功之处主要有以下几点：一、选点精准。"杨开慧的手稿还原毛泽东爱情"，作品以史实为背景、以手稿为"原料"，本着对历史负责、对伟人负责的态度，扎在民间又紧扣党史，再严肃认真地艺术创作。杨开慧手稿与历史进程有着内在的联系，这是新的角度形成的新的思想高度，而在处理这种高度时，你以一个开放的、现代性视野来对待历史事件，蕴含着新的文化理念和文化精神。二、史料权威。作品紧贴最重要的史料——杨开慧手稿，又得到湖南各展馆的支持，尤其是杨开慧纪念馆的大力协助，手稿文字、历史图片十分齐全。你的创作既尊重历史，尊重历史的本来面目，又有着对传统意义的突破，这种突破主要表现在把"自我价值"导入理想主义的激情里，把对现实的深沉思考融合在历史的长河中。三、作品独特。你几乎调动了20年文学创作的全部经验，用小说的架构、散文的笔调、诗意的手法，努力做到人物鲜活、细节到位，你不仅希望真实地解读历史，同时力求作品"好读、耐看、抓心"，这样的创作包含着新的社会价值判断和新的时代精神与民族情感，因而蕴含并传递出强大的正能量。四、揭秘性强，契合了读者的阅读心理。杨开慧手稿第一次集中披露，你将毛泽东、杨开慧和贺子珍"小历史与大历史"融为一体，根据史实，严肃认真地解读，把真相、事实告诉大家，从而引起了读者的强烈共鸣。你认同我这样的分析吗？你是怎么看待自己的作品所获得的成功的？你认为你的作品实现了你的创作初衷吗，有什么不足或没有达到目的的地方？如果有，主要在哪些方面？

余艳：说实在的，我根本没有想到会有这么大的反响。2013年年底，是毛泽东同志诞辰120周年，《板仓绝唱》在《中国报告文学》第12期头条登出。突然，像一颗石子入湖，激起层层浪花：12月23日，《文艺报》发了"排行榜"；12月25日，《文艺报》节选了大半个版的《板仓绝唱》；12月27日，是著名作家何建明的大篇评论。《文艺报》连续三天的重磅推出，引燃了这部作品的强力宣传。《光明日报》、《海外文摘》等大报名刊，湖南十多家报纸杂志几乎同在12

月里选登或评论《板仓绝唱》。作品面世不到半个月，专家投票上了"2013 年中国报告文学排行榜"；到二上"2013 年中国优秀文学作品排行榜"；《新华文摘》再上 4 万多字，由此引燃了一个个宣传高峰。接下来，《板仓绝唱》获徐迟报告文学奖和"'石膏山杯'2013 年中国报告文学年度奖"；《杨开慧》获湖南省"五个一工程"奖和毛泽东文学奖；《牺牲》获湖南省文联报告文学年度奖。

另外，这题材紧扣杨开慧手稿，我开掘出多个版本：《杨开慧》《板仓绝唱》《牺牲》《红楼之恋》《墙洞里的情书》和《燃情年代》，都已出版或杂志发出。

伟人毛泽东的题材创作是要审批的，这是一遍遍打磨的过程。尽管很苦，但现在想起来还真磨炼了自己……一部作品历尽坎坷磨难，这在我 20 多年的文学创作中是绝无仅有的，我因此懂得了珍惜。直到现在，我还在这氛围里出不来；直到今天，我还满脑子都是走访、创作……我知道，我这是幸福地劳累着、快乐地痴情着……

聂茂：新历史主义文学敢于对"正史"观与"历史进步论"提出挑战，敢于质疑已经存在的哪怕是权威的观点与结论，努力挖掘被主流意识形态压抑的异己元素，通过人物手稿、图片资料与作家思想的"互文性"实现作品价值的重构。有评论家认为，你在深入研读感悟历史资料的基础上，以一个作家敬畏历史的态度，真实复原了上个世纪血与火年代的两个革命家之间的爱情故事，生动描写了杨开慧丰富的内心世界和与中国传统美德一脉相承的女性情操，展现了革命领袖毛泽东在爱情生活中的生动人性的细节，从而揭示人的情感之间更深刻的关系。说到底，这是人性光芒的集中揭示，也是社会对你作品高度认可的一种肯定。基于"红色记忆"对新历史主义文学的资源价值，也基于你的创作优势和精神立场，接下来，你还会对"红色记忆"题材进行新的发掘吗？能谈谈新的创作计划吗？

余艳：我是无意中把一扇宝库的门推开了。

毛泽东、杨开慧的题材，想写的东西太多，想附着的理想也太多。前一段，痴痴狂狂的夜以继日，不时有泪水绵绵或者笑声朗朗，穷尽才华，以最尽力、最投入的坚持来向读者报告：我的跋涉才开始，这座宝库我会继续探索下去。就像每个人都会遇到一闪而过的契机，就守这宝库，竭力创作，默默穿行。明年，还有一部长篇纪实、图文并茂的版本已与出版社敲定。我真的希望，当一部部书稿尘埃落定，于无悔的求索中，我能脱胎换骨成一串串无悔的文字。

第五节　中国作家的制度优势

聂茂：乔治·奥威尔在《我为什么写作》一文中说道："不了解一个作家的历史和心态是无法估量他的动机的。他的题材由他生活的时代所决定，但是在他开始写作之前，他就已经形成了一种感情态度，这是他今后永远也无法超越和挣脱的。在他真正动笔开始写作之前，势必已经确立了他的情感立场，且此后再也不可能完全脱开这一立场。约束自己的激情，使之不致流于幼稚或耽于激愤，这无疑是他的责任所在。"近十年，你的作品一部接一部推出，去了所有能去的地方，足迹遍及长沙、北京、武汉、西安、广州、井冈山、四川、山东等地，人物手稿、图片资料、阅读笔记浩繁卷帙，创作前期的工作量异常巨大，姑且不说其中的脑力思考，甚至体力都会成为挑战。你在创作遇到的最大困难是什么？乔治·奥威尔认为是"自我表现的欲望"促成了作家的创作。这些欲望包括"希望人们觉得自己很聪明，希望成为人们谈论的焦点，希望死后人们仍然记得你，希望向那些在你童年的时候轻视你的大人出口气，等等"。那么，你的创作动力是什么？

余艳：我最大的困难是超越自己。写完"杨开慧系列"，《板仓绝唱》成了我自己超越不了的高峰。后面找什么题材，才可能与之一比？很久很久，我都找不着北。近十年的创作算我第三阶段的文学探索。这段时间几个重要作品都瞄着超越自己。杨开慧系列较"《后院夫人》三部曲"上了一个大台阶；再下来是《一路芬芳》中短篇报告文学集和长篇报告文学套书——"湘妹子系列"。这中间，有一重要作品——科学家《何继善传》。找到这个人物，一下激发了我的创作动力——好人物的感动，好题材的诱惑，采访不时爆好料，激活了灵感，增强了信心。我在《何继善传》一书的作品简介中写道：

"精神永不弯曲、灵魂绝不低头，何继善是靠一种气概走他的坎坷人生。在日寇的铁蹄下逃离，在一次次失学中自学突围，在不间断的鼓气、争气中成长，再经过志气、勇气，到今天为国争光的扬眉吐气。"

如果说，随事该刨根问底（这句不解），何继善这个人物的根在哪里？他从小在穿越烽火、遭受凌辱中立志；立志后要讨回尊严的自强；发奋图强为国为民争光的执着。

中国正在崛起，也越来越强大，但更强的崛起是信仰与理想的崛起。这种崛起动力与不屈意志，需要每个中国人在自己的工作岗位上。

何继善身上有一种特殊的生命密码，引诱我去破译它。这就是我创作的源泉。当别人感叹创作素材不易找到或者说，生活的河流容易干涸时，去置身于时代的大潮，你能找到无尽的创作源泉。

因此，我创作的最大动力是走进浩瀚的生活中，不断发现新东西。

聂茂：我知道你原来在零陵卷烟厂工作，后来调到当时的《湖南文学》编辑部，再后来又主编湖南作家网，并大获成功。作为一个河南人，如何来到湖南工作的，能否谈谈你的文学历程？你的个人经历与你的创作关联性大吗？你的第一篇作品是什么？发表在什么地方？你文学上受影响最大的作家和作品是什么？在文学创作的独木桥上你经历过的印象最深的一件事情是什么？

余艳：我的文学经历还算简单，以一个中篇小说敲文学的家门。处女作《女人的岁月》发在1991年第6期《芙蓉》杂志上。当时，有人说我吃了豹子胆，谁不是以谦和、小心、慢慢爬的姿势进入文学，你倒好，以一个4万字的中篇去敲门——想想，也是有些不知天高地厚。可我不是有意的，我不过是写了寄出去而已。

迷上文学，有点不顾一切投入的劲头。当时，我还在文学的城外，想着城里的绚丽多彩，诱得我极虔诚地想进城。可生活是现实的，文学和孩子是我两个作品，像我生活中两个大剧同时开演，全是主角，只能演好而没有退路。我开始边琢磨《简爱》耀眼不朽的爱，边在奶瓶、尿片、丈夫、公婆之间左冲右突；边学着三毛的从容与洒脱、林黛玉的孤傲与执着，又在繁杂的人际关系面前脊背发凉，而时不时地在宝钗的世故与圆滑面前犹豫、徘徊……

有几个知我者说："凭你的智商和现有的优势，抓住机遇，从商发财的掌声决不会弱；凭你的正直和踏实，若从政你也是个有声有色造福'一角'的好官。"其实我自己也十分清楚这些。然而，我就是不给自己一次干点别的的机会，而死守着文学这城堡，还苦苦地、眼巴巴地盼着城堡上插上红旗。

当然，我得感谢命运，它在固执地把我往文学路上牵引时，正压着我与生俱来的爱好。我自然就俯首帖耳地顺从这种安排。叫作：今生不求名和利，一心只耕文学地。

登上一层楼，想起山外青山楼外楼，早有英雄在前头；过了一道弯，看见九曲十八弯，弯弯有新景。选择了进取，就不得不累下去，只为心中的目标正一米一米、一寸一寸地靠近！

坦率地说，我文学上受影响最大的作家是三毛和张爱玲。

在进入文学后的10年，她们的书我是见一本读一本。在零陵卷烟厂，我基本写散文，受两位作家的影响，每年在报刊上发许多作品。当时，零陵卷烟厂有很好的鼓励政策，发省级奖多少，国家级报刊翻倍奖。那时，在一批"工厂文人"中，我总是奖得最高的，甚至超过个人年终奖。我成了永州文学界领军人物。

在文学创作的独木桥上，我经历过一次印象挺深的事。

那次，拿着一篇自我感觉较好的习作，去编辑部找一位只有一面之交的老师。只愿自己对文学的赤诚能感动他，从而发出个一篇半文的，让我也能成为"城里人"。可当我毫不迟疑地连稿子都没有顾得拿，就跑出那位老师的办公室时，我知道，我还有太多要顾及的东西：青春、人格都不愿交出，我当然也决不交换着采摘文学的果实。那样，在玷污了自己的同时，也玷污了神圣的文学。

这里有儿时的坚持在里面，记得在一次挨整时，哥哥被罚跪，我却怎么也弯不下腿。难有的犟让母亲气得发抖，最后我还音不高却坚定地说："我若有错，你们可以打可以骂。但是，骂不能骂痞话，打不能让我跪！"我就是这样，从小就不顾一切地呵护自己的、那时还不知道是叫人格和尊严的东西！

连后来的一次掀饭桌，也是在必须捍卫尊严，给侵犯我人权的人以还击！

当然，从那编辑部跑出来以后，我再没有主动、亲自上门交"作业"给任何老师。

利用这次对话的机会，我对自己的创作进行了认真的回顾。总的来说，我的创作可以分成三个阶段：

第一阶段：零陵卷烟厂初创十年（1988—1997）。这一阶段，我先后发表了小说《不安的太阳》和《岁月无情》等。特别是在《人民文学》1992年第2期上刊发《祭鬼》，这篇小说篇幅虽小，情意却长，也使我在文学上有了自信。两年后，我又在《人民文学》上刊发了报告文学《花儿是怎样开放的》。就这样，文学的大门慢慢地打开了。

第二阶段：调入省作协后十年阶段（1997—2007）。1997年，我调进湖南省作协，从一家企业进文学机关，我应该是被人高看的。这也是我要搞好文学的最初动力，总得让人觉得调你是对的，挺麻烦一件事也是值得的。就默默看书写作，想以好作品予以回报，也证实自己。在这一阶段，我先后写下并发表了《游离》《舞蹈后的哭泣》《龙门头》《临时工》和《霞光依然灿烂》等中短篇小说，并结集出版了中短篇小说集《游离》、散文集《生命的欢乐》和散文随笔《女性词典》，以及长篇小说《后花园》。让我稍感欣慰的是《女性词典》引起较大社会反响，该词典以"身体说话""精神舞蹈"构成上下两部，以字词条形成目录，美文随笔式解剖词条，得到了读者的喜爱。

第三阶段：近十年创作（2007—2017）。这一阶段，顺着《后花园》夫人题材之势，我潜心打造长篇三部曲《后院夫人》。列举这套书的第三部"劫数"篇。故事从三个女人落难开始，整个建构像一个"V"形，展示一幅从顶峰荣光落入痛苦深渊、再从命运的低谷拼搏到人生新的高峰的曲折画卷。看着她们日日在磨难中挣扎，时时走着生命的钢丝……小说人物复杂，涉及社会各界，尤其不为人知的高层后院生活，但又巧妙回避官场，把贵夫人当普通人写，既有她们原汁的神秘，又符合大众生活胃口，有较强的可读性，也得到了市场检验。

聂茂：我觉得中国作家是世界上最幸福的职业之一。在中国，一个人可以因为一部作品彻底改变自己的命运。特别是职业作家，既有作家协会的工资福利，又不用坐班，写出稿子后不仅有稿费，而且出名后所获得的社会资源也十分丰厚。不仅如此，作品写作过程中，还有诸如深入生活、挂职锻炼等隐性福利，以及各类转载、改编和评奖、推介等所获得的二次三次甚至是多次的奖励。我知道你享受了不少体制带来的好处，也多次列入了中国作协组织的深入生活名单。我想问的是，这些制度优势给你带来了什么？你觉得现在的深入生活跟当年丁玲和周立波等老一辈作家深入生活有什么不同？这些制度措施在多大程度上帮助作家找到了自己的创作金矿？

余艳：真正的深入生活，我是从 2008 年那场冰灾开始的。深入生活是作家、艺术家出好作品的不二法宝。当年丁玲和周立波等老一辈作家是这样，他们才写出人民传诵的不朽之作。我们今天处于一个伟大的时代，深入生活更要扎实接地气。比如长篇报告文学《人民，只有人民》就是典型的深入生活作品。

那是"2008 抗冰"的冰冷血热的日子。如果说：辽沈、淮海、平津三大战役的胜利是靠老百姓用手推车推出来的，那么，2008 年的抗冰救灾，在重灾区湖南演绎的那场大破冰、大分流、大救援的三大战役，就是名副其实的在和平时期的重演！

在永州：40 公里的堵车长龙、8 万多司乘人员一夜之间困在冰天雪地。周边群众推车挑担上"前线"——破冰、推车、铺路；挑担、挎篮、送饭、救援。前方后方、宏大疆场。

在衡阳：数万人在插着红旗的山岗上修复电网、送电于民。那场景，不也是一场保电的人民战争。

在郴州：黑城 11 天。电，是光明也是温暖，是动力更能救命。在人民医院就有一场救死扶伤的人民战争，冲锋的战士是往日娇弱的白衣天使，冰天雪地对应停电时的接生台。11 天，他们依然平安接下 200 多个新生儿……

截取"2008 抗冰"攻坚战的典型侧面，讴歌深明大义、守望相助、默默奉献；传颂风雨同舟、生死相依、共赴危难。最终书写——人民能量，催生那个冬天的神话！其实也催生了一个作家的神话。我带领湖南作家网前后 30 多人、行程 2600 多公里，深入湖南重灾区的采访，除新闻报道之外，我最终创作完成了一部长篇报告文学《人民，只有人民》。

随后，深入生活给我带来了全新的改变。我用了整整四年时间，在"杨开慧"这个富矿里挖掘出长篇传记《杨开慧》、报告文学《板仓绝唱》、纪实文学《红楼之恋》和中篇报告文学《太阳的精灵》《墙洞里的情书》和《霞姑娘》六个作品。

2015 年，我进入到中短篇报告文学的打磨期，并推出了《一路芬芳》。

在中国，一个人可以因为一部作品彻底改变自己的命运，这是事实。特别是职业作家，既有作家协会的工资福利，又不用坐班，写出稿子不仅有稿费，而且出名后所获得的社会资源也十分丰厚。但我们不是职业作家，那个"福利"，随着 2016 年最后一位"专业作家"退休以后，这一页就翻过去了。我们都是边上班边挤时间创作的作家。

但是，作品在写作过程中，有诸如深入生活、挂职锻炼等隐性福利。我享受了体制带来的好处，也多次列入了中国作协组织的深入生活或重点扶持名单。但我觉得这些都是次要的，制度优势能带来什么好处先不说，重要的是你能否写出好作品。没有好作品，什么"福利"跟你都没关系。有了好作品，国家就要扶精品佳作，引领文化。你不过是写好了，再多搭一趟车而已，自己原本就不是奔这些"福利"去的，写好了，利国利己，挺好的。

至于制度措施能在多大程度上帮助作家找到自己的创作金矿，个人感觉不一。我觉得还是作家的责任和担当更能促使他们找到创作的金矿。没有作家自己的主观能动性，摆上再大的制度优势，都会成为摆设。更多的好作品，并不是制度措施催生的，而是好作家的品质决定的。

我们深入生活跟当年丁玲和周立波等老一辈作家深入生活还是大有不同。老一辈作家深入生活的扎实、无私，贴近群众、扎进生活都是我们远远不如的。我们今天的作家永远要向他们学习。

第六节　重返历史现场

聂茂：我记得 70 后作家路内说过："上一代作家有年代和体制的优势，我们这一代优势没有了，只能通过市场，从下往上，靠职业精神维持下去。王安忆老师那一代作家，在写作生涯中有转换过程，他们前期很成功，到近期成功转入职业作家身份，同时还带有公共知识分子的背景。我们这一代是一开始就要有职业精神。"70 后作家曾被称为"迷失的一代"，但他们近年来表现得十分劲猛，除了路内外，徐则臣、盛可以、付秀莹、李傻傻，包括我们的文学湘军五少将等，都佳作迭出，俨然成为文坛上的主力军。那么，作为一名 60 后作家，你感到了创作上的压力吗？你认为自己跟王安忆、韩少功他们 50 年代的作家有什么不同，与 70 后、80 后的作家又有什么不一样的地方？

余艳：其实，我很少想这个问题，我这人不太跟别人比，是觉得别人都比我强，我要比就不用干活了，没信心了。我只跟自己比，今年比去年有进步，明年的作品又比今年好，王安忆、韩少功他们都是大家，看书多、沉淀厚，尤其他们的生活沉淀比我们要丰富得多，这是他们的富矿，那是命中有的，不去比。有的是自己走进生活，多去体验，潜心琢磨。

《板仓绝唱》收获了意想不到的诸多荣誉，我后面的作品写什么、怎么写？真没时间想 50 后、70 后，只想眼下自己都超越不了，赶紧看书琢磨，现场多去行走。当然，杨开慧题材有其特殊性：与伟人相关的"大料"；有揭秘就好看的手稿；有特定的人物背景和经历……现在，从哪儿再能挖出"墙洞里的情书"、让神秘感锁定读者？又还有什么题材能像关注毛泽东一样，让大家关注你写的杨开慧？没有。

就去深入生活，寻找。只有这一条捷径，还等什么呢。可以说，"湘妹子"系列题材的寻找，是我对潇湘热土的一份致敬。这里有热血，有豪情，有青春，有理想，有荣光，有牺牲，有这样或那样的意外与惊奇，作为这种寻找的结果，新的长篇报告文学《梦向远方——湘鄂川黔苏区往事》已完稿，目前正在全面打磨中。

聂茂：在你最近的一系列创作中，历史事件和历史精神的传播常常以伟人为载体，但在当下的社会，由于受现世享乐思想、市场消费思想和封建王权思想的影响，部分人在评价毛泽东和杨开慧时，离开了具体的历史情境，离开了人性考量，离开了革命的高尚性，出现了市侩倾向，所以带着历史责任感，以严肃的态度书写这一题材就非常重要。这也是你的作品一经发表就被转载、受到社会普遍关注的原因所在。看了你的《一个人的长征》《红心兜兜》《母女长征事》《马桑并蒂枝》等写长征的中短篇作品，能看到一批有血有肉真实的湘妹子，看到一群在特定历史情境中定格人生的红军和红嫂，看到她们在个人与革命中取舍、爱情与亲情中融合、等待与期望中抉择的有情有义的湘女。而不是以苛责的眼光审视她们，以完人、神人和圣人的标准去解读她们，而是站在历史的情景中写她们的成长，让她们变成有血有肉的人，走进读者的视野。因此，长征的这一批文章，你是通过写信仰、写成长，不仅扩宽了公众对红色人物的新的认识，更有助于他们建立客观、公正、历史的评价尺度。我想这应该也是这批作品带给读者的重要价值，也是你的努力和创新所在。难道不是吗？

余艳：这批文章，是我一次次出发后的产物。最近这两年，我常反思：作为一个作家，我为什么出发？一个写信仰的作家，自己又该有怎样的信仰？习近平总书记的讲话："一切向前走，都不能忘记走过的路；走得再远、走到再光辉的未来，也不能忘记走过的过去，不能忘记为什么出发。"是的，不能忘记为什么出发。

当历史的目光聚焦在红军长征时，不足3000名女红军的长征，有惨烈牺牲的，有屈辱被俘的，还有磨难深重的母子长征。我的出发从这里开始，我的思想也从这里出发。

蹇氏两姐妹出生在湘西一个小康之家，从小在长沙念书，最后都投身革命。姐妹俩后来分别成为了贺龙和萧克的夫人，却一个背着18天的女儿用别人几倍的艰辛走完长征，一个挺着大肚子舍性命、扛艰难，把儿子生在茫茫草地上……

李贞将军和任弼时的夫人陈琮英，长征途中先后遇上早产和难产。前者孩子没了、落下终生不育症。后者几度撇下孩子，留下永远丢失孩子的切肤之痛伴随这个母亲一生。

他们为什么？为信仰。

红军唯一的女将领张琴秋，出生在很殷实的家庭，这个留过洋的漂亮女人，完全可以在豪华别墅里结婚生子，舒适浪漫一生。可她选择了她的"主义"。在指挥战斗中，她忍着腹部剧痛，把孩子生在战场上。后来，孩子没能存活，自己差点丧命。是什么让她舍死忘生、不懈奋斗？是信仰。

一个带着一家八口长征的普通的湘西女人殷成福，待她走出雪山草地，一家人只剩她和两个儿子。四死一"谜"的结局，让这个饱经沧桑老红军，一生都在想念中痛苦、等待中揪心。

偏偏就是这些默默无闻、普普通通、辛辛苦苦一生的平民百姓支撑了红军，养育了革命。可这殷成福一辈子没什么殊荣、不曾有过一官半职，晚年也没有享受过什么优惠待遇。她又为什么？还是她自己都说不清的——信仰！

长征的女红军好多都舍弃过自己的孩子，当有人问陈琮英，她按捺着心中的痛，说："只有当年舍弃我们的孩子，才有今天成千成万幸福成长的孩子。"

有人问张琴秋，她也说得很平和："出发时，没想要过好日子，只知道没有我们当年的浴血奋战、解救劳苦民众，哪有后来的人民翻身解放。"

是的，他们都知道自己为什么出发。又像95年前，湖南早期共产党组织代表毛泽东、何叔衡怀抱坚定的马克思主义信仰和救国救民志向，从湘江码头乘一艘小火轮去上海参加党的一大，又与10多位代表一道，辗转登上南湖的那艘红船，一样。一个被人笑称"山沟里的马克思主义"的政党，能够创造"地球上最大的政治奇迹"，一个重要的原因，就在于这艘东方领航之轮始终坚守着出发时的一颗初心，始终没忘记为什么出发。

聂茂：让历史题材，尤其是革命历史题材以报告文学的形式表现出来，能否做到人物丰满而不失真、作品好读而不失味，特别考验作家处理题材的能力。从目前的读者接受情况看，《杨开慧》和《板仓绝唱》能够让读者感受到阅读的快乐、体验到历史的在场感。儿提时代，毛泽东和杨开慧这些人物就是我们心目中的英雄，但是随着生活阅历的丰富和知识水平的提高，我们发现毛泽东和杨开慧其实都有更多的思想境界，读者渴望对他们有更深刻的认识和全面的了解。《板仓绝唱》以杨开慧的手稿为切入点，不但是基于报告文学文体的叙述需要，更是以考古发掘和历史证物的严肃态度对一直以来流行于社会的戏说历史、丑化伟人的犬儒主义作品予以矫正和回击。你作品中的每一行字，都在直接或间接地抨击市侩主义、赞诵革命伟人的爱情和高尚的情操。所以你为这一题材的写作提供了崭新的维度，作品达到这样的效果，是否和你的职业作家身份有关？或者说，与你作为一名体制内作家的责任与担当有关？

余艳：其实，我也不算什么职业作家，兼着工作，天天要上班，我的职业应该是个文学服务工作者。但常年的党的教育、机关工作的严谨，体制内作家的担当和责任是与别人不同。这些，都或多或少地烙印在我的作品中，体现在创作的气质里。比如，我的"湘妹子"系列，就透着浓厚的"作家该有怎样的信仰"

"不能忘记为什么出发"的气息，让人觉得就是正能量故事，就是要传承的精神。

我写的故事告诉大家，信仰是无私的，信仰是朴素的，信仰也是充满幸福和甘甜的。正是因为有了信仰，无数英雄、先烈在他们奋斗牺牲的时刻，还体味到甘之如饴的幸福和甜美。

今天，我们面临新的现实考验和挑战，肩负人民信赖和重托，去完成写什么，怎么写的问题，自然不能忘记为什么出发，更不能动摇自信和担当。牢记使命与责任，在坚强担当中高度自信。想想，原来，自己也曾忘记了为什么出发，像一个犹豫者、观望者、懈怠者、软弱者，作品缺乏风骨，也不想写完给谁看，单凭着有市场就写，有读者就开心。没想过一个党和人民培养出来的作家，是要为社会正能量出力，更是为人民写作。

其实，我们将面临一次次出发，带着美好的初心，牢记前辈的苦难辉煌，牢记我们也面临"赶考"，也要交一份人民满意的答卷，也更要有永远在路上的责任担当，我们才能充满自信、永不偏离地朝前走。

有信仰的人才能赢得尊重，有信仰的作品才能受到欢迎。事实正是如此，我创作的先烈和英雄，他们藉藉无名，却在民族危亡之际，毁家纾难，挺身而出，慷慨赴死，笑卧沙场，谱写出荡气回肠的英雄史诗。他们不忘初衷，有坚定信念。那么，我再来写他们，自己也带上信仰，写有信仰的故事，创作"有思想、有温度、有品质"的作品。

这也是我——一个作家应该的职责和担当。

聂茂：在我看来，《杨开慧》和《板仓绝唱》之所以能够引起巨大的反响，除了作品本身在题材开掘和艺术创新上的成就外，也与读者的心理需求有很大的关系，可谓时势造英雄。作为一个有抱负的作家，一个有历史责任感的作家，挖掘真相并以艺术的方式呈现出来，并为后人镜鉴，肯定是你的写作追求。但是读者的审美水平和理解能力在新的时代背景下有了新的变化，如何创作出既尊重历史原貌、保持艺术水准，又让读者喜闻乐见的作品，成为你的必然选择。《中国青年报》在以《板仓绝唱，红色题材"向内转"》为题的报道中指出，作品"以女性的敏感和细腻深深地走进了另一位女性的精神世界，产生了强烈的共鸣。作品在报告文学如何进行红色题材创作、如何在艺术上'向内转'等方面进行了成功尝试。"这种从宏大视野到细腻视角的内在转变，恰好契合了新时代背景下读者的审美感受。你在创作时意识到了读者的这种转变吗？作为一个主编湖南作家网多年的作家，你的作品很少在网络先发表而直接选择传统的纸媒是基于什么考虑？你难道不希望大量的网民通过网络阅读你的作品从而实现与作者重返历史现场、进而回到纸媒更好地阅读，以扩大你作品的影响力？

余艳：我担任了近 7 年的湖南作家网主编，对文学在网络上宣传的威力当然心知肚明。但我一直不把作品投到网上，甚至都不太注重日常宣传，是人的精力十分有限，我不愿在这上面花费太多时间，而要尽可能保证多一些时间用在新作品的创作上。也就是，三五年出一个好点的作品，再宣传、再推荐，而中间不太重要的作品就不要耗时间了，好作品宣传才有用，不是好作品，给帖上金子都发不了多久的光。

再说网络文学，那是猛虎下山，来势太快。原来觉得它不成熟不能称其为文学，创作群体也稚嫩。可现在，网络作家其实都是把网络作为一个跳板，一大批从网上"落地"的作家那是在"空中"赚够了人气，又来人群里赚人民币，成为真正的文学创作者。当年，我搞网络我是深有体会，我们湖南作家网，每天是 2 万以上的流量，网站开通 3 个月点击量就达 80 多万。可我们的纸质媒体，就说我们出版一本书吧，首印 2 万的算好的，5 万以上算畅销，就这样的数字能跟网络比？我有一段也是高度重视网络，发连载、开专栏、做专题，热火朝天。可热闹过以后，觉得作品好才是硬道理，光图热闹也就在网上赚了点吆喝，沉静下来觉得有点虚……

时间一下又过了 7 年，我又将回到网络文学中去，拉起湖南网络作家协会这支队伍。我知道，7 年后的网络文学已是铺天盖地的气势，我在抓好队伍的同时，也将自己的作品，让大量的网民通过网络阅读实现重返历史现场，进而回到纸媒更好地阅读，以扩大作品的影响力。

文学创作需要灵感，需要激情，更需要一种宁静，由此去追求一种恒久的精神个性。后面的工作注定是热闹的，在喧哗的氛围里找一方静地，写平实空灵、凝重飘逸、高亢歌咏，也写浅唱低吟，保持一种原始的真诚。写文章和做人一样，没有真诚不行。这是人品，也是精神，更是自我个性所体现出来的人格的力量。

而这种人格力量会使我们的作品充满张力，更直接地对生命本质进行反思——这个状态的最终结果，我希望自己：用上好的作品回报社会，回报这个鲜活变革的时代。

第七节　中国梦与湖南故事的契合点

聂茂：时间的车轮回到一百多年前，彼时的毛泽东还是地地道道的"石三伢子"，一个在韶山冲池塘边昂首徘徊的少年。地处内陆的湖南并未在近代的栉风沐雨中吸收西方现代社会的各种思潮，此时的湖南还在深睡中，仅有一小部分知识分子逐渐觉醒，走出韶山冲、走到长沙的毛泽东就是其中的一位。以毛泽东为代表的湖南人梦想着中国社会能够去除战乱，鼎新革故，发奋图强，繁荣昌盛，实现中华民族的伟大复兴。一个现代知识分子的湖南故事在中国梦的吸引下开始书写，他的传奇人生也连着他那个年代的中国梦也开始启航。

作为一个长期生活和工作在当代的湖南人，当代意味着崭新的起点，意味着中国开始进入构筑中国梦的历史新时期；而湖南在中国近现代历史上一直扮演着重要的角色，在中国梦的背景下讲好湖南故事，是湖南作家的光荣使命和人生选择。我们一方面要还原历史初衷和尊重历史的情感，反对一切市侩哲学，引导公众关注真相，让世人看到最好的湖南故事。与此同时，我们不能放弃美学方面的追求，否则就会成为无人喝彩的个体游戏。社会反响是读者对作品认同度和共鸣感的缩影，弃此，湖南故事将仅仅是一个故事。可能我们都无法满足部分读者的猎奇心理，更不能增加英雄人物的崇拜值。但文学不是文件和宣传品，不是神谕和指令，它依赖艺术的真实赢得读者的信任，它的真实是骨子里的真实。这是我们时代的文学想象与文学生产的内在性要求。

中国梦是一个不断演进的过程，从鸦片战争到甲午中日战争，从五四运动到新中国成立，从改革开放一直到今天，一百多年的血泪史、抗争史、发展史就是一部中国梦不断拓展、不断实现的历史。我注意到《新华文摘》2017 年第 2 期上转载你的《湘妹子的万水千山》，感觉到有些变化。"湘妹子"的奋斗与牺牲是中国梦实现过程中的精彩断面，从题材的角度讲，你是否会调整视角，以中国梦为主线，对其他阶段的历史形象予以关注？你怎么想到要写这样的一部作品，是什么契机促使你创作的，这部作品是否包括了你新的思考和新的追求？

余艳：我是在一次次掏空自己后，在题材上转型。

最初的后院夫人系列，《后院夫人》三部曲加《后花园》4 部长篇掏空了前几十年所有的沉淀。尽管使劲看书，也跟不上了。转型到报告文学，写杨开慧 4 年时间写了两个长篇 4 个大中篇，把杨开慧从革命者、妻子、母亲等各个角度都写了，没有写的了，再转型到"湘妹子"系列。

其实，这也是个偶然。2015 年 9 月，我跟着省文联的采风团下到湘西，听说了一个"一家八口上长征"的故事："红星兜兜"是一个奶奶红军给即将出生的孙儿亲手做的，带上它，一家 8 口、祖孙三代踏上了漫漫长征路。"红星"印下革命志向，"兜兜"围着一家亲。这就是——殷成福、50 高龄的湘西女人带出的湘女传奇，也带出红二方面军一批湘妹子艰辛的母子长征。饱经沧桑的殷成福老人，是名副其实的长征湘妹子……

创作《杨开慧》《板仓绝唱》之后，我身上似乎就带着某种气息，挥之不去。无论绕多远、走多长，像血一样流淌在生命里的气息，让我最终不忘自己的来路和归途——我来自洞庭湖之南，最终也会归之三湘四水。这片山水养育了我，"湘妹子"也该是我们的血性标签！沿袭那红色又湖湘的气息，是我们必须完成的精神传承。独特的气息接通了生命感应，我去了湘西。

我试图想梳理湘女的一路走来，探寻远远的历史和这些可爱红军湘女在什么地方接头、在什么时候灵肉相融？大段大段的岁月，不能让它们去向不明。像一道咒语，箍住我无法犹豫的宿命。被一种力量驱使，我开始在这条路上奔跑，不只是内心被激活、血液在奔涌，还有一束追光紧随着我。让我穿越历史隧道，在黎明时到达。长征的湘妹子，引导着我不断地追逐着她们。我一次次上路，一次次沿着她们从前走过的路，一次次去湘西吉首、龙山，张家界的桑植等地，采访当年湘妹子红军和红嫂的后人，一个个故事挖掘出来，一个个人物鲜活纸上。

第八节　与时代同行，为历史书写

聂茂：实际上，我觉得你的作品完全可以归属到非虚构文学的范畴上，人物真实，细节真实，场景真实。2015 年诺贝尔文学奖获得者、白俄罗斯作家阿列克谢耶维奇的作品就属于非虚构作品，她从最小的地方入手，从最普通人的经验入手，去发现时代的声音。她的非虚构作品展现出经典作家叙事的光芒，照亮了整个世界，她笔下的一个故事，直抵生命深处，让你震撼，让你震惊，她写出苏联人民心中的噩梦，这是 20 世纪历史深处人类难以直面的真相。

你的作品也表现了非虚构文学的典型特点：从具有时代节点性的人物入手，从最小的地方入手，从最普通人的经验入手，着重发掘英雄人物最普通的人性一面，再现被宏大叙事忽视，被时代洪流裹挟，被革命话语覆盖的人物性情，去重现时代的声音。所以，与之前的伟人题材作品相比，你和他们是殊途同归的，只是你打通了另外一个通道，采用了另外一种方式。还有就是作品文体的概念比较模糊，或者说在一定程度上跨越了文体，是用报告文学的方式进行历史纪实的书写。当然这并不是说你的作品不讲叙事，不讲文体。这恰恰就是文学，每个作家都用自己的方式、自己的选择进行书写。

这种非虚构文字之所以能够直抵生命深处，让读者震撼，是因为没有矫饰，没有废话，皆是文学的精髓和思想的明珠，因为它写出了英雄人物情感的纠结和内心的折磨，这是我们可以想象而未曾直面的真相。你不是遮蔽虚化了的历史和现实，不是靠想象去勾勒，掩盖真相，或者夸大从未存在的细节，人为地挺起人物的高度，而是用以手稿为基本构架，从而避免了文学灵魂不知所终的宿命。我想请教的是，你的非虚构作品与一般意义上的报告文学有什么不同，是不是体现了"与时代同行，为历史书写"的叙事原则和美学追求？

余艳：我想谈谈"与时代同行"的问题。2016 年，作家出版社为我出版了中短篇报告文学集《一路芬芳》，如此高端的出版社为我报告文学出集，这不容易。我想，他们应该是奖励一个女作家为社会担当为人民讴歌的。这部《一路芬芳》是我 2015 年至 2016 年近两年间为人民书写的作品，很辛苦，四处奔波，新疆、广东；北京、西安；湖南各地、南北东西，几乎每天都在路上，一边走，一边写，与时俱进，所以作品就很多。例如书中的第二部分《与胡杨共鸣》就是由巴里坤湖、吐曼河、不朽胡杨构架的三大块构建，有形象、有寓意、有隐喻。而文中的马车、太阳花；向日葵、上班路；明月、眼睛；大漠、胡杨，等等，就是我们这个时代不屈意志的意象被重新发掘出来的。书中的《泸溪红橙会唱歌》则是我深入生活、扎根人民的真实体验之作。还有《瑶歌伴着红花开》这一篇，像一座立交桥，几个主人公的命运相互交错。书中的《断翅天使飞》几种艺术手法同时运用，像四臂观音一样，或小说、或散文、或戏曲、或诗歌、或随笔、或田野调查笔记，或报告文学等，皆汇聚一炉，是我在报告文学写作上的自觉探索。

所谓的"为历史书写"，我也有过成功的实践，例如《杨开慧》《板仓绝唱》，以及"湘妹子"系列等都是这类创作。

聂茂：我曾经将作家分成两类，一是为时代歌唱；一是为历史负责。前者跟时代贴得很近，主流文化需要什么，他/她就写什么，这样的作品生命力不是太强；后者主要把作品的定位朝向历史的深处，他/她不为一时的时尚、主题、趣味、潮流和风格所左右，这样的作品在当时也许不为人所注意，甚至无法发表，但最终会逃出时间的追杀，在历史的深处闪烁金属的光芒。但面对你，我不知道将你归类于哪一种作家。虽然每个时代都将成为历史，但作家的审美追求应该超越时代，不仅仅是为时代发出声音，更要成为残酷历史的见证者，并为后人的审判提供一份丰富、真诚而坚实的证词。我知道许多人做不到这一点，包括许多看起来很优秀、甚至是名躁一时的大作家。福楼拜曾称自己是人们的笔，阿列克谢耶维奇称自己是人们的耳朵。那么，如果用一个比喻，你愿意将自己称为什么？

余艳： 我愿意将自己称为"他们的亲历"——与他们一起痛一起笑的一次次亲历和体验。这像是不现实，"经历"是翻过的一页历史，而我希望在自己的踏实走访中，真实还原他们的经历，又像自己亲历那段历史。

我讲一个"幺叔故事"吧。2016 年 9 月的一天，我手头捧着幺叔送我的还不能称其为书的、待出版的手稿，这打印本《红色守望——贺氏家族 72 寡妇传奇故事》足有 2 公斤重，是这位 68 岁老人十年整理书写、用了一辈子的心血沉淀的作品。交给我，凭什么？

幺叔叫贺学舜，湖南桑植洪家关人，一位地道的农民，却有着特殊的身世。贺龙元帅是他的亲堂叔，他是著名军旅作家、贺龙元帅之女贺捷生唯一活在世上的同辈弟弟。有经历，有文化，一番痴情要把贺氏家族的牺牲与荣光、信仰与精神当一块稀世珍宝，留存世间、传给后人。

我是翻过《板仓绝唱》这页、却绕不开杨开慧们的生命气息，来到桑植的。像一道咒语，箍住无法摆脱的宿命。我被一种力量驱使，开始跟着龚爱民、王成均在这条路上奔跑。不止是内心被激活、血液在奔涌，还有一束光紧随着我，它就是红色湘女的——信仰之光。

大地人民，皇天后土！我很快打开了一部活字典。对这片土地无人不知、无家不晓的幺叔，按他的话说："72 寡妇、128 户人家，我都是他们的后人，家家户户的兴衰恩仇，我都是亲历者"。

来来回回三次走访洪家关，嗅着山山水水的气息、走遍街街角角的神秘，和幺叔的缘就这样亲血缘般地续上了。我知道，我是跟湘西的神秘生活结缘，是跟这片土地上苦难却英雄的百姓结缘，又是跟远去的历史、曾经的辉煌结缘。

幺叔一番掏心掏肺的朴实话使我深受感动："在你同我一个节奏跪在奶奶的坟前，我就认定你是洪家关的亲人。老话讲得好，一桌喜酒，围坐的未必是一家人。共同祭祖，不是亲人胜似亲人。"

幺叔将他的十年宝贝送我的那个上午，阳光特别好。"不不……"我本能的推脱。我知道它的分量，我想说我受不起、我拿不动。可幺叔的话不容推辞。"拿着，我信得过你。放出去，我后面是期待；接过去，你接下的是压力。这些资料，只有在你们那里才有更大的价值。"

我接下了，是真切地知道，幺叔交给我的，那是绵绵长长的岁月，是沉甸甸的历史，是真正我们要扛起的责任，更是伟大时代赋予我们的神圣使命。

聂茂：作为一个作家，阿列克谢耶维奇喜欢走在街上，走进人群中，记录下看到的、听到和感受到的短语和单词，心想：有多少小说就这样悄无声息地消失了啊！消失在黑暗中。她有一种紧迫感，同时有一种警觉。她写了五本书，但她觉得其实是一本书，一本讲述苏联的乌托邦历史的书。萨拉莫夫曾经写道："我是这场宏伟斗争的亲历者，我们为真正意义上的人类复兴而战，最终却输掉了。"阿列克谢耶维奇的目的就是重现人们为建立理想国和乌托邦而斗争的历史，包括它的成败得失。重现了人们如何想在地球上建立天堂的历史，一座永不倒塌的太阳之城！阿列克谢耶维奇说她自己最后看到的"唯有血海，和数以百万计人残破的生命"。她的反思是如此深刻，将巨大的批判力量隐藏在细微的文字中，让文字自己呻吟和扭动，让读者惊恐和痛苦，这就是文字的力量，也就是一个优秀作家孜孜以求的对于国家、民族与个人的深沉的爱以及一份永不推卸的责任。请问，你的作品的力量主要体现在哪些方面？你觉得自己承担了作为一个优秀作家所应该承担的社会责任吗？

余艳：我不敢称自己是一个优秀作家，但对于国家、民族深沉的爱让我始终有一份永远扛着的责任。就说十年计划的"建党 100 年献礼书系"——"湘妹子"（6 部作品）涉及的有杨开慧、向警予、缪伯英、伍若兰等湘妹子。

从妻子的角度，写她们为革命为爱情牺牲。我常反思，这是一群爱和理想融为一体的湘妹子，让你难以判断，她们身为妻子，是因为"主义"追随她们所爱的男人，还是因为她们所爱的男人追随自己的主义，抑或就是想通过"主义"来爱自己、解放自己、实现自己。或者，她们已然越过了性别，为了人类的解放，跨越男人、女人的界限，直接与主义热烈拥抱，抵死相随！

面对革命与使命、杀戮与爱情，这些湘女以大无畏的牺牲精神和更加炽热的爱，创造了自己的花季。鲜血迸溅在大地上，滋养出鲜红的芙蓉，那是血染的芬芳。

谢冰莹、胡筠、曾宪植等人在花儿一样的年华就投身革命，绽放青春赤忱报国。谢冰莹、曾宪植都是家里的娇娇女，她们和许多有志的湘妹子一样，或是因为想学更多革命理论和军事知识，追求国家的民主、自由和幸福；或是为了摆脱旧式家庭的束缚，包办婚姻的羁绊；或是怀揣美丽梦想，追求巾帼英雄的浪漫……义无反顾地投身革命。

巾帼不让须眉，争取民主、卫国戍边从来就不曾是男性的专利，以阳刚为主色调的绿色军营因她们平添了一道柔美的风景线。十七八的做梦年龄，脱红换装，从旧礼教的压迫下走出闺阁、离乡背井，从花季少女走成一批叱咤风云的巾帼女杰。

《湘妹子的万水千山》就是这系列中的一部。带领一家八口上长征的殷成福，蹇先任、蹇先佛、陈琮英、李贞全是湘妹子。她们和男性一样经受战争、饥饿、寒冷的考验，还承受男性所不会面临的例假、生育、抚育幼婴的母性牺牲。她们有的背着孩子走完长征，有的为革命落下终身不育症，有的几度将亲生儿送人……她们用血和泪、谱写中国革命和母爱光辉疼痛的一页。

而丁玲、刘英、朱仲丽等湘妹子，知识女性的婚恋，成为那时候革命之外的靓丽风景。刘英、张闻天，朱仲丽、王稼祥，林月琴、罗荣桓，都在宝塔山下沿河水边收获了动人心魄的爱情。从此，这些湘妹子没了花季，苦难和战争像遮天蔽日的巨大风暴，扫荡她们绿叶花枝般的青春。

好看的是黄慕兰、曾志等潜伏的湘妹子。以忠诚为主旨，委屈却更有信仰的人生让人揪心疼痛。那个时代，她们将委屈、将私情完全隐藏在心，将自己的一生交给了信仰。这牺牲，不仅是死亡，还有生离死别、颠沛辗转，恐怖、饥饿。她们用自己默默无闻的支撑，养育了革命。中国革命的女性中，有相当多的这样的人，形成很重要的一个视角，关于女性在战争和民族动乱中所付出的牺牲，甚至是屈辱一生。但正是这样，她们才比征战杀敌更称之为永远的英雄！

担当这有史以来的沉重，首先是为"红色湘妹子，中国革命的'半边天'"担当的。我党早期领导人毛泽东、刘少奇、任弼时、贺龙、张闻天、萧克等，湘人居多，他们的夫人几乎都是湘妹子。当他们以主义与信仰交织着青春、爱情与鲜血，湘女们仿佛被赋予了某种神性气质。再以坚定理想、重情重义、泼辣率性、吃苦霸蛮独特湘妹子的女性力量，在推动中国革命的进程中，便占据了耀眼的"半边天"！

自古湘女多情，湘女的参与中国革命，在一个阶级推翻另一个阶级的暴力进程中，构成了主义与钢铁意志之间柔韧的联结，在这绚烂夺目的湘女群像中，革命因她们具有了某种特殊韵味与阴柔的美感。这是我在写作中努力追求的。

如今，中国革命又进入新的历史时期，湘妹子在革命战争年代用青春和生命凝练的湘女精神，在一代又一代湘女的心灵最深处，一脉相承，代代相传。这就是我要用宝贵的十年担当的作品。我能看到它的意义。

打江山的湘妹子，一旦你触摸她们的惊艳之面，不仅感受到的是美，而且能清楚地感觉出几千年沉积并传承的一种精神。湘女有深厚的文化底蕴、博大的人脉资源。湘女的精神在于"心忧天下，敢为人先"，湘女的传统在于"大义、大情、大爱"。湘女多情是社会约定俗成的雅词，几千年来，走到红色湘女时越发闪亮，更是湘妹子千百年来用奋勇担当修炼成的正果。

聂茂：中国革命是一个复杂而艰巨的历程，无以计数的人物在此过程中失去了宝贵的生命，有些死于战斗，有些死于灾病，有些死于杀戮。杨开慧只活了 29 岁，而这正是一个女人、特别是年轻母亲生命中最美好的年华。

写作没有捷径，特别是报告文学或非虚构写作更是如此。你在不停的行走中收集各种资料，聆听她们灵魂的震颤，似乎她们还有呼息、还有心跳，她们的背影还没有离去。你对灵魂般裸露的历史感兴趣，对真实的情感感兴趣，对信仰的回音感兴趣，对英雄的灵魂、对被宏大的历史叙述忽略或看不上的那些东西感兴趣。这样的兴趣点决定你的创作格局。传统的叙事经常在既定的大框架下加入作家的想象，但是你致力于缺失的历史，用报告文学的独特形式去表现。所以也可以说，你写的不是文学，是文献，你按照写作需要进行叙述。现在的小说、散文、字典、档案之间都打通了，内容打破了形式，也改变了形式。一切东西都在超出原有的边界。从本质上讲，手稿不仅是一个证物，更是用尽她的视角讲述自己的历史，让读者以此感受中国革命细微之处的内在力量。我们发现，被读者津津乐道的内容从来都是那些触动人心灵深处的柔软世界的真情。

而涉及文体的问题也比较微妙。像《板仓绝唱》要以报告文学的形式呈现，你非常智慧地抓住杨开慧的手稿作为作品的切口。因为报告文学不是一个可以天马行空的领域，它的修辞方式、虚实结构、语言风格都必须合乎要求，以此要写出新意，就必须转变风格，在叙述语言上下功夫，尽量少用写意笔法而多用写实笔法。革命历史题材面临的问题不是在日臻成熟的写作风格上突破自我，而是突破已经高度成熟的题材和叙述方式，这个题材是定论多、猜测多、材料多，突破的确很难。重要的问题还在于，要在这个已经高度敏感和雷区重重的领域内写出新意，写出高度。因此，写作过程中一定出现了很多不曾想到的困难，能否谈一谈这方面的情况？说真的，你既要艺术地再现人物的情感真实，又要保持作品的可读性和艺术的品质要求，委实不易。请问：在历史真实性与报告文学艺术性之间的平衡性问题上，你是如何思考的？有过什么教训没有？

余艳：其实，在历史真实性与报告文学艺术性之间的平衡性问题上，我知道没有太多的思考，只有靠腿走出真实，史料严谨创作。

教训虽没有，紧箍咒时时没松过——大题材啊，谁敢儿戏，谁敢瞎编？

为了确保真实，也能出艺术效果，我是一次次走现场、抓细节、找故事。去板仓，我像走娘家，两年30多次深入。再三上井冈山，一个人一站一站地走，找证人、做笔记、听录音。找寻当年毛泽东打探杨开慧的见证人；去黄洋界看炮火中毛泽东给李立三写信、辗转问寻杨开慧地址；再去古樟簇拥的象山庵，看毛泽东在什么情形下跟贺子珍结婚……以及当年国民的婚姻状况、恶劣环境下的残酷现状，都成为我认真考证和思索的课题。

2012年12月28日在板仓杨开慧故居坐了一整夜，是个大突破——找到了"用杨开慧手稿还原毛泽东爱情"的定位。

记得那天晚上，湖南乡下到了最冷的时候，寒风夹着小雨，到了傍晚，天上开始落着冰渣子。我固执地谢绝纪念馆为我准备好的大盆炭火、拉掉整个故居的电闸、灭掉了所有的灯，与一盏没有灯罩的煤油灯和只有半边铁箍的小烘笼相伴。

其实，我跟所有女人一样怕黑、怕孤独，尤其怕蛇、怕老鼠。可那一夜，我选择了几乎挑战自己生活极限来体验当年的杨开慧。好在那天不困，所有人不相信我能熬到天明。可是到第二天东方吐亮时我走出屋子，手上是满满的三大页记下的灵感，不仅全做了后来作品的核心，尤为关键的是找到了作品的突破口——把手稿掰细，一句句还原历史、还原真实。

就是在这个晚上，我穿越了。像跨越几十年和杨开慧有了面对面、心对心的交流，我能知道杨开慧想什么，我俩像是融合了，她成了我，我成了她。走访回来后的创作，是三番五次地改，七回八遍地磨。这既是我的文字，又是她的心声，更像是我俩共同坐在这里述说那段历史和真实。这些手稿无疑是杨开慧的内心独白、心灵轨迹，是我们了解这个伟大女性的最佳途径，我的创作就是紧紧扣住这些手稿。

第九节　中国经验与人类的共同命运

聂茂：我记得莫迪亚诺在诺贝尔文学奖颁奖上演讲的，结束语是这样的，他说："记忆现在越来越不确定了，始终要和遗忘及失忆症做持续不断的抗争。在这个层次下，大面积的遗忘和失忆症让一切变得模糊，遮蔽了一切，也说明我们仅仅能捡拾历史的碎片，只能追寻到断裂的、稍纵即逝而且几乎不可捉摸的人类命运的痕迹。然而，这也是小说家不可不完成的使命，面对失忆症留下的巨大空白，要让褪去颜色的词语重现——这些词语就像漂浮在海面上的冰山。"你是如何做到让历史再现，如何从断裂的不可捉摸的命运中寻找历史的碎片，进而修复一个完整的世界？

余艳：没有别的绝活，更没有任何捷径，只有深入生活走访追寻，从资料堆里走出来，从断裂的不可捉摸的命运中寻找历史的碎片。比如《板仓绝唱》的创作就是如此。

一次次走访就是一次次心灵净化，一点点的感动终能化作一种动力。写完《板仓绝唱》，我觉得自己变了，变得能吃苦、肯担当、有责任了。也知道，搞了 20 多年文学，今天才真正像个作家……

这种创作与以前写小说、写散文不同，没人催我，是自己心甘情愿一部接一部地写；更没人逼我，就是对作品中的每个人物都倾尽真情。我也是妻子、母亲、女儿，我常把自己当杨开慧问：我是开慧我会怎么想、怎么做？又把开慧拉到现在，她无怨无悔的忠贞和付出，不正是现代青年的精神缺失？差距就是要填补的，不足更是自己要修炼的。于是，让历史照亮现实，让星火传递未来——我又发现，这部作品激发了我从未有过的使命感。

终于，自己和历史接轨了，过去和今天贯通了，我和前辈真情对话了。像当年那些艰难困苦中坚守和抗争的湘妹子，我用真实的感受、刻骨的体验，向开慧的心灵靠近，再靠近。创作中，用小说的谋篇布局、用散文的语境笔调、用新闻的踏实史料，用 26 年做记者、写散文、写小说的艺术沉淀，还苛刻地讲究阅读节奏、强求细节说话。常常是，写着写着，又颠覆重来；读着看着，再改了又改。

一遍遍的打磨中，作品的人物脱掉了单一的红色外衣，还原成一个个有血有肉的鲜活躯体；在一点点对照历史中，思绪穿越近百年岁月，细节和故事又与今天的生活对接；人生的起伏、人性的纠结，让我静心去写好每一个细节；

生与死的意义、理想与爱情的完美，都在反复思索后成为今天的借鉴……

聂茂：了解一切就会尊重一切。人们的鄙夷、偏见和歪曲大多源于不甚了解或者一知半解。革命历史人物概莫能外。但是所有的传奇都会在合适的时机显现出他所具备的力量。人们通常对于历史还只是框架式的了解，甚至是道听途说，就会想当然做一个自以为是的判决者，用对与错粗暴地衡量着那些历史中留下的背影。在没有去了解毛泽东的时候，人们只知道他是一个革命历史伟人，和众多仁人志士一起把中国从半殖民地半封建社会推进了社会主义社会，带领人民建立新中国，同时发动了"文化大革命"，很多知识分子蒙冤至死。后来我才发现很多事情其实都有具体的历史背景。当人们还没有回到历史的情景中用当时人的眼光看待历史时，就无法感受到历史的有血有肉，他的每一寸每一毫都是鲜活和逼真的。

《杨开慧》和《板仓绝唱》让人们看到了真实的毛泽东和杨开慧，伟人与普通人交织在一起。人们总是仅仅把杨开慧想象成革命烈士和领袖恋人，而这两个称谓都带有浓重的社会烙印和符号意义，其实在这些符号化的称谓下，她更是一个性情温柔的女人，一个年轻的母亲。每个女人都曾经满怀对爱人的憧憬，但是杨开慧不仅是一个对爱情充满憧憬的女人，她还是一个革命者的恋人，而这是一个两难。有人认为，"历史是一个任人打扮的小姑娘"。原因就在于他们可以随心所欲地按照特定的动机，对历史进行各种各样的阐释，文学更甚。但是你一开始就对历史充满温情和敬意，你用手稿切入，就基本封死了将历史"任人打扮"的可能性，因而你的作品才可信、可读、可敬。对于杨开慧，人们了解了一切就会尊重一切。请问，除了用杨开慧的手稿，你在还原人物真相，反对历史阐释的随意化和片面化方面，还有哪些艺术上的设计和考量？

余艳：非虚构当然不能虚构，真实包括史料的真实和它的全面。而艺术上的设计和考量，我不是刻意设计，但一定注重作品的现实意义。也就是说，借古喻今，写历史人物，光照当今人。

无论是《湘妹子的万水千山》还是《红军女儿队》都写出当年的英勇，也让今天的人能借鉴。就说开掘的"湘女精神"，它能在四个侧面激励当今青年：一是坚信革命必定胜利的理想主义精神，相信成功是无数付出和牺牲演变来的，生离死别、颠沛辗转，生死难料、恐惧饥饿等，红色湘女用自己默默牺牲，支撑和养育了革命。二是为救国救民、不惜一切的革命牺牲精神，革命有时暂时失败，而更为悲惨的牺牲，很大程度是由女人来承担的。湘妹子越挫越坚的品质让她们形成柔韧结合的女性品牌。三是坚持自力更生、严守纪律、顾全大局的务实精神。坚定的革命意志、乐观的战斗情绪、无私的献身精神是各时期湘女踏实走来，成为中国女性楷模、赢得世界钦佩的重要砝码。四是紧密团结，与人民患难与共、生死相依的艰苦奋斗精神。英勇无畏的湘妹子，以朴素的阶级感情，以为人民大众翻身求解放的大理想，以比男人更惊人的勇气和毅力，克服了种种难以想象的困难，艰苦奋斗、舍命前行。

　　聂茂：西奥多·阿多诺曾经写道："奥斯维辛之后写诗都是野蛮的。"而阿莱斯·阿达莫维奇则认为用散文是对 20 世纪那些噩梦的一种亵渎。历史是如此残酷，残酷到诗人写诗都显得矫情、诗人写诗都显得野蛮，残酷到作家用散文来书写都是对历史噩梦的亵渎。因为历史太沉重，沉重得让你无法面对。而你要如实地写下来，不仅需要一种"超毅力"，更需要一种"超文学"。但是，文学不仅仅表现真实，何况正如尼采所说，没有艺术家能完全达到真实。那么，文学究竟要表现什么？人们究竟需要从文学中得到什么？陀思妥耶夫斯基认为，人类对自己的了解，远远多于文学中记录的。换言之，人们对文学的需要是有限的。或者说，现在的文学作品无法满足人们的各种需要。既然如此，作家为什么还要挖空心思、绞尽脑汁去挑战、去创新、去经历种种肉体上和精神上的痛苦呢？阿列克谢耶维奇曾经表示，她有三个家："我的白俄罗斯祖国，它是我父亲的祖国，我一辈子都生活在这里；乌克兰，我母亲的祖国，我出生在那里；以及俄罗斯的伟大文化，没有它，我无法想象现在的自己。这些对我都很宝贵，但是在今天，已经很难再谈论爱了。"阿列克谢耶维奇为什么要区分父亲的祖国、母亲的祖国以及文化的祖国？而且她明确表示，虽然祖国对她"很宝贵"，但为什么"很难再谈论爱了"呢？上述这些问题都是作家经常面对的，困惑，纠结，甚至迷茫。你是如何理解这些问题的？

　　余艳：对祖国的爱，我觉得不仅是一个作家起码的情怀，像所有的儿女，如果连他的母亲都不爱，这人还能称其为人吗？

　　所以，在我许多作品中，爱国成了作品这个大厦的基石，是一定要用力夯实的。比如《何继善传》，写这位中国工程院院士怎样从一个乡村孩子成为国家战略科学家。一个高中只读了半年的苦孩子，怎么有底气在国家舞台上与大国强国的科学家一比高低？

　　最初，采访已进行一半，还觉得文章的核没出来。后来无意中听他说儿时的故事，才找到他一辈子拼搏科研的根——儿时国弱民贫，才遭外强入侵，失学、流浪、遭轰炸。从小立志要强盛祖国，要为家乡百姓争光。这时，脑海里一下子出现了"家国情怀"这四个字。我觉得，我找到了这本书的灵魂。

如果说我也曾困惑、纠结，甚至迷茫，更多是创作上没法出新，艺术没有突破，跟国家没有关系。有些人总盯着社会的弊端，挑刺、埋怨，甚至指责、刁难。你以为你是谁，你自己都保证不了没毛病，要求一个大国家没弊端？只要国家在发展、人民走向富裕幸福，伴随一些雾霾、小腐败是正常的。只要我们自己心态阳光、努力奋斗，终归雾霾会被绿水蓝天替代，腐败终归会得到惩治。因为，国家也在努力改正自己身上的不足。而我们，尤其是意识形态战线上的引领者，要做的就是用正能量、工匠精神，写出人民满意的作品。

聂茂：眼下，书写中国经验成为时髦话题。但中国经验究竟是什么，中国经验与人类命运的关系究竟是什么，作家们似乎并不深究。事实上，中国经验是中国历史的浓缩，是中国社会变革的见证。共和国文学一直强调对中国经验的书写要建立在人类命运共同基础之上，既有中国特色，又有世界视野。正如我的好友刘起林先生所指出的那样：在20世纪50年代至70年代的开国时期，中国经验叙事"既有对共和国政权历史必然性与革命文化正义性的丰富表现，又有对社会主义新生活、新人物的热情讴歌，其中的优秀之作还显示出内蕴深广的各类文化积淀"，由此产生了一系列中国当代文学史上的"红色经典"作品。而改革开放以来，伴随着多元化、全球化的新型文化语境，中国经验审美又不断地得到丰富和发展。中国经验既是中国社会的一部分，又是人类命运共同体的一部分。因此，作为一名有抱负的作家，"立足中华民族及其文化伟大复兴的时代制高点，以一种开放包容而又崇真守正的态度，来对20世纪中国的中国经验及其在共和国60多年历史上的审美表现，进行较为系统而深入的梳理和阐释，就成为时代赋予我们的，一项无法回避的重大文学与文化任务。"你已经写出了一系列有影响的作品，面对世界文学的高峰，你是否具备了继续攀登的勇气、毅力、智慧和韧劲，是否敢于依凭中国经验，瞄紧红色记忆中被历史灰尘遮蔽的部分，努力同世界上其他国家和民族的优秀作家一起，为人类命运共同体做出自己应有的贡献？

余艳：在回答这个问题之前，我想说说最近创作的一个作品：《王新法现象——脱贫中国的乡村样本》。故事的起因是这样的：从2012年8月以后，薛家村的山坡上、地洼里、田头间、老百姓的火塘边，总能看见一位身着戎装、精神矍铄、时而几分沉思、时而几分展望的身影，他就是石家庄老兵王新法。这位带着简单行李和半袋面粉的燕赵汉子，和他的军人团队一起全身心地投入到这个穷山村的扶贫工作中来。他用了一个多月的时间，走遍了薛家村的每一个角落，和老人谈和年轻人谈，和村干部们谈，充分掌握了全村的自然、人文、产业等第一手资料，并对其进行全面系统的分析。他经常说，这儿的山好水好，就是条件不好。我们要想办法拔掉穷根。他在多次的党员和村民代表会上说，这里有这么好的自然风景，有丰厚的红色人文底蕴，我们要用好它。于是他带领村支两委一班人，爬大山、越峡谷、探溶洞……对这里的红色人文故事及自然景观了如指掌，白天一口冷馍一口水，夜晚一盏电灯一支笔，一个薛家村脱贫攻坚蓝图在他心中应运而生。工作中，他军人本色不改，干事雷厉风行，面对劈山炸石修路可能遇到的不测，带头在生死状签名承诺"如出现不测，由我自己承担，绝不给他人添责"。他为扶贫倾尽所有，生活朴素简单，与村民同吃同劳动，3个春节都在村里陪伴孤寡老人、特困户，和村民建立了深厚的感情，被村民联名推举为"名誉村长"。

4年前，年近六旬的王新法千里迢迢自发来到薛家村义务扶贫。如今，薛家村曾经的71户贫困村民，有67户已摘除贫困"帽子"，剩下的4户也即将脱贫。原始落后的小山村，已蝶变为遵纪守法、爱护环境、尊老爱幼、互帮互助的文明乡村。一个年近花甲的老人把一个村子当成自己的命运共同体，与它同呼吸、共命运。这是新时代的一种奉献精神。这是我在采访和写作中感受最强烈的一点。

说真的，我不是一个太有抱负的人，我只被身边的感动而行动。采访王新法的过程，让我流了太多的泪，是老百姓的真情感动了我，是王新法的大爱推动了我。几次深入薛家村，跟踪着王新法4年的足迹，采访了近50个人，走遍了薛家村的沟沟道道。就想帮老百姓写好这个人物，他们感激他、怀念他。

其实，社会也需要他这样的楷模，需要这样的引领。中国梦的故事里应该有王新法的梦想：一个老人与一个村子脱贫的梦想。

面对世界文学的高峰，我没想过要攀登。不是没有勇气、毅力、智慧和韧劲，是身边的感动都写不完。有一天真有身边的好题材能写出个大作品，依凭中国经验，瞄紧红色记忆，水到渠成的时候，我会努力同世界其他国家和民族的优秀作家一起，为人类命运共同体做出自己应有的贡献。

但是，那毕竟太遥远。我的抱负是——写好身边的感动，写好湖南特色，写好中国故事。

第七章　对话浮石：生存的黑洞与精神的重建

点将词：致敬浮石

不管是社会场域的机制还是市场因素的影响，文学都与威胁它的东西勾连一起，而威胁又意外地成为文学的同谋，成为社会的叛逆者和市场的引领者。文学是为生活而生，为苦难而生，也是为勇气和快乐而生。文学的力量在于毁灭与重建，个体的旧的毁灭与个体的新的重建，是思想、精神、心灵与整个生命世界的重建。

浮石在写作之前一定没有想到作家的头衔有一天与自己联系在一起，一直以来的质疑只是他作为哲学命题中对个人生命的存在与价值的追问。但一场史无前例的灾难彻底击穿了他苦心经营的"旧的自我"，在失去自由的苦闷期他听凭内心的驱使接通了天地万物的神秘线路，压抑的情绪与心结轰然打开，一个想象与真实的世界出现在眼前。作为经历了商海浮沉、经受牢狱之灾的人，他在铁窗里的愤懑之情转化成惊世骇俗的创造力，他开始了冷静而沉稳的创作。

就这样，文学湘军中有了一个另类，一个成功的文学边缘人，一个跨界的小说家，或者说一个商业小说作家，一个作家商人。浮石有力地证明了文学是需要天赋、需要悟性的，文学仅靠勤奋和苦难远远不够。尽管他早年发表过若干篇小说，但那些作品连他自己都懒得将它们纳入传统的文学场域。某种意义上说他是一个怪才，更是一个天才。作家不是疯子，但可以是怪才或天才。

浮石以自救者的独特视角诠释了从当局者迷到旁观者清的作家诞生的全过程。无论是《青瓷》还是《红袖》，抑或是后来的其他作品，虽然都有一些运气的成分，但毕竟让他大红大紫，也足以让他自信地位列文学湘军的先头部队。他的生命经验注定了他的商人气质，他的作品带有强烈的市场印记以及消费时代的商业策划色彩。他从自己的经验出发，借力拍卖行等文学新场域，将笔锋对准"官"与"商"、"情"与"欲"、"爱"与"恨"的灰色耦合处，聚焦厚黑学、关系学、成功学和官场上秘而不宣的种种龌龊，充分发挥了一个作家的聪明和睿智。他作品的畅销或成功虽然掺合着人们的窥私欲，揉进了自恋与自虐，并与情色因子纠缠一起，但这些并不能否定其文本的新颖性、艺术性和思想性。

　　他用最真实的语言和成熟的叙事技巧，塑造了严酷的现实与无常的命运，以毋庸置疑的叙事张力描绘出在欲望的黑洞之中，人的精神的荒芜、价值的崩塌、人性的扭曲和道德的碎裂。浮石的文学世界在最为困难的时候发出了真诚的声音，他执迷地陈述着模糊混乱的情感和原本十分私密的伤痛，他让读者相信他具备创造"精神世界的可能性"，他似乎天然地创造了这一切，其中的每一个词，都连着他的骨头、他的经络、他的血脉、他的人生，他也借此创造了全新的自己。

第一节　"文学边缘人"与一本书的"文学事件"

　　聂茂：我认为，2006 年《青瓷》的出版可以看作是一个"文学事件"。支持这个说法至少有这么三个方面的理由：一是这部小说给沉闷的文坛带来了强烈的震撼或冲击；二是小说作者是文坛边缘人，所写的拍卖行业是经济改革过程中出现的新行业，读者对该行业的潜规则与幕后故事有一种陌生感和阅读期待；三是作为长篇处女作，出版社和作者通力合作，使畅销书的运作模式获得了巨大成功。

　　既然成为一个事件，我关注的第一个问题，是一个老生常谈的问题，那就是，文学的功能是什么？当然，我们可以从理性的层面谈出一大堆所谓的思想，比方：文学为我们逃离压抑的群体提供了智性的释放和心理的出路。文学能够挣脱也许已经变得仅仅是静止的而非活生生的历史，挣脱变得让人难以忍受的存在，让灵魂飞翔。文学不仅能够树起一道边界将自己与外界完全分开，还可以提供能够接触到其他社群的强有力的传播载体，真切地反映自身的渴望，表明各式各样的对正当权利要求的呼声。而在文学的领域里，作为消费者或是观察者，读者/观众/参考者可以随意批评、爱慕、排斥、享受文本，就像购买的家电、食品或其他产品一样，你可以对它评头品足，毫无顾忌。

　　尤其重要的是，通过日积月累的阅读经验，大伙都会明白：真正的文学既不是止痛的阿司匹林，也不是逃避现实的麻醉剂，更不是悲剧中提供轻松滑稽的调味品。文学让我们目光犀利，让我们充满感恩，让我们精力旺盛，它甚至还能让我们感到害怕。所有这一切都昭示：伟大的创作实践是知识的实践，它不仅仅是经验的再现，更是对作家的智慧、视野和想象力的挑衅。正因为此，文学不为自身的美丽所引诱，也不为曾经有过的光环或尖锐的批评所左右。文学总是与艺术相伴，是理性的、机智的。文学是一种记忆、一种观察、一种想象、一种感悟和一切日常经验与细腻情感张扬的总和。文学作品连同文学本身所具有的精神"软力"是强大的，足以抵抗任何困厄的袭击。正因为此，无论什么年代，文学的光环总是神圣的。如果每个创作者都能坚持自己的道德想象，坚持把精神生活带出祭坛，努力让"空虚"的人生变成远不止呼吁权利的人生，作家们就可以从事更广泛、更深层次的艺术创作。这种创作会让一个民族更有可能在一个更广阔的世界里变得"有价值"，更有可能满足单独的个人的需求——从此可以作为个体而不是被作为陌生的人。

　　浮石兄，因为你的作品及其突如其来的影响力让我联想到上述的想法。我相信这些想法不一定完全获得你的认同，特别是在商业因子无孔不入的今天，在不少业内人士哀叹"文学消亡"或"文学无用"的时候，作为"文坛边缘人"的你是如何认识文学的功能的，你能否结合自己的经历和创作实践谈谈这个问题？

　　浮石：我的文学情结始于 20 多年前的大学生涯，先是写诗，后来是小说。所谓的诗，现在看来不过是把每行字刻意地不写满了，一行一行像不规则的青春疙瘩似地排列下来，显出生命力旺盛的样子，或用抑扬顿挫的声音把它朗诵出来，自己感动得一塌糊涂，别人要不感动，嘴里可能不说，心里一定要骂他懂个屁。小说也复杂不到哪里去，先是看了许多国外的现代派，然后闭门造车，写一些自己看不懂却希望别人认为深不可测的东西。那个时候，我先是哲学系的学生，然后是学校人事处的干部，无论是专业还是职业，与文学都相去甚远，却以文学青年自居，很有点不混同于一般老百姓的架势。现在想来，别人说我清高真的是很抬举我，要是我现在去评价那时的自己，说神经兮兮一点都不过分，完全是因为荷尔蒙过剩又羞于谈情说爱，才躲到文学的圣殿里明目张胆地释放"里比多"。

　　可能是因为我没有想清楚文学的功能是什么，我在诗歌上的成就不过是在校园的社团诗刊上偶尔露峥嵘。小说方面的成就要大一些，短篇处女作《有人敲门》发表于《青年作家》1986 年第 1 期，有点自己的影子，写一个大学留校的年轻人在某个无法排遣的黄昏，待在单身宿舍，年终小结似的回味自己短暂的工作经历中遭受的小挫折、意淫着与某一条连衣裙有关的朦胧含糊的爱情，正准备在精神领域大大地风花雪月一番，传来了命运似的敲门声，打开门一看，原来是个收破烂的，问："师傅，有空酒瓶卖吗？"

后来虽然陆续在全国的一些杂志发表了近十篇作品，却是多举而未成名，没有修成正果。我1992年下海经商纯属心血来潮、被人怂恿，现在想起来都很懵懂。在祖国最南端的海口，我不得不不停地变换工作，做的行业有画廊、广告、房地产和证券，这话听起来吓人，其实要看怎么个做法，在海口待过的人都热爱那座城市，总是忍不住对它赞美有加，这一现象简称"夸海口"。

但不管怎么样，我比那些心比天高的老板有福多了，还是赚到并保留住了第一桶金。又是受人怂恿，我1998年回家乡湖南创办了自己的拍卖公司，主要是做法院的拍卖业务，成天跟承办法官打交道。因为我的"大老板"身份，更因为做事敬业、专业，很快就赢得了大家的信任，生意一度风生水起，真的是槌子一响，黄金万两。

如果生意一直顺利，肯定不会有《青瓷》，因为摊子铺开以后，别说写书，就连看书的闲工夫都没有，看报纸也就看看标题，或最多看看经济犯、诈骗犯、行贿者受贿者怎么样阴沟里翻船，从内心里嘲笑一下别人的智商。谁想到2003年年底的某一天，我也会因为别人案发而被牵连成为他们中的一员。

我自认为从来不是一个胆大妄为、为达目的不择手段的人，我只是按照一个"规矩"的商人的标准与套路为人处事，所以，当厄运来临的最初，我更多地感到了意外、不平与委屈。

我与纪检机关的不合作持续了相当长的时间，那是一个法盲与政权机关的对抗，一开始就注定了渺小的个人必将失败的命运。

那段与世隔绝的日子，是我生命的最低谷。昨天的繁花似锦、莺歌燕舞，转瞬即逝，自由的空间被剥夺和挤压，要想继续生存不被窒息，唯有逃向精神家园，尽管那里因为久未打理而已经杂草丛生，但我还是通过写作完成了自我救赎，是文学帮我找到了通往"此岸"世界的桥梁。

还有一个动机，我怕自己出来以后再也不能做拍卖了，所以得另找活路。我离开文坛久矣，或者说我从来没有真正进入过，竟天真地认为写小说是可以赚大钱的。一种纯私人的劳作，无须向别人行贿，名利双收，多好。

我同意你把我作为"文坛边缘人"的定位，即使在今天，如果让我选择是做一名商人还是当一名作家，我可能很难保证我会选择后者。

就像你说的，现在的文坛处境不妙，作家头上的光环不仅消失殆尽，甚至有被沦为滑稽演员的趋势，写作群体及产品数量增加，作品的品质却越来越低，产品浮躁、花哨、哗众取宠，或是快餐文化的工艺化、同质化。但这并不是我不能坚定地选择当作家的唯一原因。从个体最原始的意义上来说，我认为世俗的生活比精神劳作更具质感和亲和力，我们生活在今生今世，而精神产品只是彼岸的花朵。

为什么会有人哀叹"文学消亡"或"文学无用"？其中的原因可能很多，但我觉得作家要从自身多找原因。作家是靠作品说话的，就像工厂是靠产品说话一样，你出产不了好的作品，你就丧失了成为作家的资格，就要像工厂一样破产倒闭。

还有一个客观原因，就是我们社会能够给优秀的作家、好的作品以怎样的礼遇？如果我们像商人一样思考问题，就是我有好的产出，是否必然有好的回报？一个有艺术良知的作家创作一部三四十万字的长篇，总得一年半载吧？总得呕点心沥点血吧？可是作品出来以后的命运会怎么样呢？光从市场的角度来讲，无非畅销与不畅销（好作品不一定畅销，不畅销的作品也不一定就是假冒伪劣，这是另外一个话题，此处从略）。先看不畅销的情况，如果是专业作家，还有个地方领工资，不至于饿死。如果是业余的，必须投入更多的精力解决生计问题，怎么能做到心无旁骛？如果畅销，盗版者蜂拥而上，可怜的版税再扣掉个人所得税，真正落到口袋里的也没有几个子。反观其他的艺术家，比如说演员，比如说画家，同样为一流演员一线明星，露露脸就是几十万几百万，顶尖画家更了得，一幅作品就可以卖到几十万几百万甚至几千万。前不久搞了个作家富豪排行榜，经过十几二十年的奋斗，挣了个小几百万上千万，还不敢理直气壮地说，想一想真是可怜。当然，你也可以说文学跟绘画、跟表演相比，是不同的艺术门类，不能盲目攀比，但作为一个社会，你如果希望作家创造出优秀的作品，你就得给作家一个宽松的环境，你就要从各方面维护作家的尊严，否则，你怎么把最优秀的人才留在文学领域？大的不说，就说盗版。盗版就是光天化日下的抢劫，你要作家去打击盗版？你要出版社去打击盗版？那你还不如叫一个三岁的小孩去打成千上万个装备精良的强盗和怪兽。可是，政府在这方面是可以大有作为的。如果哪里出现盗版，就对哪里管反盗版的政府主管实行一票否决，你看盗版打不打得了？

现在有点名气的作家，都在往娱乐、表演的门类里靠，有些自封的诗人，甚至广而告之求人包，难道这不值得我们大家认真地想一想，文坛到底怎么啦？

那么，什么才是好的作品？也就是说，文学的功能到底是什么呢？

我很同意并很欣赏你关于文学功能的那番激扬文字。但我自己更习惯于一种通俗的表述，我觉得不同的时代，不同的作家，完全可以赋予文学不同的功能。如果我们把文学当成一个平台、一个载体、一个工具、一种手段，那么，用一个简单的比喻，它不过是一个空了的酒瓶，你可以把它卖给收破烂的，也可以用它继续装酒，也可以用来装醋装酱油，或者装杀虫剂，甚至装排泄物(此灵感来源于某老外艺术家，他研究制造了一个拉屎的装置，在艺术场馆工作，然后把制造出来的粪便包装起来供人收藏，据说价格不菲)，甚至在想象中打击盗版时把瓶底敲了握在手里以壮行色，等等。我的意思是说，关于文学的功能没有标准答案，你想用它来干什么就可以用它来干什么，至于能不能干成什么，那是另外一回事，与文学无关。

第二节　生存文化与艺术的磁力

聂茂：你的经历具有传奇色彩，"经历就是财富"这句话在你身上得到了最好的体现：大学教师、净资产数千万元的拍卖公司老板、身陷牢狱的犯罪嫌疑人、畅销书作家，这是你先后有过的四种文化符号。你的小说《青瓷》一书出版三个月内就加印 10 次，一年内已经加印近 20 次，北京某影视传播公司更是以100 万元天价买下《青瓷》的影视改编权。

我知道，你是湖南常德人，浮石只是你的笔名，你的真名叫胡刚。为什么取这么一个笔名，有什么特殊含义吗？湖南人把常德人称为"中国的日耳曼族人"，意思是常德人很团结，善做官，会做生意。一个朋友解释了宝庆(邵阳)文化与常德文化的差异，说宝庆多山，每个山头都想争峰，都想出头，于是互不团结，你踩我的脚，我捅你的腰，勾心斗角；而常德多水，要想在水中站稳，只能抱成一团，抱得越紧，抗力越大，生存的机遇就会越好。这个朋友说这是地域文化所决定的，颇有一点丹纳所描绘的"地理环境决定论"的味道。这实际上就是一种生存文化，也是一种精神文化。你是怎么看待这种文化的？你曾经说过："《青瓷》火爆与畅销在其意料之外，也在意料之中。"为什么会有这一番感慨？如果不是一场变故让你变成一个犯罪嫌疑人，你会想象自己将来的某一天能够成为一个有影响的作家吗？

浮石：用笔名出版作品的人，首先可能是因为有难言之隐，在我这里情况就是这样。现在大家都知道了，我因涉嫌行贿被羁押了 306 天，《青瓷》就是在看守所里写的。当初出版的时候，因为还幻想继续从事拍卖行业，连真名也不敢用。所以取名浮石，很有点言志的味道：第一，有一种石头本身就可以漂浮在水面上，那是一种冶炼过的矿渣，表明我是经历过冰火两重天的人；第二，如果山洪暴发、泥沙俱下，石头也能被挟裹着顺流而下，表明人在某种强大外力下的无奈；第三，激励自己不要沉沦，就是一块石头也要让自己浮起来，表明自己抗争命运的决心。

你提到不同的地理环境对文化差异的影响，大概是不能否认的。至于两个地区之间的差异会有多大，我没研究过，没有太多的发言权。但是，抱团结圈子，互相依靠互相帮助，或简言之拉关系、用关系，已经是一种中国特色，却是不争的现实。每当我们要去办一件什么事情的时候，首先想到的不是法律法规章程制度，而是能不能找到熟人、找到关系，我们每一个人就生活在一张巨大的无形的关系网中，想挣脱也挣脱不了，真要挣脱，则无异于遁世，恐怕会像一颗尘埃一样无所依附，那种巨大的虚空反而会把整个人吞噬。这也像某些人对单位的态度，在单位里，觉得这也不好那也不如意，可你真要让他离开，他会更加没有着落。

有关系好办事，已经成为人们的共识。有关系的人被认为是有能力的人，混得好、吃得开、如鱼得水、左右逢源。可是，大家虽然都对关系顶礼膜拜，怎样建立关系，怎样维系关系，却有段位上的差别，就有被培训的需要。突然有一本书冒出来，现身说法，用生动真实的案例，讲怎样拉关系用关系，对于很多人来说，岂不像是久旱遇甘霖？你不看别人看了，意味着别人学到了套路而你没有，你不是会很落伍吗？于是争先恐后，让《青瓷》一纸风行。

《青瓷》是我本人及其他商人做生意的经验总结，具有相当大的适用性。但是，如果不是因为我有那段特殊的经历，我是不会白纸黑字地把它写出来的，因为如果不进看守所，我肯定还在做生意，我还会生在此山中，也就拉不开与商场、官场和情场的距离，没有距离不仅没有美感，可能连事情的真相都会看不清楚。再则，学关系用关系，从来都是只做不说的，大家都在暗处使劲儿，如果我一边做生意一边絮絮叨叨，我就会成为一个异类，生意会做不下去。还有一点，就是不需要说，因为这是通行不悖的潜规则，天知地知，你知我知。从这个层面上来说，我是一个"告密者""泄密者"，但我坚持认为，我只是揭开了一个人人共知的秘密，我是说出皇帝没有穿衣服、是个光腚的那个小孩，《青瓷》所以能获得嘉许，不是因为它有多么深刻，可能更多的出于对作者勇气的鼓励。

聂茂：有人将《青瓷》吸引人的"磁力"解释为三个方面的原因：一是它艺术地再现了社会转型期的现实生活，主人公具有时代赋予的典型性和普遍性。在对张仲平剑走偏锋的生活、处事方式以及社会生活多层面的描写中，复杂人际关系和世俗媚态，商场、官场、情场的欲望和情感表现得淋漓尽致，人们可以从中找到现实生活中许多的"似曾相识"，读来感觉亲切、温馨，甚至充满强烈的同情；二是它另类地诠释了生存哲学中的"关系学"，小说最成功的地方也出在这里；三是它真实地刻画了"商道"，将"一夜暴富"的神话一点一滴地剥离出来。虽然这些说法都各有见地，但你认为《青瓷》的成功在于它真诚、真实地反映了当下复杂的生活，许多做生意的读者都以为写的是他们自己。小说文本写了一个男人升官发财的种种挣扎和他的情感生活。现在，升官发财在某种程度上也可称之为事业，只是看这个人把自己的私欲在这个过程中扩大到多大的范围。你的作品不仅客观地反映了经济改革过程的阵痛和身处其间的亲历者的无奈，更反映了一个世俗男人的生存状态，至于这种生存状态的好与坏，对与否，你没有做出道德评判。因为你认为"每个人的生活状态都不一样，读这本书的人可以做出自己不同的评判，并在书中找到一些人生的启发"。

颇有讽刺意味的是，小说标榜的是"没有虚构的东西"和"学关系，用关系"，并且说作品教人怎样去送钱、送钱送得不会出问题，等等。而生活中的你恰恰又出在"行贿"、即"送钱送出了问题"上，并因此有了将近一年的牢狱之灾。你是怎样看待这种颇具戏剧性的生活的？你是否真的希望将自己在生活中的"失败"（姑且这么说吧）恰到好处地写了出来，让读者去规避某种风险，从而获得成功的启迪？

浮石：这个问题在前面一节已经做了部分回答。我觉得一个作家提出问题比回答问题要重要得多，作家没必要、也不可能代替别人思考，但好的作品应该激越别人思考。别人是否愿意被你启发、被你激越，首先取决于作家本身的态度是否真诚，当然还有你抛出的东西到底有多少干货，除此之外，也取决于读者本身的档次，他是否有与文本相当的生活积累以及足够的悟性。当然，我个人倾向于认为读者是聪明的，你只要耍一点小小的花招，把他当傻子，他立马就能看出来，并有可能抛弃你鄙视你。那样的话，作品与读者的交流就进行不下去，你的作品也就不可能畅销，无论你怎样王婆卖瓜自卖自夸都没用。作者与读者的关系，在某种程度上具有博弈的性质。作者如果把自己抬得过高，以致有一种精神上的优越感，将会是一种冒险，会使自己远离读者，而当读者从书的海洋中挑出了一本，一看，发现既没有实用性，也介入不了他的现实生活，我怀疑他会有捧读它的兴趣。

"学关系用关系看《青瓷》"的营销口号，是在图书出版四五个月之后才提炼出来的，虽然对书的进一步传播和畅销起了一定的作用，不过，我仍然坚持认为，仅仅把《青瓷》当成关系学教材，是对文本价值的一种低估。

当行贿受贿深入或渗透到社会每一个领域和层面的时候，即使公然教唆行贿的书，也会有存在的理由和市场，但把《青瓷》仅仅当成这样一本"教科书"，则与我的创作初衷背离。我写了很多行贿受贿的技巧，表面上确实有让人规避某种风险的作用，但它深层的意义在于：

张仲平睿智能干、知法懂法，为什么要行贿？刘永健知法懂法执法，为什么要受贿？在真实的世界，还有多少张仲平、刘永健干着同样的勾当？也许很多人的所作所为，还够不上上纲上线、行贿受贿的立案标准，但是不是在思维方式上与张仲平刘永健异曲同工，只是没有他们那样的机会？是什么东西造就了这种思维方式的普遍性？

第三节　作家的是非观与现实主义的穿透力

聂茂：一个有趣的现象是：湖南作家似乎擅长写官场，比方说王跃文，比方说阎真，肖仁福更是如此。甚至唐浩明写的历史人物，也都是官场争斗中的佼佼者。写官场，其实写的就是人际关系，写人与人交往中的利益冲突、心灵变化和千丝万缕的社会网络。关系就是金窟，关系就是财富，关系就是生意经，关系就是升迁道。如果说，王跃文、阎真等人是从文化的视角、唐浩明和肖仁福等人是从历史的际遇去写这种关系的话，那么，《青瓷》更多的是从市场的角度触及关系最脆弱的部分。你曾经如此夫子自道："做生意一是做市场，二是做关系，而且，在中国似乎也没有纯粹的市场，最后仍免不了做到关系上去。我下海至今已有十多年，'为商'之道的酸甜苦辣都有体会，特别是创办了自己的拍卖公司之后，对于财富和关系的了解，更是领会颇深。但是所谓成也萧何败也萧何，'官商勾结'固然可以让人在极短的时间内积累下巨大的财富，却也可以让人在一夜之间冰海沉船。我希望读者不要把《青瓷》作为拉关系、行贿受贿的'教科书'来读，而是由此思考一下其他深层次的问题。"

应该说，这段话是发人深省的。问题在于，不少读者恰恰就是冲着你的"教科书"来的，而且你的作品有不少情节具有很强的操作性和实践性，甚至连你的感悟都带有强烈的"暗示"作用。比方，你在作品中这样写道："因为健哥的关系，张仲平并不担心颜若水会对他虚与委蛇。但是，介绍人的作用也就是把你领进门，怎样建立关系还得靠自己。张仲平吃的就是这碗饭，知道后来的戏该怎么唱。说穿了，颜若水也是做生意的，不过是帮公家做生意。公家跟公家的生意不好做，私人跟私人的生意也不好做，私人跟公家的生意，就好做多了。有句话，叫商道即人道。按照张仲平的理解，就是做生意先做人，人做好了，生意也就好做了。"很明显，这样的暗示就是叫人家去行贿，而且还把"行贿"上升到"可以体谅"或理解的高度。

我以为，从作家的立场上看，这是不大对头的。一个作家，可以触目惊心地写杀人，可以写不法之徒的种种阴暗事，但所有这些并不是以"教唆犯"的功能去获取不当利益，而是以批判的立场严肃地剖析，使读者读完后虽然知道怎样去犯法，但因为作品中所透露出来的深刻的批判和尖锐的疼痛，使之不敢以身试法。所以，我感到最大的不满足，就是《青瓷》作品中的"是非观"存在问题，也就是展示得多，隐忍得少；理解得多，批判得少。在你眼里，《青瓷》中没有一个坏人。我认为这个文本缺少现实主义力作所应当有的穿透力。你可以不同意我的分析，我想听听你的看法。

浮石：我曾经跟唐浩明先生有过一面之交，他对我说，当他知道《青瓷》是在看守所里写成的时候，心里不禁唏嘘，"问题不在于你在看守所里写了一本书，而在于你居然写得那样从容，娓娓道来，不惊不乍。"

《长篇小说选刊》选载《青瓷》时，国务院国资委研究中心主任、经济学博士王忠明先生也说，"浮石似乎有一种从容不迫以至不怕有絮冗之嫌的叙事能力，洋洋洒洒，娓娓所道……。"

我引用我所尊重的两位老师的话，并不是借名家以自重，我只是想告诉读者，基于我当时的写作环境，我的写作心态其实是极端矛盾和挣扎的，既想尽可能客观地披露人性的真实（哪怕它是自私的、阴暗的、险恶的），事件的逻辑性（哪怕它是不光彩的、黑暗的、惊悚的），又不想让它们在明亮的光线下一下子曝光，因为那些特质都是我具有的、都是我赋予作品中的人物的，如果我急急忙忙地在文本中跳出来忏悔，我小说中的人物也心急火燎地做着上纲上线的自我否定，那么，《青瓷》将会失于直白，作为反映社会生活的一面镜子的功能，就会大大地减弱，它本身的艺术感染力也会大大地减弱。

关于这一点，我希望你能理解。

黑格尔有个著名的哲学命题：凡是存在的都是合理的，凡是合理的都是存在的。社会转型时期，原有价值体系崩溃，新的价值观念尚未建立，人们不仅信念迷失，失去了敬畏之心，也模糊了是非、好坏、美丑概念，越来越变得无所顾忌、自私自利。张仲平们就生活在这样的环境之中，如果他们不打上时代的烙印，我倒要问你，《青瓷》还算是一部现实主义的作品吗？恐怕只能被称为拙劣的成人童话，只能成为逃避现实的麻醉剂，这样的作品只会速朽和遭人唾弃。

我听到的读者反映是这样的：《青瓷》成功地塑造了社会转型时期一个商人的形象，你无法用好坏、是非标准评价他，你甚至不知道是该喜欢他还是该厌恶他，是该理解他同情他还是该咒诅他唾弃他，可他就是一种活生生的存在，他就在你我身边，甚至就是你和我。他存在着，他合理着。

你关于《青瓷》缺少现实主义理作所应当有的穿透力的说法，我不敢苟同。恰恰相反，我觉得我恰到好处地书写了张仲平的挣扎，对他行贿手段的运用，也并非如数家珍似地津津乐道，他想独善其身却不能，他不想那样，却不得不那样，这是什么问题？这个问题还不够尖锐吗？对张仲平们进行道德上的批评和审判是容易的，但那只是治标不治本。真正需要解决的是社会的弊端和体制上的漏洞，让合理的终于存在。

这里，我愿意再次引用王忠明先生的一段评论：小说至少已让主角张仲平在体制转轨的急剧变动期从先前的八面玲珑、如鱼得水走入了四面楚歌、困境重重。这里隐含的道德力量、人生道路及行为方式（致富方式、两性交往方式等）的选择，都睿智地、富有责任感和同情心地表现着浮石基于良知之上的诸多反省。

这还不够吗？

也许，我们的分歧仅仅在于对某种艺术手法的运用所产生的效果的认知产生了定量分析的误差？

我对近几年出版的现实主义力作知之不多，但我知道我尽力了。

第四节　社会转型下人性的碎裂

聂茂：《青瓷》的成功与其说是图书设计和策划的成功，不如说是"吴振汉案"引起社会广泛关注、形成新闻事件而借力发力的成功。就前者而言，出版社不仅请福布斯财富排行榜中文版主编周鹏专门撰文："商业和关系的问题在中国可以说是经典问题，甚至引起西方商界的关注；而且商业和关系之间的那种微妙很容易让人剑走偏锋。《青瓷》惟妙惟肖地再现了当代中国商人对关系的顶礼膜拜和娴熟利用，让我感触颇深。或许，中国商人应该从书中得到警示并反思其中利弊，西方商人则值得去理解其中的联系。"还请出评论界的精英大力推介，《中华文学选刊》主编王干认为"读这样的小说会时常听到碎裂声——人生有价值内容的毁灭……"；而北京大学教授张颐武更是夸张地指出："这是一部难得的都市小说，作者有着独特的生活经验和文化想象，他通过鲜活的人物、精彩的故事、幽默的语言为我们精心绘制了 21 世纪初中国生活的《清明上河图》。"在书的设计上，周鹏的推介放在封面，许多读者对"福布斯财富排行榜"有一种盲目的从众心理，认为这就最有权威的评价。王干和张颐武的评介则放在封底。如果人们对周鹏的评价感到还有点不放心的话，那么，王干和张颐武的"双保险"就会基本消除阅读者的不信任情绪。

应该说，这种《纽约时报》读书版式的推介模式对中国读者来说还是颇具威力的——这就是我说的该书的图书设计和策划是成功的。但是，比起"吴振汉案"新闻事件本身所具有的震撼力而言，周鹏和王干、张颐武们都逊色许多。据 2005 年 2 月 1 日新华社报道，2004 年湖南加大对法院系统违法违纪行为的查处力度，共立案 153 人，查处 140 人，分别给予了刑事、党纪、政纪和其他处分，这其中就包括原院长吴振汉受贿一案。细心的读者不难发现，《青瓷》中的一些人物以及围绕这些人物展开的故事俨然就是描写当年湖南省高院原院长吴振汉受贿一案，而你作为当事人之一，又恰恰因为该案受到牵累。

更为重要的是，在接受媒体的采访、问及这个问题时，你也是犹抱琵琶半遮面，声称自己的作品与"吴振汉案"是"既有关系又没关系"。客观地说，如果不是图书设计、宣传和策划的努力，特别是没有"吴振汉案"的发生，只凭作品的艺术性，我很怀疑《青瓷》能否畅销。你怎么看待这个问题？据说，《青瓷》原来不叫这个书名，它的厚度也不一样，原来有一百多万字，现在出版的还不到它的一半。起初甚至有书商要求你花钱自己出版，有没有这么一回事？你能否坦率地谈谈该书出版的命运遭际？你有没有过跟出版社达成某种协议，例如拿出版税的多少来做宣传费用？

浮石：我从看守所出来不久，原来的公司就上了"黑名单"，永远失去了在法院系统从事拍卖业务的资格。这种打击是致命的。经济上的重负也足以把人压垮：几年来做拍卖生意积累的财富顷刻之间化为乌有，还欠了一百万的外债。剩下来唯一的希望就是两塑料袋手稿。

我曾经在不同的场合说过，在我生活最阴郁的时期，我要感谢两个人，一个是湖南文艺出版社社长刘清华，一个是《青瓷》的责任编辑汤亚竹，以我当时让人敏感的身份，没有刘清华的胆识和气魄，《青瓷》很有可能变不成铅字。汤亚竹则是实际的操作者，没有他的心血与劳作，也不会有现在的版式设计和那些专家学者的评语。

一本书能否畅销，可以从营销手段方面去考量，也可以从文本质量方面去分析。商品社会，任何一种产品都要吆喝，没有营销就没有畅销。但图书的营销必须基于文本。没有营销，书会被读者忽略。读者买了书，只有好看，他才会看，看了之后觉得值得才会向别人推荐。在市场面前，作家没什么可清高的。你清高，只能说明你在忸怩作态（算你精神上胜利好了），或者对自己的东西没有信心，被读者抛弃那是活该。

但是，你说如果没有宣传，特别是没有"吴振汉案"的发生，只凭作品的艺术性，你很怀疑《青瓷》能否畅销，我却不以为然。

首先，这与事实不符。书刚出版时，除了新浪网上删减过多的连载，几乎没有什么宣传，宣传是后面的事，第一次印刷的一万六千册，纯粹是先由一部分有文化的商人偶然读到后，觉得准确地描绘了他们的生存状态，说出了他们的心里话，十本二十本地买了送朋友传开的，口耳相传起了至关重要的作用；第二，我与出版社的合同中有一条特别的条款，就是不准拿"吴振汉案"说事，这也是我后来在接受媒体的采访、问及这个问题时，所谓犹抱琵琶半遮面、欲说还休的主要原因；第三，第一次将"吴振汉案"与《青瓷》连接是某网站上的一篇文章，那时《青瓷》的销量早已突破了 10 万册。

我还可以告诉你两件事，第一，后来深圳中级人民法院抓了好几个法官，网上传言，里面的情节跟《青瓷》描写的一模一样；第二，《青瓷》在某省会城市连载时，我拍卖界的朋友给我打电话，说法院里的"朋友"惊呼"狼来了"，都不敢接受他们的约请了。我心里就纳闷儿，俗话说，不做亏心事，不怕鬼敲门。你要是君子坦荡荡，你怕什么？

这说明什么？这说明"吴振汉案"与《青瓷》的关联只是一种偶然，但这种偶然却有可能在全国任何一个地方发生；这说明《青瓷》是在我们这块土地上开出的一朵恶之花，应该引起的不仅仅是欣赏而应该更多的是社会各阶层人士的警醒。

我曾经动过一个念头，就是把《青瓷》赠送给各级纪检监察机关，希望他们在侦破隐秘的行贿受贿案件时，能够有所启发。但是，我很快就打消了这个念头。那些刚出大学校门的大学生们，那些在象牙塔里待得太久了的老夫子们，你们听好了，现实生活中那些隐秘的犯罪，比《青瓷》所写要厉害十倍百倍。

坦陈黑暗是为了追逐光明，体会寒冷是为了向往温暖。

我希望这才是《青瓷》畅销的真正的、根本的原因。

《青瓷》手稿是 50 万字而不是 100 万字（实际上我在看守所写了两部长篇，两部加起来近一百万字。另一部叫《男女关系》，准备修改后更名为《皂恋》，作为我的"青红皂白"系列的第三部，看能否在明年上半年出版），只花了三个多月时间，尽管后来删了十来万字，却仍然有些粗糙，但说它艺术性不够，则可能是对读者欣赏水平的低估。一个不认识的网友说，《青瓷》是一本睿智的书，一本恐怖的书，一本激烈的书，一本冷漠书。我试着把它列成公式如下：

《青瓷》=智力大全+恐怖小说+诗集+数学手册

我对那位网友的评价比较满意。还有很多网友通过邮箱告诉我他（她）们与《青瓷》情节类似的故事，告诉我他们很多年没有读到过如此令人震撼、让人忍不住号叫或默默地泪流满面的书了。有些读者的阅读程序是这样的：先通宵达旦地读，放到枕边，过段时间读第二遍，再过一段时间读第三遍。如果没有一定程度的艺术性，仅仅是揭揭内幕而已，读者能有这种反响吗？

我把这些说出来有点自我吹嘘之嫌，但更是为了再一次享受被读者热爱的那种感动。我没有辜负他们。

《青瓷》原来的名字叫《网状淤地》后来改为《阳光交易》，汤亚竹认为前者太生涩，后者太直白，冒险改为《青瓷》，以紧扣主题和增加其文化含量，不仅能够隐喻关系的中国特色与重要，还有一种神秘和财富的象征，张仲平与唐雯的婚姻关系，表面上看堪称美满，是一种青瓷；张仲平跟曾真的关系，又是另一种青瓷，洋溢着窑变之美和不确定性，而且易碎……

王跃文先生也是我尊重的作家，我已经跟他见过两次面了，却未有过深谈。当初取名《青瓷》，也有效颦《国画》的意思。

为什么是冒险？因为很容易被误读为讲瓷器的专业书，那样的话，受众面就会错位。还真有人上了当，看过之后却大叹值得，还特意在某论坛上撰文推荐。

确实有人曾向我提议过要买断书稿，他的出价是三万元。出价之前他没有看过一个字，因为是熟人，便有开恩帮我的意思。如果定价30元，发到一万册，按10%算版税，他并没有亏待我。可是，我的期望值是一百万。两者相差太大，我只好笑笑，学齐宣王的样子，顾左右而言其他。为什么是一百万？因为我需要一百万还账，就这么简单。

因为有刘清华的支持，出版还算顺利，中间有过的一些插曲和花絮，这里就不说了吧。我要说的是，一旦决定了出版，无论是出版社还是出版集团甚至还是省委宣传部的有关部门，都给予了相当程度的支持，没有这种支持，《青瓷》恐怕也难成为你所谓的"文学事件"。

感谢他们。

第五节　"牢狱之灾"与创作中的矛盾心态

聂茂： 该书受到读者关注，一个重要原因除了"吴振汉案"外，你在牢狱里写书，本身就是一个新闻事件。有朋友对你说，一段独特的经历造就了一个作家。其实你觉得还不止这些，你认为正是那段与世隔绝的日子，让你对生意、对生活有了全新的体验与认识。后来你在给朋友签名的时候，总是不厌其烦地要多写几个字——"感谢生活、热爱生活"。从这个意义上来说，"牢狱之灾"的确成为你人生的一个转折点，就像病人最渴望健康一样，身陷囹圄才体会到自由的高贵、阳光的可爱。那时候你想得最多的是怎样出去。可是，经过一次又一次的挣扎、失望，最后总算明白了，什么时候出去自己已经不能做主。在这种情况下，你想到了写作。这让你找到了一条通向外面世界的通道。当你集中精力进行创作后，日子也就显得不那么漫长了，最多的一天，你竟然可以一口气写出一万六千余字。这真是惊人的速度。在写作过程中，你不仅解剖人生，也解剖自身。痛定思痛，你越来越真切地感觉到：若要人不知，除非己莫为。在炼狱般的煎熬和等待中，你的人生观和世界观都发生了变化。你思想、观念等跟过去相比截然不同，以前认为"法不责众"，被牵连是因为运气不好。现在则认为，想不被牵连，唯一的办法就是"不做"。你觉得你把这个观点已经隐含在《青瓷》的表达之中了，作品中的张仲平是一个充满激情与智慧的行贿者，但他骨子里有一种对诚信与社会公平的呼唤。当不少读者认为你写的带有强烈自传色彩的时候，你表示了坚决的反对，认为那是对你作品的误读。你希望读者用自己的生活经历去理解书中的人和事，不要把张仲平跟作者本人联系起来。但现实生活中人们都过得不会轻松，所以，大家才会把法制建设作为实现社会理想的精神诉求。不过，你又强调："理想离我们很远，现实离我们很近。学关系，用关系，是适者生存的一种手段。你要是太理想，同样也会很痛苦。"

从我与你的交谈与对你的了解中，明显感觉到，你陷入到一种矛盾心态中：一方面，从发行的角度出发，你声称这是一部没有虚构的原生态的小说；另一方面，从艺术的角度出发，小说就是小说，没有虚构的文本那还叫作小说吗？一方面，你不希望别人"误读"你的作品，坚信"好的制度能够降低坏人的破坏力，坏的制度能使好人变成坏人"；但另一方面，当你为张仲平们开脱责任、认为他们也是生活所逼迫的时候，你又强调人的主观能动性，即"不做"，这是对诱惑的抵抗或拒绝。难道不是吗？你能说说这种矛盾心态是如何形成的，以及未来如何超越，好吗？

浮石：你提问的信息量很大，我想你一定做了充分的准备，把我在不同的媒体上接受采访时说过的话都搬了出来，并很庆幸在其中找到了我的矛和我的盾，你似乎很有当年那些审我的检察官的风采。我喜欢这种富有挑战性的对话。

矛盾无处不在，矛盾无时不在，任何事物都是矛盾的集合体，人也是。我是人，所以我也是。你提的这个问题，真的是落到了我饭碗里，因为我在大学里念了四年哲学呢。不过，我们还是避开形而上的思辨吧（尽管那是我的强项），我更愿意有更多的朋友分享我的经历，并从中有所启发。

先谈原生态的问题。我的生活的第一次转折，是从下海开始的。下海意味着失去单位，从此自负盈亏。大海风平浪静的时候，你可以在沙滩上与它嬉戏，捉捉螃蟹，捡捡贝壳，也可以鱼翔浅底，享受享受亲水的自由与快乐。可是，大海除了具有温柔体恤的一面，还有冷酷无情凶残暴戾的一面，它可以在一秒钟之内打翻你的小舢板，让你去见阎王。市场也是这样。而你不是一个人在战斗。在你的身后，有你老婆孩子亲爹亲娘。下海是条不归路，只许成功，不许失败。不成功，便成仁。

我从事的拍卖业务，最开始是个暴利行业。以司法拍卖为例，买卖双方各5%的佣金，加起来是10%，一栋房子起码几百万甚至几千万，一块地，动不动也是几百万几千万甚至几个亿，你算一下，这样的业务我做一单两单赚多少钱？司法拍卖的委托由谁管？最开始是由承办法官个人管，个人哩，也就是说，他只要给你下一纸委托，你只要花几个钱打打广告，就可能有几十万几百万甚至上千万的进账。那是一种什么样的诱惑？

那么，这个法官将会把拍卖委托给谁呢？

在这里我不想重复《青瓷》里面的内容，简单一句话，这个法官如果没有唐僧般的定力，十有八九，他会走上与拍卖公司的老板打伙求财的道路。即使他一开始可能也不想这么做，但是，他的领导，他的同事，他的战友同学亲戚朋友，总会有办法让他这么做。唯一的区别是，他最终是上张仲平的船还是上李仲平的船或者王仲平的船。

你觉得呢？

回过头来看，这个事情很清楚，是程序和制度出了问题。是谁给了法官个人这么大的权力？你给了他这样的权力，是否有对等的监督？有权者的自律是一种相当微弱极不可靠的力量，而权力一旦失去制衡，马上就会变成火药桶。

可惜的是，生在其中的官商，很难自觉地想到这一点，或者即使想到了这一点，对财富、美色的占有欲望，要么足以让其铤而走险，要么已经让他们有了"案底"，从而堵塞了他们的回归之路。不能自我救赎，就只有求神拜佛，指望自己的运气了。

出事之前我是其中的一员，想得最多的是怎样把法官拉上自己的船。张仲平干过的那些事，我不一定全干过，但一定全听过、全想过，在思维方式行为方式上，我与张仲平一脉相承，既没有贬低也没有拔高，有意地保持了他的原汁原味，写他就象写自己，所以，才有过一天一万六千字的高产记录。我相信，其他行业的商人、老板，在跟某些权力的拥有者打交道时，也一定或多或少，自觉或不自觉有过张仲平的所思所想、所作所为。因此，他们读到《青瓷》的时候，才会觉得那么亲切，争先恐后地对号入座。

张仲平的心理冲突心理矛盾，源于我的心理冲突心理矛盾，只不过，张仲平的冲突和矛盾更激烈，因为他懂法，而我似懂非懂。用书里的比喻来说是一种"窑变"，关于这一点，《南方周末》记者成功先生写道："胡刚第一次从内心深处感受到一种巨大的冲突：明知是在行贿，却又懵懵懂懂，不清楚会面临何种处罚，明白必须回报法官，不然会让人瞧不起，更重要的是断了自己的财路。渐渐地，再面临这种矛盾时，胡刚找到了'平衡点'——把送钱过程隐秘化……胡刚想到了一个绝妙的平衡账面的方法……"

当矛盾暂时统一的时候，以为矛盾解决了、不存在了。这是很多人的盲点，或者说为了维持心理平衡，很多人更愿意接受这种错误的认知，我和张仲平也是这样。

在《青瓷》里，张仲平也会考虑做与不做的问题，但更多的是考虑怎么做的问题，至于自主地"不做"，那主要是我的问题，也是后来的事。

第六节　精神荒芜的必然性

聂茂：正如前面提到过的，你的真名叫胡刚。浮石只是你的笔名。有人曾经好奇地问你："石头能浮起来吗？"你回答得颇为意味深长："有一种石头是可以浮起来的，那是某种冶炼过的矿渣。""浮石"，恰恰表明了你目前的某种状态与心态。你似乎在告诉你的读者，你就是那颗被冶炼过的石头，浮在大江之上，举重若轻，顺流而生。现在，繁华若梦之后，你不再强求名利，不再追逐美色，只想守着身边人，给彼此一个完整的世界。倘若你真能做到这样，那是"灾难"带给你的恩泽。可实际上，要做到这一点，太难太难。转型时期的当前社会，普遍存在着一种精神荒芜与价值重建的问题，而生存的现实和欲望的黑洞如此"逼仄"着每一个人，考验着每一个人的定力和智力。你能淡泊宁静、从容以对吗？

浮石： 精神荒芜仅仅是个人的问题吗？谁来担当价值重建的责任？

辩证唯物主义告诉我们，存在决定意识。重复我前面的说法，精神荒芜是社会转型时期的一种必然。分田到户了，男人女人外出打工了，留下老人和孩子，不抛荒才怪，不杂草丛生才怪。

这当然是一种比喻。旧的已老，新的还小，失去精神家园的我们怎么办？老婆老公在一起还好办，如果不在一起，难免不会重新排列组合、自找门路，能不乱套吗？

这当然还是一种比喻。

在精神荒芜的田园里，人们是无路可寻的，也因此到处都是路。但是，选择一个方向走下去，可能直奔光明，也可能身陷泥淖，还可能疲于奔命到头来还是在原地打转转。不知所措的人们，确实需要信念的指引。

当没有信念的路标给你以指引的时候，出路在于你的选择。你不觉得我们其实生活在一个自由度超前宽泛的时代吗？只要你给自己一个理由，你可以做很多过去想都不敢想的事情，这是一个允许个性飞扬的时代。

社会包容性越来越强，无疑是时代的进步，只可惜，这种包容性很大一部分却是出于社会健康的积极的力量的退却与无奈，这就足以让社会的良知和责任感到焦虑了，也就是说社会已经有了重建价值的需要。

共产主义的理想与信念、西方资产阶级的人生观、儒家传统文化的价值回归，或者，所有先进的、健康的、积极的、向上的、符合人性的、顺应社会发展的各种优秀文化的集大成，哪一种更适合经济迅猛发展、把和谐当成社会理想的现时的中国？

聂茂教授，这可是一篇恢宏巨制啊。

过去做生意的时候，满脑袋的经济指标，一年要挣几百万，几年要赶上同学、朋友中的某某某，整天就围着钱转，围着有可能带来经济效益的人转，就像上了一个停不下来的魔盘（是推磨的磨也是魔鬼的魔），亲情被忽略，友情被忽略，家庭生活被忽略，甚至身体都被忽略，那是一种正常的生活吗？人已被金钱异化和奴化。

现在呢？我觉得我在过我想过的生活，重新回归在世俗的尘埃和光辉之间，有一种脚踏实地的感觉，我当然也得想办法挣钱，否则，我将怎样承担自己为人之子、为人之父、为人之夫的责任？但它在我心目中的地位、所占有的时间和精力，排名已不在第一，更重要的是，我不会再为钱的事铤而走险、剑走偏锋，我不愿意也冒不起把自己的自由及身家性命当赌注的风险，因为那将不仅伤害到我自己，还将伤害到我的父母我的妻儿，更可怕的是，你冒险捞取的东西真是你要的吗？真的就能归了你吗？它会不会再次被人拿走？

如果社会中的每一分子，特别是那些有行贿受贿的能力和机会的人，不管他以前都做了些什么，都能从此有我这种感悟并身体力行，我不知道会减少多少犯罪？这算不算我的一个美好的、天真的梦想？

问题是，我个人的这种选择，因为有太多的纯私人化的特殊性，可能不具有普遍的代表性。那就让它以梦想的方式存在着吧。

聂茂：再回到创作本身上，丁玲曾主张过"一本书主义"，认为一个好的作家一辈子能够写出一本好书就足以扬名立万了。当然，丁玲的话还隐含着另一层意思，即不少作家写出一件作品后便才气殆尽，再也写不出更好的作品了。古代的江郎不说，近现代文学史和当代文学史上这种情况也不鲜见，像《保卫延安》《百合花》《青春之歌》《红岩》和《林海雪原》的作者都是如此。而新时期以来这种"一本书主义"、甚至是"一篇作品主义"更是数不胜数。例如，卢新华写出并不成熟的《伤痕》、刘西鸿写出过有点影响的《你不能改变我》以及刘索拉写出了《你别无选择》后便再也写不出新的像样的作品。湖南作家中，像写出过《船过清沙滩》的刘舰平、写出过《左撇子球王》的肖建国、写出过"疯子系列"的徐晓鹤以及吴雪恼等，都存在这种令人遗憾和惋惜的现象。造成这种状况的原因固然很多，但关键的问题恐怕还是作家本身的阅历、积累、素养和学识以及对文学热爱的程度。

我记得《古船》的作者张炜说过这样的话："为什么同一个作家的作品，曾经深深地打动了我们，让我们难以忘怀，但是过了一段时间，看他新写的作品，觉得虽然一切还好，就是不再深深地打动我们了。"张炜分析造成这种尴尬的原因在于：许多书不感动人，是因为作者失去了感情。要让一个作家饱含感情，牵挂很多东西，一直牵挂着，不能忘记、不能忘怀，是很难的。在他刚开始写作时，他积累了很多感情，所以他就写得好。感情能够滋生出大量的无法觉察的东西，但是写得久了，不停地写下去，他的情感就会稀释。对于时间、对于人、对于自然、对于社会和生活，就不能像刚开始时那么专注。这种情感不是指简单的冲动，也不是欲望的发泄，而是出于一个生命真正意义上的不能忘怀。我们常常看到一些好作家往往是满脸疲惫，过早衰老了。作家最要紧的是诚恳、质朴。作家的嗓子比不上广播员，思辨比不上哲学家，漂亮比不上影星，作家只有一份质朴的感情。你是怎么理解张炜的思考的？你是如何看待丁玲的

"一本书主义"的？为什么有些作家能够保持较长的"井喷期"，佳作不断，而更多的作家则是昙花一现、稍纵即逝呢？你有没有一种"警醒意识"？你的新作《红袖》将在《芙蓉》杂志分三期首发，目前正与数家出版社恰谈出版事宜，你反复强调你的新作要远远超过《青瓷》，你不会有生活枯竭的时候，真的吗？你的"生活藏矿"能够挖掘多久、其中有多少闪光的金子？

浮石：我跟你前面列举的那些作家有一个根本的不同，我不是暂时也还没有打算过做一名专职作家。如果不是命运的捉弄，我的小说家生涯肯定会止于大学时代的那几篇习作。即使是《青瓷》，一开始玩票的性质非常明鲜，似乎更多的是为了打发单一的极度无聊的时光（我在某媒体的创作谈里披露过，最开始我是准备写武侠小说，跟金庸先生抢饭碗的），当然也有为今后的梁菽谋的成分，但更多的是一种信手拈来的随意。汤亚竹的太太夸过我，说胡刚这个人不错，坐牢都坐成了百万富翁。我觉得蛮受用的，所以在这里引用和传播一下。我把她的意思发挥一下，叫行家一出手，就知有没有。用你的语言来表述，我其实沾了自己阅历、积累、素养和学识以及对文学热爱程度的光。

《青瓷》热销以后有一种论调，说我今后的作品可能很难超越《青瓷》。这话让我既高兴又不以为然。高兴的是，在读者眼里《青瓷》已在文坛上取得了某种江湖地位；不以为然的是，尽管《青瓷》从某种程度上来说是我上半生的总结，但我的"下半身"其实更为精彩、同样可圈可点。这当然是开玩笑的话，我要说的是，生活是小说之源，只要你的生活是饱满的、丰富的、扎实的、异彩纷呈的，你的小说也就可以是饱满的、丰富的、扎实的、异彩纷呈的，你就不怕找不到金矿。

以我的新作《红袖》为例，虽然仍以拍卖行业为背景，但决不是《青瓷》的女人版，也绝不是"学关系、用关系"的升级版。将来读者会发现，作者没有重复自己，他的眼光力求达到更远的远方和更深的深处。我曾经把前面的十几万字发给国内顶级的出版社文学编辑们看过，他们一致的看法，是我已经上了一个台阶，他们抛给我的绣球已足以说明他们不是信口说说而已：15万册以上的印数，10%以上的版税，如果不满意还可以谈。如果《红袖》的质量不好，他们会有这样的开价吗？

我认为这是正常的。还是用你的话来说，相比于写作《青瓷》的两年多以前，我在阅历、积累、素养和学识以及对文学热爱的程度上，又有了提高，而且比那时更认真。我的生活原则是，做什么就要像什么；没有最好只有更好。用一句冠冕堂皇的话来说，我不能辜负了喜欢我作品的读者朋友。

第七节　心灵的挣扎与欲望的黑洞

聂茂：《青瓷》成功地塑造了一个在"权钱交易"中摸爬滚打的商人张仲平的形象。小说不仅暴露了时下一些商战技巧，更展示了张仲平内心世界的矛盾。张仲平原本是想独善其身、不搞与权势的依附关系。但现实是残酷的，他不得不想尽一切办法去违心地干着非法勾当。因为如果不去那样做就赚不到钱，就只能眼睁睁地看着同行把钞票大把大把地塞进包里去。

其实，生活中的你也很反感这种行为。你说，当时为了拉拢某个关键性的人物，你实际上是在做着一个整天陪吃、陪喝、陪玩的角色，就是打个麻将也不敢去赢。你意识到，你有钱，可是，钱这个东西，跟欲望连在一起，它是一个黑洞，就永远没有个了结的时候。因此，当你在一些人面前是"钱大爷"的时候，你在另一些人面前就是一个"钱孙子"。可以说，拜金主义在你的作品中得到了触目惊心的展示，那些夹着公文包、身居要职的道貌岸然者，一个个都自觉或不自觉地沦为金钱的奴隶。在酒吧里，在写字楼，在歌厅或桑拿室，一桩桩罪恶的勾当以种种"法的名义"或打着"公正、公平"的旗号在阳光下成交了，那些含混的笑容、散发着情欲的包厢、不言自明的暧昧、心照不宣的手语以及会心的点头在游戏的规则内是如此的井然有序。

我想问的是：无论是作为有责任心的作家，还是作为社会群体有正义感的一分子，面对情感出轨、道德沦丧和社会种种的不公平，你有过心灵的挣扎吗？你坚守过自己曾经有过的理想吗？你是否反思过，如果不是命运的眷顾，考取大学，跳出农门，你就也会像一切打工族一样，在城市的最底层忍受着一连串不公平的待遇？正为因此，当国家努力培养你出来，希望你以知识分子的良知捍卫职业荣誉的时候，你是否做到了问心无愧？你作品中呈示出来的生存哲学究竟是对欲望黑洞的透视还是对精神荒芜的鞭挞？

浮石：当情感出轨、道德沦丧和社会种种的不公平已经司空见惯，证明这个社会自我净化的功能已经大大地减弱。这种情况会令自甘堕落者欣喜若狂，而任何一个有良知的人都会感到焦虑。你问的这些问题，也曾经是还将继续是我思考的问题，也许我现在勉强可以给你一个答案，但这个答案相信不会让你满意，因为连我自己都觉得那不是一剂济世良方。但我们可以像电视里的智力测验一样，求助于现场的观众和我们的亲朋好友，因为他们也是社会的一员，也有思考的权利和责任。并不是投机取巧，我真的觉得提出问题比回答问题有意义得多，所以我忍不住把你的问题按照一般的思维习惯，做了如下整理：

一、究竟是什么原因使得咱们的社会上述问题频繁出现，以至成为一种常态？

二、如果任其发展，将使哪些人受益哪些人受伤害？

三、清者自清、浊者自浊，或者说个人的自省自律，能否提高社会的自我净化功能？如果能，那么，你能做到不出轨、不偷盗、不欺上瞒下、不谄上欺下、不拉帮结派、不以强凌弱、不欺软怕硬、不损人利己、不利欲熏心、不好逸恶劳、不见死不救、不嫉火中烧、不赌博、不插队、不乱闯红灯乱穿马路、不做假账、不偷税漏税、不发布虚假信息在证券市场赚钱、不买卖盗版和假画、不剽窃、不搞假文凭、不制作销售假冒伪劣产品、不撒谎、不打诳语，等等吗？

四、其实，在我们这个社会，不是没有规矩，而是没有自觉遵守规矩的人。从理论上来说，那些受伤害最深的人，才是反对情感出轨、道德沦丧和社会种种不公平的中坚力量，可这些人，要么可能这里吃了亏那里占了便宜，昨天吃了亏今天占了便宜，因此极容易对人对己实行两套标准，要么是社会的弱势群体，他们是道德法庭的原告还是被告？又由谁来充当审判者和强制执行者？

聂茂：张仲平是 3D 拍卖公司的老板，一个偶然的机会他得知胜利大厦拍卖的消息，法院管这件事的人叫侯昌平。张仲平了解到侯昌平有点"怪"，便想了很多办法，慢慢地跟侯昌平在感情上接近了起来。

运作香水河法人股拍卖是张仲平近期工作的重点。为此，他和省高院执行局长刘永健在一个洗浴中心见了面。张仲平跟刘永健说，他最近收了一件青瓷，想请刘永健在博物馆工作的妻子葛云看看、估估价。刘永健说，这种事情，你直接跟她联系就行了。张仲平约葛云在廊桥驿站吃便饭，又到公司去看那件青瓷，两个人商定了一下价格，葛云就把它拿走了，准备由她往徐艺准备进行的艺术品大拍上送。

侯昌平有天中午打电话给张仲平，告诉他胜利大厦拍卖委托的事出了问题。张仲平感觉到这是他的前手下徐艺在捣鬼。两个人经过短暂的交锋，决定联合起来一起做那笔业务。但胜利大厦在建工程的拍卖还是出事了。

张仲平的情人曾真再次有了妊娠反应，半夜，张仲平已向唐雯说了要回家的事，曾真却希望他能够留下来，张仲平执意要走，没想到曾真一下子变得疯狂起来，张仲平只好乖乖就范。因为这，张仲平在妻子唐雯心目中的好男人形象受到了严重的挑战，而张仲平略施计谋，终于在唐雯和女儿那里圆了谎。

法院系统搞改革，刘永健再也不敢把香水河法人股拍卖的委托直接下给

3D 公司了，两个人经过反复磋商，决定把从水桶里钓鱼的游戏设计得更加复杂、更加完善，让它既合法又合适，那就是把鱼从水桶里放到水塘里去，而且让所有有资质的拍卖公司都参加钓鱼，但是，那条放到水塘里去的大鱼，嘴里是上了 3D 公司的鱼钩的。

徐艺公司艺术品大型拍卖会开槌了，张仲平以 600 多万元买下了那尊青瓷四系罐，但未将全款付出。徐艺多次上门催讨青瓷四系罐的拍卖成交款，并说他也是被迫无奈，逼他的正是拍品的委托方。张仲平不相信葛云会做这种事，心里还直笑徐艺诈他的手法太幼稚。但没想到，还真有其事，只是委托方不是葛云，而是葛云的亲姐姐祁雨。刘永健、葛云的自我保护意识令一向以理智、沉稳自居的张仲平叹为观止。

按照拍卖行的惯例，先赚钱，再进行暗中的二次分配。可事到如今，艺术品大拍完了，香水河拍卖的事仍然还是八字没有一撇，这钱让张仲平怎么敢付？但不付钱，刘永健就会对他的诚信产生怀疑。几经冲突，在考察了刘永健提升省高院副院长传闻的真实性后，张仲平决定一反惯例，把购买青瓷四系罐的拍卖成交款的 600 万元给付了。

刘永健被"双规"的事有点突然，张仲平知道这个消息以后，有点被击懵的感觉，眼看到手的买卖鸡飞蛋打了。他开车到了曾真那儿，把原来从来没有向她说过半句的一切都说了，正在这时，门铃响了，原来妻子唐雯已尾随张仲平来到了曾真的住处……

你看，一部洋洋洒洒近 40 万字的小说，收拢起来其实也就是千把来字。都说人生是一部大书，每个人都在有意无意地书写着自己的大书。《青瓷》虽然不是你的自传，却显而易见地印上了你人生最为难忘的一页。如果说，你的人生算是经历了一半的话，那么，可否问一下，你是如何看待自己的前半生的，或者说，你是如何评价自己书写的前半部书的？在这沉甸甸的半部书中，哪些地方是精彩的，值得你反复回味的；哪些地方是灰暗的，让你痛苦和难堪？一部砖头般厚重的小说浓缩起来就是千把字，那么，如果用一句座右铭式的话来浓缩你的前半生，你最想对热爱你的读者说的是什么？

浮石：如果生活可以重新开始，又如果没有我在看守所里度过的 306 天的话，我真的很难保证我不会去走原来的老路，真的。

从人性的劣根性来看，每个人都有当贼的冲动，为什么不是天下皆贼？因为当贼被捉的滋味实在不好受，为了避免惩罚，只好不做。

为什么不是天下无贼？因为社会制度的防火墙防盗墙，还有漏洞，不仅能让贼轻易得手，还能让他轻易逃脱。人无敬畏之心，必定胆大妄为。所谓莫伸手，伸手必被捉，只是善良的弱者刷在防火墙防盗墙上的标语口号，本身不具有惩戒的功能。

我说这些话不是有意离题，我的前半身为身外之物活着，那些魔力强大到不仅可以使鬼推磨还能让磨推鬼的东西，耗费了我太多的精力和聪明才智，它当然也带给过我欲望狂欢的快乐、偷盗成功的喜欢，但它真的是一把双刃剑，在让你左右逢源、繁花似锦、所向披靡，同样也在伤及你的心肺乃至于灵魂。

再次庆幸我回到了清醒的现实之中，它很不完美，却非常真实。我正在学习敬畏、悲天悯人以及感恩。

还是那句话：感谢生活，热爱生活。

第八节　对现实的不妥协

聂茂：《青瓷》中写了主人公跟三个女性的感情纠葛。对于这三个女性，你是这么认为的：张仲平的妻子唐雯是个通情达理、温柔贤慧的女人，现在很多家庭中的女主人基本上都是这样的，她有一份稳定的工作，生活的主要内容就是相夫教子。在外面打拼的男人，对这样的家庭也是很看重的，一般不会轻易去破坏。但男人在外面混，压力很大，诱惑很多，能否保持对配偶的忠诚是一个复杂的问题，贪色跟贪权、贪钱一样，如果做得很高明，不会露马脚，男人可能会怀疑保持那份定力是不是有必要。而一旦有了这样"玩火"的念头，男人可能就走上了"不归路"。最开始的理想是"家里红旗不倒，外面彩旗飘飘"，但真正到了"了不得难"的时候，男人的选择余地仍然很大，起码比女人大多了。从这个角度来说，妇女真正解放的道路还很漫长。

你觉得江小璐是一个生活目标很明确的女人，作品中对这样一个很有戏份的女人的描写非常节制，所以很逗一些成熟、成功男人的喜欢。她长得很美，又不跟你惹事，像商人一样总是追求收支平衡。这是一个感情上曾经沧海的女人，所以，她不会跟你谈情说爱。现代人的感情中还有多少真材实料呢？有句话说得好："动什么都可以，千万别动感情。"因为感情是火，有可能燃烧了自己也伤害了别人。燃烧了自己，你可能一无所有，伤害了别人，你就结上了冤家。现代人已经很累了，真情会让很多人敬而远之，大家要的不过是遵守规则的感情游戏。

关于曾真，你倾注了过多的情感，有的男性读者认为这个小姑娘太好太美了，遗憾自己怎么会碰不到呢？你认为有这种思想的读者比较年轻，他们还没有成功到足以让女人做出飞蛾扑火般的姿势。其实这种女孩很多，到大街上留意一下那些高档车，在副驾驶的位置上往往就会看到她们青春靓丽的倩影。她们自恃美丽、聪明和青春，认为自己可以打遍天下无敌手。她们的人生轨迹肯定会很复杂，但如果你截取其中最美丽的一段她会炫目得让人觉得有点虚假。

应该说，这三个女性的性格差异都十分明显，而"性格决定命运"也成了文本的最好注脚。不过，我认为，你是以一种绝对的男权视角来书写女性的无奈与渺小的。《青瓷》如此，即将推出的《红袖》更是如此。在你的笔下，无论这个女性多么优秀，多么聪明，多么善于算计，她们的奋斗或努力争取的都没有意义，因为她们最终都逃脱不了受男人宰割的命运。你告诉我：这就是可悲的社会现实。你不想为它粉饰什么，只想直面它、揭示它，哪怕这种直面或揭示带着血的疼痛。可我的确不愿苟同：无论现实多么残酷，无论生活多么真实，作家应该有一种理想，或者说一种精神。这种理想就是对现实的不妥协，这种精神就是对生活的不屈服。不仅如此，它还要提升生活，重建价值，使读了作品的人不是对前途失去信心，而是增加一种改变社会的力量或动力。如果一部作品仅仅停留在照相般地扫描生活或复印生活，那我们还读什么小说？这不仅关乎文本的境界大小，更关乎作家自身的境界高低。难道你不这么看吗？

浮石：很感谢你把我接受《今日女报》记者杜介眉女士的访问时，关于书中三个女人的评价存录于此。如果读者对她们有不同的评价我不介意，也不反对。

我承认我是在以一种绝对的男权视角来书写女性的无奈与渺小，因为现实就是这样，妇女解放的口号我们已经喊了几十年了，但妇女从本质上仍然是男人的附属品的属性，似乎并没有根本性的改变。在现实生活中，普遍常见的不是包二爷而是包二奶，对社会财富和权力的占有，也是男性几十倍几百倍地多于女性。这就是现实。如果一部作品让这种现实变得令人触目惊心，那我们可不可以说它就已经起到了某种警示作用？可不可以说它就已经给了我们一双慧眼？

我们在文学艺术观上可能存有严重的分歧，作家不是社会学家、伦理学家，如果我们乱开药方，那我们送给我们的阶级姐妹的不过是安慰品、麻醉剂。你觉得我是做江湖郎中好，还是做火种和播种机好？

关于小说作品是照相般地扫描生活或复印生活的说法，只是一种比喻，而比喻往往是蹩脚的。在很多人眼里，生活是杂乱无章的、茫无头绪的，知其然而不知其所以然的，小说是对生活的精简与提炼，为的是让读者看清楚生活的本质，以及我们每个人有限的生活体验不可能触及的部分，更何况，不管作家多么冷峻、力求客观，其作品无不打上个人的印记，怎么可能会是对生活的照相或者复印呢？所以，阅读小说是对他人生活经验的分享。

你在纸上画个勾，然后告诉别人这是一个勾，那么它最多就是一个勾。如果你在纸上画个勾，然后让别人去想象这是什么，结果可能会极其丰富多彩，比如说：①股票触底反弹；②法院布告上院长姓名的确认；③路线示意图；④表示胜利的抽象符号；⑤荷叶梗在平静的湖面上的倒影，等等。我在作品中尽量隐藏自己的思想倾向，是出于对读者智商和想象力的尊重，这恰恰是我追求的一种文本境界，我不想拨扯着自己的头发提升自己的作品，在我看来那反而是一种举轻若重。

第九节　价值的缺失与重建

聂茂：《青瓷》这部书以十分精细而生动的刻画表达了当下社会多重价值的缺失。首先是理想价值的缺失。张仲平对妻子唐雯说："我们这些所谓的老板，一个个就像一只一条腿上被拴了细绳，允许你活蹦乱跳，但是，如果有谁要逮你，肯定一逮一个准。青蛙不会因为可能被逮住而不活蹦乱跳，因为尽管被拴上了细绳，被逮的青蛙毕竟是极少数。为什么是极少数？因为你总不能把所有的青蛙逮尽了。青蛙的繁殖能力多强啊。你不可能因为存在着一种真实的，可怕的，然而概率极小的危险而放弃生存。"这种"青蛙效应"十分可怕，不但丧失了优秀汉文化心理结构中的担当意识、忧患意识和警醒意识，而且对个人的堕落和对欲望的放纵缺乏应有的认知和反思，尤其是没有崇高的目标和伟大的理想。因为理想价值的缺失，所以主人公总能为自己的进退找到台阶，为自己的不当甚至是犯罪找到开脱的理由。

其次是社会诚信的缺失。张仲平说谎是家常便饭，重要的是，他说谎的水平很高，说得人家感觉不到："前后几分钟的时间，张仲平便跟两个女人撒了谎，一个是唐雯，一个是江小璐。张仲平也知道撒谎不好，但一个男人如果有了私心杂念，不撒谎还真不行。"张仲平经常跟法院的人打交道，很快就揣摩出了一套游戏规则，比如说你在请人吃饭搞活动的时候，忽然来了电话，问你在干吗，你是绝对应该含糊其词的。因为被你请的人，需要你保持这种私密性，这就像不成文法一样不可违抗。张仲平也是这样一次一次教导他自己公司的那些部门经理的。张仲平跟他们说，不要有事无事地把跟谁谁的关系挂在嘴上，你知道别人会怎么想？你以为你跟某某好，某某就跟你好吗？某某跟另外的人也许更好呢，别把事情人为地搞复杂了。这种细节与电影《手机》所揭露出来的丑恶嘴脸如出一辙。作为小说的作者，你是这么解释这种现象的："有人说自己一辈子不说谎。我想这大概是他或者她最大的谎言，世界上还没有这么高尚的人，也还没有这么弱智的人。撒谎的动机无非避害趋利，要么是为了掩盖真相，要么是为了感动别人，从而把事情搞掂。好处是显而易见的，成本却极其低廉，除非是傻瓜，否则，为什么不撒谎？"说真的，当我读到这段话时，我感到一种彻骨的悲凉。虽然接下来，你也说过这样的话："但谎言累计到一起，总有算总账的时候，谎言一旦揭穿，失去的就是诚信。这个社会就是这样，尽管人人说谎，但如果某某被贴上了不诚实的标签，就不会有人再跟你玩。"但比起"为什么不说谎"的理直气壮来，我总感觉有些刺痛。事实上，集体诚信的大面积缺失伤害的是作为社会成员一分子的每一个人。

再次是爱情价值的缺失。张仲平心里很清楚，自己的情感在那场疟疾一样的初恋中，激情燃烧过了也死翘翘了。后来他虽然有过一些女朋友，基本上是有性无爱，逐步地学会了怎样把感情和做爱分得比较清楚。没有爱情，但是有动物式的欲望。如果说，男人可以在无爱的情况下做爱，那么，书中的主人公则用金钱的方式轻易地替换了爱情。张仲平的情人江小璐说："爱不爱财不是区分君子和小人的标准。这个社会就是这样，男人的所谓气质、气势、气派，至少有百分之八十是靠金钱财富支撑和装点的。……至于爱，好像这个字已经被你们男人用滥了，女人的爱只有一次，对于女人来说，有比爱更重要的东西。"那就是性欲和金钱。前者是动物式的需要，后者是因为需要而成了纯粹的动物。这个把爱看得很透切的人，临出国时，还要与老情人做一次爱以示告别。张仲平由此发出对爱的感慨："有人说爱，是因为心里没有爱；有人不说，是因为不能说；还有的人不说，是因为拿不准，因为每个人对爱的理解其实都不同。"

无论是理想价值、道德的缺失还是社会诚信与爱情的缺失，说到底都是精神荒芜之镜像。既然深知价值的缺失，如何重建理想的社会价值体系便成了一个关键问题。浮石兄，虽然我能从你的作品和言谈中感受到一种焦虑，但似乎见不到具体的细节或行动。难道仅仅把精神荒芜的责任再一次推卸到"文革"十年，或者仅仅归咎于社会转型期间所必然出现的全民茫然或集体无意识？

浮石：我希望我的书写成为时代的见证，如果它足够客观和准确，这就够了。再说，一本小说不过就是一本小说，我们没有必要让它承载过多的东西，特别是小说以外的东西，你说呢？

我很高兴你在我的作品中看到了焦虑，是的，张仲平的结局不是他想要的结局，但那种结局是一种必然，听凭他再睿智、再谋定而后动、再玩弄行贿的技巧于股掌之中、再把谎言操练得张口就来，他仍然未能逃脱彻底失败的命运，这其中隐含的正义的力量还不够强大吗？

相比于二十多年前的短篇习作，我觉得《青瓷》更练达、更厚重，但我骨子里的悲悯并未改变。

你、我、他，如果想把自己变成张仲平，或者更加张仲平，你、我、他，能百分之一百地保证逃脱得了失败的命运吗？

这种自我否定、自我审判的张力，我自认为已经强大到如箭在弦之即发，山雨欲来风满楼。

让读者把那握着箭梢的手轻轻松掉吧。

或者，让那些箭矢的流星雨，朝读者呼啸而去吧。

聂茂：正如前面我提到过的，作品中，你对曾真这个女性倾注了过多的心血，似乎尽可能把她写得合乎"新时期理想情人"的词条标准。可实际上，我在阅读的过程中，感觉到你最大的失败就是对这个人物的塑造。

张仲平跟曾真第一次发生性关系写得很不真实：一个 24 岁心高气傲的女孩在一个完全陌生的办公室里，在自己生日的这一天，就糊里糊涂把自己交了出去。作为堂堂的省委组织部长的外甥女，按理，她见过的世面也够多的了，她接触的优秀男人也够多的了。她怎么会轻易地爱上张仲平，并且一进入爱的领域，就失去了自我，迷失了方向，爱张仲平爱得不得了？发生了第一次关系，她就发誓要给他煲世界上最好的汤喝，甚至连班都不去上了。单位允许吗？家庭允许吗？自己允许吗？怎么可以如此随意和放任？

不仅如此，曾真知道张仲平有了妻子唐雯后，也不哭不闹，乖巧得像一只温驯的猫，而且总是称唐雯为"教授"而不是张仲平的"老婆"，她似乎在竭力回避什么，又在竭力维护什么。我真不明白，曾真为什么要爱这么一个有妇之夫，为什么要去充当一个不光彩的第三者？要说钱，比张仲平有钱的多的是；要说貌，比张仲平英俊的多的是；要说年轻，更是比比皆是。更何况，曾真自己有钱，也从不缺钱。她似乎从来不知道爱的要求和爱的回报，只是一味地、固执地、盲目地、傻里傻气地爱着张仲平。书中有这么段话："张仲平曾经不止一次地问自己，曾真是真的爱他吗？她为什么会爱他呢？张仲平找不到一个令自己满意的答案。也许，这本来就不是一个该问的问题？因为据说爱是不需要理由的，也不能像商人一样思考。如果真的能够找到一个答案，那就不是爱。"

这是生活的真实吗？爱可以不需要理由，但不需要理由的爱并不等同于盲目的爱，更不等同于无知的爱。张仲平反思自己不能给曾真一个承诺时是这么想的："张仲平觉得爱一个人是一回事，承诺给对方一个家则完全是另外一回事。他以前拥有过的那些女人，好像也从来没有这样要求过他，他和她们既能相情相悦，又能相安无事。这是一种堕落吗？"一个男人在一次又一次游戏人生、伤害一个又一个女人（特别是最信任自己的妻子）时，居然没有意识到这是"堕落"，这实在没有道理！

说真的，曾真一点不像一个家境优越、在电视台工作的才貌双全的大记者，倒像一个正在大学读书、来自贫困地方没有见过世面的稚嫩学生。当我看到曾真如此自卑般地对张仲平喃喃软语就感觉肉麻和不可思议："仲平，我要围着你转，就在家里等你来，给你做饭吃。"她毫无尊严地乐意做他的专职太太少奶奶。有一次，曾真居然还这么对张仲平说："你说，我跟你提过一丝半点要求没有？我也是一个女人哩。我比你小那么多，你干吗不好好儿地照顾我，疼我？我可以做你的情人，做你的二奶，做你的地下老婆，不跟你明媒正娶的那个人去争去抢，可你干吗还要跟我弄出别的女人来？"

这会是新一代有理想的大学生曾真说出的话吗？如果现实真是如此残酷，这个社会还会有希望吗？有了一点点钱、有了一定的社会地位的男人们就真能如此为所欲为，天底下所有的女人们天生都是心甘情愿为他们当牛做马的？女人的尊严，男人的道德底线究竟在哪里？

浮石：在回答你连珠炮似的诘问之前，我倒想问你一个问题：聂茂教授，你有过情人吗？或者换一种问法，在现实生活中，你是否窥视或探寻过给别人做情人的女性的内心？是否透彻地了解她们的心灵轨迹？

小说中，曾真是个生活优越、心高气傲的女孩子，也许这正是她年满24岁还能保持处女之身的真实原因。我们不能说这个社会根本就不存在爱情，但至少，在她的生活经历中，尚未有这样的邂逅。张仲平的出现是个异数，这个在跟无数女性有性无爱的交往中茁壮成长的熟练工，不仅满嘴抹蜜，而且居然能"诗"上一把。鉴于在张仲平的眼里曾真像极了他的初恋情人夏雨（这是一个多么俗套的设计，又是一个多么省事、有效的设计），那么我们可以推测，张仲平没有把她混同于他的那些前女友，而是或多或少地投入了些许感情，而这一点，曾真一定有所感受。男人怕搓，女人怕呵。张仲平是个玩家，会三天两头地变换着法子哄她开心，包括后来过几天就帮她捧上一束花。女人喜欢的调调，他都能弄，他还懂得追女孩子必须胆大心细脸皮厚，你觉得这样的男人不足以成为年轻女孩子的感情杀手吗？

曾真在生活工作上并非没有压力，她去张仲平办公室的时候，跟同事拌了嘴，心境恶劣。翻翻《青瓷》，看看这时我们的张仲平多像一个兄长，关怀备至、无微不至，一定在曾真的心目中产生了某种程度的致幻效果。这里的曾真没有算计，只有似是而非的爱情呼唤，或者，她只是想借张仲平的肩膀暂时地靠一靠、歇一歇，或者最多小小地放纵一下？真是一切皆有可能。因为前面已对两个人的关系做了铺垫，加上酒精的作用，他们的"第一次"由可能变成了现实，我不觉得有什么不自然。

接下来我要说明的是，由于终审编辑的坚持，他们的"第一次"草草地收场了，由原稿的一万多字，锐减到五六百字。那是一道非常唯美、循序渐进直至血管贲张乃至山呼海啸的法国大餐，对曾真后来几乎忘了矜持与尊严地黏着张仲平，起了至关重要的"辩解"作用（谁能否认性生活质量对感情走向的影响？不是说吗，女人可能永远忘不了她的第一个男人，就像男人往往宠爱他的最后一个女人？）。当然，从另外一个角度来看，这种删减又具有充分必要的理由，以避免过多的两性描写损害商场、官场以及关系的主题。

他和她可能都太过自信了，特别是张仲平，他以为在任何情况下，他都能够"进得去出得来"，一切都在掌握之中。他们是一步一步走进泥淖的，沿着开满鲜花的蹊径。

抛开社会伦理的评价，他们的感情还是有美好眩目的成分的。问题是，我们抛不开社会伦理对个人感情的匡正。

曾真已经受到伤害了，张仲平已经受到报应了。我对小说的结尾得意有加：张仲平不仅在事业上多行不义将自毙，而且在感情上也将众叛亲离，从曾真嘴里第一次说出来的"你老婆"三个字，足以让他寒冷到骨头里，顶十篇声讨他们道德不道德的战斗檄文，你不觉得吗？

第十节　裙带文化与人际关系的核心内容

聂茂：如果仔细分析你的文本，感觉你在张仲平对侯昌平身上动的心思最为成功。你把那种要去求人家办事、又不能显示急功近利的心态把握得很到火候，而那种欲说还休、不言自明或彼此心领神会的细节也把握得十分到位。初次见面，你带去是没有明码标价、还没有上市的酒，而且是对男人特用的"神酒"。张仲平不仅暗示酒的品质没有问题，办了卫生许可证，还说再过两个月生产公司还要到人民大会堂开新闻发布会。可见这酒的档次不一般。侯昌平明白张仲平送礼用了脑筋，可以美其名曰帮他的朋友做市场调查。"这样，纪委的同志、检察院的同志就抓不到我们的小辫辫了。"更为重要的是，如果侯昌平执意不收，就得让人家扛到楼下去。因此，收了人家的礼，还要人家充满感激。

得知侯昌平有一个爱书法的公子后，张仲平更是用心良苦，他居然设法让省书法家协会前一届主席梁崎收为弟子。后来还在一次拍卖会上，张仲平又用托儿将侯公子的书法作品以高价买走。这样送给侯昌平的礼金就可以理直气壮：侯公子成才啦，小小年纪就成了大书法家能够赚钱啦。

按照你的说法，投资侯昌平的儿子侯小平，就是投资"原始股"，这也是你的新作《红袖》中突出表现的主题：裙带关系——它是人际关系的核心内容。显而易见，这种裙带关系是造成腐败的重要原因之一。为什么中国人喜欢为自己的子孙后代、为自己的亲朋好友谋取不义之财？这是一种什么样的心理，或者一种什么样的文化？在西方社会里，人们普遍认为：孩子们都是国家的，每个个体的人也是国家的。他们大都不愿意给孩子们留下丰富的财产，有出息的孩子们也不愿意不劳而获，继承巨额家族遗产。他们更愿意培育一种精神，继承一种文化。什么精神？就是积极向上、奋斗不息的精神；什么文化？就是血缘文化、诚信文化、宗教文化和感恩文化！你是怎样看待中西视域的这种差异的？

如果说，张仲平在侯昌平身上动的心思体现了成人世界里人性复杂的一面、侯昌平的儿子侯小平未必完全了解的话，那么，张仲平为自己的女儿小雨因为没有当上学习委员而心情郁闷、不得不去找校长求情，希望给小雨当个官，则完全是小孩的主动表现造成的。换句话说，在社会环境的影响下，小孩的幼小心灵不再单纯，他们从小就知道当官好，当官而且能上不能下。这真是触目惊心和庸俗之至！张仲平和作为教授的妻子唐雯不仅没有反抗这种庸俗，还大力迎合和张扬它，乃至还说是鼓励小孩免遭挫折。试想：如果人生连这么一点挫折（学习委员落选了）都经受不起，将来能干大事吗？看到这里，我简直真有点绝望了。虽然现实的确就是这样，但作为作家来说，应该怀着忧郁而不是欣赏，应该怀着批判而不是认同，应该怀着挣扎而不是顺应。古人说，举贤不避亲。把自己的亲人都拉入到当官的队伍，还美其名曰"不避亲"，因为是"举贤"啊。可是，是不是世界上就只有这些当官的"有贤未举"呢；或者说，是不是当官的举的贤比民间其他的贤更"贤"一些呢？对于这个问题，你是不是也有一些深层的思考？

浮石：不。张仲平的女儿张小雨没有主动要求父母去学校游说，让她再当个什么官。她本来因为反映老师打学生而受到打击，正在郁闷地寻找道路，是张仲平按照成人世界的游戏规则，在引导她和安排她。她的内心正义、健康向上的火苗，就这样被浇灭。

谁之罪？

我们将留给我们的孩子一个怎样的世界？

聂茂：你的新作《红袖》马上就要完稿，我有幸在第一时间拜读了前面的15万字。正如你所说的，《红袖》并不是《青瓷》的姊妹篇。不过所写的仍然是你所熟悉的行当：拍卖业。《青瓷》以男性张仲平的视角作为小说的切入点，而《红袖》则是以女性柳絮为主线作为小说的叙事基调的。《青瓷》中有一些没有展开的思想在《红袖》中得到了入木三分的刻画。从目前读到的文字来看，一开篇就具有让人欲罢不能的吸引力，而且布局似乎比《青瓷》宏大许多，涉及的社会层面也比较宽泛，你能告诉读者，通过《红袖》，你将实现自己怎样的艺术追求吗？

浮石：通过这次对话，我已经感受到了你雄辩思维的锋芒与力量，也帮读者和我自己厘清了一些与《青瓷》有关的话题。如果有可能，我希望在《红袖》完稿和正式出版后，再与你进行一次更深层次的对话与交流。

就像你说的，《红袖》是一部以女性为绝对主角的长篇小说，为争取近亿元的"流金世界"拍卖委托权，除了拍卖公司的女老总柳絮，她的同学、律师邱雨辰，她下属杜俊的前女友柳茜，被执行人肖耀祖的小情人小BB，她老公黄逸飞的小情人安琪，以及资产公司主任郭敦淳的太太，还有始终没有介绍尊姓大名的小姑娘，纷纷粉墨登场。这些青春靓丽、娇媚各异、睿智多谋的女性，如金梭银梭、往来穿梭于权贵之间；又如轻盈美丽的蜜蜂蝴蝶，翩翩起舞于利欲场所，编织出一幅色彩斑斓的世态画卷。

为了被市场识别与认知，《红袖》仍将被打上商场、官场小说的标签，它着墨于利欲与情色，而不止于此，裙带关系与权力的隐秘交媾，不是我揭示或坦陈的终极目标，它仅仅是一种标示，让我的笔触直抵更隐秘的人心和更严酷的权力核心。

这是一部更加流畅、更加好看的作品，但是，如果你没有足够的生活阅历，没有足够坚韧的神经，那么，即使在炎热的夏日，你在捧读《红袖》之前，最好准备好棉袄，《红袖》可能让你的灵魂不寒而栗。

我也会给予你一缕阳光，温情脉脉，仿佛来自婴孩的呢喃。

聂茂：评论家陈晓明说：这些年来，无论我们说文学边缘化也好，说衰弱也好，但我们看到的是一个庞大的现场：大学中文系的招生量节节上升；虽说文学期刊有所衰落，但全国每年出版的长篇小说就有四千多部。这样看起来，我们的作家青春焕发，笔头矫健。同时，我们也看到博客等网络平台使文学的书写简易化，带动了文学书写参与人们的生活，文学已经变成人们生活中很重要的一部分内容。另一方面，我们也要看到文学在大众化、廉价化、碎片化，比如说变成手机短信和帖子。所以我说它跟着"幽灵化"了。同时我们也缺乏了对文学作品内容用心去感受的态度。我们很难再找到激动人心的作品了。其实我们这些年出版的作品跟过去相比，怎么能说它们不好看呢？但横看竖看总觉得它们不能打动你，不能感动你。我们总是说20世纪80年代或者跟古典作品相比，这些作品不行，但我们从来没有问过，我们是否还有一颗感受文学的心？到底有多少人是热爱文学的，是怀着一颗虔诚的心去感受它的呢？所以我要说的是枯竭，一方面是人心的枯竭、精神的枯竭，另一方面是文学本身的枯竭。陈晓明认为文化现在缺少思想的动力。没有思想动力的文学是苍白的。因此，眼下最重要的是应该寻找文学的精神原点。

陈晓明先生的这番话值得我们深思。现在的人太现实、太功利，读文学作品也是被功利所替代。你的小说标明"学关系，用关系"，买书的人就觉得这个挺实用，于是不管好坏，先买了再说。而那些官场小说，大部分是机关里的人或官场中的人看的，他们从中要学到怎样去做官，怎样去讨上司好感，怎样勾心斗角，怎样受贿行贿。一句话，文学成了"教唆犯"！文学并没有提升读者，却激发了读者往官场生活本身上钻营。文学被彻底地功利化、现实化了。读者也是把作品中的人物跟现实的人物挂钩，什么情节是真实的，他们认为生动。他们认为生活就是这样的。他们根本忘记了，文学虽然来源于生活，但更高于生活。文学与生活不是等同的，文学甚至完全没有生活的影子。文学就是虚构的空间，是想象力的大比拼。《等待戈多》真的那么荒诞吗？《百年孤独》真的那么魔幻吗？《西游记》真的那么打斗不已吗？《鹿鼎记》真的那么无厘头吗？生活并不是那个样子的。那是艺术创作的结果。真正的经典文本是经得起时间的考验的。

浮石兄，你反复对我说，《红袖》的表现手法和艺术成就远远超过了《青瓷》，那么，我想问的是：支持你的这个说法的根据在哪里？你能自信地说，你的两部作品或者其中的一部能够经得起时间的考验吗？顺便问一下：你是否会趁热打铁，写出一系列类似的小说？或者说，你的下一个目标是什么？

浮石：让我再次说说《红袖》。相对于《青瓷》，在小说的构架上我花费了更多的心思。很多表面上看起来八杆子打不着的人和事，最后都殊途同归。我们自以为知道事情的真相，其实我们了解和掌握的不过是些浮光掠影。

《青瓷》"学关系，用关系"的营销口号，从某种程度上降低了文本的品位，我预设的话题，很遗憾没有被充分挖掘和阐释。

写作《红袖》时，我仍然想以自己的作品见证时代，在艺术追求上，我努力尝试中国转型时期的"同步书写"，让读者切身地体会到这些人、这些事，就在自己身边。我希望这一次预设的话题，不要再被轻意忽视。

我认为，中国产生鸿篇巨制的时代已经来临。东西方价值观念的碰撞，经济体制、政治体制的变迁对人性的冲击，使我们进入了一个多元价值观念博弈、包容的全新社会，将会有多少人性挣扎、求索的大戏，在这块土地上上演？

唯一的问题是，我们的作家们准备好了吗？

我的作品的生命取决于跟社会生活的贴近程度。我希望它们之间的距离为零。这样，我的作品，将跟我们这个时代一起，存在或者消亡。

第八章　对话何顿：理想的坚守与野性的呈示

点将词：致敬何顿

他不会因疲劳而让步，更不会因成功而停顿。仰望星空、脚踩大地的硬派作家，这就是何顿。他像一头"湖南骡子"，执迷地朝着故事迷出的沙漠挺进，他的目的是寻找绿洲，哪怕脸上划出口子来、哪怕血流了一地，他在所不辞。

作为一个有抱负的作家，他从来不为自己的写作感到迷茫，也从来没有感觉到生活的枯竭，他的身上，仿佛有一种使命在召唤他，作为他打捞生活和走进历史的实录，他用充满声音、色彩、味道和镜像的生动描述，展示了一个作家的劳动之美，这不仅是他个人生活的见证，更是他的思想、精神朝向大地、朝向历史的一次次影射，他的创作为卑微的人、大写的历史和血性的土地找到了诠释的新路径。他是一位有着超常毅力和耐力的高产作家，"作家劳模"是他最好的写照。

立足于湖南本土，几十年如一日，他难能可贵地开掘出黄家镇这片真实与虚构的原始矿藏。粗犷是他的风格，粗砺是他的品质，他的叙事带着泥土的黏性和人性的腥味，有着野兽般的活力。从《生活无罪》开始，他自觉地坚持地域性写作，用地域性语言进行个性化叙事，由地域抵达整体，提升了中国经验的叙事美学。

而在以《黄埔四期》为代表的抗日系列作品中，他将战争的残酷与血腥异常尖锐、清晰地呈现出来，表明了他文学上的勃勃野心和史诗情怀，这类作品的精神气质更接近《静静的顿河》，充斥着大地的野性呼唤、捍卫正义的沉重代价和生命旺盛的粗鄙。他试图告诉人们和平的活着要懂得感恩，看似理所当然的一切其实并没有预先的逻辑必然如此，如果没有先辈的付出就不会有平淡且宁静的今天。他同时试图告诉人们，历史的宏大话语都是由一大批微不足道却生生不息的卑贱故事构成，那个卑贱故事的主人公也许是你的邻居，也许就是你的祖父，他们没有像英雄一样出现在红色经典的文本中，但并不表示他们不勇敢、不伟大。历史只记录下极少的发光者，而大多数的沉默者需要人们以温情的方式去铭记和尊敬。

　　文学的价值与意义在于不断地提醒，它不仅仅表达痛苦，不仅仅是将痛苦置于个人良知和生命的最高阈，更是将痛苦置于国家、民族的记忆深处，让忘记历史的人感觉到背叛的耻辱感。正因为此，何顿的个人书写不仅是为历史正名，更是极其丰沛地填补了国家叙事长期以来被忽略甚至是被遗忘的一页。

第一节　作家的质问与文学批评的现状

　　聂茂：何顿兄，在与你正式对话之前，我突然想起一个故事，这个故事引发我长久以来关于文学评论的功能以及文学评论家与文学创作者之间究竟是一种什么样的关系的思考和困惑。1989年，我在鲁迅文学院读书。有一天是著名评论家何镇邦先生在上长篇小说专题评论课。其间，一个作家猛地站起来，质问道："何老师，你从未写过一部长篇小说，有什么意思(资格)在这里高谈阔论的？"此言一出，何先生仿佛被电击似的，霎时停了下来，满脸通红。课堂上不仅没有作家挺身而出，声援他，相反，不少人脸上露出暧昧的或意味深长的微笑，仿佛何先生没有写过长篇小说却写出了一系列评论长篇小说的文章是他的错误似的。这堂课是否就此搁浅还是继续上下去，我记不清了。但何先生的窘态和难堪至今让我感到悚然和痛心！事实上，一直以来，我发现不少当代作家对评论家的言语是不以为然的，对评论家的劳动也是不大珍惜的，对评论家的态度更遑论尊重了。他们认为，评论家都是依附他们而生存的。没有他们，评论家就无法独立存在。特别是有些著名或非著名作家，他们对评论家的漠视和对立情绪更加严重，好像他们没有经过从无名到有名再到著名的艰难过程似的，而是一出手就成经典。其中一些人对于赞扬他的评论文章欣然笑纳，而对于批评他的文章则勃然大怒，不仅大骂评论家浅薄无知，甚至对簿公堂。正因为此，当年在文学评论道路上"小荷已露尖尖角"的我发誓不再撰写评论文章。

　　但出国求学攻读博士学位期间，我跟导师无意间谈及我的困惑，导师感到十分震惊：文学创作与文学评论原本就是一体两翼，文学评论原本就是完全独立的一种文体啊。他接连反问我：康德没有写过《少年维特之烦恼》和《浮士德》，但你能说他写成的《纯粹理性批判》《实践理性批判》和《判断力批判》对后世的影响没有歌德的持久？席勒又写歌剧又写评论，你能说写出《审美教育书简》的席勒没有写《阴谋与爱情》的席勒伟大？别林斯基和车尔尼雪夫斯基等人对苏俄文学的贡献逊色于任何一个伟大的作家吗？

说真的，导师的一番话有如醍醐灌顶，坚定了我重新投入到文学评论写作的队伍中来。因为，文学创作与文学评论原本就是文学主体的孪生兄弟。多年来，尖锐而有建树的文学批评很少见，大面积的是吹捧式或隔靴搔痒式的官样文章，这也从客观上导致了作家对批评家的漠视。但这种状况只能说明文学批评的队伍不健康，与文学批评作为一种独立的文体本身关系不大。真正的文学评论家不仅是作家善意的批评者，是作品热心的推介者，更是作家寻觅的知音和诤友。他们怀着严谨的态度从举不胜数的创作者中寻找值得评论的对象。

例如，孔子从数以万计的民间诗歌中，筛选出三百首，签上自己的评论意见："《诗三百》，一言以蔽之，曰思无邪。"就这样，孔子和《诗经》留芳千古，被历史淹没的倒是那些集体匿名的创作者们。孔子一生"述而不作"。所谓"述"，就是讲述，就是分析，就是评论，而不是创作。但这一点也无损于他的伟大。再比如，脂砚斋点评《红楼梦》，周汝昌研究红学，夏志清发现张爱玲，推举萧红、沈从文等人，而湖南师范大学的凌宇教授成为沈从文研究的权威，等等。砚脂斋、周汝昌、夏志清和凌宇等都没有创作过长篇小说，但他们在文学史上的贡献是有目共睹的。

事实上，新时期以来，许多文学作品正是通过评论家的杰出努力才让它们真正为读者所关注，进而在文学史上找到自己的位置。例如，《伤痕》《班主任》和《人到中年》等都是通过文学评论才脱颖而出的。

应当说，当下文学批评者与文学创作者互不买账或相互轻视的状况，还与不少创作者本身的文学评论或理论修养的欠缺有关。在中国现代文学史上，鲁迅、周作人、胡适、郑振铎等人既是创作大家，又是评论大家。国外不少作家更是如此，像艾略特既是著名诗人，又是著名评论家。

何顿兄，为了使我们的对话更具意义，我劈头盖脸地大放了一通厥词。这样做，不是要为自己贴什么金或显摆什么，更不是为了博取你的表扬，而是真正想请问一下：你内心深处对于文学评论的看法如何？对于理性而尖锐的批评者，你是持一种什么样的心理？你在意评论家对你的评论吗？你认为评论家对你的影响是积极的还是消极的？

何顿：啊呀，你又是康德、又是别林斯基，还孔子什么的都搬出来了，何必这么郑重其事？我又不是头上长角身上长刺的小青年，早不是目空一切的年龄了。关于你说的那个故事，何镇邦先生在鲁迅文学院讲长篇小说专题评论课，一作家猛拍桌子且质问一事，是那作家无知。不是所有的作家都有涵养的。有的作家自以为是，心比天高，志大才疏，就会有这种拍桌子的事。任何读者都可对长篇小说展开讨论，可以谈自己的好恶，何况是一个专门研究小说的批评家。那一拍就刺激了你，那证明你的承受能力低了点。评论家和作家，在这个世界上都有自己存在的空间和价值，很多作家还是评论家抬起来的。我听说曾经在《北京文学》工作过的李陀就抬过很多当代作家，虽然没抬过我，我仍很尊重他。在我阅读批评文章或传记的残缺不全的记忆里，记得别林斯基就抬过陀斯妥耶夫斯基，对陀式的《死屋手记》大加赞赏。后来两人闹翻了，因为别林斯基爱扮"老大"，当时的俄罗斯，别氏是最有名最权威的批评家，自然喜欢用大量的词汇表扬或批评作家，我读大学时读过很多别氏评论俄国作家小说的文章（那时我很关心俄罗斯文学，所以别林斯基和车尔尼雪夫斯基的文章我都找来读过），真是犹如黄河之水，滔滔不绝。陀氏不是一个听话的作家，他在当时的俄罗斯，可能还属于一个叛逆性较强的作家，当然就不是十分欣赏别氏的观点，别氏在某篇文章里批评陀式的小说，陀式就反驳，彼此就闹意见了，这也正常。作家和评论家一辈子是朋友的或作家与评论家彼此攻击的例子世界各国都有，没什么大惊小怪的。

关于你提的"你在意评论家的评论吗"，老实说，不很在乎。我不是文学科班出身，不太关心文学批评，那不是我干的事，所以就不关心。我是学美术的大学生，思维有点天马行空，一脑壳的色彩，满脑袋的"小说社会"，确实不怎么在乎评论家的评论。在我眼里，评论家看小说是用自己的体验和阅读经验去理解作家的小说，他说哪部小说好或批评哪部小说不好，那是评论家个人的意见。人都是有个人情绪和个人喜好的，阅读东西都有个人立场并且是个人体验，如果该作家的小说正合某评论家的个人立场和体验，那评论家就会大加褒奖。这是可以理解的，评论家也是读者，读者发表个人意见没什么可指责的。说心里话，我向来不看重评论，甚至都不怎么看评论，读大学的时候看。后来写小说，有几次看某评论家评某篇小说，忽然发现我和评论家理解小说的角度竟完全不一样，看了某篇小说后，碰上评论这篇小说的文章便拿来拜读，屡次都是这种相去甚远的感受，就觉得评论家与作家对小说的理解是不一样的，于是看得少了。

这些年，我基本上没看评论，看也没用心，扫一眼，了解一下就撂下了。所以评论家对我没影响，一点影响都没在我身上发生过。说我的小说好我会高兴，但不会完全摆在心上，不会拿出去吹。说我的小说不好，我也不会放在心上。我这人比较开朗，知道任何东西都会有人说好坏两种话，你听哪一种意见呢？我的小说一出来就有争议，说我好的把我说到天上去了，"终于出了个何顿"这样的文章都有写，可见有人是真心喜欢我的小说。但骂我的人也不含糊，骂我的小说是"痞子"文学，是痞子的代言人。我当时有点不愉快，因为我真的没打算做痞子的代言人，我干吗要给痞子代言？我吃错了药吗？但我能自我调解，能把不愉快的话消化掉。两种意见，你让我看重哪方面呢？

第二节　硬朗的叙事风格彰显了社会的荒谬

聂茂：你的作品众多，要一下子读完你的全部文本几乎不可能。但就我通读你的几部代表作而言，总的感觉是：你的文字表现出强烈的音乐动感，画面喧闹，色泽斑斓。你用硬朗干净的语言彰显了社会的荒谬以及它们使人屈服的奇异力量，不少作品精确刻画了一幅幅面具下的人性本质，着力发掘弱小的个人对抗野蛮强权的经历，并将极具洞察力的叙述与不为世俗左右的探索融为一体。

必须承认：1993 年决定了你以后生活的走向。这个值得记住的特殊年份是 1994 年影响深远的人文精神大讨论的前一年。也正是同一年，王朔混迹于《阳光灿烂的日子》剧组，并将大众文化演绎得风风火火。

就在这样的背景下，你的成名作《生活无罪》经过两年多的艰苦旅程，终于在 1993 年《收获》第 1 期上刊发。虽然这部小说你自己认为并不是最热爱的作品，但你也坦言它改变了你的生活。而我阅读这部小说的时候，正在湘潭大学攻读古典文学研究生。这部小说让我眼前一亮。那些鲜艳而泼辣的长沙方言，粗陋而大胆，正好契合小说的主旨和人物身份。你不动声色地记录下城市中底层者奋斗、挣扎、生存和毁灭的过程，读来真是过瘾。我记得非常清楚，当时在湘大中文系任教的评论家孟泽兄十分兴奋地告诉我：湖南出了个作家，叫何顿，了不得！当时我们都不知道你是何方神圣，但你的长沙方言和俚语异常鲜明地呈示了个人的文化身份，也驱使我们从文本扭曲的历史中探寻现实真实的动力。

在成名后的一次访谈中，你谈及了自己的生活状况：当时你搞了一个装修公司，在工作的间隙，也就是 1990 年 10 月，你完成了中篇《生活无罪》。这部 5 万多字的小说两年多时间在东南西北多家刊物屡屡碰壁，飞来飞去作全国漫游。直到经知名作家何立伟力荐，《收获》的编辑肖元敏女士慧眼识珠才得以发表。有了《生活无罪》的面世，你似乎有了靠创作谋生的底气，并毅然决然地放弃了装修公司而专心从事创作。显然，如果不是何立伟的力荐，也许就会少一个知名作家而多一个装修大亨。

你的走红为人们提供了许多值得探讨的话题。比如：在先锋派小说渐行渐远和新写实成强弩之末之际，你那土气加匪气的小说迅速取得了商业上的成功，赢得了广大读者，这意味着什么？你的大部分作品表面上看似直白晓畅，实则在技巧上针脚细密，叙述的穿插、场景的勾勒、细节的润色均有讲究，这是否与你的绘画素养有关？你获得成功的关键点在哪里？我很想听听你自己的看法。

何顿：以前我说过，我是在大学里阅读一部部世界名著中悄然改变自己的志向的，之前我是想当画家，在读一部部世界名著中，忽然就想当作家了。我们这代人，从小受的教育就是长大了要当什么，我少年时候是想当将军，后来觉得当将军这个梦太难实现了就想当画家，希特勒是觉得画家太难当了转而去搞政治，我跟希特勒正好相反。到了大学才最终决定当作家。所以人的志向是随着年龄的长大而改变的。世界名著很少写高层人物，大多是写生活中的小人物，而那些小人物在众多世界名著里读起来历历在目，即使是生活在英国 18 世纪的或生活在法国 19 世纪或俄罗斯土壤上的一个个贫困者，阅读起来也十分亲切，仿佛他所经历的，你都看到了。例如我曾经读《包法利夫人》，脑海里就有一个衣着时髦的法国妇人匆匆穿过花园小径，去与情人约会一样。这就是世界名著的魅力所在。这也是我后来写小说，把视角放在小人物身上的重要原因。小人物跟大人物不一样，小人物随处可见，说话做事都没遮拦，便于接触，不像大人物，要寻，寻到了还要揣测他在想什么，准备说什么或会干什么。所以写小人物比写大人物简单，也更真实于生活。巴尔扎克的《欧也妮·葛朗苔》《高老头》《贝姨》是小人物，雨果的《悲惨世界》、司汤达的《巴马修道院》、左拉的《娜娜》、莫泊桑的《羊脂球》及都德的《最后一课》写的都是法国各阶层的小人物。

用长沙语言写作之前，我曾试着用普通话写作过，一写到对话我就头痛，对话应该是鲜活的，用长沙话说是"透鲜的"，可是我用普通话写出来的对话就没长沙话那么鲜活，像干粪，或者像死肉，缺乏鲜味。所以后来就索性拿长沙语言写。我的小说其实也不是纯粹的长沙话，多半是书面叙述语，只是在对话时尽量选择长沙话，因为在用长沙话写时有现场感，仿佛是"正在进行时"，普通话就没那种味儿。写某某与另一人对话时，我看不见他说话的神态，而他一讲长沙话，模样就活了。这就是我用长沙话写我小说中人物对话的原因。

我至今也没认为我的小说在商业上有什么成功，我并非一个畅销小说作家，也就无法认为我走什么"红"？只是比某些作家幸运一点。我还真想写一本真正意义上的畅销书，正在写，但不晓得是不是能畅销。在先锋派小说的读者渐渐对先锋派小说失去阅读兴趣的时候，出几个我这样的作家纯属正常，因为读者需要换口味，那段时间众多的读者都被先锋派小说弄得云里雾里而渐渐讨厌读小说时，写当下现实生活的作者自然就冒了出来，我只是其中之一。在《生活无罪》刊发之前，我确实在搞装修，但我骨子里不是一个热爱赚钱的角色，这和我们这代于"文革"中成长起来的背景有关。我们这代人讲理想，我们的语文课本上，大多是英雄人物，张思德、董存瑞、刘胡兰、邱少云、黄继光、欧阳海等英雄人物充满了我们的课本，把我们的脑袋都塞满了，就觉得自己长大了要当一个英雄。这种教育下长大的孩子，是不会把赚钱看成生命中第一要事的。一旦有刊物接纳我的小说，我当然就写小说去了。另外，学绘画的人都比较感性，都是用眼睛观察世界和事物，用画笔和色彩记录这个世界，很少去对深层次的东西进行挖掘，对于画家来说，几乎可以说色彩就是一切，表现的世界也是感观世界，如果用绘画语言去表现理性世界，那就是抢文学家和哲学家的饭碗了。我因为是学绘画的，我的语言就比较感性，对社会的描写也就放在感观上，所以你说有音乐动感和画面感，那几乎是我在写小说时的本能所致。我始终固执的认为，文学作品就是一种对社会生活的展示，这种展示应该是感观的，思考应该还给读者。一个作家把什么都说了，读者干什么呢？读者就只是接受吗？

聂茂：作家是靠作品来维系生命的。作品质地的好坏直接关系到作家的自然生命和作品生命。不妨看看你的经历，并对你的作品进行一次鸟瞰吧：你1983年从湖南师范大学美术系毕业，在长沙某中学任教。1984年停薪留职，说明你这个人敢吃螃蟹。1985年你在《芙蓉》发表了第一篇作品，文学出道也算得上较早的一个了。但随后沉寂好长一段时间，投了不少稿，频频遭遇退稿，有编辑善意地提醒你："写自己熟悉的生活。"1990年你从事装修行业，接触了形形色色的人物，一边感受底层市民的喜怒哀乐，一边苦读西方名著，如《百年孤独》等。

1993年中篇小说《生活无罪》横空出世，引人注目，从此，一发而不可收。

1995年发表长篇小说《我们像葵花》，主人公冯建军作为中国社会原始积累时期社会底层人物的代表，其生活经历引起多数同龄人的共鸣。

1996年《太阳很好》、1998年《丢掉自己的女人》入选"中国当代情爱伦理作品选集"。

1998 年出版长篇小说《眺望人生》。

1999 年出版《荒原上的阳光》。张艺谋、杜宪先后买下《就这么回事》《我们像葵花》的影视改编权。

2001 年推出《荒芜之旅》，讲述一个拥有硕士学位的书商从长沙黄泥街奔向北京的艰辛故事。

2002 年 1 月出版长篇小说《抵抗者》，讲述一个胆小怕事、懦弱老实甚至有些猥琐的湖南乡下农民，在抗日战争中，由被动的"抵抗者"成为一位令人尊敬的英雄。你对该作的定性是："为安乡保卫战、常德会战、衡阳保卫战中阵亡的抗日将士唱一首迟来的挽歌。"

2003 年由作家出版社出版推出《物欲动物》，这部小说深入剖析人类情感的弱点，将人性丑陋的一面置于光天化日之下，令人汗颜和震惊。文本中，你写的虽是商界大腕，但落点依然是小人物的灵魂挣扎。

2005 年，《我们像野兽》的出版，演绎了 20 世纪 80 年代七个美院毕业的大学生的浮世生活，浓缩了包括你自己在内的整整一代人的辛酸史。

除了上述这些作品之外，你还写下了大量的中短篇小说。你的作品有一个突出的特征：草根精神和世俗关怀，这也是"五四"新文学以来所倡导的"为大众""人的发现"等口号的延续。你习惯讲述处在原始积累阶段的个体小商人的故事，故事主角大多是中小学教员，耐不住贫寒而弃教从商（这其实就是你自身的原型）展示出这群人在脱离传统、稳定但清贫、平庸的职业后，如何在追求金钱的道路上殚精竭虑，甚至依靠坑蒙拐骗、偷税漏税，干了不少违法乱纪、杀人越货的勾当。另一个特点是：你聚焦的大多是都市原生态，很少有涉及农村题材的作品。只有《人生瞬间》《黄家镇》等小说例外，但写的也只是县城和城郊接合部的故事。而在 2002 年 4 月出版长篇小说《浑噩的天堂》中，你在探索人性的同时，却有意识地以"黄家镇"为背景开展叙事，并自称"福克纳一生都在写那块邮票般大小的故乡，我也要为自己寻找一个这样的地方"。

可是，从目前你的创作情况来看，你要把"黄家镇"作为故乡写出来的伟大理想并没有实现。你写的依然是出道之初编辑先生就告诫你的"要写自己的熟悉的生活"——都市生活，更准确地说，是长沙生活。我想问的是：第一，你写都市原态自成一格，为什么不把长沙当你的"约克纳塔法帕县"（福克纳）呢？难道故乡的含义一定是指乡村吗？难道长沙这块黑土不足以安放你的灵魂吗？第二，我感觉你好像不愿意把长沙当成你精神上的故乡，为什么会是这样呢？你苦苦寻找的故乡不就是你脚下这片熟悉的土地吗？你说"写黄家镇有一点好处，就是不会惹麻烦，因为这个镇是众多县镇的综合，在湖南的版图上找不到，又在湖南的版图上比比皆是。"这一番话的含义在我听来好像你因为写了长沙而惹了一些麻烦？如果此话当真，那是一些什么样的麻烦？如果此话戏言，那又是什么动因让你说出这样的话来？我知道长沙有一个黄家镇，你是否希望将中国的乡村经验（形而下的故乡含义）都浓缩在这块小小的邮票般大小的土地上，这可能吗？

何顿： 我写了很多黄家镇系列的小说，黄家镇是我杜撰的镇，其实只是写一种小城镇的生活。因为我没有农民生活，虽然当过知青，那与真正的农民是不一样的，所以就只能虚构一个小城镇来写。有一段时间我经常去长沙周边的乡镇观察和寻找感觉。铜官镇、靖港镇、郎梨镇、黄兴镇、丁字湾镇和平塘镇及暮云市镇，等等，都是我常光顾的地方，一去，找一个地方坐下，与当地人拉拉家常，聊聊天，找个小饭店吃吃饭，用作家的耳朵听，用画家的眼睛观察。现在仍然如此，有时候是晚上去，去感受小镇人的夜晚。有时没事，索性去某县城住几天，把一条条街道都记下来，把一个个商店好名字放在脑子里，只有一个目的，便于以后写作时用。

20 世纪 90 年代末，有篇小说曾招惹过麻烦，在这里只是提一下，不详细说它。这也是我日后写小说就把人物放在黄家镇的原因。例如我让我曾发表在《花城》上的中篇小说《我的生活》里的副镇长，杀了自己爱的女人，这小说发表了就发表了，要是说长沙市的某副市长或某副区长杀了自己心爱的女人，那不是给自己惹了个天大的麻烦？人家一对号入座就不痛快了，至少也会有人指出说，你这是诬蔑长沙市，因为长沙市没有发生这样的事。我在早几年于《收获》上发的中篇小说《蒙娜丽莎的笑》里，让一个曾经做过妓女后来打算从良的女主角，杀了那个曾占有过她的身体，后来想继续占她便宜的副镇长，假如把这个故事放在长沙的背景下，写某个副区长或某个副市长被妓女杀了，那不是找死？放在虚构的黄家镇的背景下，我就可以大胆构思大胆写，写人性的丑恶就可以放心大胆，不必担惊受怕，这便是我这几年里敞开心怀写黄家镇系列小说的原因。真实的地名会带来麻烦，不真实的地名至少避免了麻烦两个字，没有麻烦，你构思起来就大胆张狂，想怎么写就怎么写，就这么简单。

我小时候最爱读的书不是"三国"，不是"红楼梦"，而是"水浒"，对"水浒"中一个个小人物十分向往，鲁智深的出场、武松的出场、李逵的出场、阮氏兄弟的出场，等等，在我少年的脑海里活灵活现，这些人物在北宋末年都是小人物，却干了大事，这就是我喜欢写小人物的原因之一。我父亲生于 1922 年，现在还健在，愿他老人家活一百岁！我父亲是中华人民共和国成立前中山大学的毕业生，此前他却是一位山民，老家是郴州资兴市的山区，我母亲也是那山区里走出来的(因此我身上实际上流淌着山民的血)。父亲考上广州中山大学后，才带着母亲走出大山，后来在中山大学接触革命思想，又走到了长沙。"文革"前，父亲曾是湖南第一师范的校长。"文革"中他被打倒了，一打倒，一家人便被从一师赶了出来，住到了破破烂烂的街道上，虽然不叫作"过着非人"的生活，但比一些街道上的小市民还低一等那是肯定的，因为我父亲在那个年代被打成"当权派、走资派、叛徒"，这三顶大帽子往任何人头上一戴，都会把人压扁。父亲就低垂着头，勾着背，面色羞愧地走着，我们这些做儿子的难道就可以昂首挺胸？

从 1968 年住到 1981 年，我们家在街道上住了整整 13 年，在那条街上，我结识了许多街上的小市民，生活久了难免不生情。这便是我很愿意把目光投放在"草根"人物身上的原因之二。我关心他们，希望他们能改变自己，但他们缺乏知识而无法改变，最终一个个走向了悲惨的境地，像《发生在夏天》(该小说发表于 2003 年的《作家》刊物上)里的三伢子，像《希望》(该小说发表在 2005 年的《收获》上)里的二牛和老五，就是一步步迈向绝境的。我写这样的故事，看上去是客观和冷漠的，因为在小说中我不发议论，一议论，在我看来就不文学了。我的用意在阅读小说之后，读者自己去思考，想自己的过去和未来。我实际上是告诉读者，这样生活就只有这样的结局，要改变自己才能有好的收场。读者并不蠢，能读懂的。我们有些作家，生怕读者读不懂，就在小说里大书特书，议论起来就没个完，结果读起来很倒胃口。我读马尔克思的小说，他在他的小说里从不发议论。

第三节　人物的符号性与命名的象征化

聂茂：我知道，你的原名叫何斌，一个土生土长的长沙伢子。你的笔名听起来像巴顿将军一样，给人一种很威猛、很有力量的感觉，倒是与你的创作风格相匹配。你能说说你的这个笔名有什么特殊含义吗？

我之所以对你的笔名感兴趣，是因为我发现你的大部分小说，主人公处于集体无名状态。例如，在《抵抗者》中，故事的讲述者"我"叫小毛，这是一个没有姓名的人。"我"的真名叫黄跃进，这个名字的时代特征非常明显，与无名没有什么两样。而"我老爹"的名字叫黄山猫，这也是一个无意义的名字，一个瞬间被随意命名的符号。但即便这样的名字，在因为长得丑而顶替兄弟当兵时，最终被营长轻巧地改了，叫"黄抗日"。这种改名是毫无商量的，带有强势人物的命令式和赐名化。最明显的是《我们像野兽》中的几个主人公，他们的名字分别是国庆鳖、斌鳖、中鳖、军鳖、伢鳖、宇鳖、坨坨鳖，对于这样无名无姓的人，你完全可以用阿拉伯数字来替换，它反映了被述对象的底层性(小人物)，压根儿没有意识到姓名的重要性。

罗兰·巴特认为人物具有符号性，它不再是有关一个世俗姓名的义素的组合，而是生平、心理和时间的具象化。特别在中国，自古以来，姓名乃须发一样，为父母所赐。中国人历来十分看重自己的冠名，命名的好坏甚至直接意味着受名者的人生遭际和命运的荣辱兴衰。正因为此，新时期中国作家对自己作品中主人公的命名总是隐含着种种寄寓。例如，张贤亮短篇小说《灵与肉》，小说主人公叫许灵均，命名显然是根据中国古代楚国的爱国诗人屈原的悲惨遭遇而发。屈原名平、字原，号灵均。屈原代表作《离骚》被王逸认为"离为别，骚为愁，放逐离别之言，心中愁思之叹，直陈人君之讽也"。这篇小说的女主人公李秀芝也显然是借喻《离骚》中的香草美人之意。张贤亮的中篇小说《龙种》，其主人公"龙种"之命名也显然是借用了马克思的名言："我播下的是龙种，收获的却是跳蚤。"甚至他的另一部中篇小说《绿化树》中的小说主人公章永璘就是作者张贤亮名字的谐音。这也正是这部小说的作者怎么也不愿意删去主人公最后走上"红地毯"这个俗不可耐的情节之良苦用心。

类似的情况几乎在新时期每一个中国作家那里都能找到不少例证。史铁生在谈到他的长篇处女作《务虚笔记》中用字母命名主人公名字时坦率地承认："姓名总难免有一种固定的意义或意向，给读者以成见。"人物一性格化，难免"使内心的丰富受到限制"。而在韩少功的《马桥词典》中，"名"的释义是政治化的："当局只是有一种强烈的心理冲动，要削弱乃至完全扫除这些人的名谓权——因为任何一种名谓，都可能成为一种思维和一整套观念体系的发动。"

这种说法很有道理。《伤痕》中的主人公叫王晓华(小花的谐音)，她的命名就是赵树理著作中经常出现的"'小元'、'小宝'、'小明'、'小福'等'小字号人物'"(《李有才板话》)这一"整套观念体系"的延续。陈荒煤在评论赵树理的作品时指出，这些"小字辈"人物是被"剥夺阶级""压碎了的……一代"。

讽喻的是，王晓华的无名是自己的冠名权被野蛮地剥夺造成的；祥林嫂的无名则是从卑贱的家庭中"继承"过来的——有钱的人继承祖先的产业(荣耀)，无钱的人继承祖先的卑贱(无名)。中国作家对作品主人公的命名总是包含寓意。卢新华《伤痕》中的主人公"王晓华"、梁晓声《这是一片神奇的土地》中副指导员"李晓燕"是"小花""小燕"的无名指称；而刘心武《班主任》中对人物的命名如"好孩子"石红（象征"根正苗红"）、"坏孩子"宋宝琦（象征"畸型的玉"）恰与作品中的人物性格完全一致。此外，蒋子龙《燕赵悲歌》中的主人公武耕新就是"护更新"的谐音。李铜钟、李万举、魏天贵等人名都隐含了主人公的正义感和改革的艰难历程；而李顺大、陈奂生等名字的本身都有"顺达"和"换生"或"唤生"的象征意义。无论"小花""小燕"还是"顺达""唤生"，都是作家为本是"无名"的主人公刻意加上去的虚无的人称代码。

"伤痕文学"作品主人公的"无名状态"是荒唐岁月里中国人"集体无名"的原始写真。那时，最崇高的称呼是"同志"。例如，老舍就曾对赵树理称他为"老舍先生"耿耿于怀。当有人说这是尊重时，老舍说："尊重？称'同志'才是尊重！"而诗人郭小川也同样流露出对"同志"的渴望。一个中性的符号指称竟然有着如此大的威力，以致80年代初徐敬亚因为那篇《崛起的诗群》触犯政治禁忌的时候，胡乔木勃然大怒最直接的反应就是"不许旁人称徐为'同志'"。

因为此时的"同志"二字早已超出了日常生活中的人称指谓，它是一种政治待遇，是对毛泽东"谁是我们的敌人，谁是我们的朋友"这个"革命首要问题"的第一注解。

因此，我想知道的是，你对作品主人公的命名有没有一些特殊的暗示？除了体现小人物对姓名无关大局外，你那一系列稀奇古怪、在现实中却又是活灵活现和生机勃勃的名字是否隐含着对传统意义上崇高命名的颠覆、尤其是命名的去政治化？所谓"鳖"，在长沙话中是骂人的意思，而你的作品中"鳖"字牌姓名是否彰显出你对述叙对象的深刻认同，甚至有一种温情、戏谑与无奈？

何顿：少年时候的梦想是当将军，带兵打仗，打到日本去，因为日本打到了中国，在中国干了南京大屠杀，在长沙大肆杀戮，这让少年的我愤愤不平，觉得应该以牙还牙。但将军没当成，在少年的我渴望当兵的那几年里，我父亲的问题迟迟没有解决，这就影响了我，当兵就没有我的份。后来下乡，吸引我的就不再是当兵了，而是考大学。读大学时看了《巴顿将军》这部电影，觉得这个人才是我真正喜欢的，那样"吊"，那样傲慢，不正是我曾经想要做的人吗？取笔名时就用了个"顿"字。

中国人取名字，大多是在儿子或女儿的名字上寄予了很多希望的，什么"金旺""金贵""金银""有才""有财""有富""有金"，等等，另外一些名字就是含纪念意义或出生时间的，例如"国庆""五一""元旦""秋兰""秋菊""香桃""跃进""建军""建国"，等等，还有一些名字，就不一一分析和举例了。总之，名字只是个区别符号，其实不重要，出了名，名字就变重要了，没出名，名字只有取名的人才知其用意。我很讨厌一些作家把小说中人物的名字取得很娟秀或素雅，名字应该大众化，别搞得那么不一般，名字没什么特殊意义，你安了特殊意义也没人能看懂，看懂了反而感到滑稽。

放在李国庆、黄中林、刘友斌等人后面的鳖字，不是骂人或贬低他人的意思，是一种长沙人亲切称呼的意思。鳖字含意很丰富，语气不同，音调不同，组词不同就派生出不同的意思，像搞字样，用意很多。同学之间喜欢称鳖，朋友之间也爱称鳖，这是长沙年轻人的用词习惯，这中间有亲热的意思。外地人不懂，在长沙这块土壤上长大的人都懂。有的女孩子说话时都带鳖字，你走在长沙街头用耳朵听，我保证你能听到某女孩在街上叫另一女孩时会冒出一个鳖字。我在步行街或平和堂就听到过，一点也不奇怪。

名字政治化那是上辈作家的别有用心，上辈作家比我辈作家讲究取名，把取名视为一件苦恼的事，因而下力去想。我辈作家基本上没有这种用心，有，那也是作家自作多情。没有读者会跟着那么去想，这是个商业大潮时代，人们都忙于挣钱和想把自己的生活过出"美好"来，已经不是"文革"时代或"文革"后期的时代了。文革时代，一切是政治挂帅，物质生活贫乏，自行车和收音机都变成了奢侈品，政治生活自然就被夸大了，所以人人都讲政治，不讲政治就没法活。那辈作家写小说就得考虑取名，怕人家误会，政治时代人的大脑是十分敏感的，动不动就上纲上线，把作家害得要死，所以那个时候"同志"一词确实是那辈作家渴望的称呼，假如不称你同志了，你就要遭殃。这是那个时代。时代不同了，我辈作家当然就不在乎取名带政治倾向了。高大全、萧长春、李向阳、杨子荣、郭继光和李铁梅等，都是那个时代里小说和样板戏里的名字。名字取不好是要挨批评的，现在谁还会为小说或电影里的取名什么的挨批评？

聂茂：在你书写的都市原态的作品中，我能经常看到你对于西方先锋小说的借鉴，《抵抗者》最为明显，至少在叙事技巧上是这样的。在这个文本中，至少有三个时空在交叉进行：一个是最原始的时空，即父亲讲述那段残酷历史的元时空；一个是根据父亲在"文革"中交代的材料而于1983年创作的小说初稿的现代时空（当然包括1989年第一次重写作的时空）；一个是1995年第二次重写和1999年第三次重写以及更后面的混杂在一起的最新时空，而在重叙中，还不停地书写"我"和"老爹"在常德和衡阳的故地重游区位的变化。而在《我们像葵花》，叙事的转变不单是时空，更是人称的变化。例如从第一章中的第四小节开始，由"我"转变成了"何斌"。然后一直用一种纯客观的方式，或者说是一种第三人称的方式。但到了第八章，又突然回归到第一人称"我"。这种叙事模式完全打破了读者阅读传统小说那种线性的时空习惯。

众所周知：物质的时间是单向流动和不可逆的。现实中的时间，是人的能力无法控制和改造的。但是在小说中，叙述者可以根据自身的需要，对穿行于本文中的时间进行扭曲或改变。叙事的一个重要功能就是把一种时间兑换成另一种时间，即把现实中单向的不可逆时间变为叙事中多维的和可逆的时间。叙述者总是在无限可能性的世界里选择他所感兴趣的时间，定格它，然后按照它的精神态势，顺流而上，或者逆流而下。在此基础上，叙事者在写作时要进行时间的选择、时间顺序的安排和对时间变形的设计，以便将原本受束缚的时间变成"为我所用"，以各种方式实现文本的意义呈示。例如，普鲁斯特在建构《追忆逝水年华》时，他凭着自己的爱好在时间中旅行，甚至有意识地引起接受者的时间混乱，现代小说由此诞生。现代小说和古典小说最明显的不同就在于：现代小说回避衔接。在古典小说那里，叙述者为了接受者易于接受，总是想方设法把来龙去脉弄得清清楚楚，对于从"听故事"培养起来的阅读习惯的中国读者来说，这种方式极为有效，但却有悖于现代小说的审美趣味。西方现代小说强调读者的创作参与，时空的混乱为的就是让读者跟随作者去顺理它、进而重新创作它，实现文本意义的叠加。

看得出，你对《抵抗者》这部小说很满意。这种满意在我看来，至少有两个方面的原因：一是题材的重大性——写的是抗日战争的宏大主题；二是叙事的创新，你不断撕掉传统叙事链条，将时空打乱，以突出文本的心理空间。你在自序中说："为了写好这部对我来说意义重大的小说，我调动了我的全部文学才能，为此把结构和时间都有意打乱，这是我借用了现代派手法书写。因为假如按时间顺序写的话，也许这部小说会写得很长很长，而写得过长，一是自己很累，其实读者读起来也会很累。……为了不至于读者们于阅读中半途而废，就写成了这样。"

对于你的夫子自道，我不敢苟同。我并不认为：调动现代小说叙事技巧，或者将时空打乱，就能将小说写短。恰恰相反，如果你将这部小说按传统的线性叙事方式写下来，篇幅会短得多，同时也会更加紧凑，张力更大，场面感觉更加惨烈，带给读者的震动也会更加巨大。因为我发现这个文本，每当读者因战争的残酷而感到紧张和呼吸喘息的时候，你立即打住，回到当下生活中，将新的时空穿插进来，严重影响了读者对文本的情感投注。当然，如果按传统的小说模式来说，就是一部历史小说，这显然也不是你、我甚至部分读者愿意看到的样子。由此我产生了困惑：一方面，文学创作追求创新；另一方面，创新往往是需要代价的，中国先锋派小说的创新是以读者的损失作为代价的。那么，你是如何把握这个创新的尺度的？你是否愿意为了创新的需要而牺牲一部分读者？当艺术创新和读者消费发生矛盾时，你是向读者做出妥协还是将创新进行到底？

何顿：你说得不错。80 年代，当我对国内的小说大感失望的时候，我选择了读西方的小说。受西方文学的影响，当然就难免。《抵抗者》就是例子。其实，我有好几篇小说都把时空打乱过，例如 1989 年发表在《芙蓉》刊物上的《古镇》和 1991 年在《芙蓉》刊发的《真痳真痳》，及 1994 年发在《花城》上的中篇小说《月魂》和 1994 年发在《收获》上的中篇小说《三棵树》，都把时空打乱了。这只是一种小说创作的手法变换，老是一个套路写作也不好，就探索一下别的路子，只是探索而已。

《抵抗者》是一部长篇，是写黄抗日从生到死的全过程，如果按线性手法来写，进入故事会很慢。你没写小说，所以你可以这么说。你以为可以缩短写，那是你以为而已。我最近写了本长篇，取名还没定好，就是按线性叙事手法写的，知道我写了多长吗？一不小心写了 50 万字。有人就提出进展太慢，说一开始不激烈，难以抓住读者。如今的读者一开始就要激烈地进入故事，否则就抓不住读者。《抵抗者》这部长篇，有很多读者说好，当然也有读者说看不下去，因为他们无法接受这种时空打乱的叙事。很多读者都是读俄罗斯文学和中国传统文学中长大的，对时空打乱的小说，读起来自然有点把不住脉，找不到北，就恼火，就扔下不读了，这是没办法的。至于你问我是否愿意为了创新而甘愿牺牲一部分读者，我真的无法回答你。读者是作家的父母，完全不关心读者的阅读感受，也不行，过多关心又媚俗，与其媚俗，还不如弃下读者不管。作家有三种，一是为自己写作，一是为读者写作，还一种作家就介乎两者之间。残雪就是为自己写作的作家，而一大批世俗作家却是为读者和电视剧改编而写作。我主要是为自己写作，有时候也考虑一下读者，所以我说了我不是个畅销书小说家。

第四节　粗痞化话语特征的深层寓意

聂茂：在《抵抗者》这部原本庄重的小说中，经常看到你的调侃和戏讽。例如，母亲李香桃 1969 年夏投河自杀了。你说，她不漂亮——"如果漂亮也轮不到长相像猩猩一样的我老爹娶她"。对于自己的母亲，叙事者"我"是这种冷漠的口吻："我和我姐都是我老爹和续弦的女人所生。"作品还穿插地写道："一九五四年迎春路小学放暑假的第一个星期天，黄抗日结束了他三年的鳏夫生涯，而李香桃老师也结束了她的老姑娘生活。"

　　这样的叙事路数在索尔·贝娄的《国王的全班人马》中、在米兰·昆德拉的《笑忘录》以及博尔赫斯等人的作品经常看到。而在中国新时期文学中，新写实小说作家们也习惯于这种粗痞化的话语特征。事实上，新写实小说语境的突出走向（context – oriented）就是频频犯禁，丑话、脏话、俗话、毒话大行其道。例如，"母亲风骚了一辈子"，七哥对父亲的感情"仅仅是一个小畜牲对老畜牲的感情。"（方方《风景》）而新写实语境方向是承续"寻根文学"的发展而来的，在莫言的代表作《红高粱》里，这类犯禁式的话语也是比比皆是："父亲不知道我的奶奶在这条土路上主演过多少风流喜剧，我知道。父亲也不知道在高粱阴影遮掩着的黑土上，曾经躺过奶奶洁白如玉的光滑肉体，我也知道。"

　　我觉得，这种大面积的"粗痞化"是对中国长期以来"长者尊""性禁忌"的大胆挑衅，是对泛政治的假正统文化的撕裂和背离，本意是好的。但这种方式经过王朔等人一"中转"，到后来就发展到了"地摊文学"的地步。因此，我认为你的这部沉重的小说，借用这种戏谑方式大大削弱了文本所应有的庄重和严肃。特别在小说中，当母亲自杀时，父亲已经神经错乱，"面对着我母亲那肥胖的尸体"，父亲根本不认识。老爹在战争中没有疯掉，却在和平年代被逼疯了。他坐在牢房里，吃自己的屎。而这一幕又让自己的妻子看到，她认为作为正常人的丈夫死了，她也没有活下去的意义了，她做了最后的抗争，拍着桌子骂严副主任等人"都是畜牧养的！"然后投河自杀了。这是多么的残酷的现实。小说写到这里，已经是对人性滑入兽性的批判达到了极致。但是，因为小说前进途中不时冒出的对"母亲"的不敬，大大冲淡了读者对那段历史的深刻反思，也使人怀疑创作者自身的人文情怀。你是怎么看待这个问题的？

　　何顿：这只是你这样看吧？你愿意看的是残酷到更加残酷，然后你就来享受残酷带来的痛苦？你没有受虐倾向吧？文学作品，有的的确写得很严肃，严肃得读来感觉压抑，当年我读茅盾的《子夜》、读托尔斯泰的《复活》、读陀斯妥耶夫斯基的《罪与罚》，读老舍和郁达夫的一些小说，就有这种压抑感。读鲁迅的倒是没有，即使是很著名的《阿Q正传》，读来也没有压抑感，沉重感是有的，压抑感却没有。19世纪的很多小说，例如巴尔扎克的、司汤达的、莫泊桑的、托尔斯泰的、陀斯妥耶夫斯基的、狄更斯的、哈代的，甚至高尔基和茨威格的小说等等，读来一点也不轻松，尤其是读狄更斯和陀斯妥耶夫斯基的小说，那大量的悲惨情节描述读得我喘不过气来，然后掩卷就真的要遐思了。后来读西方现代派小说，就没有这种压抑感，有，也可以化解，典型的例子是黑色幽默小说《第二十二条军规》，那是个要给托氏或陀氏那辈作家写，一定会写得很沉重的题材，但读《第二十二条军规》时很感轻松，这是海勒把黑色幽默放到了小说人物身上，叙述的笔调也十分生动、好玩，这让我阅读时开了眼，觉得这真好。小说是用来阅读的，首先要好读，没做到好读，那就没有读者读。所以调侃和戏谑，是小说创作中的味精，你认为好就好，你认为不好也没关系。文学作品历来是见仁见智的，即使是《阿Q正传》，也有人说坏话。托尔斯泰的《安娜·卡列尼娜》，是当之无愧的世界名著，也有人读不下去，说太啰唆了不喜欢。

你现在要我来回忆写《抵抗者》这部小说时，为什么会用这种笔调写，那是我觉得题材太重大了，假如依时间顺序写，又板着面孔写的话，一定会漫长得让人不想读完它。战争年代的故事，尤其是抗日战争的故事，如今的人不是很关心了，在文学上就要下点功夫，让人读来轻松、愉悦是最好的。其实这部小说里有很多读来沉重的故事，惨烈的常德会战、更加惨烈的衡阳保卫战，一个个娃娃兵被日本人打死，黄抗日的冤情，母亲的自杀，等等，你觉得被削弱了，我觉得一点也没削弱。它仍然沉重，像山一样压着读者，就有读者读完之后，携老婆和孩子跑到岳麓山的抗日英雄纪念碑下烧《抵抗者》这部书以示哀悼的。

文学作品，不必要一写到父亲和母亲就满怀崇敬，调侃几句，阅读效果也许更好。你不喜欢这种文字，不一定别人就不喜欢。

聂茂：在你的小说中，为了将打乱的时空能够较好地联结起来，你经常使用"作者现身"的方式进行叙述。例如，在《抵抗者》中，你写道："我下面要把诸位读者带入到有关我老爹于1949年9月22日被捕的事件中。"又如："现在我要将《抵抗者》结尾了。假如火车是从广州开往北京，火车已过了长沙、武汉、郑州，此刻已经过了石家庄，正向北京终点站驰去。还有一两个小时，乘客就要下火车了，那么我的读者也将合上这本书，另一名读者可能会从你手上接过去，进行情感和思维的旅行。"不仅如此，你还经常使用马尔克斯式的句型："很多年以后，冯建军回忆着养母的恩情说……""让我们重新回到1976年9月里的那天上午……""现在让我们把视线又移到冯建军身上。"

很显然，你也落入了马尔克斯句式的圈套中。《百年孤独》里著名的第一句是："许多年以后，面对行刑队，奥雷良诺上校仍然会想起他的祖父带他去见冰块的那个遥远的下午。"对这个"逆流时间"句式的模仿在中国新时期的先锋小说里随处可见。例如，我在苏童的《1934年的逃亡》、格非的《褐色鸟群》、叶兆言的《枣树的故事》、余华的《难逃劫数》、刘恒的《虚证》、洪峰的《和平年代》等先锋作家的著名文本中都能找到。连一向表现沉稳、且并不怎么"先锋"的韩少功在他的小说《雷祸》中也不甘寂寞地在开头中夹杂着这么一句："一只狗莫名地朝天叫了几声，后来有人回忆到这一点，觉得是很有意义的。"

马尔克斯用那种方式开头不仅源于他的真实生活，更是他在《百年孤独》中对小说叙事艺术的独特发现。中国先锋作家对他的模仿或抄袭纯粹属于"横的移植"，是追风逐潮的病态心理，并不一定是创作本身的需要。

如果说，对"马尔克斯句式"的病态"移植"还带有一点"共时"的偶然性的话，那么，这一拨作家对"元小说"形式的"痴爱"则明显见出他们精心"模仿"的叙述策略。按照约翰·巴思的意思，"元小说"的目的就在于把作者和读者的注意力都引向创作过程本身，把虚构看成是一个自觉、自足和自嘲的过程，不再重复反映现实的神话，而是致力于模仿虚构之过程。

中国先锋作家对这一小说形式的"模仿"可谓驾轻就熟，操练得非常圆润自如。不妨请看——马原："我就是那个叫马原的汉人，我写小说。我喜欢天马行空，我的故事多多少少都有那么点耸人听闻。"（《虚构》）；洪峰："在我所有糟糕和不糟糕的故事里边，时间地点人物等等因素充其量只是出于讲述的需要。"（《极地之侧》）；格非："我的故事犹如倾圮已久的废堆……我急于叙述这些片断是因为除此之外无所事事。"（《陷阱》）；苏童："你不知道我这篇小说的想法多么奇怪。"（《死无葬身之地》）；叶兆言："我深感自己这篇小说有写不完的恐惧……我怀疑自己这样编故事，于己于人都将无益……现成的故事已让我糟蹋得面目全非。"（《枣树的故事》）；等等。

这种大面积的对某个具体句式和每种叙事策略的模仿或抄袭，不仅凸显了中国先锋作家想象力和创造力的双重贫乏，而且显影了他们"先天不足"综合征之病状。对西方文本的过多投注使本来虚弱的自身更加苍白无力，以至有人刻薄地说，只要五部外国小说就足以概括中国新时期先锋作家的作品。这虽是激愤之言，却也并非危言耸听。

不幸的是，你的作品也经常可见其模仿印记。例如，在《我们像葵花》中，你写道："我还是应该把笔头落在冯建军的养母身上，让故事从她脚下出发。""他爱这个能吃苦耐劳的女人，所以（我只能这样想）"等等。又如，《我们像野兽》在续篇的开始是这样写的："本小说如果再写下去，还写30万字也写不完，那不太侵占读者的时间了？"

我觉得你对西方现代小说浸淫很深。但可贵的是，你看到了中国先锋小说的不足，吸收了一些积极的元素，又加进了传统中国小说讲故事的方式。这样，你在跟先锋小说的矛盾中做出了妥协，在传统与现代的纠缠中也找到了结合点。一个作家苦苦追寻的是"有意味"的"形式"。离开了背后宽广深邃的"世界"，单纯的"形式"只能被理解为语言的"游戏"。这是我对你的肯定。但这种肯定并没有打消我对你骨子里仍然执着先锋式创作的怀疑。我想听听你对中国先锋小说的评价。另外，你曾说过："我的写作无所顾忌。"写作岂能无所顾忌？至少对文字有一种敬畏啊。难道不是吗？

何顿：我是 1979 年考入湖南师范大学美术系的，从 1979 到 1981，那几年里文学还没放开，作家写作还有顾忌，因而很多小说读来就不尽如人意，甚至于是违背人性的，看得就很失望，觉得国内的小说放不开，于是就去啃世界名著。那几年我父亲在省教育学院工作，我去教育学院借书，那个图书管理员恰恰我又认识，她哪里是借书给我啊，她让我一网袋一网袋地拎书走人，任我拿去读，只要我提得动。而当时，我借的都是外国小说，在家里和寝室里称得上如饥似渴地猛啃，同寝室的同学都笑我，叫我托尔斯泰或司汤达，因为我嘴里谈的不是印象派画家马奈、莫奈，立体派画家毕加索或野兽派画家马蒂斯或凡高，谈的是托尔斯泰和司汤达。后来大学毕业，自己有工资了，拿了钱去书店，买的也是外国小说，从长篇到中短篇都买，当然还买一些哲学书看，所以我受外国文学和哲学的影响要比本国的深。我起心搞文学时，脑海里装着的都是些外国人，等到我的文学思维基本形成时，我才睁开眼睛看中国作家的小说，那也是因为 80 年代中期，我写了篇小说——我还记得那篇小说名叫《青春迪斯科》，投稿于某刊，某刊编辑回了封信，回信说，小说语言不错，人物也有特点，但看得出你受刘索拉的影响较深，以后写作，你要注意如何离刘索拉远一点。天地良心，我根本没看过刘索拉的小说，至今也没看过，忽然我就受了刘索拉的影响了！一个我当时根本就没注意的人，甚至都不知道的人，忽然就影响了我，不是冤枉我吗？这就是我后来偶尔翻翻文学刊物的原因，免得又被别人"影响"了。我看文学刊物只有一个目的，就是为了区别于他人，别跟国内作家写的小说雷同。

我受西方文学的影响当然是很深的，这没什么可避讳的，所谓古为今用，洋为中用，就是这个道理。至于你说到模仿，那有点夸大了，你提到的这几个作家的小说，我都在刊物上读过，借用西方作家的写作手法没什么可指责的，模仿哪个作家写作，那就不好，我没有看出谁具体模仿了哪个作家，我是看不出，你可能看出来了，你聪明，慧眼一些。

传统小说就是那几招套路，典型人物典型性格什么的，先锋派小说是另一种文学探索，把传统文学中的典型人物消解了，把线性叙事的时空打乱了，前面发生的事情放在后面写，后来发生的事情反而先写，有人喜欢，很多人不喜欢，因为很多人都是读世界名著成长起来的，他们的阅读经验只能接受线性叙事，只喜欢屠格涅夫、契诃夫、托尔斯泰等这些19世纪的文学巨匠，对现代派的作品就抵制，不合他们的胃口就觉得是乱写，这也是没办法的却又是可以理解的，毕竟众多读者都不是搞文学的，只是文学的看客，看自己爱看的东西这是读者的权利，我们无权责备。事实上，先锋派作家就是要颠覆只有这种阅读体验和只接受这种文本的读者。

写作无所顾忌是相对的，不是绝对的，绝对的无所顾忌是做不到的，但相对的无所顾忌却是可以实现的，我的写作就是尽量把脑海里的条条框框打碎，写自己爱写和想写的东西。

第五节 "元叙述"与"势利型引诱"

聂茂： 读你的小说让我感受最深的有两个中国作家对你的影响。一个是马原，这是对你叙事技巧的影响；另一个是王朔，这是对你文本内容的影响。而且我感觉王朔的影响更大，也更为成功。就像王朔的小说比马原的作品更能得到读者的认可，进而在世俗/商业的层面上取得了更大的成功一样。

值得指出的是，王朔小说表现的多是些嬉皮士、街头浪荡者、精神病患者和"空心"的"橡皮人"，这些人将"青春"挥霍在小便一样的啤酒和毒品一样的泡沫里，将"热情"泼洒在黑夜的垃圾堆里；他们没心没肺，无事生非；"理想""道德""知识""人生"这些宏大名词被他们当作黏满油墨的次品报纸随意地扔进了烟雾绕缭的酒巴、浑浊窒息的舞厅和废弃已久的麻将馆里；他们脸色苍白，目光呆滞而迷茫。这群被王朔精心"制造"出来的"追求快乐却又不知快乐为何物"的可怜的人。

王朔的成功在于，正是他，使全国人民成为政府权力的"准学徒"——这也恰恰是他能够得到主流话语肯定的原因。他"原则上排除了形而上学话语的忠诚"，比方说，文本把搓麻将说成是"过组织生活"，主人公动辄就是"本党"或"贵党"一类调侃(王朔《玩的就是心跳》)。在这里，王朔力图摆脱神话，用清晰的心智和冷静的意志，把本质的定义转换为相互间的算计，把崇高的信仰化为俗下的游戏。他"使游戏者担负起这样的责任：不仅对他们提出的陈述，而且也对使这些陈述得以接受的规则负责。"他获得读者的信赖不是靠一种技巧形式，而是靠戏谑、自贱的内容，靠撕去伪装的血淋淋的现实，靠触目惊心的细节所引发的情感共鸣。换言之，王朔的"元叙述"不仅拆装了主流话语的正统和崇高，而且将这一本是隐秘的"拆装"过程不加掩饰地公曝出来，将貌似"合法和公正"的权力体系以原生态形式展现在受众面前。在这种游戏中，王朔的文本策略是自贬自损的"势利型引诱"（snobbish appeal）叙事方式，即贬低自己以抬高权力话语和自损自己以奉承读者，它有效地亲密了作家与权力话语和读者的关系——权力话语因为作家的自贬，修复了因为文本的戏谑和嘲弄所可能遭受到的损害，并滋生出一种"宽宏大量"的自我满足感；而读者在感觉作家自损的同时则有一种观赏"他者自虐"的痛快。

与王朔相比，你所描写虽然也是城市下层的小市民、特别是个体户，但你写小痞子而不像王朔那样有痞气，也没有王朔小说中的反道德倾向，你是如何把握这种精神趣味的？特别在政治追求上，你没有王朔那样的要求。王朔是变着法子跟政治套近乎。电视连续剧《渴望》是最明显的例子。可是，你真的没有政治信仰吗？如果仔细分析，你那貌似搞笑的一个个细节、一句句脏话、一声声"操鳌"等不也是对主流话语极度轻蔑和不敬吗？

何顿：马原的小说我读过几篇，都是别人推荐我读而找了读的，但老老实实告诉你，马原从来就没影响过我。马原喜欢西方小说，我也喜欢西方小说，都受了西方小说的影响这是可能的，但彼此影响，那是从来没有过的事。马原成名时，我还在埋头读西方小说。我现在都想不起马原的小说了，不但名字想不起来，连内容都模糊不清了，怎么会影响我呢？

至于你说我受王朔的影响比较重，那就更没道理了。老实跟你说，王朔的小说我只读过一个中篇，那就是他发在《收获》上的《动物凶猛》，此外，他的任何一篇小说我都没读过。在王朔埋头写作和四处发小说时，我正在家里埋头啃世界名著。那时候我非常固执的认为，必须把世界名著读彻底，才能把小说写好。那时我在长沙郊区的一所学校教书，那时中国才搞改革开放，外面的世界还不足以对一个想写作的人产生诱惑。如果是今天，我可能不会有耐心读一本又一本世界名著，但那时，轮到星期天我进城的话，只做一件事，就是去书店寻书买书，世界名著头尽了就头那几年翻译的法国、美国和拉美作家的小说，很少读刊物，也就不知道王朔其人。后来知道，那还是在报纸上看别人骂他的文章，再后来在《收获》上读了他的《动物凶猛》，仅此而已。你让我想起80年代中期那位编辑回信时说的，"以后写作，你要注意如何离刘索拉远一点"。

你举出的这两个人，恰恰是没影响过我的。我可以坦言相告，中国作家里，无论是现代作家还是当代作家，没一个影响过我，真正对我的创作有影响的作家只有两个人，都是外国佬，一个是美国的福克纳，一个是哥伦比亚的马尔克思。我曾经很喜欢福楼拜，厚厚的一本《包法利夫人》，我反复研读过四五遍（就跟很多喜欢《红楼梦》的人把《红楼梦》读了四五遍样），也喜欢梅里美和契诃夫及屠格涅夫——这三位19世纪的文学大师的小说我也反复阅读过，但很遗憾的是，这四位我读大学时曾十分喜爱的作家却没有影响我后来的写作，前期的时候影响了我，我曾按他们的路数写过小说，没有获得成功，正当我十分苦恼时，有一天我去书店——那是20世纪的80年代中期，见世界名著该买的都买了，突然看见几本新书，一翻都获了诺贝尔文学奖，就买回家看，一本书是马尔克思的中短篇小说集，另一本是福克纳的中短篇小说集。吃过晚饭，拿起马尔克思的中短篇小说集一读，眼睛就一亮，原来小说可以这样写，于是就这样写了。

　　我忽然想起，在我写作的开初，我曾模仿过两位当代作家写作，一个是何士光，他写了篇《乡场上》，另一个是赵本夫，他写了篇《卖驴》，都获了全国优秀短篇小说奖。我曾经试着写了篇《屋场上》，还模仿赵本夫的《卖驴》写了个短篇小说《卖马》，寄出去，当然是退稿。这事发生在20多年前，现在要我找这两篇小说，当然是尸都找不到了。我是要说，即使当初我偷偷模仿过的两位作家，他们也没影响我。

　　聂茂：如果把你的创作跟王朔进行比较，很明显看出两者的异同。相同点是自轻自贱。《我们像野兽》的开篇即是："我们是一群浑蛋，不是谦虚，是的的确确的浑蛋。"马上又说："我们很不愿意端起架子把自己看成一个好人，但我们也并非坏人。"接着就将"我们"这个小团伙一共八人全部抖了出来。再分头去叙述他们的所作所为，其中不乏情与仇、罪与黑以及流血和打斗的场面。

　　这种写法很像王朔。王朔的名言是："我是流氓，我怕谁。"不过，王朔充其量不过是用此"文身"罢了，他并不是真流氓。真流氓常常温文尔雅的。但王朔却有自戕自虐的痛苦，自诩流氓的惨烈，超过用砖头砸自己的额头。这种靠"流氓立场"立足于文坛，这是文学的不幸。而靠"流氓的诚实"来表达对"诚实"的渴望，更是社会的悲哀。

　　要说你和王朔的不同，就会有更多的内容。比方，你曾经说过："无知让人可畏。"这跟王朔说的"无知者无畏"有截然不同的精神走向。你们两个，一个是自称野兽，一个自比流氓。可是，野兽的前身竟是单纯而柔美的葵花，而流氓的骨子里却是善良而诚实的人。

　　具体地说，在你的《抵抗者》中，父亲对于日本东芝冰箱的仇恨就是一个明显的象征。在父亲那里，历史的伤痛还没有消除，他说出的话令人深思："中国人太健忘了，具体就体现在你们这些年轻人身上。"当叙述者"我"说那是战争年代，已经过去了时，父亲义正词严："过去了？我还没死呢，就过去了？这是存心要赶我走。"这样的写法太正统。如果是王朔，他就不会这样处理。

再看一例：在《我们像野兽》中，刘友斌脚踏两只船。当他在那间脏兮兮的小旅社占有了李茜的身体后，李茜说：好了，你把我的身体拿去了，你应该打个收条呀。刘友斌忙一本正经地拿出纸笔写道：今收到李茜的身体，经核实是原装货。谢了。李茜把收条放进口袋里，说以后你敢背弃我，我就要找你拼命。可是，刘友斌有口无心。不久，他把"拿走了人家贞操"的李茜送走后，立即打电话到北京。刘丽丽来到长沙的当晚，刘友斌一边给李茜写分手信，一边心安理得地与刘丽丽同居了。过了几天，不明就理的李茜拿着刘友斌的绝情信来了，开门的是刘丽丽。李茜又惊又辱，尖声叫着要刘友斌出来，并以死相威胁。刘友斌只好出来，说：你已经看见了，还说什么呢？李茜要跟刘友斌到外面去说，但刘丽丽坚决不同意。李茜撕碎了刘友斌的信，骂他不得好死。刘丽丽便与李茜扭打一起。小说到此写道："刘友斌过来扯架也扯不开。"矛盾的化解竟然是靠邻居、也就是曾经教过李茜书的老师。这位老师把李茜拉到自己家，劝说了一番，李茜把悲伤和泪水洗完后，就走了。

这种写法也不是王朔的路数。如果是王朔，他就会将刘友斌在女友面前写得极度无耻，又极度痛苦。矛盾的化解肯定不是依靠邻居、同事或老师，而是靠自己。他会拿砖头砸自己的头，或者拿刀子砍自己的手脚。这种激烈的方式不仅能镇定两头像野兽一样的女人，也能将矛盾在"生与死"的选择中一揽子解决。王朔会让李茜绝望得更加撕心裂肺，也会让刘丽丽原谅他的欺骗，义无反顾地抢下他的砖头或者刀子。总之，一个男人和两个女人要唱的戏，王朔会把它们演绎得更加惊心动魄，也更加血腥和残酷。你认同我的这种分析吗？你为什么要将一场矛盾的化解交给李茜的老师呢，难道刘友斌自己找不到一条更好的路子吗？

何顿：不要拿我与王朔比较，王朔是王朔，我是我。我们没有共同之处。王朔看不起一些知识分子，贬称知识分子为"知道分子"。王朔爱标新立异，爱出风头。北京人都有点自大，首都么，总觉得自己居住的城市有优越感，爱出点风头，爱调侃一些人也是正常的。王朔"闹"一下，就有一批人被他牵着走，这就是王朔的成功。他说的话，有人应对，这总比没人理睬要好。

我生长在长沙，一个南方的不大不小的城市，长沙的媒体不发达，这几年电视湘军在全国倒是有点影响，但一个作家一天到晚想上电视当明星那像什么东西？可是长沙的报纸，出了湖南鬼都不看，湖南的刊物目前基本上被外地人遗忘了，要闹也只能在长沙小打小闹，不是首都，没有辐射性，所以不闹。

《我们像野兽》只是小说的书名，与王朔自称"流氓"不能扯到一起。我从来没对媒介说我是"野兽"，我也不会这么说，我是个老实的湖南人，喜欢踏踏实实做事，不爱声张。关于刘友斌与李茜什么的，那是写作中随意安排的，没有刻意去想，更没打算制造戏剧效果，因为生活就是这样，生活不是戏剧，我又不是写电视剧，干吗是那样安排情节？

第六节　创作的立场与底层的声音

聂茂：你的作品的一些情节过于生活化，过于实录式，许多读者把你的书当作纪实文章来阅读的。这显然降低了你作品的品位，也显然不是你愿意看到的。比方，我们说夫妻俩打架没什么。可是，在《我们像野兽》中，刘友斌将刘丽丽打晕后，把她背到校医务室。刘丽丽活过来后，竟温柔地一笑，说："友斌，我们回去做爱吧。"刘友斌瞪大眼睛，说你不要命了你流了那么多血？刘丽丽说我没事，我好想做的，刚才我还梦见一个男人强奸我呢。

这样的情节就太生活化、情绪化，夸张得离谱，有些娇情。也许是生活的真实，也许比生活的真实更真实。总之是有些刻意，缺乏美感，似乎存心要与读者的阅读期待过不去。从读者能够接受的心理来说，被打后，刘丽丽可能不理会刘友斌，可能有这样或那样的别扭。可你的作品，刘丽丽不仅没把被打当成一回事，而且被打还可以成为做爱的前奏曲。这是不现实的。也许我们从国外的一些电影里能够看到这样的情节。但这是中国，你的读者适应的是中国文化的传统心理。

此外，在这部作品，黄中林有一句名言："朋友玩得好，堂客可以搞。"这是对读者道德底线的突破。黄中林对发廊妹小青就这么说的。他自己跟小青做爱，还骗她说爱她，准备跟老婆离婚。同时又让别人去"搞"小青。小青知道黄中林在玩弄她，却也不生气。甚至危难时刻挺身而出，保护他或替他圆场。这样有情有义的女子偏偏生在烟花巷陌，也偏偏那么不自爱。这里有两个问题：首先，你可以展示黄中林的丑陋或无耻，但你不是批判而是欣赏；其次，你也可以展示小青的无知，但你怀着的是怜悯和关怀，哪怕是鲁迅先生讲的"哀其不幸，怒其不争"。这应该成为你的创作立场。可惜，在你的作品中，文本的立场并没有彰显这一点。

我们深知，今天的文学处境愈来愈困难。除了客观现实的变化、商品因子的膨胀和社会转型给读者的心理造成的影响外，也与作家本身的创作立场有关。美国哲学家理查德·罗蒂（Richard Rorty）指出：人类休戚与共感的形成，所依靠的不是一种共同语言，而只是人人都会有的"痛"的感觉，尤其是其他动物所不可能有的那种"痛"——屈辱。（《偶然、反讽与团结》）但正如有学者分析的那样："痛"是一种非语言性的存在，如果要让人们感同身受，那就必须用语言来描述。这一描述不是简单的一次性"反映"，而是复杂的"再现"过程。它至少涉及三个层面：首先，将非语言性的"痛"转化为语言性的对"痛"的描述，即使不过多地考虑语言的建构作用，也应该清醒地意识到这是对不可表达之物的表达，需要运用各种策略、修辞和技巧才能达到相应的效果。其次，人类对"痛"的感受范围正日益扩大，随着对种族、性别、阶级和文化之间界限的不断跨越，原来许多不被重视甚至不被承认的"痛"逐渐被纳入到人类经验的版图中，为了让更多的人感受到这愈益深广的"痛"，不仅是如何运用新的策略、修辞和技巧的问题，更重要的是要创造出新的表达方式和新的语言形态。第三，对于那些生活在社会最底层的被压迫者来说，他们常常处于"痛"加其身而又"无以言说"的状况：一方面由于历史原因和现实境遇，被压迫者没有学会用"语言"来描述自己的经验，甚至觉得根本就不值得去言说自我的苦难处境，所以我们几乎听不到什么真正来自"底层"的"声音"；另一方面则是他们已经痛苦到无法用旧的语言来表达，"痛"得麻木和失语，甚至旧的语言构成了理解被压迫者经验的障碍……那么，如何让被压迫者发出自己的声音？如何让失语者感受自己受宰制的痛苦？作家的"代言"就是最佳的存在方式。正是在这个意义上，作家书写的无论是个人的生存经验还是人类的共同命题，无论是主观的有意还是客观的无意，都会彰显文本的人文立场和创作者的理想追求。

何顿兄，作为出生书香之家、却因父母"文革"期间受冲击在街道杂院里长大的你，曾坦言自己有着浓重的小人物情结。你信誓旦旦地声称："我要通过这些小人物，写出一个大的转型的时代！到时候，我会写一本中国版的《教父》给你看看！"换句话说，你有着传统作家那种"文以载道""为民请命"或"为民代言"的文人情结，但在实际操作上，你又将它置之不理。你的"请命"或"代言"由于忘记了对人类之"痛"的自我警醒和对底层命运的深度关切而显得矫情或失真。你过于沉湎的书写，却不知这种书写跟当年鲁迅先生批评的"看客"心理相类似。对于我的此番"不敬"，你难道不想愤而反驳吗？

何顿：小说取名不已经点明了吗？已经是野兽了，还什么道德呢？我发现你对一部小说的要求很多，既要这又要那，到底是大学教授，脑海里装着挺多的东西，即使是干了坏事，还要找干坏事的理由，这都是书读得多又爱想的毛病。

关于刘友斌与老婆闹完后，老婆想跟丈夫做爱，这样的事你也要怀疑？就没有这样的女人吗？众多夫妻都是床头闹了床尾合，年轻夫妻更是如此，闹完就做爱，做完爱就上街玩去。受虐狂的女人在这个世界上并不少，所以我觉得一点也不夸张，也不离谱，更不矫情。你以为只有外国电影里才有这样的情节？生活中就有，常有人跟我说，某某某是受虐型。天下的男人女人都一样，痛是一样的痛，爱是一样的爱，在男女关系上，不要把中国女人与外国女人区别得那么开，你就确信中国就没有受虐型女人？中国还是 18 世纪或 19 世纪的中国，女人不出门的？在闺女房里等着媒婆来提亲？与将跟自己结婚的男人面都谈不上一见？今天的中国女人比男人开放得多，曾经有个年轻女人对我说，一个女人不经历 20 个男人就不是女人。这话当时吓了我一跳，用两个字可以总结：厉害。你就没听女人这样张狂地表白过吧？所以不要把自己没经历的事情就加以否认，这就犯了经验主义错误，你以为所有的女人都是在大学里工作，做爱要营造氛围？甚至一边做爱一边像李国庆那样背唐诗？只能用两个字回答你：非也。你经验里没发生过的事情，不足以表明就不存在。同性恋者、性变态者，在这个世界上都存在，这是无法避免的。人成长的道路不同，受的教育不同，他或她的政治取向、道德倾向及好恶就不一样，所以不要用你的观念去套一切人的观念，他们没受你那么多教育，脑袋里没那么多弯弯绕绕，也就不会像你那样生活。

关于小说中的黄中林和小青，那纯粹是一场爱情游戏。一个女人喜欢一个男人，是没有道理的喜欢，你要一个女人讲她为什么喜欢某个男人，她讲的话会让你吃惊。你会为她悲哀，但事实就是如此。小青喜欢黄中林，就是喜欢黄中林，因为黄中林幽默、好玩，你没看出来，因为你是男人，你不觉得黄中林幽默好玩，反而觉得他是个骗子。小青是女人，她觉得黄中林幽默、好玩，懂女人。所以她喜欢，喜欢得她自己都讲不出原因。我批判什么呢？让读者看和自行判断不是更好？何必像大学教授在课堂上指手画脚呢？中国的现、当代小说就是喜欢对人物来点批判，以展示作者的政治或道德立场。20 世纪的 70 年代末 80 年代初，我读了很多这类小说，作家在小说里大搞"灵与肉"的炼狱，作家变成了一个锻造工，铸造着一个个典型人物典型形象，读得我十分反感，难道要我也让读者反感？我读外国的小说，除了昆德拉在小说中玩形而上的外，基本上不批判，让读者自己去判断。读者自有一双慧眼，不要把读者的智商看得那么低，在阅读小说时，他们就开始鉴别好坏了。

作家是代言人的说法，只能用在想做代言人的身上。我开始立志于文学时，曾把《包法利夫人》反复读过四五遍，我的感受是福楼拜是一名讲究纯客观描写的作家，这很合我的胃口。我觉得这很好，这才是个优秀作家干的事。在《包法利夫人》这部长篇里，你看不出福楼拜用什么话语谴责过包法利夫人"红杏出墙"，要是中国作家写，也许就会要一个劲地说包法利夫人的坏话了，为什么要出墙呢？包法利哪点对不起爱玛？她为什么道德这么坏？自然就会有大段的文字于这一章那一节里铺展开来。《包法利夫人》这部小说里没有。《百年孤独》里，奥尔良诺上校跟那么多女人生了那么多孩子，他的孩子于一夜之间又相继被人打死，这个故事情节是荒诞的，但读者们都能接受。把奥尔良诺放在中国，让一个作家写他，试想假如是你写，你怎么把握分寸？假如确有其人，又被写成这样了，那不会被评论家骂成没有道德观念没有责任感的淫棍吗？

我写作确实是尽量把自己的立场隐藏起来，不愿意展示自己的立场。立场这东西，有的作家写作时十分强调，这是被老的文学理论害成这样的。我愿意客观地展现一个小说世界，这个世界里作家的立场和观点消失了，只有人物，只有人物的爱、恨、情、仇。中国文人十分悲哀，其悲哀的主要原因就是被"文以载道"困惑得一塌糊涂，生怕他人把他的小说看低了，生怕人说你创作思想不健康，因而就苦恼不堪，构思动不动就要做"代言人"，仿佛自己是耶稣，将要承接一个个苦难，"我不入地狱谁入地狱"的论调都来了。其实真来什么事的时候，说不定就是他跑得最快。你以为这个世界上的文人都是谭嗣同？甘愿用自己的鲜血和生命来唤醒清朝末年里麻木不仁的国人？何苦呢？文学本来是另一个世界，那是个文字创造的世界，但你把小说看成一面镜子，既反映别人又反映自己的创作思想，那就苦了你自己了。如果写小说时总是想"它来于生活但要高于生活"，那就中套了，成了契诃夫小说中的"套中人"。

聂茂：你曾告诉我，《我们像葵花》在 1995 年第 4 期《收获》杂志上发表后，几个做生意的个体户老板觉得写的就是他们的生活，很激动，非要和你见见面，讨论讨论。但见到你后，一位老板却很愤懑地质问：为何要将小说主人公冯建军、李跃进的结局写得那么悲惨？你只好说：这一代人成长在历史的夹缝中，"文革"期间没有真正读过一天书，是时代的弃儿，其中一些人活在世上和野兽没有什么本质上的区别，他们那种同命运进行动物性抗争的方式虽然令人震撼甚至欣赏，但你没办法，在经济大潮来临的今天，他们的结局只可能是那样，是那个年代酿成了他们今天必然的悲剧性结局。

我想，你对创作动因的这种解释，就是为"代言"做了最好的注脚。在许多作家那里，比如张贤亮和刘心武等，他们的表达是旧有话语体系。他们追求"代言"的主观诉求更加强烈。在他们看来，"为民代言"就是他们的最高理由，也是他们创作的前进动力。但这样的理由或动力在你这里却拐了一个弯，你要"代言"的层面更多，却也更加模糊。如果说，张贤亮他们表达更多的是民族苦难和特定历史命运的话，那么，你要表达的可能是社会转型和生存本身带给个体命运的差异。前者是宏大叙事，是巨型语簇，是象征体系；后者是底层表达，是小写话语，是寓言体系。而无论是宏大叙事，还是要求"代言"的底层经验，它们共同构成的"再现历史"和"定格生活"的过程，共同承担命运的嘲弄和人类的休戚与共的"痛"。只有把陌生人想象为我们和境遇相同的人，只有把他们承受的痛苦转化为我们自身的感受，作家与读者才真正建立起"人"与"人"之间的"想象的共同体"，也才真正引发读者的情感共鸣。正如理查德·罗蒂所说的那样："逐渐把别人视为'我们之一'，而不是'他们'，这个过程其实就是详细描述陌生人和重新描述我们自己的过程。承担这项任务的，不是理论……是小说。狄更斯、施赖纳或赖特等作家的小说，把我们向来没有注意的人们承受的各种苦难，巨细靡遗地呈现在我们眼前。拉克洛、亨利·詹姆斯或纳博科夫等作家的小说，把我们自己所可能犯下的各种残酷，巨细靡遗地告诉我们，从而让我们进行自我的重新描述。"你赞同理查德·罗蒂的这种说法吗？你在为底层人物"代言"的时候，只是真实地再现他们苦难的声音，还是提升他们的精神与境界、激发他们在不公平的命运之途上做出"西西弗斯"式的强力抗争呢？

何顿：刚才我说了，我只是个客观的描写者，而不是代言人。我关心低层人的生活是我同情他们，觉得他们的生活没有融入中国社会改革开放带来的成果。他们是被社会变革时期抛弃的人，没人写，没人关注，农民有作家关注，干部和教师有作家关注，军人也有作家关注，但众多生活在社会底层的下了岗的职工却缺乏作家关注。所以我这几年在写作上选择了他们，但你把"代言人"这样的帽子戴在我头上，我就有点惶惧了。张贤亮、刘心武他们有强烈的代言欲望，那是他们的权益，他们不代言就不舒服，所以他们就要代言。我呢，只是在客观的描写，像福楼拜描写他那个时代的法国巴黎生活一样。

说老实话，任何人都有精神，也有理想，只不过生活在高层的人的精神是一种相对纯粹的精神，理想也是一种相对纯粹的理想。那一定美好，太虚幻境，让贾宝玉那样的人都留连忘返。但生活在底层的人，精神和理想那就物质化了，他的理想与房屋和金钱紧密相连，他的精神与食物相伴，有吃能吃饱就有精神，没吃，吃了上顿没有下顿，哪里来的精神？物质基础决定上层建筑，思想这个东西是不可能抛弃物质的，下层人的精神世界不是你我理解的精神世界了。几年前，我曾经请了个保姆，50来岁的乡下女人，湘阴的，她就笃信上帝，来我家做保姆，居然带了本《圣经》。我没看见她做祷告，但经常看见她拿本《圣经》翻看。最开始我有点惊讶，我们家来了个基督教徒，心想也好，这样的人至少有信仰，比没信仰的人多一个精神世界，心里就有点尊敬她。但有一天，我觉得她一个乡下人怎么会信洋教，就问她为什么不信佛教而信基督教？她突然告诉我，信基督教可以发财，他们村里几个早几年就开始信基督教的人都发了财。原来她的信仰是跟金钱挂了钩的，这倒出乎我意料。她还虔诚的模样劝我信基督教，说何老板，信基督教可以发财。保姆称主人都叫老板，我先后请的几个保姆都是这么叫。下层人的精神世界和下层人的理想，往往与他们渴望的物质有关。

第七节　"私文学"与"公文学"的价值冲突

聂茂：当前文学所面临的巨大困难，不光来自于外部社会条件的变化，重要的是，作家是否具备将变化的外部条件转化为自我创造的能力。这就是瓦特·本雅明所谓"作为生产者的作家"："一个透彻思考过当代生产条件的作家"的工作"不只是生产产品，而同时也在于生产的手段"。他要求作家深刻理解文学的"当代生产条件"，却并不是为了成为"熟练"工人，只会生产"合格"产品，而是需要一种创造性的能力。

可是，正如有学者分析的那样：当下绝大多数作家，由于文学史的"自律性"书写和文学经典的"非语境化"建构，"形式"和"技巧"变成了一个从社会历史过程中分化出来的"独立"领域。特别是随着现代主义的兴起，"文学"与"生活"的关系似乎已经不再成为写作的核心议题，作家可以在形式和技巧的"独立"领域进行胆大妄为地探索与试验，由此造成了文学内部的"公"与"私"的分裂：即"私文学"承受了来自"文学史"的压力，"影响"和"创新"的焦虑使得作家专注于形式探索，但它却让"文学"越来越成为"少数人"的事情，最终使得"文学"变成了远离"公共性""无法与他人分享"的"自我创造"或圈子内的自恋式的分享。但另一方面，"追寻正义"的文学——也即关注现实、介入社会的"公文学"就被视为低一个档次的通俗文学创作。

换句话说，越是受读者欢迎的作品越会面临归于通俗的"公文学"一类的危险，越是创造性强、个人经验膨胀、读者少的作品反而会获得"私文学"的礼遇。你是怎么看待这个问题的？虽然个人、集体、读者与社会并不矛盾，但在具体精神追求上，你是更多地为个人书写，还是为读者书写，甚至更多的是为集体、为民族、为社会书写？你在长篇小说《荒芜之旅》中做出如此感叹：人生只不过是一个过程，不论在生命的风景中有过怎么样的激情和遭遇！那也没必要去过多地留恋和伤感，因为，"无论你是多么强霸或是弱小都只不过是生命的一个过程"。你的作品总是以一种独特的视角和细腻的笔法勾勒都市染缸里形形色色的"人物"，特别是一批既清高又市侩的女人！她们的底色或基调用你自己的话来说："既是一种高雅的颜色，又是一种让人心寒的色泽……"我感觉你笔下的不少女人既不自爱又不可爱，更不懂得爱。你是不是有一种大男子主义的思想，或者说，在生活上，你有过一次又一次爱的伤痛？

何顿： 当前文学的情况是文学待在它该在的位置上了。"文革"后期，由于物质生活匮乏，大家的生活几乎在一个档次，都是拿几十元工资一月，人与人及人与社会之间就没有压迫感，就不会愤愤不平，加上那个时代除了不多的几部电影诱惑人外，报纸又没特色，人们的视线和注意力就落在文学上。茶余饭后，看的书就是文学方面的书，谈论的也是文学。那个时代永远一去不复返了。今天，诱惑人的东西很多，第一想的是如何赚钱脱贫，这成了几乎每个中国人的主题思想。工作之余，真正静下心来读书的人只是极少极少的一部分，看电视和看报的人是生活之中的主流，最有购买力的年轻人又都跑到网络上聊天和网恋去了，即使不网恋，玩网络游戏也比看文学书有趣，所以文学刊物失去读者也就没什么奇怪，这与你说的"私文学"和"公文学"没什么必然联系。

文学成为少数人的事情是这个社会不再像20世纪80年代初那么渴望文学来诠释社会现象和发现问题。过去的报纸办得不及今天的好读，人们就不太读报，今天的报纸在抓读者方面做得十分成功。人们关注的社会问题，社会上发生的事情，报纸比文学作品来得快，当天就登了，人们当天就可以了解。当年十分关心文学和政治的中国人都老了，不老也下岗了，这些人里的一大批曾经是文学刊物和书籍的购买者，《小说月报》或《小说选刊》几乎是期期买，这些人都下岗了，或做爷爷奶奶了，要他们再掏钱买文学刊物，他们却舍不得了，因为文学既不能当饭吃，更不能卖钱。要知道这些人当年谈起鲁迅、茅盾和巴金来，可是头头是道的。"文革"中，我上高中，课余时间读茅盾的《子夜》和巴金的《家·春·秋》，就是从这些当年还很年轻的人手中借的，那时候他们在我面前谈起茅盾和巴金起来就跟谈自己的舅舅和伯伯一样。

现在的年轻人不管文学了，只关心上网、泡吧、看碟，偶尔听说有一本书写得好，才动心买回来看。这与"私文学"和"公文学"没什么关系，只与他们的兴趣有关系。把"公文学"等同于"通俗文学"，把"私文学"划分为高一等的纯文学，这种划分未免太简单了。好的小说，大家都愿意阅读，这几年发行得十分不错的小说，如阿来的《尘埃落定》，余华的《兄弟》，不是就有很多读者？还有一本小说叫《狼图腾》，我没看，据说发行得十分了得，七八十万册，这不是很好吗？不好的小说，再通俗也没人看。

我笔下的女人可不可爱，自不自爱，也不是你一个人说了算，不要一棍子打死。我发现你就是喜欢拿棍子打人，还喜欢总结，这可能是搞评论的人的毛病。想起当年的姚文元，手中的那支笔，真让当年的文人们哆嗦，几乎是要人的命的。你读了这么多书，博士文凭都放在箱子里了，你可别误入歧途啊。你对女人的观念有点陈旧，难道非要女人坐在家里或在什么地方等着男人向她一次又一次求爱，求得她头昏眼花了，同意建立情感关系了，才自爱吗？生活中的年轻女人，比我小说里的女人更猛，如今都有"猛女"一词了，你觉得不可爱，不一定别人就不喜欢么。黄瓜白菜，各有所爱，这是长沙土话呢。《我们像葵花》里的张小英，就是很可爱的，我自己就很喜欢。《就这么回事》里的侯清清和表妹也是很可爱，那种敢作敢为，就十分可爱。你说的懂得爱的女人是什么女人呢？那要请你写一个。

聂茂：熟悉你的朋友说：当年，你一边苦读着《百年孤独》，一边拎起银头叮叮铛铛地敲着——仿佛像是渲泄自己愤懑的情绪和燃烧着自己的生命！你强烈的写作欲望就是要将自己的追索和呼唤隐藏在普通小人物的瘦影之中。在"理想主义的气质"消隐之后，你直面血淋淋的现实，对小人物的生命、情感和命运进行充满激情的书写。这些人物的内心是立体交错的，他们的生活是琢磨不透的，他们的命运是无可奈何的……他们好像就在我们身旁，或者说，他们的生命、情感和命运恰恰折射出我们自己身上的影子。这不正是你要表达的都市原态的纷繁生活吗？

为了彰显这种纷繁生活的真实性，你的作品经常出现真名真姓真场景。比如你自己的名字"何斌"以及长沙人惯用绰号就在你的作品中反复出现。又比如《我们像葵花》还出现岳阳劳改农场、长沙港岛夜总会、下河街、五一路等许多真实地名。你试图追求故乡忧郁的灵魂时却发现了文明之间的冲突和交错的新象征。你尽情地展示这种新象征，并在日常堆积的情感掩盖下发生了一个个惊心动魄的故事，这些故事是你精心预设的，有些是灵感中的突如其来。你在强行打开受叙者那扇压抑闭塞的房门之时，却也有意无意地泄露了自己的隐私和生存经验。例如，冯建军感到性压抑，他在章志国的鼓动下，对张小英动手动脚，事没成，却进了派出所。政治老师窥探年轻漂亮的女老师洗澡，并且手淫。下乡当知青的李跃进看见公猪与母猪交配使他浑身颤抖……所有这些，都可以看成你小说叙事场域的动力呈示。可贵的是，你并没有停留在对原始情欲的病态呈示，而是发掘野性生命的精神磁力，同时在有节制的世俗关怀中，对造成这种压抑的生活进行原罪性的历史批判。

　　值得商榷的是，你的文本中经常大面积地出现"莫说""卵味"，"有格打的了，缴用蛮好吧？""卵缴用"等方言俚语，虽然有着原汁原味的话语优势，增加了作品的个性色彩，却显而易见地存在阅读障碍的劣势。"地域色彩就是世界色彩。"你是这样为自己辩护："福克纳用美国南方的方言描绘密西西比河边的小镇，这并不妨碍他成为世界级的文学大师。"这是一个误区。因为英语语系无论是英国古典英语还是美国现代英语，甚至更广泛的西式话语如法语、西班牙语和瑞典语，它们之间的差别远没有中国各民族各地域之间的那么大。汉民族的方言一个村与一个村的不同，甚至同一个县存在几种话语体系。如果不用普通话去沟通，你就无法进行交流。西方国家，一个人懂几种语言是很普遍的现象，但在中国，除了普通话外，绝大多数的人只懂得自己的乡村俚语。因此，在中国，靠用土话或靠乡村俚语而成为文学大师的恐怕很难。沈从文是很乡土的，贾平凹也是很乡土的，但他们都经过了"普通话"的改造。记得我跟何立伟对话时，曾指出他那韵味十足的绝句式的叙事方式使他在更广泛的传播领域、特别是走向世界文学舞台上受到了很大的限制；同样地，你的长沙方言和十分本色的土语也使你的作品在更大范围内的传播受到了限制。我不知道你有什么作品走出了国门，即便有，翻译过程中，你文本中蕴含的原汁原味也肯定受到重创。你是否意识到这一点，或者早就明白，但就是死不悔改？

　　何顿：关于用地名，那是信手拈来的，没去考虑，就图方便。至于用那些长沙方言，那是在写人物时对话中用，在叙述中还是用的北方人都能读懂的书面语。关于对话用长沙话，前面已经说了，这里就不再重复。关于英语语系变化，英国人说英语和美国人说英语，及美国南方人和美国北方人说英语，我相信没你说的那么简单。天下大同了？语言语气都统一了？

　　在中国，五十里就会出方言，宁乡距长沙50公里，说话的语气和语调就不同，益阳距宁乡又50公里，说话的语气和语调及用词又不同，常德人说话与相隔几十里的益阳人又不一样，用语还有语气都不一样。你好像是衡阳人，在电话里听你说话，我就要竖起耳朵仔细听，不然就听不懂。难道英国与美国，虽然同样是讲英语，说话和用词都一样？难道洋人就那么遵循用语规则？谁推行了"英语普通话"？我们国家从中华人民共和国成立初期就推行说普通话，推行了半个多世纪，不说远了就长江以南而言，江苏人说江苏话，广东人仍说广东话，福建人还是抓着福建话不放，贵州人仍说他的贵州话，湖南人么坚持着说自己的湖南话，至于浙江、江西、安徽、云南及广西，没有一个地方说的话不带着地方特色和语气，所以我怀疑那是你一厢情愿的想象，并非有确凿证据。假如你是讲英语的美国人或英国人，你就会听出他们的不同。当然，就写作而言，能少用方言还是少用方言好，因为北方语系的人抵触南方方言，认为普通话是主流文化，南方话是地方语，这也是我的小说发行受阻的原因。这个问题我早认识了，早在十年前就有人向我提及过，可是一写起来，就不想了，没管那么多。

第八节　怀旧情绪和乌托邦情结

聂茂：应当说，《我们像野兽》是你第一部长篇《我们像葵花》的姊妹篇。如果说后者以"董存瑞，十八岁，参加革命游击队，炸碉堡，牺牲了"结尾，来象征一代人的理想和精神幻灭的话，那么，前者便是以铁锤般的笔触为我们描绘了一幅物欲膨胀的浮世绘。在你的笔下，文学凸显了正常人与疯人在某些方面的相通和一致性，文学作品虚构出来的精神世界可以帮助正常人解除发疯的危险。《我们像野兽》写了几个学美术出身的大学毕业生，当他们的理想和追求幻灭之后，转而把对艺术的激情和创造力用于对金钱和感官刺激的追逐上，此时的人生价值、道德底线和行为准则对他们来说都荡然无存。我感到高兴的是，你是带着批判的态度去聚焦这些人的生活的。你最终让王军去做和尚，让黄中林死于非命等，都显示了你的价值追求。特别是小说的结尾，你把当下中国社会贫富悬殊的尖锐矛盾用近乎"杀戮"的方式呈现给读者，令人深思和反省。你自己就是学美术出身的，你对20世纪60年代也有着切肤的感受，但你在写作时并不仅仅是对历史进行怀旧式的消遣，而是将它从形而上/上层建筑到形而下/经济基础进行灵与肉式的拷问。

　　杰姆逊指出：不能仅仅在文化或文学的层面上把握这个时代，这样做非常容易把历史的"60年代"转化为怀旧对象：一种可供"消费"的"60年代"风格，正确的方式应该是将经济基础和上层建筑的历史分量"等量齐观"。而苏珊·桑塔格在30年后回首"她的60年代"时，她发现："怀旧情绪和乌托邦情结是现代情感的两个极端。被贴上'60年代'标签的那个时期最有趣的特征是它几乎没有怀旧情绪。在这个意义上它是乌托邦的时刻。"

换句话说，对中国人而言，真实发生在 20 世纪 60 年代的那段历史似乎成了一个乌托邦的时刻，许多人因此遗忘了它。但是你仍然抓紧历史的兽性并且精细地解剖这种兽性。你对被"历史耽搁的一代"充满深切的同情，他们处于社会底层，没有背景、没有依靠，靠时代赐予的机遇和小人物固有的狡猾，靠他们自己的挣扎和拼杀，甚至靠不择手段和铤而走险，他们最终发了点财。但是物质上的富有或享受并不能带来精神上的充实。文化贫乏症使他们无力摆脱金钱的怪圈，于是他们不断地寻找刺激，不少人在寻找刺激中"失控"。即便如此，你对他们仍然怀着兄弟情谊，对他们鼓与呼。

你告诉我：你许多作品的背景就是那个特殊的时代，你要写的就是被"文革"那个大环境耽搁了的一代人。那个大环境把什么都批倒了，以致不晓得自己要干什么，于是就有了一代人的盲从，时隔 20 年，报应来了，报应就是下岗。没有本事，没有文化，等待你的不就是下岗吗？问题在于，对历史的拷问要从更深的层次上来看待。不能把自我的不上进、把自我的兽性和劣根性都归咎于客观原因，就像我们批评不少人反思那段历史时把所有的责任都推向"四人帮"一样，难道自己没有责任吗？个人的"失控"或"疯狂"难道都是别人或环境的责任？每个人的能动性、每个人的自警精神、每个人的责任和忧患意识在哪里？究竟是时代逼迫个人成为"兽"还是个体本身的兽性使那个时代变得疯狂、并进而危及到今天的生活？

何顿：首先我要说的是《我们像葵花》与《我们像野兽》如果按十年一代计算的话，便是两代人。《我们像葵花》这代人是生于 50 年代末，成长于"文革"中的这代人，这与生于 60 年代中末期，成长于 70 年代的《我们像野兽》的这代人是有区别的。成长于"文革"中的这代人，于"文革"中学工、学农、学军去了，学完之后又下乡当知青去了。你知道吗？当年我的高中同学拿的毕业文凭，于"文革"结束后都不上算，要求重新考试才能发高中毕业文凭，那段时间我的众多高中同学都在单位上读夜校，为的是拿那本后来一点用都没有的高中毕业文凭。这是为什么？就是不承认"文革"中所受的教育。我们这代人，"文革"一开始正好读小学，我记得小学课本上的第一课是五个字加一个惊叹号"毛主席万岁！"，翻开的第二页，字就多一点，也有一个惊叹号，是"中国共产党万岁！"十年"文革"结束，"葵花"的一代人正好高中毕业。"宁要社会主义的草，不要资本主义的苗"，在我们这代人接受教育时是让我们深受影响的，这给了很多学生不读书的理由，读书读多了是走"白专道路"，那自然就成了"资本主义的苗"！这就是"我们像葵花"的一代人。我写我们像葵花这部长篇时是深感他们被"文革"毁了。假如不是"文革"，他们会多读些书，但"文革"，什么书都成了"黄色小说"。知道吗，我于文革中找人借的《青春之歌》《野火春风斗古城》《苦菜花》《早春二月》，这些书写革命者的小说，和茅盾的《子夜》及巴金的《寒夜》也被视为黄色小说。现在看这些书，是多么革命，革命得让人觉得太革命太革命了。文革中，就因为这些小说里涉及了一点男女爱情就被视为不健康的文学作品而被封存起来。

那个年代，连这样的书都封存起来了，你能说只怪他们自己没读书？我那个时候借书看有两个原因，一是我父亲不准我和街上的孩子玩，于是我有大量的时间用不完；二是，我们那条街上有一个读大学时被打成"右派"的大哥哥，他藏了一些小说，他又喜欢谈文学和讲故事，以示他是大学生有文化，这就影响了我，害得我求他借书看。一种风气可以影响一代人，一种风气可以让一代人垮掉。那个时候，我们还是孩子，是学生，停课闹革命，复课因为教室少学生多就读二辅制，上午读书下午就放回家去自习，你想孩子们会规规矩矩地在家自习？那还不走街串巷地找同学玩去了？当他们有了"自警意识"时，已经成人了，面对的东西让他们都难以应付了，孩子啊、家庭啊都来了，单位上又在不断挤压他们，直到把他们早早地赶下岗。当然，这代人里也有走出了困境的，那些家教好的，父母是教师或干部的，他们在父母的严管下自己看书学习，我就是例子，当年若不是我父亲（那时他是被打成了"走资派"，就很有时间管儿子），不准我出门，只许我在家看书、画画，我今天不也成了下岗大军里的一员？自警精神和忧患意识，不是什么年龄的人都有的，十几岁就有忧患意识了，那不成神经了？自警精神也是在教育下产生的！而那时的教育就是"宁要社会主义的草"，所以，整体上"葵花"这代人成了"文革"的牺牲品，这是不争的事实。

"野兽"这代人不一样，他们与"葵花"不是承接关系，他们于"文革"后读的初中、高中，转型时期把大学读完了，就学了本事，当然就要把自己的本事拿到社会实践中去实践，就有胆量和信心干他们想干的事情。李国庆可以辞职、黄中林和杨广可以不要工作，那是他们有谋生的本事，假如他们没这个本事，他们不就依靠单位了？"野兽"写的是另一代人，与"葵花"没有直接联系，并非姊妹篇，只是取书名时忽然这样取了而已。我写《我们像野兽》就是想写一群疯狂的人，他们曾经有理想，有追求，在商海的大潮中，他们被金钱所诱惑，放弃了初衷，变得于生活中穷凶极恶，伦理道德也抛置在脑后。这是中国社会转型期的故事，转型期，人人都想脱去贫穷的外衣，人就穷凶极恶。你想一个穷凶极恶的人不就是野兽吗？但这种受过高等教育的"野兽"，与没受过教育的"野兽"又不一样，所以就只是"像野兽"。《我们像野兽》这本小说结尾处出现的那几个父母都下了岗的小青年才是真野兽，眼里对有车有钱人充满了仇恨，看见有车的人就起歹心，就动心抢钱，为了钱还可以杀人。在我写《我们像野兽》这部小说时，长沙政法频道那段时间频频报道长沙、湘潭等地，一些不法分子纠集在一起，所从事的事就是抢劫那些把车开到僻静处谈爱的男女，年龄大的也就是十八九岁，年龄小的十五六岁。这让我看了电视报道后思考半天，想想当今这个极度文明的社会，怎么会产生一批这样的人？他们的法制观念，忧患意识去了哪里？他们的父母亲就一点都不教育他们还是什么更深一层的原因？究竟是什么把这些小青年逼成了这样，让他们危害社会危害他人的钱财和生命？

当今这个社会提供了很多小说素材，不是没东西写，用心去观察，就会发现很多人和很多事都可以写，只是作家站在什么角度写的问题。有的作家，不屑于写小人物和更底层的人，认为写这些人，小说的档次就降低了，似乎小说不应该是写这些人的，而应该写主旋律或者接近主旋律的那些人。大家都去写主旋律争功争名去了，谁来写非主旋律的人？我就想还是我写吧，吃就吃点亏。我父亲若干年前教育我说，这个世界上只有亏好呷，你要学会呷亏。

第九节　文学的品质与世俗性的幸福指数

聂茂：在你的小说中，世俗性的幸福指数和情感生活再一次得到强调，一些市民阶级的生存理念被正儿八经地提了出来，比如说自由，在你的作品中，市民阶级颠覆了知识分子有关自由的精神性释义，而填进了当下的自我理解："自由＝金钱＝经济独立"。这是一种将精神情感物质化、肉体化和粗鄙化的典型例证。我们不能苛求你笔下的人物都要按照某种主流话语认可的模式生活，这种理想化的状况事实上也不可能实现。因为我们所处的时代是一个各种各样的生活观念与生存方式多元并存的时代，正如吉登斯所言："我们不应忘记现代性就是产生差异、例外和边缘化。"因此任何人不能以一己之见强求于他人。每个生命个体都有权利去追求最切合自己内心需要的生活观念和生存方式，并随时进行新一轮的自我认同。但是，对现实的认同并不意味着没有个人的理想追求，对作家而言，用文本建构一个理想的社会、用想象虚构一个合理的世界应当成为每一个有终极关怀的创作者自我追求的崇高目标。你能否告诉我，你的创作的崇高目标在哪里，或者说，你的写作意义何在？难道仅仅是挣钱吗？

如果是这样，我相信你搞装修比写作挣的钱要多得多；难道仅仅是好玩吗？如果是这样，我相信你打麻将或者去洗脚也比写作要好玩得多。一定有一种力量支撑你"痛苦地"写下去，那是一种什么样的力量呢？

有评论家指出：你的《我们像野兽》被总结为"一代大学生的浮世传奇，从理想主义走向沉沦的灰色发迹史"，整部小说的致命伤在于没有叙述的高潮，在这部毫不吝惜字数的故事大全里，吸引读者最多的是一群流氓加文人的可笑行径，以及对金钱的渴望，和对男女关系的疯狂。你特地提醒读者："本小说中没有主人翁，也没有配角，个个都是主人翁，个个又都是配角。"这部小说缺乏作为小说的理由——它没有文学的品质，它是一堆不分轻重不知节制的故事，一堆并不出乎意料的故事，一本所谓"一代大学生的浮世传奇，"这样的故事对读者或者对文学本身究竟有什么意义？

你是如何看待这种尖锐批评的？你觉得这种批评是理性的、有建设性的吗？

何顿：首先我要说的是我小说中的人物不是大学教师，他们对精神和理想的理解，当然就与大学教师不同。其次，我想问你，你要我把小说建成什么崇高理想境界的小说呢？把它建成共产主义吗？你这观点是理想主义的观点，同中学生的对美好未来的渴望差不多。人很本质地活着就是粗鄙的？虚伪的活着就崇高了？理想的东西只能是跟爱讲理想的人讲，你以为所有的人都跟你一样从理想的大厦里走出来晒晒太阳，于阳光下与他人谈着精神追求和理想？谈完后再回去看看书看自己谈错了没有？你以为所有的人都是大学教授，或者拿着教授的工资，除了吃饭穿衣养小孩，还有余钱买书买碟看？你要一个只有小学或初中文化的人谈理想？要一个吃饭都困难的一无所有的人谈理想，你也太不人道了。如果我的小说人物是大学教授，他当然要谈理想谈未来，因为他从事的就是这方面的工作，如果我的人物不是大学教授，是一个下了岗的职工或一个穷百姓，你让他们谈理想那就是谈幻想了。我有一个长篇小说，发表于1996年的《十月》刊物，叫《喜马拉雅山》，那是谈理想和追求理想的，小说中的主角叫罗定，他赚了些钱，却不满意当下的生活，于是他去喜马拉雅山寻找精神的净土，却死在喜马拉雅山的雪崩里。

理想每人都有，有的人的理想很崇高，有的人的理想很现实，如果他只是住着间破房子，他的理想就是赚了钱买一套三室两厅或更大的房子，这就是理想，物质和精神结合的理想。把理想架在空中的理想，那是衣食无忧的人干的事。你去一个水果摊问问他的理想，他的理想不大，就是把水果摊变成水果店。你问卖烤红薯的，他的理想是什么，他的理想是多卖烤红薯，好有钱供孩子把书读完或把自己住的破房子修一修。

"用文学建构一个理想的社会、用想象虚构一个合理的世界"，那就是终极关怀？那就是一个"作者追求的崇高目标"？那不是骗人吗？拿文学骗人的时代早已过去了，那是《金光大道》和《艳阳天》的时代。还要我弄那样的书出来？你真想得出啊！我写作就是记录，记录一个时代里的一些人的生活，不需要掩饰，不需要美化，是什么就给他人什么，如果能流传，后人看了，至少能从我的小说中比较真实地了解这个时代，它就是这么回事，没有被作家美化。它不理想，你强加理想于此做什么呢？这个理想是哪里来的呢？它不崇高，你把它拔高做什么呢？虚假的东西不让人讨厌吗？你不讨厌，别人讨厌啊。我对真实性感兴趣，我尽量客观写作，把人物生活化，人物身上便有物质的硬度。

写作并不苦，我从来没把写作看成是一件苦差事，假如是苦差事，我早放弃了，又没有人强迫我写作。有人批评《我们像野兽》，这很正常，很多确确实实的好人好事，都会有人别有用心地攻击，何况只是本小说。你以为我会听这些人的批评吗？你以为我不知道《我们像野兽》这本书的好坏吗？我读了这么多年书，还不知道什么叫文学价值？当然，要合你眼里的文学价值，那就要建构理想的社会和虚构一个合理的世界，那你就只好到别的小说中去找，一定有的，有作家这样写，何顿不这样写，因为他眼里的世界有点失衡，不合理的事情太多了，他喜欢把这些事情用一种冷静的方式铺展开来。

第十节　被抑制的记忆与血淋淋的现实

聂茂：我们的每一天都将成为历史，但历史的细节并不为人们所记忆。然而，人们经历的心灵创伤、痛苦经验等，虽然由于社会意识的压抑作用被遗忘到潜意识中去了，但它并不等于消失了。对作家艺术家而言，它足以构成潜伏在心理的火山岩浆。文本的表达或艺术的再现，其作用就是让这些被抑制的记忆（或经验或教训或启迪）最大限度地呈示出来。创作和阅读本身都具有治疗作用，因为它对于被抑制的心理能量而言是一种替代性的转移和释放过程。诚如弗莱所说的："我们的文化遗产反映了我们社会的真实的和受到抑制的历史，它不是见于史籍记载的历史，而是文学艺术的大梦，这些梦反复出现并纠缠着我们，直到我们与它们正面接触。"

何顿兄，你不止一次地声称：你太喜欢文学了。你觉得文学自由，不受约束，不必面对这个或那个主宰者——你就是你自己的国王和臣民；也不要跌下脸来训斥或教育某某——在中国，训斥和教育的事情天天在发生，轮不到你再多此一举。你用不着去讨好谁，想写就写，不写就出去走走。但你也承认：文学是一种苦难，也是一种欺骗，你不认真，它就欺骗你。重要的是耐得住寂寞和孤独。

有意思的是，在你成名之初的一段时间里，你不时接受媒体采访，参加各种笔会、聚会和有意义或无聊的活动，同时跟文坛上许多著名人物都保存着密切的往来关系。可是，好像千金散尽后，你才发现，金钱和爱情都不是你追求的。你心灵深处最渴望的其实只是一片宁静。也许这就是最近两年，你乐于这么沉静的原因？这种沉静究竟是为了更好地潜心创作还是青春的激情早已燃烧不起来了？你自称是一个好作品主义者，那么，"好作品主义"的真正意旨是什么？或者说，你认为一部好作品应该具备什么样的特质？我知道你完成了一部新的长篇小说，能否透露一下相关信息吗？你相信自己能一直这么写下去吗？你对自己的未来有什么打算？

何顿：我并没有不止一次，而是只说了一次。

我前面已经说了，作家就是在家写作的，天天跑到电视上去说这说那，是想当明星吗？当明星那就不要干写作了。年龄也是一个问题，大了，想问题就不是那么想了。我很想写一部惊世骇俗的小说，因此这几年读史书去了，匆匆地把二十四史的主干读了遍，原想找个人物写写，但看完后却动不了笔，因为我感到历史是惊人的重复，而我想写的人别人已写了，我再去写，没什么意思。这段时间又在家读中国近代史和湖南省志。你想想，一个人在家读史读省志，像个老学究样，哪里还有精神去与媒体打交道？

我确实是个好作品主义者，好作品的意义你可以去《红楼梦》《三国演义》《水浒传》《阿Q正传》《百年孤独》和《第二十二条军规》里找，那一本本经典小说已经把好作品的意旨告诉了我们，再说就是重复了。如果硬要我说，好的小说是好到你不知道用什么语言来描述它，好到你突然翻书，看书的厚度，对自己说别读得太快了，慢点读，好到你舍不得一口气把它读完，好到你读后瞠目结舌，半天都醒不过神来。假如有部小说能让你这样，那一定是部好的小说了。我最近完成的一本长篇，不会让你满意，它虽然是虚构的，却没按你的思维套路虚构，小说中的世界一点也不崇高，血淋淋的，没一点理想，杀人、暴力，目光如炬地瞪着金钱，充分展示了中国转型期的一些人的本来面目。

第十一节　文学大奖、独立人格与作家的墓志铭

聂茂： 你是文坛上的劳模，多年来，无论社会如何变化，你的创作激情没变，你的创作成就始终处在中国文坛十分显眼的序列上。你在大学里是学绘画艺术的，如果搞绘画，你在经济上可能比现在更好。眼下不少作家成名后不去写作，反而去作画写字，他们的小日子过得十分滋润，对此，你毫不心动。因为你很早就搞过装修公司，如果你一直搞企业，现在可能也是亿万富翁了。但你放弃了这条致富路，数十年如一日，执着写作。曾经有四年时间一部作品都没有出现。不是说你没有写，而是一边写一边积累一边思考。现在你的创作成井喷状，是有缘由的。你一直保持小说的高品质。

何顿： 别说劳模，很多作家都这么写的，比如贾平凹，他一年一部长篇，比我写得多，他应该更劳模。其实一个人一生只做一件事并不难，难的是做了这件事又做那件事，并且想把每件事都做好。我这人懒、爱玩，不想花脑筋去思考别的东西，也就顺着这条道走下去，反倒活得自在。这个道理一说你就懂。我大学里是学美术，也想画画，但现在想画画只是玩了，算休息吧。不是所有的人搞绘画就能赚钱的，你这观点给了别人误区。我有一些同学，一直坚持画画，并没挣多少钱。老实说，很辛苦的。另外，搞装修能成为亿万富翁的人并不多，成个装修小老板倒是有可能，别把我看得那么高。

20世纪80年代末、90年代初，我是搞过几年装修，赚了些小钱，当时觉得把自己一辈子的工资都赚到手了，其实没赚多少（那时候人均工资才一百多元），就去搞文学。文学是我的一个心结。怎么这么说，因为我肚子里苦水多，必须倒出来。画画也能倒，但倒不畅快。我是"文革"中长大的，一双眼睛虽不敏锐，甚至有些迟钝，但还是看到了许多不该发生的人生悲剧。比如我住的湖南第一师范，"文革"初期，有跳楼自杀的老师，有所谓军统特务和历史反革命分子，都被赶到一处院子里生活。这些人的悲惨生活，不巧被我见到了。我父亲也挨了整，而且被整的时间很长，因此我是直接受害者。当"文革"结束，我钟情文学阅读时，当时的那些作家并没写到位，可能是有所顾忌吧。就想既然这样，不如自己写。那时我眼高手低，不自量力，一头扎进了文学的海洋里，一扎进来才知道文学的海洋很大，水很深，不用毕生的精力是写不出大文学作品的。

其实，我特别喜欢法国、英国和俄罗斯的一些文学作品，比如法国作家雨

果、巴尔扎克、司汤达、福楼拜，比如英国作家狄更斯，还比如俄罗斯作家托尔斯泰和屠格涅夫等。这些大文豪于我开始文学创作时，深深影响了我。举例而言，狄更斯的《雾都孤儿》和《老古玩店》，虽然小说情节现在一点都不记得了，但记得阅读时给我的印象非常深刻，这与我那时在大学阅览室里接触到的国内大量的文学作品（发在文学刊物上的）的感知有所区别，原来小说可以这样写啊，原来小说可以直击人生的心灵深处。例如《包法利夫人》，可以把一个出轨的女人写得那么惟妙惟肖，那么美，不是从我们传统观念里批判的角度写，让我忽然好像看到了写作的方向一样，犹如航标，在茫茫白雾中闪烁。这是一种让我兴奋的感觉。福楼拜用一种纯客观的语言叙述，不带个人好恶色彩，也不让伦理、道德观念流诸笔端，仿佛把自己隐藏了似的，这使当时的我十分惊讶。我一口气读了两遍，后来还读过第三遍，不是困惑是喜爱。上述的几位大师都对我有这种令我惊奇、震撼的影响。

自己不觉得自己有什么井喷，写作是每天的事情，像上班。

聂茂：作为一个严肃的作家，你有着自己的写作理想和写作信仰。不久前，你收获了路遥文学奖，可谓实至名归。路遥文学奖由中国著名高校、著名文学期刊等文学权威机构资深文学批评家、文艺评论家组成"评委会"评审，是一项非常严肃的文学大奖。它以纯文学的审美和客观公正的审读获得了文坛内外很高的美誉度和公信力。但是我们发现了一个有趣的现象，阎真凭借《活着之上》获得第一届路遥文学奖，您则以《黄埔四期》斩获第二届路遥文学奖，不明就里者还以为这是一个地方性的奖项，实际上，它的评奖范围是全国性的，奖项被命名人、著名作家路遥是陕西人，评委则来自全国各地的专家学者，两届路遥文学奖的获奖者均为湘籍作家。这多少有些偶然性因素，但是我想这也和文学湘军这些年的思考有很大的关系。

何顿：路遥文学奖确实是民间的一个文学奖，由路遥生前的好友高玉涛先生发起，他们有自己的准则，确实是全国性质的，但不受官方标准左右。评委们都是资深的文学评论家或名刊的文学编辑或名牌大学的教授。投票方式也很公平。我去北京领奖时，据高玉涛先生说是九位评论家投票，胜出者获奖。路遥文学奖的评委们有自己的文学喜好和态度，力求评本年度的力作，要求小说既有文学的深度又有文学的厚度，能达到九位学者要求的文学作品，一年里确实没几部。感谢那些评委的推荐和垂青，给了拙作《黄埔四期》第二届路遥文学奖，只是《黄埔四期》目前还被卡在那里了，好像被什么人摁着一样，什么时候能出版暂时还不得而知，多说无益。

聂茂：文学湘军一直不善于或不屑于文字游戏和叙述圈套，而更多地思考社会的职责和作家的道义。文坛上曾不断掀起这个潮流那个流派，风光无限。但文学湘军似乎没有跟风的习惯，他们似乎看得很清楚，那些在写作上玩技巧的就像人在成长中的着装，年少时标新立异、五颜六色，饰品繁多、雕坠满眼，怎一个"炫"字了得，这是一种幼稚的表现。人一旦到了中年，就会追求实效，大力精简衣服的颜色，更加注重质地、做工与贴合。文学的花哨可以喧嚣一时，但不会长久地"热"下去。

何顿：其实我不是你这样看。文学创作不可千篇一律，多些表现手法是很好的。玩文字游戏那不是严肃作家所为，但只用一种手法写作也乏趣。应该这样说，把小说写好，在写作上不重复自己，变化一下手法是可以的。我不主张每篇小说都用一种方法叙述，为了不乏味，即使是标新立异也未尝不可。美国作家福克纳，常常会有一些让你想不到的表述手法。这是福克纳先生在创作上寻找变化，让读者读一些新东西，他是不按套路写作的作家。所以不能把写作上的变化看成"花哨"。

聂茂：一个优秀的作家，不是写好一个故事就行了，你得有担当，你得在故事的背后灌注精神力量和社会道义，以此作为故事的血脉、温度和筋骨。我记得你曾在一次演讲中说过：作家有三个维度，分别是道义、悲悯和审美。文学作品本来就是精神产品，应有道义和担当。人类社会的现代化进程速度加剧，物质诱惑和感官享受吸引着人们铤而走险，背信弃义，尔虞我诈。人性中的恶开始堂而皇之地招摇过市，血淋淋的人性啊。文学无法像宗教那样具有系统性的说服力，但是可以用文学形象给人们提供精神的彼岸和心灵的救赎，这是使命，是归宿，也是道义。

何顿：我觉得你这是给作家加枷锁，话讲满了是让人讨厌的。担当、道义、悲悯，基本上所有的作家都有，不但传统意义上的严肃作家有，武侠小说作家也具备。你读读老作家金庸的武侠小说，无不具备你提到的特点，这也是金庸的小说具有广大的读者的原因。好的文学作品，众多世界名著都具备担当、道义和悲悯之情。无论是雨果的《九三年》和《悲惨世界》，还是托尔斯泰的《复活》和《战争与和平》，或马尔克斯的《百年孤独》，等等，都无不在人性的弱点和内敛的光芒上，有着深刻、透彻的描述和剖析。文学虽不是宗教，但文学形象的确可以提供精神的彼岸，在人痛苦和孤独的时候，在人悲伤和心灰意冷的时候，有时候你读小说，会发现小说里还有人比你更悲惨和痛苦，也许会帮你重新看待世界，甚至会给予你活下去的力量。这可能就是无意中的救赎。

我觉得作家有意去救赎人类世界，那是天方夜谭，因为没有哪部文学作品具备这种宗教力量。但也许某部小说能让某个人幡然醒悟，从而正确面对人生，这种可能性不是可能有而是肯定有的。我说这话是有根据的。这些年里，有年轻读者私信我，说读了我的某本小说后，他重新认识了自己。或说，在他感觉自己最孤独时，看了我的某本小说，忽然对生活有了勇气。我很诧异，其实我那部小说，自己觉得并不怎么样，却燃起了他对生活的希望。这种无心插柳的救赎是文学的意义。

聂茂：湖南虽为中国的鱼米之乡，但从来都不是中国的政治中心和经济中心，但湖南有所成就的作家都不缺乏道义和悲悯，这是湖南作家的可贵之处。唐浩明、王跃文等是这样，阎真也是这样，他是我的同事，也在大学任教，他基本上都写知识分子的生存困境，而你则把笔触对准小人物，你的抗日系列作品看得人血脉贲张，《黄埔四期》更是一次突破，它能够打动大奖评委，能够被读者认可，有这么多人喜欢有这么大的社会影响，说明你的道义、悲悯并不孤单，你的书给读者带来了精神的共振和审美的愉悦。

总之，阎真和你接连获得路遥文学奖，表明湖南文学已经进入到新的阶段。你觉得地域性对于一个作家有什么样的影响？你是如何评价文学湘军这些年来的创作实绩的？你对于自己的文学创作有什么新的期待？

何顿：湖南出了很多人物，曾国藩、左宗棠、黄兴、蔡锷、毛泽东、刘少奇、彭德怀，等等，在中国近、现代史上留下了浓墨重彩的一笔，不能说他们对湖南籍作家没一点影响。他们在湖南人眼里是标杆，是值得敬佩的人物。但我想，全国各地的作家都不缺乏道义和悲悯之心。广义一点说，道义和悲悯之心，很多男人和女人都具备，无须安在作家身上，这是人体机能的化学分子反应，就跟恋爱一样。当你看见你喜欢的女人或男人，脑海里会产生红潮。生物学家解释，那是化学反应。我们不能狭隘地解读道义和悲悯。

我写小人物，是因为鲁迅、沈从文都是写小人物见长，也可以说我从小就受了这两位文学大家的影响。年少时读鲁迅的小说《故乡》，对小说里的闰土印象特别深刻，《祝福》里的祥林嫂，也给了我极深刻的记忆。稍大时读沈从文的小说《边城》，小说里的翠翠、顺顺等，无不是活生生的小人物。这在史料中找不到，但在文学作品中能读到小人物卑微的命运和人生。小人物是全世界的大多数，小人物的命运也是众多人物的命运，甚至是国家和社会的命运，描述起来更具共性。我们很多人都向往成为大人物，但大人物不是你向往成为就能成为的。你能成为曾国藩、左宗棠、毛泽东吗？那是几百年才出一两个的。

《黄埔四期》是写国军抗战的小说，我在很多访谈中都说了这部小说的起因，再说只是重复，就不提了。至于你说，湖南文学进入了新的阶段，那是你身为教授这么看，我没这种明显的感觉。地域对一个作家的影响是不言而喻的，作家的生长环境、成长空间是受地域制约的。你要莫言来写湖南，他会觉得十分吃力，因为他对湖南的了解也许还不及湖南的一名中学老师，就如我对山东的了解，也许还不及山东的一个普通大学生。这样说，是强调地域色彩对作家的影响。这种影响还在母胎里就有了，你母亲喝的水、呼吸的空气和吃的食物以及她所想就开始影响形成胎儿的你。湖南作家写湖南，山东作家写山东，北京作家写北京，这是非常自然的事。说到期待，写好下一部小说就是我现在的期待。

聂茂：对于一个作家来说，文学大奖总是一个绕不开的话题，尤其是诺贝尔文学奖。毋庸讳言，它是很多作家梦寐以求的人生徽章。但是谈及此，或被讥笑为不知天高地厚；或被斥责为妄自菲薄。老实说，获奖并不意味着作家进了墓穴之后作品还被认可，不获奖也不意味着平庸。谁能穿破历史的帐幕！若干年后，你的书还在读者的书架上、案头上，还有人阅读，甚至在夜深人静时品味再三，若有所思，会心一笑，这才是作家的生生不息。与当下的读者相遇，与未来的读者共鸣，倘如此，还有什么可企求的，还有比这个更大的肯定吗？荣誉花冠上的芬芳沁人心脾，读者的心碑才是作家最好的肯定。

何顿：获文学大奖，对于一个作家来说是大事，国内是茅盾文学奖，这个奖是官方最高文学奖。国际是诺贝尔文学奖，这个奖是世界性质的，更让人认可。但作家为想获诺贝尔文学奖写作，首先他就得迎合西方的口味，而西方的口味也是变化的。就像你吃饭，吃多了白菜，也想吃萝卜，吃了几餐白萝卜，又想尝尝胡萝卜。一个作家为了迎合西方的胃口而写作，其实是得不偿失的。同样的情况，也针对茅盾文学奖而言。所以，写好自己想写的东西才是上上策。至于若干年后，有没有人读你写的书，那要看你写作的态度和目的。说不好的。其实大部分作家都认为，后人会读自己写的书，甚至希望自己的小说流芳百世。但是，有几个作家的书，后人会读？平庸的小说实在太多了，人还没去世小说就先死了。这是没办法的事，读者不需要那么多作家，更讨厌平庸的作家。也许我也是其中之一，虽然我很不想成为这类作家。我们一提到荣誉，仿佛与汗水和心血相关，我倒不完全认同。看淡点比较好。

第十二节 扫去粘连、板结的腐叶

聂茂：我们的文学走向世界，要思考的东西很多。它并不随着改革开放的深入和民众生活水平的提高而水涨船高，它有内在的驱力。比如是否有情怀，这种情怀与世界文学是否有契合点；它是否足够美，这种审美旨趣与世界文学能否对接，都可能成为制约要素。你曾讲过："美始终是我文学词汇系统中的关键词。千百年来，人类之所以与文学亲如手足，不能与它有一时的分离，也就正在于它每时每刻都在发现美，从而使枯寂、烦闷的生活有了清新之气，有了空灵之趣，有了激活灵魂之精神，并且因这美而获得境界的提升。"你的这段话令人印象很深，它是你的肺腑之言。客观上讲，包括我本人，始终对诺奖带有深深的敬意。我读过其中的一些获奖作品，作为读者，我和别人一样享受作家们炉火纯青的艺术；作为学者我从中汲取了很多的营养，让我心存感恩之情。文学因为诺奖获得了更多的瞩目和认同，尽管它的评选不似手术刀那样精确，但至少给了读者严肃的参考和指引。

何顿：中国文学走向世界是必然的，因为中国是世界的一部分，而且中国这片神奇的土壤理应被世界所关注。不光中国人口占了世界人口的1/6，而且国土面积也是世界第三。中国文学比起30多年前，的确要丰富多彩些，虽然仍有禁区，但没有了那种政治迫害，这就宽松多了。人类的情怀基本上是一样的，爱恨情仇也相似，区别是审美趣味的大同小异。你对《红与黑》里于连的同情，对《包法利夫人》里爱玛的怜悯，对《悲惨世界里》里冉·阿让的理解，与西方读者可能是一样的，因为人的情感是相通的，旨趣也接近，所谓"性相近"就是这个理。区别在于人种和地域不同罢了。

关于诺奖，很多作家和评论家都谈过，我没新颖的东西可提供。我跟你一样，读过不少诺奖小说，也吸取了不少营养。好的文学作品属于世界财富，供全世界的人阅读。文学这个东西是不能缺的，试想想这个世界如果没有文学，那拿什么东西消解人们的业余生活呢？如何让人对世界对未来充满期盼呢？可以说，只要是读了初高中的人，年轻时候都读过一本或两本这样那样的小说，如果他或她年轻时候没读过，他们中老年时候会读，这一课会补上，不用怀疑。所以经营好文学是一件大事。我写每一篇小说都很认真，都想把它写好，当然，不是每一篇都写好了，还得努力。

聂茂：你的抗日系列作品近段时期接连获奖，《来生再见》获中国作家第七届"鄂尔多斯文学奖大奖"，长篇小说《黄埔四期》又摘取了第二届路遥文学奖。奖项固然不是衡量文学成就的尺度，但不可否认的是，一些具有重大影响力的文学奖还是推出了部分文学经典，比如那些被人们顶礼膜拜的大师们威廉·福克纳、加西亚·马尔克思都是诺贝尔文学奖获得者，所以获得诺奖被视为作家的人生顶峰和莫大幸事。一个作家的墓志铭上如果有诺奖的徽章，就堪称完美的盖棺定论了。但是每个人对大奖的态度也不尽相同，即便是诺奖这种级别的认可。2016 年诺贝尔文学奖授予了美国歌手兼诗人鲍勃·迪伦，但他却充耳不闻，不咸不淡。往前追溯，瑞典文学院宣布 2004 年诺贝尔文学奖的得主为奥地利女作家埃尔弗里德·耶利内克，颁奖词是"她的小说和戏剧具有音乐般的韵律，她的作品以非凡的充满激情的语言揭示了社会上的陈腐现象及其禁锢力的荒诞不经"。但她以身体状况不佳、资格不够为由拒绝领奖。法国作家萨特被授予 1964 年诺贝尔文学奖，但他致信评委会，表示将拒绝该奖项。因为他需要维护自己的独立人格与自由精神，金钱和荣誉在萨特面前失去了无往不胜的力量，没有成为文学的价值尺度。他的原话是："我的拒绝并非是一个仓促的行动，我一向谢绝来自官方的荣誉。这种态度来自我对作家的工作所抱的看法。一个对政治、社会、文学表明其态度的作家，只有运用他的手段，即写下来的文字来行动。他所能够获得的一切荣誉都会使其读者产生一种压力，我认为这种压力是不可取的。"他把独立精神看做超越一切之上的源泉。萨特的声明告诉人们，他拒绝诺贝尔奖是为了保持自己的独立性和自由性。但是绝大多数作家选择接受颁奖，极大地促进了优秀作品的推广，我们不在这里讨论孰是孰非，因为这与境界高低和成就大小没有任何关系，谈不上哗众取宠和标新立异，只是个人选择的问题。我想问的是，你是怎么看待文学奖的，你对中国的鲁迅文学奖、茅盾文学奖，甚至世界级的诺贝尔文学奖有过憧憬吗？

何顿：《来生再见》和《黄埔四期》分别获了两个文学奖，对于我来说是一件好事，这两个奖我都去领了，如果还有第三个奖，我也会领，因为这是对我小说创作的肯定。人家肯定我，我当然高兴。诺奖，有人接受，有人拒绝，这都是个人意愿，讨论这个，毫无意义。茅盾文学奖是中国的最高文学奖，很多作家都看重，因为获了奖，小说的推广、发行就上去了。作家难道不希望有更多的读者吗？读者又是从哪里来判断这本书的优劣呢？自然是从获奖上判断，因为很多读者并不搞文学，平常也不读文学作品。但是，一旦他们从媒体上获悉某部文学作品获了奖，碰巧于机场书店或超市的书摊上遇到这本书，也许会买一本看看。每年出的书那么多，谁看得完？即使你每天不干任何事，光看书也看不完。所以他们相信学者的判断，既然学者给了这部小说文学奖，在他们看来，那这部小说就写得不错。这是常识，一般人都这样看。至于诺奖，不说它，相信你能理解。

聂茂：你用时间衡量作品，希望能在若干年之后熠熠生辉，充分说明了你的经典情结、厚重的历史感和内心的创作追求。关于你的形象，我在一则新闻里看到了这样的描述，"何顿这位擅长写作却不善言辞的湖南籍作家以他的湖南普通话将获奖感言当众念了一遍"。这个长句子着重强调了"擅长写作""不善言辞""湖南普通话""念获奖感言"，这是你留给人的外在形象，你用湖南普通话念获奖感言，在我看来，那可能真不是你的场。关注在哪儿，成就就在哪儿，你的精力所向是写作，书斋才是你的场，似乎只有在那里，你才可以无拘无束地驰骋想象、挥洒才情。发言，领奖，座谈，不是你的长项。可能你只适合写作，只有开始写作，才确认到自己的价值，才有自己的"精神磁场"。你的这种与喧哗场合有点"违和"的性格是与生俱来，还是长期写作形成的独语型习惯？你在第二届路遥文学奖颁奖仪式上表示，要"沉下心来写出超越时代的作品"。如何理解超越时代的作品？

何顿：每一位作家都希望自己的小说经久不衰，但不是每一位作家都能做到。当代作家的作品目前都无法下定论，但近代作家鲁迅、沈从文的作品，用经久不衰来形容是不容置疑的。至于四大文学名著，《三国演义》《水浒传》、《红楼梦》和《西游记》，更是经久不衰的扛鼎之作。文学作品绝对是用时间来衡量的，好的作品会留下来，一般文学作品无疑会被时间过滤掉。追求文学经典，是众多严肃作家的梦想。

写作是我每天的工作，我在写长篇小说时，如果不每天写一点就感觉缺了什么。这是写作状态，一股气场在流动，不能停，停滞了就接不上了。当年写《湖南骡子》或《黄埔四期》时，的确谢绝了一些外出采风的活动，因为怕出去采风回来后，接不上气。这样的事情曾经发生过，所以后来只要是写长篇小说，就不动，像钉子一样钉在家里，要玩也只在长沙玩。写长篇必须保持竞技状态，仿佛自己是一个长跑运动员，不能放松，更不能歇息。我不是不善言辞，是普通话说不好就懒得说。

四大名著都是超时代作品，几百年后还有人研读的作品都是超时代的。

聂茂：2015 年诺贝尔文学奖获得者阿列克谢耶维奇说："我越是深入地研究文献，就越是深信文献不存在。没有与现实相等的纯粹的文献。"文字一边记录着世间万象，一边掩饰着本该裸露却刻意深埋的断面，所以她试图挑战现有的、一切文字记载的历史。因为她剥落了附着在历史表象上的碎屑，这些腐叶厚厚地堆积在地表上，掩盖了大地的脉络，阿列克谢耶维奇扫去了这些已经粘连、板结的腐叶，所以她的作品具有很强的文献价值，她自己也反复提到"文献文学"，即把文献价值和小说技巧有机结合在一起，这样，文学的真实性被她重新定义。她的作品中并没有主角，也没有作者主观的分析，既不以悲悯的心态俯视众生，也不像萧红那样认为"我的人物比我高"。她希望能更多地让受访者倾诉内心感受，然后她用笔记录下一个个看似不相关的片段，再神奇地组成了一幅宏大历史画卷。她在一篇自白里说："我一直在寻找一种体裁，它将最适合我的世界观，传达我的耳朵如何倾听、眼睛如何看待生命。我尝试这、尝试那，最后选择一种题材，在这种体裁里，人类的声音自己说话。"换言之，她不只记录时间和事实的枯燥历史，而是在写一部人类情感的历史。

何顿：伟大的作家都是用文字书写历史，小说家的历史是活的，有血有肉的，文献是冰冷的。你在《三国志》中读到的曹操，冷冰冰的几行文字，远不及《三国演义》里的曹操那么生动。你在《宋史》中是读不到《水浒传》里的众多人物的。多年前我读过二十四史，想在史书里找人物写，但我想写的人物都被别人写了，最终放弃了写历史人物的雄心壮志。史书里对所有历史人物的描写都很简单，把血肉都剔除了，就几行字，人名、出生地、做过什么事当过什么官，几根筋。宋史里提到北宋末年宋江等人在梁山聚义，只是很短的一段文字，如果他们后来不被招安，也许连这段文字都不会提及。但这段简短的历史却被作家施耐庵写活了，九百年过去了，至今这段历史仍然从历史的长河中凸现出来，让一代一代人读起来津津有味，成了活的历史，从这本小说里你可以了解北宋末年的状况。这是作家的本事。活的历史在小说里能找到。你若想了解18 世纪的英国，想了解那时的英国人是怎么生活的，你可以读狄更斯的小说，一读你就晓得了。我以为记录了一个时代里真实生活的小说，是可以传下去的。多年前的鲁迅、沈从文就是这么做的，白俄罗斯女作家阿列克谢耶维奇也是这么做的，其实 19 世纪的文学大师巴尔扎克、福楼拜、司汤达等都是这么做的。

聂茂：作为个性鲜明的群体，湖南人在中国近现代历史上有着举足轻重的地位，产生了众多可歌可泣的英雄。如前所述，湖南既不是近代开放的前沿，也不是政治文化中心，之所以能够在中华民族的复兴之路上成为中流砥柱，群体性格是其中的关键因素，你把它命名为"湖南骡子"，强悍、倔强、好斗，坚韧、霸蛮、不屈，我认为这是湖南人的性格底色。

你以前多写现实生活中的小人物，现在关注历史和英雄，尽管历史的尘埃和障壁暂时遮挡他们的光芒。你以特殊的视角，通过《湖南骡子》《来生再见》《黄埔四期》这抗战三部曲、逾百万字的宏大篇幅，气势磅礴地叙写抗日正面战场，具有史诗特色，让历史再现，让英雄重生。按照我的理解，这些作品扫除了附着在历史断面上的人为锈迹，还原那个残酷而伟大的时代。不仅《黄埔四期》是这样，《来生再见》同样如此，这些小说还原了湖南抗战的悲壮历史，宏大叙事不再脸谱化、两极化、套路化。英雄也是多维度的圆形人物，他们一边是英雄，一边是普通人、甚至长相有些委琐和丑陋的人。但就是这些人，在时代的造化中成了血性英雄。我在阅读过程中看到了人性的真实和复杂。尤其是《湖南骡子》，家之五代更迭，国之百年沧桑，从辛亥革命到新时期改革开放，小说的穿透力极强，可以说是百年中国不屈不饶、顽强斗争、发奋崛起的缩影。你的抗战三部曲有着明显的系列化趋势，是写作之初就有一个整体规划还是边写边琢磨的？为什么你对这个题材拥有如此多的激情与迷恋？

何顿：我以前写小人物，前面已经说了，不再赘述。为什么会写《湖南骡子》《来生再见》和《黄埔四期》，我在很多访谈中都说过，这里再说说。我并不是一开始就有这个写作计划，是被一个个人物感动后写完一部又一部的。人物是别人提供的，机缘让我结识了一个个抗战老兵的后人，认识了，交谈中，本来无心的，结果掉下去了，好像落到了井底，腿陷在泥淖里了，不写就拔不出腿似的。如果要我回答，不是迷恋，是机缘驱使我一步步朝前走。这么说吧，我少年时候认识一些抗战老兵。20 世纪的六七十年代，他们也就是五十岁上下，因那个年代是讲阶级斗争而他们又都是国民党军队出身，虽然打过日军，甚至在抗战中还被视为英雄，但时代变了，他们的身份让他们成了历史反革命分子，在那个年代自然受到了一些不公正待遇。那时候我小，不明白这些，只知道他们家徒四壁，被人歧视。但就是这些印象让我不能忘怀！假如 1967 年我父亲不被湖南第一师范的造反派打倒，我家没有从一师的大宿舍里驱逐出来，赶到街道上居住和生活，我就不可能认识他们，也就不会从他们嘴里知道长沙有过四次大会战，也不会晓得常德会战和衡阳保卫战，而这些仗都是国民党军队打的。假如那时候不知道，也许我这辈子都不会写他们。亲耳所闻，又目睹过他们的生活，而且是在少年时代，当然就印象深刻。

我长大后，直到大学毕业，都没读过一本有关国军抗战的小说。八路军抗战的小说很多，游击队抗战的小说也不少。20世纪80年代，土匪抗战的小说也堂而皇之地出现在文学刊物上了，还拍了电影。例如《红高粱》。唯独国民党军队抗战的小说却没有，就有缺失感。正面战场是国民党军队打的，蒋介石不是当年我们的中学生课本上说的"拒不抗日"，而是抗了日。不说远了，湖南的六次会战——所谓会战，在抗日战争年代是日军出动了10万大军，国民党军队相应调动了20万以上的部队，30万人你死我活地厮杀，就叫会战。这六次会战全是国军打的，却没有一部小说描述，就觉得应该尝试写一部。《来生再见》其实是写在《湖南骡子》前面的，之前叫《抵抗者》，竣稿于上个世纪的1999年，寄过几家刊物都没用，当时国民党军队抗战还是文学禁区，就没有刊物敢登。最后给长江文艺出版社出了单行本，17万字，印刷出版后为19万字。十年后重写，写成了30多万字。

《来生再见》是写常德会战和衡阳保卫战，主要是写国民革命军第七十四军第五十七师坚守常德与大批日军厮杀的惨烈场面，和国民革命军第十军坚守衡阳城的惨烈战斗，还写了日军在厂窖大屠杀的场景等。视角压下，放在基层官兵身上，以写底层官兵的所见所闻和与日军拼死战斗为基准。小说中的主角黄抗日一开始只是个农民，是在其父的敦促下代兄从军，却打死了不少日本兵。田国藩是个充满野心的农民，妄想成为曾国藩第二的人，战争把他的野心打没了，多年后成了个可怜的老人。还有毛国凤，他只是个弃笔从戎的学生兵。之所以这样写，是想强调抗日战争是全民性的，为了不当亡国奴，农民、学生、市民都参与了。

《湖南骡子》是我与下放在江永的长沙知青交往后，产生的触动，他们大部分是1964年下到江永的老知青，因大多出生于国民党家庭，是贯彻阶级路线把他们贯彻到边陲的江永县的。他们的父辈，有的参加过长沙会战。《湖南骡子》我写了五代人，并写了中国近百年的变迁史。上卷重点写了长沙四次会战，写何金山从士兵到将军的过程。要知道长沙四次大会战，前三次是赢的，在那个极需要一场胜利来鼓舞中国军民抗击日本侵略军的士气时，长沙第一次会战交给了全国军民这么一份答卷，这极大地提高了中国军队后来的战斗力，原来吹嘘自己为不可战胜的大日本皇军是可以被打败的。这在那个日军横扫中国大江南北的年代，1939 年 9 月至 10 月长沙第一次会战的那场胜利，意义太重大了。

《黄埔四期》是写全国抗战，分两条线写，写黄埔军人在抗日战争中为了中华民族不亡国，纷纷走向战场，与日本军队展开一场一场攻坚战。从"一·二八"淞沪抗战、淞沪会战、忻口会战、兰封会战、武汉大会战到长沙一、二次会战、桂南会战、中条山会战、豫中会战到十万大军赴缅与日军作战，等等，为什么这么写？因为他们是黄埔军人，在抗日战争年代是被蒋委员长调来调去的。我在阅读谢乃常将军于 20 世纪 80 年代初写的自述时，看到了上述的那些会战。因为写的是黄埔军人，视野更开阔，书写了那些发生在中国大地上的真实的一个个会战，其实写得有些吃力，但写了心就安了。总之，三部抗战小说分别写了一些不同的战场，不会再写了，再写不过是重复。

第十三节　悲剧精神与庄重的历史

聂茂：中华民族并不缺乏悲剧，缺乏的是悲剧精神，我们经常以喜剧的姿态处理悲剧的内容，"戏说历史，搞怪经典"成为眼下一些文人的至爱，让轻浮的戏谑调侃庄重的历史，以扭曲的夸张呈现悲壮的史诗，这是极其可悲的。在我看来，《湖南骡子》是你小说创作的升华，这部作品以家族历史折射湖南历史，从而反映百年沧桑中国的命运起伏，这种写法的好处是，能够把文学和历史紧密结合。民族要有魂，有脊梁，有不屈不挠的精神。长沙会战堪称十四年抗战的血性亮点。在中国鲜有哪个地方的抵抗能够这样惨烈，这一方面与长沙的战略位置有关，但更与湖南文化底蕴有关。家族、血性、民族、历史、共同构成了《湖南骡子》的四维立体图案。

何顿：谢谢你对《湖南骡子》这部拙作的评价。确实，我们这个时代价值观有些混乱，信仰缺失，娱乐至上的宣传把国人搞得浮躁不堪。歌星、影星和体育明星一夜暴红致使很多年轻人都争着想成为那样的人，就不脚踏实地。这是媒体宣传导致的。试想想歌星、影星唱几首歌，出场费几十万元，这难道不让年轻人和小孩子向往吗？他们赚钱怎么就那么容易？据说当红的男女影星演一集电视连续剧上百万元，一部电视连续剧四五十集他或她不就是四五千万元的收益吗？一家上千人的工厂辛苦一年都没有这么多利润，甚至是亏损。这给了年轻人和小孩子一个误区，让他们的心理落差太大，他们的父母一个月才几千元，一年的薪水才几万元，这让他们的心理怎么平衡？梦想大多是建立在不切实际上的，梦想会产生野心，野心会导致人不择手段，甚至走向犯罪。

我们国家那么多骗子，谁的手机或家里的座机没接到过骗子的电话？我、我老婆和女儿经常会接到骗子的电话，骗子抛出各种诱饵想诱使你上当。怎么会有那么多骗子？而且那么猖獗！中央电视台和各地电视台不断揭穿骗子的把戏，提醒观众注意，而骗子们却不断翻新把戏，盼望你中招。这是社会的悲剧，也是人的悲剧，人缺乏精神支柱，缺乏身为人的善良、正直和责任心，才会出现大量的骗子。这是我们没有好好反思前些年犯下的过错，这也是历次阶级斗争运动把人性的恶释放出来的后遗症。

《湖南骡子》就是写湖南人的倔强和韧劲。你想想，湖南发生了六次大会战，长沙前三次会战是胜出，湘西会战赢了，常德会战打了个平手，只有长衡会战输了。四胜、一平、一负，即使是输了的长衡会战里的衡阳保卫战也打死打伤日军四万人，并没吃亏。这就是湖南人的气节，就是输也不会一败涂地，《湖南骡子》写的就是气节。

聂茂：乔治·奥威尔在《我为什么写作》一文中说道："所有的作家都是虚荣、自私、懒惰的，在他们的动机的深处，埋藏着的是一个谜。写一本书是一桩消耗精力的苦差事，就像生一场痛苦的大病一样。你如果不是由于那个无法抗拒或者无法明白的恶魔的驱使，你是绝不会从事这样的事的。"从你的创作中我想到了这段话。你的前期写作聚焦普罗大众，你花 6 年时间创作的长达百万字的长篇小说《黄埔四期》发表在 2015 年《收获》上，书写内容也开始转向。类似《黄埔四期》、《湖南骡子》这样的巨大转向在大部分作家中并不常见，因为一个作家一旦形成自己的风格，就不会轻易更改，风险太大，更重要的是，这要耗费一个作家无数的精力，所以我觉得奥威尔的这段话特别适合您，您身上无法抗拒的"恶魔"是什么？或者说支撑你完成这项艰苦工作的创作动力在哪里？

何顿：我身上没有"恶魔"，是一种写作心态的转换。我以前说过，写作不像画画，画画可以盯住一个题材不断地画下去，例如徐悲鸿画马，画一匹马、两匹马、三匹马，画奔腾的马、吃草的马、恋爱中的马，没有人会觉得重复，只要神态各异便可。写作不行，读者对作家的要求比画家严，必须打一枪换个地方，以前我是写城市平民，写玩世不恭的年轻人，必须变。基于这些，又加上机缘巧合，就有了写《黄埔四期》和《湖南骡子》的冲动。

另外，我们今天的作家应该抵制浮躁，沉下心来写出超越时代的作品。作家要有胆魄和担当，要有写不朽作品的追求。我的目的就是让我们的下一辈或更下一辈记住这段历史，记住那些应当被我们记住的人。现在不少抗战电视剧极不严肃，手撕鬼子，一个人即使是赤手空拳也能把几十个日本兵打得屁滚尿流，这是对为不当亡国奴而在抗战中流血牺牲的前辈的大不敬。打仗是一件轻松好玩的事情吗？战争是让人恐惧的。

抗战题材作品读来很沉重，一些读者总想回避这些读起来很残酷的故事。一般读者宁愿看看轻松的，滑稽的，哪怕是"抗日神剧"。但是，身为作家，既然接触了这些素材，就得把这些故事写出来，哪怕它是悲惨的，血淋淋的。

聂茂：《黄埔四期》《湖南骡子》是写战争的，战争场面的残酷场景很多，有部分读者认为场面过于血腥，视觉冲击力让人受不了。一些资料的引用过于原生态，如果化掉开来，融合到小说中，也似乎更好一些。同时作品穿插现实生活的内容，感觉过多，与小说本身的叙事有一种隔的感觉。此外，战争场景单一，写战争死人无数，堆在一起，臭味难闻。你不露声色地描述战争之后的场景，我在此用了"场景"这个词就是想说，你不再以仰视的姿态看待英雄，亦不以浓烈的主体情感表达作家的态度，所以我想起了自然主义这个词语，这完全颠覆了读者的阅读经验，不是切合了读者视野，而是反向错位，于是读者多少会觉得这是一种对英雄的不敬，你是如何看待所谓的"创作冷漠"与"现场真实"这种矛盾的？

何顿：战争就是屠杀，敌我双方都以正义的名义展开屠杀。没接触过战争的人以为打仗就像"抗日神剧"里那么好玩。真的是那样吗？即使是史料，也告诉我们，一场大会战下来，死的就是几十万人。淞沪会战，史料说国民党军队先后投入80万军队，战死30万，日军战死了5万，这不就是彼此屠杀吗？小说《黄埔四期》的主人翁贺百丁的侄儿告诉我，他伯伯讲述战争时说，那时候征兵都是一个村一个村的征，把他们编成一个连、一个排、一个班。为什么这样编？因为一个士兵或几个士兵的死会激起其他士兵拼命的勇气！一个村的人，从小玩在一起的，有的甚至还是亲戚，彼此语言和感情相连，死了一个，另一个渴望报仇的决心会压住战场带来的恐惧。那些读者只是在阅读中就受不了，真要是换到战场上，那不成了可恶的逃兵？

我不晓得我哪里"创作冷漠"了，写战争又不是写爱情故事，你不把血淋淋的屠杀写出来，读者会觉得战争并不可怕。其实，最可怕的是战争，写出凶残的一面才会有痛感，没有痛感的战争小说那是离战争很远的小说。就有读者在我的私信里留言："读完您的《黄埔四期》后，我被您写的战争场面震撼了，才知道战争是如此可怕，如此让人心痛。"等等。这样的私信还真不少。这就够了，让人认识它、读懂它，想到前辈为了子孙的今天与侵略军浴血奋战，让很多人都会对流血牺牲的前辈产生敬仰，从而更好地珍惜今天、珍惜生活，这比隔靴搔痒的战争小说给读者的力量更强大。有一个叫"东别佬夫"的读者写了篇《黄埔四期》的读后感，其中有段话回答了您的提问，我摘录如下："文学的最高境界就是在审美意义下还原社会性和人性，《黄埔四期》已相当逼近，至少它的阅读分量已超越消遣和娱乐，更带给探究历史、思考未来的读者一种重甸的快感，在'神剧'充斥、历史虚无的今天，它刻画的具象以历史的真实给我们呈现出难得的一截历史断面的标本。"我愿意告诉你，不同的读者是不同的看法，这就是文学。

聂茂：你的抗日系列写得很大胆，既不讨好国民党，也不讨好共产党。你关注的是人，是人性，是跳出了意识形态藩篱。你写到了蒋介石抗战，写到了国民党正面战场。你提到日本右翼势力之所以敢于否认对中国的侵略，是因为连我们自己都没有面对那段历史的勇气，这是对抗战英雄的极大不敬。你的作品大力张扬小人物的精神斗志，你没有拔高他们，你是同情的，有温度的，体现了对生命的尊重。你没有去刻意考虑读者的感受，也没想到去讨好谁，迎合谁的阅读经验。按照我们对历史和生活的理解，英雄在生活中和普通人一样，只是在危难时刻更有担当，大义面前更有取舍。他们不是用特殊材料造成的。所以在残酷的战争中，你首先是把他们还原为一个普通人，以文学的方式为平凡的抵抗者建立档案。历史的表述方式和历史完全不一样，但是文学可能比历史更真实。在我看来，小说就是要往小处说。人们把历史当作文献，但是那种失去了生活细节的历史，又比文学真实多少呢！没有了具体的场景，失去了人性的温度，所谓的历史和文献也常常是可疑的。英雄不应该被历史遗忘，更不希望被后人遗忘。他们曾经做过的事情，无论辉煌或细小，都是个人的一部分，也是国家和民族记忆的一部分。共和国的历史，正是由这些活生生的平凡的人写下来的，所谓人民创造历史，正在于此。

所以这几部小说有的世界观和价值观出于你的良知和责任。在这段历史河流里，各种力量都以自己认为正确的方式面对复杂的局面，尽管结果各不相同。但你关注的是人的复杂，是复杂的人性。意识形态的价值判断容易让作品失去弹性和活力，因此跳出既定意识形态的藩篱，让各种力量都发出自己的声音，让读者自己去判断，去感知，可能更接近历史本身。在大历史叙事里，他们都是小人物，不拔高他们，不忽略他们，就是对生命的尊重。有生存的智慧和技巧。人性也是多维的，一方面他们以英雄的姿态冲击到抗战的一线，另一方面他们也必须有生存的智慧。这些生存智慧在历次运动中都有，一脉相承。也就是说，是残酷的现实让每个小人物都变得更加小心。每个人都感觉自己是蚂蚁，随时可能被时代的强力踩在脚下，碾成碎泥。所以，个人情感的浓烈也就是一己之好，与其被后来的读者过滤或者厌弃，倒不如自我革命，冲出主旋律节奏，重现中国式的悲剧精神。我的这些分析很可笑吗？反之，它是否成了你放弃直接的、浓烈的抒情，放弃激情四射的叙述之理由？

何顿：我是没有经历过战争的人写战争，是隔代写，只能靠想象。你的想象力决定一本战争小说的质地。战争是人打的，当然得把人物写好。人的复杂性也只有人才能体会。我在几篇访谈中说过，写英雄容易，把抗日战争写结束，不再写下去，这个人物就定格在英雄层面上了。有些小说就是这么写的，这在某种意义上说，是一种偷懒的写法。写英雄走进平凡的生活而在平凡的境遇里遭到的各种考量，却有些难度。如果你想深入地写下去就得接受这种考量，小说中的人物和写作中的你都得接受这种考量。为什么这样说？因为你没写好，这部小说就失败了。如果你敢挑战失败就敢写下去，如果你担心小说会失败，你把抗日战争写到胜利就可以罢笔。

我父亲生于 1922 年 3 月，卒于 2016 年 1 月，享年 94 岁。父亲在广州中山大学读书时接受了共产主义思想，1947 年他从中山大学毕业后参加了革命，打过仗，杀过敌人，不过他不是与日军打，而是与国民党地方部队打，后来率领他的游击队解放了资兴县城。我本来想写父亲的革命故事，在那个混乱的年代，父亲弃笔从戎，参加革命，由一个充满革命理想的大学生加入共产党，后成长为游击队队长，率领游击队员们攻打这个区（县下的区）、那个县镇，父亲本身就是一部革命小说。但革命小说前辈作家实在写得太多，我辈作家也有写的，我再写就没什么意思了。20 世纪的 80 年代末至 90 年代中期，我时常碰见一些老人来我家，为的是要我父亲写一份证明，证明他是 1949 年 10 月以前参加革命工作的，他们曾经都是我父亲的游击队员，其中有一个还当过我父亲的警卫，可都是些看上去十分糟糕的老头。他们取得我父亲的证明，然后眼含泪光地离开后，我问父亲，父亲说，他们来找我，是想办离休，他们自己相互证明不行，必须要我证明他们曾经是我的游击队员。因为离休比退休的待遇好。

这就是人，无论是普通人还是参加和平起义的国民党老兵，或曾经出生入死的革命者，只要是人，只要他活着就会有世俗的需求和考虑。英雄可以什么都不要，人什么都想要。坏人是拼命索取，只图自己占有。好人则是君子爱财，取之有道。若把人拔高，那不是写人，是写神。我始终认为，神鬼都好写，反正不食人间烟火，既不需要写他们如何生存下去，也不需要写他们的子女，因为神鬼没有子女。写人就得写这些东西，那就得用人的心态写。文学是人学，也是社会学，不是神鬼学。

只有不成熟的作家才会在自己的小说里"浓烈的抒情"，只有诗人才会"激情四射"，小说家必须客观、冷静。诗可以无逻辑，小说还是讲点逻辑的。一个作家，如果把自己的感情都带进小说，我想那不是一个值得称道的作家。作家应该在小说中尽量隐藏自己的好恶，因为你的好恶只是你自己的，弄不好会让读者厌弃。你的生活经历、思考和审美趣味，只能是你的。写小说，能把自己隐藏起来就隐藏起来。

第九章　对话彭学明：真诚的歌哭与灵魂的忏悔

点将词：致敬彭学明

一个人必须首先相信自己，相信自己对文学真正的热爱，才有可能成为一个作家，并且将这顶桂冠以名副其实的方式一直保持下去。

对彭学明来说，写作不是美学问题，也不是满足虚荣心的问题，更不只是展示才华的问题。对他来说，写作就是拯救，就是忏悔，就是检验良知，就是解剖自己，就是传达他灵魂深处对于美丽世界的一种渴望，一份福音。他的作品澎湃着透明的诗意，即便是写苦难，也让苦难充满水稻抽穗的质感和红薯出土的温馨。

他的身体离开了湖南，但他的心与他的精神脐带一直没有离开湘西，没有离开那一片生育他、养育他并滋润他成长的黑土地。无论外面的世界如何变化，他一直保留着内心的纯洁、善良和向上、向美的品质。《湘西女人》的乐观通达、《祖先歌舞》的轻快迷人以及《庄稼地里的老母亲》让人听到来自泥土的芬芳，这一系列贴着湘西标签的作品奠定了他在文学湘军中的重要地位。

湘西成就了彭学明，彭学明也为湘西赢得了荣誉。他向沈从文等前辈作家致敬，以无所畏惧的对真理的热爱和对民族文化传承的勇气，呈现了个人与社会、国家与民族的种种问题与处境；同时，他以敏锐的洞察力和心理学上的执拗，将古老的传说、美丽的风景、淳朴的风俗从容有序地展开，无不扣人心弦，使作品拥有了广泛的包容性、优雅的叙事节奏和充满纯净热烈的诗意。特别是长篇叙事散文《娘》的横空出世，他找到了湘西精神最完美的象征，为人类永恒的主题发掘出新的艺术活力和独立的见解，他以虔诚之心、敬畏之意和痴爱之情礼赞了中国文化脐带上最为关键的形象——"娘"，这是作家个体血脉上的

"娘"，是湘西人民的"娘"，也是每个中国人心目中大写的"娘"。

彭学明的故事是中国的，但也包含了世界意义，作品的现实性是全球化视界下的现实性，中国的孝道文化也有着全球化的普世价值。"娘"是我们每个人的生命和情感都无法逃避而终生皈依却又司空见惯而不足为奇的"精神视觉盲区"，彭学明站在思想巨人卢梭的肩膀上，做了一份令世界动容的中国式的忏悔。在这个众声喧哗、信仰崩塌、精神虚无的时代，这个湘西汉子用最质朴的湘西语言为中国人找回了属于自己的"娘"，找回了属于中国优秀文化的心，也找回了属于这个伟大时代的心，他将散文这个影响日渐式微的文体的光芒发挥到极限，是对中国当代文学的独特贡献。

第一节　《娘》是"我"全部真情的歌哭

聂茂：学明兄，很高兴与你进行这样的一次对话。白居易曾说："文章合为时而著，歌诗合为事而作"，此番创作主张至今仍未过时。我记得你在谈及当下散文创作的迷失时曾经说过，你很讨厌三类散文作者：一是把自己当成了专家学者，二是把自己当成了导师牧师，三是把自己当成了思想家，就是不把自己当散文家。你呼吁散文作者不要把自己看得太重或太轻，不要让作者扮演太多角色，不要让散文承载太多的使命。如果说，诗意和真情的完美结合是散文的至美的话，那么，你认为，诗心、诗意和诗情，则是一切文学艺术的眼睛和根。我想请你谈谈自己在散文创作方面的探索和追求。你是否觉得长篇散文《娘》的创作已经达到了你理想的标高，即诗意和真情的完美结合？如果没有，你愿意给这部书打多少分？

彭学明：我写《娘》时，没有立下任何标高，我只是与娘对话，向娘检讨和忏悔。所以写《娘》时，我没有进行任何艺术形式的冥思苦想，情感本身就是真的，不需要准备，艺术的诗意美，是我写作的惯性风格，也没有去特意经营。就是平铺直叙，水一样，流到哪儿就是哪儿。至于是否达到真情和艺术的诗意美，那是你这样的专家和读者评判的事，我无法给自己评价，也无法给自己打分。作品的好坏在读者心中。

聂茂：你说过《娘》的创作没有任何功利性，之所以不用《母亲》或别的名字而用《娘》作为书名，是因为只有喊"娘"，才能得到天堂中的娘的回应。用别的称呼，"娘"听不懂。这种背后的故事，在《娘》的创作和出版中，一定还有不少，我想请你谈谈这方面的事情，比方：为什么想到要创作这样的一部作品，在实际写作中，有些什么样的痛苦或顾虑？既然是带着祭文性的与"娘"的对话，为什么不选择以第二人称的方式进行叙述？创作结束后，为什么要将这样的一部作品拿给并没有多少影响力的《黄河文学》去首发？为什么要对这部作品不断地扩充修改，这些扩充修改是听从了读者或专家的意见做出的，还是仅仅自己认为确实有扩充修改的需要？你认为，《娘》在你的整个创作生涯中占有一种什么样的分量？

彭学明：我没有把《娘》的写作叫创作，因为，我没有任何创造的部分。《娘》的内容都是真实的记录。不需要创造。写娘，是因为太想娘了。是因为对娘的愧疚，心里一直纠结。是因为这个世界上再不会有一个人像娘一样爱我、念我和包容我了。写的时候没有顾虑，只有痛苦，这种痛苦就是我太对不起娘了，我对娘的过错再也无法弥补了。

不知道你注意没有，我整个叙述不但不是用的"你"来叙述，也不是用的"她"来叙述，都是用的"娘"。用"娘"来作为人称叙述，用一次等于我叫了娘一次。娘在世时，我没有很好地叫过娘，现在我醒悟了，想多叫几次。

《娘》最初写得很匆忙，只有6万字，最初不是拿到《黄河文学》首发的，给的一家大型双月刊，因为我认为那么长的散文，只有双月刊才会不惜版面。但这家刊物嫌太长，要我瘦身。我本来就没写尽娘，嫌短，怎么会瘦身呢？所以，就拿给了《黄河文学》。《黄河文学》是月刊，版面有限，但我知道《黄河文学》主编郭文斌一直倡导文学的品德，倡导行孝。我觉得《娘》既是有品德的，又是事关孝道的，估计郭文斌会不惜版面。拿给郭文斌看时，我说得很诚恳：你先看看，千万别为难！没想到郭文斌连夜就看完了，凌晨两点半给我发了一个邮件，就一句话：彭主任，这是一部功德无量的作品，我把其他稿件撤下来，以最快的速度上2011年第10期。发出后，反响空前，《散文选刊》在2012年连续三期进行转载，并且还加载了我后来补充的2万字，每期都加了编者按。这是《散文选刊》转载最长的一次散文；《中华文学选刊》第2期和《新华文摘》第4期也都破纪录进行了大篇幅转载。

我之所以不断修改和扩容，因为娘的很多故事没有写出来。一是当时写得很匆忙，急于想让世人知道我有一个平凡而伟大的娘，想让世人明白我对娘不好是多么的后悔；二是在人们热议我的《娘》时，娘的点点滴滴更多地回到了我心中。所以，我不断修改，不断扩容。6万，8万，16万，最后定稿为将近15万字。我每次修改、扩容、瘦身，都不是心血来潮，都请了不同层次的读者进行了阅读和提意见。这些读者都是平时就对我讲真话的朋友，有专家学者和教授，有主编、军官和同学，还有同事、同事家属和普通读者。第一稿最先看的几个朋友是吉首大学副校长张建永、《散文选刊》主编葛一敏、重庆工商大学教授包晓玲、中国作家协会办公室的两个机关干部李晓东和王志祥，另外还有几个朋友。一是让他们看看这么长的散文，让人有没有兴趣看下去，如果没有兴趣看下去，就自我枪毙，不必送给刊物耽误读者时间；二是让他们提意见。结果，都说好，每个人都兴奋地接连几天给我通电话谈他们的激动和感受。并且往往一通电话就是一个上午或一个晚上。张建永校长当即表示要写一篇评论，葛一敏也当即表示文章一出就连载。由此，我有了信心。文章引起空前反响后，无数读者在鼓励我的同时，也表达了希望读到娘更多故事的愿望，有的读者还给我提了些中肯的建议，于是，我开始了扩容、瘦身、再扩容、再瘦身的反复修改。包括语句、标点等都进行了反复的推敲。应该说更好了。即便这样，我现在还感觉有的地方可以更好。希望再版时，遗憾更少。

最初的版本是湖南文艺出版社出版的，经过精心修改的最新版本《娘》（全本）是知识产权出版社出版的。两个版本的设计各有千秋，但内容上肯定是知识产权出版社出版的更全面更丰满更感人，这也是读者喜欢知识产权出版社出版的《娘》（全本）的原因。

《娘》是我用全部情感写出的作品和歌哭，在我的心中肯定是占最重要的位置，谁的情感会比娘的情感更重呢？

第二节　作品的经典要经得起时间的检验

聂茂：母爱是世界上最高尚的爱，最纯粹的爱，最无私的爱。母爱是文学作品中永远写不完的原始母题。古今中外文学史上，有关母亲、母爱的文学作品数不胜数，各种各样的母亲形象层出不穷，各种各样的表现方法几乎写尽。正如莎士比亚说的：一千个读者眼中有一千个哈姆雷特。同样的道理，一千个作家眼中有一千个自己的母亲。但每一个母亲都是世界上独一无二的，每个作家对母亲的感受和表达也不一样。例如，孟郊感恩的是："慈母手中线，游子身上衣"；白居易牢记的是："思尔为雏日，高飞背母时"；外国作家如马克·吐温、川端康成、安徒生、纪伯伦、高尔基等也写过母亲的文章。胡适、周作人、郭沫若、丰子恺、老舍、徐懋庸、三毛等人都写过"我的母亲"。而当代著名作家张洁直抒胸臆的长篇散文《世界上最疼爱我的那个人去了》同样感人肺腑，令人泪下。那么，你认为，你的这部《娘》有什么独特的艺术魅力，能够在今天海量般文字信息中，刚一出版，就能引起文坛震动、社会关注，并且好评如潮？

彭学明：这个得问你和读者。看看网上网民对《娘》的博客和微博文章，看看那些网民在我的新浪博客上的跟帖，就知道为什么一出来就震动文坛和社会了。但我想说的是，文学必须给人感动和启迪，给人榜样和力量。我想，我的《娘》应该给了读者这种感动与启迪、榜样与力量。母爱是最十指连心、最容易引起人们共鸣的爱，在人们读我的《娘》时，《娘》十指连心似的连到了读者对娘的爱。而当我向母亲锥心忏悔时，也十指连心似的连到了读者那份对母亲日渐沉睡和忽略的情感与愧疚。这个世界，几乎每个民族都喜欢自豪和骄傲，但缺乏自省、反思，更缺乏忏悔和救赎，所以当有人勇敢地站出来忏悔和救赎时，会让人感动和震撼。卢梭忏悔和救赎自己了，卢梭的《忏悔录》留下来了，我彭学明忏悔和救赎自己了，我的《娘》也引起轰动了，能不能留下来，得靠时间检验，我不能妄言。

第三节　留在心里的才是最感人的

聂茂：你的经历十分曲折，具有传奇色彩。但从《娘》这部自传性作品中，我觉得有一些关键性问题没有说清，读者也比较好奇。比如，你说你的成绩一直很好，这个"好"是指各科成绩都好，还是语文、政治、历史等偏好一些，数理化成绩也很好？第一次高考差一分，名落孙山；第二次高考你超过了68分却没有被录取，是什么原因？第三次虽然考取了吉首大学，但作文一向很好的你为什么没有选择中文系而选择明显不是强项的外语系？而媒体对你的报道也有些混乱，一会儿说你有写日记的习惯；一会儿又说你从不写日记，全凭脑子记。而我更感兴趣的则是，你是如何开始自己的创作的？第一篇散文就是经石英先生编发在《散文》杂志上的《吊脚楼里的人物》吗？你承认自己的文学基础并不好，在开始文学创作之前，你甚至没有读过中国的四大名著，也没有听说过沈从文，这种情况在作家队伍中，十分罕见。你认为，你创作上的厚积薄发全凭生活本身的感悟吗？你是如何看待阅读的积累与生活的经验的，或者说，阅读上的不足有没有掣肘你的创作？

彭学明：小学、初中到高一，我各科成绩都好，并且都是前三名。这也是我能够获得"三好学生"的同时，还是"三好标兵"的原因。高二文理分科时，文理科老师都争着要我。但奇怪的是，我上高二后，数学突然一落千丈，每次考试都不上 90 分。经常在 80 分徘徊。这让我和老师都不可理解。这有点打击我的信心，对数学有了厌倦情绪，一厌倦就不爱听不爱学了，于是，我选择了外语。记得好像当时考外语专业，数学不计分。这样，我就将数学彻底放弃了。高考时，我数学第一次高考只考了 6 分，第二次只考了 24 分。真丢人。当时选择考外语专业，还有一个原因，当时外语老师说，考上外语专业，可以当翻译，甚至可以周游列国。所以，我就考了外语专业呵。

我没有记日记的习惯。高中时记过一本，后来就再也不记了。创作上，我不记日记，是因为我在想，只有记在心里的东西才是最深刻的东西，也才是最感人的东西。我写的《娘》就是完全记在心里的东西，所以写的时候，行云流水，没有阻碍，所以，写出来后，感人至深。

我从小语文成绩好，作文每次都是全年级甚至是全校的范文。但我还是怕写作文。那时候写作文，以为形容词越多越好，绞尽脑汁想形容词，想不到就痛苦，就怕作文。所以，尽管老师将我的作文作为范文，我都没有快乐感。当然，就压根没有想过当作家。我的创作之路极为偶然。1986 年，我还在吉首大学读外语系，家里发生了一些事情，我想尽办法都无法改变。失落，伤感，孤凄，以至于晚上做梦哭了起来。同宿舍的同学不知道发生了什么事，把我摇醒，然后天天守着我，生怕我出事。从同学们的身上，我感到了同学真情，又从同学们的友情我想到了我的那些乡亲。于是我就在一个星期内连写了两篇文章，一篇就是你提到的《吊脚楼里的人物》、一篇是《那青幽幽的山哟》，中文系的同学来我宿舍玩时，惊呼怎么怎么好，鼓励我投稿。我就自不量力地按中文系同学的指点，把稿分别投给了《散文》杂志和《吉首大学学报》。很快都有了回信。《散文》杂志主编石英和副主编贾宝泉都给我回信给予鼓励和赞扬，并将《吊脚楼里的人物》刊登在 1986 年第 6 期《散文》杂志。《吉首大学学报》的主编杨山青则登了《那青幽幽的山哟》。好笑并感动的是，我不知道《吉首大学学报》办公室就与我的宿舍楼一栋楼之隔，是跑到市中心把稿子投给《吉首大学学报》的。杨山青看了我的作品后，跑到我寝室找了我 5 次都没找到，便留了一信约我面谈。如今，我算所谓的功成名就了，永远不会忘记石英和贾宝泉老师，忘不了杨山青亦师亦友。虽然很少见面，心底永远感念。我也感谢吉首大学中文系的刘文武、龚曙光等师友，他们当时办了一个边城文学社，我在那儿受益匪浅。还要特别感谢《吉首大学学报》的向成国、张永中等老师，他们是第一个发"彭学明作品研究专辑"的。感恩，是我娘给我上的最重要的一课。我创作时，是不知道沈从文。因为那时沈从文在国内还刚开始为人知晓，不是中文专业的是很难知道的。现在看来，当时的孤陋寡闻是个好事，如果我很早就知道和读了沈从文，我也许像很多人一样就绕不开他了，我就迷失自己，不是自己了。我现在完全可以自豪地说，我绕开了沈从文，我没有重复沈从文。沈从文是一座高山，高山可以仰止，但不可亦步亦趋。

到现在也没读过四大名著，并不是什么光荣的事。我对四大名著的了解，就是中学课本上的那一点点。我不读名著，是因为我在想名著都在读，都在读就是都在学，都在学就容易都模仿，都模仿的话就容易是一个模子倒出来的，容易没有个性，容易走不出来。而文学艺术是最讲个性的，也许这是谬论，但我的确是这样想的。我的作品现在被大家公认有个性，也许是得益于我不读名著。但此法可能只适用我彭学明，大家千万别学。不过，我不读文学名著，不等于我不读书，我很爱读书，常读的是无名作者的，读得很杂，音乐、美术、摄影、哲学、地理，我都读。这些阅读，对开阔我的视野、丰富我的艺术修养很有帮助。这些庞杂的阅读和我独特的生活环境与人生体验，才没有让我的写作被生活和艺术甩出去，而是卷进来，走进了我自己和读者的心。

第四节　文学和生命都烙下湘西的文化符号

聂茂：一部作品能否获得成功，除了本身独特的艺术特色外，作品发表的时间节点、触及社会的热点问题和当时主流的价值导向也有很大的关系。我认为《娘》之所以获得巨大成功，至少可以从五种语境上进行分析：一是历史语境。忠孝文化是中华民族几千年传承下来的优秀民族文化，这种共同的价值观是《娘》引起人们情感共鸣的前提条件。二是时代语境。当前中国的家庭，大多数是独生子女，不少人以个人和自我为中心。《娘》的出版，会促使他们学会感恩。此外，许多跳出农门、来到城里的人，都像你一样，从农村吃过无数的苦，到城里打拼，并取得了成功，这些人上有老，下有小，都有过在"外面风光、在家里难受"的苦闷，也都有过跟"娘"战争的痛苦经历和不堪回忆。因此，《娘》刺痛了成千上万这样的中国人痛苦的神经。三是政治语境。忠孝文化与和谐社会的建构，与社会主义先进文化的建设，与文化强国的深刻关连等等，都是政治语境生动而具体的体现。四是文化语境。对于一大批年轻人来说，他们整天沉浸在大众娱乐文化中，吃麦当劳，看球赛，留恋好莱坞电影，他们活得很轻，轻得近乎可怕。《娘》的出现，激发他们走出消费文化，感受一下生活的质感和"重量"，引导他们获得一种新的反思、新的观照和批判的能力。五是审美语境，也就是文学艺术本身的语境。当前的文学艺术，粗制滥造的作品太多，真正贴着大地、带着泥土芬芳的作品不多。因此，对美的呼唤，对纯粹艺术品的向往，也是《娘》引起热销的一个重要原因，因为这部书带来了一股新鲜空气，一种返璞归真的价值取向，一种忏悔之中的骨头和力量。你认同我的这种分析吗？你是如何看待《娘》的热销或当下文坛的热点事件的？

彭学明：我完全赞同你的观点。你对《娘》的解读非常到位深刻，非常有见地。你实际上已经回答了你前面提给我的第三个大问题。《娘》的热销，远远超出我的意料。知识产权出版社出版的《娘》（全本），尚未召开新闻发布会和完全上市，就被保靖县、花垣县和古丈县一天内抢购了一万册！我在保靖县签名时，万人空巷，不得不出动20多个警察出来维持秩序，远远超过了当下最红明星的追捧。读者如此的热爱，我只能说是娘在天堂再一次成就和保佑了我，只能说是湘西再一次成就和恩典了我，更想说，我们不是没有好读者，而是缺乏好作品。读者是检验作品好坏最好的上帝。

聂茂：你写过许多关于湘西的文章，总把自己定位为"湘西血性男儿"，并声称："不管走到哪里，都没有我的湘西美！世界上一切美好的东西，我的湘西都有！"你把自己作品中诗一样美的语言归功于湘西如诗如画的风景。"湘西是我创作的源泉，是我的根，我要终生为她歌唱。"在早期《湘西女人》《边边场》《赶秋》《庄稼地里的老母亲》《住进城来的老母亲》《冬天》《阳光》《流水》《唱歌的扎染》《秋天的音乐》《鼓舞》等一大批作品中，跳动着一幅幅美丽的图画和一颗颗不屈的灵魂。你笔下的湘西充满了令人心旌摇荡的神韵。这些作品不仅在全国引起强烈的反响，被全国各地的文学爱好者广泛传抄和背诵，你也因此获得了"中国散文的一面旗帜""犹如沈从文再世"等称号，以及中国图书奖、全国少数民族文学骏马奖和湖南省青年文学奖等荣誉。当有人拿你跟沈从文比较的时候，你谦卑地说："沈从文是一座大山，我就是一个小山包；沈从文是一棵大树，我就是一方绿草。"你清醒地意识到，一个作家的创新意识是多么重要，因此，你不愿重复别人的路子，哪怕这个人就是沈从文，"我应该写他没有写过的，或者被他轻描淡写的，比如我们湘西的民俗"。于是，你执着地写下赶年、调年会、六月六等一系列民族风情的作品，你甚至在《踏花花》中凭自己的想象，编出了一个土家族男女通过采花、讨花寻找意中人的"踏花节"来。我的问题是：一，对于沈从文这座文学史上的高峰，你真的只有绕道或者仰视吗？你认为他的作品的伟大之处在哪里？二，作为一个少数民族作家，你是否背负着本民族的文化想象和传承的重任，你有没有为本民族、包括其他弱小民族代言的心灵冲动？我可否这样说，你的创作与其说是诗性叙事的精神寻根，毋宁说是灵魂拷问的身份追寻？

彭学明：关于沈从文，是我无法回避的话题。很多记者都会像你这样好奇地问我。因为一老一少都是从湘西走出来的，所以，人们总会拿我跟沈从文比较。巧合的是，我们都是从保靖县城的码头离开湘西，北上北京，走向世界的。当年沈从文是在保靖县当兵，湘西王陈渠珍给了沈从文一笔盘缠，鼓励沈从文从保靖县码头坐船北上去了北京，我是在保靖县工作，从保靖县码头离开，调离了湘西。不同的是，沈从文是看着保靖县码头对岸的"天开文运"四个大字——踌躇满志地喊："北京，我征服你来了！"而我，却没有这样的雄心壮志。我只是去向北京学习的。

仰视沈从文并不是坏事，后辈仰视前辈，这是必需的品德，是最起码的尊重。不能自己稍有一点成就便不把一切都放在眼里，特别是不把前辈放在眼里。但仰视并不等于自卑和作茧自缚，不等于不敢超越。我说的绕道不是害怕，而是不要模仿、重复甚至复制，而是要创新和超越。如果后辈不会创新，不敢超越，那这个社会就永远前进不了。社会就是在不断创新和超越中发展进步的。

沈从文的作品我读得不多，但有限的阅读里，我觉得沈从文作品的伟大在于他写作的平民姿态和情感，他的作品有一种向善和唯美的力量。他的眼里，一切都是美好和温情蜜意的。

你问我的创作有没有为本民族和其他弱小民族代言的冲动。可以肯定地说，最开始的创作没有，后来的创作有，而且非常坚定。我觉得这是一个伟大作家应该具备的伟大情怀。也许我们成不了伟大的作家，但我们可以有这种情怀。也许我们也成不了代言人，但我们都有责任为我们的民族做些力所能及的事，作家最力所能及的事就是多书写我们的民族，多为我们的民族树碑立传。我之所以孜孜不倦地书写湘西，就是基于这种责任和情感。湘西是以土家族和苗族为主的地区，我又是土家族和苗族后代的混合体。我父亲是土家族，我母亲是苗族。我不敢说我继承了两个民族最优秀的基因，但两个民族的血液共同孕育了我，两个民族的文化共同哺育了我，我是沐浴着两个民族最古朴浪漫的民风成长的。两个民族给予我的恩典比我的父母还多。我父亲给了我生命，我母亲给了我全部。而湘西给了我父母给不了的另外的全部。所以，我首先得知恩，然后感恩报恩。我没有什么本事，我对湘西的感恩报恩方式就是文学，就是用我的笔、我的心和我的爱，面向世界歌唱湘西、夸耀湘西、推介湘西。我是属于湘西的，湘西是属于我的，我的文学，我的生命，都只有一个名字：湘西。所有的作品从没离开过湘西。这就是你说的，我的湘西身份的追寻。从第一本散文集《我的湘西》到《祖先歌舞》《彭学明卷》《娘》和6月份即将面世的《一个人的湘西辞典》，都是我给世界献上的厚礼：湘西。我要让全世界都知道，我有一个多么值得骄傲自豪的湘西！

第五节　苦难是一部书，但并非苦难才是书

聂茂： 一直以来有这么一个观点：即苦难对许多人、尤其是作家而言，是一笔巨大的财富。但我敢说，任何人或任何一个作家，面对不堪回首的痛苦记忆，恐怕没有人愿意选择重新经历一次。学明兄，你是如何看待苦难对于作家的创作成就和创作影响的？如果给你一个机会，你愿意为了成为一名作家而重新经历那些苦不堪言的卑微的过往吗？

彭学明： 如果人生重来，我只会选择继续做我母亲的儿子，而不会选择重新经历那些苦难。没有人会把苦难当作幸福和快乐去享受。苦难固然是一部书，是一种财富，但不是只有苦难才是财富和书。大千世界太多的人生财富和人生大书了，不一定要用苦难做纸笔和底色。这个世界还是少些苦难的好，没有苦难的好。世外桃源更好。但没有苦难是不可能的，有苦难才成世界。关键是有了苦难不要怕，要勇敢面对苦难。只有战胜了苦难迎来胜利后，苦难才会变成财富。这个财富就是迎来胜利时对人的意志的磨炼和人生的积累。弥足珍贵。

聂茂： 你在《我和我的湘西》中写道："学会感悟，学会体验，学会与湘西对话"，在这个过程中，你"找到了面对世界回报湘西、夸耀湘西的方式，这就是文学。"并认为"只有文学这种样式，才能让世人都认识湘西、了解湘西，并热爱和向往湘西。"于是，你竭尽所能，把湘西描写成人见人爱、人见人迷的世外桃源。在散文《边城》中，你开篇写道："是沈从文走时，端放着的一颗心脏。"当写到茶峒时，你满含深意地感叹道："是沈从文点一杆草烟凝望，于沉默中感悟所有亲人的茶峒！"这样的文字的确很美，这样的湘西的确很诗意，充满张力，令人过目难忘。问题在于，湘西不是世外桃源，湘西也有许多不美的地方，甚至有许多丑陋的东西，那么，你对这些不美或者丑陋的东西，有过真实的展示吗？有过审视、反思和批判吗？有过"哀其不幸、怒其不争"的痛苦纠结吗？

彭学明：是的，湘西不是世外桃源。但在这个到处都是污泥浊水的世界，我愿意把湘西当作世外桃源的标本或活化石。我愿意告诉世人湘西的美好、湘西的美丽，告诉世人湘西是人类的最后一块净土和最好的一块净土。所以，我的文字里都是湘西田园牧歌。是的，湘西也有丑陋的和不美的，这个世界的每一个角落都是美丑并存的。但我始终相信我的湘西再丑也比其他地方美。我对我的湘西始终充满了爱和信赖。有的读者说，彭老师，我们是读了你的作品来湘西的，来了才知道有时候湘西并不像你笔下那样的十全十美和世外桃源，我们上当了。我听了哈哈大笑，这就对了，我的文字能够把你"骗"到湘西，那说明我的作品成功了。我说，其实，你没有真正走进湘西，真正走进湘西了，你会发现湘西无论民风民情、无论人心人性，还有自然风光，都是纯善的、纯美的，比其他地方纯善纯美很多倍，真有世外桃源的感觉。另外，即便我的湘西也开始变异了，但我用我的文字留住了湘西曾经的美好，让世人感受了我湘西曾经的世外桃源，我也知足了。我也没有辜负湘西对我的恩典。

我对湘西的丑也有过展示，但这种展示不是带着仇恨的展示，而是带着爱意的展示。我曾经痛感我们民族语言的失落、服饰的变异、习俗的远逝，痛感人心、人性和人情的异化，官场的内讧、民族的纷争、环境的污染，等等，这些我都在文章里批评过。我的《娘》里，在赞美湘西人性美好的同时，也在批评湘西人性的丑陋。我在赞美湘西的文化魅力时，也批判几千年的文化生态劣根性。比如，娘几次改嫁，为什么别人看不起，为什么受欺负？就是因为几千年的文化封建生态根深蒂固地影响了人性生态。因为几千年的封建文化生态讲的是女人要嫁鸡随鸡嫁狗随狗，你嫁了鸡随了狗就是不贞洁不守妇道。所以，善良的人性和人情都起了变化，我们就被人看不起，被欺负。

但我的批评没有"哀其不幸怒其不争"的感觉，而是"白璧微瑕、瑕不掩瑜"的感觉。我的揭丑露短不是张牙舞爪、泼妇骂街，而是和风细雨、温柔一刀。因为，我理解我的湘西，全球一体化时，全国大同时，一个小小的湘西要固执地保持自己民族的一切是很难的。当物欲和权欲横流时，一个小小的湘西想守住自己的操守也很难。湘西不是真空。此外，湘西是我的亲人，我不忍用太重的语言说我的湘西。所有这一切都只因一个字：爱。

第六节　彻底的忏悔才是对"娘"最大的孝顺

聂茂：在《娘》一书中，娘的一生都在战斗。有实斗，有虚斗。实斗的是肉体，虚斗的是灵魂。同时与天斗，与地斗，与丈夫斗，与村民斗，与饥饿斗，与命运斗，与苦难斗，与死神斗，而最痛苦的是与儿子斗。因为，与别人的战斗，有输有赢；只有与儿子的战斗，她总是忍让，总是退缩，总是不战而输。因为爱，她愿意无条件地输给儿子。可惜，你一直没有意识到娘的爱。你坦承：作为遗腹子的你，一直有一种深深的自卑感，这种自卑感使你一直仇恨"娘"，认为她不该把你带到这个世界上来。因此，你从小就是问题少年，然后是问题青年、中年，如果"娘"没有去世，你大概还会是个问题老年。也就是说，直到"娘"的去世，你才真正长大，你才真正反思自己："我为什么骨子里如此爱娘，表达出来却是相反的效果，甚至是如此无情？"一些不了解你生活经历的人，认为你笔下的"娘"有较大的虚构性，是湘西所有苦难女人的缩影。但熟悉你的人都说，你写的"娘"就是实实在在你自己的娘，是你唯一的娘，是生育你、养育你的既卑微又伟大的娘，没有半点虚构。你对娘的无礼、冷漠、粗暴、仇恨，乃至对娘的极端的、令人战栗和愤怒的战斗，都是你真实生活的一部分。请问是不是这个样子的？你的书中是否还有人性阴暗中最不光彩的部分没有写出来？反过来说，《娘》一书中，是否的确有一部分虚构，你是为了强化某个细节，或者为了反思某种现象？

彭学明：呵。我写的就是我，就是我娘。我既然拿起刀子解剖自己了，就没有必要不解剖彻底。刮骨疗伤就要刮尽疗好，不然就治不好。我一生光明磊落，坦坦荡荡，没有人性最阴暗最不光彩的部分，你觉得我有吗？如果有你指出来，我不怕让世人知道。一个敢于坦荡地承认自己错误、解剖自己的人，总比伪装自己虚情假意的人安全。

《娘》里没有虚构，因为虚构了，我担心娘说：你讲的这些，我哪门不晓得？《娘》最初的版本出来后，很多人找到我，给我讲了他们娘的故事，不少故事非常感人。在我修改《娘》，出版《娘》(全本)时，我想将这些故事加进去。可一想，这不是我娘做的，我娘本是一个极为较真和真实的人，加进去了，我娘不承认，也不是我娘了。所以，我忍痛割爱，没有将朋友们娘的故事放进我的《娘》里去。

聂茂：卢梭在《忏悔录》中开篇就宣告："我要把一个人的真实面目赤裸裸地揭露在世人面前。"然后，他把自己有过的种种卑劣和下流行径毫无保留地公之于众。而《娘》"忏悔"的坦率和真诚，可谓有过之而不无及。因为，"只有完全真实袒露自己最真实、最丑陋的部分，才对得起九泉之下的娘"。在书中，你不断地咒骂自己："我就是一个不可理喻、大逆不道的人。""我是一条恩将仇报的、冬眠的蛇。""我是亲手杀害娘的凶手！"你似乎要把世界上最恶毒的语言都压到自己身上。可以想见，你创作的过程，其实就是彻底地、毫不留情地拷问灵魂与良心的历程。写完《娘》，你感觉人性得到了洗礼和升华，并且实现了"我把娘弄丢了，我要自己把娘找回来"的写作目的。可以说，你找回了"娘"，同时也找回了自己的"灵魂"。不过，我和一些朋友都感觉到，《娘》的前半部分要比后半部分更感人、更扎实、更厚重一些，后半部分似乎有一点点杂质，例如，你在张家界有很高的知名度，你是副市长候选人和全国人大代表等，不是说这样的辉煌不能写，而是少写或克制着写，即便不写，丝毫无损于你的成功，也一点不影响你在读者心目中崇高的地位。因为这些内容与整部书的沉重风格有些不搭，有一种"飘"的感觉，冲淡了书的庄严与凝重。对此，不知你是否认同？此外，张洁的《世界上最疼爱我的那个人去了》拍成了同名电影，你的《娘》也一定得到了影视界的高度关注，至少，潇湘电影制片厂就很希望把它拍成类似《那山 那人 那狗》一样艺术含量很高的电影。因此，你有没有把《娘》拍成电影或电视剧的想法？如果有，你愿意自己来作编剧、并且扮演"我"这个"逆子"吗？你对未来的创作和生活有一些什么样的打算和期盼？

彭学明： 不客气地说，我不认同。我只能说你没有完全读懂我的作品，你读到这些跟官场有关的段落时就戴着有色眼镜了，就觉得我在炫耀了，我用得着炫耀吗？写当副市长、当全国人大代表是我生活的一部分，也是娘生活的一部分。不但跟我有关，也跟娘有关。是极为自然的人生书写。不写我当副市长的经历，就没有娘去长沙找大姐和大姐夫的经历，娘跟大姐的冷战，娘对大姐的牵挂，这冷战和牵挂的痛，是你们所体会不到的。娘明知大姐可能会冷遇她，还瞒着我去长沙找大姐，娘对儿的爱有多深、多沉？我当全国人大代表接待群众来访，娘不征得我的同意接来访者的材料，娘表现出的又是一种怎样的大爱？而我却怒斥娘，娘又是一种怎样的委屈？所以，我说你没有读懂。不好意思，我不谦虚了。但我就是这样一个不会讲假话的人。不过，一个讲真话的人，远比一个讲假话的人好对付。

已经有十多家影视公司跟我联系影视剧的事了。我会自己编剧，但不会自己出演。我不会演戏。未来的创作，我一是把《娘》的影视剧改编好，让更多的人知道我有一个伟大的母亲，让更多的人知道这个不孝的儿子是多么后悔，从而让更多的人及时孝顺母亲，不再后悔。另外，我会接着写《爹》《姐》《妹》等家族系列。至于生活上是得赶快再找一个过日子的，我如今的日子过得如此孤独和混乱，娘肯定不放心。我得给娘生一个孙子或孙女，那是娘最牵挂和最高兴的。也是娘去世后，我能够做的最孝顺的事了。

第七节　民族身份对精神资源和写作底色的影响

聂茂：在中国文学史上，有很多少数民族作家取得了巨大成就，曹雪芹是满族，老舍先生是满族，沙叶新是回族。像老舍先生，对晚清和民国旗人的态度充满了纠结和矛盾，既批判老派市民的不学无术，又留恋满人精致的生活方式。清末民初的社会变迁使满族经历了巨大变迁，之前的纨绔和优越顷刻间化为乌有，社会地位天翻地覆，生活境遇沧海桑田，这些变化都对老舍先生的心理造成了强大的心理影响。旗人的民族身份为他的写作提供了取之不尽的生活资源，但也对他的思想艺术表达形成了制约。老舍先生是一个现代知识分子，曾经任教于伦敦，有着国民性批判的启蒙主义立场，但同时也是一个浸润了传统文化的满族人，在社会大变化的背景面前，传统伦理的坍塌对老舍的影响是巨大的。民族主义强调个人服从于群体，因此与个人主义相比，群体更有成为他的亲密盟友。但是清朝统治土崩瓦解，旗人的社会地位也开始边缘化，旗人族群的整体境遇对老舍先生产生了巨大的影响。

你身上也有很多矛盾之处，一方面学习力很强，作品不断汲取中国传统文学的抒情精华，以女人、边城、小镇为元素，勾勒出了如诗如画的湘西风情画卷；另一方面又有着很强的民族性，从你身上能感受到很多湘西人的特质：倔强、血性、聪敏、敦厚，土家族的民族身份究竟给你的精神资源、写作底色、身份认知带来了什么样的影响？

彭学明：土家族接受先进文化比较快，是比较浪漫的民族，也是比较开放的民族。自己的传统会保留下来，外来的东西吸收得也很快，所以汉化得也比较快。一些上了年纪的人或者是交通比较闭塞的地方，还能够完整的说土家语，有自己的民族服饰。像我们走进城市这么多年了，已经汉化得差不多了。我觉得一个民族，最能体现民族特征的，一个是语言，一个是服饰，如果服饰和语言最表象的特征没有了，就看不出来了。土家族的服饰也很好看，我曾经穿过土家族的服装跟周总理照过相。帽子也很特别，是大盘帽，外面穿的是织锦做的外套，衣服、裤子也绣花，是对襟。

第八节 作为汉语教材的范文与文学的道

聂茂： 您的作品有一个风景式的现象：作品经常被载入各种中小学教材和语文读本。散文《鼓舞》《白河》《跳舞的手》分别入选教育部初中第三册、初中第五册、高中第三册语文教材，散文《湘西女人》《祖先歌舞》《踏花花》等七篇入选大中专院校教材，而且作为中小学语文考试中阅读理解的经典题材，已经演化为读者接受美学的一道亮丽风景。在大多数人的印象当中，国语范文中的常客大多是我们耳熟能详的大作家，像鲁迅、老舍、朱自清等。尽管被选入的原因不尽相同，但他们的作品在思想艺术、表现能力和语言范式上都堪称标杆。鲁迅的作品经常进入语文教材，因其思想的博大、语言的锐利和视角的独到等。抽掉了鲁迅先生，现代文学似乎突然就陷入了真空，没了魂儿，没了味儿，没了神儿。没了鲁迅，中国现代文学还有什么劲？朱自清的作品也经常进入语文教材，因其语言极其规范，《荷塘月色》被称为五四时期的《春江花月夜》，可见其地位和影响，他也是中国现代文学的数得过来的几座高峰之一。记得我上中学的时候，但凡课文的作者是朱自清，老师大多要求背诵，课后注解的第一项即为"背诵全文"。每个作品能够进入大中小学语文教材，都有其自身的侧面，或者思想感人，能够美化心灵，或者语言醇美，能够代表汉语言的精华，或者文学性和表现力强，可以成为学习的典型范本。您怎么看您作品的这种现象？您觉得您的作品大量选用的原因是什么呢？

彭学明： 我想这和语文教育的功能和所要承担的使命有着很大的关系。作为教育的基本载体，语文承担着语言学习、价值导向、人文情操、艺术涵养、载体沟通等多方面的功能。鲁迅先生和朱自清先生已经奠定了他们在中国现代文学史上的不朽地位，他们的艺术高度和思想深度已经代表了中国20世纪文学的最高水平，这是毫无疑问的。我的作品能够进入大中小学语文教材和读本，得到教材编写者和读者的青睐，是我的荣幸，但这远不能说明我的艺术成就可以和他们放在一个维度里衡量。我想说的是，文学的价值在根本上依赖于读者的阅读，能够进入教材读本，作为范文学习，对于一个作家而言是至高的荣誉，但同时也意味着压力和责任。这也是我现在写作速度越来越慢的重要原因之一。从刚开始的洋洋洒洒，到现在的如履薄冰，我对自己的要求也越来越高，每次都是写好了，再放下来，过一段时间再重新审视，仔细打磨，希望能够雕琢出精益求精的作品。即使这样，我依然感觉文学所给予我的馈赠已经远远超出了我的才华。

再者，我想借此谈谈文学的道，希望对你的提问有所裨益。文学精神上的道。这个道，就是为人民和时代服务、担当，就是弘扬中国精神、凝聚中国力量、鼓舞中国人民，把文学变成时代的号角和人民的意志。但它不能是传声筒，不能变成生硬的套话和文件的再阐释，而应该以艺术的方式，为读者提供精神享受，与读者产生精神共鸣。

上善若水，厚德载物也是文学应该首先具备的道。文学具有国民性和普世性，文学的国民性和普世性，就是不在作品里种鸦片、贩毒素、害生灵，是把真、善、美和爱等若水的厚德传播给大众，根植于读者心灵，从而让人们获得感动，获得温暖，获得精神的营养和生命的力量。这是我们的文学所必须坚守的最基本的道德底线，也是我们的文学应该具备的最基本的功能，是我们的文学对人民和时代应该具备的最基本的爱。我们的首要任务就是要发现人民的真、善、美和爱，讴歌人民的真、善、美和爱，传播人民的真、善、美和爱，从而让人类最宝贵的精神灯火照亮世界、最宝贵的精神财富得以弘扬。追求真，传递爱，弘扬善，创造美，是一个作家对人民应有的回报和情意。

抑恶扬善，激浊扬清，这是文学应该具备的第二种道。文学是有硬度，有风骨的。文学既要旗帜鲜明地为时代献唱，也要满腔热忱地为时代鼓呼。文学的精神个性，在于敢做一把时代的手术刀，针砭时弊，抑恶扬善，激浊扬清，为天地立言，为百姓请命，为来世开太平。这是文学的良知，也是文学的良心，更是文学的责任。这也是我们文学对人民和时代的爱，而且是最真实的爱。但是，当我们做这个时代的手术刀，针砭时弊时，不能抱着对这个时代恨的情感和立场，而是爱的情感和立场。恨的情感和立场，给我们的文学和文字带来的只能是埋怨、戾气、阴冷和愤怒，而爱的情感和立场，给我们的文学和文字带来的就是怜惜、心疼和祝福、期望。打个很简单的比喻，就像我们的亲人身上长了一个脓疮，我们不能抱着恨的态度，狠狠地一刀扎下去，把脓包捅破，让脓汁流出，而是怀着爱，非常心疼地，用针尖把脓包轻轻地、轻轻地挑破，让脓汁流出。两种不同的情感立场，给亲人带来的是不同的心灵感受和疗伤效果。同样，我们文学对时代的不同情感立场，给时代带来的就是不同的社会效果。一个心中装满爱的人，他看到的世界都是光明，一个心中装满恨的人，他看到的世界都是黑暗。作为一个对这个时代既有责任担当、又有情有义的作家，就是要美好的文学坚守和文学操守，拒绝文学平庸，拒绝文学低俗，拒绝文学堕落，拒绝文学反动，为这个时代点亮光芒、抚慰人心、弘扬正气、锻造灵魂。当我们的文学，能够以一种爱点亮另一种爱，以一盏灯点亮另一盏灯时，我们的文学才能成为这个时代不能缺少的精神和生命。心怀苍生，悲悯大地，这是文学应该具有的第三种道。文学是有情怀的，文学最大的情怀，就是心怀苍生，悲悯大地。民生的疾苦，生命的冷暖，自然的荣枯，都应是文学的情感所系、所依和所为。文学是众生万物的取景器，更是众生万物的代言人。感受每一种生命的冷暖，触摸每一种生命的悲欢，代言每一种生命的诉求，是文学品德的最高境界。这是文学的大爱，也是文学的大道，更是文学的大同。这样，我们的文学不但与人民和时代有了血肉联系和骨肉情意，与这个世界也有了血肉联系和骨肉情意。我们的文学就不但属于人民和时代，也属于人类和世界，属于现在和未来。我们的文学才不会缺德、缺钙，不会为匪、为娼，才会有为、有位，真正服务时代和人民，才会有筋骨、有道德、有温度，真正弘扬中国精神、凝聚中国力量、鼓舞中国人民，变成时代的号角和人民的意志。我们才不负时代，不负人民，不负历史，不负未来。我们才算得上一个纯粹的、称职的作家。我认为能够写出这样的作品，就会跨越时间的帐幕，得到读者的认同。

第九节　民族文学有其自身的高度和难度

聂茂： 民族文学在发展过程中始终有一个问题让很多作家非常迷惘，一方面，"民族的就是世界的"，应该保持民族特色，开辟崭新的话语空间，给读者陌生化的阅读体验；另一方面，由于文化的隔阂，民族性很强的作品有时很难与读者产生共鸣，从而压缩了受众群体。

普适性与民族性之间的平衡问题实际上困扰着很多作家。因为这种困惑和摇摆，有人认为，民族文学在萎缩。你的作品极具民族特色，应该说在我国当代民族文学中也占有一席之地。作为一个突破了两者藩篱的作家，我想听听你的看法。

彭学明： 这个涉及民族文学的品格问题吧，这里，我所说的民族文学，是指少数民族作者创作的文学作品和汉族作者创作的少数民族题材作品。在中国文学的历史长河里，少数民族文学丝毫不逊色于汉族文学，少数民族文学对中国文学的贡献，是中国文学不可多得的宝贵财富。少数民族作家和作品，都在中国文学史上占有特别重要的地位。我以为这是对少数民族文学非常中肯的评价。新时期30年的少数民族文学创作取得了令人瞩目的实绩，涌现出了一大批在中国文学占有重要地位的作家和作品。蒙古族的玛拉沁夫、阿尔泰、邓一光、扎拉嘎胡和查干，藏族的阿来、扎西达娃和丹增，鄂温克族的乌热尔图，回族的张承志、霍达、马瑞芳、高深，土家族的孙建忠、蔡测海、李传锋和叶梅，苗族的向本贵、贺晓彤，朝鲜族的南永前和金哲，白族的晓雪，满族的赵大年、叶广岑、赵枚、关仁山、孙春平，仫佬族的鬼子，壮族的冯艺，瑶族的黄佩华，等等，都是少数民族文学的优秀代表。《尘埃落定》《穆斯林的葬礼》《我是我的神》《醉乡》《苍山如海》《蒙古往事》等长篇，《琥珀色的篝火》《北方的河》《远处的划木声》《系在皮绳扣上的魂》《梦也何曾到谢桥》等中短篇，都成了中国文学画廊里的精品。而庞天舒、石舒清、郭雪波、鲍吉尔·原野、央珍、温新阶、梅卓、冉冉、栗原小荻、田耳、于晓威、欧阳北方、了一容、陈铁军、金仁顺、格致等新生代少数民族作家的崛起，更让少数民族文学生机勃勃。少数民族文学所具有的博大深沉的民族情怀、泱泱浩浩的民族气象、清洁纯净的民族品质和坚韧磅礴的民族精神，构成了民族文学刚直而整齐的风景线，组成了少数民族文学弥足珍贵的民族品格。

困惑总是会有，我想说的是，这么多作家在不同时期取得了载入青史的成就，所谓萎缩的现状并没有看到民族文学发展的全貌，没有以历史的角度客观地分析问题。

再者，民族文学有其自身的高度和难度。纯文学像网络红人的微博一样畅行本身也不可能，想写出经典的文字和纯粹的文学，就别想做网红。当然我并不是反对纯文学的大众化传播，这是文学本身的属性问题。在此过程中，那些艺术造诣弱、民族根基浅、写作态度燥的作家肯定会迷失方向，感到迷惘也不意外，网红做不了，经典不搭边，自然就无所适从了。

第十节　民族文学的方向

聂茂：作家阿来说，"作家都有一定的族群属性，所以文学具有民族性是不言而喻的"。阿来是藏族人，他的作品同样在普世性和民族性之间取得了可贵的平衡。民族文学的根基在于民间生活和民族传统，只有进入民间生活褶皱深处，才能找到纯粹和鲜活的民族性。我国大部分民族作家使用汉语写作，其叙述方式和语言文字与汉族作家并无二致，所以其行为方式、生活习性所体现的特有的精神气质与思想意识，才应该是民族性的魂和根。但实际上，文学的民族性在逐渐淡化。

文学民族性稀薄的原因很多，人类的活动范围变大，交流频繁，占据话语权的强势文化以自己的标准重新标定文学的标准，全球化强烈地冲刷着民族性的河床，而且文学思潮中存在着去民族化的趋向，认为中国文学应该与世界文学快速接轨。别林斯基在《"文学"一词的概括的意义》中说："要使文学表现自己民族的意识，表现它的精神生活，必须使文学和民族的历史有着紧密的联系，并且能有助于说明那个历史。"

中国经济的强势崛起和中华文化的影响扩大，让中国文学开始寻求对应的地位和成就，获取更大的认同，也产生了走向世界、融入世界的巨大冲动。但问题的关键是，世界文学版图同样是一个生态系统，遵守丛林效应（bush effect），"生态学理论是，每个丛林都有其生态圈：大树得到阳光、藤类植物得到依靠，其他'没有位置'的植物无法生长。应用到社会中便是社会中各种不同阶层各安其位各得其得，不会出现利益纷争；在社会中只有属于某一阶层的个体才能获得生存"。因此中国文学拿什么来走向世界？民族性可以成为中国文学角逐世界的利器。以民族性换取世界性，迎合想象中的他者趣味，不仅会丧失自我，也桎梏自己走进世界的步伐。中国文学之于世界文学如此，少数民族文学之于中国文学同样如此！

当代中国文学面临着如何标示自身高度、如何更好更快地融入世界文学的崭新课题。由于中国古代文明的高度和地位，古典文学辉煌灿烂，在世界文学史上留下独特风景，堪称翘楚。但现在摆在面前的问题是，中国文学与世界文学对话的资本是什么，凭借哪些要素参与世界文学主流的建构？是否还有必要保持自己的民族性？

彭学明：盲目追求文学的"世界性"，其实是一种枉顾精神产品特点的功利性思想。我认为所谓普世性的"世界文学"只不过是发达国家标准下的殖民思维，它不是一种可以量化的技术指标，也不是绝对的、抽象的概念。

聂茂：曾经有一段时间，部分作家认为，中国文学应该跟随和追赶国外潮流，以西方为圭臬，套用西方的经验，西方作家怎么写，我们就跟着怎么写。这样，中国文学就会与世界文学越来越近，就融入了世界文学格局。20世纪八九十年代是学习西方的高峰期，现代主义、后现代主义、意识流一拥而上，事实证明，亦步亦趋解决不了中国文学走向世界的问题。中国文学必须建构在民族经验之上，而不是用西方经验讲述中国故事。一味地追随和模仿如同山寨，纵使逼真，充其量也只能是西方文学的好学生，而非中国文学的创造者，不能为中国读者提供灵魂的住所和精神的家园，这样的文学对中国没有价值，对世界没有意义。在此过程中，本土文学的鲜明特征日渐退化，不但未能实现"向世界文学中心突进"的目标，反而更加被边缘化。

彭学明：文学总是与人联系在一起的，而不同群体的人具有不同的生活习性和历史背景，古今中外皆是如此。世界文学是各种民族文学和谐共振的呈现，应该和而不同，而非单方话语雄霸四方。因此民族文学走向世界，首先是站在自己的土地上，呼吸着东方的空气，具备与众不同的唯一性，为世界贡献独特的价值。民族性就是这种独特价值的根本。

从纵向来说，中国文学也没有必要妄自菲薄，五千年的中华文明史也给中国文学提供了丰厚的文化积淀。这种精神底色同样是中国的别样风采，是本质上不同于欧美文化的原生性艺术。这种不同，既体现在思维方式、行为方式和价值认同等整体层面，也体现在表达习惯、语言风格甚至嬉笑怒骂的每一个细节。凡此种种，关键是我们的态度是什么，漠视还是尊重，挖掘还是抛弃，决定了中国文学深厚而丰实的独特资源能否转化为别开生面的艺术作品，是否能够形成自己的鲜明特色，是否能成为时代的强音和历史断面，是否能够为世界文学贡献另外一道与众不同的风景，赢得世界文坛的尊崇和礼赞。世界文学不需要畸化为欧美文学副本的中国，这应该是世界文学在审视中国时寄予的最大期待。

民族性是中国文学登上世界舞台的通行证。外面的世界绚烂多彩。中国作家在这多彩的诱惑面前，与其再左顾右盼、徜徉逡巡，不如真正踏踏实实地面向自我，塑造自我，凭借民族化的鲜明形象跻身其中。

第十一节　民族文学的品格

聂茂：全球化时代，我们需要国际视野，不能故步自封，把中国传统文化和民族文学当成自带光环的明珠，先天具有超越一切的优越性，这就走入了另一个极端。不同文化之间互相凝望、切磋、借鉴，乃至走向融合，都是文化发展的必然。但是，拥抱世界时脚跟不能离地，灵魂不能出窍，不能丧失自我。作家还是要对自我的实现有未来的图景，但是这种图景不能总想着外国人怎么看，译成外文是什么样子，国际影响会如何，用欧美的眼光衡量中国读者的审美。中国作家的作品，首先要有中国气质和中国元素，要有中国读者的认可，首先是"中国的""民族的"，得到中国读者的认可，在此基础上得到的国际影响才是扎实的、真实的。通过讨好国外舆论来炒作自己终非正道。读者和历史才是作品价值唯一的判定者。因此，必须努力重建中国文学的民族性。

彭学明：是啊，艾青《我家这土地》里有一句名传千古的诗句："为什么我的眼里总含着泪水？因为我对这土地爱得深沉。"这句话，印证了所有少数民族作者的民族情怀。每一个少数民族作者，都有自己深爱的土地。不管他们身在何处，他们文学情感的脚步，都是沿着故乡回家的。故乡，是他们情感的磁场和文学的灯火。他们创作的题材始终没离开过他们的故乡。故乡的一草一木，故乡的一山一水，故乡的一人一物，都是他们文学的火把，在心灵里燃烧。不管时代多么浮躁，不管物欲多么横流，不管世事多么沧桑，也不管他们是身在故土大地，还是异国他乡，他们都可贵地忠实着自己脚下的那片土地，坚守着民族的那份情感，把对自己民族的牵挂和自豪，把对自己民族的幸福和忧伤，都寄托在自己的文字里。他们对民族的吟唱，不是装腔作势，拿腔拿调，而是出自内心，发自真情，感人至深。矫情和假意得宠时，这种稀缺的民族情怀，是民族文学作品最宝贵的财富和资源，也是民族文学最强大的情感动力。有了这种坚如磐石的民族情怀，整个民族文学的基调因此显得格外温润、温暖和灼热。

中国是一个多民族的国家，每一个民族都有自己独特的地理、风情、历史和文化。这种独有的民族资源，给了民族文学独特的创作优势，赋予了民族文学的文学个性。而多民族的多元性和丰沛性，又使得民族文学花团锦簇，斑斓多姿，呈现出泱泱浩浩的民族气象。无论是少数民族作家还是汉族作家都饱蘸着民族的乳汁，在少数民族的民风民情里沉醉，在少数民族的文化历史里徜徉。他们或讴歌民风的浪漫，民情的醇厚。或记录民间的幸福，民族的荣光。或胸怀现实，心佑苍生。或追问历史，拷问明天。泱泱浩浩的民族文学，幻化成蔚为壮观的民族记忆和中国符号，从而使中国文学绚烂瑰丽，熠熠生辉。藏族作家阿来《尘埃落定》里的神性和诡异，土家族作家孙建忠《醉乡》里的野性和浪漫，汉族作家范稳《水乳大地》里藏地的圣洁和纯净，汉族作家迟子建《额尔古纳河右岸》鄂伦春的绵密和诗兴，都是民族气象的美丽云裳和花朵。

聂茂：在论及少数民族文学时，很多人还是首先从数量上进行讨论，认为少数民族文学只要写出来就行，能上量就好。每年点评少数民族文学时经常是长篇小说多少，散文多少，诗歌多少，然后才是质量的论述，这其实是对少数民族文学的误读。而您在谈及民族文学时特别强调民族文学的品质，把"清洁纯净的民族品质"作为衡量民族文学发展水平的基本标准。您的以"品"论文确实很有新意，也抓住了少数民族文学的根本问题。所以我想请您从品与格的角度，谈谈您对中国少数民族文学现状的看法。

彭学明： 衣有品，人有格，文有道。文以载道，说的就是这个理。品，品相，品行，品位。质，质地，质量，本质。品质既是外在的品相，也是内在的本质。那么民族文学的外在品相和本质是什么？民族文学的品质是什么？是真，是善，是美，是爱。清洁、纯净、质朴、本色，是中华民族最真实的颜色，像民间的印花布和蜡染，淡雅而厚重，平朴而高贵。综观少数民族文学作品，大多都具有这些秉性，具有这些品质。作家笔下的这些民族美德与品性，不但再现了民族的本色，也让自己的民族赢得了世界的尊重。乌热尔图《琥珀色的篝火》里那个眼看妻子病危，却把几个迷路雪山快要冻死的路人送回归途的猎人尼库，让我们看到了鄂温克族人心灵深处的善良。蔡测海《远处的划木声》里，阳春、桥桥和父亲平淡生活的温润和渴望，我们看到了湘西山地土家族的纯真。郭雪波的《暖岸》里，当年迈的妈妈背着醉酒的爸爸在冰河上艰难爬行时，我们看到了蒙古族人老而弥坚的爱情。杨志军的《藏獒》里，人与动物的同呼共息，我们看的是藏民的大爱和大美。还有不少作品是在现代文明的冲击下，对传统文明和民族品质消失的一种缅怀和追忆，这些缅怀和追忆，虽然伤感，却为我们曾经拥有的民族品质，留下了宝贵的民族财富和文学财富。

第十二节　民族文学精神原点

聂茂： 我在自己的国家社科基金资助项目"中国新时期文学自信力研究"中提出了"寻求民族文学精神原点"的观点。当前，我国民族文学创作主体在选择坚守还是寻求突破中颇为摇摆不定。换言之，究竟是站在当下、立足乡土，还是跳出本民族的文化场域，寻求更为广阔的个人空间，成了许多民族作家首先面临的现实选择；也是一些民族作家反复调整创作姿态，却仍然无法找到自身立场和发展策略之尴尬所在。在文学上，中心与边缘并没有截然的分野，边缘并不意味着弱势，中心也不意味着强悍。对于作家来说，现实生活中的偏远一隅或许永远处于边缘的位置，却并不妨碍它成为文学意义上的中心，这是文学的特性，也是文学的伦理。您怎么认识文学的民族精神？

彭学明： 我的关注点和你不一样。你主张作家应该专注，在自己熟悉的领域内耕耘，打造属于自己的标签。你强调的是文学的民族精神，我强调的是民族文学的精神。有点绕口，但重点确实不一样。如果说，作家们，特别是少数民族作家们对民族品质的记叙，是对少数民族的本色记录，那么，在如下的作品里，我们看到的是民族的自醒和自觉，是民族的自爱和自强，是每一个民族坚韧磅礴的民族精神。邓一光《我是我的神》，通过乌力图古拉和乌力天扬两代人的人生，赋予了任何时代、任何民族、任何国家所需要的理想主义、英雄主义等人生营养。迟子建《额尔古纳河右岸》，通过萨满义无反顾地救助一个村民就要死去一个亲人的魔咒似的劫难，刻画了一个民族的大仁、大义和大痛。年轻的东乡族作家了一容在《林草情》里，通过对村民模子不管岁月荣枯，爱恨无常，一辈子栽树造林的举动，刻画了一个民族对土地的绵长的爱和坚守。李传锋的《红豺》，通过小骡克残杀与他们朝夕相处的小动物红豺，而最终上演的一场人与动物的惨烈悲剧，传达了一个民族可贵的反思与自醒。打工作家于怀岸的《台风之夜》，通过几个在深圳打工的湘西青年闯荡深圳遭遇抢劫和欺骗时在台风之夜里的所思说想、所作所为，赞美了一个民族可贵的自珍、自爱和自尊。玛拉沁夫的《大地》，通过对牧民巴塔意外挖到了价值连城的金银财宝，却将之归还社会和大地、不愿不劳而获的举动，反映了一个民族大地一样的博大的同时，也反映了一个民族可贵的自觉。而那些大量的对人性和社会反观、回望和省思、解剖的作品，对民族精神的丰满和健全，也是直逼人心，令人振奋。比如鬼子的《瓦城上空的麦田》。《瓦城上空的麦田》里，鬼子以悲悯情怀，用悲壮的笔调，讲述了农民李四千辛万苦把几个孩子送进城市享受幸福，而孩子们却彻底将他遗忘甚至遗弃，乃至他在一次次失望中死亡的故事。在物欲横流的时代，鬼子对亲情、良知和道德沦丧的批判，令人在泪水中反省和震撼！

这些民族的精神，是民族的灵魂。民族文学作品对民族精神的吟唱和弘扬，使民族文学不但有血有肉，也有钙有骨。这种精神，滋养人生，温暖社会，启迪世道，照亮人心，成了一个民族屹立在世界民族之林的力量之本。总之，民族文学是木秀于林，一枝独秀，民族文学的民族情怀、民族气象、民族品质和民族精神，构成了民族文学的诗性品格和史性特质，这是我们民族文学的胜利和荣光。作为一个少数民族作者，我为此感到骄傲、自豪，并将为之继续努力和奋斗。

第十三节　评委、审美与艺术质感

聂茂：除了作家之外，您还是一个评论家，提出的很多主张非常贴合写作的实际。作为一个作家，长期从事于创作实践，因而更能够贴合写作的肌理。在中国作协任职，多次任茅盾文学奖评委和鲁迅文学奖评委，这些奖项都是中国文学的最高奖项，是很多作家终身奋斗的目标，大家都很重视。评委身份使您有机会第一时间阅读更多的作品，作为一个评委的专业读者在阅读时和平时的状态一样吗？

彭学明：很多方面是一样的，都需要调动自己的审美感受。但是平时阅读时，你喜欢了可以多读几遍，不喜欢了就不读，那是一种享受；评委是工作，态度更严肃，流程更严格，带着特定的目标，必须对作品进行评定。我自己是作家，知道创作的艰辛，更知道作品对于作家的价值和意义。这种来自权威层面的肯定能够激发作家的活力，同时让读者阅读到更多优秀的作品，因此我会慎之又慎，投上自己神圣而庄严的一票。我曾担任茅盾文学奖评奖委员会评奖办公室的副主任，有幸阅读了全国各地作家协会和各出版社推荐上来的所有作品，并做了笔记，收获颇丰，感慨良多。我每次阅读都做笔记，尽量让我对作品的认知和审美接近作品本身，并如实记录下来。

聂茂：当下文学创作中存在着低俗化倾向，为了吸引眼球和市场销量，不断刷新读者的底线，您怎么看待这种现象，是文学在市场面前节节败退，还是作家失去了审美追求？

彭学明：原因自然很多，也不是现在才有的短暂性现象。作家在销量的倒逼下自我溃坝也非常常见，这正是一个浪里淘沙、沙里淘金的过程，那些沽名钓誉、俗滥低劣的作品必然被艺术所淘汰。有人认为作家没有什么可写了，大家处于同一个空间共同体内，相同的热点事件，相同的电视屏幕，相同的门户网站，凭什么作家要比读者知道的更多？所以干脆发挥自己扭曲的想象力，往低俗了写。实际上，现实生活的多样性、丰富性，历史文化的复杂性和深刻性，都为文学的成长提供了肥沃的土壤。不少小说家的作品也在现实和历史的描摹与回望里显得质地优良，绵密醇厚。或风吹人生，温暖生命；或雨润年华，鼓舞斗志；或烛照灵魂，光耀世人。这些，是一部伟大作品必需的质感。艺术的质感，生命的质感，灵魂的质感。这种质感就是美。从文学的艺术质感出发，随朴素的文学情感上路，写出永恒的人心和人性，温暖普通人的心灵和灵魂，是所有伟大作品的共性。遗憾的是，有不少作家的作品没有任何文学的美感和享受。一是没有文学的艺术美感和享受，二是没有文学的精神美感和享受。这些作品，或以审丑为美，丑化现实；或以卖身为荣，意淫文学；或以恶俗为乐，躲避崇高。有些作家在作品里大肆贩卖性和色，有的作家不提炼现实生活中的美，而是大肆展现实生活中的丑，把揭丑审丑当作艺术的标准去追求。更有的作家，完全丧失了文学良知，消解我们的道德价值，瓦解我们的意志和精神。

　　我们不是说作品不能有色有性，但色与性的描写，不是赤裸裸的交媾展示，而是生命原动力的美的再现。与人物命运的发展有关，与故事发展的脉络有关。我们也不是说不能抨击现实，不能揭短显丑，相反，我们提倡。但是，对现实的鞭挞，不是建立在无限制地放大短处放大丑处的基础上，也不是建立在以揭短显丑为乐的基础上。建立在这种情感基础上的鞭挞和抨击，其文学的情感肯定不会怎么圣洁，那么其文学的美感，也肯定无从谈起。

第十章 对话罗成琰：学术的良知与千秋的情怀

点将词：致敬罗成琰

全球化是人类社会不可逆转的文明进程，它让物质和精神产品冲破区域和国界的束缚，影响世界每一个角落，它在改变人们思维模式的同时，也创造着新的认知、新的生活和新的艺术范式。

作为改革开放以来最早受到大学体制内系统教育的学者之一，罗成琰的可贵在于他敏锐地意识到中国文学的研究遭遇了许多问题，对传统与现代、作家个人生活与文本价值的评判也存在诸多困惑，他力求在思想认知与研究方法论上做出调整与突破，由于他世界性视野、丰沛的学识和批判性的锋芒，使他的研究既具湖湘特色，又充满清新的风格和抒情的魅力。

特别在个人身份转换之后，罗成琰不仅没有沉湎于庸常的日常事物，相反，他融合自己的经验，在文学与政治、文学与时代、文学与审美等关系的意义上，找到了新的表达方式，做出了引导性的思考和理性的反应；在文学的现代性与浪漫主义思潮、传统文化视域中的百年中国文学、古今之争与知识分子的家国情怀等核心观念上，他做出了十分清晰的有力阐释。他喜欢寻找那些闪烁在沉默文本幽暗深处的亮光，也渴望与作家进行心智与灵魂的对话，他试图通过自己卓有成就的劳动，让身处广阔扰攘的现实中那个不断抗辩、反思、批判"自我"得以完善，他以学者的特殊方式修炼自己的人生。

无论什么时候，他都没有忘却自己作为学者应有的良知、责任与担当，他文质彬彬的内心深处是"惟楚有材，于斯为盛"的豪气与宏阔。他一边儒雅地迎接中国社会商业大潮的汹涌而来，一边清醒地站在时代的前端，以世界性的视野，审视和考量中国文学的现代性追求和中国学术的最新发展。他保持着中国传统知识分子的自信和庄重、理性与傲骨，秉持知识分子的尊严和良知，兢兢业业，从严治学，宽人律己，鞠躬尽瘁。

尤其重要的是，他站在传统文化/湖湘文化视域下对百年中国文学进行整体考察，探讨了中国文学的创作特色与文本内涵，考察其以怎样的方式形成、建构了新的价值迁移与运行体制，努力阐发出各种现象及多元价值的时代意义，同时立足于中国经验和文学的地域性、传统文化和主流价值的学术目标，紧扣新的历史时期文学实践的发展与变异，突破文学疆界，汲取文化研究的阐释方法，将全球化语境和中华美学精神结合起来，既深入到中国文学话语形态的内部，又以世界视野把握其成就与不足，在此基础上做出全面、客观的研究和分析，为中国当代文学的雄健发展提供新颖的观察视角和独特的学理支撑。

第一节　世界文学视野下的学术规范

聂茂： 说真的，做学问难，在国外做学问尤其难。原因在于，在国外做学问跟国内做的很不一样，其中最大的不同就是写作论文时每一句摘言或引言都必须注明出处，而且都有着严格的学术范式，一点不能马虎。比方，所引书名、作者、出版社所在的城市与出版社名称、出版年月、所引或所参考的资料页码等，都要写得清清楚楚，真正做到"每一个字都有来历，每一个观点都有依据"。论者对所研究的课题先要进行相关的学术回顾与综述，让人们知道学术同行在这一领域做出了一些什么样的成果，有一些什么观点，达到了什么样的高度，还有什么不足，你要攻克的重点和难点在哪里，你的学术研究与别人研究的角度有什么不一样，其研究路径、创新点和理论依据是什么？等等。特别是博士论文要求更严，所引资料和所作注解更应该详尽。本人就读的新西兰怀卡托大学之校学部委员会还对博士论文有明文规定：除了近十万字的正文外，还必须得有三万字左右的注释。也就是说，注释部分要占整个论文部分的1/3以上。这种"详注详解"的做法既是对别人劳动成果的尊重，也是对自己辛勤付出的珍惜和记录，同时让学术同仁真切地了解你是如何进行你的研究、得出你的结论的。

记得刚开始攻读博士学位时，我的导师曾要我将在国内读硕士研究生时的毕业论文拿给他看。当我兴冲冲地交给导师时，他根本没看论文内容，只指着论文后面仅有的18个注释对我说："我不用看内容，说实在的，你这样的论文，就凭这么一点点注释，其水平也差不多相当于我们这里大学本科一门功课的论文。"导师的话虽轻，却说得我脸红脸白——要知道，我这篇论文可是研究生的优秀毕业论文啊。

接着，导师语重心长地说：一篇学术论文，我们能有多少新发现？要说有，那也是站在别人汗湿的肩膀上所得到的一点点闪光的东西而已。既然自己并没有多少新发现，为什么引用了别人的东西，不好好注明呢？一部真正的学术著作，你费了多少功夫，内行人一看就明白。做学问：一要戒浮躁，二不能偷懒啊。

这一番话说得我心服口服。在随后三年多攻读博士学位的生涯中，我至少有一半的时间花在资料的查寻和整理分析上。其中包括在新西兰境内各大学间和公立图书馆搜取资料，还有到香港和大陆寻找相关资料，写下了数十万字的读书笔记，埋头于厚厚的书本中，真正体会到了"书香寂寞"和"书中自有黄金屋"这句话的深意。有时为了一句话的出处，一个名字的拼写，一个页码的准确，一本书或一本杂志的出版年月，我要多次往返于图书馆，将靠记忆写下的东西进行认真的核对。我所在大学的图书馆与世界各主要大学图书馆建立了良好的关系，一旦需要什么书籍，如果本校没有，他们会设法帮你去别的大学求助，尽量满足你的要求。这些汗水和经验为后来论文的顺利写作打下了较为扎实的基础。

在做学问的过程中，我越来越深切地体会到：中国急需建立与国际接轨的学术范式。有时，我发现国内一些学问大家的专著某些观点颇有新意，可是，当我试图寻找与这些观点相关的资料时，却不能从这些书中得到任何信息，仿佛这些专著真是"专"到一个人"著"的地步！但国外的学术著作就不是这样。记得有一次我在看徐贲先生（时任美国加州圣玛利学院教授）的一篇文章中提到"征兆阅读"的观点，他没有讲得太多，但他注解了这一观点的出处源于Louis Althusser & Etienne Balibar 撰写的 Reading Capital 一书。为了进一步了解这一概念的具体所指，我立即在大学图书馆找到这本 1970 年由伦敦 NLB 出版社出版的学术专著，并通过该书的索引很快有针对性地找到了"征兆阅读"这一概念在该书的第 8、32、33、86、143、317 和 318 页中都有出现，既帮助我解决了疑惑，又节约了宝贵的时间。而这样的注释正是学术论文，特别是学术专著对同行的贡献。

一个奇怪的现象是，国内一些著名学者在给香港等境外学术刊物提供稿件的时候，他们的注解十分详细和规范，而一旦给国内刊物写稿，这些学界名流就自觉认同并维护目前学术界的非规范体制，或缺乏必要的注解，或语焉不详——比方只注明引言出自什么书，却无该书的作者、出版社及出版年月等更详细的抄录，使读者要想从中了解更多的东西就显得十分困难，这样不规范的注解失去了注解应有的价值，十分遗憾。事实上，这些学问大家更应该起到表率作用，将国内学界积弊已久的陋习纠正过来。

罗老师，我很想听听您对目前国内学术研究现状是如何看待的。作为现当代文学研究领域的学问大家，您 1991 年即被推荐为湖南省文学评论界的代表，出席了在北京召开的全国青年作家代表大会；1993 年破格晋升为教授；1994 年赴加拿大参加第 14 届国际比较文学年会，在国际学术讲坛发出自己的声音；1995 年当选为全国青联委员；1998 年被授予"湖南省优秀中青年专家"称号；2002 年被评为湖南省首届优秀青年社会科学专家。您的论文《现代中国的浪漫诗学》获湖南省首届社会科学优秀成果三等奖；著作《现代中国的浪漫文学思潮》获湖南省第二届社会科学优秀成果二等奖。您还先后出版了《现代中国的浪漫文学思潮》《历史的选择与选择的历史》《百年文学与传统文化》等多部著作，并在《中国社会科学》《文学评论》等学术期刊上发表论文数十篇，被《新华文摘》等全文转载多篇，承担过国家社会科学基金课题和省级课题多项。应该说，您在学术研究道路上所取得的这些成果与荣誉，充分说明了您的学术成就与人生选择，您是怎么取得如此辉煌的成绩的？您对学术规范是如何看待的，您的学术渊源在哪里？

罗成琰：的确，你谈到的一些问题是国内学界存在已久的问题。这些问题主要是由中西方文化差异、中西方的国情不同、语境各异以及学术评价方式不同所引起的。西方的学术规范是由一整套制度来保证的，在西方的专著和论文的写作中，在引用别人观点时，要尽量用自己的语言来表述，甚至明文规定凡在直接使用他人的原话连续三个词（words）以上，都必须使用引号，否则即被视为抄袭。中国的学术传统有些不同，古代学问大家强调"辨章学术，考镜源流"。刘向、刘歆父子开启文献目录之学，下了许多功夫查证资料的来源并做了细致的归纳、整理工作。你刚才提到的西方学界的"详注详解"，就很像这类研究方式，利弊之间，学界同仁心知肚明，选择各异。我不想就此置评。

我想借此谈谈自己的求学经历和学术渊源，梳理一下我所遇到的几位恩师。我在学术研究上取得了一点小小的成绩，与这些学术前辈的言传身教有关。为此，我常常感恩。

1978 年的春天，是一个万物复苏、万象更新的美好季节。作为恢复高考招生制度后的第一届大学生，我考上了湖南师范学院中文系。恐怕没有哪一届大学生会像我们当时那样如饥似渴地读书，专心致志地听课了。毕竟有十余年的时间，我们国家几乎找不到一间宁静的教室，几乎所有的书籍都被尘封和废弃啊。在上课的教师中，有一位中年教师引起了我的注意。他给我们讲茅盾的《子夜》，用大量经济学方面的史料来诠释《子夜》的背景和主题，旁征博引，独辟蹊径，令人信服和折服。另一次他上教学公开课，讲歌剧《白毛女》。那天，来了不少的老师来听课，教室里坐得满满的。他从容不迫，条分缕析，发挥极佳。从此，我便记住了"颜雄"这个名字，也从此，我时常看见一个身材瘦高，两颊瘦削，脸色微微有些苍白，常穿一套中山装，戴一顶蓝色呢帽，围一条花格子围巾，提着一个装满书籍和教案袋子的身影，行色匆匆地走在校园里。

大学毕业后，我考上了本校的现代文学专业硕士研究生，同颜雄老师接触更多了。虽然他不是我的导师，但他学识渊博，平易近人，和善可亲，学生们都愿意同他接近，向他请教。在中文系的老师中，他可谓是学生最喜欢、最亲近的老师之一。他是我的同乡，年纪和我大哥相近，我在心里又把他视为了兄长。后来，我毕业留校，我们成了一个教研室的同事，关系更加密切。再后来，我成了家，常在节假日或傍晚散步时带着夫人和女儿到他家里坐坐。他的家里总是弥漫着轻松、自在、快活的空气，让人适意和惬意。我让女儿叫他"伯伯"，他的夫人鲍老师却总要我女儿叫她"奶奶"。这种乱了辈分、令人捧腹的称呼一直叫了好些年。

颜雄老师常年给本科生上课，还带了许多研究生，三尺讲台成了他毕生坚守的神圣领地。他发表和出版了一系列有分量、有影响的学术论文和著作，在鲁迅研究和现代文学史料的整理爬梳方面做出了重要贡献。他担任过中文系的副主任、湖南师范大学出版社的社长和总编辑，还兼了一些学术团体的负责人。年近60时，他原本已辞去了担任的行政职务。然而，学校刚成立的新闻系需要一位系主任，校领导考虑再三，决定请他再次出山。记得是我同他谈的话，他没提任何要求，很爽快地便答应下来，为学校新闻专业的创建和发展又奔波、操劳了三年。即使在他生命的最后几个月，他还在为湖南省的高考出语文试题。繁重的教学、科研、行政事务和社会活动，使他像一只急速旋转的陀螺，始终无法停下来，直到生命终结，才骤然倒下。

我一直以为，颜雄老师是一位好人，甚至完人。或者说，好得近乎完美无缺。他做事认真，认真得一丝不苟，细致入微。他心地善良，善良得有些不谙世事，近乎于迂。他治学严谨，严谨得言必有据，以至过于吝啬笔墨。这一切成就了他，但又在某种意义上"局限"了他。他活得太累、太沉重，甚至太拘谨，远不像现在的一些教授、学者潇洒、轻松。这种所谓的潇洒、轻松，其实是对学生和学术的忽视与不尊重。我想，颜雄老师或许就是鲁迅先生所赞美的"埋头苦干的人"，"拼命硬干的人"，而正是这些人，构成了"中国的脊梁"。在中国知识分子中，如果缺少了像颜雄老师这种类型，那将是莫大的悲哀。

第二节　中国学界应警惕"大中国沙文主义"

聂茂：的确，像颜雄这样学问深、人品好的老师在今天的大学校园已经变得十分鲜见了。我在湘潭大学读古典文学研究生时，著名诗人彭燕郊老师和学问大家羊春秋老师都给我们上过课，我的指导老师刘庆云先生也是学问深、人品好的老师。当时我就认为，有两种做学问的方式：一是羊春秋老师的百科全书式的，一种是彭燕郊老师的自主创新式的。这两种方式都需要深厚学术积淀，不像我们现在的一些所谓学术红人，靠拼凑甚至抄袭推出自己的论文和著作。

海外学界、特别是欧美汉学家把这些学术红人的论文和著作都视为"大中国沙文主义"。这是很值得国人深思的。我们不少人在写文章时，动不动就是"有人认为"，为什么不将这个"有人"注明出来呢？更有一些人把自己的观点转嫁到别人头上，所说的"有人"其实就是作者自己。此外，对外文的不精通，也局限了学者的视野。

多年前，我看到一篇批评文章。曾在美国芝加哥大学做教授的刘绍铭先生说，西方学界"指控我们不用外文资料"是"客气话。而不用外文资料又是看不懂的客气话……外国专家的研究成果，我们不一定用得着，但如果我们把人家的代表作列入参考书目或注脚内，也算是尽了为学报写文章的基本责任。"在谈到大陆学者对陈映真研究时，刘绍铭更是指出：大陆学者专家的立论观念，很难不受现实政治风向的影响。处于这种环境中，他们只能牺牲小我，成全大我。"明白了他们的苦衷，就不会对他们作非分的要求。"他举例说，黄裳裳和朱家信两位评家，在对陈映真的《文书》《将军族》和《一绿色之候鸟》评论说："作为土生土长的台湾作家陈映真，严肃而充满激情地表现了台湾社会的特殊风貌，显示了作家渴望祖国统一的热烈情怀和现实主义的可贵精神。"[1]刘先生分析道，如果黄和朱在"文革"中读过陈映真的小说，就不会有这种假设了。他因此断定这种假设只是论者的一厢情愿。当时我就想：如果黄裳裳和朱家信两位评家在写作此文时有充分的注解，表明这种说法不是空穴来风，而是有根有据的，那么，相信刘先生也不会对此深为不满了。事实上，刘先生最不满的恰恰是："他们的文章，在《安徽大学学报》刊出，可是全文没有一条注脚。这种

---

[1]　黄裳裳，朱家信. 论陈映真的现实主义创作道路，安徽大学学报，1983（1）

格式，在报纸副刊而言还说得过去，但学报之所以为学报，就是因为它有异于大众传播的格式。"①

刘先生更进一步指出：据黄、朱先生说，陈映真"新作《云》受到了海内外的一致好评，被认为是近几年来台湾文学创作中的重大收获。"刘先生认为，这种关键性的地方就应该有注脚了。"海内外"就等于包括台湾和大陆以外的"世界各地"。给《云》一致好评的是哪些文章，发表在什么样的刊物上，等等。不然，人家只好看作是这两位作者把个人的看法转嫁到他人头上的一种极不负责的做法。刘先生还举蔡美琴的《论陈映真的文学主张》②为例，说该文也没有注脚。作者引用陈映真的小说和论文，也不附记发表年份。"这对想从文字中去了解陈映真各阶段的心路历程的读者，诸多不便。"刘先生最后说，"凡是学报，都该有一定的格式。作者没有落注的习惯，编者应当督促他们去符合标准。"③

西方学界都很清楚：一部严肃的学术论文如果没有注解或注释太少是会大大损害该论文的学术价值的。英国伦敦大学的赵毅衡教授在一篇评介文章中对美国学者雷纳多·波乔利《先锋理论》一书（1962 年意大利文版，英文版于 1968 年出版）给予了高度评价，但文章最后说，"或许此书只有一个缺点是不可原谅的：全书无一注释，引文无一注明出处。可能五十年代意大利批评界尚未染上详引详注的'当代恶习'。但这无疑给此书的学术价值打上了一个大大的折扣。④"

学贯中西的余英时教授也讲了一个生动的例子：费正清的《美国与中国》出版后，经过了三次修改和内容扩充，从 1948 年初版时的《参考书目》只有 18 页，到 1958 年第二版增至 24 页，而最后一版即 1983 年则扩大到 92 页，所收参考书目超过 1300 种。余先生写道："这一千多种西文著作费氏大体上，确曾过目，这是可以从他简短介绍词中看出来的。有些比较重要的论著他还偶然加上一两字的评语。其中有一部分专题研究更是他耳熟能详的，因为这些都是由他所指导的博士论文改写而成的。"⑤换句话说，在余先生看来，费正清教授的《美国与中国》在最后一版时最大的收获是注解更详尽了，《参考书目》由"初版时

①　蔡美琴. 论陈映真的文学主张. 新文学论丛，1982(1)

②　同上

③　刘绍铭. 读大陆评家论台湾文学有感. 见：遣愚衷. 香港：三联书店香港分店，1987. 35－38

④　赵毅衡. 雷纳多·波乔利〈先锋理论〉. 今日先锋，1995(3)：36

⑤　余英时. 开辟美国研究中国史的新领域——费正清的中国研究. 见：傅伟勋，周阳山. 西方汉学家论中国. 台北：正中书局，1993. 13

的 18 页"增加了到"92 页"，"所收参考书目超过 1300 种"，而且，"确曾过目"。它说明：书的权威或学术价值不是靠吹捧吹出来的，而是靠扎扎实实的钻研得来的。"寻得一个字，捻断数根须。"没有这种寻根问底的决心，没有"为伊消得人憔悴"的毅力，没有"独上层楼，望断天涯路"的孤苦寂寞，哪有"功到自然成"的柳暗花明，或王国维所向往的"蓦然回首，那人却在灯火阑珊处"的美丽境界？

记得学问大家侯健先生曾经说过，"文章不易写，脚注尤其啰嗦。平时卡片功夫不彻底，忽然凭记忆引用一事一典，要回头找出处，简直像大海捞针。"①大凡做学问的人都会有相同的感叹。

做学问没有捷径可走。为避免大海捞针，避免"书到用时方恨少"，唯一的办法就是勤读勤记。这种方法也正是梁启超根据自己的经验、郑重向大家推荐的一个"极陈旧的极笨极麻烦……然而（又）实在是极必要的"方法——"抄录或笔记"，他甚至说这就是"治学的秘诀"。梁启超指出："我们读一部名著，看见他征引那么繁博，分析那么细密，……这个人不知有多大记忆力"，其实，"你所看见者是他发表出来的成果，不知他这成果原是从锱铢积累困知勉行得来。大抵凡一个大学者平日用功，总是有无数小册子或单纸片，读书看见一段资料觉其有用者，立刻抄下。（短的抄全文，长的摘要记书名卷数页数。）"所谓"好记忆"不如"烂笔头"。"这种工作，笨是笨极了，苦是苦极了，但真正做学问的人，总离不了这条路。做动植物的人，懒得采集标本，说他会有新发明，天下怕没有这种便宜事。"梁启超把这种"抄录"看成是做学术的最最基本的工作。为了说明这种工作的重要性，他进一步解释道："发明的最初动机在注意。抄书便是促醒注意及继续保存注意的最好方法。当读一书时，忽然感觉这一段资料可注意，把他抄下，这件资料，自然有一微微的印象印入脑中，……过些时碰着第二个资料和这个有关系的，又把他抄下，那注意便加浓一度，"他还劝人读书要有目的去读，这样，"你所读的自然加几倍受用了。"②

潘光旦先生显然也对这个秘诀体会颇深。他说，他在留学美国时，曾"尝选习日本历史与德国思想二课……后此读书有得，凡与德日二民族有关者，皆笔录而藏诸箧。二三年间，累积甚多，然始终未敢引为作稿用也。十七年夏

---

① 侯健. 读书与方法. 见：中国小说比较研究. 台北：东大图书公司印行，1983. 4
② 梁启超. 治国学杂话. 见：夏晓虹. 梁启超学术文化随笔. 北京：中国青年出版社，1996. 248

《新月月刊》初创，索文甚亟，……不揣浅薄，草为此篇，得四万言。"①

二三年间，抄录无数，最后只"得四万言"。这就是大师治学的"捷径"！

换言之，梁启超的治学秘诀人人能做——就看你想不想做，愿不愿做，敢不敢做，这方法虽然笨了一点，但确实管用。说穿了，世上其实没有天才，要说天才，只有一个，那就是：汗水。如果付出了足够的汗水，如果尊重他人的劳动成果，曾经闹得沸沸扬扬的某大学社科系名教授的剽窃抄袭他人学术成果②等一系列丢人事件也就不会发生了。

近年来，建立与国际接轨的学术范式之呼声越来越高，国家教育部还专门下发过学术规范化的实施细则，而且，在学界同仁的共同努力下，学术著作的"沙文主义"也越来越受到同仁的唾弃。特别是最近几年培养出来的优秀硕士生、博士生，他们的学术文章越来越趋向规范化，这是可喜可贺的事情。但毋庸置疑的是，尽管神秘而强大的互联网将不少学人从繁重琐碎的抄录中解放出来，但是，混乱无序的学术范式、信口开河的八卦观点、疏于引注的可疑文章等，仍然大面积地占据许多学术刊物的显著版面，它说明，如同中国的现代化之路一样，建立与国际接轨的学术范式之路依然曲折而漫长，难道不是吗？罗老师，我想请您结合自己的学术心得，谈一谈好吗？

罗成琰：你讲的还是前面那个问题的延续和深化。不能说所谓"大中国沙文主义"的指责不对，但也不能说全对。我还是强调国情不同，文化传统不同。不能说这个方法是西方某某权威说的我们就必须遵遁，否则就是"大中国沙文主义"。做学问不能狂妄，但也要有自信。我们都知道，西方学术论文和著作的注释大都繁复而臃长，甚至一些注释超过正文也非怪事。但国人对这种"吊书袋"的现象颇有微词。客观上看，西方的学界重视注释实际上就是一种"学术积累"和保证学术发展的重要措施。要建立与国际接轨的学术范式，一定要考虑国情和学术传统，不能盲从，而应循序渐进，积极推进中国当代学术在世界文化舞台上发出自己独特的声音，形成与大国崛起相匹配的学术影响力。

你的提问倒是勾起我对几位敬重师长的怀念之情：1984年岁末，我在湖南师范大学攻读现代文学硕士研究生。由于学校当时还没有这个专业的硕士学位授予权，我在导师蔡健先生的推荐下，只身一人来到北京师范大学（下称北师

---

① 潘光旦. 日本德意志民族性之比较的研究·引言. 见：潘乃穆. 潘光旦文集（第一卷）. 北京：北京大学出版社，1993. 415

② 佚名. 名家抄袭与大中国沙文主义. 见：新西兰《自立快报》，2002 - 3 - 4.

大）参加毕业论文答辩，申请硕士学位。

那年北京的冬天特别冷，白雪皑皑，地面被冻得硬邦邦的。走在北师大的校园里，寒风像锋利的刀片，刮得人脸上生疼。我这个南方人第一次尝到了北方严冬的厉害。我找到北师大地下招待所住下，然后打电话给北师大现代文学教研室主任、学科带头人杨占升先生。先生寻到我住的房间，握着我的手嘘寒问暖，说他已读过我的毕业论文，觉得写得不错，嘱我答辩时不要紧张，又告诉我答辩前还须加试两门课程，要我抓紧时间准备一下。先生满头银发，一脸慈祥，顿时消除了我的胆怯和紧张心理，也使我在寒冷的冬天感受到了春天的暖意。

这次北京之行，我顺利地通过了论文答辩，而且还被先生看中，推荐给了著名学者、现代文学学科创始人之一的李何林先生。在先生的鼓励和指导下，1986 年我考上了李何林先生的博士生，走上了学术研究的道路。先生成了我人生旅途中最为关键一段的领路人。

在北师大读书三年，先生是我们的副导师。他协助李何林先生具体指导康林、尹鸿和我三个博士生。进校不久，因为要确定博士论文题目，我们跟着先生去拜见李何林先生。李何林先生住在东单附近的史家胡同里一座有年代和沧桑感的四合院内。先生对李何林先生极为尊重，先进屋请安。过一会儿，才出来领着我们毕恭毕敬地走进屋去。第二年，李何林先生因病逝世。先生对我们更加呵护，他在学问上指导我们，在生活上关心我们，尤其是在做人上以自己正直、高尚的人格影响我们。先生是和蔼可亲的，几乎在任何时候都是以微笑面对我们。但先生也有严厉的时候。博士论文答辩前夕，我想把刚赶写出来的一章也印上提交答辩。先生不同意，认为这一章写得太粗糙。我仍想坚持。先生生气了，说你再坚持就不要参加答辩了。这是先生对我第一次也是唯一一次发脾气。事过之后，我才意识到先生治学的严谨与一丝不苟，才意识到自己的草率、浮躁和不沉稳。后来，我的博士论文《现代中国的浪漫文学思潮》出版，先生欣然作序，并给予高度评价："中国现代文学史上的浪漫主义思潮这一重要课题，长期处于被冷落的地位，很少有人问津。新时期以来，情况有所好转，已有一些人开始探讨这一问题，发表了有见解的论著。但像罗成琰这样从理论到创作，联系古今中外，纵横比较研究、全面系统论述的还很少见。正是在这点上显示出这部专著的开拓意义和学术价值，也表现出作者在学术研究道路上勇于开拓的精神和比较扎实的功力。"呵护之情溢于言表，先生认为该书"为现代中国浪漫主义文学研究提供了系统的有学术价值的新见解，是一篇富有开创意义的优秀博士论文"。他意犹未尽地写道："在他的博士论文的评审和答辩中，老中青 13 位专家学者给以热情鼓励和高度评价，一致肯定他的论文为现代中国浪漫主义文学研究提供了系统的有学术价值的新见解，是一篇富有开创意义的优秀博士论文……我只想强调一点，他的文笔优美流畅，饱含感情，具有很强的可读性。这在当今的文坛上是较为少见的，我甚至认为他很适合写抒情散文，而且相信他如真有一天写起散文来，一定会出手不凡的。"奖掖之情，流淌在字里行间。

在与先生的交往中，有一件事一直压在我的心头，使我无法释怀。1988 年夏天，先生携师母应邀到湖南师范大学参加研究生毕业论文答辩，后去张家界游览。我和妻子陪同前往。先生平时较少出远门，更很少外出旅游。置身于张家界的神奇山水间，他和师母兴致勃勃，游兴很浓。当时各方面条件都很差，没有高速公路，没有空调大巴，就连像样的宾馆也没有。回来的路上，因车票紧张，只买到了长途汽车的最后一排座位，凳子还是硬木条的。一路上，天气热，时间长，路况差，车子颠簸得厉害。一到长沙，先生的心脏病就发作了，立即住进了医院。许多年过去了，我一直为没有照顾好先生，没有为先生提供更好的接待条件而愧疚不已。后来，我多次邀请先生和师母再来湖南做客，给我一次弥补过失的机会，但先生终因年老体弱，未能成行。

1989 年，我博士毕业，回到湖南师范大学工作。也许因为我没有留在北京，先生给予了我更多的关爱，经常给我来信。那时，先生已经患上了帕金森病症，手有些抖动，信上的字便显得愈加苍老。后来，病情加重，手抖得无法写信了，我们便时常通电话。我去北京出差的机会比较多，每次我都要去先生家坐坐，看望先生，陪先生聊聊天。先生总要问我工作的情况，问我妻子和女儿的情况，总要为我的每一点进步和变化而高兴。有一年夏天，我带着妻子和女儿去北京看望先生和师母，康林、尹鸿全家也都来了。我们在北师大的实验餐厅聚会，坐了一大桌，这是我们师生之间唯一的一次大团圆和全家福。先生兴奋不已，话语特别多。遗憾的是当时忘了带相机，没能留下那难忘而美好的时刻。

在学术界，先生的学问和人品备受人们的称赞。先生是非常有骨气和正义感的。他关心学事国事天下事。对学界和社会上一些看不惯的现象，总是慷慨激昂、义正辞严地予以评说，其愤激程度远甚于我辈。先生学识丰厚，对现代文学时常有一些独特而精辟的见解。但先生著述甚少。他治学严谨，惜墨如金，更不愿粗制滥造，人云亦云，以著述丰富自娱。先生把自己的学识和精力主要用于培养学生，那一批批学生的成长与成才，是先生一生最丰硕的成果。

这么多年，先生的客厅兼书房除了添了一套布沙发之外，几乎没有变化。

一排书柜倚墙而立，书籍永远排列得整整齐齐，书桌上也总是收拾得干干净净。但先生却在日渐衰老，说话慢了，动作迟缓了，思维却依旧清晰。2003年，我在中央党校学习一年。原本有更多的时间去看望先生。不料上半年遇上非典，被封闭在党校几个月。下半年，去看望了先生几次。一次，先生正在校医院打吊针。我在病床前陪护了几个小时，还举着吊瓶，扶着颤颤巍巍的先生去上洗手间。看着先生的病容和衰竭的身体，我的心情沉重而伤感。没料到，第二年，先生便驾鹤西归。

《世说新语》记谢太傅与王右军语："中年伤于哀乐。"的确，中年是一个送行与告别的时期。父辈们、师长们相继走了，同辈中甚至也有离去的。中年于生离死别，表面虽显平静，但送行与告别的悲哀却沦肌浃髓，刻骨铭心。无尽的思念和对往事的追忆，常常会萦系于心头，久久挥之不去。恰如李义山所云：此情可待成追忆，只是当时已惘然……

第三节　文学批评的责任与勇气

聂茂：习近平总书记指出，文艺批评要的就是批评，而不仅仅是表扬甚至是庸俗吹捧、阿谀奉承。他打了一个生动比方："文艺批评家要像鲁迅所说的那样，做到剜烂苹果的工作，把烂的剜掉，把好的留下来吃。不能因为彼此是朋友，低头不见抬头见，抹不开面儿。"此话真是一针见血，犀利而中肯。

近年来，由于工作的需要，我常常参加一些作家的作品研讨会，绝大多数研讨会就是一场场表扬会、吹捧会，听不到真话，也看不到真诚，大家心照不宣，在陈旧的程式中完成各自的表演，根本起不到"研讨"的效果。

文学批评需要责任，更需要勇气。古今中外，真正的批评家是敢于讲真话的，真正的文学大家也敢于接受批评。莫泊桑的《羊脂球》发表后，好评如潮，但有一份当地报纸却发表评论，认为莫泊桑的作品存在缺陷，他注定像"流星一样进入文坛"，很快就会消失。这样的评价一点也无损于莫泊桑的光芒。苏联诗人叶赛宁获得了诺贝尔文学奖，马雅可夫斯基不仅批评他的作品，而且认为叶赛宁的自杀是软弱者的行为。尽管最终他自己也因为政治原因而自杀，但他在批评叶赛宁创作时，是敢于讲真话，昭示了一个批评家的责任与勇气。

夏志清先生是海外德高望重的文学评论家，同为汉学家的叶维廉却敢于亮剑，认为夏先生在评介中国作家作品的时候，有些错搭和牵强的类比。叶维廉举出了夏志清评论的三个典型例子：一是"这篇短篇小说(鲁迅的《孔乙己》)具有海明威写尼克亚当斯短篇中的简约与含蓄"；二是"'叶绍钧的'缓慢的节奏、偏重文体的语言及浓重的郁忧色彩使人联想到……约翰逊的《拉塞拉斯》"；三是"'在老舍的《二马》中'大马也是一个利奥波德·布庐姆式人物……他的儿子则是斯蒂芬·德达鲁斯的同等角色。"叶维廉认为，这是一种"轻率的暗比"。这样的评论虽然尖锐，却以理服人，夏先生读后也毫不生气。

这种尖锐在 20 世纪二三十代的文坛时有发生。例如，沈从文在点评郭沫若时，说"他可以是一个诗人，但是，创作是失败了"，甚至还点评鲁迅先生像"任性使气"的"战士"。梁实秋也对郭沫若等人提出尖锐批评："诗要先是诗，然后才能谈到什么白话不白话。"类似的批评还有傅雷对张爱玲《倾城之恋》的批评。而最令人难忘的当属鲁迅先生批评梁实秋的《"丧家的"资本家的"乏走狗"》。这些批评的声音，在今天听来十分刺耳，在当时的文坛却习以为常。可以说，中国现代文学就是一部批评与反批评并在批评中成长并辉煌起来的文学史。

20 世纪 80 年代是文学的黄金时代，当时的批评家十分活跃。例如，当刘心武的《钟鼓楼》获得第二届茅盾文学奖时，有一篇《历史的限制与现实的选择》的文章却认为："刘心武从来不是一个艺术感觉细腻的作家……他的作品多是图解生活而不是表现生活。《钟鼓楼》同样如此。"对此，刘心武心服口服。当张贤亮大红大紫的时候，批评家胡畔却对《绿化树》的缺陷提出尖锐批评，认为张贤亮"流露出一种对苦难的病态的崇拜"。正因为有这样的批评家和敢于接受批评的作家，我们的文学才兴旺繁荣。

但进入 90 年代以来，在商品因子的渗透下，吹捧和包装成为文学的一大毒瘤。作家们变得娇气，批评家们变得俗气，文坛变得乌烟瘴气。作家变成只听吹捧、不能批评的"虚胖者"，评论家成为拿红包、跑场子的"小丑"，这种风气使本来日益边缘化的文学更加自毁前程。

正因为此，习近平在文艺座谈会上的讲话，可谓振聋发聩，令人深思。一个有胸怀、有抱负的作家是能够听得进尖锐批评意见的，一个有作为、有担当的批评家也是能够敢于执刀、找得准苹果的"烂处"并勇于"剜掉"的。唯其如此，我们的文学才有希望。

罗成琰：你讲的这些，基本上是常识性的东西，但常识有时也需要提醒和重复。否则，一些人不仅没有见识，连基本的常识也忘记了。做学问，既要懂常识，更要有见识。否则，靠拼凑和粘贴，只能是低水平重复，是制造出一大堆文化垃圾，于国于民于己均有百害而无一利。

很显然，习近平的讲话是很有针对性的。所谓文坛，其实还是讲究一个圈子。在圈子里混得脸熟的人，今天开这个会，明天开那个会，低头不见抬头见，开作品研讨会，真如王跃文所说像开"追悼会"一样，列举的全是好的东西。明明作品如一堆烂熟，评论家也要挖空心思"化腐朽为神奇"。作家也会变得越娇贵，听不得半点批评。文学批评家缺乏应有的责任，作家们则缺乏直面批评的勇气。

由此，我又想起了自己的导师蔡健先生，他从不出席某某作家的所谓作品研讨会，也从不说些四平八稳的话。我跟随先生习学多年，耳濡目染，受益良多。最初见到先生是在1979年。那时湖南师范大学中文系为了纪念"五四"运动六十周年，举办系列学术讲座，先生是报告人之一。记得先生讲的是鲁迅，当时的先生白发苍苍，面目清癯，但精神矍铄，苍老的声音回荡在报告大厅。我想这正是我心目中的学者、教授形象，一股景仰之情油然而生。

后来，先生给我们开现代文学史课，我有机会接触先生，并经常去先生家请教。先生对现代文学的精深研究，尤其是对鲁迅思想与创作的独到见解，使我豁然开朗。我的大学本科毕业论文就是在先生的精心指导下完成的，接着我又有幸成为先生招收的第一届硕士研究生。在那以后的许多年里，我多少次去位于岳麓山上赫石南村的先生寓所，当面聆听先生的教诲。那条上山的小路，有数十级石阶，弯弯曲曲，树影婆娑。小路尽头，便是先生居住的小屋。那幢普通的小平房，是我求学的地方，更是我精神和情感安放的处所。

硕士毕业后，我准备报考北师大博士研究生，先生写信给著名学者、北师大博士生导师李何林先生，极力推荐我，并以他同我数年的交往及对我的了解，为我的学识和人品担保。我的博士论文做完后，先生又是论文评阅人之一，可以说，是先生牵引着我走上了学术之路。在我留下的歪歪斜斜的履痕中，凝聚着先生的许多心血。在我开始走得稳当时，我时时感受到先生殷切期待的目光。

在先生的客厅里，悬挂着一副对联："咬定一两句书终身师保，放宽三四步脚满目亲朋"。我以为先生只躬行了第一句，而远未达到第二句的境界。先生的确是一辈子读鲁迅，学鲁迅，不仅成为鲁迅研究专家，而且为人处世治学也颇带"鲁迅风"。正因为这样，先生耿介正直，爱憎分明，不趋时，不媚俗，尤其是在某些学术问题上敢于固执己见，从未放宽一步脚，甚至让人感到先生有些过于峻急和偏执。在这里，也能看到他的哥哥——我国著名美学家蔡仪先生的影响。这自然招来一些非议。但我想，既然我们年轻学者一再吁请老一辈学者给予宽容，那么，我们为什么不能对老一辈学者给予理解呢？

先生像中国传统知识分子一样清高，一生不求人。不过，有一次例外。一天，先生和师母气喘吁吁，爬上六楼，来到我家。我看得出先生有事要找我，但却欲言又止。直到我把他们送下楼去，先生仍未开口。最后是师母忍不住说了出来。原来先生把近年来发表和撰写的一些论文编成了一本集子，想请我帮助联系出版。这下轮着我为难了。我知道先生的心情，他是想给自己的学术生涯画上一个圆满的句号。但如今出书难，出学术著作更难。它需要一笔出版资助，而这笔钱对先生和我来说都是一笔不小的数目。我踌躇着，答应想想办法。先生颇为失望地走了。最终这本书没有出成，给先生留下了无法弥补的遗憾，也给我留下了难以言说的愧疚。如果先生能像当今某些学问大腕一样，他的文字一定早就隆重出版了。但那样的话，也就不是先生的个性了。先生宁愿一生清贫，也不要那一堆发霉的文字压着自己。他不卑不亢，保持了一代学人的风骨和尊严。

记得《增广贤文》有云："命里有时终须有，命里无时莫强求。"但命运终归是掌握在自己手里的。因为有了上述的学术背景和人生经历，有了学问前辈的道德标杆、学术渊源和高大背影，我对自己的未来看得十分清楚。坦率地讲，我曾经有过三次宝贵的选择机会。一次是大学毕业时，我选择了读硕士研究生；一次是硕士研究生毕业时，我选择了读博士研究生；一次是博士研究生毕业时，我选择了在高校任教。这三次选择其实做出的都是同一种选择，即做学问。在进行这三次选择时，我并非没有迟疑，并非没有受到其他职业和生存状态的吸引，我并非不知道选择做学问实际上就是选择了清贫，选择了寂寞，选择了智慧的痛苦。但我最终还是认定自己适宜在高校工作。我向往传道、授业、解惑的乐趣，沉醉于读书写作时所拥有的宁静、澄明、充实的境界。我以为这种乐趣和境界，是人生其他乐趣和境界所难以替代的。我尤其渴望心灵的自由、思绪的飞扬、理论的建树和思想的创造。因此，我走上学术之路，不是历史的误会，也非命运的捉弄，而完完全全是我自主的选择。

以上这些，也许有些文不对题，或者算是题外之话，但我愿意放在这里，也算是我对学问前辈的一种记念，对学界同仁和学问后辈的一种勉励或鞭策吧。

聂茂：早在1991年，您就承担了国家青年社会科学基金课题"现代中国作家与传统文化"。作为结题成果，三年之后您出版了《回溯长河之源——现代中国作家与传统文化》一书。您为什么对现代中国作家与传统文化感兴趣？

罗成琰：这个课题以往为人们所较少涉及，又属于跨学科研究，它要求研究者对现代中国作家有深入的钻研，对中国传统文化有广泛的了解，要求研究者细致地探寻二者之间的内在联系，借助传统文化的视角，对现代中国作家进行重新审视和评价。显然，这是一个有着较大难度、同时又是充满诱惑力的新的研究领域。我当时之所以敢于申报和承担这一课题，一是凭着学术探索的勇气，想对现代文学研究来一次"突围表演"；二是想调整自己的知识结构，补一补传统文化这一课。

聂茂：您的几部大著我都认真拜读了，看得出您对研究对象的崇敬和热爱。您对传统文化钻研很深，在研究中国现代作家的心路历程时，我能感受到您才情的澎湃和书写的敬畏，真正做到了有啥说啥，言之有物。我常常想：批评家为什么一定既要说好，又要说坏呢？为什么只有坏的时候，还要挖空心思地说一点"好"呢？难道是对批判对象的安慰吗？当一个批评家进行批评的时候，他的心应该是空明纯净的，而不应该考虑批评的后果，或者考虑伤害了某某的心。批评应该客观，应该对被批评者本人是一种提升。但批评家也一定不要陷入导向者的位置上，一厢情愿地成为别人的导师或精神领袖。今天的作家非常讨厌批评家的高高在上和空洞无物。我觉得文艺批评者应该有一种理想，这种理想不一定非要征得作家的同意，不需要征得某个管理部门的首肯，更不要征得所谓的"圈子"里的人的认同。这种理想也许有些偏颇，也许存在不客观的因素，但只要批评主体本着真诚而客观的原则进行评判，他就不应该被忽视，更不应该受到嘲笑。批评家要学会宽容，但宽容不是一味地吹捧，更不是拉帮结派。

罗老师，刚才您提到的几位老师我并无机缘接受他们的教诲，对他们的著述也接触不多。但我相信他们的才情和人品。因为学术是小众化的，且各个专业日益细化，所谓隔行如隔山，很少有学术上的通才。我从您的著述中，想到了一个普遍现象，即一直以来，湖南作家天然地拥有一种强烈的政治情结或者说政治抱负，如现代作家中的田汉、丁玲、周立波和周扬等名家莫不如此。沈从文倒是一个异数。新时期以来的湖南作家继续秉承这一文化传统，从唐浩明、王跃文到阎真，他们创作的小说，都可以纳入政治文化小说范畴。为什么湖南作家对政治文化如此敏感而执着？为什么政治文化的诱惑如此强大，进而成为他们创作最为持久的心灵冲动？

罗成琰：这的确是一个有意思的话题。我认为，政治文化是一个很宽泛的概念。它应该包括政治信仰、政治意识、政治伦理、政治运作过程与规则，还应该包括政治活动中人的行为和心理。中国的政治文化非常发达。儒家文化其实就是一种政治文化，或者说是政治伦理文化。从孔子的"仁"，到孟子的"仁政"，落脚点都在政治，强调的都是人与人的关系，是等级、秩序、规则，是忧患意识、千秋情怀、兼济天下、经世致用、承担精神。它们既构成了我们民族宝贵的文化传统和精神资源，但又使我们民族的精神与视野被局限在了狭窄的政治领域。再加上"学而优则仕"的"官本位"思想和盛行千年的科举制度，更是把中国知识分子推上了仕途与官场，使从政与做官成了他们毕生追求的价值理想和人生目标。

《曾国藩》《国画》和《沧浪之水》等小说，说到底，聚焦的都是官场。我和《曾国藩》的作者唐浩明相识、相交多年。我们是同乡，是中学校友，是文学同行，现在又是同一小区的邻居。这么多年，我实际上一直把唐浩明视为兄长，对他的道德文章，对他的文学与学术成就一直钦佩和羡慕。他的长篇小说《曾国藩》《杨度》《张之洞》以及他对曾国藩家书、奏折的评点等，我都非常关注。每出一本，他都会送给我，而我都会认真拜读。唐浩明自己说过，他是曾国藩的异代知己。我也曾说过，曾国藩与唐浩明在精神上相互依存。曾国藩应该感谢唐浩明，因为是唐浩明重新整理、编辑和出版了《曾国藩全集》，并创作了长篇小说《曾国藩》，使人们重新认识了曾国藩多方面的意义尤其是文化层面的价值，使曾国藩再一次名扬天下，妇孺皆知。当然，唐浩明也应该感谢曾国藩，是曾国藩这座富矿，让唐浩明发掘了一辈子，受益无穷，成果累累。从这个意义上说，是曾国藩成就了唐浩明。而王跃文和阎真也都是我的好朋友，阎真曾较长时间跟我是同事，他们的官场小说我也很关注。

其实，官场在人们的心目中以前一直是贬义的，认为其中充满着虚伪、欺诈、逢迎、倾轧等特点，但现在官场似乎越来越中性化。官员和官场成为全社会的聚焦点与兴奋点。政治气候的变化，官员的升迁沉浮，权力的神秘与魅力，官场的信息与动态，官场复杂的人际关系以及潜规则和腐败现象等，常常是人们茶余饭后的浓厚谈兴和丰富谈资。官场文化也就愈加繁盛。

我觉得，过度发达甚至扭曲、异化的官场文化对我们民族的伤害是显而易见的。它使人们过于崇拜权力，过于热衷于官场，使人原本广阔的发展空间变得狭小与单一，使人的创造能力和创新精神受到严重的束缚，也使我们民族心思太重、心机太多，心计太密，在如何做人、做官、如何琢磨人和事、如何处理复杂的人际关系上花费了太多的时间、精力和智慧，这不能不说是一个极大的令人痛心的浪费。

官场文化的发达，必然导致官场小说的繁荣。尤其是现在，官场小说比比皆是，良莠杂陈。有陆天明、张平等人的主旋律作品，写官场上正义与邪恶的较量，腐败与反腐败的斗争，最终正义战胜邪恶，清官战胜贪官，结局充满光明；有王跃文、阎真等人的作品，写官场复杂的生态，官员分裂的人格，善与恶、清与浊交织，批判与忧思同在，作品整体上是灰色的，但不乏亮色；还有一些作品单纯地展览官场的所谓黑幕、腐败，津津乐道于权力、金钱、美色，缺乏批判意识，缺乏思想深度，也缺乏艺术价值。

官场文化的发达，也导致了许多读者对官场小说的追捧和着迷。不仅青年人把官场小说当成报考公务员和今后跻身官场的"宝典"与"必读书"，就连官场中人也在其中寻找升迁的秘诀与处理好复杂的人际关系的窍门。平民百姓则可以从官场小说中满足一种"窥探欲"，了解一些自己十分陌生的官场生活与权力的魅力，并且乐此不疲。

官场小说的繁荣，有它的必然性和合理性，因为它毕竟有着现实生活的土壤。但畸形的繁荣，说明我们的文化有问题，我们的官场有问题，我们的价值选择有问题。当一个民族对官场如此有兴趣，对权力如此崇拜与羡慕，并将从政、做官作为人生唯一的或最重要的价值选择，那么，这个民族是没有希望的。

正是在这个意义上，王跃文说：我愿意我的小说一本都卖不出去，也不愿意人们如此地关注官场。

正是在这个意义上，谭桂林教授说：过于关注官场，出现太多的官场小说，不是民族之福、文化之福。只有在政治和官场愈来愈透明、政治空间阳光化、公民意识普遍觉醒、公共空间日渐形成的情况下，官场小说才会衰落。

我想，官场文化与官场小说衰落之时，应该就是我们国家政治清明、民主发达、法律健全、权力祛魅、腐败现象得到有效遏制之日。到那时，湖南作家的聚光点自然就会转移到其他方面上去。

第四节　文学的现代性与浪漫主义思潮

聂茂：您的学术生涯开始得很早。1984 年，您完成了硕士论文《论"五四"新文学浪漫主义的兴衰》；1989 年，您又获得了北京师范大学的文学博士学位。您在 1992 年出版的《现代中国的浪漫文学思潮》，是我国学术界第一部系统、深入地研究现代中国浪漫主义文学的专著。这部专著其实是根据您的博士学位论文修订、充实和润色而成的。您当时是基于什么样的考虑，将目光聚焦到这样一个课题，并一而再地深挖下去的？

罗成琰：前面谈到，我从大学阶段开始接触中国现当代文学，并将它作为自己今后学术研究的方向。大学毕业后，我直接攻读现当代文学研究生。20世纪80年代初，随着思想解放的春风，冰封多年的思想学术界开始解冻，许多极"左"的思想文化观念开始破除，人们开始涉足一些长期以来被禁锢、被冷落的学术研究领域。浪漫主义文学研究便是其中之一。多年来，文学界独尊现实主义，在现代文学研究界，人们推崇的也是"为人生"的现实主义文学，而对"为艺术"的浪漫主义文学明显忽略甚至否定。所以，浪漫主义文学研究在当时还处于一个空白状态和拓荒地。在思想解放浪潮的影响下，也凭着初生牛犊的勇气，我有些冒失地闯进了这一领域，并且一待就是数年。我的硕士论文研究的是"五四"时期新文学的浪漫主义，论文发表后，在学术界产生了一定的反响。紧接着，我到北师大攻读博士学位，师从著名学者、现当代文学学科创始人之一的李何林先生。在准备博士论文选题时，我想在硕士论文的基础上拓宽研究范围，研究整个现代中国的浪漫文学思潮。有意思的是，李先生对浪漫主义文学有自己的看法，对郁达夫之类的有浪漫倾向的作家评价不高，但他并没有否定我的选题，而是嘱咐我不要囿于师见，要独立思考和写作。至今我仍能感受到李先生宽广的学术胸怀和对学生的尊重与爱护。我不敢奢望我的浪漫主义文学思潮研究具有怎样的开创性或里程碑式的意义，但它的确在学术史上起到了一颗铺路石的作用。

第五节　传统文化视域中的百年中国文学

聂茂：您曾经说过，"传统文化价值观在20世纪的中国经历了富于戏剧性的命运"。请问：究竟是什么样的戏剧性命运左右了中国知识分子、特别是现代作家的传统文化价值观，您是基于什么原因做出这样的判断的？

罗成琰：19世纪中叶以来，中国传统文化价值观遭遇了来自西方文化的强有力的挑战。在西方一整套完全不同形态的价值观、知识体系、文化理念面前，中国传统文化受到了前所未有的冲击与震荡。人们对知识、经济、意识形态、政治体制以及个人的社会成就等的价值判断，都渐渐脱离传统价值体系的紧密控制，从而相当程度地松动了信仰、知识、规范、制度之间的整合关系，降低了传统价值对社会生活各方面的规范能力。辛亥革命后，传统文化价值观由于突然失去了强有力的政权支持和行政贯彻渠道，它已经丧失了原来作为社会价值的神圣性，它所提供的生命和生活意义、伦理道德法则也失去了往日的威慑力。因此，辛亥革命在造成政治权威丧失的同时，也连带造成了社会价值权威的空阙。随着"五四"新文化运动的兴起，传统文化价值观逐渐从中国社会的各个领域全面退却。新文化运动的倡导者们运用西方文化的价值观，运用现代人所拥有的理性和怀疑精神，去重新审视和评判中国传统文化，去"重新估定一切价值"。正是这种价值重估，导致了当时思想文化界激烈的反传统倾向的出现，标志着传统文化在中国历史舞台上正式遭到放逐，从中心退向边缘，也预示着新的知识分子群体开始尝试重建中国社会的价值体系。

　　"五四"新文化运动对传统文化价值观的批判与颠覆，主要是针对作为中国传统文化的主流、统摄中国人意识形态数千年之久的儒家文化价值观，其锋芒所向直指以孔子为精神权威和价值取向的儒家文化经典。孔子作为中国人的精神偶像，在历史上并非没有经历过思想挑战，但此时第一次被描述为妖魔鬼怪，第一次遭到毁灭性打击。陈独秀等人有意对孔子采取整体打倒、一概否定的激烈姿态，有意回避翔实平允的学术研讨，有意从意识形态和政治的高度对儒家文化价值观进行穷追猛打。孔子因为倡导伦理政治化和政治伦理化而在过去独享尊荣，而现在却因为同样的原因交上了厄运。作为儒家传统维护者的梁漱溟在当时便惊呼："今天的中国，西学有人提倡，佛学有人提倡，只有谈到孔子羞涩不能出口……"的确，同样作为传统文化价值观有机组成部分的道家、佛教和侠文化价值观在当时却没有像儒家那样面临着灭顶之灾。它们或是作为传统文化的非主流部分甚至异端部分，成为新文化运动倡导者们反儒反孔的思想武器；或是用来附会西方的某种思想学说或被进行了现代阐释和现代包装；或是在王纲解纽、天崩地坼的时代成为人们精神的寄托和灵魂的家园；或是以潜行隐构的形态在民间悄然生存悄然生长。这样，从20世纪初开始，儒家学说几乎成了传统文化价值观的代名词而一直受到压抑和抨击，在文学中也很少获得正面的表现，相反，"意在暴露家族制度和礼教的弊害"，则成为贯穿20世纪中国文学的经典话题。而道家、佛教和侠文化价值观则获得了相对宽松的生存空间，在文学中也得到了一定的肯定和表现。

　　一直到20世纪末，传统文化价值观特别是儒家文化价值观才结束了近一个世纪的潜行状态，重新浮出了历史水面。80年代中期出现的寻根文学对中国传统文化采取了价值认同态度，其代表作家认为离开传统文化就无所谓中国特色，也无所谓中国文学的艺术个性，中国人的现代意识应从民族的总体文化前景中孕育出来。他们对"五四"新文化运动全盘反传统的态度表示了不满，甚至认为"五四"新文化运动造成了中国文化源流的断裂。因此，他们在作品中着重发掘和表现传统文化的正面价值及其东方文化的审美和思维优势。在这之后，"国学热"的兴起，使得传统文化不仅在学术界异常活跃，而且在社会上也得到了广泛认同和普遍景仰。耐人寻味的是，"五四"新文化运动中的一些启蒙思想家遭到了质疑和冷落，而当时的一批文化保守主义者却受到了青睐和推崇。

传统文化价值观的回归，不是时代的倒退，也并非历史的轮回。毕竟时代不同了，社会背景不同了，中华民族的历史任务也不同了。同样的文化姿态在不同的时代背景下有着不同的意义和作用，因而也有着不同的历史定位。新文化运动所处的时代是一个破旧的时代，打破旧文化观念和旧道德是历史赋予那一代人的使命。为了完成这种历史使命而产生的偏激是能够得到理解和承认的。而世纪末则是一个建设的时代，在这种背景之下，那种认为传统罪孽深重，那种对传统文化价值观持绝对否定的态度，不但在学术的意义上站不住脚，在社会心理的认同方面，也是站不住脚的。特别是进入90年代以后，爱国主义和民族情感成为一种最普遍的社会心理，中国人的自我肯定和自我尊严，必然要到自己的文化传统中去寻找依据，而决不可能用西方文化来证明自身的独特价值。儒家文化作为数千年来中国文化的主流，也是中国人之所以成为中国人的最重要的文化标记。如果全盘否定了传统文化特别是儒家文化，那么，中国人在文化上的自我角色和认同感在什么基础上能够建立起来呢？

同时，回归传统，也不是简单地重返过去，而是以现代人的眼光，带着今天的问题，在对传统进行现代解释的基础上，从传统文化中寻找推进中国当代文化建设的思想资源和人文智慧。可以说，回归传统的真正命意在于实现传统文化的创造性转化，开启中国文化的现代性之维。当代解释学大师伽达默尔认为，传统是过去与现在的不断遭遇、相撞、冲突、融合之中产生的种种可能性或可能世界，是我们所理解的未来。正因为这样，传统在本质上是一个属于过去、现在和未来的时间概念，传统没有封闭的疆域，不是被限定、被凝固的，它永远处于被制作的状态，指向可能的世界。因此，创造性地转化传统文化，将是当代中国呼唤与之相适应的新的文化、新的价值学说和新的意义世界所要做的重要工作。

聂茂：您在2002年出版的《百年文学与传统文化》对上述问题做了回顾和总结，这是您主持的国家社科基金课题的最终成果。我看得出，您对中国传统价值观与20世纪中国文学从组织结构、血缘关系、生命意识到内部形态等进行了深入细致的剖析和阐发，我感兴趣的是：百年文学与传统文化的精神纽带在哪里？今天这个精神纽带还在吗？

罗成琰：这是一个很大的话题，我只能概而言之。20世纪文学与传统文化的精神纽带我认为表现在以下几个方面。首先是千秋情怀。传统文化"兼济天下"的道义取向使知识分子自觉地承担着历史赋予的责任，也自觉实践着自身的文化使命。20世纪中国文学绵延着深重的社会政治忧患、思想忧患和文化忧患，它们纵横交织、层层铺展而构成了20世纪中国文学的基本维度。当然，20世纪中国作家的千秋情怀不仅来自传统，它也受到了西方现代意识的熏陶，同时也被当时中国的时代环境和现实政治所强化。这样，他们的千秋情怀无论其内涵还是外延，都与古代士大夫们大不相同。其次是群体观念。中国传统文化是一种以群体为本位的文化。当20世纪中国知识分子接受西方文化的熏陶，张扬个性，表现自我时，传统文化价值观绝不会袖手旁观，不闻不问，它在知识分子的心理结构中发生着不为人知的隐秘作用。一方面，他们崇尚西方的个人话语模式和个性主义思潮，另一方面，他们又依恋着群体的力量和集体的智慧，特别是在民族国家命运发生着重大变革的时期，知识分子的视野和眼光很容易被宏大的历史叙事所吸引，其思维和行为模式极易被传统的群体本位观念所同化。再次是叛逆精神。道家从一开始便是以儒家思想乃至整个社会的对抗者、破坏者的姿态出现的，它对儒家价值虚妄性的指证、对自由的向往、对一切理性权威的反叛以及对个体生命意义的追问一直激动着20世纪中国知识分子。可以说，20世纪中国作家在价值观念认同上更多的是来自西方的民主自由思想，而在情感上则更多的来自道家追求个体自由、反抗封建礼教思想的支持。最后是生命情调。中国传统文化尤其是道家和禅宗非常讲究清高淡远的生命情调，不仅追求一种自然适意、富于艺术意味的日常生活，而且还表现出一种超然洒脱、和谐旷达的人生态度。20世纪中国内忧外患的社会现实，使中国作家处于深深的焦虑之中，也使他们在严酷的现实面前更为深刻地认识到自身生命的有限性和不确定性，从而导致他们对自身生存意义的拷问。周作人、郁达夫、林语堂、废名、梁实秋、汪曾祺、贾平凹、阿城等人便是在关注个体生存的道家和禅宗哲学中寻找内心的精神家园和安身立命之所在。

第六节　古今之争与知识分子的家国情怀

聂茂：您在对20世纪中国文学的研究中，深切感到："不论传统文化价值观在20世纪的中国经历了怎样富于戏剧性的命运，它对20世纪中国文学和作家的影响却是一直存在的，并且是根深蒂固沦肌浃髓的。它同马克思主义和现代西方思想文化学说共同构成了20世纪中国价值世界的三维，而且常常同其他两维融合在一起，既受到马克思主义和现代西方思想文化学说的重新观照和改造，又从传统文化价值观的视角对马克思主义和现代西方思想文化学说进行选择与诠释。因此，传统文化价值观常常不是以它的原生态，而是以更为复杂甚至变异的形态对 20 世纪中国文学和作家发生作用。"这种结论是符合实际的，也经得起时间检验。我想请教的是，20 世纪的中国发生了翻天覆地的变化，国家改革的阵痛和社会巨变的艰难是人人都能够感受到的，那么，中国作家是以一种怎样的情怀或怎样的精神来直视这种转变，并将他们对家国命运的思考融入他们的作品中？

罗成琰：这个问题问得好。从文化传承上看，首先是千秋情怀。古代中国士大夫阶层的千秋情怀，可极度浓缩为一个"忧"字。无论个人的境遇如何，或穷或达，或微或显，在朝在野，为官为民，他们都关心现实，积极进取，承担道义，忧国、忧民、忧世、忧天下，以天下兴亡为己任，具有强烈的忧患意识和政治参与意识。黎民百姓的苦乐，君主社稷的安危，家国天下的兴亡，无时无刻不萦怀于心。从屈原的"长太息以掩涕兮，哀民生之多艰"，到杜甫的"乾坤含疮痍，忧虞何时毕"，从陆游的"位卑未敢忘忧国"，到顾炎武的"天下兴亡，匹夫有责"，构成了无数志士仁人的文化心态和价值追求，也构成了中国文人的一个优良的历史传统。中国的 20 世纪是一个社会变革、文化转型的历史时期，对知识分子而言，这是一个充满着机遇与挑战的生存空间，更是一个充满着反叛与认同的思想空间。传统文化"兼济天下"的道义取向使知识分子自觉地承担着历史赋予的责任，也自觉实践着自身的文化使命。他们的千秋情怀也在很大程度上表现为一种能动的忧患意识，20 世纪中国文学绵延着深重的社会政治忧患、思想忧患和文化忧患，它们纵横交织、层层铺展而构成了 20 世纪中国文学的基本维度。当然，20 世纪中国作家的千秋情怀不仅来自传统，它也受到了马克思主义"不仅要认识世界，更重要的是改造世界"这一观念的影响，受到了西方现代意识的熏陶，同时也被当时中国的时代环境和现实政治所强化。这样，他们的千秋情怀无论其内涵还是外延，都与古代士大夫们大不相同。君主社稷的安危，已被国家民族的兴亡所超越；仕途经济的追求，已被人格独立、人性解放所超越；古代民本主义的呼唤，已被近代民主主义所超越。到了这一阶段，中国知识分子的千秋情怀才与西方知识分子的终极关怀空前地接近。不过，20 世纪中国作家过多地关注社会政治忧患、思想忧患和文化忧患，而比较缺乏西方那种对宇宙本体、世界本体和人类本体的洞悉与感应，本体忧患的缺席不能不说是 20 世纪中国文学的一个遗憾。此外，古代士大夫对政治的热衷和依附的心态，也在一定程度上影响了20世纪中国作家，使他们过分认同和追随政治，同政治之间缺乏必要的距离和张力，许多作家不同程度地丧失了精神独立性，审美冲动也往往被政治激情所淹没。

　　其次是群体观念。中国传统文化是一种以群体为本位的文化。中国传统的伦理思想是儒家的"仁"与"礼"，其实质是强调"我"对"他"、个人对宗族、个人对社会的依赖关系，强调社会和群体的重要性。这种偏重群体，要求个人按照一定的社会与伦理规范行事，追求人与人之间关系的和谐与协调，成为几千年来中国人生价值的核心内容，甚至成为一种强大的集体无意识。"五四"新文化运动对几千年来的群体本位观念发起了猛烈的冲击，其批判的价值依据主要有两个来源：一是中国文化内部在明清之际已初步显露的个人意识，二是西方文化中的个体本位意识。这两个因素相互结合，造就了"五四"时期声势浩大的张扬个性的社会思潮，个性主题也因此成为当时文学中的重大主题模式，并时断时续地贯穿了整个20世纪中国文学。但是，当20世纪中国知识分子接受西方文化的熏陶，张扬个性，表现自我时，传统文化价值观绝不会袖手旁观，不闻不问，它在知识分子的心理结构中发生着不为人知的隐秘作用，使他们的文化心理结构呈现出分裂的状态，一方面，他们崇尚西方的个人话语模式和个性主义思潮，对自我的情绪、精神、心灵和生命状态格外敏感和关注，另一方面，他们又依恋着群体的力量和集体的智慧，特别是在民族国家命运发生着重大变革的时期，知识分子的视野和眼光很容易被宏大的历史叙事所吸引，民族、集体的前途和现状引发了他们的思索，其思维和行为模式极易被传统的群体本位观念所同化，再加上马克思主义集体主义原则的影响，20世纪中国作家大都经历了由个体走向集体的历史过程，文学中的个性主题也逐渐淡化，取而代之的是集体主义、英雄主义和理想主义主题。20世纪末，文学中的集体主义旋律又逐渐弱化，宏大的历史叙事被暂时搁置，个体叙事的声音逐渐兴起，在集体中久被遗失和淡忘的"我"终于再次拥有机会表达自己。在整整一个世纪中，我们看到了这样一个轮回：个体从群体中逃出，又重新融入群体，再回到个体，这从一个侧面构成了20世纪中国知识分子的精神史和心路历程，其中的血与泪、辛酸与欢乐都被永远地载入了20世纪中国文学史中。

　　再次是叛逆精神。道家从一开始便是以儒家思想乃至整个社会的对抗者、破坏者的姿态出现的，它对儒家价值虚妄性的指证、对自由的向往、对一切理性权威的反叛以及对个体生命意义的追问甚至它特有的反社会、反文明的内容一直激动着那些与主流意识形态相对抗的文人，也激动着20世纪中国知识分子。可以说，20世纪中国作家在价值观念认同上更多的是来自西方的民主自由思想，而在情感上则更多的来自道家追求个体自由、反抗封建礼教思想的支持。他们一方面激进地将中国传统文化作为一个有机整体进行批判，另一方面却自觉或不自觉地将道家作为以儒家思想为代表的封建传统的对抗者，作为儒家思想的异端，在道家孤傲超世的精神传统中寻求价值与情感认同。鲁迅在对中国文化传统进行选择和继承时，有着明确的价值取向，他冷淡孔孟，推崇禹墨，私好老庄韩非，尤其独钟深受老庄思想浸染的魏晋风度。他不仅对魏晋时期的历史和文学有着精深、独特的研究，不仅用"魏晋风度"来概括当时士大夫的精神境界和行为方式，而且他的思想性格、人生态度、情感方式等都打上了魏晋风度的印记。可以说，正是魏晋风度在很大程度上赋予了鲁迅一身傲骨，也赋予了他讥讽时世、抨击封建纲常伦理的精神力量。郭沫若从小便读道家的著作，道家文化追求自由的精神成为他放任自我、狂放不羁、脱尘拔俗、孤傲叛逆性格的文化基点，也使他"五四"时期的创作高扬批判精神，张扬自我个性，追求个体绝对自由，喷发着毁坏一切、创造一切的激情。道家传统中的叛逆精神在新时期文学中又一次被凸现出来。新时期作家都是从动乱年代中走过来的，他们在动乱年代中深深感受到那个特定时代对人的压制以及动荡岁月中个体生存的极度不确定性。他们将反思的目光再一次投向个体生存的意义。阿城的《棋王》便是这一反思的成果。其反思的武器正是道家追求个体生存价值、向往精神自由、孤傲超世的叛逆精神。

最后是生命情调。中国传统文化尤其是道家和禅宗非常讲究清高淡远的生命情调，不仅追求一种自然适意、富于艺术意味的日常生活，而且还表现出一种超然洒脱、和谐旷达的人生态度，达到超利害、泯物我，无待、无累、无患的绝对自由状态。林语堂在《生活的艺术》一书中指出，中国哲学的特点之一即在于"一种以艺术眼光对待人生的天赋才能"，再三强调西方人应向中国人学习"及时行乐的决心和赏玩山水的雅趣"。这种清高淡远的生命情调吸引了历代文人骚客，在20世纪中国作家中，也仍然成为许多人羡慕和企求的境界。不过，应当指出，这种清高淡远的生命情调是建立在深刻的悲剧意识之上的。道家和禅宗都认为人生充满忧患，人的命运不可把握。人的出路即在于退出历史时间，回归到超历史、超道德、超政治的本然状态中去，在人的本然状态中完成人的自身救渡。既然人生是有限的，人的本体是荒谬的，世界是无意义的，那么一切规范、标准、价值都是虚幻的无意义的，只有个体的生存才是真实的，尽情享受有限的生命便成为终极式的存在真实。在20世纪中国作家的作品中，我们也能在清高淡远、乐天知命的背后，读出一种无法排解的悲哀。20世纪中国内忧外患的社会现实，使中国作家处于深深的焦虑之中，也使他们在严酷的现实面前更为深刻地认识到自身生命的有限性和不确定性，从而导致他们对自身生存意义的拷问。周作人、郁达夫、林语堂、废名、梁实秋、汪曾祺、贾平凹、阿城等人便是在关注个体生存的道家和禅宗哲学中寻找内心的精神家园和安身立命之所在。他们在纷纭扰攘的价值世界中，试图从现世伦理价值承担中解脱出来，将目光投向个人自由的内心世界，以清高淡远的生命情调救护着个人生存的终极意义。这样，他们在不确定的价值世界中具有了内心的某种确定性，在悠然玄远的人生态度中找到了个体精神的独立与自由，在对物我、功利、生死的超越中获得了生命的内在热情，从而为中国知识分子在现世中的精神焦虑寻找了一条释放与缓解的渠道，也为他们在污浊的现实中提供了一种韧性的精神力量，在本然欠缺的生命中仍然保持对生命的无限热爱，体悟和表现出"生命如此惨淡，却又如此美丽"。

聂茂：您最近又出版了一部新著《二十世纪中国文学的古今之争》，对刚刚过去的那个世纪发生的新文学与旧文学的论争进行了一次系统的梳理和研究。这部近 30 万字的著作对那场绵延近一个世纪的论争，有着怎样的分析和评价？又有哪些新意和突破呢？

罗成琰：新文学与旧文学的论争并不是一个新鲜的话题。以往人们更多的是肯定和彰显新文学的历史功绩，而给旧文学阵营安上了诸如"封建""复古"的恶名，新、旧文学的论争被赋予了太多的意识形态和政治的色彩。在 20 个世纪 90 年代以来的文化氛围中，人们开始重新审视和评价这场已经被文学史盖棺定论的论争。于是，提倡思想革命和文学革命的"五四"新文学的倡导者们开始遭到冷遇和非议，而主张维护中国传统文化的旧文学阵营的代表人物却受到了推崇和青睐。因此，究竟如何看待和评价五四时期的新文学与旧文学的论争，就再一次历史性地摆在了人们的面前。

当我们对尘封已久的关于那场论争的史料进行认真的耙梳、研究时，我一方面为新文学的倡导者们筚路蓝缕，敢于打硬仗、守死寨、不妥协的战斗风姿所倾倒；另一方面，又时常为旧文学的维护者们在论争中所阐述的一些辩证、深刻、过去曾经被遮蔽、至今仍有启示意义的论点而折服。在本书的写作过程中，我一再提醒自己，对于有着如此丰富、深刻的历史和文化容量的新、旧文学论争，千万不能简单化、情绪化，千万不能像钟摆一样一会儿左，一会儿右。而应该站在今天这个时代的高度，以更加客观、公正、平和的心态和眼光对当年那场论争进行清理、研究和评判。

应该看到，新、旧文学论争的时代，正是中华民族处于历史文化转型的关键而敏感的时期。中国向何处去，中国文化向何处去，成为当时的时代主题，也成为那个时代知识分子最为关注的问题。只要是对国家和民族的生存处境尚有一点责任感的知识分子，都会对民族的出路进行思考，都会对中国文化的重建进行设计。当然，由于各自所依据的价值准则不同，人们的思考和设计就会出现差异，甚至会互相抵牾和冲突。这恰恰反映了"五四"时期价值观念与文化选择的多元化。时间已经过去了近一个世纪，但是，新、旧文学论争所涉及的新与旧、中与西、现代与传统等命题，至今仍是中国知识分子所面临和思索的问题，它所蕴含的有关上述命题的思想与文化资源，至今并将长久地为人们提供有益的启示和借鉴。

第七节　治学无秘诀，汗水是捷径

聂茂：治学犹如打井。如果选择的井位较好，并且努力地挖下去，就会泉水四溢。当今学界不少大家都是以研究某人某书某思潮或某学派而自成一家的。我觉得您对于浪漫主义文学思潮的研究以及您对于现代中国文学与传统文化的研究也是这样的。可否结合您的研究，具体谈谈您的治学方法？

罗成琰：你说治学犹如打井的比喻很形象、贴切。治学，首先要选择属于自己的一个领域或一个位置，要了解这个领域的研究历史和现状，选准创新点和突破口，这就犹如打井前需要做的一番勘探和选址工作。选定位置之后，就要像鲁迅先生所说的，开口要小，发掘要深。要全力以赴地开挖下去，直到见到泉眼，并且泉水喷涌为止。当然，有的人可能终生只打一口井，最大限度地利用这口井的水源，把它的作用发挥到极致。也有的人可能打好几口井，且每口井的水量都比较充溢。还有的人可能四处打井，浅尝辄止，最后可能一口井都没能打成。我是主张先专心致志、心无旁骛地打一口井，待有了不小的收获之后，如果还有余力，不妨再打别的井。切忌同时开挖，半途而废，最终一事无成。

聂茂：一般来说，做学问都是比较枯燥和寂寞的，但真正投入之后，也会感到充实和喜悦，您能谈谈您在做学问中的酸甜苦辣吗？

罗成琰：做学问，实际上是一段痛苦和欢乐交织的过程。博览群书，钩稽史料，绞尽脑汁，苦思冥想，食不甘味，寝不安席，山穷水尽疑无路，柳暗花明又一村，文思如潮，笔再快也跟不上思路，写完满意的一篇文章笔一扔手舞足蹈欣喜若狂，等等，这些都是我亲身经历和感受的情形。我在《现代中国的浪漫文学思潮》一书的后记中写道："做学问是寂寞而清苦的，许多人已不屑为之，然而，学问总得有人去做。况且读书、写作时所拥有的那份宁静、澄明的心境和精神上的充实与愉悦，也是人生其他乐趣所代替不了的。因此，我将继续做下去，并且期待能做得更多些、更好些。"将近20年过去了，虽然现在人们物质欲望的膨胀及心态的浮躁较之过去更甚，但至今我仍然认同这段文字，并以此自勉。

聂茂：新时期以来，文学湘军在全国文坛的影响是有目共睹的。但20世纪90年代以来，文学湘军的式微也是不争的事实。重振文学湘军是大家共同的愿望，您认为评论家应当发挥什么样的作用？

罗成琰：20世纪90年代，文学湘军在全国文坛异军突起、风光无限的情景，至今仍令人神往。后来，由于一些作家的流失和市场经济的冲击等原因，文学湘军在全国的地位和影响有所降低，以至于当时有的省外媒体发出了"文学湘军怎么了"的惊呼。这些年，重振文学湘军的声音也是不绝于耳。不过，我倒不认为文学湘军式微了。这些年，一大批湖南作家仍在辛勤耕耘，发奋写作，也出现了一些有重要影响的作家和精品力作，文学湘军仍是一支有实力、有影响的文学劲旅。应该说，创作和评论密不可分。作为评论家，既要追踪和研究当前的文学现象和发展态势，更要为文学创作鼓与呼。要加大对湖南作家作品评论、引导、宣传和推介的力度，进一步扩大文学湘军在全国的影响。近年来，我们在《理论与创作》杂志上开辟了"今日湘军"专栏，组织评论家对彭燕郊、谭谈、唐浩明、李元洛、凌宇、向本贵、阎真等作家以及湘军五少将的创作进行了系列和系统的研究与评论，还组织了一些作家作品研讨会，对重振文学湘军做了一些有益的工作。

第八节　做学问是安身立命之所在

聂茂：您既是一位学者，又担负了一定的行政管理工作。这是两种不同的思维方式、行为方式和话语系统。它们之间有矛盾和冲突吗？您是怎样处理二者之间关系的？

罗成琰：我始终认为，做学问是自己安身立命之所在。它早已成了我非常重要的生存方式和内在生命的需要。由于工作需要，我也做过多年的行政工作，担任过一些行政职务。从某种意义上说，这也是我自己的人生选择。我认为，一个知识分子应该要有一种使命感与责任感，应该要积极参与一些社会活动和行政事务。这也是自身价值的一种实现方式和途径，同时，也能更加了解书斋之外的世界，更多一些人生体验。不过，一个人的时间和精力毕竟有限，而且学术和行政也确实是有矛盾和抵牾的，它们有着不同的价值取向和价值追求。夹在二者的夹缝之间，既想学问有更大的发展，又想把本职工作做得完美，因而时常感到力不从心，顾此失彼，甚至处于一种焦虑状态。所以，我只能尽量缓解、调和二者之间的矛盾，并发挥自己"杂交"的优势，努力使自己的行政管理工作多些理论思考，多些理性精神。同时，又使自己的学术研究多些现实内容，多些人生体验。我还曾尝试将主流文化话语与精英文化话语融合起来，写下了《加强和改进主流意识形态建设的思考》《关于和谐文化建设的思考》等理论文章，产生了一定的影响。

聂茂：您的兴趣、爱好广泛，喜书法，好摄影，还写一些散文随笔等。这些兴趣、爱好，对您的治学有帮助吗？

罗成琰：你讲得很对。我也喜欢诗，但我不懂诗，也从未写过诗（年轻时的胡乱涂鸦不算诗）。我对诗和诗人一直心存敬畏。因为在所有文学门类中，我觉得诗是最难写的。它最需要激情，需要灵感，需要想象，需要个性，需要才华。正因为有这么多"需要"，所以，不是任何人都能写诗和写好诗的。诗应该是高难度写作，而不是"无难度写作"。我也一直对诗和诗人心存敬意。在当今这个一切被物质、欲望、功利支配的时代，诗意几乎荡然无存，或者说变得越来越稀缺与奢侈。诗歌的领域、地盘、影响甚至生存都受到了挑战和威胁。但即使在这样的情形下，仍有一批人在这里写诗、编诗、评诗，仍在孜孜不倦地探索和追求，不惜承受寂寞，承受孤独，承受清贫。正因为有了他们，我们的社会才不至于过分荒漠化，人们的情感与心灵才不至于过分粗糙和干瘪，精神性与诗意仍然顽强地在我们脚下的土地存在、滋长。因此，诗与诗人，值得我们深深地钦佩。

实事求是地讲，我以前的兴趣和爱好没有这么广。到文联工作以后，接触了众多的艺术门类，也结识了许多的艺术家。我的面前展开了一个新鲜新奇、丰富多彩、魅力无穷的艺术世界。在众多的艺术门类的面前，我选择了学习书法和摄影。这两个艺术门类一静一动，一室内一户外，互为补充，且入门较快，容易收到立竿见影的效果。我以为，作为一个中国知识分子，应该学习书法，于自身是修身养性，于文化是弘扬与传承。我喜欢摄影，则是缘于对光影的着迷，对大自然的眷恋，对现实的关注和对生活的热爱。叶梦女士曾说我到文联工作以后，身上的艺术潜质被充分地发掘出来了，这当然是过誉了。但学习了书法和摄影，也的确是我到文联工作之后的一大收获。而且学了书法和摄影以后，更容易同书法家和摄影家交朋友，彼此之间有了更多的共同语言，这于我的工作也是大有裨益的。散文随笔写过一些，但数量不多。如果没有好的立意和较强烈的感触，决不轻易动笔，决不敷衍成篇。散文随笔看似容易，写好却是要下一番功夫的。它实际上是一个人才情、学问和思想的结晶。我觉得，一个学者应该要兴趣、爱好广泛些，这样，不仅生活富于情趣，学问也能做得更具性灵。

第十一章 对话姜贻斌：隐秘的愉悦与悲悯的力量

点将词：致敬姜贻斌

姜贻斌的文学才能在于他不断地释放出自己身上潜伏已久的想象力量，他像埋在地下的自来水管那样，只要给他时间，他总可以找到开关，让笔端的文字自然地流出来。在呼朋唤友的热闹中他有着某些意外的孤独，他无法忍受它而不断地用插科打诨的方式进行言说，越言说越孤独，越孤独越言说，而这种看似毫无节制也毫无意义的言说恰恰随着他思想的起伏和精神的换血而将写作的劳累堆积在他身上的一层又一层孤独轻巧地消解。

他喜欢嘲笑或贬损自己，一切循规蹈矩的书写在他看来都是对纸张的浪费，虽然他有时候表现出先锋的气质，像《左邻右舍》那样把文本弄得歧意纷呈，但更多的时候更像是一个手握锄头在悠悠稻田间行走的耕种者，追求《火鲤鱼》式的诗意与祥和。

他是一个怪诞的人，同时又是一个有趣的人，有梦想的人，生活上有些从俗但写作上孤芳自赏的人。作为一名作家，他试图不断地突破自我，敢于冒险和挑战，作品风格也呈多元化态势。他习惯以乐天派的姿态游走于贩夫走卒、引车卖浆者等社会芸芸众生中，收放自如，处变不惊。

在《窑祭》《白雨》和《枯黄色草茎》等作品中，他站在城乡接壤之间，以敏锐的洞察力和温情的态度坚持草根书写和原生态叙事，编织了一系列具有深刻现实意义和批判精神的民族寓言，既有煤山底层的野性，也有小城市民的人情味。他所叙述的故事只属于这些故事中的人物，但同时又是属于他自己的，是他自己的故事，只属于他，包括他的原乡，他的精神，他的心思，他的愁绪。与此同时，他利用叙事制造一种距离，一种裂缝，一种撕碎，没有这种距离、裂缝和撕碎，他就无法完整地表达自己。他的作品包含着对母体文化的追寻和对奇风异俗的向往，从窑山到邵水河，故乡的一草一木总是让他特别眷恋。

他以开放的叙事方法和原汁原味的地方语言描绘了一代人的梦想与失落、欢欣与痛苦，也不乏大时代背景下的焦灼与忧伤，创造出一种新的饱含文化诗意和人文关怀的"厚描写"。他像古老的说书人那样，以漫谈的方式娓娓道来，把一幅幅地域民俗群像和一部家国情仇的历史长卷紧紧地联结起来，完成自我的挑战和超越，也让他在文学湘军和更加广阔的舞台上找到了属于自己的位置。

第一节　第三世界文学的寓言化表达

聂茂：姜兄，咱们相识很早，十分熟悉。早在20世纪90年代初，当我供职于《湖南日报》时，你的嬉笑和幽默就给我的生活增添了不少亮点和乐趣。你甚至跟我去外地参加过几次采访，你的随和与率真令人难忘。也许正是因为熟悉，正是因为脑海里有了你一个固定的"坏坏"的模样，因而，当我试图对你的创作进行评论时，反而变得比较"模糊"和困难。我常想，这些质地纯正、生动细腻、风格硬朗的小说真是你创作出来的吗？这个满嘴调笑、喝酒不醉、一口一个"码错别字"的家伙竟能写出如此漂亮的文字来？不管我如何猜想，生活中的你与创作中的你完全是两码事。我必须适应这种反差，认认真真地梳理你的文字。毋庸置疑，你的创作生涯是从中短篇小说起家的，多年来，你主要坚持中短篇小说创作，至今没有中断过。你像一个不知疲倦的马拉松运动员，奋勇地奔跑着，也不管终点在哪里。在小说《火鲤鱼》的出版后记中，你坦承自己在写完第一个长篇小说之后，就一直没有再写长篇小说的想法。你说你是一个懒惰的人，晓得写长篇小说是很费力气的事，所以，多年也不曾染指长篇小说创作。但实际上，如果我没记错的话，《火鲤鱼》应该是你的第三部长篇小说，你所说"写完第一个长篇小说"指的应该是《左邻右舍》，你的第二部长篇小说是《酒歌》。30多年间，你创作了三部长篇小说，同时创作了数量庞大、至少超过300万字的中短篇小说，仅结集出版的就有《祭窑》《白雨》《黑夜》《女人不回头》《肇事者》《追星家族》《百家文库·姜贻斌卷》等，还有许多的散文，并结集有《漏不掉的记忆》，所以，我并不认为这是你"懒惰"的结果，反而是你"勤奋"的见证和争当"劳模"的结果。无论世道如何变化，你一直笔耕不辍。熟悉你的人都知道，你看似放荡不羁，嘻嘻哈哈，实则是挺有生活规律的：上午10点至下午5点左右，是你写作的"用功期"，雷打不动；5点以后你开始放松，闲聊、洗脚、社交等从不拒绝；你几乎每晚都有应酬，几乎每次应酬都要喝酒，且每次喝酒都要尽兴，从傍晚喝到翌日天亮是常有的事情。这种特别消耗身体的生活模式，只有铁打的身体才能做到，可你居然做到了。至今年过知命，仍无半点收敛之兆，也丝毫没有影响到你的创作。相反，在有限的休息或短暂的睡眠过后，你的创作情绪总是那么高涨，似乎不惜消耗自己的生命元气，可见你对文学的痴爱和执着。作为一个创作周期十分漫长的高产作家，对比你的中短篇小说和长篇小说的数量，我认为你更乐意将自己定位为中短篇小说作家。而世界文坛、包括中国文坛，绝大多数有影响力的作家都是以长篇小说立足、并流传于后世，所以，很多人说，一个作家要想奠定其地位，就必须有一两部叫得响的长篇小说，于是，我们可以看到，提到托尔斯泰就会想到《战争与和平》；提到马尔克思就会想到《百年孤独》；提到巴金就会想到《家》《春》《秋》；提到陈忠实就会想到《白鹿原》，等等。当然，也不乏因中短篇小说创作而闻名于世的，如契诃夫、莫泊桑和欧·亨利，中国也有鲁迅先生和汪曾祺等人，不过，以短篇小说立足文坛的毕竟是极少数。结果文坛上形成一种怪圈：小说写得越来越长，把短篇拉成中篇、把中篇拉成长篇的写家比比皆是，仿佛不搞出几个"大部头"就对不起"作家"的称号似的。你是如何看待文坛上的这种"拉长风"的？就你个人而言，中短篇小说和长篇小说在你心目中有着什么样的不同地位？你说写长篇小说是很费力气的，那么在你看来，长篇小说创作与中短篇小说创作的最大区别在哪里（不仅仅是篇幅问题吧）？导致你"懒得"写长篇小说的费力之处又在哪里？

姜贻斌：首先解释一下长篇小说《酒歌》吧。我的第二部长篇的确是它，但我为什么不提到它呢？这是因为这部长篇在艺术上没有多少特色，平铺直叙，中规中矩，虽然故事有它的吸引之处，也有内涵，但在艺术上没有什么突破，所以，不值得一提，也所以，我会有意无意地忽略它。我不想在自己的一个长篇中看不出我在艺术上的追求。我的第一个长篇《左邻右舍》，它是一个文化寓言，虚中有实，实中有虚，且十分荒诞，我很喜欢。再者，我的长篇《火鲤鱼》在艺术上则跟《左邻右舍》又不同，它发挥了我自由的想象力，不论在结构和形式上，都有我自己的想法，所以，我更喜欢。至于文坛上拉长风的现象，我无话可说，因为创作是个人的事情，有人想拉长风就拉吧，也没有什么可指责的，每个写作者的追求不一样，对吧？就我个人而言，中短篇和长篇小说，在我心目中都是一样的地位，并不存在谁低谁高的问题，只要写得好，都是一样令人称道的。当然，写长篇小说比中短篇要费力气多，最大的区别是长篇需要一个庞大复杂的构思，需要更多的生活沉淀和深刻的思考，需要更出色的艺术上的特色。而中短篇可能在写作上会快一点，但是，要写好中短篇也是很不容易的。这一点，我们在卡尔维诺和博尔赫斯的小说中就可以看出来，他们都在极力地开拓小说的可能性。他们的短篇难道不是我们津津乐道的吗？还有巴比尔的短篇集《红色骑兵军》，就是靠几十个短篇立世，80年来，仍然占据世界文坛的前列，这不能不引起我们的深思。即使莫言获诺贝尔奖，马悦然也说过，莫言的短篇比长篇要好。至于你所说的导致我懒得写长篇的费力之处在哪里，当然是没有比较理想的构思，或者说，还没找到比较理想的具有艺术特色的结构和形式，所以，这是导致我不太轻易写长篇的原因。

聂茂：我有一个强烈感觉，你的创作代表了第三世界文学的某个阶段，或者说，你用寓语化的方式聚焦你所熟悉的生活，并进行艺术的提升与浓缩。翻阅你的创作年表，最早可查阅到的是1979年你发表在《资兴文艺》上的处女作《马拉兹》，这一年你刚刚25岁，可谓恰同学少年。你能否谈谈当时的生活状况或创作处境，即你是在什么样的环境中写出了这样的一部小说，你还记得这篇小说的大致内容吗？这篇名不见经传的小说的发表，对你以后的创作产生过什么影响吗？印象中，你工作和生活的涟邵地区当时已涌现出一批响当当的工人作家，如谭谈和萧育轩等人，这些作家对你的创作有过一些的帮助或提携吗？在处女作发表后的近20年时间里，你一直致力于中短篇小说的创作，直到1997年，你才出版了第一部长篇小说《左邻右舍》。请问：是什么样的冲动让你产生了创作《左邻右舍》的想法？这部长篇小说的写作一定经历过一些"磨难"，能不能讲一点幕后故事，比方，这部小说写了多长时间，创作诉求是什么，如何出版的，出版后有些怎样的社会反响？

姜贻斌：谢谢你还记得我的《马拉兹》。这个小说显然受到了电影《流浪者》的影响。我当时还在煤矿，已经从矿工调到学校教书了。其时，正值文学开始振兴，所以，我写了这个小说。我经历过"文革"，看到过许多因为家庭出身而遭受磨难的小孩，被迫改变了自己。其实，这种改变是很痛苦的，不得已的。有的是为了生存，有的是为了报复，心理受到了极大的扭曲。马拉兹则走向了小偷生涯，这有个人的原因，更多的则是社会的原因。如果他有一个幸福的家庭，一般来说，他是不会走到小偷这条道路上的。当时，《资兴文艺》具有很大的勇气，不仅发表了这个小说，还约来了尚未平反的流沙河的诗。这个小说发表，对我的写作有很大鼓励。至于《左邻右舍》构思和写作是这样的：我于

20 世纪 80 年代初调到长沙，我单位后面有一道极其狭窄的过道，行人很难通过。当时，我就很冲动地对朋友说，我要写个长篇，书名叫《死巷》，写国民的劣根性。但是，我一直到十年之后才写它。因为请了假，我在一处安静的地方写作，却又不知写什么，况且，什么构思也没有。除了书名，我就翻字典，漫不经心地列出一些人物的名字，却又不知他们之间是什么关系。很奇怪，提笔就写，从一条死巷写起，每天 6000 字，写罢 20 页就不写了，而且，今天不知明天写什么。但过程却很顺利，一气写完，只觉得肚子全部空掉了，前后不到两个月。按理说，我要好好地再看一遍，或修改一遍。我的稿子几乎都要改改的。但不瞒你说，对于我的第一个长篇，我竟然连看一遍的勇气都没有了。真是这样。那时还年轻，又担心编辑说不认真，于是，就在后面故意注明二稿于长沙。其实，就是一稿。稿子寄给出版社，编辑很快来电话，说除了错别字，不必修改。还非常高兴地说，真想不出你是怎么想到这些情节和细节的。说这是一个文化寓言小说，很荒诞，很深刻。不过，出版社对于书名颇费周折，说 1 月份要过年了，这个书名中国人好像不太接受，他们开了几次会，最终改为《左邻右舍》。征求我的意见，我说如果《死巷》不行，改为《枯人》为宜，对方没有接受。现在这个书名肯定过于平淡了，但也只能这样了。有朋友劝我，书出来再说吧。当时，有很多的评论。有评家说，这部小说如放在 20 世纪 80 年代，将会大红大紫。还有评家说，要认识这部小说，需要 30 年之后。总之，不论哪种评价，我以为我把我的思考以及艺术上的探索，已经尽力地表达出来了，所以，也没有什么遗憾。

第二节　作家创作的心脏地带与历史真实的记录者

聂茂：纵观世界文学史，每个作家都有自己创作的"心脏地带"，如福克纳的约克纳帕塔法，马尔克思的马孔多，等等。在当代中国作家中，这样的"心脏地带"同样存在，它们往往是作家的出生地或所谓的第二故乡，如莫言之于高密东北乡，刘震云之于河南省延津县王楼，池莉之于沔水镇，朱晓平之于桑树坪，以及韩少功对汨罗的喜爱，贾平凹对"商州"的投注，史铁生对"清平湾"的留恋，梁晓声对"北大荒"的向往，王安忆对"知青村庄"（如小鲍庄、大刘庄等）的回望，以及马原、扎西达娃所写的西藏，等等，都是寄寓了作家的温情与热爱。当一个作家"触摸了"这个"心脏地带"后，就开始发掘自己的文学矿脉，继而形成自己的文学场域，特别是小说世界。一般来说，这个"心脏地带"特征突出，要么是城市中心，要么是农村腹地，即便有交合之处也是叙事的变化和故事推进的需要，比如阎真的《沧浪之水》，池大为在农村长大，故事却发生在城里。在我的阅读版图中，自觉地把"心脏地带"定位到"乡土—城镇"这一精神链条上的作家和作品并不多。你的创作不同，你自己说，你的创作游走在城市和乡村之间。正因为此，你的作品中，既有像早期《祭窑》一样的有关窑山的题材（我曾一度把你创作的"心脏地带"定位在"窑山"），也有中期《左邻右舍》这样的城镇题材，更有后期《火鲤鱼》《朔风吹过的季节》这样的农村和城市相互交替的题材，或者可以用"城乡接合部"来定位你的"心脏地带"，即首先你关注窑山和农村，其次，你关注城市最底层，而从某种意义上来讲，城市最底层，也就是"城市里的农村"。我在你的小说中清晰地感受到农村社会的真实状况，或者农民的命运在城市生活中的延伸。不妨看看《朔风吹过的季节》吧：大牛、二牛、三牛三兄弟以不同的身份从农村走出来，起初，叙事带有醇厚的乡土气息和质朴情怀，故事从一段纯真情感出发，二牛和三牛为了大牛上大学而放弃学业，进城拾荒，供给大牛读书，大牛对两个弟弟心怀感恩，三个人在城市过着最简朴的生活，相依为命。然而，受环境的影响和生活的压迫，二牛和三牛渐渐地变了，成了"社会的负担"，好吃懒做，盗窃，甚至吸毒，大牛无力改变这个残酷的现实。二牛和三牛把当初的"奉献"当成向大牛拼命索取的"资本"，亲情不在了，兄弟反目成仇，最后，父亲死了后，大牛万念俱灰，在一次冲突中，大牛愤怒之极，失手掐死了三牛。当看到这个由爱变恨的弟弟最终惨死在自己手中时，谁能分担大牛的心酸和悲伤？文本的视角由两条线索构成：即农村叙事和城市叙事交叉进行，它们是紧密联系的，不存在跳跃，也不存在断裂，但是，故事的背后却隐藏着农村与城市的激烈碰撞和撕裂。由此我联想到作家本人：你从农村和窑山走出，在城市中安家，即你的肉身在城市中栖居，你的精神仍留恋于乡土，滋润创作的也多是乡村记忆的理性资源，因而你的思考和关注也注定会在城市与农村之间游走，一方面，你像小说中的大牛一样，对二牛三牛进城后变得贪婪和违法感到痛心和绝望；另一方面，你睡觉的姿势，讲话的腔调，走路的样子，乃至你喝酒、抽烟和吃饭的方式都是乡村式的，与二牛三牛别无二样。你"失手"掐死了文本中的"三牛"，虽然彰显你对都市文明的价值认同，却无法掐断你与乡村的血脉亲情，大牛的悲伤又何尝不是作家的悲伤？我的问题是，你的创作是否隐藏着你的精神困境、情感困境和身份困境？你试图通过什么方式突破这种困境？

姜贻斌：大体说来，我都是以煤矿和农村的生活为主要写作资源的，这也就是我写作的心脏地带。其实，我从来没有感到有什么精神困境、情感困境和身份困境。我是一个写作者,说得好听一点,或是一个历史和生活的记录者。其实,煤矿也罢,乡村也罢,县城也罢,城市也罢,基本上我还是很熟悉的,这大约与我的生活经历有关吧。当然,我更多的还是关注煤矿和乡村,因为这两个地方是我童年少年和青年成长之地,它们对我的印象更深刻,它们已经浸入了我的血液之中。一个写作者,童年和少年就已经基本上决定或构成了他的写作资源,以及精神的和价值观的取向,这对他以后的写作会产生深远的影响,甚至于决定了他的写作道路。他的痛苦,他的欢乐,他的思考,以及他性格的形成,都与这些地方分不开的。所以,我的写作资源是比较丰富的,想写哪里就写哪里,写到哪里,哪里的人物就会在我的笔下流出来,栩栩如生地站在我的眼前。所以,我很感谢那段生活,是命运把我抛弃在那些地方,那么,我就要把那些地方的人物写出来。这么多年过去了,我仍然经常去我生活和工作过的煤矿看看,仍然去曾经住居过的地方看看,仍然去我曾经插过队的乡村看看。我都是叫上三两朋友,悄悄地去,悄悄地回。我没有忘记那些地方,以及那些熟人朋友和同学。当然,其中的感慨是很多的。他们都老了,当然我也老了,还有许多人已经去世了。但是,童年少年和青年的往事,仍然在我的眼前不时地闪现。我挽留不了时光的匆匆消逝,我也无法挽回那些去世的人们,但是,我可以用自己幼稚的文字,让时光和他们在我的作品中再次闪现,与我默默地对话。

聂茂: 在文学湘军中,你是一个特色比较鲜明的作家。你的绝大多数文本,都接着"地气",坚持草根叙事或原生态叙事,聚焦小人物的日常生活。你以细腻的笔触伸入社会的细小事件,用生动的笔墨描绘纷繁芜杂的琐碎生活,且多数故事都是悲剧,凸显现实的冷酷和沉重,娓娓道来的故事背后总有一种能够穿透纸背的锐利力量,引发人的关于公平、正义和生存困境等宏大话语的深层思考。这是大半年来,我集中阅读你的作品所带来的总体印象。以《飞翔的姿态》为例,你关注的是城市社会最底层的洗脚妹桂红和身在汽车修理场的哥哥之间的故事,两人相依为命,父亲过世,家中还有病重的奶奶,生活艰难。哥哥聪明,哥哥本可以上大学,但是,家里没钱,哥哥只能辍学打工。桂红聪明,桂红善良,但是,桂红也只能进城打工。为了给奶奶看病,桂红拼命赚钱,在洗脚的过程中,承受着巨大的身体劳累和精神压力,尤其是男客人阴暗的心理和所谓的"潜规则"式骚扰。最初,桂红坚守着自己的道德底线,但在一次次骚扰和一次次开导中,她的思想慢慢变了。看到别人一个月挣几千块,她一个月只有800块时,桂红心有不甘。哥哥不怪桂红,只心疼桂红。善良的修车工小中喜欢上了桂红，但是，只能是空欢喜一场，桂红疼，小中也疼，桂红最终挡不住诱惑，"入了贼道"，跟了杨老板。杨老板借桂红的肚子生孩子，那也只是借个肚子，一万块钱的代价。哥哥心疼，却也没办法。哥哥的老板伍老板也看上了桂红，试图占为己有，但是，哥哥不能答应，伍老板就"修理"哥哥。后来，哥哥不能保护桂红，无法面对妹妹，只好选择了自杀。像《朔风吹过的季节》里的大牛、二牛、三牛一样，你笔下的人物，都是最底层的老百姓，他们原本善良，老实本分，可恰恰是这样一些小人物，往往陷入生存困境，仿佛跌进一个黑洞，孤立无援，故事的结局，让人看不到一点希望，没有最惨，只有更惨，犹如《活着》当中的富贵一样，却是底层社会最真实的写照。现实社会的生存法则决定了他们只能在绝望中挣扎，在挣扎中绝望。我甚至觉得，你的笔触比《活着》更冷静，更残酷，《活着》至少还有希望升起和温情残存的时候，但是，你的故事完全没有希望。我在想，你在创作这些"悲惨故事"的过程中，是否也承受着巨大的灵魂颤栗和撕裂的阵痛？如此残酷的叙事方式，表明了你现实主义的创作风格。残酷才是最本质的事实。我感觉不满足的是，你只选择陈述，并未见之于批判。或者说，你更愿意展示你的"残酷叙事"，不愿对这种残酷现实、特别是造成这种现实进行深刻的反思和尖锐的批判。这究竟是你没有反思和批判的能力或者刻意隐饰了这种能力，还是你认为作家只要展示就已足够，甚至你会辩解说这种展示本身就带有强烈的批判倾向性？同时，你是否想过，要是给这些残酷叙事涂上一层希望的底色（当然不是所谓的"光明的尾巴"），让你本人、也让读者不至于如此"沉重"和"绝望"岂不更好吗？

姜贻斌：其实，小说写出来，作者的思想已经融入了作品之中。我许多的小说写到了残酷的叙事，其实已经就是对现实进行了反思和批判，这并不需要我多言多语了，读者自然会进行思考的，自然会通过小说产生对现实生活的不满，对自己周围环境的反思。所以，作为作者来说，正如你所说的只要展示就已足够，这种展示本身就带有强烈的批判倾向性。一个作者，千万不要低估了读者的智商，他们其实是最聪明的人，他们通过你的作品，能够分析出你的用意、深度以及尖锐性。至于你问我要给这些残酷叙事涂上一层希望的底色，不要让我自己和读者绝望和沉重。这当然是由于我的生活经历所致。我插过队，挖过煤，该读书时却不准读书，加上父母挨整，所以，我从小就在精神歧视和物质的饥饿中可怜地生活着，我见过太多的痛苦，我还见过太多的死亡。所以，生活的残酷无情，让我和许多的人们深受其害。作品有亮色当然是很好的，这可以让那些喜欢给结尾加上亮色的作者去写吧。而我由于生活的磨难和痛苦，是无法给作品打上一层暖色的。当然，也不是说没有，你还是可以在我的小说中感受到这种人性的温度的。我还有一种结尾，主人公并没有死亡，但比他死亡还要悲惨。所以，为了作品的深度和尖锐，我在许多作品中，都是要让人物死去的。而他们的死亡，并不是我的责任，而是社会或生活的责任，当然，也不排除个人的责任。而我，只不过是把他们写出来罢了。

第三节　窑山风情中的民族劣根性

聂茂：生存困境必然导致文化困境，而生存困境的产生必然伴随着文化困境的形成。农耕文化产生的是小农意识，以及由此延伸到城市，形成相对应的小市民文化。你早期小说代表作《窑祭》写了一个叫"月"的女人的悲惨命运，"月"的善良和单纯是你极力要表现的，它恰恰衬托出矿主"松"的虚伪和作为乡村知识分子"棕"的阴暗，在这样"一个年代久远的故事"里面，你夹杂了许多文化禁忌的元素，例如女人不能靠近煤窑的习俗，"松"的自杀之谜，以及关于祭窑的传统叙述等。这些充满神秘因子的民俗民风是你现实主义创作关注的焦点，也是你的文学"心脏地带"中的人群基本特征。它的特点是性格的单纯或迂腐，是衣着的脏乱或随意，是语言的质朴或粗俗，是行为的短视或愚劣，随着都市生活日复一日的打磨，他们慢慢变成思想肤浅，道德丧失，认知偏执，情感麻木和冷漠，等等。在《左邻右舍》中，你写了一条小胡同，一个小社会，各种人物和面孔，冲突不断，利益纠葛，面子纷争，摩擦不断，流言和蜚语，猜忌和怀疑，贪慕与虚荣，欲望与情欲，凡此种种，一一呈现。最终，大家的悲剧似乎都是相同的——生存困境永远摆脱不了；大家"战胜"悲剧的方式似乎也是相同的——拿别人的痛苦当作自己的乐趣。这让我想到，"麻雀虽小，五脏俱全"，以及"困兽犹斗"。在社会的最底层，这些小人物有着形形色色的脸谱，上演着各种看似滑稽，却很冷酷的闹剧。这似乎就是中国人的个性：群体之间的冷漠和疏离，困兽式的窝里斗，这是典型的"草根气质"和"小市民文化"。我认为，它来自于农耕文化，伴随着农耕文化的突出优点而同时形成的劣质文化。从这个意义上说，你的创作似乎继承了农耕文化的许多优点，比如人物最初的善良、纯洁和质朴，同时，你也毫不回避它的劣根性，不仅如此，你还让这些文化劣根性存在于每一个平凡而普通的小市民身上，你塑造了唐丙寅秦甲子等人物，也就塑造了无数的唐丙寅秦甲子；塑造了那条小胡同，就塑造了一个泥沙俱下的小社会。你很多小说的基调都建立在这样的主题和事件之上。请问：这是否就是你创作上最主要的文化视角？如果是，那么，这种文化视角是如何形成的？如果不是，那么，你是用一种什么样的文化视角切入你的小说实质的？

姜贻斌：是的，写民族的劣根性，是我主要的文化视角。我写了许多人物的善良纯洁等，却也写出了他们的劣根性。不论是长篇《左邻右舍》，还是在许多的中短篇小说里，我都在尽情地书写。其实，在中国的现代文学上，鲁迅和沈从文对我的影响很大。鲁迅那双尖锐的眼睛和深刻的思想，对我产生了极大的震动和影响。他看到了民族千百年来形成的劣根性，看到了阻碍社会进步的障碍物是什么。所以，他的小说以深刻见长。实话说吧，他比沈从文要尖锐和深刻许多，而沈从文要温情和美妙许多。也可以这么说，鲁迅先生是一团火，沈从文则是一泓清泉。各有高下。我在鲁迅那里受到启发的是，要能够看到社会和民众的问题所在。我在沈从文那里得到启发的是唯美和温情。这是现代文学的两座高峰。所以，我以前的小说专注在写民族的劣根性上，这你从我的长篇小说《左邻右舍》也可以看出来，还包括许多中短篇。有评论说，我的《左邻右舍》是一部文化寓言小说，它虚中有实，实中有虚，真真假假，十分荒诞，是写民族劣根性的集大成者。还有评家甚至说，《左邻右舍》起码要过 30 年，人们才能够真正地认识到它的价值。这样的评价我不知道是否准确。当然，也有评家遗憾地说，《左邻右舍》如果在 20 世纪 80 年代出版，肯定会风靡于世的。这部小说是我 40 岁那年写的，出版于 1997 年。

其实，作为作者，作品写出来之后，至于人们如何认识它，何时才认识它，这是需要时间的，也不是作者考虑的事情。还有，每个作品都是有它的命运的，作者是不可能把握的。

聂茂：小说《枯黄色草茎》聚焦的仍是煤矿，仍是脏乱差的环境，但感觉很凄美，语言抒情色彩重，故事的前进也是靠个人强烈的情感来推动的，给人一种主题先行的错觉。"我"与张丽华的爱是那样的真实、沉重、朦胧而压抑。据说张丽华的名字都是真实的，这种特定时代的爱情故事，浓缩着一代人的美好与遗憾。从《元八》开始，你小说的叙事更加贴近泥泞而粗糙的大地，贴近人物内心的细微变化。光看小说名字就知道，这样的主人公必定是生活在底层的小人物，在生存困境重压之下，特别容易表现出一种畸形的道德体验和价值观念，这种畸形主要体现在小说主人公的行为法则和思维逻辑上。《目击者遭遇》也算得上是一篇精彩的短篇小说，简单的故事背后，隐含的却是对人性灵魂的无限拷问。文本中，老实巴交的小市民张玉石偶然"撞见"一起伤人事件，作为凶杀案的一个现场目击人，他"不知道自己是过去还是离开。按张玉石以前的性格，他是会走过去的，帮助伤者去医院。他曾经做过许多的好事，可是不知为什么，他这一下却如此犹豫"。第二天，面对同事们的议论，如果张玉石不说话就没事了，但是，他偏偏实话实说，坦承自己是第一目击证人。结果，老王、小左和小曹从道德、经济、思想境界等各个层面对张玉石进行了无情的"批判"，张玉石也由此贴上了"思想落后者"和"笨蛋"的标签。回到家中，更多的人因为知道了事情的原委而对他进行了电话轰炸，甚至很多不认识的人也参与到讨伐和谩骂的行列中。这其中，显然有不少夸张的成分，比如老王谈唯物主义，比如小左帮他算出的 8800 块钱的媒体信息报酬，这类夸张手法或黑色幽默的运用极大提升了小说的艺术含量和思想深度。你通过与现实生活的紧密结合，将事件不断强化和重复，从各个角度进行解读，并引起读者应有的思考。诚如米兰·昆德拉所讲，当一件事情被不断重复，也就形成了一个讶异的突起。这个"突起"会深深地矗立在读者心中，不断冲击着人的情感和价值判断。有鉴于此，你认为自己的作品中是否存在一个类似"突起"式的"道德监控"？这种"道德监控"能多大程度上影响你的创作走向，即你笔下人物性格的发展和道德的异化究竟是受制于作家创作的自然力量强一些，还是社会环境这个"大染缸"所展示的现实力量更大一些？

姜贻斌：我没有想过这么多，比如你所说的"突起"之类。我只晓得作品要有力量，要能够打动读者。这也可能是我的阅读和写作所得出来的经验吧。你说的《元八》，另外还有《路大》《稀奇》《媛秀》《三成》等系列小说，当时我把它们归于"窑山风情录"，它们都在各大刊物发表，编辑们的来信，无一不说作品具有其深刻性，有的甚至说它非常深刻。所以，它们都十分顺利地发表了。当时，这对我的鼓励很大。我也是靠它们让广大读者所知晓的。至于《枯黄色草茎》，这是我偏爱的一个小说，原因是，它是一个艺术品。当年，《萌芽》杂志来湖南组稿，要搞一个湖南作家专号。这个小说经编辑看了后，当即表态要拿走。他们把它发在头条，并获得了当年的《萌芽》文学奖。据出差在外的同事说，当地的广播电台都在播送这个小说，说它是中国的"维特之烦恼"。说起这个小说，我还是多说几句吧。不知你发现没有，女主人公张丽华通篇没有说过一句话，只是小说中的我在抒发一个少年的微妙而纯洁的情愫。生活中的确有这么个人，就叫张丽华。在当年，同学们的确是把她安排跟我坐的，另外还有一个女同学，三个出身不好的两女一男坐一起，这不能不说是那个特殊年代的见证。一直到现在，我还在寻找张丽华，我不知问过多少同学，都不晓得她去了哪里。另一个，在写这个小说时，我就开始运用了幻觉，这种奇特的放大了的幻觉，我在好些小说中都运用了，一直到现在的《火鲤鱼》，我还在运用。你发现了吗？

关于《目击者遭遇》，这是我并不怎么得意的小说，它甚至可以说是我练笔之作吧。其中的人物，当然是受到社会环境这个"大染缸"所展示的现实力量更大。染缸是个多么可怕的东西，而人又是这样的脆弱，一个纯洁而质朴的人，在这个染缸里浸泡，并不需要多久的时间就会异化的。而如果不受到这个染缸的浸淫，那么，这个人自身的道德力量该需要多么的强大。作者所写的，当然是他看到的可怕的现实，然后来进行他的虚构。我说过，作者只不过是一个记录者而已。

第四节　方言的喧哗和写作的愉悦

聂茂：你绝大部分小说虽然不是将笔触直接对准上层人物或者所谓的精英人群，但是，你在叙事过程中又有意无意地夹杂着上层社会的一些影子。还是以《朔风吹过的季节》为例，大牛在饭馆里打杂，总是躲在厨房里洗碗，因为"还有许多女同学，受许多的老板或者官员之邀，经常花枝招展地出现在许多酒店里，个个喝得脸上像盛开的鲜花"。二牛拿了两百块钱来找大牛，说是捡的，大牛当时想"我曾经听说过有捡破烂的捡到过一大笔钱的，那些钱不是藏在月饼盒里，就是放在鱼肚子里，是送给那些有权势的人的，而这些人连看也没看一眼，就把礼物丢出去了，他们没想到这些礼物里是藏着钱的"。大牛要给三牛看病，想打电话向女老板借钱，但是，大牛害怕，因为"这个女老板曾经叫我去过她的住房，她那天打扮得妖里妖气，不断地向我抛媚眼，示意我跟她上床，她风情万种地说，张大牛，我是不亏待你的，你懂吗？"再比如，在《目击者遭遇》中，张玉石为了避免骚扰而直接把电话线扯了，他等待考大学的女儿不愿意父亲这么做，直通通地说："万一是我同学打过来的怎么办？我的同学有的很有门路，搞得到试卷。"这些故事情节代表的社会生态和人物身份似乎更多地出现在官场小说当中，初读起来感觉突兀，与前后文似无必然联系，给人造成有"加塞"之嫌，产生一种身份割裂和叙事混乱的印象。但是，细细想来，你似乎是有意为之。你好像是要提醒读者：在底层社会之上，不要忘了还有一个上层社会，那里的人物原本不会和底层社会的小市民、特别是困难人群有任何关系，却总是有一种隐秘的力量罩在你的头上，像难以摆脱的精神符咒，你必然要与之发生某种关联。尤其是在《朔风吹过的季节》中，你刻画了一个有钱的吴爱爱。这个名字本身就隐含着一种价值否定，吴爱爱，其实就是"无爱唉"或"无爱之爱"的谐音。这个女人花钱如流水，钱在她心里就是一个数字，花多少她眼睛都不会眨一下。在小说中，这个女人不停地帮助张大牛，但是，她并非看上了张大牛，究竟是什么原因促使她这样去做，你没有说。你似乎有意在与读者捉迷藏。也许你只是想告诉读者，这个世界不是张大牛的，这个世界还有吴爱爱这样的人在，他们有钱，可以毫无目的地随便花钱，"无目的"就是他们的目的。你是不是试图用这种方式，留给一个想象空间，让读者参与到你的创作中来，成为你文本意义的一部分？小说中不经意地出现的所谓上层生活投射的"阴影"，你是不是在提醒读者：社会底层人群的压抑和痛苦与笼罩在头上的这层"阴影"其实是有着内在的关联性？这里面是否隐含着某种批判？你这样写的用意究竟是什么？

姜贻斌：我这个小说出现吴爱爱这样的人物，也是在写作中突然出现的，原本没有事先安排的。实话说吧，我开始写小说时，都要有构思的，人物的安排啊，情节的进展啊，细节的安排啊，我把这些都想清楚了，才开始动笔。因为前辈们告诉我们，一定要打腹稿，不然，就写不好小说。但我在后来的写作中，渐渐地觉得，打腹稿诚然有它的道理，但我却感到没有什么快乐了。我追求还是写作过程的快乐，如果这个小说脑子里面都想清楚了，那还有什么写作过程的愉悦呢？所以说，我写小说已经没有什么构思了，写到哪里算哪里。这样很愉悦，因为小说后面的发展我一无所知，这样，就有一种向想象力挑战的味道。当然，也包括了自己的写作经验。如果构思好了，我宁愿不写。因为故事的发展以及人物的命运，包括细节都清楚了，我就觉得没有意思了。所以，小说中出现吴爱爱这样的一个人物也就不奇怪了。她有钱，大方，但是她还是有怜悯之心的，她还是晓得照顾张大牛的自尊心的。这个人物她可爱也罢，她大方也罢，她同情也罢，以及她为什么要这样做，那都是读者思索的事情了，让读者去分析。作者最好不要去做评判。作者的任务是把她写出来。所以，你所提出的这些问题，都是有道理的。同时，我让吴爱爱出现，也许是觉得，这个世界上还有一些具有同情心的有钱人吧？也许，什么都不是。她就是这样的一个人物。当然，我让吴爱爱这个人物出现，其用意有跟张大牛对比的意思，有一个反差吧。也有让情节可以发展下去的意思，她还能够让二牛和三牛的思想发生巨大的变化，以致发生最后的悲剧。

聂茂：小说是语言的艺术。你的小说在语言的表达上，有两个非常鲜明的特点：一是口语化，地域化或方言成分较多。像"乖态"、"嘞"、"斗榫子"（做爱）、"呷"、"喝稀饭"、"唆烟"、"娘的脚"、"发狠"、"老屁股"、"老鸭子"、"精打光"、"娘卖肠子的"，等等。这种语言很鲜活，有一股泥土的芳草味，一般字典上没有，但富表现力与生命力。二是比喻形象，句子简短，动词和叠声词多，形成"众声喧华，色泽斑斓"的效果。如"奶奶的身体一直不好，不咳嗽时，就叽叽哼哼的，像一只发牢骚的猪崽，咳起来，就像一台破烂的机器。"用"牢骚的猪崽"和"破烂的机器"来比喻奶奶的咳嗽，既生动传神，又俏皮可爱。"我们来到那条夜宵街上，那里真是热闹，不时响起啤酒瓶子的吭当声，以及爆发出一阵阵大笑。食客们的嘴巴不停地大嚼着，说着话，那些话里充满了食物的气味。灯光顽强地抵抗着黑夜，空气中飘荡着浓厚的油烟气息。"（《飞翔的姿势》）这里的描写很形象，每一个文字都发出了声响，都要争着表现自己，透露出底层生活的鲜活真实，充满食物的气息与味道。"我们兄弟非常齐心，除了发狠读书，尽量地帮着父母除草、施肥、捉虫、浇水、挖土、扯猪草、喂猪、洗菜、煮饭、洗碗筷。"从"除草"到"洗碗筷"整整十种事情，你用排比的方式一气写下来，突出兄弟们读书发狠，干活也发狠。总之，无论是写农村，还是写城乡结合部或大都市，你都得心应手，各种细节描写，情节设置通过你的语言，凸显浓重的"地域性"和"市民化"的特质，朴实，生动，准确，独特，总能将文字的触角真实地渗入生活的内部，这样的文字提醒读者，你笔下人物的身份特征——平凡人、普通人甚至是社会底层人。阅读你的小说，我有一种矛盾心里，一方面，口语化或方言化的写作能够极大地丰富汉语的内蕴，给汉语词库增添新鲜血液，一些口语或方言经过作家的书写慢慢进入普通话谱系，而且中国作家擅长于这种表达的大有人在，如陕西的贾平凹和湖南的何顿等人，都在这方面有出色的表现；另一方面，这种写作对于以普通话一统江山的今天，读者的阅读还是有一些不习惯，或有一种文字障碍的感觉，特别是从翻译转化成另一种语言（汉语或外语），这样的写作是十分吃亏的，这种"吃亏"既表现在传播的有效性和速度上会大大降低，又表现在一旦将方言俚语变成普通话，就像南方的相声变成北方的相声一样，顿时变得索然无味。你是如何看待这种矛盾的？从更广阔的市场或所谓国际化视角出发，未来的写作，你愿意为此作一些调整吗？

姜贻斌：你这个问题问得很好，在小说中用方言一直是我的追求。我是这样想的，表现地域性，如果不用方言，实在是不伦不类。当然，我还是比较注意到读者的阅读习惯的，所以，我尽量地在特别的语境中，才去用那些读者感到陌生的方言，这样一来，他们还是能够读懂的。就说曹乃谦吧，他的小说几乎都是地方方言，简直土得掉渣，不是照样走出国门了吗？当然，它肯定是要损失一些文字的韵味和信息的，这是没有办法的事情。而对于我来说，我并没有考虑这么多，我考虑的是写作是不是愉快，用方言是不是恰当？其实，当我每每挖掘出或者说用上一个很好的方言时，那种高兴是无法形容的。我很讨厌我家乡的某些作家的作品中用很明显的北方语言。我是最听不得儿化音的，比方说，写儿子我也不习惯，我家乡都是说崽。家乡的作者写女孩子这个字眼，我也不习惯，我写的是妹子。有人甚至还把啥、干啥、怎、特棒等北方话，用到自己的作品中来。我不满地说，在我们家乡你是这么说话的吗？我们那里说的是么子、做么子，我们那里不是说怎大，说的是这样大，或蛮大。我们那里不说特棒，说的是蛮好。那你为什么要这样写呢？我每次把这些人说得脸红，我说我们要捍卫方言，我们要合理地运用方言。所以，我看到有的人的作品中有这样的字眼，就觉得作者简直太扯淡了，甚至可以说他这是在偷懒，是对家乡的不尊重。自己家乡有那么多的好字眼不用，偏偏要用北方语言，我觉得这是很不好的。一方水土养一方人，这是从娘肚子里出来就有的东西，为什么不好好运用呢？所以，在以后的写作中，我也不会做什么调整，在这一点上，我的确是比较固执的，也不会做出什么让步的。

第五节　悲悯情怀：文学湘军的淘金梦

聂茂：多年来，你的写作一直有着较强的实验性或先锋性，这是殊为难得的。开放性的结尾，莫名的消失，非正常的生存或死亡，灰暗的心理，虚无的精神态势，在你的《左邻右舍》和一批中短篇小说中一再出现。即便像《瘦水》这样一个爱情故事，也是用一个发散性结构将主人公推向未知的境地：一个叫恒恒的木材站的守护员，穿梭在密林深处、在通向两个女人的小路上徘徊，最后究竟走向何处，你没有说明。《到人民家里去》从"我"、牛肉、燕妹子、陈三毛四个人的中学时代、知青生活，一直写到中年时代。当知青时，陈三毛跋山涉水去找燕妹子，却意外地强奸了燕妹子，但又信守诺言，返城后娶了燕妹子。陈三毛不愿参加高考，小说中这个人物的行为怪诞，像谜一样让人琢磨不透。生存的荒诞和无意义是你小说中经常出现的主题。《孤独的灯光》也是如此：张茜茜人老珠黄，体态丰腴，一次饭局认识了"我"，对"我"百般殷勤。她毫不顾忌地让"我"请她吃饭，陪她洗脚，不停地向别人炫耀"我"是著名作家。她不停地和"我"打电话，聊天，吃饭，使出各种伎俩，引起"我"的重视。"我"觉得她不可理喻，备受煎熬，每次因为"精英特有的面子"或者说"作家特有的面子"而不好拒绝。"我"清楚地了解到她有女儿，有情人，有众多诸如画家、音乐家、演员等看似有身份的人。另一方面，"我"又觉得她"身上没有多少的世故，也可以说，她非常的天真而幼稚。"比如她九个月里，风雨无阻，帮一个朋友打一场官司。有天晚上，"我"跟着她，发现她来到江边，神经质地自言自语，想象一个爱她的男人与她对话。再后来，她不停地给"我"打电话，说给"我"织一件毛衣，还在墙上挂了"我"的照片。她生日那天，约"我"吃饭，"我"没有去，很快就接到了她的死讯，这个时候，"我"才明白，张茜茜想从"我"这里得到的是精神寄托和灵魂交流。这篇小说直接切入现代人的精神困境和现代社会普遍存在的疏离感和冷漠感。张茜茜的精神世界，具有极强的现代文学和先锋文学的特征。这让我想起外国一位先锋作家的一个短篇小说，讲述的是一个公司员工在无数的社会关系、各类档案、卡片、文书、合同中变得精神迷失，丧失了自我，以致无力主宰自我。你的《孤独的灯光》同样告诉大家，当下芸芸众生，在看似繁华的社会当中，人受困于诸多的交往模式和交往规则，丧失了灵魂的光芒，每个人都戴着假面，每个人都在"热情"当中承受冷漠，在"朋友众多"当中承受着精神孤独。小说给我触动最大的是主人公死前的一个短信："祝你：吃好，喝好，玩好，睡好，乐好，想什么好，就什么好，总之，一切都好。"这是一个极其大众化的短信，张茜茜在发完这个短信之后自杀了，这在叙事和情感上给人造成巨大落差。这样的短信是不是也是张茜茜最后的精神需求？或者说这是当代人最后情感的一个缩影，是张茜茜在固有生存模式中最后一"条"精神枷锁？能否谈谈你的创作诉求，以及你对中国先锋小说的价值评判？

姜贻斌： 我有意在每节前面加上张茜茜发来的短信，是想让读者看到这个女人是非常希望温暖的，她自己没有温暖，却把这些温暖的短信发给别人。这样做，既形成了一个反差，又在形式上有一个新的表现方式。说实话，我把短信放在每个章节的前面，自己是很满意的。张茜茜这样的短信，当然也是她的一种精神需求，其实，她更希望得到"朋友们"的回复，如果有这样的回复，对于她来说，也是一种莫大的安慰。问题在于，她连这样的安慰都没有。总而言之，我写这个小说，旨在写出城市人与人之间的冷漠、虚伪，心灵难以沟通。所以，这种冷漠是可以致人于死地的。那么，对于张茜茜来说，尽管心里还存有对这个世界的一丝希望，所以，经济上并不宽裕的她，企图每每用请客来获得"朋友们"的温暖，用温暖的短信来拉近与"朋友们"的距离，而最后呢，她请客却无一前来，所以，这导致了她对这个世界的绝望，以致走向绝路。

我不喜欢那些循规蹈矩的写作，总是想在每个作品有一点、哪怕只有一点点变化，那我就很高兴了。所以，我喜欢那些在艺术上调皮的作品，它让我有一种陌生的感觉，新奇的感觉，让我觉得作者的确是在创作，而不是在写字。当然，作为一个作者，富有同情心，以及悲天悯人，这是首要的问题。

中国先锋小说当然对中国的文学做出了巨大贡献。它改变了陈旧的传统的叙事习惯，或者说套路，给文学带来了崭新的写法，给读者带来了新的审美趣味。可以这么说吧，它功不可没，甚至影响到后来的许多作家的写作。这些小说大量地吸收了外国小说的叙事方式，结构方式，你说它借鉴也罢，模仿也罢，影响也罢，总而言之，它们在中国文学的园地里以新颖的面貌出现。

聂茂：都说艺术来源于生活又高于生活，这句话对你来说似乎很合适。你在矿山生活并工作过一段时间，于是写出了像《窑祭》等一系列中短篇小说。你在煤矿子弟学校教了六年书，于是你在《元八》《二十四面风》《三成》《稀奇》和《媛秀》等小说中都塑造了"教师"一类的形象。韩少功等人到海南办杂志，你在那里办报纸，且生活过两年，于是，你在《有多少事可以重来》和《到人民家里去》等好些中篇都写到了海南的生活。而且你认为，在海南那段日子有你"在长沙一辈子都得不到的收获"。请问，你在海南究竟有一些什么样的重大收获让你得出如此美好的评价？既然在海南生活得如此美好，你又为何回到湖南？一个不争的事实是，20世纪80年代末的海南"淘金热"，湖南作家如韩少功、叶蔚林、莫应丰、蒋子丹、刘舰平、叶之蓁和你等一批文学湘军的中坚力量齐刷刷地赶赴海南，给中国文坛造成了极大的震动，成就了海南文学，却损伤了湖南文学。我感兴趣的是：究竟是出于什么原因让你们义无反顾地奔向他乡，是"淘金"还是"淘文学"，或者两者兼之？在当时那片不毛之地，你们又是怎样度过了最初的艰难岁月？当时湖南文坛与你们同去的还有哪些作家，为什么有些作家如叶之蓁等人再也看不到他们的作品，而刘舰平也是最近两年才出版他的诗集，他的失明是海南生活造成的吗？同是作家，同是生活在海南，甚至又同是回到湖南，为什么你能把海南当成创作资源，而有些人却不愿意回忆海南生活的点点滴滴？这些没有写出新作的作家，究竟是没有写还是写出的作品质量不高，抑别的什么原因，你能坦率地谈一谈吗？

姜贻斌：海南开放，可以说是中国人的第一次大流动，人性的大解放。我所说的收获，不仅仅是文学上的收获。更是人生见识上的收获。当时，有许多文化精英来到这里，也有一流的人渣聚集此地。你随时随地可以碰到骗子和牛皮客，你随时随地可以看到昨天风光今天破落的老板，简直是眼花缭乱。这在当时的长沙是不可能有的。我的意思并不是说那段生活是美好的，只能说是丰富而喧嚣的。湖南的作家去海南，当然各有想法，但基本上还是想去办报刊，寻求一个更好的文化和生存环境吧。我是和叶梦一起去的（他现在写电视剧），我们在《海南开发报》，他和少功主办的《海南纪实》，都属于海南文联所管。两家报刊办得很有生气和活力。刚去的时候是很艰苦的，经常停电，蜡烛是必不可少的。吃饭也没有规律，方便面和火腿肠是一箱一箱地买，所以，现在我是绝对不吃它们的，一闻到那种味道就反胃。当时，我的档案早已到了海南，人家也催我早点搬过去算了。我却一直犹豫不决。第一，此地不适合写作，尽管我一直坚持写作和发表作品，当时，少功和叶蔚林也劝我留下来，在此，我很感谢他们的好意；第二，此地的学校还很差劲，我不得不考虑我家里的那个祖国的花朵，他的成绩很好，如果换个地方就很难说了。由于这两种考虑，让我又义无反顾地回到了湖南。回来之后，我写得很多，所以，后来跟叶蔚林见面时，他说你还是回来的好，发了这么多的小说。刘舰平的眼疾，应当不是由于海南的生活造成的，他的青光眼听说是有遗传的。现在，他还在写诗，的确让人钦佩不已。至于有的作家没有写了，原因当然有多种，但也不能一概而论。就说肖建国吧，因为多年在出版社主持工作没有写作，现在不是频频发表作品了吗？

第六节　诗性的追求与文字的张力

聂茂：诗性和诗意、感性这应该是你小说创作的三大陈述特征。所谓诗性，即简洁、凝练，却十分有力，比如《飞翔的姿势》中，你在每一个小节都以"你没事吧？没事哥。你要忍着。我忍哥。"只有骨头，没有赘肉的文字，就是哥哥和妹妹的简短对话，它重复出现九次，带着残酷的血，以迅疾的姿态直抵灵魂，压得人喘不过气，让人对女主角极度爱恋和疼惜。类似的诗性话语在你的小说中经常出现，尤其以对话形式出现。比如"我们兄妹故意离她们远一点，我们兄妹要了一些菜，什么菜花呀，海带呀，茼蒿呀，都是最便宜的，那些菜是用竹签串着的，两毛钱一串。哥哥，看了看，说这不行，还要给我叫一串精肉，我坚决不肯，我说那太贵了，两块呢。""我点点头说，哥哥，我懂你的意思。我们那天晚上一共才吃了三块钱，但我已经心满意足了。哥哥问我，好吃吗？我说，好吃。哥哥笑着说，那我下次还带你来。"（《飞翔的姿势》）所谓诗意和感性，实际上，你的很多小说从名称就可以看出这点，比如《朔风的季节》，比如《飞翔的姿势》，这些诗意的语言，看上去很美，实际上柔中带刚，带血。同样，这也是技术性处理方法，你为什么喜欢这样的小说命名方式？想制造什么样的效果？诗意和感性是共通的，它们表现在，你的文字中处处流露出温度和灵性，有深刻的人文关怀和悲悯情绪，甚至，很多时候直抒胸臆，以《朔风的季节》为例，我们处处可以看到这样的湿润的文字："从穷山沟里飞出来的金凤凰，我知道这就是说我，我叫张大牛。我的家乡在桃树村，那是一个非常贫穷的山沟。""一家三人读书，对于我这个家庭来说，沉重的负担可想而知。""对此，我很感激他们。我想，以后有了出息，一定要好好地报答他们。我每天走在弯弯曲曲的通往学校的山路上，早已暗暗下了决心，一定要做一只从穷山沟里飞出来的金凤凰，数年之后便扑打着骄傲的翅膀，飞到遥远的城市里去。那些失学的伙伴，背着竹篮子拿着镰刀跟在牛屁股后面，用羡慕的目光看着我时，我心里便有了无比的骄傲和自豪。"（《朔风的季节》）"二牛三牛异口同声地说，没问题嘞。手足情深，真是一言难以道尽。天底下，哪里还能够找到这样懂事的弟弟们。""我们兄弟每天跑那么远的山路，一律打赤脚，舍不得穿鞋，尖锐的石头也罢，钢刺也罢，我们的脚板根本不害怕它们，脚板上的茧像钢板厚实了。我们之所以要节省每一个铜板，都是为了学费。我记得二牛和三牛曾经天真地问我，哥哥，以后我们读了大学，还要打赤脚吗？我说，你们说蠢话哎，哪有打着赤脚上课的大学生？三牛说，我要穿胶鞋。二牛的口气很大，说，我不穿胶鞋，我要穿雪亮的皮鞋。说罢，二牛像真的穿上了雪亮的皮鞋，挺着胸部，甩开双手，雄赳赳地走起来，嘴里发出可可可的响声。"综合来说，一方面，你以冷静的笔触残酷叙事，书写悲惨命运，另一方面，你往往自觉或者不自觉地参与其中，通过细腻的笔触，带出丰富的情感、生动的叙事和精确的细节，成就了你的小说艺术成就和思想高度。如果诗性的残酷叙事表现为你的小说刚性，那么，我认为诗意和感性的情感投射和人文关怀就是你的小说柔性，你刚柔并用地刻画你笔下的故事和人物，由此产生巨大的感染力和感动力，最大限度调动读者的情绪和感知，使你的故事和情感充满读者的所有思维空间。这样的叙事风格是怎样形成的？从你的创作意图分析，你采取这样的叙事风格是为了达到怎样的目的？

姜贻斌：其实，你上面所提到的两个中篇，并不是我很满意的小说。当时只是想我也来写写乡下人来到城市的生活吧。是抱着试一试的想法。当然，我给它们命名包括叙述时，还是很注意其诗意的。也就是说，我要诗意地表达生活中的悲剧。至于这种叙事风格是怎样形成的，我想，这可能是我在长期的写作中获得的吧？当然也包括我对小说的观念和看法。至于这种叙事风格为了达到怎样的目的，那无非是要让小说更加具有文学性和艺术性。它不是粗糙的，不是敷衍的。它应当是作者对人物抱以深深的同情和悲悯，看到或发现他们生活的不易。他们委曲求全，他们受骗上当，他们遭受着许多的欺凌。他们当中，或许有人愤然而起进行报复，而绝对多数的人，却是默默地忍受着。这就是我们当今复杂而痛苦的生活现实。所以，我不喜欢那种硬邦邦的文字，没有感觉和张力的文字，那样的文字没有经过作者的艺术加工，没有创造性。所以，也不可能形成什么风格，几乎是千篇一律的。

所以说，在《飞翔的翅膀》中每节重复的那句话，我就是想要造成一种极大的反差。哥哥刚出场时，是很老实的，而且，他明白了生活的残酷无情，所以，除了自己忍辱负重，不是老是叫妹妹再忍着一点吗？这是他对妹妹的关心和提醒，以防妹妹吃亏。而随着故事的发展，哥哥一步步地忍无可忍了，所以，最后没有忍住的倒是哥哥自己。这对于读者来说，本来以为出事的一定是妹妹，结果呢，最后竟然是哥哥杀人以致跳河。总而言之，这样写我认为能够让悲剧更加有力量。

第七节　主观情感的澎溢与逆叙事的主题升华

聂茂：有评家认为，中篇小说集《追星家族》可以视为你创作的第二个阶段。原因是，这些作品虽然大多仍是聚焦你熟悉的煤矿，如《洞穴》《追星家族》《十三号前锋》，但有不少作品如《到人民家里去》《有多少事可以重来》《婚姻大事》等则不再是关于煤矿的底层故事。《到人民家里去》写几个街坊伙伴的成长命运；《有多少事可以重来》写的是"疤哥"的一生，是一个时代的影像。即便是《洞穴》也只是以煤矿为切入点，写了几个少年在"文革"中的抗争以及"小人物"在时代大潮中的命运。换言之，你的文学场已经转变，把创作的触须从煤窑转移到煤窑以外的世界，你的视野更宽广了。你认同评论家对你创作的这种划分吗？老实说，我并不赞同这种简单的划分方式。衡量一个作家的成就或对一个作家创作阶段的划分，不是以作家聚焦的地域或故事发生的背景为标准，而是以作家创作风格的成熟度为标志，它包括作品对人性的发掘，作家想象的能力，虚构的力量，以及作品本身带来的心灵震撼，等等。基于此，我觉得，你的创作风格的成熟度，依旧集中在诗性和诗意、感性之间。这三个特征，或者说，统一为诗性和感性两个特征，这是支撑了你创作获得成功的明显标志。与此同时，我也不得不考虑另外一种可能，即，当你过多地将自己的情感和思考直接嫁接到小说叙事当中的时候，是不是会伤害到小说叙事的本身？也就是说，感性的锐力是不是会伤害到诗性的纯度？因为你的感性强烈，很多人说你的小说和你的散文的气质一脉相承，感性可以成为散文成功的基石，但是，感性的过度依赖或无节制的挥发却会在一定程度上影响到小说的质地与纯度。原因在于，你拥有创作者全能式的优势站位，你会从情感色彩、审美追求和价值判断上对小说的情节和故事的前进做出有意无意的干预，这必定会侵犯读者的阅读自期和想象空间，影响到读者对小说叙事的参与度，挤压了文本的诗性，进而挤压到读者的感知思考和情感释放。这难道不是对小说艺术纯度的一种伤害吗？同时，我还注意到，你的一些叙事，在诗性和感性的起承转合之间缺乏内在的逻辑，随意性大于合理性，结果便是，作者在叙事，文字在前进，而故事本身却有停滞和被割裂之嫌。比如："他（父亲）还鼓励我，大牛，你只管发狠读书，家里的事情不要你管。我每次听罢，鼻子一酸，泪水顿时浸满了眼睛，我恨不得跪下来，给我父亲重重地磕几个响头。"由于感性的原因，作者试图把情感堆积得更加浓烈，结果使文本的叙事明显出现一快一慢两种节奏，显然，去掉"我恨不得跪下来，给我父亲重重地磕几个响头"这一句，效果更好，文本的精神空间加大，读者想象的空间也随之加大。再比如："每天吃过晚饭，父亲就说，你们做作业吧。我们兄弟便挤在饭桌上，借着昏黄的油灯，刷刷做作业。我们做得飞快，却很认真。我们不愿意浪费灯油，我们兄弟心照不宣。母亲这时总要过来摸摸我们的头，以表露对我们的怜爱，然后坐在灶屋里，嘭嘭嘭地切猪草，像夜空中发出来的美妙的音乐一样伴着我们。"其中，"我们兄弟心照不宣"和"以表露对我们的怜爱"这样的感性语言和评价方式，完全没有写出来的必要。类似的文字或叙事模式，在你的许多小说中都可以找到。再比如："我们的记忆在这个喧嚣的时代，已受到了严重的挑战，并且渐渐失去了它的功能。"这样的句子，太随意，逻辑性全无。"记忆"受到"挑战"，并且失去"功能"，这是什么意思？这样的书写究竟要说明什么？换言之，读者不从"能指"的文字中获得他/她的"所指"，意义出现了"混沌"，甚至"歧义"。再看下面这样的描写："谁知第二天，我还在睡梦中，正做着有关一个童年的温暖的梦，电话便刺耳地响起来了。……娘的脚，我哪里还睡得着？我看了看手表，天啦，她竟然一直从九点十分打到十点十分，活生生地将我童年的梦掐断了，再也捡不回来了。"显然，在这里，"娘"的电话不是亲切的，久违的，而是粗暴的，令人反感的，生厌的。可以说，《孤独的灯光》，整篇小说在诗性和感性之间原本处理得老道，恰当，幽默，风趣，却不乏辛酸，沉重，文字之间，逻辑顺畅，气韵生动，让人读得欲罢不能，且被深深触动，而唯独这个怪异的"梦"，像歌剧院里的惊起的枪声，特别刺眼，既不和谐，又无美感，令人难受，这里明显凸显出作者本人嬉皮士式的生活风格，你没有节制对感性的挥洒，以及由此带来的对文本的伤害。也就是说，作为创作者的你，原本隐藏在文本的背后，以全知全能的角色定位，冷峻地审视作品中的各色人物及细节，可这个"梦"的出现，让你从神秘的幕后后台推向灯光劲射的前台，创作者所拥有优势的占位，一下子丧失了。我不知道这种分析，对不对？能否谈谈你的看法？

姜贻斌：我是不同意评家对我的创作上的这种划分，这种划分实在是太简单了。其实，有些作品是以前写的，有些作品是以后写的，只不过是它们发表的时间不一样而已。文学是需要感性的，这是常识，理性是隐藏在作品背后的。有时候，文学是不能用逻辑性来分析的，如果用逻辑性来要求文学，那么，文学只有死路一条，或者说极其呆板，或者说死气沉沉了。当然，于你所说的，某些地方缺乏节制，有多余的文字，这是很有可能的。其实，你有所不知，我对文字的要求是很严格的，每个小说都是改啊改啊，甚至于不厌其烦，放在电脑里很多年才拿出去。最后呢，还是有多余的东西。这不能不说是一个遗憾，也说明我自己还是把住文字的这道关口，所以，十分谢谢你善意的提醒。

你说的在《孤独的灯光》中的那个梦，我认为这是很自然的啊，我觉得并没有什么怪异的么。难道做梦还有什么规定吗？或者说，难道我不应当做这个梦吗？我无非是说她不应该打这个电话而已，无非是表达这个女人的孤独而已，因此打断了我的梦。自然，也表明作品中的我是自私的。可谓一石二鸟。所以，我就不明白，你为什么对这个梦如此反感？甚至认为明显凸现出作者本人嬉皮士式的生活风格。我要问的是，这是一回事吗？做个梦就要追究到作者的生活风格吗？我以为这是十分牵强附会的。而且，在我看来，你喜欢用逻辑顺畅这样的字眼，我觉得这在某些时候是不适合评价文学的。我相信你读过许多的作品，在那些意识流的小说中，有什么逻辑性可言？所以，文学有时候是没有逻辑性的，逻辑性可能会极大地伤害到文字。当然，感性的挥洒也会造成对文字的伤害。

聂茂：我注意到，你的很多中短篇小说都有这样一个特点，我把它称之为"逆叙事"或"反叙事"，即在层层铺垫中，你暗渡陈仓式地把故事的矛盾和人物的情感变化一步步向前推进，并用嬉笑怒骂的风格把个人的创作倾向极力掩盖起来，直到推向一个极致，然后峰回路转，以一个"讶异"的开放式的结尾结束，而且这个结尾往往会出人意料，且以主人公"意外死亡"居多，同时，往往会搭配上一段情感独白。比如，《朔风的季节》终结在大牛失手掐死了三牛，以大牛的一段忏悔作为结束语："我感到痛心疾首的是，我竟然亲手掐死了三牛。"《飞翔的姿势》终结在哥哥跳江自杀，妹妹有这样伤心的独白："我愿意哥哥永远这样展翅飞翔，像一只不知疲倦的鸟，永不落地。而我，则会永远地伏在栏杆边上注视着他，泪眼模糊地看着我的哥哥。"《孤独的灯光》终结在张茜茜的自杀身亡，"我"有这样的情感独白："我想，如果在她生日的那一天，我们都去参加了酒宴，让她高兴高兴，那她会不会寻死路呢？对于张茜茜的死，我也是不是间接的凶手之一？又想，到底会有多少人去殡仪馆为她送葬呢？"从小说艺术上说，开放式的结尾设计确实意味深长，拓展了小说的文本空间，使小说营造的神秘性进一步得到加强。我想请教的有三个方面的问题：一，为什么你喜欢这样开放性的结尾，你有没有想过，如果采用另一种方式作结束，也许效果会更好？二，为什么主人公大多以"死亡"作为结束，究竟是作者"杀死"了他们，还是文本的矛盾无法释放，逼迫他们走上了绝路？三，最为重要的是，既然主人公已死，为什么一定要以一段情感独白作为结语呢，你不觉得这样的独白既是"逆叙事"或者说"反叙事"，是显而易见的赘语，不仅起不到"引导""启发"或"升华"的作用，相反，会将你原本打开的想象的空间又骤然收缩起来，令人憋气和难受吗？

姜贻斌：开放性的结尾，是我很喜欢的。就如你所说的，它意味深长，让读者有想象的空间。我想，别的作家也会是这样做的。其实，想到一个开放性的结尾并不是那样容易的，而如你所说的采用另一种方式结束，我认为效果肯定不会更好，那样的结尾过于单一，指向明确，只会限制读者的想象空间，更没有回味的余地，那么，作品的力量就会大打折扣。你问我小说中的主人公为什么大多以死亡结束，我想，这个问题当然在于作品的需要，主人公可能随着情节的发展，会走到绝路吧？再者，这样的作品能够起到震撼人心的力量。这当然不是我故意要杀死他们的，而是他们的生活条件和环境、包括他们的性格等等方面，逼迫他们走上绝路的。你在上面提了三个小说的结尾，我在这里回答一个吧。以《孤独的灯光》为例吧。你问张茜茜死了之后，小说中的我为什么还要来一段独白。我以为这是作品中的我还良心未泯，他是在质问自己，在反悔，在忏悔，在对死者抱以深深的同情。当然，这一切都来不及了。同时，也是在质问她周围的人，他们也跟我一样，也是间接的杀手。当时，我和《人民文学》的编辑都认为这个结尾是很有力量的，是人性的一种升华，并不是显而易见的赘语，也并无多余的嫌疑。

第八节　《火鲤鱼》：幸福的期待

聂茂： 对你来说，2012 年应该是极其重要的一年，原因是，小说《火鲤鱼》终于出版问世。从 2001 年 4 月开始创作，到 2011 年 3 月定稿，你历披十载，前后修改八稿，可见，你对这部作品倾注了大量的心血。我猜想，你应该是把它当作你里程碑式的作品来看待的，这从你简单而隆重的后记中也可以见出一些端倪。作为一部家族叙事或者说带有自传性质的长篇，小说涉及的人物众多，似乎没有中心，又似乎大家都是中心，你一会儿叙事，一会儿抒情，一会儿议论，一会儿对话，一会儿回忆，一会儿现实。你既冷静直观，又自言自语；既天马行空式的幻想性写作，又处处彰显你的文化自觉。总之，这是一部感觉怪异、难以归类的小说。从故事本身来看，这部作品实际的第一主角是叙事者我，以我和几个哥哥的故乡行作为切入，以我为主线，揭开了堂哥、三国、水仙、银仙、车把、满妹、伞把、刀把、喜伢子、乐伢子、小彩、雪妹子、王一鸣、王老师、三妹子、苦宝、克山、王淑芳等一系列发生邵水河畔、鱼鼓庙和雷公山一带山民们的前世今生，说的是他们的苦难和生活，说的是他们活着的状态，而以"火鲤鱼"这一传说中幸福生活的代表为书名，正是全书内容艺术形象的高度浓缩。整个文本以"二十四节气"为章节，可谓独具匠心。每一章仿佛都是崭新的开始，独立的故事，实际上，每一个章节的故事、人物通过我的记忆、情感、思考和陈述，然后与时间发生微妙的化学反应，从而形成错综复杂又显得浑然天成的整体，勾勒出一幅关于农村过去和当下的浮世绘。纵观全书，我认为，这是你一直以来感性写作的一个突破，一次升华，或者说大胆创新。"我"是全书的聚光灯，也是全书的"发光源"，这不仅因为"我"是整部作品的主线，缺少了"我"，整部作品就彻底散架了，还因为"我"直接参与各个故事，是经历者，也是见证者，更是书写者。"我"的情感、思考、幻想、陈述是作品的重要部分，"我"和作品中其他人物的关系和故事也是作品的重要内容。姜兄，根据本人对你生平的了解，我想，这里的"我"明显就是你本人。实际上，到现在为止，我都没说"长篇小说《火鲤鱼》"，因为，我不能简单地将其定位为长篇小说，从篇幅上，它的确是很长，但是，它到底是不是传统意义上或严格意义上的长篇小说，我无法说服自己。当然，我也不能说它是长篇散文，更不能说它是纪实文学。阅读当中，很多印象和联想浮现在我脑海中，每一篇起始的童谣、情歌总会让我想起莫言的《檀香刑》，"我"的直接介入并串起所有故事的设置又想我想起余华的《活着》，在某些情节的荒诞上又让我想起马尔克思的《百年孤独》，甚至围绕火鲤鱼而展开的时间追忆能让我联想起普鲁斯特的《追忆逝水年华》，而我最直接的阅读感知则是面对一位颇有经历的画家，用淡淡的素描甚至是印象性的画笔勾勒出的一幅山水画，再配上悠长悠长的充斥着淡淡乡愁和浓浓乡情的清新文字。同时，我也注意到，相比你从前的诗意和感性写作，"火鲤鱼"无疑更温驯，更柔和，尽管仍旧是残酷叙事，但残酷中有亮色，有温暖；尽管仍旧有尖利，有撕裂，但不再直接，不再那么疼痛。我想这不仅因为你投入了太多的情感，而且懂得了节制，懂得了内敛。你明白静水流深的道理，也明白海明威"冰山理论"的可贵。那么，我的问题是，用"火鲤鱼"作为书名，其文化寓意究竟是什么？你是在什么样的情况下产生创作这部作品的情感冲动？你最初的意图是什么？有着怎样的构思过程？写作中又经历了哪些困难？作为一个擅长讲故事的高手，为什么会把一部原来高潮迭起的小说写成了散文一样的叙事风格？

姜贻斌：的确，这部小说倾注了我不少的心血。火鲤鱼其实就是红鲤鱼，这只是我生活的当地的喊法而已。用它作为书名，显然是有我的用意的。也就是说，它代表着幸福和幸运。也预示着老百姓对幸福和幸运的期望和希望，而这个期望或希望是很难得获得的。这从那些年的历史看来，不就是这样的吗？多灾多难，就是那些年的总体概括。所以，火鲤鱼只是一种传说。而我多么希望人们能够过上好的生活，但事实上并非如此，这是令人感到十分遗憾的。我在后记中，也说出了我的意图。其实，我本来并没有想写它的想法，一点想法也没有。在后记中，我写到我们兄弟到蔬菜场看望老邻居时，我大哥只是对我说了一句话，你要写个长篇嘞。就是他这句话，突然让我冲动起来，几十年的点点滴滴一齐涌现在我脑子里。所以，我回家里就开始动手了。我的确没有什么构思的过程，我是奉行自己的写作习惯，那就是草鞋没样边打边像，整个小说是慢慢形成的，包括写法、形式、结构、语言等等。在写作过程中，我好像没有遇到什么困难，只是写完之后，一看，有40万字。然后，就慢慢地修改罢。我似乎不太着急，这十年间，除了写了许多的中短篇小说之外，如果想起它了，就又改一遍。这样，断断续续改了10年，再一看，竟然删除了10万字，说起来，一年删除一万字。至于为什么写成了散文化的小说，这是我自己想要换一种写法而已。《长篇小说选刊》主编顾建平说，我刊是第一次全文转载这么长的《火鲤鱼》，这是一部以艺术取胜的精品，它会像《边城》一样流传下去。他还在编者的卷首语说，于20世纪50年代中期的姜贻斌是湖南作家里的"鬼才"，当过知青、矿工、教师、编辑，近10年专业写作，昼伏夜出，身影出没于茶馆酒肆，呼朋引类高谈阔论，市井生活提供给他丰富的小说素材。用目下时髦的话说，他是很"接地气"的作家。但是在《火鲤鱼》中，因为与他的经历密切关联，我们会看到姜贻斌文学之路的另一个秘密通道，看到少年时代的乡村生活对他此后人生持久而深刻的影响。小说用二十四节气铺排故事，有散文般的抒情气息，又有地老天荒的宿命感蕴含其中。平日像说书人一样飞珠溅玉神采飞扬的姜贻斌，由此沉静下来，深情起来。40年前的乡村风景，记忆中的儿时伙伴、亲友邻里，那些苦寒窘迫的日子，那些随风飘散的爱情，那些一去不回的亲人……让《火鲤鱼》缓缓释放出巨大的情感冲击力，有它别具一格的艺术创造。

第九节　文学理想：建构独特的"希腊小庙"

聂茂：在《火鲤鱼》中，我读到这样一段文字："我蹲下来默默地低头看着，渐渐地，耳边隐约地响起她们的笑声，那一定是打宝卦时的爽朗开怀的大笑。我还听见她俩的喁喁私语，像鱼喋水。甚至，我还听见石片落地的清脆声音。就是那种唯有宝卦才能发出的声音，将她们出去的信心鼓动了。我不知她们是否想过，以后要来这个密谋之地看看，来寻找那两块鼓舞着她俩出走的沉默的石片。从某种意义上说，是这两块薄薄的石片鼓动了她俩，让她俩改变了自己的生活。"在这里，"我"用回忆的喧嚣来反观现实的沉默，在回忆中，那么多的声音，那么多的场景，那么多的细节——向"我"走来，逼真、生动，而"我"只能"默默地低着头"，看着"沉默的石片"。这是对过去岁月的追忆，是抚摸，是触碰，是对两个山女怀揣卑微的心愿走向山外世界的敬重与回望："我"既庆幸她俩走出了大山，又担心她俩走出大山之后更为艰难的生活，它表达的是作者的底层视角和人文情怀。类似的描写还有："我们在沙洲上玩捉羊的游戏，或是讲故事。我们的叫喊声在鸡精的沙洲上像波浪翻滚，震动着美丽的夜色。我们的诉说声，则像是喁喁私语的琴声，抑扬顿挫地在空中回荡，然后，飘向神秘的远方。我们不知无情的时间就在身边悄悄流逝，在这静静的夜空里缓缓走过。那时，我们以为自己永远是这样幼小，永远与洁白的沙洲在一起，与热闹的游戏和动人的故事缠绵。"这样的描写同样很有艺术质感，温润如玉，情感细腻，饱满逼真，扣人心弦。读到这样的文字，仿佛有一根细细的鹅毛在轻轻撩拨你心灵深处最脆弱的部位，热闹之余透露出淡淡的伤感。如果是一个紧张的故事情节，读者看过后，紧张的琴弦绷紧一下，随后也就释放了。但这样的文字有较强的"意义增殖"，即文字与意义不是对等的，而是意义大于文字本身。

在你这部长篇中，这样的叙事不是偶尔为之，而是大面积出现。甚至，在"霜降"这一章，没有一个核心人物，却聚焦邵水河的汛期，以此展开对青春年少的淡淡追忆，或者说，是对逝去时光的一种祭奠，是珍藏于胸的对生命原初的一份情愫。这样的追忆、祭奠和情愫，是人类共有的，因而容易引起读者的起共鸣。这样的书写让我联想到沈从文和汪曾祺。沈从文说：他"要将文学的'希腊小庙'建立在政治旋涡之外。"台湾作家施叔青在评价汪曾祺的作品时指出，他"强调小说的重点不在于讲故事，因此情节的安排被认为很次要"；不仅如此，他甚至"故意把外在的情节打散，专写些经历过的人与事"。这两位前辈作家都尽力美化乡村生活，认为乡村的诗意更接近艺术的本质，因此，当他们向未曾物化的原始乡村唱上一支挽歌的时候，会有意无意地把情节置于边缘位置，推动文本前进的是一种隐约可见，似有似无的东西，这种东西带来一种情绪，一种感伤，一种深沉的力量。我想请教姜兄的是，你在创作中是如何构建自己的"希腊小庙"的？《火鲤鱼》的过度散漫和诗化是不是你规避政治或主旋律叙事的一种策略？这部长篇是否受到沈从文或汪曾祺作品的某些启发和影响？

姜贻斌：你问我是如何构建自己的"希腊小庙"的，其实，我有许多小说是没有跟政治相连的，几乎没有时代背景。这是我所谓的"希腊小庙"的一部分。而有的小说呢，又没有脱离政治旋涡，而是把每次政治运动作为背景，还是着重去写人，写人物的命运。当然，自然风光我也写的，但是，在这个小说中，你可以看出自然风光的变化，它已经变得认不出来了，甚至越变越坏了。这里面就有个对比。人们说，物是人非。而我的这个小说写的是物非人非。所以，我们这一代作家注定是要写这样的东西的，无法真正脱离政治，因为政治无孔不入，它已经浸入了我们的每一个细胞，每一根神经。

你所说的过度散漫和诗化，并不是我有意地规避政治或主旋律叙事的一种策略，而是想采取多种形式来表现那段历史。这里不妨引用出版家管箫明对拙著的审稿意见，他说，佩服的是作者"功夫在诗外"的写技。作品几乎一字未提几十年来的一次又一次折腾。但是读着小彩等人的命运，你难道听不到"时刻不忘阶级斗争"的广播声在你耳畔震响？读着当年的青山绿水，蓝天碧野变成今日的山林凋敝，田畴荒凉的描写，你难道看不到一夜间原野上冒出的座座高炉，山坡上倒下的棵棵大树？作品的描写让我们反思畸形的发展道路，珍重科学发展的理念，而人物的命运，更让我们关注和谐社会如何创建与形成。从管先生的意见可以看出来，我没有规避屡次的政治运动所带来的灾难，而是用另一种手段来写这段历史。再者，我不愿意让那些生硬的粗暴的运动式的语言，来破坏我整个小说的诗意，如此而已。而且，你从小说中人物的命运就可以看出来，在那个残酷的年代，他们的命运是何其悲惨。

沈从文和汪曾祺对我的影响很大，他们那美妙的文字让我战栗。中国出现沈从文这样一位作家，真是了不起。他不仅影响了我这部长篇的写作，而是当我在20世纪80年代初读到他的作品时，就对我有了很大的启发。

聂茂： 老实说，我也曾经想过写一个类似的作品，即将我小时候所有重要玩伴的前世今生都写一写，以散文、日记、电报、新闻、游记、特写和公文等大杂烩式的叙事，着眼于每个人的日常生活，将个体生命置于时代大潮中，追求非常态的命运结局，但我一直没找到一条可以统领全书的主线，同时感觉这种碎片化的书写难以调动读者的阅读兴趣，是一种冒险，因而起笔多次，最终还是放弃了。现在，你提供了一个蓝本。你在后记中颇为自得地说，"在这部长篇中，我想以一点诗意的文字来完成它。我还想在结构和形式上，以及写作手法上有一点突破，尽管我做得还不够好，我却是尽可能地去做。在写作过程中，我是很放松的，甚至还有一点随意性。许多的想法，是在写作过程中慢慢形成的，一开始，我并无多少整体上的构想。"我明白，你所谓的随意性并非随意，而是深思熟虑的有意安排。在阅读《火鲤鱼》过程当中，我深深地感觉到，正是这种随意性填充了章节之间人物与人物、故事与故事之间的可能断裂。你的这部作品甚至让我想起马原式的"活页小说"，即读者不一定从书的头一页开始阅读，而是可以从任何一页读下去，也可以打乱排版顺序，从一章跳到另一章，从中间闪回到前一节，也可以从后面往前面阅读。换句话说，如果书中的人物和故事是骨头，那么，你的"活页式"的诗意语言就是肉，而每个人的日常生活本身就是联结"活页"之间的筋脉和血脉，这样，靠读者的参与和读者自身生活的吻合实现小说的整体性和连贯性。为了与你进行一场有深度的对话，我花了数月断断续续、但也认真地阅读了你发表或出版的几乎全部的作品，我发现一个有趣的事实：即你的中短篇小说大都写得厚实、平实和老实，虽有一定的先锋色彩，但更多的还是传统意义上的叙事套路。但长篇小说，好像成了你的试验场，你总会不安分，总想弄出一点新花样。这从你的《左邻右舍》可以见出。《火鲤鱼》同样充满着先锋的元素。也许，这就是你不轻易动笔写长篇小说的原因？另一方面，任何开拓性的文学试验都具有冒险性，作为一个成熟作家，这种风险有可能给你带来莫大的荣誉，但也可能成为你文学征途上的"滑铁卢"。坦白地讲，我在阅读《火鲤鱼》时就经常迷失在澎湃的诗意中，而忘掉故事本身；同时，我也要经受着纷繁杂乱的散文化语言的考验，很多时候因为大篇幅的无情节描写而让我痛苦得读不下去。总的来说，这部作品充斥了太多属于你个人的经验和记忆，许多情节一定是真实地发生在你身上，因而，它是一部很个性化或者很私人化的产物。你是否想过当下网络时代的读者需要什么样的作品？也许你不用考虑读者，但出版社必须得考虑，仅仅靠你多年来积累的那点名气，是无法支撑着一部长篇小说深入人心的。你是如何看待先锋小说的小众化与读者大众的阅读经验这种矛盾的？你对这部作品有着怎样的综合评定？你下一步有什么创作打算，是继续创作一批中短篇小说，还是有朝一日再次进行新的长篇小说写作？

姜贻斌： 如果你要按你的那个想法写一部小说，我觉得应该是很好的作品，首先是你大胆地在进行创造，不管它是成功还是失败。所以，我希望你能够把它写出来。但你又说这样太冒险，那我就觉得你还是过于胆小了。其实，对于文学上的新的试验或创作，都是需要冒险的。当然，它又在于作者的文学素养和写作经验的积累，它需要艺术的胆识。没有这个胆识，那恐怕是很难写出来的。

你说很多时候因为小说中大篇幅的无情节描写而让你痛苦得读不下去，那我就要怀疑你这个文学博士的审美观了。其实，哪怕就是一般的读者都对我说，那些文字是很美的，尽管没有故事和人物，那也是一种语言上的享受。你难道感受不到吗？现在，许多作家实在是太现实了，他们在写作时，首先考虑的是读者，是市场，是否能够出版等。也就是说，太功利性了，没有一种为艺术献身的决心，没有一种文学理想。所以，这些人不敢进行真正意义上的创作，写出来的作品都是循规蹈矩的，毫无创新可言。这样的作家，不是去培养和提高读者的欣赏水平，而是去迎合他们的口味，并且津津乐道，十分得意。这就是中国的现实。所以，他们的作品虽然畅销，也有名利，但至少对我来说，这些书是绝对不去看的。当然，我很理解网络时代的读者，他们喜欢那样的作品，也是他们的阅读自由，丝毫也不见怪。但我们不要忘记中外许多的作家，他们为了有所创新，倾注了毕生的精力和时间。卡夫卡和普鲁斯特等作家，都是比较典型的例子。因为当时的读者都无法接受老卡的作品，所以，他的小说很难发表。老卡自己就印一些书，放在一家书店卖，100 本。第二年去看，仅仅卖出了 11 本。再一看，其中有 10 本是自己买的，那都是送给朋友们的。那么，如此看来，这个书店只卖出了 1 本。当然，作家是很沮丧的。那么最后呢？他成了 20 世纪伟大的现代派作家，影响了多少的作家。老普的情况也跟他差不多，最后也成了 20 世纪伟大的作家。所以，我觉得先锋小说的小众化跟大众阅读经验并不矛盾，而是各取所需罢了。问题在于作家自身，你是为什么写作？你是否想给文学提供新的可能性。至于对我这部小说的评定，我以为自己是努了力的，毫无遗憾。用一位评论家的话说，这部小说在散文化的写作上，直逼沈氏。在新的技法上，它让许多循规蹈矩者汗颜。文字如鱼，文章如诗，内涵如渊。又说，有一部这样的小说，此生足矣。至于下一步的打算，还是写中短篇，何日写新的长篇小说，暂时还没有计划，很有可能，哪天冲动来了，又会写长篇小说的。比如说，我从来没想到要写《火鲤鱼》这个长篇的，如果不是那年我们兄弟去湾泥看老邻居，如果不是我大哥说你要以这里的生活写个长篇嘞，那我就可能没有这个长篇了。

　　总而言之，谢谢你大量的阅读和辛勤的工作。

结语：湖湘气派与文学湘军的中国经验

　　湖湘文化在长期发展过程中形成了心忧天下的担当意识、经世致用的现实思想和仰望宇宙的乐观精神。北宋著名理学家张栻曾有四句名言："为天地立心，为生民立命，为往圣继绝学，为万世开太平。"这已成为中国传统知识分子人生定位的精神标杆。他还与大理学家朱熹到岳麓书院讲学，留下了"惟楚有材，于斯为盛"的千古绝唱。这是多大的气派！这种气派不但影响着湖湘知识分子"敢为天下先"，勇于牺牲和冒险，还铸就了文学湘军的精气、灵气和浩荡之气。

　　文学湘军素有"代言"和"立言"的传统。"代言"和"立言"是中国知识分子的两个重要价值归宿。就文学湘军而言，所谓"代圣贤立言"，主要是对主流的写作传统、文本价值和艺术范式进行颠覆，以此表达个体性的认知和对世界的理解。文学湘军有"究天人之际，通古今之变，成一家之言"的"立言"精神。由于审美过程中主体意识与精神资源的不同，实质上，文学湘军的"代言"和"立言"在实际文本中展现出不同的表现形式，既体现了转型期社会的巨大写作可能性；又说明了主体对于文学创作的决定性作用，比如同样是官场小说，阎真、王跃文、浮石、肖仁福就体现出完全不同的艺术气质。在社会转型期的文学湘军文本中，由于湖湘文化传统的影响，作家在一定程度上有着较为清醒的认识，甚至是深刻的自觉。因此，在意义范式建构时既有差异性，又有包容性。

　　唐浩明在谈到湖湘文化时指出："由湖湘士人代代传承的湖湘之学，由湖湘地域所渐次形成的湖湘民风，千余年来，互为影响，融合化生，共同酿造一种带有强烈地域特色的文化，这种文化便是湖湘文化。"①从人文传统看，湖湘气派以屈原《楚辞》为代表，富于理想浪漫色彩的楚文化可视为湖南地域文化的

---

① 唐浩明. 湖湘文化及其当代价值. 求索，2004(12)

精神源头，屈骚神韵导引于前，湖湘文化惠泽于后，从此浪漫主义成为湖湘文化独具个性的艺术特质，像何立伟笔下的"白色鸟"一样，是美的，却也容易被惊飞。以"楚骚"文学为代表的浪漫主义传统是湖湘文化的精神内核，具体表征为一种"直掳血性、汪洋悠肆的浪漫主义激情，和核物究理、上下求索的天问精神"①，这种浪漫主义传统，孕育着优秀作家所必需的多愁善感的文人气质和丰富灵动的内心世界。文化精神扎根于人们意念之中，是一种经过长期历史积淀且稳定性的文化因素，其对人的影响至关重要，但以潜移默化方式形成影响。作为一种地域性文化，湖湘文化源远流长，底蕴深厚，它以传统理学精神、乡土情节为内核，讲求经世致用，并以兼容并包、独立创新、自强坚韧等品质为外在表征。从地理环境上看，湖南地形复杂，多崇山峻岭，更不乏江河湖泊，山水相连造成了湖南小范围的封闭，这样的地理环境决定了湖湘文化的累积过程相对封闭，某种程度上具有历史延续的"超稳定性"。

必须看到，文学湘军有着深刻的"经世致用"传统，而这正是湖湘文化的精髓之一。如肖仁福的作品就有着明确的市场定位和受众群体，读者多是有着一定地位、拥有较强购买力的知识分子或官场中坚力量。他的一系列小说都有一个有意味的名字，大多是社会流行的核心词，也是官场内外的关键词，或者说是当今社会使用频率最高的焦点词、热点词，这带有很强的市场策略性。"经世致用"作为近世湖湘文化的核心要义之一扎根于人们的思想之中，并深刻影响了湖湘文学创作的理性精神。在崇尚实学、坚持经世致用思想的浸润下，文学湘军注重文学创作与社会实际生活的紧密联系，艺术上以客观写实为其主要特征，作家精神气质上表现出强健的人格精神、浓厚的政治情怀，以及强烈的家国情怀。湖湘气派以浪漫主义和经世致用理念为精神内核，以家国情怀为外在表征，其内含的独特基因深刻影响了文学湘军的道路选择，这个道路选择主要是指文学湘军的政治抱负和审美追求，人民文学的价值承载，以及"文以载道、为民代言"的传统文人情结。

在湖湘文化经世致用理念的浸润下，文学湘军表现出强烈的政治意识。这使得湖南的官场叙事出现了作家众多、题材广泛、风格多样、影响巨大的景象，堪称蔚为大观。受近世经世致用与感时忧国精神的熏染，文学湘军表现出铁肩担道义的现实主义传统，创作了大量拥抱时代、关注社会的文学作品，如体现文学政治功利取向的官场小说。"具体地说，就是以政治作为人生的第一要义，

---

① 胡光凡. 大气·理想人格·艺术探索精神——湖湘文化与文学断想. 理论与创作, 1996(4)

经世致用作为治学和立身处世的基本原则"①。由于政治权力不仅关涉到个体、家族乃至种族的生存，更关系到国计民生与社会发展的长远，因而对其进行关注、思考与书写，是文学湘军的重要创作题材，王跃文、肖仁福、余艳、黄晓阳、浮石等即以官场叙事著称。作为一个有着崇高的社会责任感和历史使命感的当代作家，王跃文以深切的悲悯之情描绘官场的生态，将其对中下层官场的亲身体验融入作品，站在当下，立足生活，展示发生在身边的人和事，作品中透着忧患意识，体现了深刻的现实关照。肖仁福吸收了湖湘文化精神，一方面怀着万物有灵的泛神论思想看待自然与万物，另一方面通过作品观察了湖湘文化中经世致用、力行践履的思想和自强不息、直面现实、敢为人先的奋斗精神。②

　　文学湘军的政治意识还表现在社会主义核心价值的认同与拓展上。解放思想、拥抱时代是文学湘军创作的灵魂，近世湖湘文化在既感时忧国又敢为人先的传统熏染下，湖南作家在创作实践中不断吸收新的创作理论和思想。文学湘军在长期的创作实践中清醒地认识到：以社会主义核心价值引领当代中国社会共同伦理建设，是文学创作的必然内在要求。当前中国社会各种意识形态交织碰撞，多元主义盛行，社会成员公共认同和社会共识力不同程度地出现沙漏化现象，社会共同伦理建构显得尤为迫切和重要。新中国成立至今，社会主义价值与文艺创作的关系一直是摆在文学湘军创作面前的最大关切。文学湘军的创作实践充分表明：对中国特色社会主义文艺理论建设与文艺本质规律的充分把握，是许多作家创作道路的自觉选择。虽然 20 世纪 90 年代初，商品经济的发展和社会市场化程度加深，一些作家对文艺领域的道德价值取向、文艺与道德的关系等问题的理解有过迷茫或出现偏差，但很快就能自我纠正，回归正常的创作道路中，那就是：共同伦理的现代人文诉求；用丰沛的文化想象彰显文学创作的自信。

　　与此同时，文学湘军表现出关注底层生存、关怀精神状态、观照灵魂归宿的写作方向，特别是"为民请命"的文人情结，它是作家对日常生活中朴素、单纯、真实、亲切的原初精神，以及与时代话语抗争的个体朴素生命意志的褒扬与赞赏。阎真的《沧浪之水》《活着之上》虽有独立人格的塑造与自由精神的坚守，但更多的是从小说主角身处的现实生活着眼，凸显知识分子在物质与精神、现实利益与独立人格矛盾下的价值认同危机，带有极强的世俗化色彩。正

---

① 田中阳. 论近世湖湘文化精神的负面效应. 求索，2000(6)
② 龙其林. 湖湘文化与肖仁福小说. 佛山科学技术学院学报(社会科学版)，2012(1)

如阎真夫子自道的那样："新的人文理想既然是'人文理想'，就不可能将市场规则作为自己的规则；但它又既然是'新的'，那就必然要考虑到自身与市场规则是平衡的不是对抗的关系，为精神价值寻找合法性空间，而且新的人文理想要禁得起理性的审视和批判"。①

湖湘气派除了对文学湘军的内在精神和审美趣味产生方向性影响之外，还成为湖湘文学的精神资源和创作底蕴。从某种意义说，某一地域的文化元素往往会植入作家记忆和心灵之中，促使作家形成乡土情节和文化自觉。在中国社会的农村与城市二元分割结构中，各种资源分布极不均衡，农民作为最底层的阶层，自古以来就让文学家为之情动于衷。文学湘军有感于现实生活中金钱对乡村生活的侵蚀，对湖湘农村与农民命运、个体道德涣散与人性异化进行了深入的思考。姜贻斌的《火鲤鱼》、浮石的《青瓷》、何顿的《生活无罪》类等平民小说、余艳的女性主义文本和何立伟的文化关怀等作品，都描写了城市中农民生活的无根与虚无感，他们不仅物质贫困，更要面对内心精神的惶惑与心灵无根的痛苦。

文学湘军的湖湘气派还表现在作品中的人民性，这是地域性、民族性和自然性的深刻融合。优秀的作家必然会从自己的生活环境中获取素材，好的文学作品也必然会烙上时代与社会的印记。唐浩明小说的历史性，何顿小说中的泥土性，何立伟小说中的诗性，都是人民性的镜现。而肖仁福将自己的精神触角深深地扎根于湘西南的土地，从中汲取文化和思想的养料，表现出对湘西南小城中人们生活和精神状态的关照，他的作品带有明显的湘西南色彩，展现了他作为邵阳苗族作家所具有的精神根基与地域色彩。正是基于当下社会文明中被主流话语所裹挟的湘西南生活形态和存在状况的使命感，肖仁福小说才具有如此深厚的艺术魅力。彭学明散文作品的最大特色——民俗书写，即是基于特殊地域特色的润泽熏染，独特的湘西文化不仅形塑了彭学明的文学观，湘西的奇山秀水，湘西的风土人情更是彭学明作品中取之不尽用之不竭的文学素材。彭学明曾坦言："我是湘西的孩子，湘西才是我的根"，这种精神主旨在他的作品中随处可觅，他的散文作品或是关涉湘西的人和事，或是展示湘西的民风民俗和自然山水，主体基调都是歌颂和赞美湘西。

"文变染乎世情，兴废系乎时序。"新时期以来，湖南文学创造过瞩目的辉煌，如何将它推向新的高度成为文学湘军面临的重要课题。纵观湖湘文化发展变化的历史脉络，绵延传承的湖湘文化表现出一种明显的连续性，经世致用理

---

① 阎真. 时代语境中的知识分子——说说《沧浪之水》. 理论与创作, 2004(1)

念与浪漫主义传统构成了湖湘文化的精神内核，而兼容并包、博采众长的包容开放精神是确保湖湘文化经久不衰的高贵品质。经世致用使得文学作品在立足当下的现实关照中展现出纵深的生命力，而浪漫色彩与诗性精神让湖湘文学烙上深厚的人文底蕴，让作品始终保持着一种对生命价值和意义的拷问精神。

　　本书立足于世界视野和传统文化、特别是湖湘文化的双重视域，试图以"观点交锋"和"思想对话"的方式，对文学湘军的代表性作家进行集中考察，既探讨了文学湘军的创作特色与文本内涵，考察其以怎样的方式形成、建构了新的价值迁移与运行体制，阐发各种现象及多元价值的时代意义，又彰显了湖湘气派与文学湘军的内在关联，探索了文学创作对于地域文化的现代理性认知，以及应该怎样认识和表现这种颇具中国特色的地域文化，才能为中国文学的雄健发展提供有效的价值资源。

　　总之，中国当代文学的使命意识、道德理性与生命感性的深度融合，为文学湘军的符簌表达提供了广阔的书写舞台；湖湘文化的传统性与现代性高度统一，为文学湘军在全球化语境下思考作品的民族性与世界性提供了新的可能。与此同时，湖湘气派增强了世界视野下文学湘军的从容自信，敢为人先的开拓创新精神促使文学湘军不断吸取新的理论和思想创作出许多无愧于时代的伟大作品。而湖湘文化的精神内涵不仅为当下中华民族共同精神信念的塑造和民众生活的理想重构注入生命活力，而且为转型时期中国社会道德价值和文学承载的当代性创新提供某种参照，为促进世界文学的健康发展、构建人类世界命运共同体做出新的更大贡献。

参考文献

A. 专著

1. Claude Lefort. The Political Forms of Modern Society: Bureaucracy, Democracy, Totalitarianism. Cambridge, Mass. : MIT Press, 1986

2. Frank Lentricchia. Ariel and the Police. Madison: University of Wisconsin Press, 1988

3. Geremie R. Barme. In the Red: On Contemporary Chinese Culture. New York: Columbia University Press, 1999

4. Gyorgy Lukacs, "Contemporary Problems of Marxist Philosophy", in From Stalinism to Pluralism: A Documentary History of Eastern Europe, (ed.) Gale Stokes. New York: Oxford University Press, 1991

5. Jeffrey C. Glodfarb, Beyond Glasnost. The Post – Totalitarian Mind. Chicago: The University of Chicago Press, 1989

6. Karl Mannheim. Ideology and Utopia: An Introduction to the Sociology of Knowledge. London: Routledge and Kegan Paul, 1979

7. Roland Barthes, "From Work to Text", in Image, Music, Text, (trans.) Stephen Heath. New York: The Noonday Press, 1977

8. Tang Xiaobing. Chinese Modern: The Heroic and the Quotidian. Durham & London: Duke University Press, 2000

9. Witness Lee. The New Testament Recovery Version. Anaheim, California: Living Stream Ministry, 1985

10. 李欧梵. 现代性的追求——李欧梵文化评论精选集. 台北: 麦田出版股份有限公司, 1996

11. 余英时. 中国思想传统的现代诠释. 南京：江苏人民出版社，1989

12. 王晓明. 批评空间的开创——二十世纪中国文学研究. 上海：东方出版中心，1998

13. ［美］赫伯特·马尔库塞. 爱欲与文明. 黄勇译. 上海：译文出版社，1987

14. 吴义勤. 悲观文学评论. 山东：山东文艺出版社，2006

15. ［德］尼采. 查拉图斯特拉如是说. 黄敬甫，李柳明译，桂林：漓江出版社，2007

16. 戴维. 洛厅. 小说的艺术. 金晓宇译，香港：香港三联书店，1987

17. 曹禺. 曹禺创作论. 上海：上海文艺出版社，1986

18. 刘绍铭. 谴愚忠. 北京：文化艺术出版社，2010

19. 余时英. 开辟美国研究中国史的新领域——费正清的中国研究. 台北正中书局，1993

20. 梁启超. 治国学杂话. 北京：中国青年出版社，1996

21. 潘光旦. 日本德意志民族性之比较研究·引言. 北京：北京大学出版社，1993

22. 唐浩明. 曾国藩. 沈阳：春风文艺出版社，2009

23. 唐浩明. 张之洞. 广州：广东人民出版社，2009

24. 唐浩明. 唐浩明评点曾国藩家书. 长沙：岳麓书社，2012

25. 王跃文. 国画. 长沙：湖南文艺出版社，2012

26. 王跃文. 苍黄. 长沙：湖南文艺出版社，2012

27. 王跃文. 大清相国. 长沙：湖南文艺出版社，2012

28. 王跃文. 梅次故事. 长沙：湖南文艺出版社，2012

29. 王跃文. 漫水. 长沙：湖南文艺出版社，2012

30. 王跃文. 亡魂鸟. 长沙：湖南文艺出版社，2012

31. 王跃文. 无雪之冬. 长沙：湖南文艺出版社，2012

32. 王跃文. 爱历元年. 长沙：湖南文艺出版社，2014

33. 阎真. 因为女人. 北京：人民出版社，2007

34. 阎真. 沧浪之水. 北京：人民出版社，2001

35. 阎真. 曾在天涯. 北京：人民出版社，1996

36. 阎真. 活着之上. 长沙：湖南文艺出版社，2014

37. 肖仁福. 官运. 长沙：湖南文艺出版社，2006

38. 肖仁福. 通道. 北京：中国文联出版社，2016

39. 肖仁福. 背景. 北京：台海出版社，2016

40. 肖仁福. 平台. 北京：人民文学出版社，2014

41. 肖仁福. 官帽. 海口：南方出版社，2012

42. 肖仁福. 首席高参. 长沙：湖南文艺出版社，2010

43. 肖仁福. 心腹. 长沙：湖南文艺出版社，2010

44. 肖仁福. 位置. 长沙：湖南文艺出版社，2009

45. 何立伟. 亲爱的日子. 北京：作家出版社，2009

46. 何立伟. 当时明月当时人. 北京：地震出版社，2012

47. 何立伟. 读书之乐. 北京：地震出版社，2014

48. 余艳. 杨开慧. 长沙：湖南文艺出版社，2013

49. 余艳. 后院夫人. 长沙：湖南文艺出版社，2010

50. 余艳. 一路芬芳. 长沙：湖南文艺出版社，2016

51. 浮石. 红袖. 长沙：湖南文艺出版社，2008

52. 浮石. 窑变. 北京：新世界出版社，2012

53. 浮石. 秘色. 北京：新世界出版社，2012

54. 浮石. 皂香. 南京：江苏人民出版社，2011

55. 浮石. 中国式关系. 北京：金城出版社，2011

56. 浮石. 青瓷. 长沙：湖南文艺出版社，2012

57. 何顿. 物欲动物. 长沙：湖南文艺出版社，2011

58. 何顿. 黑道. 长沙：湖南文艺出版社，2013

59. 何顿. 时代英雄. 广州：花城出版社，2014

60. 何顿. 来生再见. 南京：江苏文艺出版社，2013

61. 何顿. 青山绿水. 长沙：湖南文艺出版社，2013

62. 彭学明. 娘. 北京：知识产权出版社，2012

63. 彭学明. 一个人的湘西辞典. 北京：人民文学出版社，2012

64. 罗成琰. 朱自清絮语. 长沙：岳麓书社，1999

65. 罗成琰. 二十世纪中国文学的古今之争. 南昌：百花洲文艺出版社，2008

66. 姜贻斌. 火鲤鱼. 长沙：湖南文艺出版社，2012

67. 姜贻斌. 左邻右舍. 北京：作家出版社，1997

68. 姜贻斌. 白雨. 长沙：湖南师范大学出版社，1998

B. 期刊杂志

1. 王宁. 全球化进程中中国文学理论的国际化. 文学评论, 2001(6)

2. 王一川. 全球化境遇中的中国文学. 文学评论, 2001(6)

3. 王毅. 荒诞愚昧与理性文明：读王小波对知青生活的评论. 方法, 1998(1)

4. 弗雷德里克·杰姆逊. 处于跨国资本主义时代中的第三世界文学. 张京媛译, 当代电影, 1989(6)

5. 张颐武. 论"新状态"文学——90 年代文学新取向. 文艺争鸣, 1994(3)

6. 侯宽玲. 《活着之上》的超越与限度. 中南大学学报, 2016(1)

7. 姜文姬. 悲哀的蜕变——由阎真的小说《沧浪之水》说开. 宁夏大学学报, 2006(4)

8. 陈思和. 关于"现实主义冲击波"的思考. 二十一世纪, 1997(10)

9. 赵毅衡. 论先锋主义的"危机". 二十一世纪, 1994(8)

10. 欧阳友权, 张婷. 一部"抓心"的小说——评长篇小说《火鲤鱼》, 2014(2)

11. 戴锦华. 救赎与消费——九十年代文化描述之二. 钟山, 1995(2)

12. 陈娇华. 浓郁厚重的文化历史书写——试论唐浩明历史小说中的文化意蕴. 东南大学学报, 2006(3)

13. 谭桂林. 知识者精神的守望与自救. 文学评论, 2003(3)

14. 秦晓帆. 同源异质的历史诠释——对高阳、唐浩明、二月河文化观的考察. 小说评论, 2008(3)

15. 戴锦华. 官场生态演变的三部曲——谈王跃文的《国画》、《梅次故事》、《苍黄》. 当代阅读, 2010(4)

16. 陈成才. 艰难而生动的诉说——王跃文官场小说评析. 学术文坛, 2003(3)

17. 欧阳友权. 用爱历寓言表征精神救赎——评王跃文新作《爱历元年》. 当代作家评论, 2010(6)

18. 刘泽民. 当代知识分子的康德式书写——评阎真长篇小说《活着之上》. 中南大学学报, 2016(1)

19. 龙长吟. 现代女性的天然悲剧——评阎真长篇新作《因为女人》. 小说评论, 2008(9)

20. 孟繁华. 尊严的危机与"贱民的恐慌"——评阎真的《沧浪之水》. 理论与创作, 2004(1)

21. 张建安. 苗族作家肖仁福论. 民族文学研究, 2012(4)

22. 尤其林. 侠义文化精神与肖仁福小说. 当代文坛, 2010(3)

23. 梁振华. 民间立场下的时代精神省察——肖仁福小说论. 湖南大学学报, 2010(1)

24. 常月华. 论何立伟小说语言定居状位的修辞效果. 郑州大学学报, 1994(4)

25. 杨剑龙. 论何立伟小说中的孤独感. 上海师范大学学报, 1992(3)

26. 杨剑龙. 寂寞的诗神: 何立伟、废名小说之比较. 中国现代文学研究丛刊, 1990(12)

27. 龚爱林.《杨开慧》一部接地气注真情的作品. 文坛动态, 2014(197)

28. 瞿心兰. 从激扬到幻灭的现代人性洗礼之路——评浮石的小说. 湖南工业大学学报, 2016(5)

29. 刘莎. 观浮石《青瓷》,看芸芸众生. 钟山, 2013(1)

30. 刘智跃. 俗世·男女·梦——评小说《青瓷》和《红袖》. 中南大学学报, 2010(6)

31. 洪治纲. 寻找市民新的生存形态——论何顿的小说创作. 当代文坛, 1996(10)

32. 黄伟林. 欲望化形式中的精神深度——论何顿的小说创作. 南方文坛, 2010(63)

33. 包晓玲. 民族文化精神与现代人文意识的融汇——论彭学明的散文. 民族文学研究, 2003(2)

34. 彭青. 散文写作的真诚、良知与灵魂拷问之勇气——以长篇散文《娘》为例. 兰州交通大学学报, 2015(5)

35. 冯源. 四川研讨彭学明《娘》文学现象. 文学自由谈, 2013(9)

36. 林凡. 浪漫主义迷宫中的精神遨游——读罗成琰《现代中国的浪漫文艺思潮》. 理论与创作, 1993(10)

37. 萧元. 中国现代文学思潮研究的新收获——读罗成琰《现代中国的浪漫文学思潮》. 文学评论, 1997(11)

38. 梁振华. 彷徨者的哀痛与归途. 甘肃社会科学, 2003(2)

39. 龚伯禄. 从悲壮的坚守到主动的放弃. 当代文艺评论, 2004(2)

40. 李建军. 没有装进银盘的金橘. 小说评论, 2002(2)

41. 阎晶明. 比真实更重要的. 文艺争鸣, 2002(3)

42. 旷新年. 由《活着之上》看中国当代作家的缺失. 首都师范大学学报, 2016(2)

总跋：阳光多灿烂，生命就有多灿烂

　　人生有许多意想不到的事情发生，于我而言，这种意想不到的事情发生的频率还颇高。直到今天，我仍然感觉在做梦：一个地地道道的农家孩子，跳出农门，一脸兴奋地来到城里，吃上了"皇粮"；一个不安分的乡村医院的检验士，怀着对文学的无比向往，毅然辞掉工作，热情鲁莽地到北京、上海等地求学、漂泊；一个研习唐宋诗词的年轻学子，在"铁肩担道义"之现实力量的感召下，排除众多诱惑和其他选择，欣然成为省城第一大主流媒体的编辑、记者；一个在新闻战线上崭露头角、在文学创作上渐入佳境的"土疙瘩"，竟然放弃好不容易争来的一切，操着浓重的乡音，奔赴"长白云的故乡"新西兰，在 The University of Waikato(怀卡托大学)这所刚刚诞生过 80 后美女总理 Jacinda Arden (杰辛达·阿德恩)的综合性大学，攻读博士，并且破天荒获得全额奖学金，成为该校自建校以来第一位在人文社会科学院获此殊荣的亚洲学生；一位慢慢适应了异国他乡"慢生活"的游子，在顺利地取得学位后，又毫不犹豫地返回中国，手执教鞭，供职于中南大学，由助教直接破格晋升为教授、学科带头人……所有这一切，在我的人生履历上，都没有任何的暗示或预见，也许这就是命运吧，它将生命中看似偶然、实则必然的点点滴滴，以跌宕起伏的神奇方式，天衣无缝地嵌联起来，使之成为完整的、丰富的和真实的"我"，而这个"我"原本也可以是破碎的、单薄的和虚幻的"他者"，只要任何一次选择出现偏差，任何一次行动出现失误，任何一次前进出现犹疑，都不可能成为"现在的我"。

　　为此，我深深感恩。我庆幸变成"现在的我"。没有大福大贵，没有声名显赫，我只是一个走在大街上不会被任何人追着签名的普通人，身材矮小，长相平平，既不要出门时戴着口罩，又不用担心归来时被人拍照。上有老，下有小，每日三餐，粗茶淡饭。简单的生活，真实的情怀。山清水白，云卷云舒。

　　这一切，我都看见，体味，并且感悟。我欢喜。

　　人生苦短。人的一生有许多设想，但真正把设想变成现实的并不多，而愿意花费十年甚至更长时间对待一个设想并把它做出来的更是鲜见。我有幸成为这"鲜见者"中的一员。我常常想：我究竟有什么功德，让老天如此垂爱于我？特别是今天，当我面对《中国经验与文学湘军发展研究》这个宏大工程的最终成果：七卷本文集、三百余万字厚厚的作品，这份感恩尤其强烈。我十分惊讶：这是我的作品，是我的汗水、心血和智慧的结晶吗？

　　想想还真不容易。这十余年来，除了正常的教学，其余绝大部分时间，包括春节、中秋和双休日等几乎所有的节假日，我都义无反顾地坚守在故纸堆和自己的陋室里，查找，阅读，整理，写作。我像一个着了魔的人，强迫自己以一当十地往前走。肩膀痛，脑袋胀，眼睛涩，腰椎突出，都不能阻止我昂首挺进的步伐。

　　记得1980年诺贝尔文学奖获得者、波兰著名诗人米沃什曾经说过："直接锁定一个目标，拒绝被那些提出各种要求的声音转移你的注意力。"是的，这些年来，外面的诱惑、喧嚣和纷扰，包括应酬、闲聊、茶会、聚餐等等，都最大限度地从我的生活中清除出去。我明白自己在做什么，也明白拒绝的是什么。我的生活只有两点：学校与家，我每天往返于这两点之间，从容不迫，少有例外。别人的誉毁或议论都无法改变我内心的召唤。在奔向目标的过程中，我一直很清醒，不为热闹所动，不为喧嚣所困，不为得失所扰，守得住初心，耐得住寂寞。花开花落，冬去春来。我像一个辛劳的农民，守护自己的一亩耕地，日出而作，日落而息；我又像一棵倔强的水稻，忠诚于脚下的这片土地，纵然风吹雨打，也能淡然面对。

　　回首自己的学术生涯，我似乎一直行走在边缘甚至是荆棘丛中，没有鲜花和掌声，唯有自己给自己鼓劲，其间酸甜苦辣，冷暖自知，不足为外人道。十多年前，"中国经验"这个话题并没有像今天这样受到普遍关注。有关"文学湘军"的研究也断断续续地有过一些，但系统性和整合性或者说深度和广度都远远不够。而把"中国经验"和"文学湘军"关联起来，做全方位考察和研究的更是少之又少。因为热爱，也因为熟悉，我毅然决然投身其中，像一个苦行僧，手持油灯，怀揣自己的心跳，倾听文字敲打的声音，不计后果，默然前行。

　　我希望《中国经验与文学湘军发展研究》能够站在世界文学视野下，以"中国经验"为轴心，全面立体、客观真实地对新时期以来的湖南作家及其作品进行归纳、梳理、分析与整合，形成较为系统、相互独立又相互联系、完善又详细的"湖南作家创作图库"或"文学湘军精神谱系"。这样做，首先要突破的是"区域规制"和"专题研究"的单一视阈，我积极借助中华美学、传播学、心理学、社会学和民族学等跨学科理论知识，对全球化语境下中国特色的文学湘军进行全景式的还原、检示和呈现。这里所说的"中国特色"，是指文学湘军固有的地域底蕴、文化传统、时代背景、政治觉悟和创作诉求等宏大叙事所彰显出来的文本特质和品相；这里所说的"全景式"，是指本书系既有对文学湘军中的老作家或知名作家的历时性研究，又有对文学湘军中的中坚力量、新锐作家的共时性的阐释，还有是对名不见经传、但颇有潜力的文学新人或文学"票友"的"发现性"考察与分析，力图涵盖文学湘军的方方面面，带有较强的史料性和体系性，其中主要包括：人民文学的道路选择，家国情怀的叙事冲动，民族作家的生命寻根，文学湘军的湖湘气派，官场书写的价值重建，70后写作的艺术追求，诗性解蔽的精神原乡，等等。整个研究既聚焦文学湘军的总体气质和思想特性如人民文学和家国情怀等，又分析江华作家、湘军点将和政治叙事的文化传统和精神亮度，还对文学湘军五少将和阎真小说等进行文本细读和深入阐释。与此同时，本研究十分重视和充分吸纳国内外学术前沿最新研究成果，尤其是新时期文学研究中学术同行的立场观点和思维方法，通过作家及其作品的内在逻辑与话语建构，以及"镜与灯"式的对话与互证，努力从价值承载、中国智慧、闳阔意境、灵魂拷问、文化认同和个性追求等"文学深描"的多个维度上，对文学湘军书写中国经验的作品风格、人文关怀和内在特质进行从上到下、从局部到整体、从内到外的独到准确而富有深度的审美、品鉴、观照和把握。

　　古人云：非穷愁不能著书。此话在今天似乎不大成立。我们的生活早已走出了"菜色脸孔、营养不良"等物质上的贫困。比照鲁迅先生"一要生存、二要温饱、三要发展"的人生观，我做研究的动因更多的是为了"挑战"：一份或明或暗的责任或"自恃"，一种若有若无的担当或"自赌"，一缕时隐时显的对自我才情的检验与"自期"。因此，摆在面前的这七大本厚厚的书稿，既不是"穷则思变"的结果，也不是"不平则鸣"的见证，更不是"为赋新词强说愁"的镜像。

　　实际上，我有很多理由来说服自己走了一条并非贸然选择的道路，除了身在争创世界一流大学和一流学科的"双一流"这样氛围的全国重点大学，就得按照学院派的规制进行自我提升和创新发展，以确保"为稻粱谋"的高枕无忧以及"我行我素"的理直气壮，从更深层次上则可以实现我的另一份雄心或验证我的另一种企图：即在小说、散文、诗歌和报告文学或纪实文学等创作样式的书写之外，在文学评论的场域里我是否也可以有一番作为？这样均衡发展，固然损害了我在某一文体创作方面可能取得的应有成就，但人生的历练比某个方向的高度更令我满怀憧憬或心存异想。我希望用各类尝试、积极创新、不断"挑战"和体量庞大的超负荷"驾驭"来让自己的内心暴露得更为完整，也许这样的"完整"反而显得更为破碎。那又如何？没有经历，何谈成败？不经风雨，哪有彩虹？何况文学的马拉松赛不在于一时的成功或失败。既然命中注定，此生无法弃书远行，也不能特立独行，我乐意做一介抱书笃定的"穷困"书生或一只携书奋飞的"多栖"候鸟。不管怎样，是持续不断的写作向我提供了对于人生的丰富、深邃、充盈、真实的一切。我只有深入这一切，才能触摸真正的人生，探究命运的真谛，找到"现在的我"。我欢喜。

我笃信：奔跑的姿势离目标最近。时间是公平的，它会告诉我，未来是什么。

饮水思源。此时此刻，我要衷心感谢一直以来鼓励和支持我的领导、师长、同行和朋友们：

原湖南省委宣传部的魏委部长，湖南省社科基金规划办的骆辉主任，湖南省文联党组书记夏义生、原负责纪检工作的管群华书记，湖南省作家协会原主席唐浩明、现任主席王跃文和党组书记龚爱林，湖南省广播电视出版局的尹飞舟局长，湖南省社会科学院的周小毛院长，长沙市委常委、宣传部部长高山，长沙市文联党组书记王俏，等等。魏委部长高度的责任感和强烈的担当精神，骆辉主任的大局意识和对人文社科工作深沉的爱，夏义生书记"腹有诗书"的气质和丰沛的学术情怀，以及管群华书记的敬业精神、唐浩明主席的儒雅大度、王跃文主席的风趣洒脱、龚爱林书记的勤勉刻苦、尹飞舟局长的静水流深、周小毛院长的上善若水、高山部长的沉稳睿智、王俏书记的兰心蕙质，都给我留下了极其深刻的美好印象。他们都是学者型领导，是我的良师益友，不仅非常重视我的学术研究，而且嘘寒问暖，热情鼓励，同时高屋建瓴，提出许多中肯意见，令人感动。

中南大学校长田红旗，校党委副书记蒋建湘，校党委常委、副校长周科朝，以及校科研部人文社科处处长彭忠益等等，他们站在建设世界一流大学和一流学科之国家战略的宏观层面上，为中南大学的长远发展日夜操劳，竭忠尽智，不仅对重点院系、重点学科和重点人才给予应有的支持，以确保中南大学在中国乃至世界范围内的影响力和美誉度，而且对中南大学一般院系的学科和人才也给予了不遗余力的关心和爱护。在我的印象中，田红旗校长平易近人，虚怀若谷，锐意进取；蒋建湘书记严于律己，勇于担当；周科朝校长温文尔雅，谦卑正直；彭忠益处长热情大方，谦逊有加。他们怀着高度的职业操守、敬业精神和忧患意识，对中南大学的学科建设和发展，竭尽全力，积极作为，彰显了领导的魄力与担当，弥足珍贵。不仅如此，这些领导对我个人的教学、科研乃至日常生活等，都给予了足够的关心和爱护，充满着人情味和人文关怀。

文学与新闻传播学院原院长欧阳友权、原书记胡光华，现任院长刘泽民、书记肖来荣，以及副院长阎真、白寅、范明献，副书记马国荣，包括以晏杰雄为代表的诸多同事，都无一例外地对我伸出友爱之手，令我感受到集体的温暖和生活的美好。欧阳友权教授将我引入中南大学，对我有知遇之恩，作为国内知名学者，他不仅在教学和生活上给予我无微不至的关怀，在科研工作上给予我无私的支持，而且在最初当别人用怀疑的眼光看待我时，他一直强调学术的积累，坚信"是金子终会有发光的时候"。胡光华书记谦逊有加，无论台前幕后，一有相求，必鼎力相助。刘泽民院长宽厚真诚，温敦儒雅，待我如一名兄长。肖来荣书记虽是典型的"理工男"，骨子里却有着诗人气质和人文情怀。阎真童心永驻，白寅英俊豪气，范明献任劳任怨，马国荣宅心仁厚，晏杰雄才华横溢，其他同事都十分优秀，乐于助人，保持了文新院一直以来的"包容、自由、个性"的优良传统。

一路走来，风雨兼程。我要特别感谢的还有：硕士生导师刘庆云先生，博士生导师林敏先生和副导师玛丽娅女士，他们对我的职业规则和人生目标产生了极其重要的影响，都是我生命中的"贵人"和"恩人"，没有他们的悉心栽培和倾力扶持就没有我的今天。著名文学评论家雷达先生出于对后学的关爱和提携，欣然拨冗，写下热情洋溢的总序，令我终生难忘。撰写封底推荐语的14位名家都是我的良师益友，都对我的创作与研究给予大力支持，令我感动和自豪。青年作家唐朝晖为书系的后期制作献智献策；从未谋面的作家和书法家诸荣会题写了书名，并在封面设计上提了许多建设性意见，让我领略了作品和人品合而为一的人格魅力。

此外，我的师妹贺慧宇为人正直、善良、真诚，重情重义，诗文均佳，她和她的先生对我的科研工作给予温暖如春的可贵支持，让我深怀感激之情。以社长吴湘华和责任编辑浦石为代表的中南大学出版社的朋友们，他们的细心与耐心、效率与责任，以及对本书系所付出的辛勤劳动，我都看在眼里，感铭在心。以刘朝勋、李磊、曹雪冬、陈畅、徐宁、向柯树等为代表的弟子们也为这套书系贡献了自己的心血和智慧，在此一并谢过。

当然，最应该感谢的还是我平凡而温馨的家人：92岁高龄的老父亲，在生活条件极其简陋的老家，以顽强的生命力和乐观精神，健康地活着，让我倍感欣慰；而以劳动模范著称的岳母几乎包下了所有家务，起早摸黑，任劳任怨，虽然很少阅读我创作的文字，包括我对她由衷的赞美，但她知道我在做正经事，做有意义的事情，毫不犹豫，全力支持；我的岳父性格温和，虽中风两次，留下后遗症，但努力锻炼，做到生活自理，不给晚辈增添压力；我的妻子，低调内敛，性格温柔，美丽善良，淑兰香远，是我一生最大的骄傲和成功，她不仅默默地支持我的工作，而且承担了耐心教育女儿、陪伴女儿成长的关键角色；我的女儿，聪明伶俐，活泼可爱，每每以出其不意的精彩和"创造性"的言语逗得我捧腹大笑，让我感受到学术枯燥中的亮丽，生活沉重中的轻盈。这些生命中的缘，我都珍惜，并深深感恩。

阳光有多灿烂，生命就有多灿烂；

内心有多愉悦，生命就有多愉悦；

境界有多辽阔，生命就有多辽阔。

眼下正是金秋十月。窗外小鸟啾啾。我伫立窗前，天高地远，心旷神怡。空气中弥漫一股淡淡的甜味，远处的山峦朦胧着一片黛色，一团火光突然闪亮出来，像一颗红豆，种在遥远的天际上。那难道不是新的起点吗？命运之神再次向我招手，新的征程、新的挑战已经出现，我审视"现在的我"，白发慢慢增多，这是岁月的沉淀和时间老人打磨的结果。我自嘲一下，卸下疲惫，收拾行囊，从零开始，准备出发。这一切，我欢喜。

2017 年 10 月 31 日于岳麓山下抱虚斋

图书在版编目（CIP）数据

湘军点将：世界视野与湖湘气派／聂茂著. --长沙：
中南大学出版社，2018.11
　ISBN 978 - 7 - 5487 - 3036 - 1

　Ⅰ.①湘… Ⅱ.①聂… Ⅲ.①文学研究－湖南－当代
Ⅳ.①I209.964

　中国版本图书馆 CIP 数据核字（2017）第 249426 号

湘军点将：世界视野与湖湘气派
XIANGJUN DIANJIANG：SHIJIE SHIYE YU HUXIANG QIPAI

聂茂 著

□责任编辑	陈应征　浦　石	
□责任印制	易红卫	
□出版发行	中南大学出版社	
	社址：长沙市麓山南路	邮编：410083
	发行科电话：0731 - 88876770	传真：0731 - 88710482
□印　　装	长沙市宏发印刷有限公司	

□开　　本	710×1000　1/16　□印张 24.75　□字数 452 千字
□版　　次	2018 年 11 月第 1 版　□2019 年 4 月第 2 次印刷
□书　　号	ISBN 978 - 7 - 5487 - 3036 - 1
□定　　价	312.00 元

图书出现印装问题，请与经销商调换